国学经典
名句珍藏

中国散文名句解析

（上）

天人／主编

内蒙古出版集团
内蒙古人民出版社

图书在版编目(CIP)数据

中国散文名句解析:全2册/天人主编. -呼和浩特:内蒙古人民出版社,2016.5

(国学经典名句珍藏)

ISBN 978-7-204-14054-1

Ⅰ.①中… Ⅱ.①天… Ⅲ.①古典散文-名句-鉴赏-中国 Ⅳ.①I207.62

中国版本图书馆CIP数据核字(2016)第129815号

中国散文名句解析

主　　编　天　人
责任编辑　李　鑫
责任校对　赵丽霞
责任监印　王丽燕
封面设计　宋双成
出版发行　内蒙古人民出版社
地　　址　呼和浩特市新城区中山东路8号波士名人国际B座5楼
网　　址　http://www.nmgrmcbs.com
印　　刷　内蒙古地矿印刷厂
开　　本　710mm×1000mm　1/16
印　　张　47.25
字　　数　700千
版　　次　2016年7月第1版
印　　次　2016年7月第1次印刷
印　　数　1-3000册
书　　号　ISBN 978-7-204-14054-1/I·2712
定　　价　75.00元

前言

中国古代的散文和诗歌一样源远流长，不过散文刚兴起时是以实用为目的的。春秋战国时期的诸子散文和历史散文主要是说理和记事。汉代的《史记》已经很讲究艺术性了。战国时纵横家夸饰的文风和楚辞的传统相结合，形成了汉赋，到魏晋南北朝逐渐演变成极其盛行的骈体文，讲究对偶和华丽的词藻。到了唐代，韩愈倡导"古文运动"，反对僵死的骈文，主张解放文体。这种清新的文风一直沿续到宋代，所谓"唐宋八大家"就是这一时期产生的散文大家。这一时期的散文创作达到了很高的成就。宋代苏轼的一些短文可以说是晚明小品的滥觞。明清时代，文坛虽然推崇唐宋"古文"，但由于朱程理学的影响，"古文"染上了许多道学家的气味。这时期较为有活力的就是小品文，"独抒性灵，不拘格套"，表现了一些个性思想，而且对五四白话散文的出现也产生了影响。

从上面可以看出，中国古代散文历经了数千年的发展，产生了许多散文大家和优秀的散文作品。它和诗歌一样是中国古代思想和艺术的结晶，在中国的文学史上占有重要的地位。一些散文名篇千百年来一直为人们所传诵和称道。然而，中国古代散文浩如烟海，且文字艰深，阅读起来费时费力，于是我们去其杂芜，取其精华，选取这些散文名篇中的名句，汇集成《中国散文名句解析》，奉献给读者。并对名句加以注释和解析，消除文字障碍，帮助读者阅读理解，使读者能够很轻松地欣赏中国散文思想和艺术的精华。

所选名句以朝代顺序和作家所处时代先后为序，同时也为读者提供了一个检索查阅的途径。这里需要说明的一点是，屈原一般被称为诗人，然而许多文学史书籍将屈原的作品（楚辞）归入辞赋类，因此我们将屈原作品中的一些名句也收入书中。况且我们编这本书的宗旨是为给读者提供一些名句，而不是要严格地为散文划界。

本书所选每一名句都分原句、注释和解析三部分。注释的最前边指出该名句所出朝代、作家和作品，然后是难字注解以及原句释义。对简单易懂的句子只指明出处，不作注解和释义；解析是编撰者个人对原句的理解，仅供读者阅读时参考。

为方便读者检索，我们在书后附了条目拼音检索。读者可按名句的首字拼音进行检索，十分便利。

由于水平有限，编写中难免存在不足与疏漏之处，恳请方家不吝赐教。

编　者

目 录

先秦部分

非我而当者，吾师也；

是我而当者，吾友也；

谄谀我者，吾贼也。

——战国·荀子

直而温，宽而栗，刚而无虐，简而无傲。

【注释】《尚书·尧典》。栗：战栗，这里转指谨慎；一说庄严，指有威仪。无："毋"的通假字，不。虐：暴戾。简：爽直。傲：傲慢，无礼。这句话的意思是：做人要正直而温和，宽厚而谨慎，刚强而不暴虐，爽直而不傲慢。

【解析】这是舜帝任命夔（kuí）为乐官以教导青年人时所说的话。他要求夔用音乐教化子弟，用音乐去陶冶年轻人的品性、情操，使他们能够做到正直而温和，宽厚而谨慎，刚强而不暴虐，爽直而不傲慢。这说明在很早以前，中国的先民们就注意到了音乐的教化作用，开创了寓教于乐的优良传统。同时，这种培育人才的要求对后世政治家的品行操守也有很大的影响，不少政治家所追求的"刚柔相济""威而不猛"等风范，从某种角度上说就是来源于这里。

诗言志，歌永言，声依永，律和声。八音克谐，无相夺伦，神人以和。

【注释】《尚书·尧典》。志：心意、情趣，即人的思想感情。永："咏"的古字，咏唱。声：指声情和声调，即声情的喜怒哀乐和声调的高低缓急；一说，声指宫、商、角、徵、羽五声。律：乐律。是古人用以确定五声在歌曲中发音高低的标准。和：协调，配合。八音：指金、石、丝、竹、匏、土、革、木八种材料制作的乐器所发的声音。克：能够。谐：和谐，协调。无：通"毋"，不，不要。伦：次序，规矩。这几句话的意思是：诗是用来表达人的思想、抱负、志向；歌是通过对诗的吟唱，来延长诗中的内容，声音的高低要合乎吟唱的音律，音律要分谐五声。各种乐器演奏出来的声音能够和谐，而不互相侵夺乱了次序，就会使神和人都感到和谐融洽。

【解析】这是舜帝任命夔（kuí）为乐官时，紧接"直而温，宽而栗，刚而无虐，简而无傲"所说的一番话。这一段关于诗歌和音乐的评论非常精彩。首先，它揭示了诗歌和音乐的社会功用——"言志""永言"，即表现人的思想感情，并使神、人和谐。其次，它揭示了诗歌、语言、音乐之间的相互依存、相互补充又相互独立的微妙关系。第三，它揭示了诗歌和音乐内容与形式之间的理论关系。这一精辟论述和见解，可以说是我国现存关于艺术理论方面的最早的文字材料之一，对后世的文学创作和文学理论产生了巨大而深远的影响。就文学创作尤其是诗歌创作而言，它无疑对中国诗歌现实主义创作传统的确立和发展起到了引导的作用。

击石拊石，百兽率舞。

【注释】《尚书·尧典》。石：指石制乐器。拊（fǔ）：或写作"抚"，轻轻敲击。百兽：指各种鸟兽。率：都，全。有时用力敲击石磬，有时轻轻敲击石磬，让各种鸟兽都兴奋地跳起舞来。

【解析】这句话是舜帝任命夔(kuí)为乐官时，夔对舜帝的回答：“於(wū)，予击石拊石，百兽率舞！”夔对舜帝的回答，表现了夔对这项任命的高兴和对这项工作的信心：“好啊，我敲击起石磬，使鸟兽都能跳起舞来！”言外之意：我敲击起石磬，使鸟兽都能跳起舞来，何况人乎！我是胜任这项工作的！然而，在后人的眼中，“击石拊石，百兽率舞”所附载的信息却绝不仅此而已：一方面，“击石拊石，百兽率舞”的情景描写，说明音乐舞蹈已经成为当时人类生活的重要内容，而且具备了一定的水平；另一方面它也透露了在上古时代原始艺术往往是一种综合性的艺术形式，即音乐、舞蹈、歌唱(诗歌)三位一体，密不可分。

知人则哲，能官人；安民则惠，黎民怀之。

【注释】《尚书·皋陶谟》。则：就，就会。哲：聪明智慧，通达事理。官人：使人为官，即任用人。惠：恩德，这里指有恩德。怀：怀念，感怀。能够了解下属或他人就会聪明智慧、通晓事理，就会恰当地使用他们；能够让百姓安居乐业就会具有恩德，百姓就会感怀他。

【解析】这两句以对句的方式围绕“知人”和“安民”的议题，阐述了“知人”与“哲”“能官人”，“安民”与“惠”“黎民怀之”之间的因果关系，同时，也揭示了统治者、臣属以及百姓之间相互依存、相互制约的辨证关系，从而强调了“明德”和“保民”思想的重要。

无有远迩，用罪伐厥死，用德彰厥善。

【注释】《尚书·盘庚上》。远迩(ěr)：远近亲疏。用：以，凭。罪：指刑罚。伐：讨伐，惩治。厥：其。死：代指恶行。德：恩惠，即分封赏赐。彰：表彰，昭示。厥：其。善：指善行。这几句话的意思是：不分亲疏远近，用刑罚惩治那些有恶行的人，用恩惠表彰那些有善行的人。

【解析】“恩威并用”自古以来就是统治者统治人民的重要手段。但是，如何使用“恩”和“威”却因人而异。有的统治者感情色彩强烈，行使恩德、执行刑罚有亲疏远近之分；但也有一些统治者具有清醒的政治头脑，分封赏赐、惩罚罪恶，从客观出发，以事实为依据，不论亲疏、不分远近。盘庚就是一位这样的政治家。这句话不仅鲜明地表现了他的政治主张和治国方针，也成了后世统治者的榜样。

各恭尔事，齐乃位，度乃口。

【注释】《尚书·盘庚上》。恭：恭谨。尔：你们。齐：整，这里是严肃认真的意思。乃：你们的。位：职务，职位，职责。度：闭。这句话的意思是说，要恭敬谨慎地对待你们的工作，严肃认真地履行你们的职责，不要乱说话。

【解析】这句话是盘庚针对当时的情况和社会现象而说的，不过对后世也有很大的借鉴作用。敬业、尽责以及多实干少浮言，这是古今之通理。

多行不义必自毙。

【注释】《左传·隐公元年》。自毙：自我灭亡。毙，倒下。

【解析】郑庄公出生的时候难产，惊吓了母亲武姜，因此，姜氏不喜欢庄公而偏爱庄公的弟弟共叔段。郑庄公即位后，在母亲的请求下，把共叔段封在京地。共叔段素有僭位之心，造城规模超过规定。祭仲提醒庄公注意。对此，郑庄公说了“多行不义必自毙，子姑待之”这句话。这说明庄公对共叔段的野心早有防备，同时，也看得出庄公的老谋深算：有意纵容，为铲除弟弟做准备。后来，这句话成为警诫恶人恶行的一句通用箴言。

爱子，教之以义方，弗纳于邪。

【注释】《左传·隐公三年》。爱：喜爱，爱护。义方：义道，正道。邪：邪路。这句话是说：爱护孩子，要用正道教导他，不要让他走上邪路。

【解析】州吁是卫庄公宠姬生的公子，深得卫庄公宠爱。大夫石碏(què)就从正面劝谏卫庄公爱子不要溺爱。

骄、奢、淫、逸，所自邪也。

【注释】《左传·隐公三年》。骄：骄傲。奢：奢侈。淫：无度。逸：享乐，放纵。自：自己，自我。邪：邪路。这句话是说：骄傲、奢侈、无度、放纵，是自我走上邪路的根源。

【解析】这是卫国大夫石碏劝谏卫庄公不要溺爱、放纵公子州吁时所说的一句谏词。石碏不仅从普遍性上尖锐地指出骄奢淫逸是使人走上邪路的祸根，也暗示出州吁的为人，意在引起卫庄公的警惕。

宠而不骄，骄而能降，降而不憾，憾而能眕者，鲜矣。

【注释】《左传·隐公三年》。能降：能安于地位下降。憾：恨，怨恨。眕(zhěn)：自安自重。鲜：少，稀少。

【解析】卫庄公宠爱公子州吁，并想立为太子。州吁恃宠而骄是可以想见的。大夫石碏(què)对此深为忧虑，试图以“受宠却不骄傲，骄傲而能安于地位下降，地位下降却不怨恨，怨恨而能自重自安的人很少”的事实提醒卫庄公。石碏的用心可谓良苦，他所指出的这种普遍存在于现实生活中的客观现象实际上暗示了州吁的将来。

贱妨贵,少陵长,远间亲,新间旧,小加大,淫破义,所谓六逆也。

【注释】《左传·隐公三年》。妨:妨害。陵:通“凌”,侵犯,欺凌。间:离间,破坏。加:侵犯,欺凌。淫:放纵的行为。义:道义。逆:违背情理。这句话是说:低贱妨害尊贵,年少欺凌年长,疏远离间亲近,新人离间故交,弱小逼迫强大,放荡破坏道义,这就是所说的六种悖情逆理之事。

【解析】为了劝谏卫庄公不要宠爱、放纵公子州吁,大夫石碏提出了“六逆”之说。“六逆”是传统礼法所不能容忍的六种恶德坏行。《左传》虽然没有明写州吁如此,但石碏的言论是针对他受宠之事而发,人们自然也就明白了其中的含义。

君义,臣行,父慈,子孝,兄爱,弟敬,所谓六顺也。

【注释】《左传·隐公三年》。义:制定道义并恪守。行:遵从而执行。顺:符合情理。这句话是说:国君制定并恪守道义,臣子遵从而执行,父亲慈爱,儿子孝顺,兄长和爱,弟弟恭敬,这就是所说的六种顺情合理的事。

【解析】针对卫庄公宠爱、放纵公子州吁的做法,卫国大夫石碏在提出“六逆”之后,又提出“六顺”进行正面劝导。“六顺”是当时社会所奉行的道德规范,是礼法制赖以存在的基础之一。

去顺效逆,所以速祸也。

【注释】《左传·隐公三年》。去:放弃,离开。顺:指六顺,即“君义、臣行、父慈、子孝、兄爱、弟敬”这六种道德规范。效:效法。逆:指六逆,即“贱妨贵、少陵长、远间亲、新间旧、小加大、淫破义”这六种悖德。速:加速,加快。祸:名词动用,招致灾祸。

【解析】卫国大夫石碏针对卫庄公宠爱、放纵公子州吁的做法,在正反两方面进行规劝之后,含蓄地指出了卫庄公父子背弃顺德而效法逆德的后果。实际上,这也是一个育人的根本原则。可惜卫庄公对这种真知灼见充耳不闻,为州吁在他死后弑君篡位埋下了祸根。

以德和民,不闻以乱;以乱,犹治丝而棼之也。

【注释】《左传·隐公四年》。以:用。德:道德,品德,这里指德治。和:安定,这里是使动用法。乱:同“和”相反,指暴虐扰民。犹:如,像。治丝:整理蚕丝。棼(fén):纷乱。这句话是说:(我听说)用德治可以使人民安定,没听说用暴虐混乱能安定民众;用暴虐混乱治理国家,就像整理蚕丝,越整越乱。

【解析】卫公子州吁杀死哥哥卫桓公,自立为君。鲁隐公问大夫众仲州吁能否成功时,众仲就用上述的对比和比喻进行了分析。一方面,指斥了州吁的逆行，另一方面也阐发了重德治的政治思想。这是《左传》一以贯之的核心思想之一。

阻兵无众，安忍无亲，众叛亲离，难以济矣。

【注释】《左传·隐公四年》。阻兵：依恃武力。安忍：安于残忍。济：成功。

【解析】这是鲁国大夫众仲针对卫公子州吁弑君自立，并依恃武力暴虐民众这一震动当时的重大事件所作的分析：依恃武力就会失去民心，安于残忍就会丧失亲信，众叛亲离，是很难成功的。其中，“众叛亲离”一语，后来成为谴责那些独夫民贼、丧德败行之人的常用成语。

兵，犹火也，弗戢，将自焚也。

【注释】《左传·隐公四年》。兵：武力，暴力。犹火：就像火一样。弗：不。戢(jí)：禁止。自焚：自我焚烧。这句话是说：暴力，就像火一样，如果不加禁止，就会烧到自己。

【解析】众仲把卫公子州吁弑君自立，并依恃武力暴虐民众的做法比喻成玩火和引火自焚是再恰当不过了。同时也说明了威民、暴民政策难以成功、难以持久的社会哲理，侧面表达了重德治、尚仁政的思想愿望。

大义灭亲。

【注释】《左传·隐公四年》。大义灭亲：为了正义或大义而除掉自己不义的亲人。

【解析】卫公子州吁弑君自立，依恃武力暴虐民众，并纠集宋、陈、蔡三国讨伐郑国。州吁的倒行逆施引起民众的强烈不满。卫国大夫石碏的儿子石厚不听父亲劝告，追随、拥戴州吁并向父亲请教使州吁摆脱困境的办法，石碏将计就计，把州吁和石厚骗到陈国，让陈人逮捕并把二人押回卫国处决。因此，作者借君子之口对石碏求大义、灭亲情的壮举进行褒扬和赞誉。后来，“大义灭亲”就成为楷模千古的人伦道德规范之一。

讲事以度轨量谓之轨，取材以章物采谓之物；不轨不物谓之乱政。

【注释】《左传·隐公五年》。讲：讲求，举行。事：指祭祀和兵戎。度：端正。轨量：规矩，法度。取材：选取材料。章：彰的古字，彰明。采：彩的古字。乱政：败坏政事。这句话是说：举行祭祀和军事活动来端正法度叫做轨，选取材料来彰明器物的色彩叫做物；不能用祭祀和军事活动来端正法度、选取材料达不到彰明器物色彩的目的，就叫做败坏政事。

【解析】鲁隐公想到边远的棠地去观看渔民捕鱼，大夫臧僖伯认为观渔是小事，而且劳师动众，不合法度，因此劝谏隐公不要去。这句谏词从“讲事”和“取材”两个角度指出国君的行动要重大事、合礼法，否则就会败坏政事。这样的谏词不可谓不尖锐。但隐公未听劝谏，最终还是去了棠地。

春蒐、夏苗、秋狝、冬狩，皆于农隙以讲事也。

【注释】《左传·隐公五年》。春蒐(sōu)：春天打猎。夏苗：夏天打猎。秋狝(xiǎn)：秋天打猎。冬狩(shòu)：冬天打猎。农隙：农闲。讲事：指举行狩猎活动。这句话是说：四季行猎，都应在农闲时节进行。

【解析】鲁国大夫臧僖伯为了劝阻鲁隐公兴师动众到边远的棠地去观看渔民捕鱼，不仅从是否属于大事、是否合乎礼法的角度进行劝谏，又用四季行猎的规矩和基本要求进行劝谏，含蓄地指出和批评了鲁隐公观渔是非时的扰民之举。当然，从这句话中我们也可以看出古代社会对农业生产的重视以及对农业生产与狩猎活动之间关系的妥善处理。

不备不虞，不可以师。

【注释】《左传·隐公五年》。备：防备。虞：警戒。以：统帅，率领。师：军队。

【解析】郑国为了报复鲁隐公四年卫国对其东门的侵犯，举兵伐卫。卫国则联合燕国进攻郑国。在半年多的对阵中，燕国人只是把注意力集中在了正面的郑国军队上，没有防备郑军将领统帅军队从背后突然袭来。燕军腹背受敌，吃了败仗。因此，史官评价燕人说：“不防备不警戒，就不能统帅军队。”这次战役可称得上中国古代战争史上将帅无能、顾此失彼的一个比较典型的战例。

亲仁、善邻，国之宝也。

【注释】《左传·隐公六年》。亲：亲近，亲善。仁：贤良之士。善：交好，善待。邻：这里指邻国。宝：宝贵的东西，这里指治国的方略。

【解析】鲁隐公四年，卫国的州吁纠集宋、陈、蔡等国进攻郑国。当时，郑国国君向陈国求和。大夫五父劝陈桓公说：“亲近贤良的人，交好邻国，是国家最宝贵的东西。”但陈桓公不听劝谏，拒绝了郑国的议和请求。为此，隐公六年遭到报复，被郑国打得大败。

善不可失，恶不可长。

【注释】《左传·隐公六年》。善不可失：行善的机会不能失去。恶不可长：作恶的行为不可助长。

【解析】鲁隐公四年，卫国的州吁纠集宋、陈、蔡等国进攻郑国。郑国国君向陈国求和，被陈桓公拒绝。为此，《左传》评论说：“善不可失，恶不可长，其陈桓公之谓乎!”

长恶不悛,从自及也,虽欲救之,其将能乎?

【注释】《左传·隐公六年》。长:助长。恶:罪恶,恶行。不悛:不悔改。从:追随,指从恶。自及:自我祸及。虽:即使。其将能乎:那怎么能办到呢。这句话是说:助长罪恶而不悔改,追随恶行就会祸及自身,即使想要挽救他,又怎么能办到呢!

【解析】卫国公子州吁弑君自立、暴虐民众,不得人心,陈桓公却帮助他攻打郑国。因此,史家评论陈桓公的做法是长恶不悛、自我祸及,对他后来遭到郑国报复不仅不同情,还认为罪有应得。

为国家者,见恶如农夫之务去草焉,芟夷蕴崇之,绝其本根,勿使能殖,则善者信矣。

【注释】《左传·隐公六年》。为国家者:治理国家的人。见恶:遇到罪恶(或恶行)。务:务必,一定。去:铲除。芟(shān):割,削。夷:杀,灭。蕴(yùn):积。崇:聚。绝:断绝。本根:指草根。殖:繁衍,生长。善者:指善事,好事。信:通“伸”,伸张之意。

【解析】“治理国家的人,见到罪恶就像农夫一定除去野草,割掉并把它们聚集起来,断绝它们的根本,不让它们繁殖一样,善举就会得到伸张。”《左传》所引的周朝大夫周任这段话,用农夫除草做比,阐述了扶正祛邪、除恶务尽的治国之道,可谓言浅义深、形象生动。

凡雨,自三日以往为霖;平地尺为大雪。

【注释】《左传·隐公九年》。大凡下雨,超过三天以后就叫霖;平地积雪达一尺以上的叫大雪。

【解析】古代社会,农业生产关系到国计民生,而节令气候又是农业丰欠之所系。所以,风霜雨雪等自然现象倍受重视。这句话不仅给“霖”和“大雪”作出了精确的定义,也侧面反映了人们对自然现象的密切关注。

山有木,工则度之;宾有礼,主则择之。

【注释】《左传·隐公十一年》。工:工匠,木工艺人。度(duó):揣度,衡量,指工匠衡量树木的材用。主:主人。这句话是说:山上长着树木,工匠才能衡量它的用途;宾客懂得礼节,主人才会选择适宜的礼仪招待他。

【解析】鲁隐公十一年春天,滕侯、薛侯到鲁国朝见鲁隐公,二人因为谁在前、谁为长的问题争执起来。鲁隐公就派羽父去开导薛侯。“山有木,工则度之;宾有礼,主则择之”是羽父劝导薛侯时引用的一句周朝谚语,意思是说,主人选择接待宾客的礼仪,就像工匠量材而用一样,都是根据客观情况来确定。滕侯是宗姓,应该排在前面。最后,薛侯接受了羽父的劝导。

礼,经国家,定社稷,序人民,利后嗣者也。

【注释】《左传·隐公十一年》。经:经营,治理。定:安定。序:整饬,使有秩序。后嗣:后代。这句话是说:礼,是治理国家、安定社稷、整饬百姓、造福后代的工具。

【解析】许国不按时向周天子纳贡,郑、鲁两国出兵讨伐,许庄公逃奔卫国。郑庄公派自己的弟弟许叔和大夫公孙获分别驻扎许国首都的东郊和西郊。《左传》认为郑庄公的做法合于礼。这句话从治理当世和造福子孙两层意思阐述了“礼”在当时社会生活中的巨大政治作用。

无刑而伐之,服而舍之,度德而处之,量力而行之,相时而动,无累后人,可谓知礼矣。

【注释】《左传·隐公十一年》。无刑:没有法度。刑:刑罚,代指法度。服:服罪。舍:放弃,这里是宽恕的意思。度:揣度,衡量。处:处理,对待。量力而行之:根据力量而施行。相时而动:观察时机而行动。

【解析】许国不按时向周天子纳贡,郑、鲁两国出兵讨伐。许庄公逃奔卫国后,郑庄公派弟弟许叔和大夫公孙获分别驻扎许国首都的东郊和西郊。对此,《左传》认为郑庄公的做法合于礼,评价说:“(许国)没有法度就讨伐他,服罪就宽恕他,根据其德行而处理,衡量自己的力量而行动,观察时机而后采取措施,不连累后代,可以叫做知礼了。”其实,这是以行“礼”为名而推行霸道的一种做法。不过,其中的“量力而行”“相时而动”等语句富含哲理,成为沿用千古的成语。

政以治民,刑以正邪。既无德政,又无威刑,是以及邪。邪而诅之,将何益也!

【注释】《左传·隐公十一年》。政:指推行礼法的措施。以:用。刑:刑罚,法令。正邪:纠正邪恶。德政:仁政。威刑:威严的刑罚。是以:因此。及邪:走上邪路,及出现邪恶。诅:诅咒。益:好处。

【解析】许国不按时向周天子纳贡,郑、鲁两国出兵讨伐。交战中,郑国大夫公孙阏为报私仇,暗箭射死了率先登城的颖考叔。事后,郑庄公让人拿出公猪、狗和鸡诅咒射死颖考叔的人。针对这件事,《左传》评论说:“政是用来治理百姓的,刑是用来纠正邪恶的。既没有仁政,又没有威严的刑罚,可以使人走上邪路。等到人走上邪路再去诅咒他,又有什么用处呢?”指出了事件的根源所在。

恕而行之，德之则也，礼之经也。己弗能有而以与人，人之不至，不亦宜乎？

【注释】《左传·隐公十一年》。恕：恕道，即“己所不欲，勿施于人”。行：行动，做事。则：准则。经：规定。弗能有：不能据有。与：给予。不至：不到来，这里指疏远，不去朝见。宜：应该。

【解析】周天子向郑国索要了四处城邑，却把属于苏忿生的十二个封邑让给郑国，郑国因此疏远了周室。史家针对周天子把不属于自己的东西送给别人的做法评论说：“按照恕道（己所不欲，勿施于人）行事，是道德的准则，礼的常规。自己不能拥有的东西却送给别人，别人不来朝见，不也应该吗？”这里所涉及到的施与问题是一个最基本的道德和社会准则问题，周天子连这一点都做不到，王室的衰微也就不足为奇了。

不度德，不量力，不亲亲，不征辞，不察有罪，犯五不韪而以伐人，其丧师也，不亦宜乎？

【注释】《左传·隐公十一年》。度：揣度。不量力：不衡量力量。不亲亲：不亲近亲信。征：辨别。辞：言辞。察：观察。不韪（wěi）：不是，过错。韪，是，对。

【解析】鲁隐公十一年，郑国和息国发生争执，息国兴兵伐郑，大败。因此，《左传》评论息君说：“不揣度自己的德行，不衡量自身的力量，不亲近自己信赖的人，不辨别言辞的对错，不明察是否有罪，犯下这五种错误却去讨伐别人，打了败仗不也应该吗？”

平原出水为大水。

【注释】《左传·桓公元年》。平原：平坦而宽广的原野。出：出现，漫淹。

【解析】水漫平原称为大水，实际上就是现在所说的洪水。这种情况对农业生产和人们的日常生活都有重大影响，因此，《左传》特意对此进行定义。看来，同“凡雨，自三日以往为霖”“平地尺为大雪”的记载一样，当是当时衡量这些自然现象的通用标准和气象专用名词。

君人者，将昭德塞违，以临照百官。

【注释】《左传·桓公二年》。君人者：统治民众的人，指国君。这里，“君”用作动词。将：要。昭德：昭示善德。塞违：禁止邪恶。塞：阻塞，禁止。违：指违背法纪和道德的恶行。临照：亲自监督。这句话是说：国君，要弘扬昭示美好的品德，禁止违背法纪和道德的恶行。

【解析】鲁桓公二年四月，鲁国从宋国得到郜国的大鼎，鲁桓公把它放入太庙。大夫臧哀伯认为不合礼制，从多种角度进行劝阻。“君人者，将昭德塞违，以临照百官”是要求鲁桓公扬善抑恶、树德禁邪，以身作则，为臣民作出表率。

国家之败，由官邪也；官之失德，宠赂章也。

【注释】《左传·桓公二年》。败：败亡，衰败。由：由于，因为。官邪：官吏邪恶。失德：丧失美德，即无德、邪恶。宠赂：宠臣贪贿。章：“彰”的古字，昭彰，指公然而行。

【解析】“国家的败亡，是由于官吏邪恶；官吏邪恶，是因为宠臣贪贿昭彰。”这是鲁国大夫臧哀伯劝谏鲁桓公把从宋国得到的郜国大鼎放入太庙之事时所说的话。这里，臧哀伯用递进的方式进行推理，分析了国家败亡同官吏邪恶，官吏邪恶同宠臣贪贿之间的因果关系。宠臣何以公然贪贿？自然因为有国君的庇护。臧哀伯虽然没有明言，但已意在言外。这样的见解，可谓切中要害；这样的批评，可谓一针见血。

名以制义，义以出礼，礼以体政，政以正民，是以政成而民听，易则生乱。

【注释】《左传·桓公二年》。名：命名，取名字。以：用来。制：表示、体现。出：产生。体：体现。政：政事。正：匡正，端正。是以：因此。听：听命，服从。易：改变，违反。这句话是说：取名字用来表示义，义用来产生礼，礼用来体现政事，政事用来匡正百姓，因此，政事成功百姓就会服从，违反了就会产生祸乱。

【解析】晋穆公的夫人姜氏在条地战役的时候生了太子，给他取名叫仇。千亩之战时仇的弟弟降生，取名叫成师。晋国大夫师服对晋穆公这样给两个儿子命名感到奇怪，认为这是太子衰微、国家动乱的预兆，因而引发了这段议论。师服从人的命名开始，层层推衍，把命名同国家的治乱兴衰联系起来，表现了古人对命名的高度重视。这里，取字命名关乎到政事的成败、国家的兴衰，固然夸大了命名的作用，但其中包含的社会哲理却是耐人寻味的。

嘉耦曰妃，怨耦曰仇，古之命也。

【注释】《左传·桓公二年》。嘉耦：美好的姻缘。嘉：美，好。耦，通“偶”，配偶，婚姻。怨耦：仇怨的姻缘。怨：仇怨，怨孽。命：说法，叫法。这句话是说：美好的婚姻叫做妃，仇怨的姻缘叫做仇，这是古代的说法。

【解析】晋国大夫师服认为晋穆公给太子取名叫仇不吉利，是太子衰微、国家动乱的预兆，因而引用“嘉耦曰妃，怨耦曰仇”的古代成语证明自己的观点。

国家之立也，本大而末小，是以能固。

【注释】《左传·桓公二年》。立：建立，确立。本大而末小：根本大而枝叶小。是以:因此。固:稳固。

【解析】晋国是甸服侯国,却又另建侯国。晋国大夫师服认为违背了"天子建国,诸侯立家,卿置侧室,大夫有贰宗,士有隶、子弟,庶人、工、商各有分亲,皆有等衰(cuī)"的礼法等级制度,指出"国家的确立,应像大树一样根本大而枝叶小,因此才能稳固",以侯国的身份建立侯国,等于是弱本强末,不利于集权统治和国家的稳定。

小之能敌大也,小道大淫。

【注释】《左传·桓公六年》。小:指小国。敌:抵抗,抗拒。大:指大国。小道:小国有道。大淫:大国淫虐无度。

【解析】楚国侵略随国,把军队驻扎在瑕地,威慑随国来和谈。随国派少师前来议和,楚王故意陈列老弱残兵给他看。随国少师回国后,建议随侯追击楚军。贤臣季梁指出这是楚国诱兵之计,劝说随侯不要同楚国对抗。"小国能够抗拒大国,是因为小国有道而大国淫虐无度。"这是季梁谏词中的一句话,意在劝说随侯放弃武力争雄的念头,实行德治,以积聚同大国抗衡的资本。

所谓道,忠于民而信于神也。上思利民,忠也;祝史正辞,信也。

【注释】《左传·桓公六年》。信:取信。上:居于高位的人,指统治者。祝史:主持祭祀祈祷的官吏和史官,这里是偏义复合词,指主持祭祀祈祷的官吏。正辞:真实、客观的言辞。

【解析】随国是一个小国,随侯却想进攻楚国的军队。贤臣季梁劝随侯不要追击楚军,应该树德、重民、敬神,凭借"道"来积聚力量以抗衡大国:"所谓道,就是忠于百姓、取信于神。国君想到有利于人民就叫忠,祝史向神祈祝的言辞真实不虚夸就叫信。"从季梁的这种见解中,我们可以鲜明地看到"民本"思想的进一步发展;也可以看出"敬天礼神"仍是当时人们思想中的重要观念。

夫民,神之主也,是以圣王先成民而后致力于神。

【注释】《左传·桓公六年》。夫:句首发语词。民:百姓。神之主:神的主导。是以:因此。圣王:贤明的君主。先成民:先使民众有成,即首先养育百姓使他们富足。致力于神:把精力放在侍奉鬼神上。

【解析】"民众,是神的主导,所以,贤明的君主总是首先养育百姓使他们富足,然后才致力于敬神。"随国大夫季梁在劝随侯树德、重民、敬神,以"道"来积聚力量谋求同大国抗衡的谏词中所表达的上述观点,在中国古代思想史上无疑是一个巨大的进步:他把人上升为鬼神的主导,实际上是对天命观的大胆否定和背叛。这同早期天命观的差别不啻天壤!充分体现了时代的进步和社会的发展。

名有五:有信,有义,有象,有假,有类。

【注释】《左传·桓公六年》。名:命名,取名字。五:五种情况。信:指人出生时所带有的天然特征。义:德,指用同"德"相关的字眼命名。象:模仿,指模仿已有人名或事物性、状等而命名。假:假借,借用,指借用事物命名。类:同,指类其父名。

【解析】鲁桓公的夫人文姜生下太子同的时候,桓公向大夫申𦈡请教取名字的事情。申𦈡回答说:"取名字有五种情况:有用出生时的特征的,有用体现道德的,有模仿已有人名或事物性、状的,有借用事、物的,有同父名相类的。"从这里我们可以看到古人在给人命名时的意趣取向。

以名生为信,以德命为义,以类命为象,取于物为假,取于父为类。

【注释】《左传·桓公六年》。以:用。名:命名。生:出生,这里指出生时的特征。德:道德,品德。类:模仿。这句话是说:用出生时的特征命名叫做信,用体现道德的方式命名叫做义,用模仿人名或事物性状的方法命名叫做象,借用事物命名叫做假,借用、引申父名而命名叫做类。

【解析】鲁国太子同出生后,桓公向大夫申𦈡请教如何取名字,申𦈡说:"名有五:有信,有义,有象,有假,有类。""以名生为信,以德命为义,以类命为象,取于物为假,取于父为类"是对"名有五"的具体解释。这可以说是命名学早期的理论滥觞。

匹夫无罪,怀璧其罪。

【注释】《左传·桓公十年》。匹夫:一个人,通常指平民。璧:玉。

【解析】虞公的弟弟虞叔有一块宝玉,虞公索要,虞叔不给。随后,虞叔后悔,担心引祸上身,就引用西周谚语说:"一个人本来没有罪,只因为他怀中有一块碧玉才有了罪过。"于是把玉献给了哥哥。后来,"匹夫无罪,怀璧其罪"就成了无辜得祸的代名词,同时,也用来谴责那些无中生有、借事生非、祸害他人的邪恶之徒。

"父与夫孰亲?""人尽夫也,父一而已,胡可比也?"

【注释】《左传·桓公十五年》。孰亲:谁更亲近。人尽夫:人人都可以做丈夫。一:一个。而已:罢了。胡:怎么。可:能。

【解析】祭仲专权,郑厉公很忌惮他,就派祭仲的女婿雍纠想办法杀死祭仲。雍纠的妻子知道了这件事,就问母亲说:"父亲同丈夫相比谁更亲近?"母亲说:"人人都可以做丈夫,父亲只有一个,怎么能相比呢?"雍姬告知了父亲。祭仲于是杀死雍纠并陈尸在郑国大夫周氏的池塘。郑厉公就载着雍纠的尸体逃亡了。从这段母女对话中,我们可以鲜明地看到贵族阶级内部重权力、轻亲情的血腥之争。“人尽可夫”的成语就源出于此。

天子有日官,诸侯有日御。日官居卿以底日,礼也。

【注释】《左传·桓公十七年》。日官:专司天象的官吏。日御:同日官的职能相同,只是因为隶属不同而称呼有别。居卿:居于卿的地位。底(zhǐ):致,这里是推算、纪录的意思。

【解析】“天子设有日官,诸侯设有日御。日官居于卿的地位以观测、推算、纪录天象,是合乎礼法的。”设立专司天象的日官并给予很高的社会地位,这说明古人对自然同人类社会关系的高度重视。一方面,脱胎于原始自然崇拜的古代人类对大自然仍有很强的敬畏,需要用天象来明休咎、断吉凶以决定自身的行动;另一方面,也是农业生产和社会发展的需要。

女有家,男有室,无相渎也,谓之有礼;易此必败。

【注释】《左传·桓公十八年》。无:通“毋”,不要。渎:轻慢,违背。易:改变。

【解析】鲁桓公同妻子文姜一起去齐国。临行前,鲁国大夫申繻告诫说:“女子有丈夫,男子有妻子,不要相互违背,叫做有礼。改变这种情况就必定会发生祸败。”到了齐国,文姜同哥哥齐襄公通奸,受到丈夫的责骂,齐襄公就派彭生杀死了鲁桓公。可见,申繻对文姜的品行是有所了解的。这里,申繻提出的“女有家,男有室,无相渎也,谓之有礼;易此必败”的忠告,实际上也是人类社会最基本的伦理规范之一。

能固位者,必度于本末而后立衷焉。

【注释】《左传·桓公元年》。固:巩固。位:地位。必:一定,必定。度:揣度,衡量。于:对于。本:主体,根本,本质。末:表面现象,次要的。立:确立,决定。衷:适当,合适,这里指方式或手段。这句话是说:能够巩固地位的人,必定对于事物的主次进行衡量,然后才采取适当的行动。

【解析】鲁庄公六年夏天,卫惠公回国即位,把公子黔牟流放到成周,大夫宁跪流放到秦,杀了左公子泄和右公子职。因此,《左传》评论公子泄和公子职拥立公子黔牟是不知本末的愚蠢行为。其中所包含的分清主次、辨明本质和表象而后采取行动的哲理,是很有价值的见解。

不知其本,不谋;知本之不枝,弗强。

【注释】《左传·庄公六年》。本:树干,代指事物的本质、主体或根本。不谋:没有谋略。不:无,没有。谋:谋略,智慧。不枝:没有枝叶。枝:枝叶,代指次要的、处于从属地位、起辅助作用的人或事物。弗强：不能勉强。这句话是说：不了解事物的根本，就缺少谋略；了解事物的根本却没有枝叶辅佐衬托，就不能勉强。

【解析】这是《左传》针对卫公子洩和公子职分不清主次、看不清形势，拥立公子黔牟为君而招致杀身之祸的不智行为所发表的议论。实际上是提出了一个要全面认识事物，把握本质，分清主次，根据客观实际采取行动的哲学命题。

肉食者谋之，又何间焉。

【注释】《左传·庄公十年》。肉食者：吃肉的人，指贵族统治者。谋：谋划。何：何必。间：参与。这句话是说：当权的人会谋划它的，你又何必参与呢？

【解析】鲁庄公十年的春天，齐国军队进攻鲁国。鲁庄公准备迎战。大夫曹刿要求觐见。"肉食者谋之，又何间焉"是同乡人劝阻曹刿时说的一句话。从这里我们可以看出民众对贵族统治者的厌恶以及对国家大事的淡漠态度。侧面反映了鲁国贵族统治者并没有深得人心的现实。

肉食者鄙，未能远谋。

【注释】《左传·庄公十年》。鄙：鄙陋，浅陋，代指目光短浅。远谋：深远地谋划。

【解析】鲁庄公十年春天，齐国军队进攻鲁国。鲁庄公准备迎战。大夫曹刿打算为鲁庄公出谋划策。针对乡亲们"肉食者谋之，又何间焉"的劝阻，曹刿回答说："当权的人目光短浅，不能深谋远虑。"这句话既表现了曹刿对当权者们的蔑视，也表现了他心系国家危难的爱国主义情怀。

夫战，勇气也。

【注释】《左传·庄公十年》。夫：发语词。战：作战。勇气：勇敢的士气，英勇的气概。

【解析】鲁庄公十年春天进行的齐、鲁之战，鲁国由于采纳大夫曹刿的建议，战术得当，打败了比自己强大的齐国军队。战后，鲁庄公向曹刿请教制胜的原因，曹刿说："作战，靠的是士兵的勇敢和气概。"决定战争胜败的因素很多，但军队的士气是关键因素中的关键。可见曹刿的指挥和见解都深合用兵之道。

一鼓作气，再而衰，三而竭。彼竭我盈，故克之。

【注释】《左传·庄公十年》。一鼓：第一次击鼓。作气：振作士气，这里是说士气最旺。作：振作，振奋。再：指再次击鼓。衰：衰落，指士气下降。三：指第三次击鼓。竭：完，尽，指士气消失。这句话是说：第一次击鼓的时候士气振奋,第二次击鼓后(如果不投入进攻)士气开始下降,第三次击鼓后士气就消失了。彼:他们,对方,指齐国军队。盈:满,指士气旺盛。故:所以。克:战胜。

【解析】鲁庄公十年春天,鲁国打败了来犯的强大的齐国军队。在指挥这场战斗中起了关键作用的鲁国大夫曹刿,对鲁庄公分析了制胜的原因。其中“一鼓作气,再而衰,三而竭”既是战争中常见的客观现象,也是当时齐国军队的实际情况。鲁军正是充分利用了对方士气的衰落,在对方三鼓之后士气消失而己方士气最旺的时候奋勇出击,一举击败了齐军。开创了中国古代军事史上充分利用作战双方的士气,以静制动、相机而动的成功的战术范例。

凡师,敌未陈曰败某师,皆陈曰战,大崩曰败绩,得俊曰克,覆而败之曰取某师,京师败曰王师败绩于某。

【注释】《左传·庄公十一年》。师:军队,这里用作动词,指军队作战。陈:列阵。大崩:大溃败。得俊:俘获对方将领或勇士。覆而败之:伏击而打败对方。京师:天子的军队。

【解析】鲁庄公十一年夏天,宋国进犯鲁国。鲁国趁宋军还未列好阵势就进逼对方,打败了宋军。《左传》由此对战争中的各种失败作了专门论述:“凡是军队作战,敌人还没有列好阵势(就击败对方)叫败某师,双方都列好了战阵叫战,大溃败叫败绩,俘获对方将领或勇士叫克,伏击而打败对方叫取某师,天子的军队战败叫王师败绩于某。”这些特定的表述,说明了古代史官治史的严谨和规范。

得一夫而失一国,与恶而弃好,非谋也。

【注释】《左传·庄公十二年》。一夫:一个人,这里指宋国乱臣猛获。与:结交,交好。恶:邪恶的人。弃:放弃,抛弃。好:友好,这里指友好的国家。谋:谋略,智慧,这里指理智、明智。

【解析】鲁庄公十二年秋天,宋国的南宫万杀死闵公拥立公子子游,宋国诸公子纷纷逃亡。冬天,宋国大夫萧叔大心会同宋国公族率领曹国军队讨伐乱臣贼党,杀死南宫万的儿子(一说弟弟)南宫牛和公子子游,拥立桓公。南宫万逃奔陈国,其党羽猛获逃奔卫国。宋国向卫国索要猛获,卫侯不想交人,大夫石祁子就劝谏说:“得到一个人却失去一个国家,结交恶人而背弃友好的国家,是不明智的!”卫侯最终明白了不能因小失大、因恶弃善的道理,于是把猛获交给了宋国。

人之所忌,其气焰以取之。妖由人兴也。人无衅焉,妖不自作。人弃常则妖兴,故有妖。

【注释】《左传·庄公十四年》。所忌:所畏忌的事。气焰:气势。取:决定。妖:

妖怪。兴:产生,兴起。衅:缝隙,破绽,缺陷。作:产生,兴起。弃常:违背常规。

【解析】鲁庄公八年,郑国都城南门下两条蛇相斗,门外的蛇咬死门里的蛇。六年后,郑厉公在大夫傅瑕的帮助下回国夺取君位。鲁庄公听说了这件事,就问大夫申缙说:"好像因为妖怪才这样吧?"申缙说:"人所畏忌的事,由他自己的气势决定。妖怪是由人产生的。人没有缺陷,妖怪就不会自己产生。人违背了常情常理就会有妖怪兴起,所以才有妖怪。"申缙这段精辟的见解包含着朴素的唯物主义光芒,这在鬼神崇拜盛行的当时是十分可贵的,具有去妖妄、明事理的深远意义。

谏以自纳于刑,刑犹不忘纳君于善。

【注释】《左传·庄公十九年》。谏:劝谏,进谏。自纳于刑:自己对自己行刑。刑:受刑。犹:还,仍然。纳君于善:使国君归入正道。

【解析】楚国的鬻拳因为用武器威逼楚文王进行劝谏,自己就把双脚砍了下来。史家针对这件事评论说:"(鬻拳可以叫做爱护国君了)因为进谏而对自己执行刑罚,受了刑还不忘使国君走上正道。"对鬻拳的急公好义、忠君爱国给予了肯定和赞扬。

哀乐失时,殃咎必至。

【注释】《左传·庄公二十年》。哀:悲哀。乐:欢乐。失时:不是时候。殃咎:灾祸。

【解析】周朝王室发生内乱,周惠王避居外地。王子颓占据都城,享乐无度。郑厉公对此评价说:"悲哀与欢乐不是时候,灾祸就必定到来。"预示了王子颓的结局。

奸王之位,祸孰大焉?临祸忘忧,忧必及之。

【注释】《左传·庄公二十年》。奸:篡夺。祸孰大焉:还有什么灾祸比这更大呢?临祸:面临灾祸。忘忧:忘记忧患。及之:到他的身上。

【解析】周朝王室发生内乱,王子颓篡位,周惠王避居外地。鲁庄公二十年,郑厉公送周惠王回国,先居栎地,后入邬地。冬天,郑厉公见到周的大夫虢叔,评价王子颓说:"篡夺王位,还有什么灾祸比这更大呢?面临灾祸而忘记忧患,忧患就必定到他身上。"鲁庄公二十一年春天,郑厉公在虢叔的协助下,攻入京城,杀了王子颓和协助他的五位大夫,恢复了周惠王的天子之位。"临祸忘忧,忧必及之",就是王子颓提供给后人的反面教训。

酒以成礼,不继以淫,义也;以君成礼,弗纳于淫,仁也。

【注释】《左传·庄公二十二年》。酒以:以酒,介词和宾语倒置,用酒。成:成就,完成。继:继续,持续。淫:过度,无度。以君成礼:因为同国君饮酒完成了礼仪。弗纳于淫:不使他过度。这句话是说:饮酒是用来完成礼仪的,不能连续不断而无度,这叫义;因为同国君饮酒完成了礼仪,不使他过度,这叫仁。

【解析】鲁庄公二十二年,逃亡到齐国的陈国大夫敬仲受到齐桓公的礼遇。一次,敬仲宴请齐桓公,齐桓公喝得高兴,要求点起火继续喝,敬仲婉言谢绝。史家针对敬仲的做法提出了上述评论。商、周时期,饮酒之风甚盛,以至于周公认为商朝的灭亡同殷人嗜饮密切相关。本来,喜欢饮酒是一种民族的饮食习惯,在中国的历朝历代都普遍存在,但《左传》把它放在仁、义的高度去看待,使酒文化的道德和政治内涵凸显出来。

礼,所以整民也。

【注释】《左传·庄公二十三年》。礼:礼法。整:整饬,治理。这句话是说:礼法,是用来治理百姓的。

【解析】鲁庄公二十三年春天,鲁庄公到齐国去观看祭祀社神,这是不合礼法的。大夫曹刿为此进行劝谏,希望鲁庄公依礼行事。春秋时期,鲁国是最重视“礼”的诸侯国,恪守已经逐渐过时了的周“礼”,是鲁国政治生活中非常重要的事情。曹刿用“礼”来规范鲁庄公的行为也就不足为奇了。

会以训上下之则,制财用之节;朝以正班爵之义,帅长幼之序;征伐以讨其不然。

【注释】《左传·庄公二十三年》。会:会见。以:用来。训:训示。则:法则。制:规定,制定。财用:财物用度。节:标准。朝:朝见,朝拜。正:规范。班爵:等级爵位。义:通“仪”,这里指礼仪方面的法度。帅:统领,这里是规定的意思。序:秩序。征:征讨。伐:诛戮。不然:不对,指不遵从上命。这句话是说:会见是用来训示上下关系的法则,制定财物用度的标准;朝见天子是用来规范等级爵位的礼仪法度,规定长幼的秩序;征讨诛戮是用来惩罚不听上命的手段。

【解析】这是鲁国大夫曹刿对鲁庄公于二十三年春天到齐国去观看祭祀社神这种不合礼法的举动进行劝谏时所说的一段谏词。他列举诸侯的会见、朝觐天子、出兵征伐这三种情况的正确做法,劝谏鲁庄公应举止合度、依礼行事。

俭,德之共也;侈,恶之大也。

【注释】《左传·庄公二十四年》。俭:节俭。共(hóng):“洪”的借字,大。侈:奢侈。

【解析】鲁庄公二十四年春天，庄公在桓公庙的方型椽子上雕刻花纹，被人们看作是不符合礼法的奢侈行为，因此，鲁国大夫御孙在劝谏鲁庄公时尖锐地指出："节俭，是美好品德中的大德；奢侈，是邪恶行为中的大恶。"把"节俭"和"奢侈"这两种品行放在美德和恶行的制高点上，一方面反映了当时人们对尚俭抑侈的高度重视，另一方面也表现了御孙对这件事的激烈态度。

男女之别，国之大节也。

【注释】《左传·庄公二十四年》。大节：大的法度，即重要的法度。这句话是说：男女的区别，是国家的重要的法度。

【解析】鲁庄公二十四年秋天，夫人哀姜嫁来。鲁庄公让同姓宗族的夫人们拜见，进见时，以玉帛做礼物。对此，鲁国大夫御孙评论说："男人进见的礼物，大的是玉帛，小的是禽鸟，用物品的种类来表明等级；女人进见的礼物，不能超过榛子、栗子、枣和干肉，以表示恭敬。"指出进见时男女用同样的礼物，是违背了国家的大法，是不应该的。从这里我们可以透视出中国古代施加在所有女性身上的令人窒息的礼法枷锁。

凡天灾，有币无牲。非日月之眚，不鼓。

【注释】《左传·庄公二十五年》。天灾：自然灾害。有币无牲：用玉帛就不用牺牲（家养动物，有时也用人）。日月之眚（shěng）：日月的灾异，指日食、月食。眚，灾害，灾异。不鼓：不击鼓。

【解析】鲁庄公二十五年秋天，鲁国暴发洪水，就用击鼓和牺牲来祭祀土地神和城门门神。《左传》认为这是不合礼法的。并由此引发祭灾的一些礼法规定。"凡是天灾，祭祀时用玉帛就不用牺牲。不是日食、月食的灾异不能击鼓"，就是其中的特定规定。可见，当时礼法规范是何等的严格和拘泥。

天子非展义不巡守，诸侯非民事不举，卿非君命不越境。

【注释】《左传·庄公二十七年》。展义：宣扬德义。巡守：即巡狩，指天子视察诸侯国。民事：百姓的事情。举：行动，这里指出行。越境：走出国境。

【解析】"天子不是为了宣扬德义就不视察诸侯国，诸侯不是因为百姓的事情就不出行，卿没有国君的命令就不能走出国境。"这是《左传》针对鲁庄公二十七年春天，庄公到洮地会见杞伯姬之事所发表的议论。指出鲁庄公到洮地去会见杞伯姬（庄公的女儿）是私事，不是为了百姓，因而是不合乎礼法的行为。

凡诸侯之女，归宁曰来，出曰来归。夫人归宁曰如某，出曰归于某。

【注释】《左传·庄公二十七年》。归宁：回娘家。出：被休弃。来归：回娘家不再返回夫家。夫人:国君的配偶。

【解析】西周以来的礼法规范是很严格的。对于女子的回娘家,因为性质不同,说法也不一样:“凡是诸侯的女儿,回娘家叫来,被夫家休弃叫来归;国君的配偶回娘家叫如某,被夫家休弃叫归于某。”这是《左传》针对鲁庄公二十七年冬天,庄公的女儿杞伯姬回娘家(来)之事所发表的议论。从特定的词语就能看出丰富的社会内涵,这是古代史家治史严谨的表现,也是礼法规范严格的表现。

礼、乐、慈、爱,战所畜也。

【注释】《左传·庄公二十七年》。礼:知礼,即遵从礼法。乐:乐用,即愿意效命。慈:指父母慈祥。爱:指儿女敬爱。战所畜:战争之前应该具备的。

【解析】“遵从礼法、愿意效命、父母慈祥、儿女敬爱,是战争之前就应该具备的。”这是鲁庄公二十七年晋侯想要讨伐虢国,士芀(wěi)进行劝谏时说的话。士芀认为虢国国君骄傲,不要主动去进攻他,而是让他来进攻晋国,使他失去“礼”“乐”“慈”“爱”这些作战的基本条件,然后再去征伐他,就会取得胜利。可见,古人对百姓在战争中所起的决定作用是有充分认识的。

民,让事、乐和、爱亲、哀丧,而后可用也。

【注释】《左传·庄公二十七年》。让事:对事谦让。乐和:对人和乐。爱亲:爱护亲人。哀丧:哀痛别人的不幸。

【解析】鲁庄公二十七年,晋侯想要讨伐虢国,士芀劝谏晋侯不要主动去进攻虢国,而是让虢国来进攻晋国。他分析说:“百姓,对事谦让、对人和乐、爱护亲人、哀痛别人的不幸,然后才可以使用。”进而指出虢君不具备这样的民众基础,发动战争肯定会失败的。这里所谈的,主要是民心能否为君使用的问题。

凡马,日中而出,日中而入。

【注释】《左传·庄公二十九年》。日中而出:春分时放牧。日中:日夜长短相等,即春分和秋分。出:出场,指把马迁到野外的牧场去放牧。日中而入:秋分时入圈。入:入圈,指马从野外的牧场归来,开始圈养。

【解析】鲁庄公二十九年春天,鲁国新建造延厩,《左传》认为不合时令,因而解释说:“凡是马,春分时开始放牧,秋分时开始入圈。”这对了解古代家畜饲养活动有重要的参考价值。

凡师,有钟鼓曰伐,无曰侵,轻曰袭。

【注释】《左传·庄公二十九年》。师:出兵,指军事行动。钟鼓:敲钟击鼓。

轻:悄悄。

【解析】鲁庄公二十九年夏天,郑人侵许。《左传》针对这件事解释说:"凡是军事行动,有钟鼓声的叫伐,没有钟鼓声的叫侵,悄悄进攻敌人叫袭。"通过这些解释,我们可以了解到史书所记载的一些军事术语的确切内涵。

凡土功,龙见而毕务,戒事也;火见而致用,水昏正而栽,日至而毕。

【注释】《左传·庄公二十九年》。土功:土木建筑工程。龙见(xiàn):苍龙星出现,时间在夏历的九月,周历的十一月。毕务:结束农活。戒事:准备土木工程。火见(xiàn):心星出现,时间是夏历的十月初,周历十二月初。火,大火,即心星。致用:把工具运送到工地。水昏正:定星在夏历十月的黄昏出现在天的正中。水:大水,即定星,也叫营室。栽:立板筑墙。日至:冬至。毕:结束。

【解析】鲁庄公二十九年冬天十二月(周历),鲁国在诸地和防地筑城。《左传》认为合乎时令,评论说:"凡是土木建筑工程,苍龙星出现的时候结束农活,准备土木建筑;心星出现的时候把工具运送到工地,定星出现在南方天空正中的时候立板筑墙,冬至结束(土木建筑)。"这是了解中国古代生产劳动和生活规律的珍贵史料。

国之将兴,明神降之,监其德也;将亡,神又降之,观其恶也。故有得神以兴,亦有以亡。

【注释】《左传·庄公三十二年》。兴:兴起。明神:神明,神灵。降:降临。监:观察。

【解析】鲁庄公三十二年秋天,有神灵在虢国的莘地降临。周惠王问大夫内史过是怎么回事,内史过回答说:"国家将要兴起,神灵下降,是来观察他的德行;将要灭亡,神灵也降临那个国家,是来观察他的邪恶。所以,有得到神灵而兴盛的,也有得到神灵而灭亡的。"把国家的兴亡同神灵联系起来,是当时天命观的表现之一。但其中所包含的因德而兴、因恶而亡的社会哲理,却是问题的关键,这同早期天命观中上帝或神灵主宰一切、决定一切的观念还是有很大区别的。

国将兴,听于民;将亡,听于神。

【注释】《左传·庄公三十二年》。听于民:听从百姓。听于神:听从神灵。

【解析】鲁庄公三十二年秋天,有神灵在虢国的莘地降临。虢公派人去祭祀,向神灵请求土地。神灵答应了他的要求。对此,史嚚(yín)说虢国必亡,因为"国家将要兴起,听从百姓;将要灭亡,听从神灵。"这里所提出的"民重于神"的思想,不仅是对传统天命观的革命性的演变,也是《尚书》"保民"思想的进一步发展,是儒家"民本"思想的理论基础之一。

神,聪明正直而壹者也,依人而行。

【注释】《左传·庄公三十二年》。神:神灵。壹:始终如一,即专一不二。依人而行:依据人的德行而行动。这句话是说:神,是聪明正直而始终如一的神灵,根据人的德行而行动。

【解析】神灵是聪明正直而且始终如一的,他赐福于人或者降祸于人,主要是根据人的品德和行为来决定。在这个哲学命题里,虽然神灵仍是人们命运的主宰者,但从神灵那里是得福还是得祸,却取决于人们自身。这种唯心与唯物并存的认识,既是当时社会思想状况的现实写照,又是新旧思想遭递的具体体现。

宴安鸩毒,不可怀也。

【注释】《左传·闵公元年》。宴:享乐。安:安逸。鸩(zhèn)毒:毒酒。怀:怀恋。这句话是说:享乐安逸就像毒酒,不能怀恋。

【解析】鲁闵公元年,狄人进犯邢国。管仲指出狄人就像豺狼,不能满足,劝齐桓公亲近中原各国,不要贪图享乐安逸,应同仇敌忾,救邢抗狄。后来,"宴安鸩毒"就成为常用成语。

不去庆父,鲁难未已。

【注释】《左传·闵公元年》。不去:不除掉。庆父:鲁桓公的儿子,鲁庄公死后,其子子般即位,不久就被他派人刺杀。鲁难:鲁国的灾难。未已:不会停止。已:止,结束。

【解析】鲁闵公元年冬天,齐国大夫仲孙湫(qiǎn 或读作 qiū)到鲁国慰问新君被庆父刺死的祸难,回到齐国后对齐桓公说:"不除掉庆父,鲁国的灾难就不会结束。"从此,"不去庆父,鲁难未已"就成为常用成语。

难不已,将自毙。

【注释】《左传·闵公元年》。难:祸难。已:停止,结束。自毙:自取灭亡。

【解析】鲁国公子庆父杀死国君,造成鲁国内乱。齐国大夫仲孙湫到鲁国去探视。回国后,齐桓公问怎么对待庆父,仲孙湫回答说:"祸乱不停止,他就会自取灭亡。"预测了祸国殃民者的下场。

国将亡,本必先颠,而后枝叶从之。

【注释】《左传·闵公元年》。本:树干,喻周礼。颠:倒下。从之:随之枯萎。

【解析】鲁国发生庆父之祸，齐桓公想借机攻取鲁国。大夫仲孙湫劝阻说："不可以，因为鲁国还秉持着周礼。"周礼，被视为治国的根本。虽然发生了庆父弑君的祸乱，但鲁国一直是春秋时期遵守周礼最严格的国家，因此，仲孙湫分析，鲁国还不具备"国家将要灭亡，礼法首先败坏，就像树干首先倒下随后枝叶跟着枯萎一样"的亡国条件，劝齐桓公趁机以礼安定鲁国，以确立齐国的威信。齐桓公听从了仲孙湫的建议。

亲有礼，因重固，间携贰，覆昏乱，霸王之器也。

【注释】《左传·闵公元年》。亲有礼：亲近讲礼法的国家。因重固：依靠有实力而稳固的国家。因：凭借、依靠。重：重要，有实力。固：稳定，坚固。间：离间。携贰：携有二心的国家，即内部离心离德的国家。覆：覆灭，灭亡。昏乱：黑暗混乱。器：器用，这里是手段、方略的意思。

【解析】齐桓公想借庆父之祸攻取鲁国。大夫仲孙湫认为鲁国还秉持着周礼，立国的根本并没有被破坏，应以礼安之。"亲近讲礼法的国家，依靠有实力而稳固的国家，离间怀有二心的国家，灭亡黑暗混乱的国家，是完成称霸诸侯事业的手段。"这是仲孙湫针对此事发表的评论。事实上，这也是齐桓公时期齐国称霸诸侯的外交政策之基石。

心苟无瑕，何恤乎无家！

【注释】《左传·闵公元年》。心：内心。苟：如果，假如。无瑕：没有瑕疵。瑕：指缺失，缺憾。恤：忧虑，担心。

【解析】晋国太子申生已经显露出失宠的迹象，大夫士芀（wěi）劝太子趁灾祸还没有降临之际逃亡，并引用谚语来安慰他："心中假如没有缺失，何必担心没有家！"只要坦坦荡荡地做人，就不愁没有安身立命之地。这句生活格言既包含了做人的一种价值追求，也是一条被人们普遍认可的生活基本原则。

无德而禄，殃也。

【注释】《左传·闵公二年》。德：品德，在人指美好的品德；在国指德政。禄：俸禄，这里指天禄，即上天赐予的好处。殃：灾祸。

【解析】鲁闵公二年春天，虢国国君在渭水的弯曲处打败了犬戎。虢国大夫舟之侨说："没有美德却享受天禄，灾祸就要到来了！"于是逃奔到晋国。舟之侨不为自己国君的胜利感到高兴，反而认为是灾祸将要到来的开始而逃奔他国，侧面反映了人们对虢国国君无道而黩武的讽刺与批判。

使鹤，鹤实有禄位，余焉能战！

【注释】《左传·闵公二年》。使：派。实有禄位：拥有俸禄、地位，指仙鹤出门还要乘坐大夫的车子。实有：拥有，具有。余：我们。焉：怎么，哪里。

【解析】卫懿公喜欢饲养仙鹤，仙鹤享有像大夫一样的地位和待遇。鲁闵公二年冬天的十二月，狄人进攻卫国，卫懿公命令军队抵抗，士兵们说："派鹤去打仗吧！仙鹤享有很高的待遇和地位，我们哪能作战！"辛辣地讽刺和批判了卫懿公重物欲享乐而轻百姓社稷的荒淫昏聩行为。这个典故是著名的千古笑谈，足以为统治者戒。

大子奉冢祀、社稷之粢盛，以朝夕视君膳者也，故曰冢子。

【注释】《左传·闵公二年》。奉：奉事。冢祀：宗庙祭祀。粢盛（chéng）：盛在祭器内的谷物，这里也指祭祀。朝夕：早晚。视：照看。膳：饮食。冢子：承继宗祀的人。

【解析】鲁闵公二年，晋献公派遣太子申生攻打东山皋落氏。"太子是奉事宗庙、国家祭祀大典而每天照看君王饮食的人，所以叫冢子。"这是晋国大夫里克劝谏晋献公不要派太子领兵出征时说的一句话，从生活的角度说明了太子的职责。从这里我们也可以看出诸侯王法定继承人同国君之间的特殊关系。

君行则守，有守则从。从曰抚军，守曰监国，古之制也。

【注释】《左传·闵公二年》。君行则守：国君出行就守护国家。有守则从：有人守护国家就随从国君。抚军：协助国君镇抚军队。监国：代理国君监护国家。

【解析】鲁闵公二年，晋献公派遣太子申生攻打东山皋落氏。晋国大夫里克劝谏晋献公不要派太子领兵出征："（太子）在国君出行的时候就守护国家，有人守护国家就随从国君。随从国君叫抚军，监护国家叫监国，这是古代的制度。"意思是说，太子领兵出征既超越了太子的政治职能，也不符合古来的规定，是不合适的。这里，对太子的社会地位和政治职责的说明是非常明确的。

夫帅师，专行谋，誓军旅，君与国政之所图也，非太子之事也。

【注释】《左传·闵公二年》。夫：发语词。帅师：率领军队。专行谋：专门负责军队的行动和谋略。誓军旅：向军队发号施令。国政：执掌国家政事的人，一般指正卿。图：谋划。

【解析】"统帅军队，专门负责军队的行动和谋略，向军队发号施令，这是国君和执掌国家政事的卿相应该谋划的，不是太子的事情。"这是晋国大夫里克针对鲁闵公二年晋献公派遣太子申生统帅军队攻打东山皋落氏一事所说的一句谏词。这句话明确区分了国君与太子的职责,指出了晋献公的决策不当。是研究古代君主制政治体制的有价值的参考资料。

师在制命而已:禀命则不威,专命则不孝。故君之嗣嫡不可以帅师。

【注释】《左传·闵公二年》。师:统帅军队。制命:受制于君命。而已:罢了。禀命:秉承君命。不威:没有威严。专命:专权,擅权。嗣嫡:继承君位的人,这里指太子。

【解析】鲁闵公二年晋献公派遣太子申生统帅军队攻打东山皋落氏,晋国大夫里克认为不妥,劝谏晋献公说:"(将领)统帅军队在于受命于国君而已,受君命的制约就没有威严,专擅军权就不孝。所以国君的继承人不能让他统帅军队。"这句话指出了太子帅兵的弊端,同时也一定程度地反映了贵族统治阶级内部复杂的利害关系。

修己而不责人,则免于难。

【注释】《左传·闵公二年》。修己:修养自身,主要指品德方面。责:责怪,怨恨。

【解析】晋献公已显露出疏远太子申生而另立储君的迹象。晋国大夫里克劝慰太子要为国事努力,不要为废立之事分心,说:"修养自己而不怪怨别人,就可以免去灾祸。"希望太子通过加强自身的修养以赢得人心而免去灾难。这句话虽然是针对太子而言,但它所包含的理性认识却具有普遍的社会意义。

时,事之征也;衣,身之章也;佩,衷之旗也。

【注释】《左传·闵公二年》。时:时令。事:事情,事物。征:象征,征兆。章:"彰"的古字,表现,标志。佩:饰物。衷:内心,心意。旗:旗帜,标志,表现。

【解析】鲁闵公二年,晋献公让太子申生穿着左右两色的衣服,佩带着金玦(jué),率军去攻打东山皋落氏。晋国大夫狐突叹息说:"时令,是事物的象征;衣服,是身份地位的标志;饰物,是内心的表现。"认为晋献公已有疏远、杀害太子之心。从太子的服装、饰物测知晋献公的内心,可谓观察细腻,分析入微。这种通过外在的表象去分析事物内在本质的认知方法,包含着科学的、唯物的色彩。

内宠并后,外宠二政,嬖子配嫡,大都耦国,乱之本也。

【注释】《左传·闵公二年》。内宠:在内宠爱妃、姬、夫人。并:等同、相等。后:通"厚"。二政:太子和正卿。嬖子配嫡:庶子同嫡子对等。庶子:非正配所生的儿子。配:匹配,对等。大都耦国:大城市同国都相等。耦:通"偶",对等。

乱之本:祸乱的根本。

【解析】鲁闵公二年冬天,晋国太子申生奉命讨伐东山皋落氏。申生准备作战,大夫狐突引用辛伯劝谏周桓公的话劝阻说:“在内姬妃、夫人同等宠爱,在外太子和正卿同样理政,庶子同嫡子对等,大城市同国都并立,这是祸乱的根源。”认为申生现在的处境已经酿成祸根,太子之位难保,劝申生尽孝道、安百姓以求免祸。这里所涉及的正是奴隶社会向封建社会过渡时期统治阶级内部最敏感也是最深层的政治问题。

务材训农,通商惠工,敬教劝学,授方任能。

【注释】《左传·闵公二年》。务材训农:种植树木,训导农耕。通商惠工:鼓励商业,惠及手工业者。敬教劝学:敬重教化,劝导学习。授方任能:传授为官之道,任用有才能的人。

【解析】齐桓公把卫国封在楚丘。《左传》记载说:“卫文公穿着粗布衣服,戴着粗帛做的帽子,种植树木,训导农耕;鼓励商业,惠及手工业者;敬重教化,劝导学习;传授为官之道,任用有才能的人,使卫国三年内就富强起来。”根据这些记载不难看出,卫文公不仅以身作则,还精通治国之道,就此而言,可谓明主贤君。

凡侯伯,救患、分灾、讨罪,礼也。

【注释】《左传·僖公元年》。侯伯(bà):诸侯的领袖。伯,通“霸”。救患:救助患难。分灾:分担灾害。讨罪:讨伐罪恶。

【解析】鲁僖公元年春天,诸侯未及救援,邢国即被狄人攻破。后来,诸侯把邢国迁到夷仪。《左传》针对此事发表评论说:“凡是诸侯的领袖,救助患难、分担灾害、讨伐罪恶,是合乎礼法的。”这里提出的不仅是诸侯领袖的职责问题,也对诸侯长处理外事的合理做法给予了肯定,同时也表明了周朝天子权威下降、诸侯领袖作用提升已经得到广泛认可的事实。

君处北海,寡人处南海,唯是风马牛不相及也。

【注释】《左传·僖公四年》。北海:指齐国所居住的北方边远之地,非实指。南海:指楚国所居住的南方遥远之地,非实指楚国南临大海。唯是:即使。风:通“放”,放逸,逃逸;一说雌雄相诱叫“风”。马牛不相及:马、牛走不到一起。

【解析】鲁僖公四年春天,齐桓公率领诸侯军队征讨楚国。楚成王派使者责问齐桓公说:“您居住在北方,我居住在南方,即使马、牛放纵逃逸也不会走到一起的。”以此为据,指责齐桓公的涉远侵犯。后来,“风马牛不相及”就成为比喻两地相距遥远或事物互不相干的代名词。

一之谓甚，其可再乎？

【注释】《左传·僖公五年》。甚：过分。其：通“岂”，怎么。可：能。再：又一次，第二次。

【解析】鲁僖公五年，晋献公第二次向虞国借道去讨伐虢国。虞国大夫宫之奇极力劝阻：“一次就已经过分了，怎么能第二次呢？”从此，“一之谓甚，其可再乎”就成为告诫人们不能犯同一种错误或不能进行类似行为的惯用语。

辅车相依，唇亡齿寒。

【注释】《左传·僖公五年》。辅：喻面颊，即腮。车：喻牙床骨。相依：相互依存。唇亡齿寒：嘴唇没有了，牙齿就会寒冷暴露。

【解析】鲁僖公五年，晋献公第二次向虞国借道去讨伐虢国。虞国大夫宫之奇引用俗语劝谏虞公说：“面颊和牙床骨相互依存，嘴唇没有了，牙齿就会寒冷暴露。”形象地阐述了虞国与虢国这两个小国之间一存并存、一亡皆亡的依存关系。“辅车相依”或“唇亡齿寒”于是成为表现关系密切、利害相关的通用成语。

鬼神非人实亲，惟德是依。

【注释】《左传·僖公五年》。非人实亲：不对人特别亲近。惟：只是。德：品德，这里指美德。是：正确。依：依据。这句话是说：鬼神不对某个人特别亲近，只是依据人的品德正确与否。

【解析】鲁僖公五年，晋献公第二次向虞国借道去讨伐虢国。虞国大夫宫之奇陈述利害，极力劝阻。虞公认为自己祭祀用品丰盛而洁净，一定会得到鬼神的保护。对此，宫之奇提出了“鬼神非人实亲，惟德是依”的观点进行反驳。“依德不依人”这一哲学命题的提出，是中国思想发展史上的又一个进步，他把“人为神主”的观念又向前推进了一步。

心则不竞，何惮于病？

【注释】《左传·僖公七年》。心：内心，心中。则：如果。不竞：不坚强。惮：畏忌，害怕。病：这里指屈辱；一说卑弱。

【解析】鲁僖公七年春天，齐国进攻郑国。郑国大夫孔叔针对郑国既不能强又不能弱的现实，引用“内心不坚强，为什么不怕屈辱”的俗语，劝郑文公向齐国屈服以挽救国家。用“心则不竞，何惮于病”比附当时郑国难堪的处境是再恰当不过了。

朝不及夕,何以待君?

【注释】《左传·僖公七年》。及:到。待:等待。这句话是说:从早晨到不了晚上,用什么等待您呢?

【解析】鲁僖公七年春天,齐国进攻郑国。郑国大夫孔叔针对郑国既不能强又不能弱的现实,劝郑文公向齐国屈服以挽救国家。郑文公说:"我知道他们是为什么来的了,姑且稍微等等我。"孔叔回答说:"从早晨到不了晚上,用什么等待您呢?"后来,"朝不及夕"就演化成"朝不保夕"的常用成语。

招携以礼,怀远以德;德礼不易,无人不怀。

【注释】《左传·僖公七年》。招:招纳。携:离携,指有二心的国家。怀:怀服。远:疏远,这里指疏远叛逆的国家。易:改变。怀:归附。

【解析】鲁僖公七年秋天,齐国同鲁、宋、陈等国结盟,准备征讨郑国。对此,齐国大夫管仲提出不同看法,认为:"用礼招纳离心的国家,用德怀服疏远的国家;坚持德和礼,就没有人不归附。"齐桓公听从了管仲的建议,从而达到了不战而屈郑的战略目的。

能以国让,仁孰大焉?

【注释】《左传·僖公八年》。国:国家、社稷,这里指君位。让:辞让,推让。

【解析】鲁僖公八年,宋桓公生病。太子慈父再三请求立目夷为君。目夷推辞说:"(太子)能把国家让给别人,还有比这更大的仁爱吗?"辞而不受,快步退出。这可算做中国历史又一段政治佳话。

言归于好。

【注释】《左传·僖公九年》。言归于好:遵守誓言,归结到友好上来。

【解析】"言归于好",是鲁僖公九年秋天齐桓公在葵丘会盟诸侯时所说的一句誓词。后来成为捐弃前嫌、重新结成友好关系的代名词。

公家之利,知无不为,忠也。

【注释】《左传·僖公九年》。公家:指国家。利:利益。知无不为:知道了没有不去做的。

【解析】"国家的利益,知道了没有不去做的,这就是忠。"这句话是晋国大夫荀息回答晋献公时说的一句话。字里行间透露着不顾个人荣辱安危,把国家利益放在首位的崇高精神。

唯则定国。

【注释】《左传·僖公九年》。则:准则,法则。指行为合乎法则。定:安定。国:国家。

【解析】“唯则定国”是秦国大夫子桑对秦穆公评论晋国政治形势时所说的话。“只有行为合乎法则才能安定国家。”表现了以国家根本原则为行为规范、法律面前人人平等的政治原则,这也是为人的重要准则之一。

无好无恶,不忌不克之谓也。

【注释】《左传·僖公九年》。好:喜好,爱好。恶:厌恶。忌:猜忌。克:好胜。

【解析】“没有喜好或厌恶,才能做到不猜忌,不好胜。”这是秦国大夫子桑对秦穆公评论晋国政治形势时所说的话。表现了以中庸、公正为最高准则的政治态度。

欲加之罪,其无辞乎?

【注释】《左传·僖公十年》。罪:罪过,罪名。辞:托词。

【解析】晋献公为了证明自己当上国君合理合法,要将辅助他上台的里克杀死,理由是里克杀死了公子奚齐和卓。里克反驳说:“不杀他们,你怎么能当上国君呢?想把罪名归于某人,还怕找不到托词吗!”“欲加之罪,何患无辞”的成语就源于此。

神不歆非类,民不祀非族。

【注释】《左传·僖公十年》。歆(xīn):享受。非类:非我族类的祭品。类:族类。祀:祭祀。非族:非我族类的神灵。

【解析】“神灵不会享受非我族类的祭品,人民不会祭祀非我族类的神灵。”这是晋国大夫狐突劝解太子申生的话。使申生放弃了求助于秦国灭掉晋国的打算。族群观念体现在文化正统的传递之中,是任何社会个体都摆脱不了的。

礼,国之干也;敬,礼之舆也。不敬则礼不行,礼不行则上下昏,何以长世?

【注释】《左传·僖公十一年》。干:躯干。舆:车。行:实行,施行。昏:昏乱。长世:延长世代。

【解析】“礼法是国家的躯干,敬谨是礼法行动的车子。不恭敬就不能施行礼法,不施行礼法就会出现上下混乱,靠什么使国家长存?”周大夫通过晋惠公接受周天子赐予时的表现推测出晋国政治必然出现混乱的现实。任何不恭敬的行为都会引发秩序紊乱、影响国运的后果,体现了中国人的重礼法传统。

救灾恤邻，道也。行道有福。

【注释】《左传·僖公十三年》。救灾恤邻：救济灾难，抚恤邻国。道：指治国的正道。

【解析】晋国因连年饥荒，于鲁僖公十三年冬天向秦国求购粮食。秦国大夫百里奚对秦穆公说："救济灾难、抚恤邻国，是治国的正道。行走正道就会享有福祉。"济困扶危是中华民族的传统美德，把它应用于国家关系，可以说是这一道德规范更高层次的延伸。

其君是恶，其民何罪？

【注释】《左传·僖公十三年》。是：通"实"，诚然，确实。恶：可恶。罪：罪过。

【解析】鲁僖公十三年冬天，郑国建议秦穆公趁晋国饥荒进攻晋国。秦穆公说："他们的国君诚然可恶，晋国的百姓有什么罪过？"表现了秦穆公是非分明、爱民重义的政治家风范。

背施无亲，幸灾不仁，贪爱不祥，怒邻不义。四德皆失，何以守国？

【注释】《左传·僖公十四年》。背：背弃。施：恩惠，指秦国两次救济晋国灾荒。幸灾：庆幸别人的灾祸。贪：贪婪。爱：吝啬，小气。怒邻：使邻国愤怒。

【解析】鲁僖公十四年冬，秦国发生饥荒，向晋国求购粮食。晋国不给。此前，晋国两次灾荒，秦国都给予了大力援助。对此，晋国大夫庆郑说："背弃恩惠就没有亲近的人，庆幸别人的灾祸就是不仁，贪婪吝啬不吉利，激怒邻国就叫不义。四种美德都没有了，靠什么来守卫国家？"这里所涉及的不仅是国家之间的政治关系问题，同时也是社会道德规范问题。

皮之不存，毛将安傅？

【注释】《左传·僖公十四年》。这句话是说：皮都没有了，毛要依附在哪里呢？傅：通"附"，依附。

【解析】鲁僖公十四年冬，秦国发生饥荒，向晋国求购粮食，遭到晋国拒绝。对此，晋国内部发生争论。晋国大夫虢射认为救助秦国等于弱己强人，反对济秦，用"皮之不存，毛将安傅？"反驳大夫庆郑济秦的主张。尽管虢射的建议是自私和错误的，但这句话却成为用以表现现象和本质、本体和支流之间关系的名句。

无信患作，失援必毙，是则然矣！

【注释】《左传·僖公十四年》。信：信用，信义。患：灾祸，灾难。作：产生，发生。必毙:一定灭亡。是:这是。则:事理。然:对,正确。

【解析】鲁僖公十四年冬,秦国发生饥荒,向晋国求购粮食,遭到晋国拒绝。此前,晋国两次灾荒,秦国都给予了大力援助。晋国大夫庆郑针对大夫虢射反对济秦的自私主张,说:"没有信义,灾难就会产生;失去援助,必定会灭亡,这是事理所决定的。"指出晋国拒绝救助秦国不仅违背信义,以后也会失去秦国的援助,等于是自取灭亡,阐述了道义的力量。

外强中干。

【注释】《左传·僖公十五年》。外强中干:外表强大,内里虚弱。

【解析】鲁僖公十五年,秦国因为晋国幸灾背恩而出兵讨伐。晋惠公准备驾着从郑国输入的战马出战,晋国大夫庆郑认为不妥,指出外地所产的马不熟悉本地环境和主人,容易惊慌受吓,一旦受到刺激,就会出现"外表强盛而体内虚弱"的现象,反而会遗祸于人。"外强中干"虽然是针对战马所发表的议论,后来却成为形容"貌似强大实则虚弱"的常用成语。

无始祸,无怙乱,无重怒。重怒难任,陵人不祥。

【注释】《左传·僖公十五年》。无始祸:不要肇始祸乱,即不要做祸首。怙乱:恃人之乱。重:增加,加重。难任:难以承担。陵人:欺凌别人。这几句话是说:不要做祸首,不要恃人之乱,不要增加怨怒。增加怨怒难当大任,欺凌别人不吉利。

【解析】鲁僖公十五年,秦国因为晋国幸灾背恩而出兵讨伐,俘获晋惠公。秦穆公力排众议,决定释放晋惠公回国。大夫公孙枝引用西周史官所说的"无始祸,无怙乱,无重怒"支持秦穆公的做法,并分析了利弊得失。这种处理国与国之间棘手关系的做法不仅深合中国古代所提倡的"仁道",也为后世树立了榜样。

古者六畜不相为用,小事不用大牲,而况敢用人乎?

【注释】《左传·僖公十九年》。六畜:指牛、马、羊、猪、狗、鸡。不相为用:不相互使用。小事:小的祭祀。

【解析】鲁僖公十九年夏天,宋襄公让邾文公杀鄫子祭祀次睢的土地神,想以此来慑服东夷各国。大夫司马子鱼劝谏说:"古代的祭祀,六种牲畜不相互使用,小的祭祀不用大的牺牲,更何况用人祭祀呢?"从这里,我们既可以看到野蛮的人祭在春秋时期还有市场,另一方面也看到了反对人祭的文明行为的演进。

量力而动，其过鲜矣。

【注释】《左传·僖公二十年》。量力而动：衡量自己的力量而行动。过：过错，错误。鲜：少。

【解析】鲁僖公二十年，随国率领汉水以东的诸侯国背叛楚国，招致楚国的讨伐。史家认为随国被伐是由于不自量力，因而议论说："衡量自己的力量而采取行动，它的错误就会少了。"量力而动（即量力而行）就会少犯错误，揭示了事物发展的一般规律，是古人思辨客观化的表现之一。

善败由己，而由人乎？

【注释】《左传·僖公二十年》。善败由己：成败由自己决定。

【解析】"成败由自己决定，而不取决于他人"的见解，是《左传》针对鲁僖公二十年随国率领汉水以东诸侯国背叛楚国从而招致楚国讨伐一事所发表的议论。这里强调了自身因素在事物的成败之中所起的决定作用。但是，这一认识片面夸大了内因的作用而忽略了外因的影响。

以欲从人则可，以人从欲鲜济。

【注释】《左传·僖公二十年》。以欲从人：使自己的欲望服从别人。以人从欲：让别人服从自己的欲望。鲜济：很少成功。

【解析】鲁僖公二十年，宋襄公想要会合诸侯，鲁国大夫臧文仲听到这个消息评论说："使自己的欲望服从别人是行得通的，让别人服从自己的欲望则很少成功。"实际上，这里提出的是一个"克己从人""克欲从理"的行为准则问题，阐述了正确处理自己与他人、个体与整体之间的关系同成功与失败的辨证联系。

国无小，不可易也。无备，虽众不可恃也。

【注释】《左传·僖公二十二年》。国无小：国家不分大小。易：轻易，这里是轻视的意思。恃：依靠，依仗。

【解析】鲁僖公二十二年，诸侯小国邾国由于鲁国帮助须句的缘故，出兵攻鲁。鲁僖公不把邾国放在眼里，没有设防。鲁国大夫臧文仲说："国家不分大小，不能轻视。没有防备，即使人数众多也无法依靠。"结果正如臧文仲所料。其实，鲁僖公不能平等对待国与国之间的关系，依仗自己的强大而轻视邾国，在政治上犯了战略错误，军事上又违背了"有备无患"的基本原则，失败也就是必然的了。

蜂虿有毒，而况国乎？

【注释】《左传·僖公二十二年》。蜂：蜜蜂。虿（chài）：蝎子。

【解析】鲁僖公二十二年，诸侯小国邾国由于鲁国帮助须句的缘故，出兵攻鲁。鲁僖公不把邾国放在眼里，没有设防。对此，鲁国大夫臧文仲劝谏说："蜜蜂、蝎子都能用毒伤人，何况是一个国家呢？"臧文仲以小喻大，说明了小国不能轻视，大国不能自傲的道理，深入浅出，生动贴切。

彼众我寡，及其未既济也，请击之。

【注释】《左传·僖公二十二年》。及：趁。未既济：还没有完全渡过河。

【解析】鲁僖公二十二年，楚国为了援救郑国而进攻宋国。两国在泓水相遇。宋军已经列好战阵，楚军还没有完全渡河。宋国的大司马子鱼对宋襄公说："敌军众多我军人少，趁他们还没有完全渡过河，恳请进攻他们。"就军事的角度而言，这是击败敌人的上佳时机，可是宋襄公不允许。等楚军列好战阵后，宋军才发动进攻，结果大败。宋襄公的胶柱鼓瑟、愚仁蠢义和无知无能，为中国古代军事斗争史留下了一个可笑的反面战例。

明耻教战，求杀敌也。

【注释】《左传·僖公二十二年》。明耻：让士兵认识战败的耻辱。教战：教导士兵作战的方法。求：追求。

【解析】鲁僖公二十二年，楚国和宋国在泓水交战。由于宋襄公的胶柱鼓瑟、愚仁蠢义和无知无能，使宋军失去有利战机而大败。事后，宋襄公用不"杀害已经受伤的敌人""不擒获头发斑白的敌人""不靠险阻取胜""不进攻没有列好阵势的敌人"等理由为自己辩护。对此，大司马子鱼从军队的心理、士气、作战方法和作战目的等方面对宋襄公进行了批驳："让士兵认识战败的耻辱，教导士兵作战的方法，目的就是追求杀伤敌人。"

三军以利用也，金鼓以声气也。

【注释】《左传·僖公二十二年》。三军：古代一般把军队分为左、中、右三军或上、中、下三军，这里泛指军队。以：靠，凭。利：这里指有利时机。用：利用。金：军中所用的金属击打器物。声：声威。气：气势。

【解析】鲁僖公二十二年发生的宋、楚泓水之战，由于宋襄公军事上的愚昧无知，导致宋军战败。"军队作战靠的是有利战机的把握，鸣金击鼓靠的是声威和气势来鼓舞士气"，这是大司马子鱼针对宋襄公的不懂装懂和百般辩解所说的一番话。这里强调的是战场上决定战争胜负的两个重要方面：一是作战的时机与条件；二是军队的士气与激励士气的方法。

妇人迎送不出门，见兄弟不逾于阈，戎事不迩女器。

【注释】《左传·僖公二十二年》。迎送：迎接客人和送别客人。逾：超越，越过。阈(yù)：门槛。戎事：同战争有关的事物。迩：近，接近。女器：女子的用具。

【解析】鲁僖公二十二年十一月，郑文公夫人芈(mǐ)氏和姜氏到柯泽慰劳楚成王，楚成王则派师缙把俘虏和敌人的耳朵给她们看。《左传》认为这些都是不合乎礼法的，因而评论说："妇女迎来送往不出大门，会见兄弟不越过门槛，使用的器具不接近同战争有关的事物。"可见，当时的礼法规范对女子的束缚已经十分严酷。

子之能仕，父教之忠，古之制也。

【注释】《左传·僖公二十三年》。仕：指做官。忠：忠诚。这句话是说：儿子能够做官，父亲就教导他忠诚，这是古代的制度。

【解析】鲁僖公二十三年九月，晋惠公死，怀公即位。晋怀公命令追随其他公子流亡在外的人限期回国。大夫狐突不肯召回跟随重耳流亡秦国的儿子狐毛和狐偃，被怀公囚禁。面对死亡的威胁，狐突用"子之能仕，父教之忠，古之制也"来表明自己的理由。从这里我们可以看到礼法社会中人们对"忠"的理解和恪守。

淫刑以逞，谁则无罪？

【注释】《左传·僖公二十三年》。淫刑：滥用刑罚。逞：达成目的，即使自己满意。

【解析】鲁僖公二十三年九月，晋怀公即位，命令追随其他公子流亡的人限期回国。此时，大夫狐突的儿子狐毛和狐偃正跟随重耳流亡秦国。晋怀公捉住狐突，要挟他召回儿子。狐突就用"滥用刑罚来达到自己的目的，谁又能没有罪"来反诘晋怀公，表示自己不屈的信念。"淫刑以逞，谁则无罪"尖锐地揭露了统治阶级为实现自己的私利或目的而不惜滥用刑罚的恶行，同"欲加之罪，何患无辞"有异曲同工之用。

怀与安，实败名。

【注释】《左传·僖公二十三年》。怀：怀恋，指怀恋安逸的生活。安：安逸、享乐。败名：毁坏功名。

【解析】晋国公子重耳流亡到齐国后，齐桓公将本族的一个女子姜氏嫁给他，还送给他二十辆马车。重耳一时安于逸乐，忘记了大志，妻子姜氏劝他说："怀恋安逸的生活和安于享受，是会毁坏功名的。"于是，同重耳的随臣一起把重耳灌醉,送出齐国的都城。演绎了一曲劝夫励志的千古佳话。

男女同姓,其生不蕃。

【注释】《左传·僖公二十三年》。同姓:这里指同姓族亲。其生:他们的后代。不蕃:不旺盛。蕃,通"繁",多、兴旺。

【解析】晋国公子重耳流亡到郑国后,郑国大夫叔詹认为重耳身上具有三种异于常人的特别之处,预示他必定能够回国即位并大有作为。"男女同姓结婚,他们的后代不会兴旺",是叔詹针对重耳乃同姓族亲之后却能长寿这一特例所提出的反向论证。这里值得特别指出的是,早在数千年前,中国人就注意到了近亲不能通婚的事实。

晋、楚治兵,遇于中原,其避君三舍。

【注释】《左传·僖公二十三年》。治兵:统帅军队,这里指交战。其:我。三舍:九十里。舍:古代行军,一般走三十里就休息,故三十里为一舍。

【解析】晋国公子重耳流亡到楚国,受到楚成王的礼遇。当楚成王问重耳回国后用什么来报答他时,重耳思忖再三说:"如果将来晋、楚两国军队在中原相遇,我就退避您九十里。"这就是退避三舍、先礼后兵的著名典故。

窃人之财,犹谓之盗,况贪天下之功以为己力乎?

【注释】《左传·僖公二十四年》。贪:获取不应有的东西为贪。天下之功:上天降下的功劳。

【解析】鲁僖公二十四年,晋公子重耳回国即位,是为文公。晋文公赏赐随从他逃亡的人,漏掉介之推。介之推不屑像其他人那样极力表现自己去争功,说:"盗窃别人的财物,还叫做盗贼,何况贪取上天的功绩而把它当作自己的功劳呢!"充分表现了介之推的高风亮节。其中,"贪天下之功以为己力"则演化为"贪天之功据为己有"的常用俗语。

大上以德抚民,其次亲亲,以相及也。

【注释】《左传·僖公二十四年》。大上:即太上,指地位最尊贵的人,天子。亲亲:亲近亲人。及:推及。

【解析】郑文公怨恨周惠王不给厉公爵位,又怨恨周襄王袒护卫、滑两国,所以不听命于周朝天子。周襄王打算率领狄人讨伐郑国。周室大夫富辰劝阻说:"天子首先要靠德政安抚百姓,其次要亲近亲人,然后再推及到他人。"富辰的目的,意在阻止宗室内部自相残杀,但他所提出来的治政主张却是适合当时情况的合理建议。

庸勋、亲亲、昵近、尊贤，德之大者也。

【注释】《左传·僖公二十四年》。庸勋：举用有功劳的人。庸：通“用”，任用、举用；一说酬劳。亲亲：爱护亲人。昵近：亲近身边的人，指近臣。尊贤：尊重德才兼备的人。

【解析】“举用有功劳的人，爱护亲人，亲近近臣，尊重有德才的人，是德行中的大德。”这是周朝大夫富辰针对周襄王准备讨伐郑国一事所说的话。富辰把“庸勋、亲亲、昵近、尊贤”视为“德之大者”，未必完全合理，但他用道德来规范天子行为的主张却是值得肯定的。

弃德、崇奸，祸之大者也。

【注释】《左传·僖公二十四年》。弃德：抛弃美德。崇奸：崇尚邪恶。

【解析】“抛弃美德，崇尚邪恶，是灾祸中的大灾祸。”这是周朝大夫富辰针对周襄王准备讨伐郑国一事所说的话。

报者倦矣，施者未厌。

【注释】《左传·僖公二十四年》。报者倦矣：报答恩德的人已经疲倦了。施者未厌：施与恩德的人还未满足。

【解析】鲁僖公二十四年夏天，狄人受周天子之命攻打郑国，占领了郑国的栎地。周襄王为了感谢狄人，准备把狄君的女儿立为王后。周朝大夫富辰引用俗语劝阻说：“报答恩德的人已经疲倦了，施与恩德的人还未满足。”含蓄地批评了周襄王的滥施恩惠、自轻身份和纵患遗祸。

德以柔中国，刑以威四夷。

【注释】《左传·僖公二十五年》。柔：怀柔，安抚。中国：中原地区各诸侯国，均为周朝宗姓诸侯国。威：威镇，慑服。四夷：四方边远各国，多为非宗姓国。

【解析】鲁僖公二十五年，周天子把阳樊等地赐给晋文公。阳樊人不降服，晋国于是派兵包围了阳樊。当地的领袖人物苍葛大喊道：“用德政安抚中原各国，用刑罚来慑服边远的国家，（这就是我们不降服你们的原因）。”苍葛的话鲜明地表现了当时周天子和诸侯霸主所执行的歧视性外交政策。

信，国之宝也，民之所庇也。

【注释】《左传·僖公二十五年》。信：诚信，信用。宝：宝物，即珍贵的东西。庇：庇护。

【解析】鲁僖公二十五年冬天，晋文公携带三天的粮食包围了原城。到了第三天，原城没有投降，晋文公下令撤军。这时，间谍从城里出来说：“原城准备投降了。”军吏们要求晋文公等原君投降后再撤。晋文公说：“诚信，是国家的宝物，是民众赖以庇护的东西。”不愿因为得到原城而失信于民。晋文公取信于民的做法很高明，这恐怕是他成为春秋五霸之一的一个重要原因吧！

诗书，义之府也；礼乐，德之则也；德义，利之本也。

【注释】《左传·僖公二十七年》。诗书：指《诗经》和《尚书》。义：义理。府：府库。礼乐：指《礼记》《乐记》。则：准则，法则。德义：道德和义理。利：利益。本：根本，本源。

【解析】“《诗经》和《尚书》，是义理的府库；《礼记》《乐记》，是道德修养的准则；道德和义理，是国家利益的根本。”这是鲁僖公二十七年冬天晋国大夫赵衰（cuī）推荐郤縠（xìhú）为中军主帅时说的一番话。赵衰的本意虽然是为了说明郤縠的才能，但从这段话中，我们可以强烈地感受到《诗经》《尚书》《礼记》《乐记》等古代典籍在当时社会生活中的巨大作用和影响，为后人了解当时的政治文化构成提供了借鉴。

允当则归。

【注释】《左传·僖公二十八年》。允当则归：适可而止。允当：公平得当。归：本意是撤军，这里是停止的意思。

【解析】鲁僖公二十八年，晋、楚围绕曹、卫、宋等国的归附问题形成会战之势，实际上，这是晋楚争霸的开始。楚成王分析了双方的情况，认为已经达到了北进的目的，不愿同晋国发生正面冲突，命令申叔撤出谷地，命令子玉撤离宋国。“允当则归”是他所引用的古代兵书《军志》中的一句格言。这句话不仅是治军的一条基本原则，也适用于日常生活，同时也表现了楚成王冷静、理智的政治家风范。

知难而退。

【注释】《左传·僖公二十八年》。知难而退：知道困难就后退。

【解析】鲁僖公二十八年，晋、楚围绕曹、卫、宋等国的归附问题形成会战之势，实际上，这是晋楚争霸的开始。楚成王分析了双方的情况，认为已经达到北进目的，不愿同晋国发生正面冲突，命令申叔撤出谷地，命令子玉撤离宋国。“知难而退”是古代兵书《军志》中的一句格言，楚成王用它来说明“凡事不可强求，应知难而退”的事理，表现了楚成王的冷静与理智。

有德不可敌。

【注释】《左传·僖公二十八年》。有德不可敌：有德的国家不可抗拒。

【解析】鲁僖公二十八年，晋、楚围绕曹、卫、宋等国的归附问题形成会战之势，实际上，这是晋楚争霸的开始。楚成王分析了晋文公的经历，认为晋文公深得民心，不愿同晋国发生正面冲突，于是用古代兵书《军志》上所记载的格言"有德不可敌"来谕示下属。楚成王引用"有德不可敌"的格言，既说明了"德政"无形的巨大力量和晋国当时的政治现实，也展现了自己宽广的政治胸怀。

礼以行义，信以守礼，刑以正邪。

【注释】《左传·僖公二十八年》。礼以行义：礼用来推行义。信以守礼：诚信用来维护礼。刑以正邪：刑罚用来纠正邪恶。

【解析】这是曹共公小臣侯獳（nòu）针对晋文公没有按时恢复曹国君位而借筮史之口对晋文公提出的委婉批评。他通过正面论述礼与义、信与礼、刑与邪之间的相互关系和作用，指出晋文公没有遵循"礼以行义，信以守礼，刑以正邪"的治政准则。晋文公听后不怒反喜，马上恢复了曹伯的君位。

轻则寡谋，无礼则脱。

【注释】《左传·僖公三十三年》。轻：轻慢，轻狂放肆。寡谋：缺少谋略。无礼：不遵礼仪。脱：脱露，即粗心大意。

【解析】鲁僖公三十三年春天，秦国军队远袭郑国，路过周朝都城北门时，周共王的玄孙满看到秦军轻狂无礼的情景，就说："轻狂放肆就会缺少谋略，不遵礼仪就会粗心大意"，料定秦军必败。根据某些现象预测事物的发展情况是有思辨根据的。还未交战，秦军在政治和军事上就已经犯了错误，后来被晋军击败也就是理所当然的了。

厉兵秣马。

【注释】《左传·僖公三十三年》。厉兵：磨兵器。秣马：喂战马。

【解析】鲁僖公三十三年春天，秦国军队越过晋国远袭郑国。郑穆公得到消息，派人去探察原来帮助郑国防守北门的秦军动静，见他们正装束行李、磨砺兵器、饲喂战马，准备在内接应。后来，"厉兵秣马"（或秣马厉兵）就成为积极备战的代名词。

奉不可失，敌不可纵。

【注释】《左传·僖公三十三年》。奉：赐给，这里指上天赐予的好机会。纵：放纵。

【解析】鲁僖公三十三年春天，秦国军队越过晋国远袭郑国，由于郑国得到消息，预先防范，秦军无功而返。晋国大夫原轸认为应该进攻秦军："上天赐给的机会不能失去，敌人不能放纵。”就军事的角度而言，原轸的话是深合事理的。但是，从政治的角度看，绝秦晋之好而树立一个强大的敌人，则是不明智的。

一日纵敌，数世之患也。

【注释】《左传·僖公三十三年》。数世：几代。患：祸患。

【解析】鲁僖公三十三年春天，秦国军队越过晋国远袭郑国，由于郑国得到消息，预先防范，秦军无功而返。晋国内部在是否趁秦军回师之际进攻秦军的问题上发生争论。大夫原轸说：“一天放纵敌人，会留下长期的祸患”，以此来说服反对者。“一日纵敌，数世之患”虽然有所夸张甚至有强词夺理之嫌，但却真实地反映了大国争霸的现实和心态。

不以一眚掩大德。

【注释】《左传·僖公三十三年》。以：因为。一眚（shěng）：小过错。这句话是说：不能因为一点小过失而掩盖大的功绩。

【解析】鲁僖公三十三年，秦国军队远袭郑国未果，中途而返，在崤山遭到晋国军队伏击，全军覆没。主将百里孟明视、西乞术、白乙丙被俘，经晋襄公母亲文嬴的营救逃归秦国。秦穆公穿着白色的丧服在郊外等候，痛责自己不听蹇叔劝告导致丧师辱国。“不以一眚掩大德”是秦穆公承担过错、安慰百里孟明视等人时所说的话。一方面，表现了秦穆公不委过于人、知错就改的非凡气度；另一方面也表现了秦穆公是非分明，识大体、重大局的宽广胸怀。

相待如宾。

【注释】《左传·僖公三十三年》。相待如宾：互相对待就像尊重宾客一样。

【解析】郤（xì）缺是晋国的贤大夫。他没被举用之前，在田里锄草，妻子给他送饭，夫妻二人互相尊敬，相待如宾。大夫臼季见到这种情景，把郤缺推荐给晋文公。后来，“相待如宾”演化成“相敬如宾”的成语，常用来形容夫妻关系融洽、互相尊重并把它视为美好的道德传统；有时“相待如宾”也被应用在表现其他关系上。

敬，德之聚也。

【注释】《左传·僖公三十三年》。敬：恭敬，敬重。德之聚：品德的聚合，即品德的集中表现。

【解析】晋国大夫郤缺没被举用之前，躬耕田野，妻子给他送饭，夫妻二人互相尊敬，相待如宾。大夫臼季见到这种情景，把郤缺推荐给晋文公。“恭敬，是品德的集中表现"就是臼季推荐郤缺时对晋文公说的话。把"敬"这种品性看做品德的集中体现,足见中国古人对人际关系之中的礼貌、恭敬的高度重视。

出门如宾,承事如祭,仁之则也。

【注释】《左传·僖公三十三年》。出门:出行,这里指出门遇见人。如宾:如同会见宾客。承事:承担事情。如祭:就像祭祀。这句话是说:出门遇见人就像会见宾客那样恭敬,承担事情就像进行祭祀一样敬重,这是仁爱的准则。

【解析】这是晋国大夫臼季向晋文公推荐郤缺时说的一句话。臼季把"恭敬"升华为仁爱的标准,虽然是借题发挥,有评价郤缺和劝导晋文公的双重用意,但把它视为"仁之则",并推及到从日常生活到国家大事等多个方面,充分说明了古人对"恭敬"这种个性品德修养的高度重视以及对其作用的认识和利用。中国被称为"礼义之邦",恐怕与此不无关联。

文不犯顺,武不违敌。

【注释】《左传·僖公三十三年》。文:文德。犯顺:违背事理。武:武德。不违敌:不违背敌人的合理要求;一说不躲避敌人。

【解析】鲁僖公三十三年,晋国阳处父攻打蔡国,楚国子上率军救援,双方在泜水两岸扎营对峙。阳处父忌惮楚军,就派人向楚军表示:有文德的人不侵犯事物的常理,有武德的人不违背敌人的正当要求。双方屯兵日久,耗费资财,对谁都没有好处。如果想打,晋军就后退三十里,让楚军摆开阵势再战,否则,就放晋军过河作战。显然,阳处父是在搞心理战,但"文不犯顺,武不违敌"也确实包含了不容怀疑的处事、治军的合理原则,结果,双方还是理智地各自退兵回国。

履端于始,序则不愆;举正于中,民则不惑;归余于终,事则不悖。

【注释】《左传·文公元年》。履端:确定开端,这里指确定节令的开端。始:年历的开始,古时从冬至开始推算年令。序:次序,秩序,这里指时令次序和社会秩序。愆(qiān):差错,错乱。举正于中:说法不一,这里从杜预"举中气以正"之说,即在一年之中,把雨水、春分、谷雨、小满、夏至、大暑、处暑、秋分、霜降、小雪、冬至、大寒十二中气作为端正月份的标准。惑:疑惑,迷惑。归余:归总剩余的时间。终:指时序的终端。悖:悖逆,混乱。

【解析】鲁文公元年,以三月为闰月。《左传》认为不合礼法,因而评论说:"在年历的开始(冬至)确定四时的开端,时序和社会秩序就不会错乱;把每个月的中气作为端正月份的标准,百姓就不会疑惑;把剩余的日子归结到年历的最后,事物就不会混乱。"时令及其规律同人类生活关系重大,不能违背,也不能错乱，这是最基本的事理，所以《左传》把时令的确定同社会秩序、民众生活以及万事万物联系起来。

效尤，祸也。

【注释】《左传·文公元年》。效尤：效法错误。尤，过错，罪过。

【解析】晋文公末年，诸侯朝见晋国，卫成公不仅不去，还出兵侵袭郑国。一年后（即鲁文公元年），晋襄公通知诸侯讨伐卫国，大夫先且居说："效法错误是灾祸。"先且居的用意很明显，卫成公不朝见晋国，招致诸侯的讨伐，晋襄公如果无视周天子的存在，同卫成公犯的错误相同。所以，他建议晋襄公去朝见周天子，由自己率领军队去讨伐卫国。后来，"效尤，祸也"就演变成"效尤取祸"的常用语。

凡君即位，卿出并聘，践修旧好，要结外援，好事邻国，以卫社稷，忠信卑让之道也。

【注释】《左传·文公元年》。并：普遍。聘：访问，慰问。践：履行。修：营造。要结：缔结。要：通"约"，订立盟约。好事：友好地对待。

【解析】鲁文公即位后，派大夫公孙敖到齐国访问致礼。《左传》认为这是合乎礼法的，因而评论说："凡是国君即位，管理国政的大臣要遍出访问，履行和修补过去的友好，缔结外部援助，友好地对待邻国，以此来保卫国家，这是忠、信、卑让之道。"毫无疑问，忠于旧好以巩固联盟，取信新交以扩大联盟，用恭谨谦让的态度对待邻国以安定周边的政策，确实是保卫国家的正确的外交策略。

忠，德之正也；信，德之固也；卑让，德之基也。

【注释】《左传·文公元年》。正：中，核心。固：护卫，保障。卑让：谦卑礼让。基：基础。

【解析】鲁文公即位后，派大夫公孙敖到齐国，开始致礼访问。《左传》认为这是"忠信卑让之道"，合乎礼法。"忠，是德的核心；信，是德的保障；谦卑礼让，是德的基础"，是对"忠、信、卑让"的具体阐述。从这里，我们不仅能够看到儒家所提倡的"德"或"德政"的基本构成，也可以看到它在现实中的普遍应用与巨大作用。

小国之乐，大国之惠。

【注释】《左传·文公三年》。乐：安乐。惠：恩惠，恩赐。

【解析】鲁文公三年，鲁国同晋国结盟，晋襄公设享礼招待鲁文公。"小国的安乐，是大国的恩赐"，虽然是鲁国大臣庄叔在席间所说的一句谦辞，却真实地反映了春秋时期各诸侯国之间弱肉强食的现实。

天为刚德,犹不干时,况在人乎?

【注释】《左传·文公五年》。天为刚德:上天之德刚强。天为纯阳之气,所以其德属刚。干:干犯,触犯。时:四时,指自然法则。这句话是说:上天之德刚烈,尚且不触犯四时的规律,何况是人呢!

【解析】这是旅居宁地的晋国大夫宁嬴评价晋国大夫阳处父时说的一句话。当时(鲁文公五年),阳处父到卫国致礼访问,回国时路过宁地,宁嬴跟随他一同返国,发现阳处父性情刚烈,就中途退回。宁嬴用类比的方法,从阳处父的性格预测到这样的人不会有好结果,可谓善于察人,他的话也深合事理。

华而不实,怨之所聚也。

【注释】《左传·文公五年》。华而不实:只开花不结果,用以形容外表好看而内在空虚。

【解析】鲁文公五年,晋国大夫阳处父到卫国致礼访问,回国时路过宁地。旅居宁地的晋国大夫宁嬴跟随他一同返国,发现阳处父性情刚烈,而且华而不实,必定积聚怨恨而没有好结果,于是走到温地便中途退回。从此,“华而不实”就成为评价人的品行的成语。

不获其利而离其难。

【注释】《左传·文公五年》。不获其利:没有得到他的好处。离:通“罹”,遭受。

【解析】鲁文公五年,晋国大夫阳处父到卫国致礼访问,旅居宁地的晋国大夫宁嬴跟随他一同返国。宁嬴发现阳处父性情刚烈,且华而不实,认为他必定积聚怨恨而没有好结果,于是走到温地便中途退回。“没有得到他的好处却遭受他的祸难”,是宁嬴对妻子评价阳处父时说的话。这句话后来演变成“未蒙其利先受其害”的惯用语。

备豫不虞,古之善教也。

【注释】《左传·文公六年》。备豫:预先准备。豫:通“预”。虞:差错;一说忧虑;一说“不虞”是没有料到的事,即意外之事。

【解析】鲁文公六年秋天,鲁国大夫季文子准备到晋国去致礼访问,派人请教遇到丧事时所持的礼仪。手下人问道:“要用它做什么?”季文子回答说:“预先准备就不会有错误,这是古人最好的教诲。”“备豫不虞”是当时常用语,同“有备无患”言殊意同,有异曲同工之妙。

敌惠敌怨,不在后嗣,忠之道也。

【注释】《左传·文公六年》。敌:对。不在后嗣:不涉及后代。

【解析】晋国大臣臾骈在夷地阅兵时受到大夫狐射姑的侮辱,臾骈的手下人要杀掉狐射姑的全家进行报复。臾骈引用古书的记载劝阻说:"'对人有恩惠、对人有怨恨,不涉及他的后代',这是忠信之道。"这里,我们不能不佩服臾骈的心胸和气度,但更让人感佩的是古人"敌惠敌怨,不在后嗣"的认识,它充分表现了中国古代文明的高度发达和思辨的进步。

介人之宠,非勇也;损怨益仇,非知也;以私害公,非忠也。

【注释】《左传·文公六年》。介:借助。损怨:伤害敌对的人。益仇:增加仇恨。知:"智"的古字,明智,理智。以:因,因为。

【解析】晋国大臣臾骈在夷地阅兵时受到大夫狐射姑的侮辱,臾骈的手下人要杀掉狐射姑的全家进行报复。臾骈反对说:"凭借别人的宠爱(进行报复),不是勇敢;伤害敌人增加仇恨,不明智;因为个人的私怨而损害国家的利益,不是忠诚。"从臾骈这种"律己恕人""弃私从公"的高风亮节和豁达态度,不仅可以透视出人性的光辉和美好,也可以看到中华民族共同的道德追求。

闰以正时,时以作事,事以厚生,生民之道于是乎在矣。

【注释】《左传·文公六年》。闰:闰月。以:用来。正:补充、修正。时:四时,节令。作事:安排农事。厚生:丰富生计。生民:养育百姓。

【解析】鲁文公六年闰月,鲁国没有举行告朔的仪式,《左传》认为这是不合礼法的,因而评论说:"闰月用来补充修正四时,四时用来安排农事,农事用来丰富生计,养育百姓的道理就在这里。"表现出对时序、节令同农业生产、人民生活相互关系的充分认识和高度重视。

先人有夺人之心,军之善谋也。

【注释】《左传·文公七年》。先人:"先于人"的省略,先于敌人采取行动,即先发制人。有:又,再,加上。夺人之心:夺取敌人的作战信心(士气)。军之善谋:作战的好谋略。

【解析】鲁文公七年,晋襄公死。秦康公派兵护送公子雍回国。主持国政的大臣赵盾拒绝接纳,立太子(即晋灵公)即位,并发兵拒秦。"先发制人,加上夺取敌人的作战信心(士气),是作战的好谋略",这是赵盾率军出战时对部下说的话,深合用兵之道。

逐寇如追逃，军之善政也。

【注释】《左传·文公七年》。逃：逃亡的人。政：策略，方案。

【解析】鲁文公七年，晋襄公死。秦康公派兵护送公子雍回国。主持国政的大臣赵盾拒绝接纳，立太子（即晋灵公）即位，并发兵拒秦。“驱逐敌人就像追击逃亡的人，是作战的好方案”，这是赵盾统兵出战时激励部下的话。他要求将士作战时要气势旺盛、全力以赴，是符合作战规律的。

兵作以于内为乱，于外为寇。寇犹及人，乱自及也。

【注释】《左传·文公七年》。兵作：战事兴起，即发生战争。犹：还。及人：伤及他人。自及：自我伤及，即自我伤害。

【解析】鲁文公七年冬，鲁国大夫公孙敖到莒国会盟，并为公子襄仲迎娶莒女。公孙敖见莒女貌美，自己娶了她。襄仲请求攻打公孙敖，鲁文公准备答应。大夫叔仲惠伯劝谏说：“在国内发生战争叫做乱，在国外发生战争叫做寇。国外战争伤的还是别人，国内战争就是自我伤害。”这里所涉及的不仅仅是内外之别的问题，更重要的是政治的稳定、内部的团结和民生的苦乐问题。所以，鲁文公听取了叔仲惠伯的劝告，妥善地解决了纷争。

九功之德皆可歌也，谓之《九歌》。

【注释】《左传·文公七年》。九功：《左传》同文自释：“六府、三事，谓之九功”“水、火、木、土、谷，谓之六府”“正德、利用、厚生，谓之三事”。正德，端正德行。利用，营造福祉而被使用。厚生，丰富生计，即养育百姓。这句话是说：有关水、火、木、土、谷和端正德行、营造福祉、养育民生的德行都可以歌颂，叫做九歌。

【解析】这是晋国大夫郤缺劝诫晋国执政大臣赵盾时说的一句话。郤缺选取富有代表性的六种自然事物（六府）和三种社会事物（三事）劝赵盾广泛地树德立信，固然有关爱赵盾和关心国事的直接动因，但也可以看出当时社会对当权者的厚望和严格的要求。客观上，对社会文明的发展是有推动作用的。

天生民而树之君，以利之也。

【注释】《左传·文公十三年》。树之君：树立国君。以利之：让他们获得利益。

【解析】鲁文公十三年，邾文公想迁都，在绎地占卜。史官说：“对百姓有利而对国君不利。”邾文公说：“如果对百姓有利，也就是我的利益。上天生育百姓并为他们确立君主，就是让他们获得利益。民众得到了利益，我也肯定在其中。”邾文公的这段话，不仅突出地表现了他的仁爱胸怀，也反映了民本思想已经具有很大的影响力。

虽不能始，善终可也。

【注释】《左传·文公十五年》。始：开始，这里指好的开端。善终：好的结果。可：好。

【解析】鲁文公十五年，鲁国大夫公孙敖死在齐国，鲁国取回灵柩待葬。公子襄仲同公孙敖有仇怨，不想去吊唁。大夫惠伯就劝解他说："虽然不能有好的开端，有一个好的结局也是好事呀！"惠伯的这番话虽然是针对个案而发，但其中所蕴涵的"不要计较过去，努力争取好的结局和未来"的宽容态度和进取精神却是值得借鉴的。

君子之不虐幼贱，畏于天也。

【注释】《左传·文公十五年》。幼：幼小的人。贱：低贱的人。

【解析】鲁文公十五年，齐国攻打鲁国，随后又攻打曹国。鲁国大夫季文子评论说："君子不虐待幼小和低贱的人，是因为敬畏上天。"指出齐国以强凌弱，连上天也不敬畏，必然没有好结果。"君子之不虐幼贱，畏于天也"，一方面表现了在当时小国、弱国对现实的无奈以及希望借助人力以外的力量来求得安定的幻想，另一方面，也表现了天命观还在人们的观念中占据着重要地位。此外，也暴露了"君子之不虐幼贱"的本质。

畏首畏尾，身其余几？

【注释】《左传·文公十七年》。余几：剩下多少。这句话是说：害怕头又害怕尾，身体还剩下多少？比喻疑虑极多。

【解析】郑国夹在晋楚两个大国之间，是晋楚争霸的焦点和受害者。鲁文公十七年，郑国大臣子家给晋国执政大臣赵盾写了一封信，陈述郑国的苦衷。"畏首畏尾，身其余几"是子家在信中引用的一句古语，形象而恰当地反映了郑国的尴尬处境。后来，"畏首畏尾"就常用来形容怕前怕后、犹豫不定的状态。

鹿死不择音。

【注释】《左传·文公十七年》。音：荫，同音通假，指荫庇之所；一说指鸣叫声。这句话是说：鹿临死时是不会选择荫庇之所的。

【解析】鲁文公十七年，郑国大臣子家给晋国执政大臣赵盾写了一封信，陈述郑国夹在晋楚两个大国之间而无所适从的苦衷，并引用"鹿死不择音"的古语，暗示晋国不要逼迫郑国，否则，郑国就会投靠别国。"鹿死不择音"恰到好处地表达了郑国的弱国心态和小国的愤怒，让人不能不同情。

铤而走险，急何能择？

【注释】《左传·文公十七年》。铤（tǐng）：受逼迫而急速奔跑的样子。走险：跑向险处。急：危急的时候。这句话是说：受到逼迫而急速跑向危险的地方，危急中哪里能够选择？

【解析】郑国夹在晋楚两个大国之间，是晋楚争霸的焦点所在，经常受到两国的威胁和讨伐。鲁文公十七年，郑国大臣子家给晋国执政大臣赵盾写了一封信，陈述郑国的苦衷，表示晋国如果不能以德相待，威逼郑国，郑国走投无路，就会投靠楚国。于是，“铤而走险”就成为形容走投无路情况下被迫采取冒险行动的常用成语。

人谁无过？过而能改，善莫大焉。

【注释】《左传·宣公二年》。过：过错，错误。善莫大焉：没有什么善行比这更大的了。

【解析】晋灵公不行君道，鱼肉百姓、挥霍享乐、草菅人命。晋国大夫士季进谏。晋灵公猜到了士季的来意，就抢先说：“我已经知道自己所犯的错误了，今后一定改正。”士季听了很高兴，说：“人谁能没有过错？有过错而能改正，没有什么善行比这更大的了。”尽管晋灵公欺骗了士季，行恶如常，但士季进谏的忠言却成为流传千古的箴言警语。

在德不在鼎。

【注释】《左传·宣公三年》。在德不在鼎：（治理国家）在于德行而不在于鼎的大小。鼎，指夏禹所铸的大鼎，名谓九鼎。夏、商、周三代相传，是国家和权力的象征。

【解析】鲁宣公三年，楚王攻打居住在陆浑的戎人，并在周天子境内陈兵示威。天子派王孙满慰劳楚王，楚王便向王孙满问起九鼎的大小轻重。“在德不在鼎”就是王孙满对楚王的回答。它不仅揭示了治国之道的根本所在，还蕴涵了“事物的关键在于本质而不在于表面现象”的哲理。

德之休明，虽小，重也；其奸回昏乱，虽大，轻也。

【注释】《左传·宣公三年》。休：美好。明：光明。奸回：奸邪。回：邪曲。

【解析】鲁宣公三年，楚王攻打居住在陆浑的戎人，并在周天子境内陈兵示威。天子派王孙满慰劳楚王，楚王便向王孙满问起九鼎的大小轻重。王孙满回答说：“德行如果美好光明，鼎即使小，也是重的；如果奸邪昏乱，鼎即使大，也是轻的。”客观地揭示出治国在于修德而不在于鼎的大小、轻重，以及德行美好，德比鼎重，邪恶昏乱，德比鼎轻的辨证关系。

平国以礼，不以乱。

【注释】《左传·宣公四年》。平：安定，调和。以：凭，靠。

【解析】鲁宣公四年春天，鲁国、齐国让莒国和郯（tán）国媾和，莒国不肯。于是，鲁国讨伐莒国，占领了向地。对此，《左传》评论说："安定国家靠礼不靠乱。"指出"以乱平乱，何治之有"，批评了鲁国的不义之举和错误做法。这体现了当时以和平为正义的公理。

狼子野心。

【注释】《左传·宣公四年》。狼子野心：狼的后代具有凶暴的天性。狼子：幼狼。

【解析】鲁宣公四年秋天，楚国令尹子越发动叛乱，被楚王平息，望族若敖氏因此被灭。当初，子越出生的时候，他的伯父子文（楚国令尹）就劝弟弟子良（楚国司马）杀死子越，说子越有熊虎的形状、豺狼的声音，不杀掉他，一定会灭亡若敖氏。"狼子虽然幼小却具有凶残的天性"是子文用来形容子越时所引用的一句话。后来，"狼子野心"就常用来形容那些天性凶残而阴险的人。

使疾其民，以盈其贯，将可殪也。

【注释】《左传·宣公六年》。疾：危害。盈其贯：使他恶贯满盈。盈：满。贯：古代穿钱用的绳子。殪（yì）：死，这里是歼灭的意思。

【解析】鲁宣公六年秋天，赤狄侵犯晋国，晋侯准备进攻他们。中行桓子劝阻说："让他危害他的百姓，使他恶贯满盈，就可以消灭了。""以盈其贯"用比喻的方法来形容作恶的状态和程度，形象贴切，并演变成"恶贯满盈"的常用成语。

牵牛以蹊人之田，而夺之牛。

【注释】《左传·宣公十一年》。蹊（xī）：践踏。

【解析】鲁宣公十一年冬天，楚国讨伐陈国，杀死弑君的夏征舒，灭掉陈国，把陈国设置为楚国的一个县，群臣纷纷祝贺，唯大夫申叔例外。楚庄王责问申叔，申叔就说："牵牛践踏别人的田地，就夺走他的牛。"牵牛践踏田地的人，确实有罪；但夺走他的牛，惩罚就过重了。申叔引用"牵牛以蹊人之田，而夺之牛"比喻楚王的处事不当和矫枉过正，指出了楚庄王伐罪为虚、贪婪为实的本性，可谓深入浅出、一针见血。

取诸其怀而与之。

【注释】《左传·宣公十一年》。从他的怀中拿出来再交给他。

【解析】鲁宣公十一年冬天,陈国发生弑君内乱。楚国趁机讨伐,灭掉陈国,把陈国置为楚国的一个县。大夫申叔认为,楚庄王以讨罪的名义号召诸侯却以贪占陈国为结局是不对的,应该恢复陈国。楚庄王觉得有道理,问申叔是否可行,申叔就用"取诸其怀而与之"的话委婉地予以肯定和鼓励。夺过别人的东西再交给他,虽是顺水人情,但及时补过,也可肯定。

用师,观衅而动。

【注释】《左传·宣公十二年》。观衅而动:见有隙可乘就采取行动。

【解析】鲁宣公十二年,楚国讨伐郑国,晋国出兵救援,赶到黄河边,郑国已经投降并同楚国结盟。晋军主帅荀林父打算撤兵,统领上军的士会表示赞同。他认为:"用兵,见有隙可乘就采取行动。"既然楚军无隙可乘,退军自然是上策。其实,"观衅而动"所蕴涵的"见机行事"之理,不仅符合用兵之道,对社会生活也具有指导意义。

举不失德,赏不失劳;老有加惠,旅有施舍。

【注释】《左传·宣公十二年》。举不失德:选拔人才不遗漏品德好的人。赏不失劳:赏赐官爵不遗漏有功劳的人。老有加惠:年老的人受到优待。旅有施舍:旅居本国的人得到赠与。

【解析】鲁宣公十二年,楚国进攻郑国,晋国出兵救援,赶到黄河边,郑国已经投降并同楚国结盟。晋军主帅荀林父打算撤兵,统领上军的士会表示赞同。"举不失德,赏不失劳;老有加惠,旅有施舍"是士会对楚王的评价和分析,是他赞同撤兵的根据之一。从这里,我们不仅能够看到士会的理智,也能看到古人所推崇的贤明君主的影子。

见可而进,知难而退,军之善政也。

【注释】《左传·宣公十二年》。见可而进:发现可以作战就进军。知难而退:知道困难就撤退。军之善政:指挥作战的好策略。

【解析】鲁宣公十二年,楚国进攻郑国,晋国出兵救援,赶到黄河边,郑国已经投降并同楚国结盟。晋军主帅荀林父打算撤兵,统领上军的士会表示赞同:"发现可以作战就进军,知道困难就撤退,这是指挥作战的好策略。"士会提出的"见可而进,知难而退"的治军之道,又何尝不是生活之理呢?

兼弱攻昧,武之善经也。

【注释】《左传·宣公十二年》。兼弱攻昧:兼并弱小的国家进攻政治昏暗的国家。善:好。经:原则。

【解析】鲁宣公十二年，楚国进攻郑国，晋国出兵救援，赶到黄河边，郑国已经投降并同楚国结盟。晋军主帅荀林父打算撤兵，统领上军的士会表示赞同。他认为："兼并弱小的国家进攻政治昏暗的国家，是使用武力的优先原则。"这里，我们可以看出春秋时期强权政治的一面，也可以看出其伸张正义、表现进步的一面。

民生在勤，勤则不匮。

【注释】《左传·宣公十二年》。生：生计。在勤：在于勤劳。不匮：不困乏。

【解析】鲁宣公十二年，楚国进攻郑国，晋国出兵救援，赶到黄河边，郑国已经投降并同楚国结盟。晋军内部在是否撤军的问题上发生分歧。下军副帅栾书列举楚庄王治国有道、治军有方、百姓乐用的事实，支持主帅荀林父撤兵的打算。"人民的生计在于勤劳，勤劳就不会困乏"是当时流行的箴言，栾书引用它的本意，是用来肯定楚庄王的劝民有方以坚定荀林父的决心，但这句古老箴言所蕴涵的朴素哲理却道出了一个颠扑不破的真理。

宁我薄人，无人薄我。

【注释】《左传·宣公十二年》。宁我薄人：宁可叫我们的军队进逼敌人。薄：同"迫"，逼迫，进逼。无人薄我：不要让敌军逼迫我军。无，通"勿"。

【解析】鲁宣公十二年，楚国进攻郑国，晋国出兵救援，双方又一次爆发大规模的战争。"宁我薄人，无人薄我"是楚国令尹叔孙敖建议楚庄王抢先发动进攻时说的话。就军事的角度而言，这是先发制人、夺取主动的好策略，但是，如果把它应用在生活之中就会适得其反，成为霸道、自私的体现。

夫文，止戈为武。

【注释】《左传·宣公十二年》。夫：发语词。文：字，指文字的构造。止戈为武：止戈合起来叫做武。含有平息干戈之意。

【解析】鲁宣公十二年爆发的晋楚大战，楚军获胜。潘党建议楚庄王修筑营垒、收集晋人尸体建造京观以向后代昭示武功。楚庄王客观地分析了晋楚的得失，冷静地拒绝了潘党的建议。"从文字的构造看，止戈合起来叫做武"是楚庄王反驳潘党建议时说的话。楚庄王借用"武"的文字构造，表达平息干戈的思想，以小见大、以浅喻深，可谓巧妙之至。

夫武，禁暴、戢兵、保大、定功、安民、和众、丰财者也。

【注释】《左传·宣公十二年》。武：指动用武力。禁暴：制止暴虐。戢(jí)兵：平息战乱。保大：保持强大。定功：确立功德。安民：安定百姓。和众：调和诸侯。众,指各诸侯国。丰财:丰富财用。

【解析】鲁宣公十二年爆发的晋楚大战,以楚国获胜而告终。楚庄王在拒绝潘党"修筑营垒、收集晋人尸体建造京观以向后代昭示武功"的建议时,提出了著名的"武有七德"之说,即"使用武力,是为了制止暴虐、平息战乱、保持强大、确立功德、安定百姓、调和诸侯、丰富财用"。毫无疑问,这是正确理解战争功用的非常精辟的见解,也是对春秋时期争霸战争全面而深刻的正面总结。

困兽犹斗,况国相乎?

【注释】《左传·宣公十二年》。困兽犹斗:被围困的野兽尚且奋起搏斗。国相:辅佐君主治理国家的大臣。

【解析】鲁宣公十二年爆发的晋楚大战,晋国战败。主帅荀林父向晋景公请死,晋景公准备答应。大夫士贞子劝谏说:"被围困的野兽尚且奋起搏斗,何况是一国的辅政大臣呢!"言外之意,荀林父自会忍辱励志、励精图报。后来,"困兽犹斗"就成为形容陷于困境的失败者拼死挣扎的常用成语。

进思尽忠,退思补过,社稷之卫也。

【注释】《左传·宣公十二年》。进:进身君前,指在朝廷工作的时候。尽忠:竭尽忠诚。退:退身朝外,指在家休息的时候。补过:弥补国君的过失;一说弥补自己的过失。卫:捍卫者。

【解析】鲁宣公十二年,晋楚爆发大战,晋国战败。主帅荀林父请死于晋景公,晋景公准备答应。大夫士贞子劝谏说:"(荀林父)在朝廷工作时想的是竭尽忠诚,在家休息时想的是弥补国君的过失,是国家的忠实捍卫者。"充分肯定了荀林父的忠君爱国、尽职尽责。其实,"进思尽忠,退思补过"一直是中国古代贤臣所共同追求的政德目标,范仲淹的"先天下之忧而忧,后天下之乐而乐"又何尝不是它的进一步升华和发展!

夫其败也,如日月之食焉,何损于明?

【注释】《左传·宣公十二年》。夫:发语词。日月之食:日食月食。

【解析】鲁宣公十二年爆发的晋楚大战,晋国战败。主帅荀林父向晋景公请死,晋景公准备答应。大夫士贞子劝谏说:"他的失败,就像日食月食,对于日月的光明有什么损害呢?"用日食月食不损日月光明来比喻人的偶然失误或小的错误,不仅表现了观察事物的新颖与深刻,而且形象传神、贴切之至。

怀必贪,贪必谋人;谋人,人亦谋己。

【注释】《左传·宣公十四年》。怀:有所求,指怀恋宠信。贪:贪心,贪婪。

谋人：算计别人。

【解析】鲁宣公十四年，鲁国大夫公孙归父到齐国出使。齐国大夫晏桓子发现他怀恋鲁国的宠信，就预言他会逃亡，因为“怀恋宠信就必然贪心，贪心必定要算计别人；算计别人，别人也会算计他”。这里所揭示的人性的丑恶及其寓含的因果关系，在现实生活中并不少见，令人深思、发人深省，颇有警世意义。

虽鞭之长，不及马腹。

【注释】《左传·宣公十五年》。虽：虽然，尽管。不及：触不到，达不到。

【解析】鲁宣公十五年春，楚国伐宋，宋国向晋国告急。晋景公打算救援。晋国大夫伯宗引用古代成语劝阻说：“马鞭虽长，达不到马肚子。”认为远水不解近渴，应放弃救援的念头。这就是“鞭长莫及”这个成语的来源。

高下在心。

【注释】《左传·宣公十五年》。高下：能上能下，即能屈能伸。在心：在于内心，即在于心中有数。

【解析】鲁宣公十五年春，楚国伐宋，宋国向晋国告急。晋景公打算救援。晋国大夫伯宗引用古代谚语劝阻说：“能屈能伸在于心中有数。”劝晋景公暂时忍耐。“高下在心”揭示了遇事要不为外力所动，要有主见以及要能屈能伸的事理。

川泽纳污，山薮藏疾，瑾瑜匿瑕。

【注释】《左传·宣公十五年》。川泽纳污：河流湖泊能容纳污泥浊水。山薮藏疾：山林荒泽能隐藏毒蛇猛兽。薮（sǒu）：荒草生长的滩涂。疾：灾害，指能危害人的毒虫野兽。瑾瑜匿瑕：美玉能藏匿瑕疵。

【解析】鲁宣公十五年春，楚国伐宋，宋国向晋国告急，晋景公打算救援。晋国大夫伯宗针对景公的想法比喻说：“河流湖泊能容纳污泥浊水，山林荒泽能隐藏毒蛇猛兽，美玉能藏匿缺陷。”劝晋景公要善于包容，不要动辄同楚国发生对抗。这句话取类连比、形象贴切、富有哲理。

我无尔诈，尔无我虞。

【注释】《左传·宣公十五年》。我无尔诈：我不欺骗你。无：通“勿”，不要。尔无我虞：你不要欺骗我。虞：欺骗；一说防备。

【解析】“我无尔诈，尔无我虞”是鲁宣公十五年春天楚宋结盟时的一句誓词。来源于此的成语“尔虞我诈”正好反其义而用之。

初税亩,非礼也。

【注释】《左传·宣公十五年》。初:开始。税亩:按土地的亩数征税。

【解析】鲁宣公十五年,鲁国开始按土地的亩数征税(初税亩),标志着奴隶制赖以存在的基础之一——井田制遭到破坏,封建体制开始确立,是社会的一大进步。但《左传》从维护奴隶制的角度出发,认为这种新生事物是不合礼的。

民之多幸,国之不幸也。

【注释】《左传·宣公十六年》。多幸:多存侥幸。

【解析】鲁宣公十六年,晋国任命大夫士会统帅中军并担任太傅之职,晋国的盗贼逃奔到秦国。大夫羊舌职认为这是有好人在位的缘故。"百姓多存侥幸,是国家的不幸"这句谚语,是羊舌职由此引发的议论,认为是没有好人在位的缘故,以此来反证士会的贤良。

人火曰火,天火曰灾。

【注释】《左传·宣公十六年》。人火曰火:人为的火灾叫火。天火曰灾:天然的火灾叫灾。

【解析】鲁宣公十六年夏天,成周的宣榭着火,是有人放火。《左传》由此评论说:"人为的火灾叫火,天然的火灾叫灾。"这样定义火灾,界限明确,是古代有关火灾的专用术语。

喜怒以类者鲜,易者实多。

【注释】《左传·宣公十七年》。类:度,分寸;一说礼法。鲜:少。易:变易,即相反;一说迁怒。

【解析】鲁宣公十七年,晋国正卿士会退休,他对儿子说:"喜怒合度的人少,相反的却是很多。"告诫儿子要恭敬从事。从这里,我们可以看出古代贤者对性情修养的重视。

知难而有备,乃可以逞。

【注释】《左传·成公元年》。难:灾难,祸难。逞:达到目的,这里指解除灾难。

【解析】鲁成公元年冬,鲁国大夫臧宣叔认为在晋楚争霸的前提下,鲁国作为晋国的盟国,会招致楚国盟国——齐国的进攻,所以,他下令整饬军队、修缮城郭,完成了防御设备。"知道祸难而有所防备,就可以解除灾难",表现了臧宣叔的冷静与远见,其中所蕴涵的"有备无患"之理,无论在何时都有借鉴意义。

欲勇者，贾余馀勇。

【注释】《左传·成公二年》。贾：买；一说卖。馀：同“余”，剩余。

【解析】鲁成公二年，齐国进犯鲁国，晋国出兵救援，同齐国军队在鞌地爆发大战。决战前，齐国大夫高固闯入晋军，活捉晋国士兵，又抢夺晋国战车驰回，把带根的桑树拖在车后跑遍齐营，高喊：“要勇气的人，可以买我剩余的勇气！”高固的勇气固然可嘉，但他的傲慢轻敌却不足称道。这就是“余勇可贾”这一成语的源起。

余姑翦灭此而朝食。

【注释】《左传·成公二年》。姑：姑且。翦灭：消灭。朝食：吃早饭。

【解析】鲁成公二年，齐国进犯鲁国，晋国出兵救援，同齐国军队在鞌地对阵决战。决战前，齐顷公说：“我暂且消灭了这些敌人再吃早饭。”没有给马披甲就驱车而进。面对强敌和两军决战这样重大的事情，齐顷公却视同儿戏、草率轻敌，注定了失败的结局。这就是“灭此朝食”这一成语的由来。

无德以及远方，莫如惠恤其民，而善用之。

【注释】《左传·成公二年》。及：到。惠：恩惠。恤：爱怜。善用之：合理地发挥他们的特点。

【解析】“没有德行走不到太远的地方去，不如恩惠怜悯自己的百姓，并且合理地发挥他们的优势”。这是楚国令尹子重引述的楚庄王的遗言。从这里我们不难看出楚国强大的原因。

善钧，从众。夫善，众之主也。

【注释】《左传·成公六年》。善：好的主张，好的见解。钧：古代重量单位，三十斤为一钧，这里是有分量、重要的意思；一说通“均”，等同，一致。从众：听从众人。夫：发语词。主：主张。

【解析】鲁成公六年，楚国因为郑国追随晋国而出兵伐郑，晋国发兵救援。楚军主动撤回，晋军就袭击蔡国；楚国又率领申、息军队救蔡。两军在桑隧相遇。当时，晋军的大多数将领主张出战，只有知庄子、范文子和韩献子主张撤退，主帅栾武子认为三人已经为众，最终采纳了撤军的建议。“好的主张所以有分量，是因为听从众人的意见。好的见解，就是众人的主张”，这是栾武子为自己撤军进行辩护时说的话。这里，我们暂且不管栾武子是否采用了诡辩术，但他的决定未必不正确，而且这句话本身也是深合事理的。

尔以谗慝贪婪事君，而多杀不辜，余必使尔罢于奔命以死。

【注释】《左传·成公七年》。谗：谗佞。慝（tè）：错误，这里指邪恶。不辜：无罪的人。罢于奔命：因为奔走王命而疲惫。罢，通“疲”。

【解析】楚国令尹子重请求楚庄王把申邑和吕邑赏赐给自己，因为申公巫臣的进谏而未能实现。子反想娶夏姬，被巫臣制止，结果巫臣自己娶了夏姬逃奔到晋国。巫臣因此招致了子重和子反的怨恨。楚共王即位后，子重和子反杀了巫臣的族人，瓜分了他们的财产。巫臣写信给二人说：“你们用谗佞、邪恶、贪婪侍奉国君，而且杀死许多无辜的人，我一定要让你们疲于奔命而死。”巫臣固然有缺失，但子重和子反的罪恶更甚。“疲于奔命”的成语就源出于此。

从善如流，宜哉！

【注释】《左传·成公八年》。从善如流：听从好建议就像水流一样迅速。宜：应该，这里指应该有功。

【解析】“听从好建议就像流水一样迅速，应该有功哪！”这是史家对晋国大夫栾武子的评价。鲁成公六年，楚国因为郑国追随晋国而出兵伐郑，晋国发兵救援。晋军赶到，楚军主动撤回，晋军就袭击蔡国；楚国又发动申、息两地的军队救蔡。两军在桑隧相遇。主帅栾武子采纳知庄子、范文子和韩献子的建议，帅军撤退，为后来的胜利奠定了基础。后来，人们就常用“从善如流”来形容善于听取别人的正确意见。

勤以抚之，宽以待之，坚强以御之，神明以要之，柔服而伐贰，德之次也。

【注释】《左传·成公九年》。勤：勤勉。抚：安抚。宽：宽厚。御：驾御。神明：神灵，鬼神。要：约束。柔服：怀柔顺服。伐贰：讨伐有二心的。德之次：仅次于修德的办法。次：下一等。

【解析】鲁成公九年，晋国把汶阳的土地还给齐国，诸侯看到了晋国的衰落，对晋国有了二心。晋国很担忧，就在蒲地会见诸侯。鲁国大夫季文子问晋国执政大臣范文子：“不用修德来自强，重温旧盟为什么？”范文子回答说：“用勤勉安抚他们，用宽厚对待他们，用坚强驾御他们，用神灵约束他们，怀柔顺服的国家、讨伐有二心的国家，这是仅次于修德的办法。”弃主求次，由此看来，晋文公时期的辉煌已经不再。

仁以接事，信以守之，忠以成之，敏以行之，事虽大，必济。

【注释】《左传·成公九年》。接事：处事。信：信义。成：完成。敏：敏达。行：执行，推行。虽：即使。济：成功。

【解析】鲁成公九年，郑国把俘获的楚国乐官钟仪献给晋国，晋景公释放了他。执政大臣范文子认为钟仪是个君子，由此引发议论说：“用仁德来处理事情，用信义来维护它，用忠诚来完成它，用敏达来执行它，事情即使再大，也一定能够成功。”指出了美好品德和正确行为的巨大作用。事后证明，晋楚修好，钟仪起了重要作用。

恃陋而不备，罪之大者也。

【注释】《左传·成公九年》。陋：简陋，破败。罪：过错。

【解析】鲁成公九年冬天，楚国进攻莒国，连续攻破三座城池，主要原因是莒国的城池破败而且防备松懈。史家因此评论说：“依恃简陋而不防备，是过失之中的大过。”这同“备豫不虞”恰好相反。

在肓之上，膏之下，攻之不可，达之不及，药不至焉，不可为也。

【注释】《左传·成公十年》。肓(huāng)：胸腹之间的横膈膜。膏：心脏下面的脂肪。攻：指用灸法治疗。达：指用针法治疗。焉：这里。

【解析】鲁庄公十年，晋景公生了病，请来秦国名医缓。缓诊视病情后说：“(病)在肓的上面、膏的下面，用灸法治疗它不行，用针法治疗触及不到，药力达不到这里，不能医治了。”这同晋景公的梦正好相合。晋景公大为叹服。“病入膏肓”的成语就来源于此，常用来形容事情严重到不可挽救的程度。

享以示共俭，宴以示慈惠；共俭以行礼，而慈惠以布政；政以礼成，民是以息。

【注释】《左传·成公十二年》。享：享礼。示：昭示。共俭：恭敬节俭。共，同“恭”。宴：宴礼。慈惠：慈爱恩惠。行礼：推行礼仪。布政：推广政治教化。是：此，这些。息：休息、休养。

【解析】鲁成公十二年，晋国大夫郤至到楚国致礼访问并参加会盟，楚共王用享礼招待他。郤至认为规格太高，对楚国大夫子反说：“享礼是用来昭示恭敬节俭的，宴礼是用来昭示慈爱恩惠的；恭敬节俭是用来推行礼仪的，而慈爱恩惠是用来推广政治教化的；政治教化通过礼仪来实现，民众因为这些而获得休养。”郤至用排比的方法、递进的逻辑思维，阐述了享礼和宴礼的社会功用，并把它们归结到百姓的休养生息，是值得肯定的。

民受天地之中以生，所谓命也，是以有动作礼义威仪之则，以定命也。

【注释】《左传·成公十三年》。中：中正、中和之气。命：天命。动作：行为，行动。则：法则，法度。定：固定，保持。

【解析】鲁成公十三年，周朝大臣成肃公在社神庙接受祭肉，举止不恭敬。

周室大臣刘康公由此评论说:"百姓承受天地的中和之气而降生,这就是所说的天命,因此就有行动、礼义、威仪的法则,用来保持天命。"把民众的降生和社会法则一概归结为天命,反映了周王室统治集团思想观念的落后与没落,远不如一些诸侯国所代表的新兴势力的开化与进步。

能者养之以福,不能者败以取祸。

【注释】《左传·成公十三年》。能者:指能维护法则的人。

【解析】能维护法则的人修养它就会获得幸福,不能维护法则的人破坏它就会招致灾祸。这是周室大臣刘康公针对周臣成肃公在接受社神庙祭肉时表现不恭敬一事所发表的议论。虽然他所说的前提是天命论,但其中包含的事理却是正确的。

君子勤礼,小人尽力。

【注释】《左传·成公十三年》。勤礼:勤于礼法。尽力:竭尽力气。

【解析】鲁成公十三年,周朝大臣成肃公在社神庙接受祭肉,举止不恭敬,周室大臣刘康公由此发表了一番评论。"君子勤于礼法,小人竭尽力气"是其中的一句。他的本意虽然是强调礼法的重要,但这句话所表现出来的等级差异、贵贱之别却非常鲜明。

勤礼莫如致敬,尽力莫如敦笃。敬在养神,笃在守业。

【注释】《左传·成公十三年》。致敬:致力于恭敬。

【解析】"勤于礼法不如致力于恭敬,竭尽力气不如敦厚诚笃。致力于恭敬在于供奉神灵,敦厚诚笃在于坚守本业。"这是周室大臣刘康公针对周臣成肃公在接受社神庙祭肉时表现不恭敬一事所发表的议论。这里,刘康公特别强调"敬"和"笃",恰好表现了"天命观"与"民本思想"在特定历史时期的遭递。

戮力同心。

【注释】《左传·成公十三年》。戮(lù)力:并力,合力。

【解析】鲁成公十三年夏,晋厉公派大夫吕相去同秦国断交。"戮力同心"是吕相回忆晋献公、秦穆公时期两国交好时的情景。后来,"戮力同心"就成为表现齐心合力的常用成语。

《春秋》之称,微而显,志而晦,婉而成章,尽而不汙,惩恶而劝善,非圣人,谁能修之?

【注释】《左传·成公十四年》。称:记事。微而显:用词少而意义显明,即言简意赅。志而晦:记载含蓄深远。婉而成章:委婉而合理。尽而不汙(wū):透彻而不歪曲。惩恶而劝善:惩戒邪恶而鼓励善良。修:修订,编写。

【解析】鲁成公十四年九月,叔孙侨如带着夫人姜氏从齐国回到鲁国,《春秋》不记载族名,是因为尊重夫人。所以,史家评论说:“《春秋》的记事,用词少而意义显明,记载含蓄深远,委婉而合理,透彻而不歪曲,惩戒邪恶而鼓励善良,不是圣人,谁能编写它?”这是对孔夫子《春秋》的创作风格最早最系统的评价。

圣达节,次守节,下失节。

【注释】《左传·成公十五年》。圣:圣人,品德高尚的人。达:传达,宣扬。节:节操。次:其次的人。守:保守。下:下等的人。失:丧失。

【解析】鲁成公十五年,以晋国为首的八国诸侯联合出兵,逮捕了曹成公并送到京师。诸侯准备让子臧觐见周天子而立他为曹国国君。子臧认为自己品德不及圣人,不能做国君,随即避逃到宋国。“圣人传达节操,其次的人保守节操,最下的人丧失节操”是他引用古书《志》(一说《前志》)上的话进行推辞的依据。用思想境界把人划分为上中下三等,充分表现了古人对品德节操修养的重视。

善人,天地之纪也。

【注释】《左传·成公十五年》。善人:善良的人,即好人,纪:通“系”,依托。

【解析】鲁成公十五年,晋国大夫郤锜、郤犨(chōu)、郤至至诬陷并杀死了大夫伯宗。晋国大夫韩献子认为三族将难免灾难。他说:“好人,是天地的依托。”诛杀好人,自然没有好下场。“善人,天地之纪也”同“民,神之主也”表达了同样的思想,但更突出了善良和正义的地位与作用。

德、刑、详、义、礼、信,战之器也。

【注释】《左传·成公十六年》。详:通“祥”,指敬天礼神虔诚。器:器用,工具,这里指进行战争的基本条件。

【解析】鲁成公十六年,晋国出兵郑国,楚军前往救助。楚军经过申邑时,中军主帅子反会见了楚国老臣申叔,问到楚军此次出兵的前景。申叔说:“仁德、威刑、敬天、正义、合礼、诚信,是战争的基本条件。”而现在的楚国并不具备这些,因此,楚军必败。战争是非常复杂的国家行为过程,受很多因素的制约。这里重点强调了内部因素中的六个基本条件,突出了政治因素的决定作用。这也是《左传》一贯的基本思想之一。

甚嚣,且尘上矣!

【注释】《左传·成公十六年》。甚嚣:非常喧闹。尘上:尘土飞扬起来。

【解析】鲁成公十六年，晋国出兵讨伐郑国，楚军前往救援。两国军队在鄢陵爆发大战。决战前夕，楚共王登上高车观察晋军的动静，说："非常喧闹，而且尘土飞扬起来了。"楚共王观察到的情景，是晋军填埋井灶、摆列阵势时的场面。这句话后来浓缩为"甚嚣尘上"这一成语。

人所以立，信、知、勇也。信不叛君，知不害民，勇不作乱。

【注释】《左传·成公十七年》。立：立身。信：诚信。知：同"智"，明智。

【解析】鲁成公十七年，晋厉公准备发起祸难，对大夫郤锜、郤犨、郤至三族下手。郤氏得到消息，郤锜想要攻打厉公，郤至反对说："人所以能够立身，是因为诚信、明智、勇敢。诚信不能背叛国君，明智不能残害百姓，勇敢不能发起祸难。"面对生死抉择，郤至能泰然处之，而且不忘忠君爱国、怜及百姓、息事宁人，也不失为坦荡君子。

杀老牛莫之敢尸。

【注释】《左传·成公十七年》。莫之敢尸：没有人敢做主。尸：主，做主的意思。

【解析】鲁成公十七年，晋厉公发起祸难，诛杀了大夫郤锜、郤犨、郤至三族，并派人劫持了大夫栾书、中行偃。栾书、中行偃被释放后，反过来拘禁了厉公，召唤范宣子和韩厥，二人均推辞不往。韩厥引用俗语说："杀老牛没人敢做主，何况是国君呢。"以此表示不想参与谋君之事。

所获不如所亡。

【注释】《左传·襄公三年》。亡：丧失，失去。

【解析】鲁襄公三年，楚国子重率领精锐部队攻打吴国，良将邓廖被俘，又招致吴国的讨伐，丧失上等城邑驾地。因此，史家评论子重说："所获不如所亡。"也就是说得不偿失。

访问于善为咨，咨亲为询，咨礼为度，咨事为诹，咨难为谋。

【注释】《左传·襄公四年》。亲：亲人，亲戚。度：合度；一说度(duó)为谋。事：指政事。诹(zōu)：咨询，询问。难：疑难或难易。谋：谋略。

【解析】鲁襄公四年，楚国大夫穆叔到晋国访问，晋侯以享礼招待他。"向善人请教叫咨，请教亲人叫询，请教礼仪叫度，请教政事叫诹，请教疑难叫谋"，是穆叔在晋国说的话。由此可见，古人对于交际对象和交际语言是特别重视的。

多行无礼，必自及也。

【注释】《左传·襄公四年》。多行无礼：常做不合礼的事。必自及：必定祸及自己。

【解析】鲁襄公四年秋，襄公母亲去世。正卿季文子没有按应有的规格和礼仪进行善后，因此，史家评论说："常做不合礼的事，必定祸及自己。"这同"多行不义必自毙"言殊意近。

同罪异罚，非刑也。

【注释】《左传·襄公六年》。同罪异罚：相同的罪过惩罚却不一样。非刑：不符合刑律。

【解析】宋国大夫华弱和乐辔少年时彼此亲昵，长大后却互相诽谤。一次，乐辔在朝廷上用弓套住华弱的脖子，宋平公看到说："司马在朝廷上脖子套弓枷，打仗就难以取胜了。"于是驱逐了华弱。司城子罕说："相同的罪过不同的惩罚，不符合刑律。"也驱逐了乐辔。宋平公的不公平令人费解，而他的迷信则更可笑。其实，"同罪异罚"在等级社会里并不少见。

夫郊，祀后稷以祈农事也，是故启蛰而郊，郊而后耕。

【注释】《左传·襄公七年》。夫：发语词。郊：郊祭。后稷：周族先祖，传说中的农神。农事：指农业丰收。启蛰：古时节气名。启，指惊蛰。蛰，指入蛰。

【解析】鲁襄公七年四月，鲁国三次占卜郊祭都不吉利。孟献子说："郊祭，是祭祀后稷而祈求农业丰收的，所以在启蛰节举行郊祭，郊祭之后开始耕种。"指出在耕作之后进行郊祭是不合适的。从这里我们不仅能了解到郊祭的具体时间和祭祀内容，还能得知当时农业生产的一些情况，是对研究古代农业生产规律很有价值的资料。

恤民为德，正直为正，正曲为直，参和为仁。

【注释】《左传·襄公七年》。恤：抚恤。正：纠正。直：人坦率有时就欠周详，所以为直。正曲：纠正曲。曲：不正，不直。参和：糅合，融会。

【解析】鲁襄公七年，晋卿韩献子退休，准备让穆子继任。穆子推辞并推荐韩起。"抚恤百姓叫做德，纠正直叫做正，纠正曲叫做直，融会德、正、直叫做仁。"这是穆子推荐韩起时说的话。把抚恤百姓视为德，是民本思想的典型体现；正直和正曲则是处事方法，合乎中庸之道；仁则是一种更高的精神境界和从政标准。

小国无文德而有武功，祸莫大焉。

【注释】《左传·襄公八年》。文德：文治的功德，即德政。武功：战争的功绩，这里含有崇尚武力的意思。

【解析】鲁襄公八年，郑国子国、子耳侵袭蔡国，俘虏了蔡国司马公子燮。郑国人很高兴，惟独子产不附和众人，说："小国没有文治的功德却有了战争的功绩，没有什么灾祸比这更大了！"子产对郑国这样的小国不致力于内部修德理民却崇尚武功对外侵伐的不义之举，有着清醒的认识。其实，他是提出了一条符合小国实际的生存之道。

杖莫如信。

【注释】《左传·襄公八年》。杖：通"仗"，依恃，依仗。

【解析】鲁襄公八年冬天，楚国因为郑国侵袭蔡国而兴兵讨伐郑国。郑国在顺服楚国还是等待晋国救援上发生分歧。子驷主张用牺牲玉帛在晋楚两国边界等待，顺从兵力强盛的国家，以此来保护郑国。子展则认为"可依恃的莫如诚信"，郑国与晋国有盟，应该等待晋国救援。显然，子驷的主张是典型的实用主义治国，而子展的主张却是道义治国。

君子劳心，小人劳力，先王之制也。

【注释】《左传·襄公九年》。君子：指士以上阶层的人。劳心：运用智慧。小人：指普通人。劳力：运用体力，即出力。

【解析】"君子用智，小人出力，这是先王的规定。"本意是强调运用智慧同敌国周旋，而不一定全都依靠武力，但这句话中却包含了十分鲜明的等级观念和贵族优越感。

众怒难犯，专欲难成，合二难以安国，危之道也。

【注释】《左传·襄公十年》。犯：触犯。专欲：专权的欲望。二难：指触犯众怒和专权。

【解析】鲁襄公十年，郑国的内部叛乱平息后，子孔掌握国政，制定盟书，规定官员的职位次序，要求听取执政大臣的法令。大夫、官吏和卿的嫡子不愿遵从，子孔就想诛杀他们。子产劝阻说："众人的愤怒难以触犯，专权的想法难以成功，把触犯众怒和专权合起来安定国家，是危险的办法。""众怒难犯"和"专欲难成"的成语，充分表现了政治生活的基本规律，对日常生活也不乏借鉴意义。

夫乐以安德，义以处之，礼以行之，信以守之，仁以厉之，而后可以殿邦国、同福禄、来远人，所谓乐也。

【注释】《左传·襄公十一年》。乐：音乐。安德：安定，巩固。处：对待。行：推行。守：维护。厉：通“励”，勉励。殿：镇抚。同：共享。来：吸引。乐：快乐。

【解析】鲁襄公十一年，晋侯把乐队的一半赏赐给魏绛。魏绛辞谢并借机对晋侯进行规劝。“音乐是用来安定德行的，用道义对待它、用礼法推行它、用诚信维护它、用仁德激励它，然后才能镇抚国家、共享福禄、吸引来远方的人，这就是所说的快乐。”这是魏绛劝词中的一段话。音乐的教化作用，早在《尚书》中就有过比较充分的论述，这里把音乐同德、义、礼、信、仁以及安邦定国、享受福禄联系起来，无疑是进一步扩大了音乐的社会功用。

思则有备，有备无患。

【注释】《左传·襄公十一年》。思：指事先想到。备：准备，防备。患：灾祸。

【解析】鲁襄公十一年，晋侯把乐队的一半赏赐给魏绛。魏绛辞谢并借机对晋侯进行规劝。“事先想到就会有准备，有准备就没有灾祸。”这是魏绛规劝晋侯居安思危，有备无患。

君子尚能而让其下，小人农力以事其上，是以上下有礼而谗慝黜远，由不争也，谓之懿德。

【注释】《左传·襄公十三年》。尚能：崇尚才能。让其下：对下属谦让。小人：指一般的人，即庶民。农力：努力。事：侍奉。是以：因此。谗慝（tè）：谗佞邪恶的人。慝：差错，这里指邪恶。黜远：废黜远离。由：原由，原因。不争：不争夺，指不争名夺利。懿（yì）德：大德。懿：大，深。

【解析】鲁襄公十三年，晋悼公委命军队统帅时，出现了大夫们互相谦让、非常团结的大好局面。其实，从范宣子开始晋国就树立了让贤的美德传统。对此，史家评论说：“君子崇尚才能而礼让他的下属，民众努力侍奉他们的长官，所以上下有礼而奸佞邪恶之人废黜远离，原因是不争名夺利，这就叫大德。”举贤尚能、上下团结一心，这是国家政治清明稳定的主要表现。从齐桓公开始，晋国数代称霸诸侯，于此有重要关联。

与人而不固，取恶莫甚焉！

【注释】《左传·襄公十四年》。与人：结交他人，这里指依附他人。不固：不坚定，不稳固。恶（wù）：憎恶，厌恶。莫甚：没有什么比这更严重。

【解析】鲁襄公十四年，诸侯大夫跟随晋国六卿讨伐秦国。到达泾水，诸侯的军队不肯过河，郑国大夫会见卫国大夫北宫懿子说："依附别人而不坚定，招致憎恶没有什么比这更严重的了！"于是，郑国军队走在最前面，其他诸侯军队随后跟进。"与人而不固，取恶莫甚焉"，其核心是诚信问题。

良君将赏善而刑淫，养民如子，盖之如天，容之如地。

【注释】《左传·襄公十四年》。良君：贤良的国君。将：要。刑淫：惩罚邪恶。养民如子：养育百姓就像养育儿女。盖：覆盖，保护之意。容：包容承载。

【解析】鲁襄公十四年，卫国人驱逐了他们的国君。晋国乐师师况评论说："贤良的国君要奖赏善良而惩罚邪恶，养育百姓就像养育儿女，覆盖他们就像苍天，承载他们就像大地。"他认为这是卫君过分的结果。不罪民而罪君，表现了师况鲜明的是非观念，也寄托了儒家的贤君理想。

善则赏之，过则匡之，患则救之，失则革之。

【注释】《左传·襄公十四年》。过：错误。匡：纠正。患：灾难。失：过失。革：更改。

【解析】善良的就奖赏他们，有过错就纠正他们，有灾难就救助他们，有过失就改变他们。这是晋国乐师师况针对鲁襄公十四年卫国人驱逐其国君一事所发表的议论。这些对国君的要求，体现了民众的共同愿望，是儒家仁政思想的一种体现。

亡者侮之，乱者取之。推亡固存，国之道也。

【注释】《左传·襄公十四年》。亡者：无道的，一说灭亡的。乱者：昏乱的。推亡：推翻无道的国君。固存：稳固现在的国君，即在位的有道国君。

【解析】鲁襄公十四年，卫国新君即位。晋悼公向中行献子询问卫国的情况，中行献子就引用商汤左相仲虺（huǐ）的话说："无道的国君可以侮辱他，昏乱的国君可以攻取他。推翻无道的国君，稳固现在的国君，是治国的常道。"建议晋悼公安抚卫国，观察动静，等待时机。这段话虽然有强权的成分，但也包含了古人的是非观和正义感。

我以不贪为宝，尔以玉为宝。若以与我，皆丧宝也，不若人有其宝。

【注释】《左传·襄公十五年》。贪：贪婪。与：赠与，给。人：各人，各自。

【解析】鲁襄公十五年，宋国有人得到一块美玉，把它献给大臣子罕。子罕拒绝说："我把不贪婪作为宝物，你把美玉作为宝物。如果你把它给我，我们都失去宝物了，不如各自拥有宝物。"就此而言，子罕的品德美于美玉。

生于乱世，贵而能贫，民无求焉，可以后亡。

【注释】《左传·襄公二十二年》。民无求：不向百姓索取。后亡：比别人晚灭亡。后：晚，慢。

【解析】鲁襄公二十二年，郑国大夫公孙黑肱去世前，立子石为继承人，要求他减少家臣和祭祀从简，留下足够祭祀用的土地，其余的封邑全部归还国君，叮嘱说："生活在动乱的时代，地位高贵却能清贫，不向百姓索取，就能够比别人晚灭亡。"公孙黑肱的话包含三层意思：一是地位高贵要有甘于清贫和保持清贫的节操与理智；二是要求不扰民，即树德于民；三是指出了保持清贫和不扰民的结果。

生在敬戒，不在富也。

【注释】《左传·襄公二十二年》。生：生存。在：在于。敬戒：警戒。敬：通"儆"，警戒。

【解析】"生存在于警戒，不在于富有。"这是鲁襄公二十二年郑国大夫公孙黑肱去世前对族人的训示。它道出了生活的一条基本哲理：生存重于占有，自警可以长存。

小国间大国之败而毁焉，必受其咎。

【注释】《左传·襄公二十三年》。间：乘间，即钻空子。毁：破坏。咎：秧咎，祸害。

【解析】鲁襄公二十三年，晋国发生内乱，齐侯从卫国出发准备攻打晋国。崔杼劝谏说："小国趁大国动乱而破坏它，必定会遭到祸害。"乘人之危，是礼法社会所不能容忍的背德之举，可惜齐侯不以为然。

大上有立德，其次有立功，其次有立言，虽久不废，此之谓不朽。

【注释】《左传·襄公二十四年》。大上：至高无上的，最高的。立德：树立德行。立功：建立功业。立言：树立言论。

【解析】鲁襄公二十四年，鲁国的穆叔到晋国，晋国执政大臣范宣子问他什么叫"死而不朽"，穆叔回答说："至高无上的是有人树立德行，其次有人树立功业，再次有人树立言论，即使人死去很久也不会被遗忘，这就叫不朽。"穆叔道出了精神之美的无穷魅力和无限的生命力，见解非常精辟！

夫令名，德之舆也；德，国家之基也。

【注释】《左传·襄公二十四年》。令名：好名声。令，美。德之舆：承载品行的车子。

【解析】晋国的范宣子执政，诸侯朝见晋国的贡品太重。郑国大夫子产就写了一封信给范宣子，劝他应该轻财货、树德行、重美名。“美好的名声，是承载品德的车驾；品德，是国家的根基。”他用比喻的方式阐述了名声和品德的重要意义、作用，可见古人对德政的推崇。

恕思以明德，则令名载而行之，是以远至迩安。

【注释】《左传·襄公二十四年》。恕：宽宥，原谅。明德：弘扬美德。令名：美好的名声。载而行之：承载高尚的品德而被推行。是以：因此。远至：远方的人来朝见。迩安：近处的人安心。迩：近。

【解析】晋国的范宣子执政初期，诸侯朝见晋国的贡品太重。郑国大夫子产就写信给他说：“用宽宥的想法来弘扬美德，那么美好的名声就会承载高尚的品德而被推行，因此，远方的人就会来朝见、近处的人就会安心。”劝他轻财货、树德行、重美名，以此来达到“远至迩安”的目的，表现了古人对名、德、行相互关系的认识与理解。

言以足志，文以足言。

【注释】《左传·襄公二十五年》。足：满足，这里指实现、达成。志：意愿。文：文采。

【解析】鲁襄公二十五年，郑国大夫子产到晋国进奉战利品，表现出出色的语言和外交才能。孔夫子引用古书《志》的记载评论说：“语言是用来达成意愿的，文采是用来实现语言的。”表现了一个伟大教育家的职业视角以及对语言、文采的重视。

视民如子；见不仁而诛之，如鹰鹯之逐鸟雀也。

【注释】《左传·襄公二十五年》。鹯（zhān）：猛禽，象鹰。

【解析】鲁襄公二十五年，郑国大夫子产问然明怎样施政，然明回答说：“把百姓看做自己的儿女；发现不仁德的人就诛杀他，就像鹰鹯追逐鸟雀一样。”然明用两个形象、贴切的比喻表达自己的施政主张，是非了然、爱憎鲜明，值得称道。

政如农功，日夜思之，思其始而成其终。朝夕而行之，行无越思，如农之有畔，其过鲜矣。

【注释】《左传·襄公二十五年》。政：治理政事。农功：农业生产，农活。越：超越。畔：界限。过：错误，过失。鲜：少。

【解析】“治理政事就像农业生产，日夜想着它，要考虑它的开始也要考虑它的收成。每天去做，所做的不要超越所想的，就像农田有界限一样，这样他的错误就少了。”这是鲁襄公二十五年郑国大夫子产回答太叔文子询问如何施政时说的一番话。把深刻的事理通过浅显的比喻揭示出善于思考、勤奋努力、忠于职守的从政要诀。

君子之行，思其终也，思其复也。

【注释】《左传·襄公二十五年》。行：行动，做事。终：结果。复：继续，下一步。

【解析】鲁襄公二十五年，卫献公派人同卫国大夫宁喜谈复位的事，宁喜答应了卫献公。太叔文子评论说：“君子做事，不仅考虑行动的结果，也要考虑下一步怎样做。”也就是说，行事既要深思熟虑又要深谋远虑。宁喜既不考虑后果，也不考虑下一步怎么办，是行不通的。

弈者举棋不定，不胜其耦。

【注释】《左传·襄公二十五年》。弈：下棋。举棋不定：举起棋子不知下在哪里。胜：战胜。耦：通“偶”，对手。

【解析】鲁襄公二十五年，卫国大夫宁喜答应了卫献公复位的要求但却不知怎么处置。太叔文子对此评论说：“下棋的人举起棋子不知下在哪里，就不能战胜对手。”认为宁喜行事既不考虑后果，又优柔寡断，必定祸及九族。从此，“举棋不定”就成为形容犹豫不决，遇事缺乏主见的常用成语。

兵，民之残也，财用之蠹，小国之大灾也。

【注释】《左传·襄公二十七年》。兵：战争。残：残害，可译作灾难。财用：财产。蠹（dù）：蛀虫。

【解析】宋国的向戌同晋国的赵文子、楚国令尹子文交好，想要消除诸侯之间的战争而获取名声。鲁襄公二十七年，向戌到晋国游说。赵文子同大夫们商量，韩宣子说：“战争，是百姓的灾难，是财政的蛀虫，是小国的大灾难。”主张听取向戌的意见。这句话道出了战争的主要危害。

志以发言，言以出信，信以立志，参以定之。

【注释】《左传·襄公二十七年》。志：愿望。发：启发。言：语言。出信：表现诚信。立志：确立意愿。参：糅合、融会。

【解析】鲁襄公二十七年，各诸侯国准备在宋国的西门外举行结盟仪式。楚国人穿着皮甲赴会。伯州犁评论说：“意愿是用来启发语言的，语言是用来表现诚信的，诚信是用来确立意愿的，三者融会就能稳固。”通过分析意愿、语言和诚信三者之间的生发、依存、统一关系，谴责了楚国人的不诚信。

圣人以兴，乱人以废。废兴存亡昏明之术，皆兵之由也。

【注释】《左传·襄公二十七年》。以：因为。兴：兴起，指因为武力而兴起。乱人：制造祸乱的人。废：被废弃，指被消灭。兵：武力，战争。由：原因，根由。

【解析】鲁襄公二十七年，宋国大夫向戌因为奔走诸侯之间，有“弥兵”的功劳，向宋平公请求赏赐。宋平公赐给他六十个邑。子罕批评了他的做法，并针对“弥兵”之事评论说：“圣人因为武力而兴起，制造祸乱的人也因为武力而被消灭。废弃、兴起、生存、灭亡、昏暴、圣明的治世方法，都是产生战争的根由。”指出了战争是一种不可回避的客观存在，是治世的一种不可或缺的手段。这种分析观点鲜明、论据充分，客观冷静。

赋诗断章，余取所求焉。

【注释】《左传·襄公二十八年》。赋诗：朗诵诗歌。赋，不歌而颂。断章：截取诗中的章节。所求：所需要的。

【解析】据鲁襄公二十八年记载，齐国的庆封爱好打猎并嗜酒，于是把政权交给儿子庆舍。庆舍宠信卢蒲癸并把女儿嫁给他。庆舍的家臣问卢蒲癸说：“男女结婚要区别是否同姓，您却不避讳同宗，为什么？”卢蒲癸回答说：“朗诵诗歌截取诗中的章节，我只选取我所需要的。”显现了卢蒲癸的急功近利和实用主义人生哲学。后来，这句话演化成“断章取义”这一常用成语。

松柏之下，其草不殖。

【注释】《左传·襄公二十九年》。殖：繁殖，生长。

【解析】鲁襄公二十九年夏天，楚国的郏敖即位，王子围做令尹。郑国使者子羽认为不合适，令尹必定代替楚君而昌盛。他比喻说：“松柏的下面，那里的草不能茂盛地生长。”虽然这是针对楚国的政治形势所发表的议论，但其中包含的“力量对比悬殊决定成败”以及“要善于选择生存环境”的事理却发人深省。

人生几何？谁能无偷？朝不及夕，将安用树？

【注释】《左传·襄公三十一年》。几何：多久。偷：偷乐，即苟且偷安。树：建立，树立。

【解析】鲁襄公三十一年，鲁国大夫穆叔参加澶渊会盟后回国，预测晋国将发生内乱，下一个执政的人可能是韩起，建议孟孝伯应有所准备，提前建立友好关系。孟孝伯说：“人活着能有多久？谁能不苟且偷安？早晨活不到晚上，要建立友好关系有什么用?”孟孝伯的不思进取、得过且过是极端自私、颓废的表现,是消极人生观的典型代表。

其所善者,吾则行之;其所恶者,吾则改之。

【注释】《左传·襄公三十一年》。善:爱好,喜欢。恶:厌恶。

【解析】郑国人在乡校里聚会游玩并议论执政者的得失。然明建议毁掉乡校,执政大臣子产明确反对,认为正好是监督自己的好机会。他说:“他们所喜爱的,我就推行它;他们所厌恶的,我就改正它。”表现了子产顺应民意、严于律己的美德。

人之爱人,求利之也。

【注释】《左传·襄公三十一年》。求:谋求。利之:有利于他。

【解析】郑国大臣子皮想让尹何做他的封地长官。子产对子皮说:“一个人喜爱另一个人,总是谋求对他有利。”子产认为尹何太年轻,如果让他担此重任,等于是伤害他。子产的观点未必完全正确,但他对人的心理和感情付出的分析是符合客观实际的,表现了人类甘于奉献的美好品质。

君子务知大者远者,小人务知小者近者。

【注释】《左传·襄公三十一年》。务知:致力于了解,努力了解。大者远者:大的事情、深远的事情。小者近者:小的事情、眼前的事情。

【解析】郑国大臣子皮想让尹何做他的封地长官。子产在同他讨论这件事时,表现出富有远见的哲思和睿智,子皮发自内心地表示叹服。“君子致力于了解大的事情、深远的事情;小人致力于了解小的事情、眼前的事情”是子皮自谦时说的话。他把子产比做君子,把自己说成小人,既表现了他的谦逊,也确实道出了生活实际中“君子”与“小人”的重要区别。

人心之不同如其面焉。

【注释】《左传·襄公三十一年》。人心之不同如其面焉:人心不相同就像人的面孔不相同一样。

【解析】郑国大臣子皮佩服执政大臣子产富有远见的哲思和睿智,表示不仅要向子产请教,家族的事情也听从子产的意见。对此,子产用“人心之不同如其面焉”等话语,坦率地拒绝。这句话不仅揭示了人的思想感情非常复杂的一面,也揭示了“知人知面难知心”的难以测度的一面。

君子在位可畏，施舍可爱，进退可度，周旋可则，容止可观，作事可法，德行可象，声气可乐，动作有文，言语有章，以临其下，谓之有威仪也。

【注释】《左传·襄公三十一年》。在位可畏：执政能够使人敬畏。施舍可爱：施与恩惠能够让人喜欢。进退可度：进身或者退身能够作为法度。周旋可则：同人交往能够作为法则。容止可观：仪容举止能够让人观赏。作事可法：做事情能够让人仿效。德行可象：德行能够让人效法。声气可乐：声音气度能够让人快乐。动作有文：举止有修养。言语有章：语言有条理。以临其下：用这些来垂范下属。谓之有威仪：叫做有威仪。

【解析】鲁襄公三十一年，卫襄公在楚国，北宫文子见到令尹王子围，认为他具有君王的威仪而没有大臣应有的威仪，恐怕难免于祸难，并由此引发了对“威仪”的议论。这里，北宫文子对君子“威仪”的见解，虽然有理想化的成分，但也确实道出了君子能够“威仪”众人的可贵之处，并成为垂范后世的品行标准。

人为有墙，以蔽恶也。墙之隙坏，谁之咎也？

【注释】《左传·昭公元年》。为：建筑，设置。以蔽恶：用来阻止坏人。隙坏：裂缝毁坏。咎：过错。

【解析】鲁昭公元年，鲁国的季武子攻占了莒国的郓地。莒国向诸侯盟会报告，楚国向晋国提出斩杀鲁国的会盟使者叔孙豹以示惩罚。晋国的乐桓子趁机向叔孙豹索要贿赂，作为替他求情的条件。叔孙豹拒绝说：“人设置墙壁，是用来阻挡坏人的。墙壁裂缝毁坏，是谁的过错呢？”表示自己来会盟就是为了保护鲁国，如果因为自己贿赂免死而使鲁国遭到进攻，就违背了会盟的初衷；同时，也指出了罪责不在自己的事实。这句话既表现了叔孙豹临危不惧、以死赴国的高风亮节，也为自己进行了有力的辩护。

临患不忘国，忠也；思难不越官，信也；图国忘死，贞也；谋主三者，义也。

【注释】《左传·昭公元年》。临患：面临灾祸。思难不越官：顾虑危难不放弃使臣的职守。图国忘死：考虑国家而忘掉死亡。贞：坚贞。谋主三者：谋划事情以三者为主。

【解析】鲁昭公元年，鲁国的季武子攻占了莒国的郓地。莒国向诸侯盟会报告，楚国向晋国提出斩杀鲁国的会盟使者叔孙豹以示惩罚。晋国的乐桓子趁机向叔孙豹索要贿赂，作为替他求情的条件。叔孙豹不肯因为自己贿赂免死而使鲁国遭到进攻，拒绝贿赂乐桓子。晋国的赵文子听到这件事后赞叹说：“面临灾祸而不忘记国家，叫做忠心；顾虑危难而不放弃使臣的职守，叫做诚信；考虑国家而忘掉死亡，叫做坚贞；谋划事情以忠心、诚信、坚贞为主，叫做义。”对叔孙豹不畏生死、忠贞爱国的高尚品德给予了充分的肯定。

强以克弱而安之，强不义也。不义而强，其毙必速。

【注释】《左传·昭公元年》。克：压制，一说战胜。安之：安于这种做法。不义：不符合道义。毙：灭亡。

【解析】鲁昭公元年，楚国令尹王子围设宴招待晋国的赵孟。事后，赵孟对叔向谈起楚国令尹强、国君弱的情况，叔向评论说："强大的压制弱小的而安于这种做法，这是强大的不符合道义。不符合道义而强大，他的灭亡一定很快。"叔向的议论表现了同情弱者的鲜明道德取向，也包含了"物极必反"的哲理。

君子有四时：朝以听政，昼以访问，夕以修令，夜以安身。

【注释】《左传·昭公元年》。君子有四时：君子有四段时间。朝以听政：早晨用来听取政事。昼以访问：白天用来咨询慰问。夕以修令：晚上用来修订政令。夜以安身：夜里用来安歇身体。

【解析】鲁昭公元年，晋平公生病，郑简公派子产到晋国致礼访问并问候病情。晋国大夫叔向问晋平公的病因，子产否定了鬼神作祟的说法，认为是劳逸、饮食、哀乐失度所致。"君子有四时"这句话是子产提出的正常的作息规律，不仅具有实用性，也深合从政养生之道。

君子不犯非礼，小人不犯不祥，古之制也。

【注释】《左传·昭公三年》。不犯非礼：不做不符合礼法的事。不犯不祥：不做不吉祥的事。

【解析】鲁昭公三年，齐景公趁晏子出使的机会，给晏子建造了新居。晏子回国后，拆毁新宅为邻居建造房屋。他说："君子不做不符合礼法的事，小人不做不吉祥的事。"表现了晏子为他人着想、抑己弘德的品格。

求逞于人，不可；与人同欲，尽济。

【注释】《左传·昭公四年》。求逞于人：向别人求取快意。逞：实现某种目的为逞。与人同欲：同别人有相同的愿望。尽济：都能实现。

【解析】鲁昭公四年，楚灵王向郑国大臣子产询问晋国能否允许楚国拥有诸侯一事时，子产分析了晋国以及其他诸侯国的情况，认为楚国有领导诸侯的条件和可能。但是，子产又意味深长地告诫说："向别人求取快意，行不通；同别人的愿望相同，都能实现。"既表现了子产出色的外交语言技巧，也暗寓了劝阻之意。

苟利社稷，死生以之。

【注释】《左传·昭公四年》。苟：假如，如果。以之：从之，顺从它，追随它。

【解析】郑国执政大臣子产制订丘赋的制度，招致国人怨谤。子产态度坚决地说："如果对国家有利，无论死还是生都依从它。"表现了坚持正确道路不避生死、不避利害的坚定信念和高度的爱国主义精神。

为善者不改其度，故能有济也。

【注释】《左传·昭公四年》。度：法度，做法。有济：有成功的希望。

【解析】郑国执政大臣子产制订丘赋制度，招致国人怨谤。子宽把这些告诉了子产。子产表示："如果对国家有利，无论生死都依从它。"并且用"做好事的人不改变他的做法，所以有成功的希望"这句话，来表现和鼓励自己坚持正确道路的决心。

为政者不赏私劳，不罚私怨。

【注释】《左传·昭公五年》。为政者：主掌政事的人。不赏私劳：不赏赐对于私人的功劳。不罚私怨：不惩罚对于私人的怨恨。

【解析】鲁国大夫叔孙豹去世，仲壬从齐国归来，大臣季孙想要立他为叔孙氏的继承人。大夫南遗让国内的人们帮助竖牛在府库的庭院里攻打仲壬并杀死了他。竖牛又把东部边境的三十个城邑送给南遗。叔孙昭子即位后，打算诛杀乱臣竖牛。竖牛闻风逃奔齐国，被孟丙、仲壬的儿子杀死。对此，《左传》引用古代史官周任的话评论说："主掌政事的人不赏赐对于私人的功劳，不惩罚对于私人的怨恨。"对叔孙昭子的理智和公正给予了肯定。

匹夫为善，民犹则之，况国君乎！

【注释】《左传·昭公六年》。匹夫：一个普通的人。为善：做好事。则：效法。

【解析】晋国大夫韩起到楚国去的时候，楚国没派人迎接他。鲁昭公六年，楚国公子弃疾到晋国，晋侯也不准备去迎接。大夫叔向劝晋侯要以好人为榜样，不要学习楚国的错误做法，说："一个普通的人做好事，百姓还效法他，何况是国家的君主呢！"这里所涉及的不仅有弃恶从善的问题，也有以身作则、树立榜样的问题。

天子经略，诸侯正封，古之制也。

【注释】《左传·昭公七年》。经略：经营管理。正封：治理封疆。

【解析】楚国大夫芋尹无宇曾得罪过令尹王子围。令尹成为楚王后，芋尹无宇的守门人逃到楚王接纳逃亡者的章华宫，芋尹无宇前去捉拿，反被管理章华宫的官员逮捕。芋尹无宇据理力争，说服了楚王。"天子经营管理天下，诸侯治理封疆，是古代的制度。"这是芋尹无宇进见楚王伊始时说的话。它阐述了天子与诸侯的职责区别和势力范围。

封略之内，何非君土？食土之毛，谁非君臣？

【注释】《左传·昭公七年》。封略：分封的疆土。食：吃。土之毛：土地上生长的谷物。毛：草，这里指农作物。

【解析】楚国大夫芋尹无宇曾得罪过令尹王子围。令尹成为楚王后，芋尹无宇的守门人逃到楚王接纳逃亡者的章华宫，他前去捉拿，反被管理章华宫的官员逮捕。"疆土之内，哪里不是国君的土地？吃着土地上谷物的人，谁不是国君的臣子？"这是芋尹无宇为自己申辩时说的话，实际上是《诗经》"普天之下，莫非王土；率土之滨，莫非王臣"的翻版，表现了君权的可畏和君王的富有。后来，这句话概括为"食毛践土"这一成语，用来表示臣子感戴君恩。

政不可不慎也，务三而已：一曰择人，二曰因民，三曰从时。

【注释】《左传·昭公七年》。务三而已：致力于三件事罢了。择人：选拔人才。因民：顺应百姓。从时：遵从时令。

【解析】鲁昭公七年四月日食，晋侯向士文伯咨询灾异情况，士文伯趁机把它归结到政事的治理上，并进一步开导说："治理国家不能不慎重，主要致力于三件事罢了：第一是选拔人才，第二是顺应百姓，第三是遵从时令。"士文伯把治理国家概括为上述三个方面，可谓深得精要。

六物不同，民心不壹，事序不类，官职不则，同始异终，胡可长也？

【注释】《左传·昭公七年》。六物：岁、时、日、月、星、辰。事序：事物的次序。不类：不同，不相似。不则：不一样。同始异终：开始相同结果不同。胡可长：怎么能作为常规？

【解析】鲁昭公七年十一月，鲁国上卿季武子死。晋侯认为是应验了四月日食的秧咎，问士文伯说："可以看作是一种常规吗？"士文伯说不可以："岁、时、日、月、星、辰不同，百姓的心意不一致，事物的次序不相近，官员的职责不一样，开始相同结果不同，怎么能作为常规呢？"这样的认识，具有鲜明的唯物主义倾向。

君子之言，信而有征，故怨远于其身；小人之言，僭而无征，故怨咎及之。

【注释】《左传·昭公八年》。信：诚实。征：通"证"，证明。僭(jiàn)：超越实际，虚假。及之：到他的身上。

【解析】鲁昭公八年春天，晋国的魏榆有石头会说话。晋平公向师旷询问原因，师旷说石头是不会说话的，是有东西通过它，指出这是晋侯追求享乐、劳民伤财的结果。叔向非常赞赏师旷的话，评论说："君子的言论，诚实而有证明，所以怨恨远离他的身体；小人的言论虚假而没有证明，所以怨恨灾祸降临到他的身上。"阐述了品德、言论和境遇之间的辨证关系。

凡有血气，皆有争心，故利不可强，思义为愈。

【注释】《左传·昭公十年》。血气：盛气。争：争夺，竞争。强：强求。思义：想着道义。愈：通"逾"，超过，胜过。

【解析】鲁昭公十年，齐国公族发生内乱，陈氏、鲍氏攻打栾氏、高氏，并瓜分了他们的财产。"凡是有血气的人，都有争夺的心思，所以利益不能强取，想着道义就能胜过别人。"这是晏子劝陈桓子把分得的栾氏、高氏财产交给国君时说的一句话。虽然晏子的话是针对当时的情况而发，但也道出了生活中普遍存在的争权夺利的现实。他所提出的解决办法，也不失为加强品德修养、化解矛盾的好主张。

义，利之本也。蕴利生孽，姑使无蕴乎，可以滋长。

【注释】《左传·昭公十年》。利之本：利益的根本。蕴利：积聚利益，这里有强行聚敛钱财的意思。孽：邪恶，罪恶。姑：语气副词，姑且，还是。滋长：自然增长。

【解析】鲁昭公十年，齐国公族发生内乱，陈氏、鲍氏攻打栾氏、高氏，并瓜分了他们的财产。"道义，是利益的根本。聚敛钱财就会产生邪恶，还是不要让自己这样做，让它自然增加。"这是晏子劝陈桓子把分得的栾氏、高氏财产交给国君时说的一句话。虽然晏子的话是针对当时的情况而发，但却道出了"事不可强求，应顺其自然"和"钱财乃万恶之源"的事理。

天之假助不善，非祚之也，厚其凶恶而降之罚也。

【注释】《左传·昭公十一年》。假助：借助。不善：邪恶的人，坏人。祚：保佑，护佑。厚：增加，加重。

【解析】鲁昭公十一年，楚王诱骗蔡灵侯与其会见，囚禁并杀了他，随后派兵包围了蔡国。韩宣子问叔向楚国能否取胜时，叔向对此评论说："上天借助坏人作恶，不是保佑他，而是加重他的罪恶然后再给他以惩罚。"叔向的话，揭示了"邪恶可以一时得逞，但终归要灭亡"的事理。

末大必折，尾大不掉。

【注释】《左传·昭公十一年》。末：树枝。掉：通“调”，掉转，摇动。

【解析】鲁昭公十一年，楚王派公子弃疾做蔡公，为此向申无宇询问是否合适。申无宇就用“树枝过大一定会折断，尾巴过大一定不能摇摆”来暗示把公子弃疾放在边邑会难以控制、容易酿成祸乱的可能。这句话形象生动、蕴意深刻。

礼，无毁人以自成也。

【注释】《左传·昭公十二年》。无毁人以自成：不伤害别人而成全自己。

【解析】鲁昭公十二年，郑简公去世。安葬时，游氏的祖庙挡住去路，需要拆毁。游吉不情愿，子产就指挥送葬的队伍绕道而行。又遇到墓地管理者的住房挡路，子产又让送葬的队伍绕行。对此，史家评论说：“礼，就是不伤害别人而完成自己的事情。”既不伤害别人，又能达到自己的目的，这是一种值得肯定的处世之道。

吾不为怨府。

【注释】《左传·昭公十二年》。不为：不做。怨府：怨恨的府库，即招致怨恨的人。

【解析】鲁昭公十二年，鲁国大臣季平子想让叔孙昭子驱逐叔仲子，叔孙昭子说：“我不做招致怨恨的人。”后来，“不为怨府”就成为常用成语。

民患王之无厌也，故从乱如归。

【注释】《左传·昭公十三年》。患：忧虑。厌：满足。从乱如归：参加动乱像回家一样。

【解析】楚灵王贪得无厌，诛杀大臣、霸占财产，无德失道。鲁昭公十三年，楚国公子弃疾利用陈、蔡、不羹、许、叶等地的军队和受到楚灵王迫害的四个大族的族人发动叛乱，国内民众纷纷追随，迫使楚灵王流亡自杀。弃疾最终即位（即楚平王）。对此，《左传》记载说：“民众忧虑国君的欲望没有满足，所以参加动乱像回家一样。”指出了民心向背的巨大威力。

同恶相求，如市贾焉，何难？

【注释】《左传·昭公十三年》。同恶（wù）：相同的憎恶，指楚国人对楚灵王贪得无厌的共同憎恶。市贾：做买卖的商贾。

【解析】鲁昭公十三年，楚国公子子干回国。晋国大夫韩宣子同叔向讨论子干能否取得君位时说：“人们有共同的憎恶而互相需求，就像做买卖的商人一样,有什么困难?”事后证明,子干取得君位只是昙花一现,但韩宣子的分析却说出了这样一个事实:相同的憎恶,也具有凝聚人心的力量。

己恶而掠美为昏,贪以败官为墨,杀人以不忌为贼。

【注释】《左传·昭公十四年》。己恶:自己有罪恶。掠美:掠取美名。败官:败坏职责。墨:污迹,这里指肮脏。不忌:没有顾忌。

【解析】晋国的邢侯同雍子争夺土地,调解不成。韩宣子命令叔鱼审理案件,罪责在于雍子。雍子就把女儿献给叔鱼做妻子,叔鱼于是判决邢侯有罪。邢侯一怒之下,在朝廷上杀死叔鱼和雍子。韩宣子向叔向询问他们的罪责,叔向说三人都有罪。“自己有罪恶却掠取美名就是昏乱,贪婪而败坏职责就是肮脏,杀人而没有顾忌就是贼。”虽然这是叔向分别对雍子、叔向、邢侯三人罪责的评价,但对他人和后世也不乏警诫作用。

好恶不愆,民知所适,事无不济。

【注释】《左传·昭公十五年》。好(hào):喜欢,爱好。恶(wù):厌恶,憎恶。不愆:没有差错。适:往,指行动的方向。济:成功。

【解析】鲁昭公十五年,晋国的荀吾率领军队讨伐鲜虞,围攻鼓国。鼓国有人请求带领城邑里的人叛变,荀吾不答应。左右的随从不理解,荀吾就引用叔向的话说:“爱憎没有错误,百姓就会知道行动的方向,事情没有不能成功的。”叛变的行为是人所憎恶的,所以不能接纳。用爱憎鲜明的态度来对待和处理事物,确实不失为一种让人容易适从的方法。

数典而忘其祖。

【注释】《左传·昭公十五年》。数(shǔ):列举,述说。典:典故,过去的事。

【解析】鲁昭公十五年,晋国的籍谈辅佐荀砾到成周去安葬穆后。周天子问荀砾为什么只有晋国不向天子进献礼器,籍谈回答说是因为天子没有封赐。周景王就列举历代天子赐给晋国的礼器来反驳他,籍谈无法应对。事后,周景王讽刺他“述说典故却忘记了他的祖宗。”后来“数典忘祖”就成为形容忘本或忘记事物本原的常用成语。

天道远,人道迩,非所及也,何以知之。

【注释】《左传·昭公十八年》。天道远:天道悠远。人道迩:人道切近。非所及:人事不是天道所能触及到的。何以知之:凭什么由天道而知道人道。

【解析】鲁昭公十八年夏天,郑国发生火灾。裨灶预言不采纳他的建议,郑国还会发生火灾。郑国人和子太叔请求采纳裨灶的建议,子产拒绝说:"天道遥远,人道切近,人事不是天道所能触及到的,凭什么由天道而知道人道!"子产的见解具有鲜明的唯物主义色彩,表现了轻天命、重人事的进步思想。事后证明,子产的见解和做法都是正确的。

抚民者,节用于内,而树德于外,民乐其性,而无寇仇。

【注释】《左传·昭公十九年》。节用:节约用度。民乐其性:百姓满意他们的生活。性:通"生",生活。

【解析】鲁昭公十九年,楚国在州来筑城,沈尹戌说:"安抚百姓的国君,在国内节约用度,而在国外树立德行,百姓满意他们的生活,就没有敌人。"认为楚王在州来筑城恰好相反,在内扰民伤财、对外挑衅吴国,一定会失败。沈尹戌的"抚民""树德"思想同儒家的仁政思想是一致的。

室于怒,市于色。

【注释】《左传·昭公十九年》。室于怒:在家中发怒。市于色:在大街上给人脸色看。

【解析】鲁昭公十九年,令尹子瑕建议楚王释放吴国使者蹶由,他引用俗语说:"在家中发怒,在大街上给人脸色看。"指出楚国扣留吴国使者是迁怒于人的做法。

君子不食奸,不受乱,不为利疚于回,不以回待人,不盖不义,不犯非礼。

【注释】《左传·昭公二十年》。不食奸:不吃奸人的俸禄。不受乱:不接受动乱。利:私利。疚:内心痛苦。回:引申为邪恶。不盖不义:不掩盖不义的事情。不犯:不做。

【解析】鲁昭公二十年,卫国发生动乱。卫人琴张听说宗鲁死了,准备前往吊唁。孔子认为宗鲁是动乱的起因,劝琴张不要去吊唁,并且评论说:"君子不吃奸人的俸禄,不接受动乱,面对邪恶不因为私利而内心痛苦,不用邪恶对待别人,不掩盖不义的事情,不做不符合礼法的事情。"这里,孔夫子提出的处世原则和做人标准,体现了鲜明的是非观和美好的道德理想。

虽其善祝,岂能胜亿兆人之诅?

【注释】《左传·昭公二十年》。虽:即使。善祝:善于祈祷祝颂。胜:胜过,超过。亿兆:形容极多。诅:诅咒。

【解析】齐侯得了小疟疾,发展成大疟疾。梁丘据和裔款认为是祝史没有尽心祈祝的缘故,建议杀死祝史。晏子劝阻说:"即使他们善于祈祷祝颂,怎么能够胜过亿万人的诅咒?"这里,晏子利用人们的迷信心理,深刻揭示了人心向背的重大问题。

守道不如守官,君子韪之。

【注释】《左传·昭公二十年》。守道:遵守道义。守官:遵守官制。韪(wěi):是,正确。

【解析】鲁昭公二十年十二月,齐侯在沛泽打猎,用弓召唤虞人,虞人没有应召。齐侯派人逮捕了他。听到虞人的辩解后,齐侯知道错在自己(应该用皮冠而不是用弓召唤),就释放了他。对此,孔子评论说:"遵守道义不如遵守官制,君子认为是正确的。"显然,"守道不如守官"是一种注重现实、注重客观的思路。

君所谓可而有否焉,臣献其否以成其可;君所谓否而有可焉,臣献其可以去其否。政平而不干,民无争心。

【注释】《左传·昭公二十年》。成:成全,完备。去:去掉,消除。政平:政事平和。干:犯,违背。

【解析】鲁昭公二十年冬,齐侯从沛泽打猎归来,晏子在遄(chán)台随侍,梁丘据驱车前来谒见。齐侯说:"只有梁丘据跟我和协呀!"晏子指出这只是相同而不是和协。和协应该是:"国君所认为可以的而其中有不可以的,臣子指出其中不可以的而使可以的更加完备;国君所认为不可以的而其中有可以的,臣子指出其中可以的而去掉不可以的。因此政事平和而不违背礼法,百姓没有争夺之心。"弥补过失、去伪存真,可谓真知灼见!

若以水济水,谁能食之?若琴瑟之专一,谁能听之?同之不可也如是。

【注释】《左传·昭公二十年》。济:调和,调剂。若琴瑟之专一:像琴瑟的音调总是一样。同之不可也如是:相同的不可取也像这样。

【解析】鲁昭公二十年冬,齐侯从沛泽打猎归来,晏子在遄台随侍,梁丘据驱车前来谒见。齐侯说:"只有梁丘据跟我和协呀!"晏子指出梁丘据无论好坏都附和齐侯,这只是相同而不是和协,说:"(相同)如同用清水调和清水,谁能食用它?就像琴瑟的声音总是一样,谁喜欢听它?相同的不可取也像这样。"晏子在用贴切的比喻批评梁丘据无是非、无原则,只知逢迎的同时,也指出了应尊重事物的多样性和丰富性的事理。

唯有德者能以宽服民,其次莫如猛。

【注释】《左传·昭公二十年》。宽:宽厚。服民:使民众服从。猛:严,严厉,同"宽"相对。

【解析】鲁昭公二十年,郑国执政贤臣子产得病,对子太叔说:"(我死后,您必定执政)只有有德行的人能够用宽厚使民众服从,其次不如严厉。"子产提出的不仅仅是执政者个人品德的影响能力的问题,也提出了执政的方法问题。

夫火烈,民望而畏之,故鲜死焉;水懦弱,民狎而玩之,则多死焉,故宽难。

【注释】《左传·昭公二十年》。火烈:火性猛烈。鲜死焉:很少有人死在火里。焉,兼语词,于此。懦弱:这里指柔和。狎:亲近。

【解析】鲁昭公二十年,郑国执政贤臣子产得病,他认为自己死后子太叔将会执政,因此,他建议子太叔从严治政,说:"火性猛烈,人看见而畏惧它,所以很少有人死在火里;水性柔和,人亲近而玩弄它,就有很多人死在水中,所以宽厚难以把握。"子产用水火比喻治政的宽严,把两者的内在联系分析得透彻深入。

政宽则民慢,慢则纠之以猛;猛则民残,残则施之以宽。宽以济猛,猛以济宽,政事以和。

【注释】《左传·昭公二十年》。宽:宽厚,宽和。慢:轻慢。纠:纠正。猛:严厉。民残:民众受到伤害。济:调节。

【解析】鲁昭公二十年,郑国执政大臣子产得病。他建议可能执政的子太叔以严治国。子产死后,子太叔不忍心严厉治民,结果盗贼蜂起。子太叔后悔没听子产的话,于是出兵剿灭了盗贼。孔子听到这些事后赞叹说:"好哇!政治宽和那么百姓就会轻慢,轻慢就用严厉来纠正他们;严厉那么百姓就会受到伤害,受到伤害就用宽厚来对待他们。宽厚用来调节严厉,严厉用来调节宽厚,政事因此才能协调。"这里,孔子明确地点出了"宽""猛"这两种治政方法的相辅相成关系和应用的条件。

和声入于耳而藏于心,心亿则乐。

【注释】《左传·昭公二十一年》。和声:和谐的声音。入于耳而藏于心:听在耳中而记在心里。亿:通"怡",喜悦。

【解析】鲁昭公二十一年,周天子准备铸造无射(yì)大钟。周朝乐官泠州鸠认为大钟太大,不能同其他乐器和谐,会有损周王的健康和寿命。"和谐的声音听在耳中而记在心里,内心喜悦就会快乐。"这是泠州鸠用来反证其观点的一句话。它说明了和谐的声音作用于人的身心所能收到的良好效果。其实,万事万物又何尝不是如此呢!

作事威克其爱，虽小必济。

【注释】《左传·昭公二十三年》。作事：做事情。威：威严。克：胜过，超过。爱：喜爱，偏爱。济：成功。

【解析】鲁昭公二十三年，吴国进攻州来，楚国率领一些诸侯的军队救援。吴国公子光认为敌军虽然强大众多，但军心涣散、不团结，说："做事情威严胜过他的偏爱，即使弱小也必定成功。"指出了吴国的优势所在。不因感情而影响理智，做事情自然能够顺理成章。公子光的分析是正确的。

古者天子守在四夷，天子卑，守在诸侯；诸侯守在四邻，诸侯卑，守在四竟。

【注释】《左传·昭公二十三年》。守：守卫，守护。在四夷：在于四方边远的国家。卑：地位降低。四邻：四方邻国。四竟：四方边境。竟：同"境"，边境。

【解析】鲁昭公二十三年，楚国增修郢都城墙。沈尹戌评论说："古代天子的守卫在于四方边远的国家，天子地位降低，守卫在于诸侯；诸侯的守卫在于四方邻国，诸侯地位降低，守卫在于四方边境。"沈尹戌用古代天子和诸侯保卫国家的方略同楚国现行的治国方略进行对比，尖锐地指出了楚国不树德以服远，只知筑城防内、不思进取的错误政策。

慎其四竟，结其四援，民狎其野，三务成功，民无内忧，而又无外惧，国焉用城？

【注释】《左传·昭公二十三年》。慎：谨慎。四竟：四方边境。结：结交。四援：四方能够援助的国家。民狎其野：百姓热爱他们的土地。三务：春、夏、秋三季的农事。

【解析】鲁昭公二十三年，楚国增修郢都城墙。对此，沈尹戌评论说："谨慎防护他的四方边境，结交四方能够援助的国家，百姓热爱他们的土地，春、夏、秋三季的农事成功，民众没有内部的忧患，而且又没有外部的恐惧，国都哪里用得着修筑城墙？"这里提出的防护边境、结交邻国、安抚百姓的治国之道，显然要比筑城扰民、忧外惧内、不思进取的政策好得多。

君其务德，无患无人。

【注释】《左传·昭公二十四年》。其：语气词。务德：致力于德行。无患无人：不要担心没有人。患：忧虑，担心。

【解析】鲁昭公二十四年春，甘桓公进见周王子朝，王族公子刘伯蚡（fén）有所忌惮，说："甘氏又去了。"周室大夫苌弘劝他说："您还是致力于德行，不要担心没有人（支持）。"把"德"作为一种政治手段加以利用，这是先秦时期非常普遍的现象。

夫礼，天之经也，地之义也，民之行也。

【注释】《左传·昭公二十五年》。夫：发语词。天之经：上天的纲纪。地之义：大地的义理。民之行：百姓的行为依据。

【解析】鲁昭公二十五年，晋国大夫赵简子向郑国大夫子太叔询问“礼”的含义时，子太叔做了上述解释。这里，把“礼”视为天经地义和民众行为的准则，算是对“礼”的内涵及其功用的最高发挥。从“天命”主宰一切到“礼”规范天地人，不难看出中国古代思想的发展与进步。

哀乐不失，乃能协于天地之性，是以长久。

【注释】《左传·昭公二十五年》。哀乐不失：哀伤欢乐不失于礼。乃：就。协于天地之性：同天地的本性相协调。是以：以是，因此。

【解析】“哀伤欢乐不失于礼，就能同天地的本性相协调，因此能够长久。”这是鲁昭公二十五年，郑国大夫子太叔对晋国大夫赵简子阐述“礼”时所说的一番话。用“礼”来规范人的情感和行为，使之符合自然之道，以保持长久的存在，这是一种高深的认识境界，是“天人合一”思想的蒙胧体现。

人之能自曲直以赴礼者，谓之成人。

【注释】《左传·昭公二十五年》。能自曲直：能够自我修养改造。赴礼：追求礼。成：成熟，成功，完美。

【解析】“人能够自我修养改造而追求礼的，把他叫做成熟的人。”这是鲁昭公二十五年，郑国大夫子太叔对晋国大夫赵简子阐述“礼”时所说的话。子太叔把“礼”作为人的自我修养最高规范，虽然有时代的特定背景，但也有不切实际的地方。

众怒不可蓄也，蓄而弗治，薀。薀蓄，民将生心；生心，同将求和。

【注释】《左传·昭公二十五年》。蓄：积聚。治：平息。薀：同“蕴”，蕴藏，指蕴藏危险。薀蓄：蕴藏危险积聚愤怒。生心：产生叛逆之心。同将求和：有相同感受的人就会寻求合作。

【解析】鲁昭公二十五年九月，鲁昭公攻打季平子。季平子先后要求调查罪责、囚禁在费地、出国逃亡，昭公都不答应。子家子劝谏说：“众人的愤怒不能积聚；积聚愤怒而不能平息，会蕴藏危险。蕴藏危险积聚愤怒，百姓会产生叛逆之心，产生叛逆之心，有相同感受的人就会寻求合作。”尽管子家子指出了“众怒难犯”的道理，但鲁昭公不听，结果，招致叔孙氏和孟氏的联合进攻，自己不得不逃亡齐国。

将求于人，则先下之，礼之善物也。

【注释】《左传·昭公二十五年》。将求于人：要向别人求助。先下之：首先居于人下。善物：善于待物。

【解析】鲁昭公二十五年九月，鲁昭公由于内乱逃亡到齐国。齐侯到野井慰问。《左传》认为这是合礼的，评论说："要向别人求助，首先居于人下，是合乎礼仪的善于待物之道。"与其说是一种接人待物之道，倒不如说是一种实用主义的处事策略。

君令臣共，父慈子孝，兄爱弟敬，夫和妻柔，姑慈妇听，礼也。

【注释】《左传·昭公二十六年》。令：美好。共：通"恭"，恭敬。父慈子孝：父母慈爱儿女孝顺。兄爱弟敬：兄长仁爱弟弟敬重。夫和妻柔：丈夫温和妻子柔顺。姑慈妇听：婆婆慈爱媳妇听从。

【解析】国君美好臣子恭敬，父母慈爱儿女孝顺，兄长仁爱弟弟敬重，丈夫温和妻子柔顺，婆婆慈爱媳妇听从，就是礼。这是鲁昭公二十六年，晏子同齐侯谈论治国之道时说的话。实际上，这就是后世封建礼法制度中的社会家庭伦理关系的根本所在。

恶直丑正，实蕃有徒。

【注释】《左传·昭公二十八年》。恶直丑正：憎恶正直歪曲正义。实：确实。蕃：多。有徒：有这类人。

【解析】鲁昭公二十八年，晋国的祁胜和邬臧交换妻子。祁盈准备捉拿他们，向司马叔游请教。叔游就引用郑国古书的话说："憎恶正直歪曲正义，这类人确实很多。"指出无道的人在位，正直的人就难免受害，建议祁盈不要管这件事。"恶直丑正，实蕃有徒"正是社会黑暗面的真实写照。

甚美必有甚恶。

【注释】《左传·昭公二十八年》。甚美必有甚恶：特别美的人必定有特别的丑恶。

【解析】当初，叔向想要娶申公巫臣氏的女儿。母亲反对说："特别美丽的人必定有特别的丑恶。"这句话对美貌女子显然有偏见，属于一种形而上学的思辨方式，但也不乏正面的借鉴意义：寓恶于美的现象在生活中并不少见，应该特别加以注意。

夫有尤物，足以移人。苟非德义，则必有祸。

【注释】《左传·昭公二十八年》。夫：发语词。有：拥有。尤物：指绝色美女。足以移人:完全能够使人改变。德义:指品德高尚正义的人。

【解析】当初,叔向想要娶申公巫臣氏美丽的女儿。母亲反对说:“有了绝色美女,完全可以使人改变。如果不是品德高尚正义的人,就一定有灾祸。”这些话虽然对女子有着不可掩饰的歧视,但也从另一个角度告诫人们:不可沉溺于享乐,玩物丧志,否则就不会有好结果。

心能制义曰度,德正应和曰莫,照临四方曰明,勤施无私曰类,教诲不倦曰长,赏庆刑威曰君,慈和遍服曰顺,择善而从曰比,经纬天地曰文。

【注释】《左传·昭公二十八年》。制义:受道义制约。度:有法度。德正应和:品行端正应对(处事)和谐。莫:通“貊”,清静。照临:照耀,这里指影响。勤施无私:勤于施舍没有私心。类:尺度,法则。教诲不倦:教导别人不知疲倦。长:长者,师长。赏庆刑威:奖赏善良惩罚邪恶。慈和遍服:慈祥和顺使人普遍归服。择善而从:选择好的而跟随。比:通“俾”,服从。经纬天地:遵从自然规律。文:纹理,指规则。

【解析】鲁昭公二十八年,晋国魏献子执政,不避亲疏,举贤授能。他把一个县给了魏戊(魏献子的庶子),并问朝中一位大夫是否合适。这位大夫认为魏戊是个品行端正的贤士,不算过分,并提出了九德之说:“内心能够受道义制约叫有法度,品行端正应对(处事)和谐叫清静,品德影响四方叫光明,勤于施舍没有私心叫有尺度,教导别人不知疲倦叫师长,奖赏善良惩罚邪恶叫有权威,慈祥和顺使人普遍归服叫顺利,选择好的而跟随叫服从,遵从自然规律叫有规则。”这里所说的“九德”,实际上是一种理想的品行规范。

彼出则归,彼归则出,楚必道敝。亟肄以罢之,多方以误之,既罢而后以三军继之,必大克之。

【注释】《左传·昭公三十年》。彼出则归:他们出击我们就退回。彼归则出:他们退回我们就出击。道敝:在路上疲惫不堪。亟(jí):屡次,屡屡。肄(yì):劳顿,劳苦。罢之:使他们疲惫。多方以误之:用各种方法使他们犯错误。

【解析】鲁昭公三十年,吴王阖庐即位,吴楚两国的争端从此进入一个新的阶段。“敌人出击我们就撤退,敌人撤退我们就出击,楚国军队一定在路上疲于奔命。屡屡劳苦使他们疲惫,用各种方法使他们犯错误,他们已经疲惫然后用三军接着进攻,一定会大胜他们。”这是伍子胥向吴王提出的对付楚国的战略战术原则。就军事的角度而言,这是非常出色的战术原则。这恐怕也是中国战争史上游击战和运动战的鼻祖。

一惭之不忍,而终身惭乎?

【注释】《左传·昭公三十一年》。一惭:一时的耻辱。

【解析】鲁昭公三十一年,迫使鲁昭公流亡的鲁国大夫季平子,应晋侯之命到乾侯去接鲁昭公回国。昭公不愿见季平子,对回国之事也有顾虑。子家子劝他说:"一时的耻辱不能忍耐,却要终身耻辱吗?"含蓄地批评了鲁昭公的气度狭窄和分不清轻重大小。

名之不可不慎也如是。夫有所名,而不如其已。

【注释】《左传·昭公三十一年》。名:名声。不可不慎:不能不慎重。如是:像这样。已:止,这里是"没有"的意思。

【解析】鲁昭公三十一年冬,邾国大夫黑肱逃奔鲁国并献出滥地。这个人低贱,《春秋》却记载了他的名字,是因为重视土地的缘故。所以,史家评论说:"对待名声不能不慎重就像这样,有时有了名声,反而不如没有名声。"也就是说,美名、恶名都能得到传扬,如果是恶名,反倒没有为好!所以,对待名声不能不慎重。

或求名而不得,或欲盖而名章,惩不义也。

【注释】《左传·昭公三十一年》。或:有的人。欲盖而名章:想要掩盖但名声却更加昭著。章,同"彰",显明,昭彰。

【解析】鲁昭公三十一年冬天,邾国大夫黑肱带着滥地逃奔鲁国。这个人名声不好,但是,由于他献上滥地,《春秋》还是记载了他的名字,使他的恶名更加昭彰。因此史家评论说:"有的人追求名声却得不到,有的人想要掩盖名声但名声却更加昭著,这是惩罚不义的人。"这种愿望和现实之间的巨大反差,在生活中并不少见,所以,宁可不求名也不要恶名昭彰,更不要欲盖弥彰。

无始乱,无怙富,无恃宠,无违同,无敖礼,无骄能,无复怒,无谋非德,无犯非义。

【注释】《左传·定公四年》。无:通"毋",不要。始乱:发动祸乱。怙:依仗,依恃。同:共同的愿望。敖:同"傲",傲视,傲慢。骄能:因为有才能而骄傲。复:反复,经常;一说再次。谋:谋划。

【解析】鲁定公四年,郑国的子太叔去世。晋国大臣赵简子前往吊唁,非常哀痛,他叙述了子太叔教诲他的话:"不要发动祸乱,不要依仗富有,不要依仗宠信,不要违背共同的愿望,不要傲慢有礼的人,不要骄傲自己的才能,不要经常发怒,不要谋划不道德的事,不要做不正义的事。"子太叔的话包含了许多人生哲理,不失为精彩的格言警句。

违强陵弱,非勇也;乘人之约,非仁也;灭宗废祀,非孝也;动无令名,非知也。

【注释】《左传·定公四年》。违:避开。陵:欺凌。约:患难。令名:美名。知:同"智",智慧,明智。

【解析】鲁定公四年,吴国占领了楚国国都,楚昭王被迫逃亡。逃经郧地时,郧邑大夫斗辛的弟弟怀想杀死楚昭王为父亲报仇,斗辛劝阻弟弟说:"避开强大而欺凌软弱,不是勇;乘人之危,不是仁;犯下毁灭宗族的罪,不是孝;做事没有美名,不是智。"表现出很高的道德修养和一定程度的省人意义。

不让则不和,不和不可以远征。

【注释】《左传·定公五年》。让:谦让。和:和睦,团结。

【解析】鲁定公四年,吴国攻占楚国国都后,按官位高低分别住进楚国王宫。吴王阖闾的儿子子山住进令尹宫,被吴王的弟弟夫槩逐出去。楚国郧邑大夫斗辛听说之后评论说:"不谦让就不团结,不团结就不能远征。"预测吴国必将因为内部不团结而撤出楚国。实际上,"不让则不和,不和不可以远征"也可成为其他事情的宝贵借鉴。

人各有能有不能。

【注释】《左传·定公五年》。人各有能有不能:人各自有能够做的有不能够做的。

【解析】鲁定公五年,吴国军队撤回后,楚昭王派王孙由于修筑麇邑的城池。王孙由于不知道城墙的高度、厚度和城的大小,子西就责备他。王孙由于回答说:"我本来推辞去修城,是你一定要派我去的。人各自有能够做的事和不能够做的事。"其中,"人各有能有不能"是一种非常客观的认识。它告诉人们应尊重实际,把握好每个人的优劣长短,才能做到扬长避短。

与其素厉,宁为无勇。

【注释】《左传·定公十二年》。素:空,虚。厉:猛,勇敢。

【解析】鲁定公十二年夏天,卫国攻打曹国,攻下郊地后回国。卫国大夫滑罗殿后。在没离开曹国之前,滑罗始终在队列里而没在队伍的最后,他的御者认为他没有勇气。滑罗说:"与其空有勇敢的名声,不如做一个没有勇气的人。"滑罗的话充分表现了自己自私怯懦的形象,但他的话也不是全无道理:与其徒有虚名,不如实事求是。

富而不骄者鲜。

【注释】《左传·定公十三年》。鲜:少。

【解析】卫国大夫公叔文子非常富有，但却不骄傲。“富贵而不骄傲的人少。”这是卫国大夫史鳍(qiū)对公叔文子的评价。从正面肯定了这种品德的可贵。

礼，死生存亡之体也。将左右周旋、进退俯仰，于是乎取之；朝祀丧戎，于是乎观之。

【注释】《左传·定公十五年》。体：体现。将：要。左右周旋，进退俯仰：均指日常行动。于是乎取之：就从这里选择它。朝祀丧戎：朝拜、祭祀、丧事、战争。于是乎观之：就从这里观察它。

【解析】鲁定公十五年春，邾隐公朝见鲁定公，子贡在场观礼。邾隐公高举玉石、仰着脸；鲁定公卑微地接受玉石，低俯着脸。子贡看到这种情景，预言二人都要死去，而且鲁定公先死。他评论说：“礼，是生死存亡的体现。要左右周旋、进退俯仰，就从这里选择它；朝拜、祭祀、丧事、战争，就从这里观察它。”从这里可以看出，小到人的一举一动，中到国家的朝会、祭祀、丧事、战争活动，大到人或国家的生死存亡，“礼”都发挥着重要作用。这里虽然有对“礼”的社会功用的无限夸大，但也反映了当时“礼”对社会生活的全方位影响。

高仰，骄也；卑俯，替也。骄近乱，替近疾。

【注释】《左传·定公十五年》。骄：骄狂，骄傲。卑：低。替：改变，这里是颓废的意思。近乱：接近祸乱。近疾：接近疾病。

【解析】鲁定公十五年春，邾隐公朝见鲁定公，子贡在场观礼。邾隐公高举玉石、脸仰着；鲁定公卑微地接受玉石，脸低俯着。子贡看到这种情景，预言二人都要死去，鲁定公因为是主人会先死。他分析说：“高和仰是骄狂，低和俯是颓废。骄狂接近祸乱，颓废接近疾病。”通过人的行为举止来分析生死祸福，实际上是心理学的早期应用。

赐不幸而言中，是使赐多言者也。

【注释】《左传·定公十五年》。赐：子贡。不幸：不吉利。言中：说中，说准。是：这，这件事。多言者：多嘴的人。

【解析】鲁定公十五年春，邾隐公朝见鲁定公，子贡在场观礼。邾隐公高举玉石、脸仰着；鲁定公卑微地接受玉石，脸低俯着。子贡看到这种情景，预言二人都要死去，鲁定公因为是主人会先死。夏天，鲁定公果然死去。孔子说：“子贡不吉利的话果然被他说准了，这件事使子贡成为一个多嘴的人。”后来，“不幸而言中”或“不幸言中”就成为常用成语。

树德莫如滋，去疾莫如尽。

【注释】《左传·哀公元年》。滋：滋长，增加。疾：病，引申为邪恶。

【解析】鲁哀公元年，吴王夫差打败越国军队。越王勾践退守会稽山，同时派人向吴王求和。夫差准备答应，伍子胥就用“树立德行没有比不断增加更好的了，铲除邪恶没有比清除干净更好的了”比喻劝吴王乘胜灭掉越国，不留后患。伍子胥的意图我们姑且不论，“树德莫如滋，去疾莫如尽”这句话本身却是深合事理的。

国之兴也，视民如伤，是其福也；其亡也，以民为土芥，是其祸也。

【注释】《左传·哀公元年》。视民如伤：对待百姓就像对待受伤的人。福：福德。以民为土芥：把民众当做粪土和草芥。

【解析】吴国进攻楚国的时候，派人召见陈怀公。陈怀公不知亲附楚国好还是亲附吴国好。大夫逢滑说：“国家的兴起，对待百姓就像对待受伤的人，这是它的福德；国家的败亡，把民众当做粪土和草芥，这是它的灾祸。”指出，楚国的国君虽然无德，但不杀戮百姓，吴国却征战不已，不珍惜百姓的生命，应该亲附楚国。陈怀公接受了他的建议。这句话充分体现了对民众力量和人心向背的高度重视。

勤恤其民而与之劳逸，是以民不疲劳，死知不旷。

【注释】《左传·哀公元年》。勤恤：经常抚恤。与之劳逸：同他们共同吃苦和享乐。死知不旷：为国而死的人知道子孙不会被荒废遗弃。旷：荒废遗弃。

【解析】鲁哀公元年，吴国军队驻扎在陈国，楚国君臣害怕吴国攻打楚国。令尹子西分析说，吴王阖闾之所以能够打败楚国，是因为他“经常抚恤他的百姓而且同他们共同劳苦和享乐，因此百姓并不感到疲劳，为国而死的人知道子孙不会被荒废遗弃”，而现在的吴王夫差却与此相反。所以，只要楚国内部团结一致，就不怕吴国。子西对吴王阖闾的评价，既涉及到了统治者的品德和治政方略问题，也涉及到了君、民之间的关系问题。

视民如仇，而用之日新。夫先自败也已，安能败我？

【注释】《左传·哀公元年》。日新：一天比一天增多。

【解析】鲁哀公元年，吴国军队驻扎在陈国。面对强盛的吴国军队，楚国君臣都很担忧再次遭到吴国的进攻。令尹子西分析了吴王阖闾的优点之后，又分析了现在的吴王夫差的缺点：“看待百姓就像仇敌，而使用他们却一天比一天增加，首先自己就失败了，哪里还能打败我们？”子西对吴王夫差的评价，实际上触及到了统治阶级的大忌。

命救火者伤人则止，财可为也。

【注释】《左传·哀公三年》。财可为：财富是可以创造的。

【解析】鲁哀公三年，鲁国王宫发生大火。《左传》记载说："季桓子赶到现场，命令救火的人受伤就停下来，因为财富是可以创造的。"季桓子的重人轻财，实在是值得褒扬的善念。

无备而官办者，犹拾沈也。

【注释】《左传·哀公三年》。无备而官办：没有准备却叫官员办事。犹拾沈：就像拾取地上的沉水。

【解析】鲁哀公三年，鲁国王宫发生大火。富父槐赶到现场，说："没有准备却叫官员仓促办事，就像拾取地上的沉水。"于是命令拆除火道上的易燃之物，环绕公宫开辟了火巷。富父槐的冷静和看问题的尖锐、准确值得肯定。

私仇不及公，好不废过，恶不去善，义之经也。

【注释】《左传·哀公五年》。私仇不及公：私人的仇恨不能涉及到公事。好不废过：喜爱不能废除过错。恶不去善：厌恶不能抹杀善良。义之经：道义的常规。

【解析】晋国大族范氏的家臣王生憎恶张柳朔，但他向士吉射建议让张柳朔担任柏人的地方长官。士吉射问道："这个人不是你的仇人吗？"王生回答说："私人的仇恨不能涉及到公事，喜爱不能废除过错，厌恶不能抹杀善良，这是道义的常规。"王生虽然不为官，但他的见识和思想境界却不输于他们。

除腹心之疾，而置诸股肱，何益？

【注释】《左传·哀公六年》。除腹心之疾：除去内脏的疾病。诸："之于"的合音词。股肱：大腿、胳膊。何益：有什么好处。

【解析】鲁哀公六年，连续三天，有许多像红鸟一样的云彩在太阳两边飞翔。楚昭王派人向周太史询问，周太史回答说："大概应在君王身上吧！如果禳(rǎng)祭祈祷，可以移倒令尹、司马身上。"楚昭王说："除去内脏的疾病，把它们放在大腿和胳膊上，有什么好处？"楚昭王不嫁祸于人、敢于同天命抗争的精神令人感佩。

鸟则择木，木岂能择鸟？

【注释】《左传·哀公十一年》。木：树木。岂：怎么，哪里。

【解析】鲁哀公十一年，卫国发生内乱。孔文子要攻打太叔疾的时候，去征求孔子的意见。孔子婉言拒绝，退出后，套上车就走，说："鸟能够选择树木，树木怎么能选择鸟?”这句话流露了孔子的去意,也包含了“良禽择木而栖,贤才择主而事”以及“不可本末倒置”的事理。

君子之行也,度于礼,施取其厚,事举其中,敛从其薄。

【注释】《左传·哀公十一年》。行:推行政事。度于礼:用礼来衡量。施:施舍。取:求取,力求。举其中:指做事要适当。敛:赋敛。从其薄:尽量微薄。

【解析】鲁哀公十一年,鲁国执政大臣季孙想要按田亩征税,派冉有征求孔子的意见。孔子私下对冉有说:“君子推行政事,要用礼来衡量,施舍力求丰厚,做事要适当,赋敛尽量微薄。”孔子认为按田亩征税不符合礼法规范,对新的社会制度的变革表示反对,有其落后和保守的一面,但其“施取其厚,事举其中,敛从其薄”的认识却是正确的。

礼失则昏,名失则愆。失志为昏,失所为愆。生不能用,死而诔之,非礼也。

【注释】《左传·哀公十六年》。礼失则昏:礼仪失度就会昏乱。名失则愆:名分失度就会错误。失志为昏:失去意志叫昏。失所为愆:失去身份叫错。生:活着。诔之:叙述事迹悼念他。

【解析】鲁哀公十六年,孔子逝世,鲁哀公致悼词悼念他。子赣评论说:“‘礼仪失度就会昏乱,名分失度就会错误。’失去意志叫昏,失去身份叫错。活着不能任用,死后却叙述事迹悼念他,这是不合礼法的。”这里,既有对鲁哀公虚伪和处事不当的批评,也有对孔夫子的惋惜,还有对事理的认知。其中,“礼失则昏,名失则愆”是子赣引用孔子的话。

与不仁争明,无不胜。

【注释】《左传·哀公十六年》。争明:争强,争高低。

【解析】子伯季子原来是卫国大臣孔悝的家臣,后来被卫庄公任为大夫。鲁哀公十六年,孔悝准备逃亡国外,子伯季子前往追杀,途中同孔悝的家臣许公为相遇。许公为说:“同不仁德的人争高低,没有不胜利的。”他让子伯季子先射自己。子伯季子射了三箭都没中,许公为只用一箭就射死了子伯季子。“与不仁争明,无不胜”说明了“邪不压正”的道理。

周仁之谓信,率义之谓勇。

【注释】《左传·哀公十六年》。周仁:符合仁爱。率义:遵循道义。

【解析】鲁哀公十六年,流亡在外的楚国太子建被郑国人杀死,楚国令尹子西想召回在吴国的太子建之子胜,叶公反对,认为胜会作乱。“符合仁爱叫做信义,遵循道义叫做勇敢。”这是叶公反证胜不信不勇时说的一句话。叶公把仁爱看做信义的标志，把道义看做勇敢的标志，突出了“德”的内涵，这同一般的理解还是有所区别的。

以险侥幸者，其求无餍，偏重必离。

【注释】《左传·哀公十六年》。以：通过，用。险：冒险。侥幸：指侥幸成功。求：欲望。无餍：不会满足。偏重必离：处事不公平一定会离心。

【解析】楚国的白公胜（太子建之子）发动叛乱时，叶公住在蔡地。方城山外边的人们都劝他可以进兵郢都了，叶公认为白公胜还未恶贯满盈，时机还不成熟。他评价白公胜说：“通过冒险侥幸成功的，他的欲望不会满足，处事不公平人心一定背离。”等白公胜杀了齐国管修后，他进军郢都，一举平定了叛乱。叶公分析了冒险侥幸成功者的心理和价值取向及其处事原则与结果之间的因果关系，对后世也不无借鉴意义。

是食言多矣，能无肥乎？

【注释】《左传·哀公二十五年》。是：这个人。食言：吃自己的话，暗指言而无信或违背诺言。

【解析】鲁哀公二十五年六月，鲁哀公从越国回来，季康子、孟武伯到五梧迎接。孟武伯讨厌为哀公驾车的郭重，喝酒的时候问郭重为什么那么肥胖，鲁哀公说：“这个人吃自己的话吃多了，能不肥胖吗？”鲁哀公的话很尖刻，直接挖苦了郭重的言多无信，也借机讽刺了孟武伯的只图自己占便宜而不诚信。后来，这句话就演变成“食言而肥”这一常用成语，用来讽刺违背诺言的不信行为或讽刺通过食言而求取私利的不道德行为。

重而无基，能无敝乎？

【注释】《左传·哀公二十六年》。重而无基：权势重却没有基础。敝：毁坏，这里是毁灭的意思。

【解析】据鲁哀公二十六年记载，宋景公当国，六卿三族共同听政，通过大尹上达国君。大尹经常假借宋景公的名义发号施令，国人都憎恶他。司城乐茷想除掉他，左师灵不缓说：“放纵他让他恶贯满盈，权势重却没有基础，能不毁灭吗？”“重而无基，能无敝乎”道出了“只追求权势而忽视培养道德基础就必然会灭亡”的道理。

君子之谋也，始衷终皆举之，而后入焉。

【注释】《左传·哀公二十七年》。谋：谋划事情。始：开始。衷：通“中”，中间，即事物的发展过程。终：结局，结果。举：推敲，考虑。入：提出，即向别人建议。

【解析】鲁哀公二十七年夏天，晋国攻打郑国，齐国陈成子率兵救援。流亡在齐国的晋国大夫荀寅得到消息，说晋军准备用一千辆战车攻击齐军的营门，就跑去报告陈成子。陈成子胸有成竹地表示并不畏惧敌人。荀寅因此感慨说："君子谋划事情，开始、发展过程、结果都要考虑到，然后向别人建议。"也就是说，谋划要深远、行事要周密，即所谓的"三思而后行"。

兵戢而时动，动则威；观则玩，玩则无震。

【注释】《国语·周语上》。戢(jí)：聚，收藏。时动：按一定的季节行动，如春夏秋务农，冬季讲武。玩：意同"黩"(dú)，指态度轻慢，此谓滥用武力。震：惧，惧怕。兵力聚集，按时而动，不可盲目，一出动就要显示出威势；炫耀兵威就是滥用武力，滥用武力就没有威慑力了。

【解析】周穆王为炫耀兵威，想要用不供时享的名义去征讨犬戎。祭(zhài)公征引史实加以劝谏，指出君主要以德服人，不可滥用武力，而且兵力要按时而动，不可随心所欲。滥用武力并不一定能显示出威力。

小丑备物，终必亡。

【注释】《国语·周语上》。小丑：小人物。备：享用。小人物享用美好的东西，最终必定自取灭亡。

【解析】该句是密康公之母隗(wěi)氏劝告密康公的话。隗氏认为德行、地位不够条件的小人物是不该有大量优裕的物质享受的。她劝告密康公将三个同时奔就他的美女献给周王。但康王不听，沉湎于酒色，一年后密国被攻破。这虽然不一定是这件事的必然后果，但隗氏作为一个贵族的妇女，能够以此来训诫儿子，使其不纵情声色，十分可贵。故西汉刘向将她列入《列女传·贤明类》。

防民之口，甚于防川。

【注释】《国语·周语上》。堵塞老百姓的嘴巴，比堵塞江河的后果还要严重。

【解析】周厉王暴虐残酷，国内百姓指责他的过失。厉王让人监视指责自己过失的人，并把他们杀掉。百姓不敢议论周厉王的过失，相遇于道路彼此只能用眼神暗示。邵公于是劝谏厉王说，这种堵塞百姓嘴巴的方法比堵塞江河造成的后果还严重，水能载舟也能覆舟！所宜深慎。

川壅而溃，伤民必多。民亦如之。是故为川者决之使导；为民者宣之使言。

【注释】《国语·周语上》。壅(yōng)：堵塞。溃：决堤泛滥。为川者：治水的人。为:治。决:开通水道。导:通畅。宣:示。筑堤堵塞河水,河水壅塞,一旦溃决泛滥,伤害的人一定很多,堵百姓的嘴巴也是一样。因此治水的人应该疏通河道,使水畅流无阻;治理百姓的人应该引导他们,使他们知无不言,言无不尽。

【解析】大禹是用疏导的办法治理大水,如果运用堵塞的办法将会使水灾更严重。人民的言论应当自由,这样对统治者的意见可以传达上去,更有利于政权的稳固。控制言论的后果只能是貌恭而心不服,甚至会使政权的大厦坍塌。邵公的意见在今天依然有借鉴意义。

利,百物之所生也,天地之所载也,而或专之,其害多矣。

【注释】《国语·周语上》。载:成。利是由百物产生的,是由天地间生成的。如果要垄断它,那么痛恨这种人的就太多了。

【解析】周厉王不但暴虐无道而且贪婪无比,实行垄断山林川泽的政策,无限度地剥削百性。大臣芮良夫劝谏他。天地万物所生的财利,本来众人都可享用,垄断只能带来民怨沸腾。民众为社稷之根本,此举使厉王最终被国人驱逐到彘(zhì)地。

匹夫专利,犹谓之盗,王而行之,其归鲜矣。

【注释】《国语·周语上》。鲜:少。平民百姓独占财利,还称做强盗,君王如果推行独占财利的政策,那归附的人就会越来越少。

【解析】民心向背是政权稳固与否的根本。贪婪暴虐,独占财利,不修德行,这样的国君百姓自然不会归顺,政权自然不会稳固。

民之大事在农,上帝之粢盛于是乎出,民之蕃庶于是乎生,事之供给于是乎在,和协辑睦于是乎兴,财用蕃殖于是乎始,敦庬纯固于是乎成。

【注释】《国语·周语上》。粢:古代供祭祀用的谷类。蕃:生长。庶:众多。敦:厚。庬(máng):大。人民的重大任务在农事,供奉上帝的谷物从这里出,人类生生不息的繁衍靠此长存,朝廷百官的供给靠这个支撑,和谐安定、团结亲密的关系由这里产生,国家的财政收入从这里征收,国力强大繁荣昌盛的局面以此奠定基础。

【解析】周宣王准备废除籍田制,大臣虢文公竭力劝谏。从中我们可以看出农业对国家的重要作用:不仅民以食为天,而且它是宗庙祭祀、百官供给、国家安定、财用资源和国力强盛的基本的保证,它在国家政治生活中占有举足轻重的地位。

令之不行，政之不立，行而不顺，民将弃上。

【注释】《国语·周语上》。行：行不通。不顺：不遵循常典。下达的政令如果行不通，政策就无法设立，勉强执行了而不遵循古制常典，人民将要抛弃那强行被扶到君位的国君。

【解析】周宣王为鲁国立太子，不按长幼次序，废长立幼。樊仲山父劝阻，不按长幼顺序立嫡违背了常典古制，这样的政令是行不通的。政令不通政事就不立。故政令一定要合乎常理，百姓才会拥戴，否则直接影响社稷的安危。

临祸忘忧，是谓乐祸。祸必及之。

【注释】《国语·周语上》。乐祸：以祸为乐，即以灾祸为高兴的事。大祸临头却不忧虑，这叫以灾祸为乐。灾祸一定会降临到他们头上的。

【解析】在一次军事政变中，周惠王被赶走，取而代之的子颓一伙却临祸忘忧，虽身处险境，可是夜夜笙歌，在大祸临头时却有心情吃喝玩乐，他们最终被郑厉公与虢叔杀掉，惠王复位。

袚除其心，精也；考中度衷，忠也；昭明物则，礼也；制义庶孚，信也。

【注释】《国语·周语上》。袚除：举行除灾祈福的仪式。考：省。度：忖度。昭明：显明，光明。物则：事物的法则。义：宜。庶：众。孚：信任。使内心去除邪念，是纯洁；将心比心，是忠恕；公开国家的政策法令，是懂礼；临政立事使众臣能信任，是讲信义。

【解析】晋惠公靠出卖国家利益返国为君，他立身行事不修君德，背弃诺言，不讲信用和忠恕，因而失去民心。内史过认为身处显位者立身行事，要精、忠、礼、信。此与魏征劝谏唐太宗"念高危则思谦冲而自牧"有异曲同工之妙。

忠所以分也，仁所以行也，信所以守也，义所以节也。

【注释】《国语·周语上》。分：均分，即掌握分寸，不偏不倚。行：指道德的准则，标准。节：节制。忠，内心就能做到不偏不倚；仁，行为就会施恩；信，就会遵守诺言、言行一致；义，处理政务就有节制。

【解析】周襄王派内史兴赏赐晋文公命福，晋文公尊敬王命，严格按照接待天子使臣的礼节接待。内史兴认为晋文公必称霸诸侯，因为从礼中可以看出一个人的品德，遵礼者必具有忠、信、仁、义的德行。

忠分则均，仁行则报，信守则固，义节则度。

【注释】《国语·周语上》。度：限度。报：报偿。不偏不倚就分配平均，仁慈的行为会得到报偿，遵守承诺就会信念坚定，重义有节制就能掌握分寸。

【解析】忠、信、仁、义当为明主必备的修养。分配平均上下臣民就不会有怨尤；行为有报偿，财用便不会匮乏；遵守承诺做事就不苟且循私；处理政务有节度，人民就不会离心离德。

兄弟谗阋，侮人百里。

【注释】《国语·周语中》。阋（xì）：争斗。百里：比喻关系疏远者。兄弟之间因谗言而相斗，但仍然要联合防备外人欺侮。

【解析】周襄王因为小怨而命令狄人去征讨郑国，周大夫富辰劝谏他不可因小怨抛弃曾有功于周室的郑国。郑与周是“兄弟”，有矛盾当属于家中内政，不可让外人插手，血毕竟浓于水。

兄弟之怨，不征于他，征于他，利乃外矣。

【注释】《国语·周语中》。征：召。他：指狄人。兄弟之间有怨恨不该征召他人来解决，征召他人来，利益就会被外人得去。

【解析】对外人公开内部的矛盾会使外人得利，这样做是不义的。抛弃亲情引外人来解决矛盾更是引狼入室，此举可谓不祥！

义所以生利也，祥所以事神也，仁所以保民也。不义则利不阜，不祥则福不降，不仁则民不至。

【注释】《国语·周语中》。阜：丰厚。至：归附。道义会带来利益，祥和能事奉神明，仁爱才能保住百姓。不行道义则利益不丰厚，不祥和神明就不会降福，不仁爱就得不到百姓的拥戴。

【解析】富辰劝谏周襄王，以狄伐郑，不但不义、不祥，而且不仁（郑有功于周）。作为君主立身行事不以国家为重，行不义、不祥、不仁之举，后果可想而知。

武不可觌，文不可匿。觌武无烈，匿文不昭。

【注释】《国语·周语中》。觌：同“黩”，滥用。文：文德，指德行教化。匿：隐而不见。武力不可以滥用，文德不可不宣扬。滥用武力就没有了威望，不宣扬文德就不能发扬光大。

【解析】周襄王将阳樊邑赐给了晋文公。阳樊人不肯归服晋国，晋文公派兵包围城邑。面对强大的晋国兵威，阳樊守将仓葛不愿使百姓玉石俱焚，义正辞严地说了上述的话。可见征服不能只靠武力，更重要的是以德服人，那样百姓自会归顺。

师轻而骄,轻则寡谋,骄则无礼。无礼则脱,寡谋自陷。入险而脱,能无败乎?

【注释】《国语·周语中》。脱:随便。险:险要之地,指崤山。军队轻狂而骄横,轻狂无礼就缺少谋略,骄横便不注重礼节。不注重礼节就会随随便便,缺少谋略会使自己陷入困境。陷入困境依然漫不经心,这样的军队怎能不被打败?

【解析】秦师远道伐郑,经过周城北门时只是向周天子象征性地表示了一下敬意。行为轻狂,傲慢无礼。周大夫王孙满观看了秦军的行为,断言秦师必打败仗。这讲的就是"骄兵必败"的道理。

雨毕而除道,水涸而成梁,草木节解而备藏,陨霜而冬裘具,清风至而修城郭宫室。

【注释】《国语·周语中》。节解:指枯萎凋落。裘:皮衣。雨水稀少,就修整道路;河水干涸,就修建桥梁;草木枯落,就预备储藏粮食;寒霜下降,就准备好冬衣;寒风吹来,就修整城郭房舍。

【解析】从这几句古农谚中可以看出当时人是怎样按照不同的节气来安排农业生产和生活的。

不夺民时,不蔑民功。有优无匮,有逸无罢。

【注释】《国语·周语中》。蔑:废弃。优:宽裕。罢(pí):通"疲"。不妨碍农事季节,不浪费人民的劳力。这样才能使百姓生活富裕而不缺吃少穿,生活安逸而不至于疲劳。

【解析】统治者要执行与民休养的政策,不可穷兵黩武,骄奢淫逸。不违农时,人民可以加强农业生产,戒奢以俭,不随意浪费民力,国家方可安定。

宽所以保本也,肃所以济时也,宣所以教施也,惠所以和民也。

【注释】《国语·周语中》。本:位。济时:按时完成。宽厚是用来保住根基的,严整是用来及时完成事业的,周遍是用来表示恩惠的,仁爱是用来亲近百姓的。

【解析】宽厚、严整、周遍、仁爱是君主必备的道德修养。根基得到保护,地位就必然巩固;及时行动,事业就会成功;周遍恩惠百姓就会得利,仁爱就能得到百姓拥戴。如果根基得到巩固,事业成功,施恩周遍,人民富有,就可以长久地统治国家。

敬所以承命也，恪所以守业也，恭所以给事也，俭所以足用也。

【注释】《国语·周语中》。给事：服务。恪：谨慎。忠敬是用来完成君命令的，谨慎是用来保住家业的，谦恭是用来办事服务的，节俭是用来保证足够用度的。

【解析】忠敬、谨慎、谦恭、节俭是做臣子的本分。带着忠敬来完成命令就不会违背君主，带着谨慎来保家业就不会懈怠，带着谦恭来做事就可远离死亡，用节俭来保证用度就可以无忧。如此君臣间没有疑忌，有什么事不能成功呢？

人臣而侈，国家弗堪，亡之道也。

【注释】《国语·周语中》。做臣子的骄奢，国家的财政无法承受，这是一条亡国之路啊！

【解析】周定王八年，定王派刘康公到鲁国聘问，向鲁大夫分赠礼品。刘康公看到季文子、孟献子都很节俭，叔孙宣子、东门子却很奢侈。刘康公认为生活节俭，必定能长久掌握鲁国政权，而奢侈必自取灭亡。臣子奢侈，必掠夺民脂民膏，然后沉湎于吃喝享乐不思国政。这样民怨沸腾，就会给国家的财政带来损失，直接影响统治者政治地位的稳定。

君子不自称也，非以让也，恶其盖人也。

【注释】《国语·周语中》。君子是不会给自己摆功的，并不是因为谦让，而是厌恶掩盖他人的长处。

【解析】晋楚鄢陵之战后，晋卿郤（xì）至借向周天子报喜之机，在周室卿大夫中积极活动，自我吹嘘，将胜利的功劳全部归于自己。单襄公鄙视郤至的为人，对其言行进行了一针见血的批驳。大凡人的天性，总喜欢超过别人，但却不能用掩盖别人长处这种手段来实现自己的目的，嫉贤妒能是小人之为。

兽恶其网，民恶其上。

【注释】《国语·周语中》。上：指位居于上的官吏。野兽痛恨捕杀它们的罗网，老百姓厌恶侵害他们的官吏。

【解析】为官者有德，体恤百姓，百姓自会爱戴他，政令也就畅通。如果为官者只为一己之私利，鱼肉百姓，那么民怨沸腾，政令就行不通。

王天下者必先诸民，然后庇焉，则能长利。

【注释】《国语·周语中》。统治天下的人必须先为百姓着想，然后自己才能得到庇护，这样就能长久得到好处。

【解析】《尚书》曾说：“民可近也，而不可上也。”孟子曰：“民为贵，社稷次之,君为轻。”这种民本思想表明了封建统治者意识到对百姓不可以凌驾在他们之上,要施仁政,国家方可长治久安。

不祥则天弃之,不义则民叛之。

【注释】《国语·周语中》。不吉祥上天就会抛弃他,不仁义百姓就要背叛他。

【解析】单襄公认为郤至将晋国胜利的功劳全部说成是自己的,从而捞取政治资本,这样的行为是不祥、不义的,故有上述之言。

以义死用谓之勇,奉义顺则谓之礼,畜义丰功谓之仁。奸仁为佻,奸礼为羞,奸勇为贼。

【注释】《国语·周语中》。佻(tiāo):偷,攫取。贼:作动词用,戕(qiāng)害。为正义而死难效力叫勇,以正义为号召而遵守法则叫礼,积累恩义而增大功劳叫仁。用诡诈手段表现仁德是窃取,用诡诈手段表示礼节是耻辱,用诡诈手段表现勇敢是危害国家。

【解析】郤至自夸具有礼、仁、勇的品质。但是单襄公认为他的行为只不过是奸礼、奸仁、奸勇,而不是真正的礼、仁、勇。

战,尽敌为上,守和同顺义为上。

【注释】《国语·周语中》。守和同:保持和平友好。战争,要以全歼敌人为主要目的或以能维护和平遵循道义为主要目的。

【解析】战争是解决政治危机的最后手段。从这句话中可以看出古代的战争观。在当时能够认识到战争维护和平遵循道义的作用实为难能可贵。

观其容而知其心矣。

【注释】《国语·周语下》。看一个人的仪容就可以知道他的内心。

【解析】单襄公在柯陵之会上,从晋侯的仪容行为上判断他的福祸。虽然一个人的外表行为和其内心所想并非一一对应,但不可否认在某种程度上仍可以从某人细微的动作中看出他内心的活动,现代心理学已经证实了这一点。

高位实疾颠,厚味实腊毒。

【注释】《国语·周语下》。疾:速。颠:陨落。厚味:比喻丰厚的俸禄。腊(xī):极,很。地位越高垮台愈快,味道越美毒性越大。

【解析】俗语道“高处不胜寒”。爬得越高,往下摔落的可能性越大。平静的大海下处处是暗礁,乐极生悲,物极必反。

敬，文之恭也；忠，文之实也；信，文之孚也；仁，文之爱也；义，文之制也；智，文之舆也；勇，文之帅也；教，文之施也；孝，文之本也；惠，文之慈也；让，文之材也。

【注释】《国语·周语下》。孚：覆，庇护。舆：车舆。施：布施。孝：指事奉亲长恭顺有礼。敬，体现出文德中的恭敬；忠，是文德的实质；信，是文德的庇护；仁，是文德慈爱的表现；义，体现出义德的法度；智，好比载行文德的车舆；勇，是对文德的遵循；教，是文德施行的结果；孝，是文德的根本；惠，是文德慈爱的表现；让，是文德的应用。

【解析】晋悼公从小出居于周，为单襄公的家臣。单襄公根据平日对他的举止言谈、品德仪容的观察，认为他具有成就文德的十一个条件。这十一项条件对今人的品德修养依然有可取之处。

正，德之道也；端，德文信也；成，德之终也；慎，德之守也。

【注释】《国语·周语下》。正直，是成就文德的道路；端肃，可以维护文德的信用；坚定，使文德能完成；谨慎，使文德能保存。

【解析】正、端、惧、成，是完成六德的辅助，是一个具有良好人格品质的人必备的美德。

唯不帅天地之度，不顺四时之序，不度民神之义，不仪生物之则，以殄灭无胤，至于今不祀。

【注释】《国语·周语下》。殄（tiǎn）灭：绝灭。胤（yìn）：后代。不遵守天地之法度，不顺应四时的次序，不揣度人民和神灵的意愿，不按照万物生存的规律，会灭绝无后嗣，甚至无人祭祀。

【解析】周灵王时，周的东都王城谷水与洛水争抢水道，侵凌王宫。灵王想堵洛水，太子劝谏他做事一定要顺应天地本性，故阐述了上述观点。我们祖先在朴素的天人合一的观念中强调顺应天时，按照万物生存规律和协地与万物共存。这种观点对于今天人类疯狂地破坏自然、损坏人类生存家园的行为是极有借鉴作用的。

无过乱人之门。

【注释】《国语·周语下》。乱人：指狂惑怨世的人。此句意为不要登狂惑怨世者的门。

【解析】远离那些可以使自己受连累的行为和人，是明哲保身之举。

佐饔者尝焉，佐斗者伤焉。

【注释】《国语·周语下》。佐饔(yōng)者：辅助饔人的人，即厨官的下手。饔人：官名，掌割烹煎和之事。佐斗者：在双方争斗中打帮拳的人。厨师的下手先尝味道，打帮拳的人先被打伤。

【解析】打帮拳的人必受伤，在祸乱面前要远离，否则会伤及自身。

祸不好，不能为祸。

【注释】《国语·周语下》。第一个祸作使人得祸，危害解。后一个祸作"祸祟"解。此句意为危害别人不好，就不要去制造祸端。

【解析】损人者不利己，纵火者自焚，做人还是为善好。

动莫若敬，居莫若俭，德莫若让，事莫若咨。

【注释】《国语·周语下》。动：行止。

【解析】此句意为：最有礼貌的行止莫过于恭敬，最合理的持家莫过于节俭，最好的品德莫过于谦让，最标准的行为莫过于经常咨询。

民不给，将有远志，是离民也。

【注释】《国语·周语下》。百姓无法供给，就将产生逃离家园的念头，这是离散民众啊。

【解析】周景壬二十一年，朝廷准备铸造大面值钱币，单穆公认为不可。因为这样做会使百姓失去大量资财，用度匮乏，民间匮乏，君王的财用也将匮乏，因此会向民众加紧索取，如此恶性循环，不堪重负的百姓必然会远走他乡。

可先而不备，谓之怠；可后而先之，谓之召灾。

【注释】《国语·周语下》。怠：缓。此句意为：可以事先安排却不作好准备，这叫做懈怠；可以后来再做却提前做了，这叫做召灾。

【解析】事有先后，应该先做好的就要事先做好，而时机不成熟应以后才能做的事拿到现在来做也是无法逃避失败的结果的。

国无经，何以出令？令之不从，上之患也！

【注释】《国语·周语下》。经国：经纬国家，治理国家。本句意为：国家没有治理好，凭什么来发布政令？发布政令下面不遵从，这是执政者的忧患啊。

【解析】为君者必须树立德政，才能上令下从，政令畅通。国家的政令不通，一方面表明百姓对统治者不满，另一方面亦暗示国家离衰亡之日不远了。

众心成城，众口铄金。

【注释】《国语·周语下》。铄：熔化。此句意为：只要大家齐心协力，就会像城墙一样坚不可摧，如果大家一齐毁谤，就是金子也可以熔化。

【解析】群众的力量是伟大的，如果群众都喜好，那么办事就会成功，如果民众都厌恶，少有不被抛弃的。故有谚曰："民之所欲，天必从之。"

从善如登，从恶如崩。

【注释】《国语·周语下》。崩：山崩。登：登山。行善就像登山一样难，作恶像山崩一样容易。

【解析】此谓学坏容易学好难。

布德于民而平均其政事，君子务治而小人务力；动不违时，财不过用；财用不匮，莫不共祀。是以用民无不听。

【注释】《国语·鲁语上》。对民众普遍地布施恩德而且公平处理国家政事；让君子致力于治理，小人治力于劳作；行动不违背农时，财用不超过礼制；国家财用不匮乏，上下都有祭品祭祀。这样百姓没有不听从的。

【解析】长勺之战时，鲁为小国，齐是大国，战争的结果却是齐败鲁胜。从曹刿与鲁庄公论战时所说的话中我们可以看出施仁政，百姓才会归服，才可得民心，得民心者得天下。战争胜负的主要条件是民心向背。

贤者急病而让夷，居官者当事不避难，在位者恤民之患，是以国家无违。

【注释】《国语·鲁语上》。夷：平，指平时。此句意为：有德的人争当危难而谦让平易的事务，居官的人临事不回避困难，有地位的人体恤民众的苦难，这才能使国家内部安定。

【解析】鲁国发生饥荒，鲁卿臧急国家和人民之所急，自告奋勇请缨到齐国买粮救荒，上述即为他所言。可见居官者应先天下之忧而忧，后天下之乐而乐。

国急矣！百物唯其可者，将无不趋也。

【注释】《国语·鲁语上》。国家危急了！百物凡是可以抵御外敌入侵的，没有不可以拿来用的。

【解析】这是齐国准备攻打弱小的鲁国时，鲁卿臧文仲在危难中所说的话。国家兴亡、匹夫有责，在国家遭遇危急时要想尽一切办法来解决。国家不存在了，个人怎能安然无恙？

善有章，虽贱，赏也；恶有衅，虽贵，罚也。

【注释】《国语·鲁语上》。章：彰明，表现。衅：迹兆，事端。此句意为：善行只要有表现，哪怕是地位低贱的，也该赏赐；恶行已经露出征兆，地位虽然高贵，也要惩罚。

【解析】晋文公分割曹国的土地给诸侯，鲁使者臧文仲由于听了重馆人的话抢先到晋，分得的土地最多。他回国后，请求鲁国君赏赐重馆人，因而说了上述之言。赏罚分明，不以地位的高低和为官者自己的喜怒作为赏罚的标准，是得民心有效的手段之一，同时也是国家治理有序的有力保障。

仁者讲功，而智者处物。

【注释】《国语·鲁语上》。此句意为：仁爱的人，是讲究和重视功绩的；而明智的人，是注意考查事物的。

【解析】鲁国大臣展禽提出执政者必须具备的品质是仁、智。

毁则者为贼，掩贼者为藏，窃宝者为宄，用宄之财者为奸。

【注释】《国语·鲁语上》。则：法则。掩：掩藏。藏：窝主。宄（guǐ）：坏人，指内奸。破坏法度的人是贼，掩护贼的人是窝主，偷窃宝物的人是内盗，用内盗所偷窃的宝物的人是外盗。

【解析】莒（jǔ）国太子仆杀了父亲纪公，带着宝物逃亡到鲁。鲁宣子贪财，接纳了仆并写信命令季文子赏赐给莒太子仆城邑。鲁太史里革更改了国君的书信杀了太子仆。宣公怒问其因，里革遂说了上述的理由。贼与窝主同罪，里革使鲁国君免受窝主外盗的罪名，大智大勇。

不厚其栋，不能任重。重莫若国，栋莫如德。

【注释】《国语·鲁语上》。不选大的木料做栋梁，将承受不了房屋的重量。再重的房屋也比不上国家，再好的栋梁也比不过高尚的德行。

【解析】子叔声伯出使晋国，郤犨（xìchōu）想为他请求城邑，声伯不接受。鲍国问他原因，声伯认为郤犨没有崇高的德行却要负担晋鲁两国的职责，自己离倒下不远了，又怎能保得住帮别人讨来的城邑？执政者必须加强自己的德行，国家方可安定，就像欲求木之长者必固其根本，欲流之远者必浚其泉源一样，君主德行修养是国家长治久安的保证。

吾闻以德荣为国华。

【注释】《国语·鲁语上》。我只听说德行高尚才能为国家增添光彩。

【解析】季文子担任鲁国二代国君的相，但生活俭朴，他的妾不穿丝绸，他的马不喂粮食。仲孙它认为作为鲁国的上卿，这样会使国家没有面子。季文子回答道："我听说德行高尚才能为国家增添光彩，没有听说把妾和马养得美来为国增光的。"鸟美在羽毛，人美在心灵。一个人的品德修养是美的根源，作为国家的大臣，品德修养的高低是能否担当国之重任的根本。

过而能改者，民之上也。

【注释】《国语·鲁语上》。有过失能够改正的人是人上之人。

【解析】人非圣贤，孰能无过？有过能改就行。故当季文子听说仲孙它改正了以前奢侈的作风而变得很俭朴时，就升任他为上大夫。

君子计成而后行。

【注释】《国语·鲁语下》。聪明的人总是考虑成熟后才采取行动。

【解析】单襄公二十八年，襄公去楚国朝见，途中听到楚康王卒，就想返国。叔仲昭伯力排众议，陈述利害，认为此举不妥，必有后患，希望单襄公考虑成熟周到。我们常说："三思而后行。"办事应谨慎，稳妥，不可冒然而动。

栋折而榱崩，吾惧压焉。

【注释】《国语·鲁语下》。榱（cuī）：椽子。压：笮（zé），即屋上铺的箔席铺在椽上瓦下。此句意为：栋梁摧折并且椽子崩坍，我害怕屋上的箔席也不能幸免。

【解析】权臣季武子能忍小忿而顾全大局，处处以国家利益为重。叔孙穆子认识到如果国之栋梁出现问题，国家和百姓也将面临绝境。

虽死于外，而庇宗于内。

【注释】《国语·鲁语下》。宗：邦，指国家。此句意为：就算死在国外，对内也要拼死保护自己的国家。

【解析】此为叔孙穆子所言。体现了他强烈的爱国精神，为国不惜牺牲自己的性命。这种精神值得今天的人学习。

民劳则思，思则善心生；逸则淫，淫则忘善，忘善则恶心生。

【注释】《国语·鲁语下》。百姓劳苦就会想到节俭，想到节俭就会产生善心；安乐了就会放纵，一放纵就会失掉善心，善心失掉就会产生恶念。

【解析】此为敬姜夫人所言。敬姜夫人为了防止后代放纵堕落，向儿子讲述从天子到官员都要辛勤从政，指出节俭和劳动的重要性。作为贵族妇女能有此见识实在不易。

沃土之民不材，逸也；瘠土之民莫不响义，劳也。

【注释】《国语·鲁语下》。响：同"向"。此句意为居住沃土的人不会成材，因为安乐的缘故；居住在贫瘠的土地的人没有不向往道义的，因为勤劳的缘故。

【解析】此句亦为敬姜夫人教育儿子的话。不论为官还是为民都应当艰苦劳动，不可骄奢、放荡、贪图安逸。这就是生于忧患，死于安乐的道理。

君子劳心，小人劳力，先王之训也。

【注释】《国语·鲁语下》。君子用心力，小人用劳力，这是先王留下的法则。

【解析】此与《左传》知武子提出的"君子劳心，小人劳力，先王之制"，以及孟子提出的"劳心者治人，劳力者治于人"如出一辙。

为君不君，为臣不臣，乱之本也。

【注释】《国语·齐语》。做君主的不像做君主的，做臣子的不像做臣子的，这是祸乱产生的根源。

【解析】君，国之经也；臣，国之纬也，君臣各谋其政，方可经纬国家。

拘之以利，结之以信，示之以武。

【注释】《国语·齐语》。用利益来争取，用信义来结交，用武力来显示。

【解析】齐桓公用武力来征服诸侯，用利益收买诸侯之心，用信义结交诸侯，最终完成了霸业。这是行之有效的外交手段。

父生之，师教之，君食之。非父不生，非食不长，非教不知生之族也，故壹事之。

【注释】《国语·晋语一》。父亲给人生命，师傅给人教育，君主给人食禄。没有父亲就没有生命，没有衣食就不能生存，不受教育就不知道出生的族类，所以对君、父、师要始终如一地侍奉。

【解析】晋武公在攻占旧都翼城之后，想用高官厚禄收买晋哀侯臣子栾共子。栾共子认为人靠君、父、师存活于世，要始终如一侍奉，断然拒绝，从容赴死。

报生以死，报赐以力，人之道也。

【注释】《国语·晋语一》。用生命来报答养育之恩，用力量来报答赏赐之惠，这是做人的道义。

【解析】知恩图报，是君子的美德。忘恩负义，天理不容。

有男戎必有女戎。

【注释】《国语·晋语一》。戎：兵戎。女戎：女人进行的战争，指祸乱因女人而起。此句意为：有男人的战争，就一定有女人进行的战争。

【解析】晋献公战胜骊戎得到了骊君的女儿骊姬，对其宠爱有加。晋大夫史苏认为假如说晋国是用男人的战争打败了骊戎，那骊戎很可能凭女人的战争胜晋国。沉溺于女色的晋君使晋国陷入祸乱之中，出现了春秋时期有名的"骊姬之乱"。

嗛嗛之德，不足就也，不可以矜，而只取忧也。嗛嗛之食，不足狃也，不能为膏，而只罹咎也。

【注释】《国语·晋语一》。嗛嗛（qiǎn）：意为小，微。矜：大。只：适（足以）。狃：贪得。小小的德行，不值得归功于自己，不可以自夸自傲，这只能招来忧患。小小的利益不值得去贪图，不能满足自己，只能遭到灾祸。

【解析】此为商朝钟鼎上刻的铭文，被晋大夫郭偃引用。俗话说贪小便宜吃大亏。君子怎能贪图小利，自夸自傲呢？

诫莫如豫，豫而后给。

【注释】《国语·晋语一》。豫：防备。与其告诫不如早做防备，早做防备以后有急事也能应对。

【解析】说不如做，明知有危险不如早做防备，做事要防患于未然，临时抱佛脚可能会自乱阵脚。人无远虑，必有近忧。

昔者之伐也，兴百姓以为百姓也，是以民能欣之。

【注释】《国语·晋语一》。古代贤明的君主征伐敌国，是用百姓的力量为百姓除害，因此民众能欣然拥戴他。

【解析】为民而战，是正义的战争，百姓自会拥护。民心所向，都竭力拼死而战，这样的战争没有不胜利的。

伐木不自其本，必复生；塞水不自其源，必复流；灭祸不自其基，必复乱。

【注释】《国语·晋语一》。基：始。砍伐树木不从树根砍断，一定会重新生出芽来；堵塞水流不从源头堵住，水一定会继续流淌；消灭祸患不从开始做起，一定会产生祸乱。

【解析】骊姬想立儿子奚齐为太子，向晋献公进谗言让三个公子远离都城。太史苏说这是祸乱的开始。杀了骊戎的君主却留下了他的女儿，斩草不除根，祸乱是会重新来的。

事君者，从其义，不阿其惑。

【注释】《国语·晋语一》。阿：附和。臣子事奉君主，要服从他有道义的行为，不附和他的昏乱。

【解析】正直的君子敢于直谏，不唯命是从。如果附和君主的昏乱，就是贻误百姓，贻误百姓就是丧失德行，也等于抛弃了百姓，这样做对国家是有百害而无一利的。

义以生利，利以丰民。

【注释】《国语·晋语一》。道义可以生出利益，利益可以使百姓丰衣足食。

【解析】执政者要讲究用道义来治理国家。从长远的角度看，道义可以使国家安定，人民团结，从而生出利益，这样对国对民都有好处。

有纵君而无谏臣，有冒上而无忠下。君臣上下各餍其私，以纵其回，民各有心而无所据依。以是处国，不亦难乎。

【注释】《国语·晋语一》。冒：贪。回：邪。有放纵的君主而没有敢直谏的臣子，有贪官而没有忠诚的下级。君臣上下各自满足个人的私利，来放纵个人的邪恶，人们各有各的打算而没有可靠的保障，这样来治理国家，想没有灾祸岂不是很困难吗？

【解析】纣有臣亿万，惟亿万心，周有臣三千，惟一心，故纣亡而周兴。君臣民众要各司其职，团结一心方可安国兴邦。

精洁易辱，重偾可疾。

【注释】《国语·晋语一》。偾（fèn）：僵化，呆板。精明纯洁的人容易受到侮辱，稳重而呆板的就可以找他的毛病。

【解析】骊姬和优施密谋陷害公子申生。优施说公子申生精诚纯洁，这样的人知道耻辱，知道耻辱的人才可以侮辱，既然容易侮辱就可摧垮他的自重。

甚精必愚。精为易辱，愚不知避难。

【注释】《国语·晋语一》。过分精明的人便近于愚钝。精明使他容易受侮辱，愚钝就不知道躲避灾难。

【解析】好人不长寿，祸害遗千年。纯洁高尚的人往往有其性格上的弱点，更容易受到伤害，因此品德高尚的人应该知道在策略上要有韧性。

危自中起，难哉！

【注释】《国语·晋语一》。危害从内部产生，要克服起来就困难了。

【解析】外因是通过内因来起作用的，危险如果从外部来，只要内部统一团结是可以战胜它的，但是危难如果从内部产生，解决就很困难了，所以孔子认为“季孙之忧不在颛臾，而在萧墙之内也”。

杀身以成志，仁也。

【注释】《国语·晋语二》。人死了却完成了自己的心愿，这是仁义。

【解析】骊姬见时机成熟准备杀害太子申生。他的师傅杜原款在遭受杀害前教导太子“杀身以成志”。孔子曰：“志士仁人，无求生以害仁，有杀身以成仁。”这是典型的儒家思想。

不通可以窜恶，多怨可以共忧。

【注释】《国语·晋语二》。窜：隐伏。互不交往的地方可以使人隐藏，互相结怨多的人可以共忧患。

【解析】骊姬在杀害了申生后，派人追杀公子重耳、夷吾。在选择逃亡的去向时，重耳的舅父狐偃选择了狄国。因为狄国地处偏远与别国交往少，如果去这样的地方不易被发现行踪。与别人结怨多的人更珍惜得之不易的友谊，所以可以共患难。

大国道，小国袭焉曰服。小国傲，大国袭焉曰诛。

【注释】《国语·晋语二》。大国有道义，小国进入大国叫臣服。小国傲慢，大国进入就叫诛讨。

【解析】大夫舟之桥看到国君的昏庸狂妄预感国之将亡。他认为大国会诛讨无道的小国虢国，故说了上述之言。

民疾君之侈也，是以遂于逆命。

【注释】《国语·晋语己》。百姓痛恨君主的放纵，所以才抗拒君命。

【解析】为君者不戒奢以俭，百姓自会怨声载道，国家也不会长治久安。这样做就像砍伐树根，树木没法长得茂盛；堵塞源泉，水流无法长远一样。

国非忠不立，非信不固。

【注释】《国语·晋语二》。一个国家不讲忠爱不能站稳脚跟，不讲信义不能巩固内政。

【解析】晋献公向虞国借道去攻打虢国，虞大夫宫之奇用“辅车相依，唇亡齿寒”的道理劝谏虞公，虞公不听。宫之奇认为虞公贪图晋国的贿赂去灭亡自己的亲密邻邦，此举可谓愚昧而且不讲忠信，立国不讲忠信，必导致亡国。

惠难遍也,施难报也。不遍不报,卒于怨仇。

【注释】《国语·晋语二》。恩惠难以周遍,施惠难以报偿。不周遍不报偿,最终是互相结怨。卒:最终。

【解析】周王卿士宰周公认为齐桓公过于喜欢表现自己,向诸侯施恩惠,这样做的结果往往事与愿违。为君者要勤于修德,而不仅仅是施恩。施恩惠就像放债一样,得恩惠者需要偿还。况且施恩不公平,得恩者不报恩,仇恨会从中产生。

君子失心,鲜不夭昏。

【注释】《国语·晋语二》。夭:夭亡。昏:狂乱。此句大意为:君子如果不保持心态平衡,少有不得狂疾而夭亡的。

【解析】君子追求坚定的信仰,不以物喜,不以已悲。如果因为私利或气愤导致本来宁静如水的心情波涛翻滚,其后果是抛弃高尚信仰,陷于昏狂。

义者,利之足也;贪者,怨之本也。废义则利不立,厚贪则怨生。

【注释】《国语·晋语二》。足:有足能站立,引申为支撑。信义是利益的支撑;贪婪是招怨的根源。背弃信义就会使利益失去支撑,过分贪婪,就会使怨恨产生。

【解析】义可以生出利益,利益可以使百姓丰衣足食,背信弃义者不但使利益受损,而且招致怨恨。所以做人应当讲信义。

得国在乱,治国在扰。

【注释】《国语·晋语二》。国家在祸乱时容易得到政权,百姓生活不安宁时容易治理。

【解析】此为屠岸夷到狄国去迎接逃亡的晋公子重耳时说的话。希望重耳返国后能利用国家动乱掌握政权。

坚树在始,始不固本,终必槁落。

【注释】《国语·晋语二》。始:根本。树木要坚固在于根扎得牢,根扎得不牢,最后一定会槁枯凋落。

【解析】重耳的舅舅孤偃反对重耳归国,认为时机不成熟,所以用树作比喻,教导重耳要打好基础,不可急于求成。

非乱何入?非威何安?

【注释】《国语·晋语二》。不发动内乱怎么进入,没有国家安危怎么谈得上立君安民。

【解析】蒲城午到梁国去报告出亡的晋公子夷吾,希望他回国主持国政。夷吾的师傅冀芮说了上述的话,认为这正是掌握政权的好时机。

时不可失。

【注释】《国语·晋语二》。时机不可失去。

【解析】此乃秦公子絷劝告重耳回国执政时说的话。机不可失,时不再来。机会转瞬即逝,抓住好的时机,就意味着成功了一半。

仁有置,武有置。仁置德,武置服。

【注释】《国语·晋语二》。有用仁义为宗旨设立君主的,也有用武力为宗旨设立君主的。用仁义做号召的是有德行的君主,而用武力来进行威慑的是可以让别人服从自己的君主。

【解析】公子絷与秦穆公探讨帮助夷吾和重耳哪一个回国为君。秦穆公认为重耳仁,希望帮助重耳,但公子挚认为有用仁立国的,也有用武立国的,应帮助夷吾。不过以武力立国的,虽然暂且使人不敢犯上,但外表恭顺心里不服,而以仁德立国的却可使人真心拥戴,因此夷吾在位不久便被秦国俘虏。

夫众口福祸之门。

【注释】《国语·晋语三》。众口是福祸的门。

【解析】晋惠公(夷吾)背信弃义,遭至民谣诅咒,最终落得被秦俘获的下场,故郭偃有感而发上述之言。从百姓言谈中是可以看出人心向背的,贤德的君主经常派人了解民意,用以验证施政的得失。

人美于中,心播于外,而越于民。

【注释】《国语·晋语三》。人如果内心美好那么他们美好的品德行为就一定会传播到外界,传播到百姓中去。

【解析】如果内心美好,那美好的品德行为一定会被传播出去。如果内心不善,那恶劣的品德即使不想被传播也会传播出去。群众的眼睛是雪亮的。

胜败若化。

【注释】《国语·晋语三》。化:转化。胜败福祸是互相转化无常的。

【解析】祸兮,福之所依;福兮,祸之所伏。任何事物都是发展变化的,都是矛盾的统一体,从这句话中可以看出古人朴素的辨证法。

杀无道而立有道,仁也。

【注释】《国语·晋语三》。杀了无道的昏君,立有道的明君,这体现了仁。

【解析】秦国俘虏了晋惠公后,众大臣讨论如何处置。公子挚认为重耳仁德,惠公夷吾无道,应杀夷吾立重耳。这是仁义之举。

臣行君明,国之利也。

【注释】《国语·晋语三》。做臣的敢于直言纳谏,做君主的执法严明,这对国家是有利的。

【解析】如果为臣者不敢直言进谏,不恤国事,同俗自媚于众,为君者因喜怒而谬赏,国家就不像个国家了。

今戾久矣,戾久将底。底著滞淫,谁能兴之?

【注释】《国语·晋语四》。底(zhǐ):止,中止,停顿之意。著:附带。滞淫:怠惰,荒废。现在安定已久,谁能使他兴起?

【解析】晋公子重耳在狄国一住就是十二年,跟随他的狐偃审时度势,认为应该离开狄国去齐国寻找良机以成大事。狐偃的劝谏是非常及时的。人总倾向于贪图安逸,如果有了时机而不去把握,其结果只能是苟安怠惰,使事业荒废。

不可以贰,贰无成命。

【注释】《国语·晋语四》。成命:圆满的结局。不可以犹豫不决,犹豫不决就不能完成上天的使命。

【解析】晋公子重耳到齐国后受到很好的款待,于是不思进取想要老死齐国,他的妻子姜氏义正辞严地劝导他,指出一个身负重任的人不可以做事犹豫不决,犹豫不决不会有圆满的结局。

人不求及,其能及乎?

【注释】《国语·晋语四》。如果一个人不追求有所作为,又怎么能够有所作为呢?

【解析】重耳的妻子姜氏劝告重耳不要眷恋享受,安于现状,应该设法回国建功立业。

日月不处,人谁获安?

【注释】《国语·晋语四》。处:停留。日月如梭,时间过得很快,一个人哪能只想获得安逸呢?

【解析】重耳的妻子姜氏知书达理，深明大义。为了能让重耳早日完成复国大业，她极力规劝，苦口婆心。她的话深具哲理性，指出岁月如流，人生短暂，如果不成就一番事业会抱憾终生。

怀与安，实疚大事。

【注释】《国语·晋语四》。眷恋享受与安于现状会妨碍成就大业。

【解析】重耳的妻子姜氏不愿重耳沉迷于眼前的安乐，认为眷恋享受、安于现状是成就复国大业的最大阻碍，只有振奋精神，才能有所作为。

畏威如疾，民之上也。从怀如流，民之下也。见怀思威，民之中也。

【注释】《国语·晋语四》。像怕疾病一样敬畏天威的人，是人类中的最上者。只知道随心所欲、随波逐流的人是人类中的最下者。看到可眷恋的事物就想起天威可敬的人，还不失为人类中的中等。

【解析】姜氏劝说重耳时分析现状，援引管仲说过的一段话，劝导重耳一定要服命于天，有所作为，惟其如此，才能在百姓中树立声威，身居人上。

败不可处，时不可失，忠不可弃，怀不可从。

【注释】《国语·晋语四》。流亡不可以持久，时机不可以丧失，忠良不可以抛弃，眷恋享受不可以放纵。

【解析】重耳在齐国，得到齐桓公的周到接待，便贪图安乐想老死齐国。但桓公死后，诸侯叛齐，重耳无法实现回晋国的愿望。重耳的妻子姜氏知道狐偃要重耳离开齐国，她不但不阻止，反而帮助策划，并认真劝告重耳不要贪图安逸忘掉复国大事，有理有据，情词恳切。如果没有姜氏，重耳恐怕一生将碌碌无为。可见一些伟大的历史人物，多是在不知名的人帮助下获得成功的。

礼，国之纪也；亲，民之结也；善，德之建也。国无纪不可以终，民无结不可以固，德不建不可以立。

【注释】《国语·晋语四》。礼是治理国家的，亲是团结人民的，善是建树德行的。国不治理就不能维持到底，民不团结就不能巩固，德不建立就不可以立身。

【解析】晋公子重耳经过卫国时，适逢卫国国难当头，卫文公便没有礼待重耳。卫国正卿宁庄子，知重耳将来必定复国为君，称霸诸侯，而且认为君主本来就应具有善善、亲亲、礼宾三种美德，所以劝卫文公亲善重耳。卫文公不听，果遭报复。

爱亲明贤，政之干也。礼宾矜穷，礼之宗也。礼以纪政，国之常也。

【注释】《国语·晋语四》。干：主干，支柱。矜：哀怜，同情。宗：根本。纪：治理，管理。常：伦常，法则。亲近自己该亲近的人和尊敬有才德的人，是政治的主体。按礼仪接待宾客和同情处于困境中的人杰，是礼义的根本。用礼义来管理政治，是一个国家的伦常。

【解析】晋公子重耳经过曹国，没有得到曹共公的礼待。曹国大夫僖负羁听从妻子的建议，对重耳表示了与众不同的态度，并用爱亲明贤、礼宾矜穷、以礼纪政这三条管理国家政治的原则，劝谏曹共公以礼接待重耳，显示出他的远见卓识。

亲有天，用前训，礼兄弟，资穷困，天所福也。

【注释】《国语·晋语四》。有天：有天福佑的人。亲近上天要援助的人，秉承先君的遗教，敬礼兄弟之邦，资助处于穷途末路的俊杰，这样天会赐福保佑的。

【解析】重耳流亡到郑国，郑文公没有以礼接待重耳。大夫叔詹用亲有天、用前训、礼兄弟、资贫困这四条做人的原则劝谏文公。他认为人君只有以德化天下，才能享天之福佑。

黍稷无成，不能为荣。黍不为黍，不能蕃庑。稷不为稷，不能蕃殖。所生不疑，唯德之基。

【注释】《国语·晋语四》。无成：不让其生长发育。不能为荣：不能开花结果。蕃：滋生。庑：丰茂。高粱小米不让它生长，就不会开花结果。高粱的种子长不出高粱，是因为不让它生长得丰茂。小米的种子长不出小米，是因为不让它成长繁殖。果实好坏全在于人毫不犹疑地去栽种培育，这是因地制宜培养德行的根本。

【解析】郑国大夫叔詹建议郑文公杀掉重耳。他认为如果不能礼待兄弟之邦，就应该斩草除根，以绝后患。他还援引谚语来说明这个道理，正所谓："种瓜得瓜，种豆得豆。"事情的成败得失全在于自己，那些遇事犹豫不决的人迟早会有后悔的一天。

避君三舍。

【注释】《国语·晋语四》。舍：古时行军三十里就要驻扎，每日行三十里则一宿，所以称三十里为一舍。退兵九十里。

【解析】楚成王以公侯礼节招待重耳，想知道重耳将来怎么报答他，重耳以战争中退兵九十里的许诺回答楚成王，不卑不亢，胆识过人。这使得楚成王倍加器重重耳，在重耳走时以厚礼赠别。

邮而效之，邮又甚焉。

【注释】《国语·晋语四》。邮：同“尤”，过错。（知道）错误还要去仿效它，就错得更严重了。

【解析】楚成王没有采纳令尹子玉的建议杀掉重耳。他认为那样做是不明智的，并引用《曹诗》上的话说明这还是错上加错，有违礼法的举措。

将有请于人，必先有入焉。欲人之爱己也，必先爱人。欲人之从己也，必先从人。

【注释】《国语·晋语四》。将要有求于人，必定要先主动使人能接纳自己。想要别人爱自己，必定要自己首先爱别人。想要别人顺从自己的意愿，必定先顺从别人的意愿。

【解析】秦穆公想把自己的女儿嫁给重耳。考虑到秦穆公的女儿怀嬴是个弃妇，重耳不愿接受这门婚事。但司空季子、狐偃、赵衰等人从国家利益考虑，认为秦晋联姻将有利于复国大业，因此他们几人极力撮合这门婚事，指出如果想实现晋国复国的愿望，就必须先接纳秦国嫁女的意愿。迫于压力，重耳答应了这门婚事，终成秦晋之好。

为礼而不终，耻也。中不胜貌，耻也。华而不实，耻也。

【注释】《国语·晋语四》。中：内心感情。胜：当为“称”。中不称貌：感情和外貌不相称。举行礼仪却有始无终，是可耻的。内心感情与表现出的礼貌不一致，是可耻的。外表华美而内在空虚，是可耻的。

【解析】秦穆公设国宴招待重耳，席后，他对手下的大臣们说了如上一席话。秦穆公这样做完全是为了让重耳娶自己的女儿。他非常自信，不希望自己的愿望落空，因为他认为那是中不胜貌，华而不实，是国君最大的耻辱。

信，民之所庇也，不可失。

【注释】《国语·晋语四》。信用是在百姓中赖以生存的根本，不能失信于民。

【解析】晋文公讨伐原国，下令士兵只带三日军粮，期望三日内攻下原国。但过了三日原国并未投降，文公便下令撤军。因为他认识到守信是对待百姓的根本，不能失信于民。晋文公之所以称霸，和他取信于民分是不开的。

战斗，直为壮，曲为老。

【注释】《国语·晋语四》。直：理直，此指正义的战争。壮：士气旺盛。曲：

理曲,此指非正义的战争。战斗理直就能士气高涨,理屈便会疲惫不堪。

【解析】晋楚城濮之战,是晋文公争霸的一次关键战役。这场战争,晋军打败了楚军,奠定了晋文公的霸业。晋国之所以能打败楚军,绝不是一时的侥幸,而是晋军临战善于用计谋的必然结果。晋军在战斗前退避三舍,以表示对楚国的报答,从而使本国处于主动的地位,与楚国交战时理直气壮,出师有名,让楚国理屈词穷,被动挨打。其实晋军的举措只不过是瓦解了楚军斗志,但意义不可低估,因为它确实在战斗中起了关键的作用。

尊明胜患,智也。杀身赎国,忠也。

【注释】《国语·晋语四》。胜:遏,遏制。尊重才德出众的人,遏制将发生的祸患,这是明智。自我牺牲,为国君赎罪,这是忠诚。

【解析】晋国讨伐郑国,郑国执政卿叔詹为了拯救国家和百姓的危难,挺身而出。面对酷刑,他毫无惧色,慷慨陈词,攀着煮沸的鼎耳大声疾呼 ,体现了一个爱国者的胆识和气节。

德义,生民之本也。能惇(dūn)笃者,不忘百姓也。

【注释】《国语·晋语四》。道德礼义,是百姓的根本,能够对它重视的人,是不会忘掉百姓的。

【解析】晋文公选择军队将领的原则是德行与才干,也就是任人唯贤。人民是国家的根本,德义是人民的根本,为官者只有不忘百姓,想方设法为百姓谋利益才能称得上尽职尽责。晋文公正是凭借着他手下许多德才兼备的军队将领才取得霸主地位的。

让,推贤也。义,广德也。德广贤至,又何患矣!

【注释】《国语·晋语四》。谦让,是为了推举贤才;礼义,是为了推广德行。德行推广了贤才就来了,还有什么可忧虑的呢?

【解析】赵衰曾先后推举先轸、胥臣、胥婴等贤才为将佐,他自己却三次推让不当卿、将,受到晋文公的赞美。晋文公所以称霸和他拥有贤才是分不开的。赵衰一心为国家推举人才,不计较个人名利的行为,是极为可贵的。

君以为易,其难也将至矣。君以为难,其易也将至焉。

【注释】《国语·晋语四》。您认为容易的时候,那困难就接踵而至。您认识到有困难时,那容易也就很快来到了。

【解析】晋文公与大臣郭偃讨论治国难易的问题。郭偃针对文公治国由易而难的感慨发表了自己的看法。他认为,如果国君以治国为易而荒废政务,那么困难也就接踵而至。相反的，如果国君以治国为难而殚精竭虑，日理万机，那么困难解决了，国家也就容易治理了。郭偃的答话十分巧妙，辨证地阐述了难与易的关系。

人生而学，非学不入。

【注释】《国语·晋语四》。人生下来就应该学习，不学习就不能入于正道。

【解析】晋文公与大臣胥臣讨论教育的作用。胥臣认为一个人的成才既得益于先天的资质，又要依靠后天的努力。在这里，胥臣充分强调了学习的重要性，人们只有通过学习才能发展自己、完善自己，才能有所作为，有所成就。

教者，因体能质而利之者也。若川然，有原，以卬浦而后大。

【注释】《国语·晋语四》。卬(áng)：古同“昂”，抬起：昂扬。浦：江河入海处。教育者要根据受教育者本身可以造就的条件，因势利导而使他成器。就像江河有了源流才能汇入大海任意奔流。

【解析】晋文公想任命阳处父做他儿子的老师，征求胥臣的意见。胥臣认为谁当老师并不重要，关键在于教育者能根据受教育者的本性和天赋因材施教。教育一定要有针对性，要像疏导河流一样随高就低。胥臣的这种认识强调了受教育者自身修养的重要，论证了教育者必须因材施教，因势利导，才能制材成器。

敬，德之恪也。恪于德以临事，其何不济！

【注释】《国语·晋语五》。恪(kè)：谨慎。恭敬，是德行中谨慎的表现。用谨慎保持德行的态度来处理政事，还有什么事情不成功呢？

【解析】臼季向晋文公推荐冀缺，他的根据是冀缺不忘恭敬。臼季认为一个人不忘恭敬，才能做好事情。但晋文公却因为冀缺是仇人的儿子，不愿用他。臼季指出只要是人才，即使是仇人的儿子，也可录用。这是重视人才的可贵思想。

貌，情之华也；言，貌之机也。身为情，成于中。言，身之文也。言文而发之，合而后行，离则有衅。

【注释】《国语·晋语五》。华：华采，意为漂亮的外表。机：枢机、关键。身为情：情生于身。合：指情、言、貌三者吻合。离：分离，不相吻合。衅：毛病。容貌，是一个人思想感情的华采；言谈，是代表容貌的关键。思想感情产生于自身，蕴含在人的内心。言谈，是身体的文采。语言有文采并表现出来，与思想感情吻合然后行动，思想、语言、容貌分离就说明不够完美。

【解析】卫国人宁嬴仰慕君子，当他见到阳处父仪表非凡时，钦佩不已，决心生死追随。但是当他听了阳处父的一席话后，倍感失望，心灰意冷，怅然独归。美丽的外表的确让人倾羡，但心性刁钻、语言粗俗却使华美的外表黯然失色。心灵美才是至高至纯的美。当然，我们更倡导外在美与内在美相契合。

周以举义，比也；举以其私，党也。

【注释】《国语·晋语五》。比：以义相交。党：以私相交。用忠信之心推举正义的人，这叫比；出于私心推举人，这叫党。

【解析】赵宣子推荐韩厥为司马，韩厥果然秉公执法、认真办事。由此可见赵宣子的知人善任，公而无私，他认识到推荐贤能对于国家的重要性，认为以忠信之心推举正义的人，叫比；出于私心推举人，叫党，而举荐无能之辈是最大的结党营私。这些见解都十分可贵。

成人在始与善。始与善，善进善，不善蔑由至矣；始与不善，不善进不善，善亦蔑由至矣。

【注释】《国语·晋语六》。蔑：无。成年人在一开始就要与好人结交。开始结交的是好人，好人引导你学好，不好的人就无法影响你了；开始结交的是坏人，坏人引导你学坏，好人就无法熏陶你了。

【解析】赵文子行完加冠礼后去向前辈们求教做人的道理，韩献子对他提出指导与期望。人作为社会的构成，避免不了相互接触、彼此沟通，不同任何人交往的个体是不存在的。“近朱者赤，近墨者黑”，慎重地交朋结友对一个人的生活道路至关重要。中国是讲究友道的国度，韩献子的一番话可以作为一条原则，使我们在结交朋友的过程中有所借鉴，有所参考。

能内睦而后图外，不睦内而图外，必有内争。

【注释】《国语·晋语六》。能够使内部团结然后才能一致对外，不能团结内部却想在对外战争中胜利，一定会产生内部矛盾。

【解析】鄢陵之战前，晋国想先征服郑国作自己的同盟，范文子表示反对，他认为只有国家内部团结一致之后才能对外作战，否则，一旦国内出现纷争，对外作战就无从谈起，范文子的看法是十分明智的。

唯厚德者能受多福，无德而服者众，必自伤也。

【注释】《国语·晋语六》。只有德行丰厚的人能承受多福，缺少德行但臣服于己的人众多，一定会自己搞垮自己。

【解析】在是否对楚国作战的问题上，栾武子和范文子出现了分歧，范文子认识到晋国一旦战胜楚国,国内必定会有忧患。因为君主居功自傲,就会加剧与大臣的矛盾,加重对农民的剥削,从而给国家造成祸乱。

讵非圣人,不有外患,必有内忧。

【注释】《国语·晋语六》。如果不是圣人,没有外患,就一定会有内忧。

【解析】既没有外患又没有内忧的国家是很少见的。恐怕只有圣人才能将国家治理到此种境界。大同社会的确是民心所向,但现实与理想毕竟有着一段距离,况且在国家的治理问题上,存在内忧外患并不见得全是坏事,所谓"塞翁失马,焉知非福"就是这个道理。范文子想阻止伐楚而将其当做外患的建议的确很有见识。

择福莫若重,择祸莫若轻,福无所用轻,祸无所用重。

【注释】《国语·晋语六》。在两福中进行选择,没有比选择大福更好的了,在两祸中进行选择,没有比选择轻祸更好的了。福,没有选择轻的理由;祸,没有选择重的理由。

【解析】晋楚鄢陵之战中,晋国大夫们主张和楚国作战,范文子持反对意见。他认为必须用刑罚整顿好国内,然后才能对外进行战争,内部还没整顿好,就对外开战,会产生内忧。与其产生内忧,还不如留楚国当做外患。这是很有远见的看法,因为有外患这个压力才能迫使执政者搞好内政,从而使政权得到巩固。在重大的问题上权衡轻重要有战略家的眼光。

天道无亲,唯德是授。

【注释】《国语·晋语六》。天道不特别亲近谁,只降福给有德行的人。

【解析】鄢陵一战中,晋国打败了楚国,晋国君臣上下一片狂喜。范文子对此很是忧虑,指出战争胜利未必全是好事,如果国君不注意修德,反而会生出更大的忧患。

德,福之基也,无德而福隆,犹无基而厚墉也,其坏也无日矣。

【注释】《国语·晋语六》。道德,是福泽的基础,缺少道德但却福泽隆盛,好比没有打好基础却只顾厚筑墙垣一样,那离坍塌的日子就没几天了。

【解析】晋国在鄢陵一役中大败楚国,举国上下被胜利冲昏了头脑,狂喜不已。范文子适时的给他们泼冷水,提醒他们要勤修德政,否则,国家将会遇到大的灾难,就像没有打好基础的墙一样,时刻有坍塌的危险。

武人不乱，智人不诈，仁人不党。

【注释】《国语·晋语六》。勇武的人不发起祸难，明智的人不行奸诈，仁义的人不结党营私。

【解析】郤至被栾书揭发罪行，将要有杀身之祸。他的宗亲郤锜想聚众谋反，郤至不许，晓之以理，动之以情，劝服了郤锜。最终，郤氏一族深虑罪大，自杀而死。三郤生前虽然骄横无比，但他们最终能够服法认罪，应该说是明智的。

顺无不行，果无不彻，犯顺不祥，伐果不克。

【注释】《国语·晋语六》。顺礼就没有事做不成，果断就没有不做彻底的，与顺应礼义的人作对不吉祥，攻伐果断勇决的人不会获胜。

【解析】晋国内乱，韩厥不听从栾书、中行偃的调遣，并公开表明自己拒绝参与作乱。面对韩厥的正直果敢和不畏强暴，中行偃想发兵攻打他，被栾书制止。栾书认为与韩厥这种顺应礼义、果断勇决的人作对是难以成功的。

择臣莫若君，择子莫若父。

【注释】《国语·晋语七》。选择臣子，没有谁赶得上君主，选择儿子，没有谁赶得上父亲。

【解析】祁奚告老回乡之际，晋悼公问他谁可以接替他的职位，祁奚向晋悼公推荐自己的儿子。他认为自己的儿子温和安详，恭敬成性，能仁惠慈爱地对待小事，镇定自若地处理大事。因此，祁奚相信自己的儿子能够胜任这个职位，而且，一定能做得比他出色。祁奚荐子，不避嫌疑，表明了他为国家利益着想，不为一己私欲的可贵品质。

无功庸者，不敢居高位。

【注释】《国语·晋语七》。功庸：国功曰功，民功曰庸。没有治国安民大功的人，不敢身居高位。

【解析】韩献子告老退休，推荐韩穆子掌管朝政。韩穆子坚决辞谢。他认为自己智不能匡正君主，仁不能救助君主，勇不能为君主而死，没有一点治国安民的功劳，如果身居高位恐怕玷辱国君的朝堂。韩穆子让贤，表现出他不计较个人名位，谦虚谨慎，有自知之明的美德。

民志不厌，祸败无已。

【注释】《国语·晋语八》。人心不满，祸乱不停。

【解析】晋平公六年，晋国大夫箕遗和黄渊、嘉父作乱，没有成事就被杀了。晋平公对叛乱很有感触，他认为战乱不止的原因在于民心的涣散、不满。因此晋平公处心积虑，一心想重振朝纲。他按照阳毕的策略，恩威并用、诛灭叛党、提拔忠良、体察民情、爱惜民力，最终巩固了政权。

正国者，不可以暱于权，行权不可以隐于私。暱于权，则民不导；行权隐于私，则政不行。

【注释】《国语·晋语八》。暱，近。想要矫正国家弊病的人，不应该只注意眼前的权威，执行权力不可以因为私恩而隐恶。只看到眼前的权威，那百姓就不好训导；执行权力因为私恩而隐恶，那政令就无法推行。

【解析】晋国内乱，大臣阳毕为平公出谋划策。他要晋平公不因为私恩而隐恶，一定要彻底除掉栾氏祸根，来树立君主的权威，就像用长柄斧砍断枝叶，挖尽树根一样除恶务尽，不能手软。晋平公采纳了他的建议，诛灭了栾氏叛党，巩固了国家政权。

死而不朽。

【注释】《国语·晋语八》。虽死犹生就叫做死而不朽。

【解析】叔孙穆子与范宣子讨论“死而不朽”的问题，叔孙穆子辨析了“世禄”与“死而不朽”的区别。每个人都希望生命永恒，但生老病死是不可违背的自然规律，如何使自己的生命得到延续，做到死而不朽，叔孙穆子的论述富于启示意义。

其身殁矣，其言立于后世，此之谓死而不朽。

【注释】《国语·晋语八》。殁(mò)：死。立：树立而不被废弃。人死后，他的言论作为准则树立，流传到后世，这才叫做死而不朽。

【解析】范宣子向叔孙穆子讨教什么是死而不朽，依范宣子本人的看法，世代为官食禄就可以称做“死而不朽”。叔孙穆子对他的看法予以否定，并举鲁国大夫臧文仲的例子，说明一个人虽不在人世了，但他的言论仍然存在，而且影响着相当多的人，这才称得上“死而不朽”。叔孙穆子的话，意味深长，人的生命是有限的，但人的思想却可以光照万世。人生的意义也正在于此。

乐以开山川之风也，以耀德于广远也。

【注释】《国语·晋语八》。音乐是用来开通国家风化的，可以把德行的光耀传布到广漠辽远的地方。

【解析】晋国著名的乐师旷，认为音乐能化育山川，教化万民，对开通国家风化起着重要的作用。古人重视音乐的教化作用同儒家仁政思想是密不可分的。荀子曾说：“声音之道，与政通矣。”所以他特别强调统治者应该“正其乐”，并利用音乐来教化人民，从而达到巩固统治的目的。

君子比而不别。比德以赞事，比也；引党以封己，利己而忘君，别也。

【注释】《国语·晋语八》。比：互相团结。别：结党营私。君子团结合作，但不结党营私。同心办事叫做团结合作；拉帮结派，加强自己的实力，利益归自己所有，置国君于度外，那就是结党营私。

【解析】叔向见到司马侯之子，想起了故人，想起了与司马侯共事时的默契，感慨不已，留恋不已。叔向与司马侯之间的这种友谊是志同道合，互相合作的结果。这同那种拉帮结派、结党营私的勾结恰恰相反，一为国家利益，一为私人利益，其境界高下，自是不言而喻。

忠不可暴，信不可犯。

【注释】《国语·晋语八》。忠诚不可以用暴力侵凌，信用不能用虚假背弃。

【解析】晋楚为首的诸侯国在宋国商丘召开结盟大会，楚国想借机偷袭晋军，杀其正卿赵武，赵武向叔向求教。叔向指出，晋国正是利用这次结盟的机会以忠诚安定诸侯，用信用证验忠诚，如果楚国偷袭晋国，就是自己背信弃义断绝了忠诚。背信弃义就一定要失败，无法危害晋国。所以凭着忠诚和信用，晋国提高了自己在诸侯中的威望，使楚国最终不敢轻举妄动。

苟可以安君利国，美恶一心也。

【注释】《国语·晋语八》。假如可以使国君平安，使国家得利，生和死是一样的。

【解析】诸侯会盟，鲁国违背盟约攻打莒国，楚国人就要杀掉鲁国代表叔孙穆子。叔孙穆子认为自己一死可以免掉诸侯国对鲁国的讨伐，于是不肯行贿免罪，也不肯逃走。他的这种为国忘身，临难不苟免的思想十分可贵。

善人在患，弗救不祥；恶人在位，不去亦不祥。

【注释】《国语·晋语八》。好人遭到祸患，不去救不吉祥；坏人在位，不离开他也不吉祥。

【解析】晋卿赵武十分赞赏叔孙穆子为国家利益不怕牺牲的精神，坚决请求赦免了他。这种爱憎分明、主持正义的品格和从大处着眼的执政者风度令人钦佩。

纳谏不忘其师，言身不失其友。

【注释】《国语·晋语八》。进谏不忘记说是师长的教导，别人谈到自己的优点不忘记夸奖自己的朋友。

【解析】究竟什么样的人最值得别人称许？赵文子与叔向在游九原时探讨了这个问题。赵文子推崇随武子，认为他谦虚、谨慎，进谏不忘记师长的恩德，言身能记住朋友的优点，这些都是十分可贵的品质。从中可看出赵文子立身行事的标准：尊师、重友、忠诚、正直。

直不辅曲，明有规暗，拱木不生危，松柏不生埤。

【注释】《国语·晋语八》。拱木：大树。危：高而险。埤（pí）：低洼潮湿。正直的人不能辅佐邪曲的人，光明磊落的人不能劝谏昏暗迷惑的人，大树不能在又高又险的地方，松柏不能生长在低洼潮湿的地方。

【解析】晋平公过着荒淫靡乱的生活，以致疾病缠身。名医和诊断后指出平公由于沉迷女色而丧失意志，不过几年晋国就要大难临头，虽然晋国有赵文子这样光明磊落、直言敢谏的忠臣也是没有意义的。这就像大树不能在悬崖峭壁生长，松柏不能在低洼潮湿的地方存活一样，对昏庸无道的君主，再忠诚的臣子也只能是无可奈何。

若不忧德之不建，而患货之不足，将吊不暇，何贺之有？

【注释】《国语·晋语八》。不去忧虑德行有没有树立，却担心财货不足成为患害，这样的情况吊唁还来不及，有什么可贺的？

【解析】韩宣子忧贫，叔向却去祝贺他，并列举栾书和郤至的例子。栾书穷而有德，声名远播；郤至富而无德，性命不保。这都说明贫穷不值得一愁，而应该忧虑德行还没有树立起来。不然，有财无德，早晚是祸。

赏善罚奸，国之宪法也。

【注释】《国语·晋语九》。奖赏善良，惩罚奸邪，这是国家的根本大法。

【解析】晋卿中行穆子率师攻打鼓国。鼓国有人献城投降，中行穆子不接受。他认为奖善罚奸是一个国家的根本大法，只有坚定不移地贯彻执行，才能使国家的利益得到维护。中行穆子爱憎分明的做人态度和忠于国事的思想行为是值得赞赏的。

人不可不学。

【注释】《国语·晋语九》。一个人不可以不学习。

【解析】晋卿范献子从自己的切身体会出发，告诫他身边的人一定要认识到学习的重要性。只有学习，才能够增长见识，活跃思维。

人之有学也，犹木之有枝叶也。木有枝叶，犹庇荫人，而况君子之学乎？

【注释】《国语·晋语九》。人有学问，就好比树木有枝叶一样。树木有枝叶，还可以给人遮阳，何况君子有学问呢？

【解析】范献子到鲁国聘问，因为见识少而闹出许多笑话，他对此感触很深，因而认识到了学习的重要性。他告诫身边的人说："人不可以不学习。"他将知识比喻成树木的枝叶，葱郁的枝叶能带给人阴凉，渊博的知识能让人受益终生。比喻形象生动，使人耳目一新，读之感受弥深，足为铭记。

愿以小人之腹，为君子之心。

【注释】《国语·晋语九》。愿意用小人之心，猜测君子之腹。

【解析】阎没、叔宽借吃饭之事说明人不能贪心不足，以劝谏执政卿魏献子不要受贿。阎、叔二人席间三次叹气层层有新意，最后一语点破天机。他们希望自己贪婪的肚子能像君子的内心一样，刚刚满足就可以了，不能盛得太多。"以小人之心，度君子之腹"正是由此演变而来。

思乐而喜，思难而惧，人之道也。

【注释】《国语·晋语九》。想到乐事高兴，想到祸事戒惧，这是人之常情。

【解析】赵简子派尹铎治理晋阳时说："一定要把敌人筑的垒墙毁掉。"尹铎到晋阳后不但没毁掉垒墙反而增筑了垒墙。赵简子怒，欲杀尹铎，大臣邮无正指出，见乐而喜，见祸而惧是人之常情，尹铎增筑敌人的垒墙正是让君主时刻警示自己，并把它作为一面历史镜子永远成为君主的借鉴。赵简子从谏如流，重赏尹铎。

知贤而让，可以训矣。

【注释】《国语·晋语九》。知道谦让才能胜过自己的人，就可以训导家臣了。

【解析】少室周认为牛谈比自己有力气，就把自己驾车的位置让给牛谈。与许多妒贤忌能的人相比，少室周让贤可见其心胸之豁达，风度之伟岸，在当时的社会背景下着实不易。人贵有自知之明，能者上，庸者下是社会发展的必然趋势。发现贤人不易，有让贤之风范更难能可贵。

国家之将兴也，君子自以为不足；其亡也，若有余。

【注释】《国语·晋语九》。国家将要兴盛，执政的君子自认为才德不够；国家将要衰亡，执政的君子便自以为才德有余。

【解析】简子向壮驰兹问什么叫贤，壮驰兹向赵简子祝贺说，执政者能够谦虚访问贤才,是国家兴盛的标志;反之,国家将要衰亡。壮驰兹的话说明了国家兴衰在很大程度上决定于执政者能否礼贤下士。历史上众多王朝的兴衰成败给壮驰兹的这番话作了最好的诠释。

君子哀无人,不哀无贿;哀无德,不哀无宠;哀名之不令,不哀年之不登。

【注释】《国语·晋语九》。君子只哀愁没有贤人辅佐,不愁没有财富,只愁没有优良的德行,不愁不得宠爱;只愁名声不美,不愁年寿不高。

【解析】这是赵简子的臣子劝谏他的话。君子可以为没有贤人,没有德行,没有好名声而发愁,却无须为无财货、不得宠信、寿数不高而发愁。只有激励自己不断进取,才能有所成就。

德不纯而福禄并至,谓之幸。

【注释】《国语·晋语九》。德行不纯反而福禄都占有,这叫做侥幸。

【解析】晋卿赵襄子派大夫新稚穆子征伐狄国,当胜利的消息传来,他本该善悦却反而恐惧,因为他认识到侥幸毕竟不是福泽,靠德行修养才会有真正的和乐。

高山峻原,不生草木。松柏之地,其土不肥。

【注释】《国语·晋语九》。峻原:陡峻的土坡。高山峻岭,不生长草木。松柏之下,土质不肥沃。

【解析】智襄子炫耀宫室的华美,却不注重道德修养,他的家臣士茁认为大兴土木、居住过分华丽,家族就不能长久平安,好比高山陡坡因其高险而不生草木,松柏茂盛而使其荫下的土地不肥沃一样。后来智襄子终因骄奢无度而灭族。

君子能勤小物,故无大患。

【注释】《国语·晋语九》。能勤小物:能认真对待小事。那些君子能做到认真对待小事,所以才不会遭到大祸。

【解析】三国时的刘备告诫他的儿子:"勿以善小而不为,勿以恶小而为之。"其旨意与智伯国劝谏智襄子的话相近。智伯国指出在小事上不检点常会酿成大祸。他十分强调君子的能勤小物,善小可积大福,恶小可酿大祸,事物的发展变化是有其必然性的,看问题一定要从辨证的角度出发。

声一无听,物一无文,味一无果,物一不讲。

【注释】《国语·郑语》。果:美味。声音只有一个调就没有什么可听的,颜色都一样就不成文彩,味道都一样就谈不上美食,事物单一就没有比较。

【解析】周太史伯与郑恒公讨论周朝的兴衰大势。太史伯对形势和国家前景的分析,从天命出发,“民之所欲,天必从之”着眼点落在人事。他指出周室的衰败在于执政者抛弃和谐而尽用相同,远忠臣而近奸邪。和谐才能生万物,相同就不能发展,就像声音单一没有音乐,色调单一没有文彩,味道单一没有美食,事物单一没有比较一样。执政者闭目塞听,只能导致国家衰亡。

欲善,善人将至;若不欲善,善则不用。

【注释】《国语·楚语上》。想学好,好人就会到来;如果不想学好,好的教导他也听不进去。

【解析】楚庄王给太子请老师,受聘的老师坚决辞谢。他说,学好的关键不在于老师,而在于太子。受教育者想学好,就会有好人来指导他;受教育者不想学好,任何人教导也无计于事。这种认识强调了受教育者应具有良好的学习态度。

虽楚有材,不能用也。

【注释】《国语·楚语上》。虽然楚国有人才,却不能使用他们。

【解析】楚材晋用,是古代中国人才外流的概括说法。楚国历史上曾有四次人才外流事件。这些人都是由于当权者是非不分,而含冤负屈逃离楚国的。他们得到晋国的重用,反过来又危害楚国。这说明重用人才,国家才能强盛;浪费人才,只能给国家带来祸害。

美也者,上下、内外、小大、远近皆无害焉,故曰美。若于目观则美,缩于财用则匮,是聚民利以自封而瘠民也,胡美之为?

【注释】《国语·楚语上》。缩:敛取。封:厚富。所谓美,是对上下、内外、小大、远近都没有妨害,才能叫做美。假如把观赏叫做美,就会虚耗敛取的财物使财用匮乏,这样搜括民脂民膏让自己厚富却让百姓穷困,有什么美?

【解析】奢侈享乐的楚灵王洋洋得意地对伍举夸耀章华台的华美。伍举发表了对美的深刻见解,指出可供观赏的台榭不见得真美,而为了满足这种私欲,大兴土木、耗尽民财,造成百姓叛离却是十分严重的作恶行为。

国君服宠以为美,安民以为乐,听德以为聪,致远以为明。

【注释】《国语·楚语上》。服宠:即宠服,指因贤德而受天子赐禄。听德:任用有德的人治政。致远:招来远方的人归服。国君把接受天的爵禄当做美,把安民当做快乐,把任用有德行的人,耳听德音当做聪 ,把能招来远方人士归附叫做明。

【解析】楚灵王不顾百姓死活大修章华台，伍举耿耿忠心直言讽谏，指出国君一定要以德义治国，勤政爱民，广开言路，招贤举能。

君国者，将民之与处；民实瘠矣，君安得肥？

【注释】《国语·楚语上》。当国君的人，是要同百姓一同生活的；百姓贫穷了，国君怎么能富有呢？

【解析】国君一定要体恤民情，爱惜民力。儒家认为，民为邦本，民强则国富，国富则雄霸天下。

君子之行，欲其道也，故进退周旋，唯道是从。

【注释】《国语·楚语上》。君子的行动，应该追随道义，所以对待具体事情不管是违背还是顺从，只能以追随道义为标准。

【解析】司马子期想立他的小妾为正妻，向左史倚求教。左史倚列举事实，阐明道理，说明“违背”和“顺从”是相对的，做任何事都要以追随道义为标准，警告他不可违背礼法。司马子期最终打消了立妾为妻的念头。

从政者，以庇民也。民多旷者，而我取富焉，是勤民以自封也，死无日矣。

【注释】《国语·楚语下》。旷：空，此指因贫穷而家室空旷。封：富厚。从政的人是保护百姓的。现在人民多有贫困，而我发财致富，那就是劳苦百姓使自己富有，离死亡没有几天了。

【解析】斗且看到令尹子常只顾蓄积财富，不关心百姓的死活，便断定贪如豺狼的子常一定会自取灭亡。他正面举斗子文三任令尹，家中毫无积蓄，廉洁爱民的典型事例，表彰了他“我逃死，非逃富”的言论，认为官吏就应该保护人民。朴素的论述中显出可贵的民本主义思想。

民心之愠也，若防大川焉，溃而所犯必大矣。

【注释】《国语·楚语下》。对待民众心里的愤怒，就像防范大河泛滥一样，堤坝崩溃造成的灾害，必定是很大的。

【解析】民众的愤怒如同不可阻挡的滔滔洪水，引起过多的民怨，一定会被民众推翻。这是统治阶级受到人民力量的震慑总结出来的历史教训，有较为深刻的历史意义。因此，斗且反对聚敛无度，力主恤民，是一种十分进步的主张，应该予以肯定。

君子临政思义,饮食思礼,同宴思乐,在乐思善,无有叹焉。

【注释】《国语·楚语下》。君子在处理政事时应当想到义,在饮食时想到礼,在宴会上想到与人同乐,在与人同乐时想到行善,没有什么好叹息的。

【解析】令尹子西为楚国的前景担忧叹息。他手下的随从劝令尹子西不必为表面强大的吴国忧虑,吴王夫差不惜民力,满足个人私欲,贪图享受,放纵恣肆,吴国已经由强转弱,没有什么可担忧的。这种分析可谓深刻透辟。

唯仁者可好也,可恶也,可高也,可下也。

【注释】《国语·楚语下》。只有仁德的人,可待他好,也可待他坏,可处高位,也可处下位。

【解析】推荐人才不单看他的才华,还要看他的人品德行。只有仁德的人,待他好,他不会恃宠骄横;待他坏,他不怀恨在心。相反,如果用那些奸邪的人,位高则骄矜;位低则憎恨,其结果只能是危害国家和人民。

人求多闻善败,以监戒也。今子闻而弃之,犹蒙耳也。

【注释】《国语·楚语下》。人们想多听善恶成败的故事,是为了吸取教训。现在您听了却置之不理,等于塞上了耳朵。

【解析】子西想召王孙胜回来执政,子高极力反对,指出王孙胜这样的人是狼子野心,起用这样的人一定会遭到祸患。子西固执己见,忠言难进。他无视古今善恶成败的例子,闭目塞耳,终遭杀身之祸。这句话告诫人们一定要善于采纳别人的意见,不可一意孤行,阻塞忠谏之路。

夫谋必素见成事焉,而后履之,不可以授命。

【注释】《国语·吴语》。谋划事情必须事先能看到成功,然后再去实行,不可以拼命。

【解析】吴王夫差起兵伐越,越王勾践想立即起兵迎战,大夫文仲向越王献策,分析当前形势,比较敌我力量,权衡利弊,认为应该以和代战,以求稳妥。凡事都应有先见之明,鲁莽行事只会招致惨败,古人深谙这个道理,今人对此更应有所借鉴。

及吾犹可以战也,为虺弗摧,为蛇将若何?

【注释】《国语·吴语》。虺(huǐ):小蛇。趁我们还可以作战的时候灭亡越国,它是条小蛇的时候不打死它,变成了大蛇怎么办?

【解析】吴王夫差想挥师中原,进攻齐国。申胥劝谏吴王,指出伐齐之前一定要灭亡越国,以使后方稳定,无后顾之忧。他举小蛇不打,大蛇为患的例子形象地说明了这个道理。字字警策，发人深思。

王其盍亦鉴于人，无鉴于水。

【注释】《国语·吴语》。君王为什么不把别人当做镜子照一照，不要用水做镜子，因为水只能照见影子，用人做镜子却能照见事业的成败。

【解析】前车之鉴，后人警醒，以人为镜可以预见事业的得失成败，申胥的劝谏可谓精湛深刻。他叙述了楚灵王的种种暴行导致激起战乱、导致自缢毙命的悲惨结局，用以震慑夫差，使其幡然悔悟，不蹈覆辙，但夫差置若罔闻，伐齐虽然获胜，却伏下更大的危机。

天之所弃，必骤近其小喜，而远其大忧。

【注释】《国语·吴语》。天所抛弃的，一定会多让他获得小的欣喜，使他忽略大的忧患。

【解析】夫差不听申胥的劝告出兵伐齐，吴国获得胜利，夫差更加狂傲。回国后对申胥厉声责难，给他强加上危害吴国的罪名。申胥尖锐地指出，夫差得意而骄，一意孤行，必有大忧。最后申胥表示不愿见到夫差成为越国俘虏，自尽身亡。临死前他提出"目悬东门，以见越入"的要求，表现了他的英明预见和满腔悲愤 。而夫差最终成为越国俘虏，这验证了申胥的预见。

危事不可以为安，死事不可以为生，则无为贵智矣。

【注释】《国语·吴语》。国家危难困顿时不能转危为安，生死存亡时不能化险为夷，那尊重智慧的人也就没用了。

【解析】吴王夫差带兵北上，与晋国争当霸主，越王勾践乘虚而入，派兵伐吴。吴王夫差及手下大臣闻报，恐惧万分，王孙雒（luò）认为应该主动进攻，用兵威压服晋国，达到既会盟而又先晋国歃血的目的，再从容回国。这体现了他超群的智慧。

夫战，智为始，仁次之，勇次之。不智，则不知民之极，无以铨度天下之众寡；不仁，则不能与三军共饥劳之殃；不勇，则不能断疑以发大计。

【注释】《国语·吴语》。战争，智谋是第一位的，仁爱第二，勇敢第三。没有智谋，就不懂人民认为是正确的东西，没有办法衡量天下众寡强弱的形势；如果不仁，就不能和三军战士同甘共苦、忍饥挨饿；不勇敢的话，就不能决断疑难，作出重大的战略决策。

【解析】决定战争胜负有许多因素，包胥把智谋放在第一位，强调了智谋在战争中所起的决定性作用，他的这种认识是很有见地的。战争是一种艺术，只有将智谋、仁爱、勇敢诸多因素协调一致，才能取得战争的胜利。

古之贤君，不患其众之不足也，而患其志行之少耻也。

【注释】《国语·越语》。古时候的贤君，不怕他手下的士卒太少，而担心他们在心理上缺乏耻辱的观念，没有争强知耻之心，以致临难苟免。

【解析】越王勾践在誓师伐吴之际，援引古代贤人的话，其目的在于激励三军将士在战场上奋勇杀敌，一雪国耻家恨。越王勾践在被吴王夫差打败之后，企图复仇雪恨，最终卧薪尝胆，奋发图强，经过多年的准备，使全国上下同仇敌忾，一举成功灭掉吴国。

进则思赏，退则思刑，如此则有常赏。进不用命，退则无耻，如此则有常刑。

【注释】《国语·越语》。前进想到奖赏，后退想到刑罚，这样便会有必得的赏赐。前进不听命令，后退不知耻辱，这样便会有应得的惩罚。

【解析】军队必须要有严明的纪律，只有赏罚分明，才能使军队具有强大的战斗力，而且在具体执行过程中，一定要把奖赏和惩罚落到实处，真正做到"赏如山，罚如溪"。

时不至，不可强生；事不究，不可强成。自若以处，以度天下。

【注释】《国语·越语》。时节没有到，不可以勉强它生长万物；事情没有到瓜熟蒂落的地步，不可以勉强事情办成。处之自然，用来作为天下的法则。

【解析】越王勾践报仇心切，急于伐吴，范蠡四次劝他耐心等待，以麻痹敌人，俟机而动。范蠡主张顺应自然，掌握规律，等到时机成熟的时候一鼓作气打败吴国。他的这种认识具有积极的指导意义，给人不尽的启示。

得时无怠，时不再来，天予不取，反为之灾。赢缩转化，后将悔之。

【注释】《国语·越语》。得到时机不要怠慢，时机不会再来。天赐给你不接受，反会因此受祸。进退变化不定，将来后悔莫及。

【解析】"机不可失，时不再来"，范蠡对越王勾践说的这番话体现的正是这个道理。范蠡主张把握各种条件，看准时机一举消灭敌人，他的军事思想有普遍的指导意义。能否抓住战机，往往决定着一场战争的胜负。在战场上，形势是千变万化的，准确地估计形势，果断地采取行动，这是一个优秀的军事指挥员应具备的素质。

国必有诽、誉，忠臣令诽在己，誉在上。

【注释】《战国策·东周策》。诽：批评。誉：赞同。国家所做的一切，总会有一部分人批评,另一部分人赞同。忠臣会让百姓的批评和不满落在自己头上,让赞扬、称誉归于主上。

【解析】无论是干什么事情,都不可能令所有的人满意,而最佳的结果是让批评的人少于赞扬的人。忠臣能令诽谤归于自身,把荣誉归于主上。

众庶成强,增积成山。

【注释】《战国策·东周策》。人多就会成为不可抵御的力量,沙土逐渐增长堆积就会成为不可动摇的大山。

【解析】人们常说,泰山不让土壤故能成其大,江海不择细流故能就其深。"人"同样如此,只有善于聆听各种意见,善于涉猎各种知识,积累多方面经验,才能成为一个有知识、有才学的人。

欲决霸王之名,不如备两周辩知之士。

【注释】《战国策·东周策》。想要(让秦国)称霸于诸侯,就要广泛搜罗两周辩知之士。

【解析】这句话体现了战国时期重要的战略思想——广泛开展外交活动。战国时期是诸侯纷争,士阶层异常活跃的时期。各国要想在战争中取得一席之地,除加强自身的建设外,更为重要的就是处理好与周边国家的关系,这就要求有善辩之士穿梭于各国,以取得利于自身发展的环境。

君将施于大人,大人轻君;施于小人,小人无可以求,又费财焉。君必施于今之穷士不必且为大人者,故能得欲矣。

【注释】《战国策·东周策》。君王如果网罗有权有势、地位高的人,他们会不屑于为您所用;如果网罗那些无权无势、地位低下的人,您对他们既无所求,又白费了钱财。君王不如网罗那些现在看起来还穷困潦倒、不露头角,将来必定会成为达官显贵,有所作为的人,这样才能实现您的愿望。

【解析】这是周人杜赫想让周君重用穷士景翠说的一段话。只有笼络那些暂时不得志但却有才的人,才能使他们真正为我所用。犹如捕鸟,把网放在无鸟的地方,即使等待一整天,也不会网到一只鸟;如果把网放在鸟很多的地方,就会把鸟吓跑;只有把网放在有鸟但不很多的地方,才能真正达到自己的目的。

事可成,勉成之;不可成,亟亡来。

【注释】《战国策·东周策》。如果事情可以办成,就要努力办成它;如果事情办不成,就应该立刻回来。

【解析】干任何事情,只要有成功的可能就应该努力去做,而不能一日曝,十日寒。如果所干的事情本身是一种空想，或者在现有的条件下无法办成，就应及早撤出，以免越陷越深，无法自拔。

本末更盛，虚实有时。

【注释】《战国策·西周策》。事物的本末、虚实不是永恒不变的，而是会根据不同情况发生变化的。

【解析】这句话体现了辩证法中事物发展的客观规律。任何事物都不是一成不变的，而是在不断地发展变化着，并有一定的规律可循的。事物会由一端发展为另一端，所谓物极必反，就是这个道理。“本末”“虚实”等在一定条件下也是可以互相转换的。

商君治秦，法令至行，公平无私，罚不讳强大，赏不私亲近。

【注释】《战国策·秦策一》。商君治理秦国，法令严明，公正无私。惩罚，不忌讳威势强大的贵族；奖赏，不偏袒关系特殊的亲信。

【解析】商君即卫鞅，是法家思想的代表人物之一。他帮助秦孝公制定法令，用严刑酷法来压制人们的私欲，使秦国人民因为畏惧惩治，而很少有越轨行为，使得秦国社会风气大为改观。但商君的法令严酷，缺少仁恩，因此遭到一些秦国贵族的反对，在秦孝公死后，商鞅受到了车裂的极刑。这从另一方面给后世君主以启迪：治理国家，不能仅仅依靠法治，而应恩威并施。

毛羽不丰满者，不可以高飞；文章不成者，不可以诛罚；道德不厚者，不可以使民；政教不顺者，不可以烦大臣。

【注释】《战国策·秦策一》。文章：礼乐法度。使民：役使百姓，指使用百姓出战。政教：政治教化。羽毛不丰满的雀鸟，不能冲天高飞；制度不完备的国家，不能出兵征战；对人民少恩少惠，不能发动战争；政教不顺人心，不能拿战争劳烦大臣。

【解析】大凡干事情，事先需要有一定的准备，才能以此为基础，达到自己的目的。犹如盖楼房，只有打好坚实的基础，才能建起万丈高楼。那种只凭借一时的冲动，就幻想建起没有基础的空中楼阁的想法，是愚蠢的。

徒处而致利，安坐而广地，虽古五帝、三王、五伯、明主贤君，常欲坐而致之，其势不能，故以战续之。

【注释】《战国策·秦策一》。如果无所事事，不想进行战争，就想获利，扩充土地，即使古代的五帝、三王、五伯、明主贤君，总想坐而成功，但世势也难达到。因此还得继续用战争解决问题。

【解析】苏秦劝说秦王要进行战争，因此他极力鼓吹战争的作用。他认为战争是获利广地的重要手段，更是称霸诸侯、统一中国的工具。

宽则两军相攻，迫则杖戟相撞，然后可建大功。

【注释】《战国策·秦策一》。如果两军相距遥远，就互相进攻；相距迫近，就白刃交锋，然后才可以建立大功。

【解析】这句话指出了战争的重要作用，强调它是建立大功的重要手段。同时也指出了进行战争的重要方式：若两军相距遥远就互相进攻；若相距迫近，就白刃交锋，进行混战。

兵胜于外，义强于内；威立于上，民服于下。

【注释】《战国策·秦第一》。军队得胜于外，正义治强于内；威权建立于上，人民服从于下。

【解析】君主通过内修政治，外治武功，既能威服臣民，又可称霸诸侯，何乐而不为？因此贤明的君主善于趋利避害，逢凶化吉，从而加强自己的统治，树立自己的威信。

并天下，凌万乘，诎敌国，制海内，子元元，臣诸侯，非兵不可。

【注释】《战国策·秦策一》。凌万乘：凌驾于大国之上。凌：超过，压倒。万乘：古代用兵车作战，以兵车的多少说明国家的大小强弱，具备万乘兵车的国家是大国。诎：屈服。元元：百姓。吞并天下，控制大国，击败敌人，统治国家，抚爱百姓，臣服诸侯，非战争不可。

【解析】通过战争能实现统治四海，威服诸侯，臣服百姓的目的，这强调了战争的重要作用。这种好战的思想在战国时期对各国均有重要影响，以致诸侯纷争，社会扰攘，给各国的百姓带来了无尽的灾难。

贤人在而天下服，一人用而天下从。

【注释】《战国策·秦策一》。贤人在位，天下便信服，一人得用，天下便听从。

【解析】这里过分强调了贤君明士的重要作用。确实，贤君明士在诸侯纷争、社会扰攘的战国时代起着重要的作用，并且他们的正确决策对诸侯国的地位有着重要的影响。但是能造成使天下信服的局面，单靠个别的贤君明士是远远不够的，必须全国上下团结一致，齐心协力。

式于政，不式于勇；式于廊庙之内，不式于四境之外。

【注释】《战国策·秦策一》。式于政：（把力量）用在政治上。式：用。廊庙:朝廷,朝堂。国事决定于外交,不决定于武力;决定于朝廷、宗庙的谋略策划,而不决定于战场的拼刀拼枪。

【解析】这是战国时代外交思想的精华。战国时期是一个十分动乱的时期,诸侯国之间战争不断,搞好政治,特别是搞好外交,是诸侯国能够生存的重要保证,所谓"横成则秦王,纵成则楚霸"。因此各国都特别注重外交,注重庙堂中的谋略策划,希望达到"运筹帷幄之中,决胜千里之外"的目的。

贫穷则父母不子,富贵则亲戚畏惧。人生世上,势位富贵,盖可忽乎哉!

【注释】《战国策·秦策一》。贫穷不得志即使父母也不把他当做儿子,一旦富贵则妻嫂也会畏惧。人生世上,权势富贵怎么能不顾呢?

【解析】这是苏秦通过自身的经历发出的人生感慨。当他贫穷不得志之时,"妻不下纴,嫂不为炊,父母不与言",而当他飞黄腾达受到重用之后,返归故乡时父母"清宫除道,张乐设饮,效迎三十里。妻侧目而视,倾耳而听。嫂虵行匍伏,四拜自跪而谢"。这种前倨后恭的强烈对比,揭露了那个时代的世态人情。但苏秦因此把权势富贵归结为其人生的奋斗目标却有些偏颇,体现出他思想的局限性。

弗知而言为不智,知而不言为不忠。

【注释】《战国策·秦策一》。不知道却要说,是不聪明;知道却不说则不尽忠。

【解析】"知之为知之,不知为不知,是知也。"为人臣者,必须从实际出发,对事物不了解,就不应随便乱说,但若对事物了解得很清楚,就应该不避嫌疑地表达自己的见解。知而不言为不忠,只有言必尽意,时常为国家、民族的大计考虑,才是一个臣子应尽的职责。

以乱攻治者亡,以邪攻正者亡,以逆攻顺者亡。

【注释】《战国策·秦策一》。内政混乱的国家去进攻内政清明的国家,必亡;以邪道治国的国家去进攻以正道治国的国家,必亡;违背天理的国家去进攻顺应天理的国家,必亡。

【解析】战争的胜负不仅仅取决于兵力的强弱,而且还受到天时、地利、人和的影响。只有"名正言顺""行师必有名",才能得到人民的支持和拥护。相反,师出无名,肆意地发动战争,不顾自身安危的国家必然在战场上失败,进而会落得国破家亡的结局。

言赏则不与,言罚则不行,赏罚不信,故民不死也。

【注释】《战国策·秦策一》。君王说要赏,却不兑现;说要罚,又不实行。

赏罚不能坚决执行，所以百姓不愿为国家拼死作战。

【解析】这句话总结“民不死也”的原因是赏罚不能严格地执行。赏罚严明，才能使人民不因恶小而为之，不因善小而不为，才能惩恶扬善，刺激百姓奋勇战斗，从而增强军队的战斗力。

争名者于朝，争利者于市。

【注释】《战国策·秦策一》。在朝堂上争求功名，在市场上争求利益。

【解析】“名利”思想是古今之人共同具有的思想。尽管有些人声称不求名利，与世无争，但他们名垂青史的结果恰是追求名利最好的证明。

欲富国者，务广其地；欲强兵者，务富其民；欲王者，务博其德。三资者备，而王随之矣。

【注释】《战国策·秦策一》。想使国家富有，务必扩充土地；想使军力强大，务必使人民富有；想要建立王业，务必广施德政。具备这三个条件，王业即可随之而来。

【解析】用简练的语句表达了建立王业的三个条件，既要扩充土地，又要使人民富裕，而且还要求统治者广施仁德。这样才能达到强国、富民、王天下的目的。

虎者戾虫，人者甘饵也。今两虎诤人而斗，小者必死，大者必伤。子待伤虎而刺之，则是一举而兼两虎也。无刺一虎之劳，而有刺两虎之名。

【注释】《战国策·秦策二》。戾：残暴。虎是一种残暴的动物，人是它喜爱的食物，现在两虎因人而争斗，那小虎必死，大虎必伤，等到大虎受伤后去刺伤它们，岂不是一举而得两虎。不费刺杀一虎的辛劳，却有刺杀两虎的名声。

【解析】人们常说“坐山观虎斗”“两虎相争，必有一伤”，聪明的人会利用两种强大势力的斗争来谋取自身的利益，因为两个实力相当的事物争斗，必定是两败俱伤，所谓“鹬蚌相争，渔人得利”。

以曾参之贤与母之信也，而三人疑之，则慈母不能信也。

【注释】《战国策·秦策二》。

【解析】曾参是孔子的弟子，是一个很贤德的人，他的母亲对他十分信任。但是人言可畏，当许多人向他母亲说曾参杀了人，他的母亲也不得不相信。“众口铄金，积毁销骨”是很有道理的。

不能者不敢当其职焉，能者亦不得蔽隐。

【注释】《战国策·秦策三》。没有能力的人不敢随便任职，而真正有能力的人也不应被埋没。

【解析】人尽其才，物尽其用，才能协调好各种关系。就如《水浒传》中的一百零八位英雄好汉，各自拥有一方天空，拥有适合他们自己的工作，才使得梁山义军壮大。

良医知病人之死生，圣主明于成败之事，利则行之，害则舍之，疑则少尝之，虽尧、舜、禹、汤复生，弗能改已。

【注释】《战国策·秦策三》。好的医生可以知道病人的生死，英明的君主能够明断事情的成败，有利则实行它，有害则舍弃它，有怀疑则不妨稍微尝试一下，即使尧、舜、汤再生，也不能改变它。

【解析】聪明的人善于趋利避害，决不会冒险做事情，而是在对事情有一定了解的基础上，有选择、有鉴别地去认识事物，他的态度是严肃的，行为是谨慎的，对那些有怀疑的东西，则要尝试一下，以确定对它的取舍。

死者，人之所必不免也，处必然之势。

【注释】《战国策·秦策三》。死是人人不可避免的事情，这是自然界的必然规律。

【解析】生老病死是人生的客观规律，不同的人面对死亡的态度是不同的，有的人平静坦然地去面对，而有的人则在死亡面前战战兢兢。不管以何种态度去看待死亡，只要你能无愧于自己的一生，就可安静地离去。

善为国者，内固其威，而外重其权。

【注释】《战国策·秦策三》。善于治理国家的人，对内要巩固他的威信，对外要加强他的权力。

【解析】圣明的君王之所以能够治理好自己的国家，就在于他能够在国内树立自己的威信，使广大人民乐于为他效力，从而出现国泰民安的局面，在国外则加强他的权威，使诸侯国臣服于他。

百人舆瓢而趋，不如一人持而走疾。

【注释】《战国策·秦策三》。一百个人抬一个瓢向前急走，不如一个人拿着它跑，觉得轻快。

【解析】百人舆瓢，虽力量强大，但是却造成劳力的浪费，甚至会由于力量过于强大，造成瓢裂的结局，不如一个人拿着它跑得轻快。这是应侯劝谏昭王时用的一个比喻，旨在说明国无二主，如果有多个力量共同掌政，就会出现瓢裂国破的结果。

地者，人主所甚爱也；人主者，人臣之所乐为死也。攻人主之所爱，与乐死者斗，故十攻而弗能胜也。

【注释】《战国策·秦策三》。土地是国君最爱惜的，国君是人臣心甘情愿为他卖命的，争夺君主所喜爱的，并与乐于为国君卖命的人进行战斗，所以多次战争也不能取胜。

【解析】攻城掠地是古代战争的重要方式，在这里，范雎指出攻城掠地的弊端，就在于攻击人主之所爱，并与乐于与君主效命的臣子进行战斗，因此战争的结局很难预料。基于此，范雎提出在攻城的同时，要辅以外交，以达到事半功倍的效果。

见大王之狗，卧者卧，起者起，行者行，止者止，毋相与斗者。投之一骨，轻起相牙者，何则？有争意也。

【注释】《战国策·秦策三》。

【解析】这是秦相范雎劝说秦昭王时打的一个比喻，它极其形象地说明，诸侯国纷争不止的原因在于名利的引诱，指出各诸侯国的谋士聚在一起图谋秦国，只是为了追求富贵和名利。

有其实而无其名者，商人是也；无把铫推耨之劳，而有积粟之食，此有其实而无其名者也。无其实而有其名者，农夫是也；解冻而耕，暴背而耨，无积粟之食，此无其实而有其名者也。无其名又无其实者，王乃是也已；立为万乘，无孝之名，以千里养，无孝之实。

【注释】《战国策·秦策四》。

【解析】着重分析了"名"与"实"的三种情况，有些人辛辛苦苦劳作，仅仅得到一些虚名，而实在的东西已被洗劫一空；有些人没有遭受风吹雨淋、把铫推耨的辛劳，却拥有实实在在的财物，尽管无名但有实；而另外一些人表面上声称自己是如何的仁德、孝顺，但实际上只是空头许诺，既无实际的利益，更无虚幻的名誉。这里顿弱一针见血地指出了秦昭王的失策之处，他认为圣明的君主要做到名利双收。

物至而反，冬夏是也，致至而危，累棋是也。

【注释】《战国策·秦策四》。事物发展到极点，就要走向它的反面，冬去夏来就是这样；东西放到最高点，情况就很危险，累棋子就是这样。

【解析】"物至而反""致至而危"体现了辩证法的思想。事物之间是可以相互转化的，当一种事物发展到它的极端，必将向它的对立面转换，物极必反，乐极生悲也体现了这一思想。

土广不足以为安，人众不足以为强。

【注释】《战国策·秦策四》。土地宽广不能认为社会就安定了，人口众多不能认为国家就富强了。

【解析】社会安定，国家富强不只在于土地是否广阔，人口是否众多，而在于国君和人民是否能同心协力共同建设国家。如果仅仅是国土广阔，人口众多，不过是他国的盘中餐罢了。桀、纣时期国土广阔，人口众多，但却灭亡了。晚清社会，中国也是一个土地广阔，人口众多的国家，却被列强的坚船利炮打败，最终沦为半殖民地半封建国家。

积薄而为厚，聚少而为多。

【注释】《战国策·秦策四》。

【解析】江海不择细流，故能就其深，泰山不让土壤，故能成其大。如果能够注重积累，不因其琐屑而抛弃它，就可以成就伟大。中华五千年的灿烂文明，正是各个时期，各民族文化的点点滴滴汇聚而成的。

王，兵胜而不骄，伯，主约而不忿。

【注释】《战国策·秦策五》。王者，出兵取胜而不骄傲，伯者，主持盟约而不暴躁。

【解析】王伯之人决不会因一时的胜利便骄傲自满，颐指气使，而是具有宽大的胸怀，恢宏的气量，能够做到喜怒哀乐不形于色。他们不会因一时的失意，而心存休戚，却总能坦然地面对生活。

明主不取其污，不听其非，察其为己用。

【注释】《战国策·秦策五》。英明的君主不取用别人的污点，不听信别人的谗言，只是考察他是否对自己有用。

【解析】这是英明的君主在用人方面的一个标准。他不依据别人的赞誉或毁谤去任用一个人，而依据这个人本身的才能。因此这是一种唯才是举的用人方法。

可以存社稷者，虽有外诽者不听，虽有高世之名而无咫尺之功者不赏。

【注释】《战国策·秦策五》。能安邦定国的人，虽然有诽谤他的恶言，君主也不去听；虽然有超人的名望，可是没有建立多少功勋，也不给予奖赏。

【解析】英明国君注重的是你实际的才能，即是否具有治国安邦的本领，如果有，就必然受到重用；如果只是徒有其名，并不能为国家建立功勋，为人民办些实事，就只能被请出朝堂，更不会受到任何奖赏。

君不闻海大鱼乎？网不能止，钩不能牵，荡而失水，则蝼蚁得意焉。

【注释】《战国策·齐策一》。您没听说过海大鱼吗？用鱼网捕不到它，用鱼钩牵不上它，可是，当干得连一滴水都没有时，小小的蚂蚁、蝼蛄也能制服它。

【解析】强大的事物并非总是不可战胜，相反，有时会被相对弱小的事物击败。海大鱼在大海中可谓强大，“网不能止，钩不能牵”，可是一到陆地，即使蝼蚁也可以征服它。官渡之战中，袁绍率领军队来势凶猛，但曹操一把火烧了他的乌巢粮仓，断了他的粮道，袁绍的军队不战自乱，大败而逃。

吾妻之美我者，私我也；妾之美我者，畏我也；客之美我者，欲有求于我也。

【注释】《战国策·齐策一》。我的妻子认为我漂亮，是偏爱我；妾认为我漂亮，是害怕我；客人认为我漂亮，是有求于我。

【解析】这是邹忌讽谏齐威王的例子，他以自身的感受形象地说明，齐威王受到了蒙蔽，因为无论是后宫中的妻妾，朝堂的大臣，还是四境之外的国家，无不偏爱他，畏惧他，有求于他。借此邹忌达到劝谏齐威王的目的。于是齐威王广开言路，促进国家的发展。

群臣吏民，能面刺寡人之过者，受上赏；上书谏寡人者，受中赏；能谤议于市朝，闻寡人之耳者，受下赏。

【注释】《战国策·齐策一》。面刺：当面指出。谤议：议论。文武大臣、官吏百姓能当面指出我的错误的，给上赏；书面提出劝谏的，给中赏；在大庭广众之中议论批评我，传到我耳朵里的，给下赏。

【解析】齐威王以其善听的耳朵采纳了邹忌的谏言，并广开言路，接受各种批评意见，于是群臣进谏，门庭若市。不几个月全国上下和睦，社会经济也得到了发展，其他诸侯国都臣服于齐，达到了战胜于朝廷的目的。

临淄之途，车毂击，人肩摩，连衽成帷，举袂成幕，挥汗成雨；家敦而富，志高而扬。

【注释】《战国策·齐策一》。衽(rèn)：衣襟。帷：帐幕。袂：衣袖。在临淄的街道上，车辆络绎不绝，互相碰撞，行人拥挤，挨肩擦背，连起衣襟，可成帷幔，接起衣袖，可成帐幕，挥洒汗水，可成大雨，家庭殷富，意志高昂。

【解析】极写临淄的富庶繁华，人口众多，街上行人川流不息，摩肩接踵。通过这种极度夸张的描述来说明齐国的强大，以此劝谏齐王不要西面事秦。

蛇固无足，子安能为之足？

【注释】《战国策·齐策二》。

【解析】这是成语“画蛇添足”的出处。据说楚国有个人，祭祀祖先后，把一壶酒给了他的左右亲近。这些人商量说：“给我们这几个人喝，不够，给一个人喝又太多，不如让各人在地上画一条蛇，谁先画成，谁就喝酒。”有一个人最先画成，就用左手拿过酒壶喝，而右手给蛇添足。这时另一个人把蛇画成了，夺过酒壶说：“蛇本无足，你怎能给它添上足呢？”结果画蛇足的人丢掉了一壶酒。这则故事说明，事物本身是怎样就是怎样，绝不能根据自己的好恶随意取舍，否则，吃亏的终究是自己。

赵之于燕、齐，隐蔽也，犹齿之有唇也，唇亡则齿寒。

【注释】《战国策·齐策二》。

【解析】所谓唇亡齿寒，因为唇是齿的外层屏障，对于保护齿避免寒冷的侵袭有重要的作用。这里用比喻的手法说明赵国对于燕、齐的重要地位，唇齿相依，各国才能都获得健康发展。

谋泄者事无功，计不决者名不成。

【注释】《战国策·齐策三》。计谋如果泄露，事情就不会成功；定了计，如果不坚决执行，就不能成就美名。

【解析】使用计谋，应注意保密，只有在秘密的情况下进行策划，才有助于事情的成功，而且还必须坚决有效地去执行计策，充分发挥计谋的作用，以获得事半功倍的效果。

颠蹶之请，望拜之谒，虽得则薄矣。善说者，陈其势，言其方，人之急也，若自在隘窘之中，岂用强力哉!?

【注释】《战国策·齐策三》。奔走劳顿地请求，情真意切地拜望，即使可以得到别人的援助，可终究是情不深，意不厚。擅长游说的人，巧于陈述形势，善于想方设法，让人感到别人处境危急，就好像自己也处在困难危急之中一样，难道用得着强力吗？

【解析】强调了游说之人的重要作用。他可以凭借其三寸不烂之舌劝说别人自动去救助自己，这种主动的救助，远比通过请求得到的救助来得真切。

猿猴错木据水则不若鱼鳖；历险乘危则骐骥不如狐狸。

【注释】《战国策·齐策三》。骐骥：指千里马。猿猴离开了树木，让它待在水里，它就不如鱼鳖；要骐骥适应艰难险阻的环境，它就不如狐狸。

【解析】任何事物均有其自身难以克服的缺点，如果舍弃它的优点，而利用它的缺点，则一事无成。真正的智者，能够充分发挥自己的优势和特长，而避免劣势和不足。

鸟同翼者而聚飞，兽同足者而俱行。

【注释】《战国策·齐策三》。鸟都有翅膀，所以才一块儿飞行；走兽都有脚爪，所以才一块儿奔跑。

【解析】人以类聚，物以群分，只有那些志同道合的人才能走到一起。如若只是表面上敷衍应付，而没有真情实感投入，则最终只能是各奔东西。

狡兔有三窟，仅得免其死耳。

【注释】《战国策·齐策四》。狡猾的兔子有三个窝，不过能免除其死亡。

【解析】狡兔尚且懂得营造多个窝，来免除死亡，何况有智慧、有思想的人呢？这是冯谖为孟尝君营造一窟之后所说的话，这里的窟，不是一般意义上的家，而是指一种退路，一个在危险的时候可以安身的地方。

义不臣乎天子，不友乎诸侯，得志不惭为人主，不得志不肯为人臣，如此者三人。

【注释】《战国策·齐策四》。只要合乎正义，即使不做天子之臣，不做诸侯之友，也在所不惜。得志，即使做人君也当仁不让，不得志，也不肯曲意做人臣，像这样的人，（孟尝君）可算得上第三个人。

【解析】做人要做得堂堂正正，决不要因为某些小利便失去自己的独立人格。不管你是否得志，都应该坦然地面对，得志，不必盛气凌人，不可一世；不得志，也不可低三下四地去奉迎别人，聪明正直的人，总是能够以平常心看待世间万物。

事之必至者，死也；理之固然者，富贵则就之，贫贱则去之。此事之必至，理之固然者。

【注释】《战国策·齐策四》。人总有一死，这是事物发展的必然规律，人若有钱有势，别人就会来亲近他；若贫穷低贱，别人就会远离他，这就是事理发展的必然规律。

【解析】任何事物的发展都有其自身的规律，但谭拾子认为“富贵则就之”，“贫贱则去之”的看法是有偏颇之处的。尽管人们常说“富在深山有远亲，贫处闹市无人问”，但这只是社会中的个别现象，并不是全部。

市，朝则满，夕则虚。非朝爱市而夕憎之也；求存故往，亡故去。

【注释】《战国策·齐策四》。早晨市场上人很拥挤，晚上市场上人就稀少，这并不是因为人们早晨喜爱市场，晚上就厌恶市场。只是因为早晨市场上有人们所需要的东西，所以大家都奔赴那里。晚上市场上没有东西了，所以大家都离开那里。

【解析】这里概括了一个重要现象，那就是人们对于事物的舍取，是以实用为标准的。如若该事物能够满足你的需要，你就会保留它，相反，你就会舍弃它。这是实用主义思想的体现。在现实中，人们不一定完全以事物是否实用为衡量的标准，而是掺杂进感情等因素。

居上位未得其实，以喜其为名者，必以骄奢为行；据慢骄奢，则凶从之。

【注释】《战国策·齐策四》。高高在上的统治者，如果不重视士人，善于运用他们的才能，做些踏踏实实的工作，只是一味地喜欢弄虚作假，标榜虚名，就必然走入骄傲奢侈的歧途；骄傲奢侈，灾祸必然随之而来。

【解析】居于高位的统治者，应该善于利用士人的才能，脚踏实地干一些工作，而不能好大喜功，去追求虚名。古人言：成由勤俭败由奢。只有注重勤俭持家，避免骄纵奢侈，才可以成就一番事业。

无其实而喜其名者削，无其德而望其福者约，无其功而受其禄者辱，祸必握。

【注释】《战国策·齐策四》。削：削弱。约：缠绕，紧缩，引申为穷困、受窘的意思。祸必握：祸患必会紧随而不舍。没有实际效用，却只喜欢空名的，国土将日益削减，国力将日益削弱；没有好的德行，却希望幸福的，必然处境困窘；没有建立功勋，却只图享受俸禄的，必然蒙受侮辱。这一切必然招致严重的祸害。

【解析】不经过勤奋的学习，艰苦的拼搏，就想获得幸福是不可能的，那些只是一味地空想、等待而不付诸实践的人，结局只能是一事无成，为国者甚至会因此身败名裂，遗憾终生。

矜功不立，虚愿不至。

【注释】《战国策·齐策四》。矜：夸。好大喜功，不可能真正建立功业；虚妄的愿望，不可能实现。

【解析】功业的建立，不是凭借自我的吹嘘取得，而是依赖自身的奋斗拼搏。自我吹嘘有时会增加一些信心，但只是对成功起一点辅助作用，更重要的是一步一个脚印，踏实地工作。

无形者，形之君也；无端者，事之本也。

【注释】《战国策·齐策四》。君：主，主宰。端：端绪。本：根本，基础。无形、无端的实德，是有形的行为和事体的主宰和根本。

【解析】这与庄子认为的“至人无形，圣人无德”有一致之处。最伟大的事物是没有形体的，它是一种永恒的存在，犹如在文艺理论中认为的，最高尚的作品体现的是一种自然之趣。

虽贵，必以贱为本；虽高，必以下为基。

【注释】《战国策·齐策四》。贵必以贱为根本，高必以下为基础。

【解析】事物的发展总是有其基础的，绝对没有无源之水，无本之木，就像人的富贵荣华，并非生而有之，而是不断努力拼搏的结果，是在贫贱的基础上发展而来的。再如高楼大厦，正是因为有雄厚的基础，才能安然矗立，没有基础的“空中楼阁”是不存在的。

用兵而喜先天下者忧；约结而喜主怨者孤。

【注释】《战国策·齐策五》。用兵作战喜欢首先发难的就会招来忧患；缔结盟约而喜欢招来怨恨的，就会使自己变得孤立。

【解析】这种认为“用兵而喜先天下者忧”的观点，有些偏颇。用兵作战是要考虑多方面因素的，既要注重天时、地利与人和的因素，同时又要考虑客观的形势，若敌人没有准备，而我军首先发难，就会给敌军以致命打击，这不仅不能招致祸患，相反却有利于自己掌握战场上的主动权。

后起者籍也，而远怨者时也。是以圣人从事，必藉于权而务兴于时。

【注释】《战国策·齐策五》。观其变化，就可以后发制人，顺应时机，就可以远避仇怨。所以圣人处理事情一定借助于权变，必须根据时机行事。

【解析】聪明的人善于根据客观形势的变化而行动，绝不一味蛮干。在战场上，英明的将帅之所以能够取胜，就在于能够抓住有利战机，给敌人以致命打击。因此顺应时机，把握时机，就会成为生活的强者。

权籍者，万物之率也，而时势者，百事之长也。故无权籍、倍时势而能成事者，寡矣。

【注释】《战国策·齐策五》。根据具体变化而行动，这是处理万物应该遵循的原则，而顺应时机，也是处理万事首要的法则。所以不借助变化去行动，违背时机去行动，而能把事情办成的，实在是太少了。

【解析】精辟地概括了处理事物的准则：既要适应变化，又要顺应时机。这种观点体现了辩证法的思想，即必须发展地、变化地看待客观事物，而不能静止、孤立、片面地看待事物，否则只能像“刻舟求剑”之人一样找不到宝剑。

善为国者,顺民之意而料兵之能,然后从于天下。

【注释】《战国策·齐策五》。善于治理国家的,要顺应人民的意愿去办事,要善于估计军事力量的强弱,而不首先发难。

【解析】“善为国者,能顺民之意”,这种思想反映了当时的一些有识之士对人民的重视,他们认识到了人民既能载舟,又能覆舟,这促进了经济的发展,社会的进步。

强大之祸,常以王人为意也;弱小之殃,常以谋人为利也。

【注释】《战国策·齐策五》。国家强大了,常常居于人上,因此招来祸患;国家弱小了,常常想侵占别国的利益,因此遭到灾殃。

【解析】指出了强国与弱国招致祸患的原因。强国总是要作威作福,凌驾于别人之上,而弱国则不甘心自己的弱小,总寻求谋取他国土地,以致他们结怨于别国,最终招致祸患。

骐骥之衰也,驽马先之;孟贲之倦也,女子胜之。

【注释】《战国策·齐策五》。骐骥:都是千里马的名称。驽马:指劣马。千里马衰弱了,劣马也可以超过它,大力士孟贲疲倦了,女子也可以战胜它。

【解析】骐骥是日行千里,夜走八百的名马,但它一旦衰弱了,即使那些拙劣的马也可以超过它。人们常说,强弩之末势不能穿鲁缟。我们知道,强劲的弓弩是极具杀伤力的,但是它的末势连薄薄的鲁缟也不能穿透。因此那些久战之国,必然会被那些伺机而动的弱小之国所灭。苏秦告诫齐闵王不要首先发动攻击,要后发制人,才能取得胜利,免招祸患。

约于同形则利长,后起则诸侯可趋役也。

【注释】《战国策·齐策五》。形势相同结成联盟就长久,后发制人,诸侯就可归附于我,受我役使。

【解析】形势相同,就能同忧愁,共患难,因而它们若结成联盟就能长久,而那些形势不同,甚至差别很大的国家,他们若结成联盟,则只能是被一时的利益所系,而绝没有唇亡齿寒的恐惧,因此一旦为了获取利益,这种联盟也便瓦解了。

明主察相诚欲以伯、王也为志,则战攻非所先。战者,国之残也,而都县之费也。残费已先,而能从诸侯者寡矣。

【注释】《战国策·齐策五》。贤明的国君,有远见卓识的丞相,真有想成霸王之业的志向,那么就不应把战争放在第一位。战争,是国家的祸害,要消耗大量的财力、物力和人力。先已遭受祸害，消耗了大量的财力，而能统率诸侯的，实在太少了。

【解析】这种认为战争是一种祸害的观点是相当进步的，因为在战国时期各国纷纷以发动战争，来作为成就霸王之业的手段，而很少有人在乎战争巨大的破坏性。我们今天看来，战争确实是一种祸害，它不仅消耗了大量的人力、物力和财力，而且给国家和人民造成了无尽的灾难和痛苦。

明君之攻战也，甲兵不出而敌国胜，冲橹不施而边城降，士民不知而王业至矣。

【注释】《战国策·齐策五》。贤明的国君作战，不用动武而能战胜敌人；不动用攻城的战车，敌国的边城就投降；士民尚未觉察，称王的大业就已经完成。

【解析】“不战而屈人之兵”，在当时的社会条件下是很难实现的。战国时期各国都希望通过武力，诉诸于战争，来扩大自己地盘，进而称雄诸侯，那种认为不出甲兵，不施冲橹，士民不知就能成就王业的想法是很不现实的。

臣之所闻，攻战之道，非师者。虽有百万之军，北之堂上；虽有阖闾、吴起之将，禽之户内；千丈之城，拔之尊俎之间；百尺之冲，折之衽席之上。

【注释】《战国策·齐策五》。我听说，攻战的方法，不在于用兵。即使敌人有百万雄师，我方谋划于庙堂之上，就可以战胜敌人；虽然敌人有吴起、阖闾这样的将帅，也可以设计把他们在屋内擒住。千丈高的大域邑，在酒席筵前设谋定计就可以把它攻下；即使有百尺高的守城战具，凭坐席之上的谋划，也可以把它摧毁。

【解析】强调了谋略的重要作用。所谓运筹帷幄之中，决胜千里之外，就是指在打仗之前要进行充分的准备，根据敌军的虚实来分派我军的兵力，从而在战场上取得胜利。

钟、鼓、竽、瑟之音不绝，地可广而欲可成；和乐、倡优、侏儒之笑不乏，诸侯可同日而致也。

【注释】《战国策·齐策五》。钟、鼓、竽、瑟之音不绝于耳，但是土地可以扩大，愿望可以实现；优美动听的音乐，欢快热烈的曲艺表演不乏于前，但诸侯都来归服。

【解析】这是以运用谋略在战场上取得胜利为前提的，只有在战前作好充分的准备，并能知己知彼，才能在战场上百战不殆，也才能在谈笑间樯橹灰飞烟灭。

名配天地不为尊，利制海内不为厚。

【注释】《战国策·齐策五》。（一旦成就了霸业）其美名与天地相配都算不上尊贵，拥有四海的财富也算不得富有。

【解析】揭示出成就霸业的好处，它可以使你名配天下，利制海内。正是这种诱惑使那么多君王争斗不息，给各国人民带来深重的灾难，使那么多家庭毁于战争。

善为王业者，在劳天下而自佚，乱天下而自安。佚治在我，劳乱在天下，则王之道也。

【注释】《战国策·齐策五》。善于治理王政的，能够使诸侯劳困，而自己闲逸，使天下混乱而自己安定。使“闲逸”“安定”归于我，而使“劳困”“混乱”归于诸侯，这是建立王业的方法。

【解析】这是极端利己主义思想的体现，建立霸业不是通过施行仁德，使全国人民信服，而是以一种权变的手段，造成以逸待劳的局面，从而实现自己的目的。

锐兵来则拒之，患至则移之，使诸侯无成谋，则其国无宿忧矣。

【注释】《战国策·齐策五》。强大的军队攻来就抵抗，祸患到来就躲避，使诸侯的计谋不能实现，那么国家就没有祸患了。

【解析】这是一个国家避免祸患的手段，为政者不仅敢于抵抗强大的部队的进攻，还善于转移灾祸，避免祸患的发生。敢于抵抗，就能避免国家灭亡的危险；善于转移祸患，就能为发展自己、壮大自己争得时间，这最终会达到远离祸患的目的。

智者不倍时而弃利，勇士不怯死而灭名，忠臣不先身而后君。

【注释】《战国策·齐策六》。聪明的人不干违背时势而放弃利益的事情，勇敢的士兵不会因恐惧死亡而毁坏名誉，忠贞不贰的臣子不会先顾及自身然后再顾及君主。

【解析】无论是智者、勇士，还是忠臣，在他们的心中都有一杆秤，都有一杆能衡量是非、抉择善恶、品评美丑的秤。他们的一言一行都体现着他们的尊严和品质，因此他们不可能为一时的利益而丧失掉自己的人格。

知者不再计，勇士不怯死。

【注释】《战国策·齐策六》。聪明的人不优柔寡断，勇猛的斗士不惧怕死亡。

【解析】优柔寡断是人生的大忌。如果一个人在重大事件面前当断不断，就会丧失时机，进而很难成就一番事业。如果一个将帅在在大兵压境时犹豫不决，就会给军队造成无法弥补的损失，甚至会全军覆没，而一个领导人若优柔寡断，就可能有亡国的危险。

效小节者不能行大威，恶小耻者不能立荣名。

【注释】《战国策·齐策六》。专门注意细枝末节的人，是做不出有威望的大事的；不能忍受小的耻辱的人，是树立不起荣誉和美名的。

【解析】所谓大行不顾细谨，大礼不拘小节，就是干大事者不应为细微小节所拘，要善于从大处着眼。在《鸿门宴》一节中，刘邦逃离宴席后没向项羽辞行，就返回军中，便是这种思想的体现。同时还要能够忍受小的耻辱，如越王勾践曾多次受到吴王夫差羞辱，但却能卧薪尝胆，最终灭亡了吴国。

去忿恚之心，而成终身之名；除感忽之耻，而立累世之功。故业与三王争流，名与天壤相敝也。

【注释】《战国策·齐策六》。忿恚(huì)：忿恨，怨怒。去掉怨恨之心，成就了终身的美名；不顾些微的耻辱，建立了累世的功业。因此，其功业与禹、汤、文武三王争高下，名声与天地共存亡。

【解析】这体现了一种豁达的人生观。人生天地间，不可能没有忧愁烦恼，但是豁达的人能够洒脱地面对人生，宠辱不惊，他们绝不会为某些麻烦事而不快，甚至耿耿于怀，他们总善于以乐观的心态去迎接每一个黎明。如你有健全的心态，充足的信心，就会插上腾飞的翅膀，建立累世之功。

跖之狗吠尧，非贵跖而贱尧也，狗固吠非其主也。

【注释】《战国策·齐策六》。盗跖的狗向尧帝狂叫，并不是狗尊重盗跖鄙视尧帝，而是狗本来就向不是它主人的人狂叫。

【解析】人们常用此讽刺那些所谓忠臣不事二主，具有愚忠思想的人。这些人往往不分好歹，不管其侍奉的主子是好是坏，而一味地拥护，结果他们成为一群没有原则立场，盲目崇拜的人。

下比周，则上危；下分争，则上安。

【注释】《战国策·楚策一》。大臣结党营私，国君的地位就危险，大臣之间勾心斗角，国君的地位就安稳。

【解析】这是君主集权思想的体现，有点偏颇。确实大臣之间结党营私就会架空国君，使国君失去权势，而国君的地位就很危险，但由此认为，臣下纷争，互相斗争就有利于君主的统治却是不正确的。因为臣下的纷争,必然会影响国家大政方针的贯彻实行,进而危害国家的利益,最终国君的地位也会不稳固。

以财交者,财尽而交绝;以色交者,华落而爱渝。是以嬖女不敝席,宠臣不敝轩。

【注释】《战国策·楚策一》。嬖(bì):宠爱。用金钱与别人结交,当金钱用完了,交情也就断绝了;用美色与别人结交,当美色不在了,爱情也就改变了。所以,爱妾床上的席子还没有磨坏,就被遗弃了。宠臣的马车还没有用坏,就被罢黜了。

【解析】人们常说君子之交淡如水,小人之交醇如醴,淡如水的交往却能够保持长久,而醇如醴的交往却比较短暂。可见,朋友之间的交往不应建立在私利上,而应建立在感情的基础上,这样才能成为真正的朋友。像那些以色悦人的女子,在年少时,门前车马络绎不绝,她也整日生活在花团锦簇之中,然而年老色衰后,则只能孤守空房,向隅而泣。

治之其未乱,为之其未有。

【注释】《战国策·楚策一》。治理国家,平定天下,在没有发生混乱之前动手,干一件事情,在未开始做之前就应做好准备。

【解析】人们常说,先下手为强,后下手遭殃。干任何事情都事先做好准备,以免届时慌乱,不知所措。这样,既可以有条不紊地把事情办好,又可以省去许多不必要的麻烦,从而收到事半功倍的效果。

从合则楚王,横成则秦帝。

【注释】《战国策·楚策一》。合纵联盟成功,诸侯就会割地听从楚国;连横阵线成功,楚国就得割地听从秦国。

【解析】这是战国时期诸侯争霸发展的两大趋势,在当时的情况下,秦楚两国均有称霸诸侯统一全国的可能。但是秦国运用张仪的计谋,实施连横策略取得成功,于是一个接一个地吞并了其他六国,统一了全国,建立了秦王朝,而楚国则由于贵族中的一些保守派的阻挠,贬逐了屈原,没有建立合纵的外交策略,因此失去了战略优势,最终被秦国吞并。

有廉其爵,贫其身,以忧社稷者;有崇其爵,丰其禄,以忧社稷者;有断脰决腹,壹瞑而万世不视,不知所益,以忧社稷者;有劳其身,愁其志,以忧社稷者;亦有不为爵劝,不为禄勉,以忧社稷者。

【注释】《战国策·楚策一》。有奉公守法,安于贫困,而忧虑国家安危的;

有为了提高其爵位，增加其俸禄，忧虑国家安危的；有不怕断头，不怕剖腹，视死如归，不顾个人利益而忧虑国家安危的；有劳其筋骨，苦其心志，而忧虑国家安危的；也有既不追求爵位，又不追求俸禄，而忧虑国家安危的。

【解析】天下兴亡，匹夫有责。在社会中，每个人的职责、分工是有很大差别的，并且每个人所追求的目标也不一致。有的人一方面为国家的安危尽职尽责，另一方面也为自身谋求更大的利益。而有的人则很少考虑自身的利益，考虑的是国家的安危和人民的幸福，但无论如何，他们都会为国家的安全和社会的进步作出自己的贡献，他们都是值得尊敬的。

食之可欲，忍而不入；死之可恶，然而不避。

【注释】《战国策·楚策一》。虽然想吃东西，却总是忍着饿而不肯吃；尽管会有死亡的危险，可是人们却无所畏惧。

【解析】这是楚灵王时期的一种社会现象。因为楚灵王喜爱女子细腰，楚国人便少吃东西，使自己的腰都细起来，结果许多人只有扶着东西才能站起来，但是他们仍无所畏惧。后人常用来赞赏那些有了坚定的信念，明确的目标之后，即使赴汤蹈火也无所畏惧的人。

仁人之于民也，爱之以心，事之以善言；孝子于亲也，爱之以心，事之以财；忠臣之于君也，必进贤人以辅之。

【注释】《战国策·楚策三》。仁爱的人对于人民，要真心实意地去爱他们，用良言善语去抚慰他们，以便让他们为自己服务；孝顺的子女对于双亲，用真心去爱他们，用钱财去奉养他们；忠臣对于自己的国君，一定要推举贤能的人去辅佐他。

【解析】无论是仁人、孝子，还是忠臣，都必须以一颗真诚的心去对待他们的亲人。只有以真心对待别人，才有可能得到别人真诚的回报。作为臣子，真诚地对待国君，不只是干好本职工作，更要能够举荐贤人。

进贤之难者，贤者用，且使己废；贵，且使己贱。故人难之。

【注释】《战国策·楚策三》。推荐贤才自己将会被废弃；贤能的人地位尊贵，自己就会卑贱。所以，人们难以做到。

【解析】举荐贤才，有助于国家的发展和社会的进步，但需要举荐者有阔大的胸怀和宽宏的气量，他们能够为了国家和民族的发展，不计个人得失，任劳任怨。因此，他们是值得尊敬的，是民族发展的脊梁。

山泽之兽,无黠于麋。麋知猎者张网前而驱己也,因还走而冒人至数。猎者知其诈伪,举网而进之,麋因得矣。

【注释】《战国策·楚策三》。山泽中的野兽,没有比麋鹿更狡猾的了。麋鹿知道猎人在前面设有兽网,要驱赶自己落进网里去,因此就回过头来对着猎人跑,不论怎么赶它,它总是这样。猎人知道麋鹿很狡猾,就举起兽网迎着麋鹿跑,这样就捕获了麋鹿。

【解析】再狡猾的猎物,也逃不脱猎手的捕捉。山泽中的麋鹿可谓狡猾之至,但逃不脱猎人的兽网。在《西游记》中,各种妖魔鬼怪,可谓神通广大,变化无常,但是总避免不了被制服的命运,所谓魔高一尺,道高一丈,正义必将战胜邪恶。

枭棋之所以能为者,以散棋佐之也。

【注释】《战国策·楚策三》。枭棋之所以能够取胜,是因为有散棋辅佐的缘故。

【解析】古时下棋,有棋子十二个,六白六黑,分列在两端,六子中一子叫枭,五子叫散,以枭棋为贵,散棋辅之。以此来说明,即使再精明能干的君王,也必须有贤臣能人的辅佐,才能取得成功。否则,即使自己殚精竭虑,也只能是蚍蜉撼大树,没有实际效果。

见兔而顾犬,未为晚也;亡羊而补牢,未为迟也。

【注释】《战国策·楚策四》。见到兔子再放出猎犬,还不算晚;丢掉了羊,再修补羊圈还不算迟。

【解析】亡羊补牢,为时不晚。人们做任何事情,都不可能没有半点失误和缺陷。聪明的人能及时发现错误,改正错误。为政者,应能够体察下情,掌握民生疾苦,以制定自己的大政方针,促进国家的繁荣和富强。

王独不见夫蜻蛉乎?六足四翼,飞翔乎天地之间,俯啄蚊虻而食之,仰承甘露而饮之,自以为无患,与人无争也。不知夫五尺童子,方将调饴胶丝,加己乎四仞之上,而下为蝼蚁食也。

【注释】《战国策·楚策四》。大王就不曾见过蜻蜓吗?它有六只脚,四个翅膀,飞翔在天空中,向下可以吃蚊蝇,向上可以饮甘露,它自以为无忧无虑,与世无争。没料到,那几岁的儿童用糖浆去粘捕它,蜻蜓正在离地面四仞的空中飞着,却被胶丝加在身上粘住了,结果掉了下来,被蝼蚁吃掉了。

【解析】生于忧患,死于安乐。自由飞翔的蜻蜓,没有饮食上的困扰,自以为可以高枕无忧,没料到天有不测风云,灾难在它没有准备的情况下降落在身上。这说明,任何国家都处在极端危险之中,只有任用贤人,修明政治,防患于未然,才能使国家避免厄运,进一步的发展和壮大。

于安思危,危则虑安。

【注释】《战国策·楚策四》。

【解析】在和平安逸的环境中,应考虑到国家可能会遇到的危难,有针对性地进行准备。这样即使发生危险,也不会惊慌失措,不知所为。只有时时以忧患来激励自己,充实自己,才能真正生活在幸福平安的环境之中。同时在困境中时时想着安逸环境中的快乐,还能增加你的信心,以顺利渡过难关。

亡不能存,危不能安,则无为贵知也。

【注释】《战国策·赵策一》。

【解析】国家将要灭亡,却不能去保存它;国家有了危险,却不能去安定它,何必要尊贵而有才能的人呢? 人们常说,乱世出英雄,乱世显豪杰。国家危难,若没有仁人志士出来扶危济困,没有明君重整乾坤,就是一个国家的悲哀,民族的不幸。

辅主者名显,功大者身尊,任国者权重,信忠在己而众服焉。

【注释】《战国策·赵策一》。辅助国君的人,应该有显赫的美名,为国立功的人,应该有尊贵的地位,领导国家的人,应该有重大的权力。自己心怀忠信,大家都会服从他。

【解析】这种情况一方面有利于国家的安定与社会的发展,另一方面,也可能会导致国家的混乱。如果大臣权太重,名太显,就会威胁到君王的威信和权势,制约国君充分行使权力,由此会造成君臣争权的混乱局面,因而英明的君主,能够给大臣奖赏,但不会危及自身的安危。

前事之不忘,后事之师。

【注释】《战国策·赵策一》。

【解析】前事不忘,后事之师,要善于从历史经验中吸取教训,作为治理国家的依据。汉高祖刘邦从秦二世灭亡的经验中吸取教训,注重实行宽松政策,给人民以休养生息的机会,随后的几代君王也沿袭了刘邦的思想,从而促进了国家的发展。

士为知己者死,女为悦己者容。

【注释】《战国策·赵策一》。

【解析】这是封建社会的道德标准,同时也客观地反映了人们的心理。人生得一知己足矣,斯世当以同怀视之。曾有多少人,为一知己不惜牺牲自己的性命,更有多少人发出“知音难觅,弦断有谁听”的感慨。

明主不掩人之义,忠臣不爱死以成名。

【注释】《战国策·赵策一》。明君不埋没别人的忠义,忠臣不惜以死成名。

【解析】这反映了古人特别注重名义,他们甚至不惜牺牲性命去维护自己的美名。所以有“文死谏,武死战”的说法。

古之贤君,德行非施于海内也,教顺慈爱非布于万民也,祭祀时享非当于鬼神也。甘露降,时雨至,农夫登,年谷丰盈,众人喜之,而贤主恶之。

【注释】《战国策·赵策一》。古代的贤君,德行还没有施及全国,他的教育思想、仁爱之心尚未遍及百姓,祭神祭鬼的四时供享尚未符合鬼神的要求,可是风调雨顺,农民年年丰收。这样人民喜悦,而贤主却忧惧不安。

【解析】赞赏贤主能够以人民利益为重,并常怀忧惧之心。他们不把国家风调雨顺、四时丰登归功于己,而真实诚恳地面对现实,并以此激励自己多行仁政。

物固有势异而患同者,又有势同而患异者。

【注释】《战国策·赵策一》。事物本来就有情势不同而祸患相同的情况,又有情势相同而祸患不同的情况。

【解析】任何事物的发生既具有一定的必然性,也有一定的偶然性。因其有偶然的成分,故能出现情势不同而祸患相同的情况,也存在情势相同而祸患不同的情况。

借车者驰之,借衣者被之。

【注释】《战国策·赵策一》。借来的车子使劲跑,就容易损坏,借来的衣服若披在外面,就容易沾染灰尘。

【解析】这反映了人的自私心理。人们往往以为,借来的东西,可以任意使用,而不爱护和珍惜。

安民之本,在于择交。择交而待,则民安;择交不得,则民终身不得安。

【注释】《战国策·赵策二》。使人民安定的根本,在于选择友邦。选择好的友邦,那么人民就会安定;选择坏的友邦,那么人民就会终身不得安定。

【解析】这种把“安民之本”归于择交的观点是错误的。尽管邦交的好坏对一个国家的安定,有着十分重要的影响,但它绝不是“安民之本”。真正的“安民之本”是国内的和顺安泰,君臣的齐心协力和人民对君主的真心拥护,只有内部安定,才能真正实现人民的长久安定。

尧无三夫之分,舜无咫尺之地,以有天下。禹无百人之聚,以王诸侯。汤、武之卒不过三千人,车不过三百乘,立为天子。诚得其道也。

【注释】《战国策·赵策二》。尧连三百亩的小地盘也没有,舜无咫尺的土地,但他们却能拥有天下。禹帝连百人大小的村落也没有,却能够称霸诸侯。商汤、周武王的兵士不过三千人,战车不过三百乘却能立为天子,这实在是由于他们得到了好的方略。

【解析】能够称霸天下,雄霸诸侯,不仅仅要依靠军队的多少,土地的大小,更重要的是能否得“道”,能否掌握治国、平天下的策略。尧、舜、禹三帝可谓国小力微,却凭借他们的贤德和智慧拥有了天下。

明主外料其敌国之强弱,内度其士卒之众寡、贤与不肖,不待两军相当,而胜败存亡之机节固已见于胸中矣。

【注释】《战国策·赵策二》。英明的君主对外能够预料到敌国的强弱,对内能够估计出士卒的多少,贤与不贤,因此不需等到两军相斗,而胜败存亡的关键已了然于胸了。

【解析】战场上的斗争,不只是力量上的对抗,而且是人们才智的比拼。英明的君主善于搜集各方面信息,充分全面地了解敌人,估计自己,这样不需战斗,而胜负强弱已了然于胸。

明主绝疑去谗,屏流言之迹,塞朋党之门。

【注释】《战国策·赵策二》。英明的君主不去怀疑别人,不听信谗言,堵塞流言蜚语,堵塞结党营私之门。

【解析】这指出英明的君主所应具备的品质。只有避免疑虑,杜绝谗言,才能听到真正的忠言,才能得到有助于国家发展的妙计。而只有堵塞朋党之门,才能避免群臣结党营私给国家造成的混乱和灾难。

明王之于其民也,博论而技艺之,是故官无乏事而力不困;于其言也,多听而时用之,是故无败业而恶不章。

【注释】《战国策·赵策二》。英明的国君对于他的人民,广泛地选拔人才,然后根据不同的技术和能力任用他们,因此百官各尽其能,有用不完的才干。对他们的意见,多多听取,善于采纳。因此,国家的各种事业就不会失败,错误也不会出现。

【解析】指出英明的君主应具有的一些品质:他们注重对各种人才进行选拔,并能知人善任,充分发挥各类人才的特长,做到物尽其用,人尽其才。同时君主不仅能听取别人的建议,还能明辨优劣。

怀重宝者,不以夜行,任大功者,不以轻敌。

【注释】《战国策·赵策二》。怀藏珍宝的人,不在晚上行走,有大功劳的人,不能对敌人掉以轻心。

【解析】俗语说,人怕出名猪怕壮。确实,一个人声名显赫,就会引起别人的注意,特别是给那些心怀奸险者以极大刺激,这样就不可避免地会遭到一些人的非难和攻击。聪明的人,能够时时提醒自己,谨慎处事,以逢凶化吉。

贤者任重而行恭,知者功大而辞顺,故民不恶其尊,而世不妒其业。

【注释】《战国策·赵策二》。贤能的人担负的工作愈多,他就愈加恭谨,聪明的人功劳愈大,他就愈加谦逊。所以,人们不会憎恶他们尊贵的地位,世人也不会嫉妒他们的功业。

【解析】功大的人,不能为了躲避非难而消极地退守,而应通过自己的刻苦努力,脚踏实地的工作,赢得人们的尊敬和理解。这样,人们看到的不只是其尊贵的地位,还有其奋斗的足迹。

百倍之国者,民不乐后也;功业高世者,人主不再行也;力尽之民,仁者不用也;求得而反静,圣主之制也;功大而息民,用兵之道也。

【注释】《战国策·赵策二》。百倍于别国的国家,人民不想再有战争困扰;建立卓越功业的国家,国君就不想再劳烦百姓;百姓已经精疲力竭,真正仁爱的国君是不去操劳他们的。要想有所要求反而不应去困扰百姓,这是圣贤的国君采取的办法;战功很大,要使人民得到休息,这是用兵应该遵守的原则。

【解析】知足常乐,能忍自安。建立大功的人,能够知足,而不过多地奢求。拥有大业的国家,不去谋求他国利益,就可避免许多不必要的麻烦。有张有弛,张弛有节,才能使自身得到健康发展。

战胜而国危者,物不断也;功大而权轻者,地不入也。

【注释】《战国策·赵策二》。战争取得了胜利,然而国家还处于危险之中,这是因为战争不止的缘故;建立了卓越的功勋,可是国家的国力还很小,是由于土地没有真正为我所用。

【解析】取得战争胜利,就希望国家能够免除危险。取得卓越功勋,就希望国家统治权力扩大。然而却达不到那样的目的,原因就在于统治者不是以战止战,而是谋求国家的强盛,殊不知,没有基础的空中楼阁是不存在的。

过任之事,父不得于子;无已之求,君不得于臣。

【注释】《战国策·赵策二》。推行错误措施,即使父亲不能要求自己的儿子;提出没有止境的要求,国君也不能要求自己的大臣。

【解析】得道者多助,失道者寡助。如果你为民众着想,从民众利益出发,那么你的策略就会得到拥护,就容易推行。如果你只是顾及自身的前途和幸福,而不顾其他人的利益,那么即使你的亲人也不会支持你。所以推行错误措施,只会得到人们的反对。

微之为著者强;察乎息民之为用者伯;明乎轻之为重者王。

【注释】《战国策·赵策二》。知道由微弱不断发展为昭著的,可以使国家强盛;懂得使人民休息,善用民力,不致疲竭的,可以称霸于诸侯;明白积微弱而至于举足轻重的可以称王于天下。

【解析】积少成多,积沙成丘。任何强大的事物都由弱小的事物逐渐发展而来的,只有明白这一点,才能做到卧薪尝胆,积蓄力量,等到时机成熟,便能成就一番事业。

德博而地广,国富而民用,将武而兵强。

【注释】《战国策·赵策二》。德行广博,土地辽阔,国家富裕,人民听命,将领勇武,士兵强悍。

【解析】这是一个国家强大的表现。国君贤德有才能,而臣子也乐于效命,上下一致,齐心协力,共同建设自己的国家。这样国富兵强,民用也充足,就会使外敌不敢侵犯,内奸也不敢兴风作浪。

嗣立不忘先德,君之道也;错质务明主之长,臣之论也。是以贤君:静,有道民便事之教;动,有明古先世之功。为人臣者:穷,有弟长辞让之节;通,有补民益主之业。此两者,君臣之分也。

【注释】《战国策·赵策二》。继承王位,不忘先君的功业,这是国君应该做到的;为国君服务,力图使国君的长处发扬光大,这是大臣应该做到的。因此,贤明的国君:平时要制定教导人民,便利国事的政令;战时要建立超越古代、盖世无双的功业。做人臣的:仕途不得志,有尊敬长辈,谦恭辞让的美德;在朝做官时,有辅助国君、造福人民的贡献,这两方面是国君和人臣的本分。

【解析】这体现了阶级社会中森严的等级制度,君之所以为君,就在于他能够制定策略，教导人民，而臣之所以为臣，就在于他们能辅佐君王实现自己的意图，使君王的雄才伟略得以发挥。所谓君臣有道，应各守其本分，而不得僭越。

有高世之功者，必负遗俗之累；有独知之虑者，必被庶人之怨。

【注释】《战国策·赵策二》。想要建立盖世功业的人，必然会遭到一般庸人流俗的议论和反对；有独到见解的人，必然会遭到一般人的不满埋怨。

【解析】所谓曲高和寡，一个人虽有高深的谋略，却得不到欣赏和理解，也得不到人们的支持和拥护。真知灼见在庸人眼中可能变成为炫奇耀贵的手段。

疑事无功，疑行无名。

【注释】《战国策·赵策二》。

【解析】谋事如果犹豫不决，就不会成功；行动如果瞻前顾后，就不会有成果。做事情就应果断，不必考虑别人的评价、议论。赵武灵王如果不下定决心向胡人学习，改穿胡服，学习骑马射箭，就不会有流传千古的美名。

论至德者，不和于俗；成大功者，不谋于众。

【注释】《战国策·赵策二》。议论最高德行的人，是不附和世俗之论的；建立伟大功业的人，是不与众人谋划的。

【解析】这种观点有些偏颇，“论至德者，不和于俗”，是正确的，只有“不和于俗”，有自己独到的见解，才有可能真正揭示“至德”的生命内涵。但“成大功者，不谋与众”的说法有些过于绝对，成就伟大功业，需要参考各种意见，尽管平民的见识有时显得浅薄，然而也会启迪你的思维，有助于你的成功。

愚者谙于成事，智者见于未萌。

【注释】《战国策·赵策二》。愚蠢的人看不清已成功了的事，而聪明的人却能在事情未见端倪时觉察到。

【解析】智者之所以被称为智者，不只在于他思维敏捷，聪慧过人，更在于他能够融汇各种信息，为已所用，能够在事情没有发生之前就有预感。而愚者之所以为愚者，是由于其思维迟顿，智力低下，即使现成的事情摆在面前，也很难探究其真实的内涵。

狂夫之乐，知者哀焉；愚者之笑，贤者戚焉。

【注释】《战国策·赵策二》。狂人高兴，聪明人为他惆怅哀伤；愚人欢笑，贤能者为他悲伤。

【解析】狂者，因其行为不合逻辑而常被人哂笑，即使他们感觉高兴的事，在智者眼中也只是一种毫无意义的乐趣,与愚人的欢笑一样,他们的行为显得愚笨。

制国有常,而利民为本;从政有经,而令行为上。

【注释】《战国策·赵策二》。治理国家要有一定的法则,以有利人民为根本,从事政治要有一定的原则,以命令能够通行为首要。

【解析】治理国家是有一定原则的,它不只是使君王臣子有殊宝美玉,更重要的是使人民生活幸福、安定。所谓水可载舟,亦可覆舟,人民生活幸福、安定,社会才能稳定,国家才能繁荣富强,国君的统治才能长久。

明德在于论贱,行政在于信贵。

【注释】《战国策·赵策二》。要想建立出色业绩,必须为人民着想;要想贯彻政令,必须使贵戚以身作则。

【解析】这与孟子"民为贵,君为轻,社稷次之"的观点是一致的。只有把人民的利益放在首位,为人民着想,才能制定行之有效的方针和策略。"行政在于信贵"体现了战国时期贵族的作用和地位。在上者以身作则,上行下效,政令就会畅通。

事利国者行无邪,因贵戚者名不累。

【注释】《战国策·赵策二》。办事只要有利于国家,做起来就不会有错误;办事只要借助贵戚的力量,法令实施就不会受到阻碍。

【解析】办事若总是能为国家着想,能从大局出发,就很少犯错误,因为国家的利益是高于一切的。"因贵戚者名不累"反映了贵戚在国家中的地位,借助贵戚的力量,施行法令措施,就会减少阻碍。

服者,所以便用也;礼者,所以便事也。是以圣人观其乡而顺宜,因其事而制礼,所以利其民而厚其国也。

【注释】《战国策·赵策二》。服装是为了使用方便,行礼是为了办事方便。所以圣人治国,要观察当地的风俗,因地制宜 ,根据不同的情况,订立制度,这是为了使人民享受福利,使国家强盛。

【解析】服装、礼仪都是便于人们行事的,人们应该是它们的主人,而不应受到不必要的拘束和限制,以至于沦为它们的奴隶。

圣人苟可以利其民,不一其用;果可以便其事,不同其礼。

【注释】《战国策·赵策二》。圣人治理国家,如果能够有利于人民,采取的措施就不是一成不变的；如果能够便利于做事，那么礼法、制度也就不必强求划一。

【解析】这体现了辩证法思想。任何事都不是一成不变的，都有其产生、发展和灭亡的过程。因此，人们无论是制定大政方针，还是进行一些简单的谋略策划，都必须依据客观实际，依据人民的利益，而不能因循守旧，更不能去追求整齐划一。

去就之变，知者不能一；远近之服，贤圣不能同。

【注释】《战国策·赵策二》。对事物的选择、取舍，变化多端，聪明人也难于要求统一；远近不同地域的服装，圣贤也不能要求一致。

【解析】任何事物都有其自身发展的规律，不会随着人的主观意愿而改变。天行有常，不为尧存，不为桀亡。天下正是由于各种事物的独特色彩而变得异彩纷呈，千姿百态。

农夫劳力而君子养焉，政之经也；愚者陈意而知者论焉，教之道也；臣无隐忠，君无蔽言，国之禄也。

【注释】《战国策·赵策二》。农夫劳动，用来供养君子，这是国家天经地义的事；愚蠢的人提出要求，贤者加以论定，这是教化的常规；做大臣的知无不言，言无不尽，做国君的抱着言者无罪，闻者以戒的态度，这是国家的幸福。

【解析】这是一种腐朽的思想，含有轻视农民的成分。

虑无恶扰，忠无过罪。

【注释】《战国策·赵策二》。精心考虑就不必担心他的失败，忠心进谏就不会苛责他的过失。

【解析】人们反对莽撞行为，而认为那些精心考虑后采取的行动，即使有些失误也是值得赞赏的。因为精心考虑反映了一种成熟，而失误则检验出知识上的缺陷。

常民溺于习俗，学者沉于所闻，此两者，所以成官而顺政也，非所以观远而论始也。

【注释】《战国策·赵策二》。一般人一味地遵守旧的风俗习惯，读书人又总是拘泥于书本知识。这两种情况，只是谨守职责，遵守法令而已，绝不会高瞻远瞩有所创新。

【解析】指出“常民”和“学者”的缺点，他们拘泥于现有的程式，而缺乏高瞻远瞩的创新意识。这种观点有些偏颇，“学者”不只是沉于书本，他们的创新意识有时更强烈。

知者作教，而愚者制焉；贤者议俗，不肖者拘焉。

【注释】《战国策·赵策二》。贤能的人制定法令，一般的人被法令所限制；贤能的人移风易俗，愚蠢的人只知道因循守旧。

【解析】反映了“知者”与“愚者”，“贤”与“不肖”之间的差别。由于社会有“知者”和“贤者”，我们才制定了大量的法令制度，并以此规范我们的行为，促进社会的有序发展和进步。

制于服之民，不足与论心；拘于俗之众，不足与致意。

【注释】《战国策·赵策二》。那些受事物限制而不知变革的人，不值得与他们交谈，那些被礼俗束缚而抱残守缺的人，不能和他们表达真实的心意。

【解析】近墨者黑，近朱者赤。如果你与一些智者接触，就会发现你的思想变得深邃。如果你与一些儒者接触，就会发现你的谈吐变得雅致且富有内涵。如果你与一些庸人接触，就会体现出你的平庸。

为己者不待人，制今者不法古。

【注释】《战国策·赵策二》。只知道为自己的人，是不会想到别人的；根据现实制法的人，是不效法古人的。

【解析】人若只为了自己活着，那样就失去了人生的意义和价值。因为人是社会中的人，必然会与社会中的其他人发生关系。那种只为了自己的人，一定会干出许多损害别人利益的事，而其结果也将损害自己。

竭意不讳，忠也；上无蔽言，明也；忠不辟危，明不距人。

【注释】《战国策·赵策二》。做臣的知无不言，言无不尽，无所顾忌，就是尽忠；为君的有则改之，无则加勉，广开言路，就是英明。尽忠的大臣是不害怕危险的，英明通达的国君是不拒绝别人批评的。

【解析】为臣的能够尽职尽责，为君的能够广开言路，善于纳谏，这种和谐融洽的君臣关系，有利于社会的发展，国家的繁荣富强，是历代人民所希求的君臣关系。

以书为御者，不尽于马之情；以古制今者，不达于事之变。

【注释】《战国策·赵策二》。按照书本上的方法去驾马车，不可能完全符合马的实际情况；用古代的法令制度来治理现今的国家，也不能符合现代国家已经变化了的实际情况。

【解析】此处用一非常浅显的比喻说明用古法治今的荒谬性。因为古法是依据古代社会的实际情况而制定的，适合于当时的社会发展，现在的情况已发生了很大变化，仍用古法来治理，必然达不到治理的目的，甚至会变得更糟。

循法之功，不足以高世；法古之学，不足以制今。

【注释】《战国策·赵策二》。死守古法，其结果不可能创新，超过现世；效法古代的礼法，不能治理现代的国家。

【解析】因循守旧，固步自封，只能导致倒退，不可建立"高世"之功，而那种死守古法，不求变革的人，也只能成为社会进步的障碍。这样的人治理国家，只会导致国家的后退，而不会有所进步。

知虑不躁达于变，身行宽惠达于礼，威严不足以易于位，重利不足以变其心，恭于教而不快，和于下而不危。

【注释】《战国策·赵策二》。智谋深稳，又通于时变；待人宽厚，又通于礼法；威武不可屈其志；富贵不可乱其心；严肃认真，遵守教令，一丝不苟；谦虚谨慎，对待下属，平易近人。

【解析】这是担任王子太傅具备的德才标准。既要有广博的知识，又必须有高尚的品德。这种德才标准体现了王者的意志，同时也是普通百姓所向往和追求的境界。

事君者，顺其意不逆其志；事先者，明其高不倍其孤。

【注释】《战国策·赵策二》。侍奉国君，要顺从他的意愿，而又与他的志向不违背；对待先王，要发扬他高明的地方，而不违背王子继承的意志。

【解析】对待君王，既要忠实，又要敢于进谏，而对待先王的遗志，既要发扬他的高明之处，又要完成他的夙愿。

子用私道者，家必乱；臣用私义者，国必危。

【注释】《战国策·赵策二》。做子女的一心为私，家庭必遭破败；做人臣的一心为私，国家必遭危险。

【解析】国有国法，家有家规，任何人都不能依据自身的好恶而随意做事，那样做的结果只能损害别人的利益，危害国家的安全和发展，而最终也会伤及自身。

反亲以为行，慈父不子；逆主以自成，惠主不臣也。

【注释】《战国策·赵策二》。

【解析】违背父母胡作非为，即使仁爱的父亲也不会把他当做自己的儿子，而违背君王的意愿，自行其是，即使仁惠的国君也会震怒，不把他当做臣子。这种父母不子，君主不臣的人，尽管获得了充分的自由，但他的人生是可悲的，他的结局也是悲惨的。

国有固籍，兵有常经；变籍则乱，失经则弱。

【注释】《战国策·赵策二》。国家有成文法典，军队有固定兵制。改变法典，国家就乱，抛弃兵制，军队就会削弱。

【解析】这是一种守旧的观点。国有国法，家有家规，这是理所当然的，但据此说明国法不可变，则是错误的。法令制度的制定要符合当时的实际情况，要为当时的社会制度服务。社会是不断发展变化的，法令制度也应随之改变。

古今异利，远近易用。阴阳不同道，四时不一宜。故贤人观时，而不观于时，制兵，而不制于兵。

【注释】《战国策·赵策二》。古与今对待利益的观点是不一致的，远与近使用的器械也不一致；阴阳的变化是不一样的，四时的气候也各不相同。因此，贤能的人根据客观条件去行动，而不被客观条件所限制；操纵兵器，而不是被兵器操纵、制约。

【解析】社会是不断发展进步的。社会中人的思想也不断发生着变化，他们看待事物的方式和标准不断改变。有些事物在古代是非常美好的，但在今人的眼中，则没有其往日的光辉。因此，聪明的人，总以变化、发展的眼光看待一切，以真正认识事物。

重甲修兵不可以逾险，仁义道德不可以来朝。

【注释】《战国策·赵策二》。穿着沉重的铠甲，拿着长长的武器，不能越过险隘之地；讲究仁义道德不能让人来降服。

【解析】这反映了孔子及其弟子们推行的仁政思想已不适合诸侯国的现实。只有战争才是获取土地、夺得财富、臣服诸侯的有效手段。

贵不与富期，而富至；富不与粱肉期，而粱肉至；粱肉不与骄奢期，而骄奢至；骄奢不与死亡期，而死亡至。

【注释】《战国策·赵策三》。人们尊贵了，不去追求富裕，富裕也会到来；人们富裕了，不去追求美味佳肴，美味佳肴也会到来；已经享受了美味佳肴，不去追求骄奢，骄奢也会到来；已经骄奢了，不去追求死亡，死亡也会到来。

【解析】骄奢淫逸的生活是走向坟墓的通道。这告诫人们在享受荣华富贵的时候，要注意节制，要能够居安思危。

其求无已，而王之地有尽，以有尽之地，给无已之求，其势必无赵矣。

【注释】《战国策·赵策三》。秦国的要求没有穷尽，而大王的土地是有穷尽的，用有穷尽的土地来满足没有穷尽的要求，那么赵国只有灭亡了。

【解析】欲壑难填，贪欲是无止境的，若是以自己有限的土地去满足那无尽的欲望，不仅做不到，就连自己的国家也会葬送，此句劝谏赵王不要一味忍让，应该奋起斗争。

胶漆，至黏也，而不能合远；鸿毛，至轻也，而不能自举。夫飘于清风，则横行四海。故事有简而功成者，因也。

【注释】《战国策·赵策三》。黏(nì)：粘合。胶和漆是最粘的东西，但不能把两个距离很远的东西粘合在一起；大雁的鸿毛最轻，但不能自己飘起，只有借着清风才能飘行于四海。所以，即使是一件很简单的事情，要能成功，总得借助于客观条件。

【解析】任何事物的发展既有其内部原因，也有外部条件，内因是基础，外因是条件，外因通过内因来起作用。就如胶和漆，它们有粘的特点，否则将其他两个东西放在一起是不会粘合的。

日，并烛天下者也，一物不能蔽也。

【注释】《战国策·赵策三》。太阳普照大地，任何东西也遮蔽不了它的光芒。

【解析】这是客观规律，随着年龄的增长，人的美色会衰退，但是一个人的经验和知识，愈老愈加丰富。可见美色不是你终身的依靠，只有知识的增加，经验的积累，才是幸福生活的根本。

良商不与人争买卖之贾，而谨司时，时贱而买，虽贵已贱矣；时贵而卖，虽贱已贵矣。

【注释】《战国策·赵策三》。

【解析】这是贱买贵卖的商业原则。高明的商人善于观察，并能够把握时机，这样便能够赢得利益，为国者也应该把握时机，伺机而动，而不应该死守成法。

人有置系蹄者，而得虎，虎怒，决蹯而去。虎之情，非不爱其蹯也，然而不以环寸之蹯害七尺之躯者，权也。

【注释】《战国策·赵策三》。蹯(fán)：蹄子。有人设置了一个捕虎的绳套,捕得了一只老虎。老虎奋力挣扎,拽断了自己的蹄子,逃脱了。实际上老虎并不是不爱惜自己的蹄子,然而不能因为爱惜蹄子就牺牲了自己的性命,这就需要权衡轻重。

【解析】此处以一个浅显的比喻说明,人们做事情应该权衡利弊,只有利大于弊时,才可以去干,若是弊大于利,则只能放弃。小不忍则乱大谋,不能为了眼前的一点小利益而损害全局的利益。

覆巢毁卵而凤凰不翔,刳胎焚夭而骐驎不至。

【注释】《战国策·赵策四》。把鸟巢打翻,把鸟卵打破,凤凰就不会飞来了;把兽胎剖开,把幼兽杀死,麒麟就不会跑来了。

【解析】此句的真正含义在于:即使对待一般的士人也应该敬爱有加,而不应随便惩处,以赢得贤人的理解,从而真正获得贤人的辅佐,实现国家的大治。

人主之子也,骨肉之亲也,犹不能恃无功之尊,无劳之奉,而守金玉之重也,而况人臣乎?

【注释】《战国策·赵策四》。国君的儿子是骨肉之亲,如果他对国家没有功勋,尚且不能让他处于显贵地位,没有劳绩也不能得到优厚俸禄、拥有大量金玉财宝,更何况做人臣的呢!

【解析】如果一个人没有真才实学,依靠家庭的资本来获得自身的幸福,是不可靠的。只有有胆有识,才能成为命运的主宰。

君明则乐官,不明则乐音。

【注释】《战国策·魏策一》。英明的国君关心政治,不英明的国君关心音乐。

【解析】言为心声,根据一个人的行为举止可以判断他的品行。英明的君王总是从政治出发,考察他的政令是否畅通,他的官员是否清洁廉明,他的百姓是否用心耕作。而昏庸的君王,往往关心的是音乐,看它能否满足自己的娱乐欲望。

圣人无积。尽以为人,己愈有;既以与人,己愈多。

【注释】《战国策·魏策一》。圣人不为自己积蓄,全心全意为他人做事,而自己得到的却很多;给予别人的东西愈多,自己也就更加富有。

【解析】给予既是一种奉献,也是一种收获。如果把你手中的苹果给了别人,那么你的行为就是一种奉献;如若把你的知识、品德给予了别人,那么你不仅没有失去这些东西,反而会有更大的收获。圣人之所以是圣人,就在于他们能够把自己的东西毫无保留地给予别人,他们也因此变得异常富有。

积羽沉舟,群轻折轴,众口铄金。

【注释】《战国策·魏策一》。羽毛堆积多了,会把船压沉;东西堆放多了,会把车轴压断;众人的言论即使金属也可以熔化。

【解析】单则易折,众则难摧。一片羽毛非常轻,但是众多的羽毛堆在一起,可以把船压沉。一个人的力量是弱小的,但是众人的力量则是强大的。

王独不见夫服牛骖骥乎?不可以行百步。

【注释】《战国策·魏策一》。大王难道不了解用耕牛驾辕,用千里马拉长套,连一百步也走不到。

【解析】这里用一个很浅显的比喻,说明如果君与臣、将与相不和,即使他们都非常用力,甚至累得精疲力竭,也不会有实际效果。这犹如百鸟拉车,由于它们飞的方向不一致,力的大小也不一致,很难达到预期目的。

以十人之众,树易生之物,然而不胜一人者,何也?树之难而去之易也。

【注释】《战国策·魏策二》。用十多人去栽种容易活的杨树,却抵不上一个人去拔,为什么呢?这是因为种树困难而拔树容易。

【解析】十年树木,百年树人,可见培养人才比培养树木更难,这就警示人们要注意对人才的培养和保护,要注意从生活细节中观察他的变化,引导他走向健康的发展道路。

市之无虎明矣,然而三人言而成虎。

【注释】《战国策·魏策二》。

【解析】众口铄金,积毁销骨,可见言论的力量是很大的,就如闹市中本没有老虎,然而多个人说闹市中有虎,那么你也可能相信闹市中确实有老虎。这说明,如果经常有人在你耳边说某人不好,那么你也会相信某人确实不好,而不管实际怎样。

夜行者无能为奸,不能禁狗使无吠己也。故臣能无议君于王,不能禁人议臣于君也。

【注释】《战国策·魏策四》。一个走夜路的人能不做坏事,却不能禁止狗不向自己叫。所以我在大王面前能不议论您,可是不能禁止别人在您面前议论我。

【解析】一个人可以管住自己,但却管不住别人,不管你是否做了坏事,都会有人注意你，议论你的得失成败。聪明的人，可以干自己认为正确的事情，而不必顾及他人的毁誉。一个人如果过分在意他人的议论，必将妨碍自己的行动，终将一事无成。走自己的路，让别人去吧！这才是一个干事业的人应该有的态度。

一里之厚而动千里之权者，地利也。万人之众而破三军者，不意也。

【注释】《战国策·韩策一》。一里那么大的地盘却可以牵动方圆千里的政权，是因为地形有利的缘故。一万多人的军队可以打败庞大的军队，是因为乘敌人不备的缘故。

【解析】一夫当关，万夫莫开，强调了地利的重要性。我国历史上宋朝末年的农民起义军占领梁山水泊，靠一方独特的有利地形为后防基地，进可以攻，退可以守，因此，梁山起义军的力量得到了迅速的发展和壮大。可见地利是相当重要的，但它又得依赖人和，否则再雄壮的关隘也会有被攻破的时候。中国古人成就大事讲究天时、地利、人和，天时就是处在适当的时机，地利就是占据有利的地形，人和是指有万众一心的凝聚力。

今谓马多力则有矣，若曰胜千钧则不然者，何也？夫千钧非马之任也。

【注释】《战国策·韩策一》。现在说马的力量很大，这是可能的，如果说可以载千钧重的东西，则是不可能的，为什么呢？因为千钧的重量，不是马力所能胜任的。

【解析】我们说事物的大小、强弱、多少都是相对而言的，大是小中之大，而小则是大中之小。我们可以说马的力量是很大的，但若让它运载千钧重的东西就显得小了。国家也同样如此，某个国家是很强大的，但是它却敌不住多个小国的联合。

孪子之相似者，难其母知之而已；利害之相似者，唯智者知之而已。

【注释】《战国策·韩策三》。

【解析】双胞胎长得十分相似，在外人眼中毫无差别，但他们的母亲却能十分清楚地分辨；利与害很相关，在愚人的眼中，也许利就是害，害就是利，但在智者的眼中，利与害却有严格的界限，他们能正确地辨识。

纆牵于事，万分之一也，而难千里之行。

【注释】《战国策·韩策三》。纆(mò)牵：指马的缰绳。缰绳，对驾马所需的全部用具来说，只不过占万分之一而已，可是会妨害了完成千里之行。

【解析】成功地干一件事情，需要多种因素，有多个环节共同完成，若是某一环节出现了差错，就会影响到整个大局，“牵一发而动全身”“一招出错，满盘皆输”都是一样的道理。

人之饥所以不食乌喙者，以为虽偷充腹，而与死同患也。

【注释】《战国策·燕策一》。人们在饥饿时，不愿吃毒药附子，是因为它虽然可以暂时解除饥饿，但毒死和饿死，同样很痛苦。

【解析】饮鸩止渴，只是目光短浅者的行为，真正的智者能够从长远考虑问题，决不贪图眼前的一点利益。吃毒药附子可以抵制暂时的饥饿，其结果却是无法抗拒的死亡。

妾一僵而弃酒，上以活主父，下以存主母也。忠至如此，然不免于笞。

【注释】《战国策·燕策一》。小妾一摔倒，洒了酒，但对上她救活了男主人，对下她留住了女主人，忠心到了如此地步，竟然还免不了一顿鞭打。

【解析】这是忠心不能被理解而造成的一种伤害。理解是非常重要的，只有理解别人，并得到别人的理解，你的言行才能得到社会更多的认可。如果你的行为不被人理解，无论它是多么有意义，也得不到认可。

明主者，务闻其过，不欲闻其善。

【注释】《战国策·燕策一》。

【解析】贤明的君主必善于听取别人的建议，他能够聆听来自各方面的意见，特别是那些指出他的缺点和过失的意见，这样他才能改正缺点，弥补过失，进而有利于国家的发展。

无谋人之心而令人疑之，殆；有谋人之心而令人知之，拙；谋未发而闻于外，则危。

【注释】《战国策·燕策一》。没有谋算人的心意，却让人怀疑自己，这是自造的疑惑；有谋算人的心意，却被人知道了，这是自己的笨拙；谋算还未开始，便已泄漏出去，这是自处于危险。

【解析】进行谋略，要严肃谨慎。实施谋略，能够不动声色，这样既可迷惑别人，防止别人对你的怀疑，又可以平安有效地实施谋算，达到预期目的。如果过早泄漏秘密，只能自处危险境地。

骄主必不好计，而亡国之臣贪于财。

【注释】《战国策·燕策一》。骄傲的国君一定不喜欢听别人的计谋，亡国的大臣必然贪图财货。

【解析】这总结了一个规律，国君骄傲，认为老子天下第一，瞧不起任何人，自己的每句话都是金科玉律，都是正确的，就听不进别人的计谋。而亡国的大臣，因其贪财，就会不择手段，甚至损害国家的利益。

帝者与师处，王者与友处，霸者与臣处，亡国与役处。

【注释】《战国策·燕策一》。

【解析】成就帝业的人能够低身屈节地求教别人，以得到别人的支持和帮助，而那些亡国之君总认为自己高高在上，不能礼待臣子，其结局必然是国破家亡。

诎指而事之，北面而受学，则百己者至，先趋而后息，先问而后默，则什己者至；人趋己趋，则若己者至；冯几据杖，眄视指使，则厮役之人至。若恣睢奋击，呴籍叱咄，则徒隶之人至矣。此古服道至士之法也。

【注释】《战国策·燕策一》。冯(píng)：靠着。眄(miǎn)：斜着眼。折节屈尊侍奉贤者，面向老师接受教导，那么才干超过自己百倍的人就会到来；先于别人去劳动，后于别人去休息，先于别人向人求教，别人已经不问，自己还求教不止，那么，才干超过自己十倍的人就会到来；和别人一样劳役，那么和自己才干一样的人就会到来；靠着几案，拄着手杖，颐指气使，指手画脚，那么干杂活、服苦役的人就会到来；如果对人暴虐粗野，随便发怒，任意呵斥，那么只有唯唯诺诺，唯命是从的犯人、奴隶会到来。这些都是古代施行王道，招揽人才的方法。

【解析】这段文字给了我们一个重要信息：为国者，只有礼贤下士，真诚地对待别人，才能赢得人们的尊重和爱戴，也才能得到真正有才学的人的辅助，实现国家的大治。那种颐指气使，盛气凌人的人，不利于国家的大政。

善为事者，先量其国之大小，而揆其兵之强弱，故功可成，而名可立也；不能为事者，不先量其国之大小，不揆其兵之强弱，故功不可成，而名不可立也。

【注释】《战国策·燕策一》。善于治国的，先要考虑国家的大小，估量兵力的强弱，因此，功可成，名可立；不善于治国的，不先考虑敌国的大小国兵力的强弱，因此功不可成，名不可立。

【解析】知己知彼，方能百战不殆。那些只以自己的主观意愿为行动准则，而不考虑客观因素的人，很少有获得成功的。将帅如这样带兵打仗，只会落得身死兵败的结局。

贤明之君，功立而不废，故著于《春秋》；蚤知之士，名成而不毁，故称于后世。

【注释】《战国策·燕策二》。贤明的国君建立了功业就不能让它毁弃，所以把它载入史册；有先见之明的贤士，成了名就不能让它败坏，所以被后代人赞扬。

【解析】无论是古代的帝王将相，还是下层的平民百姓，他们都希望能够功成名就，名垂青史。他们对自己取得的成就，获得的荣誉都倍加珍惜。

比目之鱼不相得则不能行，故古之人称之，以其合两而如一也。

【注释】《战国策·燕策二》。比目鱼不双双配合就不能行动，所以古人叫他们"比目鱼"，因为两条鱼合在一起游动像一条鱼一样。

【解析】"比目鱼"因其行动一致而得名，只有行动一致，才能做到有福同享，有难同当。而战国时期的六国，只有行动统一，目标明确，才能共同对抗秦国，也才能真正维持它们各自的生存和独立。

厚者不毁人以自益也，仁者不危人以要名。

【注释】《战国策·燕策三》。敦厚的人不以毁损名誉来抬高自己，仁德的人不以毁损他人名誉来追求名誉。

【解析】如果把自己的名誉、幸福，建立在损害别人的基础上，那么获得的只是虚名，经不起任何风吹浪打。只有经过脚踏实地的拼搏，才能真正拥有幸福。

骐骥盛壮之时，一日而驰千里，至其衰也，驽马先之。

【注释】《战国策·燕策三》。千里马精力旺盛的时候，可日行千里，而当它精力衰退时，劣马也会跑到它的前面。

【解析】事物都有其产生、发展和灭亡的过程，当事物处在其发展的顶峰，就会出现人们意想不到的态势。一个人当他的事业处在顶峰，有时很困难的事情，也能轻而易举完成，而在衰败的时期，即使较为容易的事情，也不会干得很出色。

风萧萧兮易水寒，壮士一去兮不复还。

【注释】《战国策·燕策三》。

【解析】这是荆轲动身刺秦王时与太子丹、高渐离等人告别时唱的歌词 。它描写了在寒风萧萧的易水岸边，刺秦王的壮士将一去而不复返的情景。这不是一般意义上的分别，而是永别，由此表现出了荆轲的悲壮与无奈。

无功之赏,无力之礼,不可不察也。

【注释】《战国策·宋卫策》。

【解析】所谓"无功不受禄",受之则内心有愧。对"无功之赏,无力之礼"必须仔细注意,不明不白的礼物必然有其潜在的隐患,甚至可能是为了达到不可告人的目的而采取的手段。

同欲者相憎,同忧者相亲。

【注释】《战国策·中山策》。欲望相同的人互相怨恨,患难相同的人互相亲近。

【解析】如果欲望相同,人们就会互相争斗;如果忧患相同,他们就会结成亲密战友,共同战斗。结成联盟,抵抗共同的敌人,就能渡过难关,摆脱灾难。

与不期众少,其于当厄;怨不期深浅,其于伤心。

【注释】《战国策·中山策》。给予不在多少,而在于处在他遭受困难的时候;怨恨不在深浅,在于是否伤了人的心。

【解析】给予并不在于事物的多少,或者其价值大小,只要能够适时,能够帮助别人渡过难关,能够弥补不足,虽少亦多。如给沙漠中行走的人一杯水,他会对你感激涕零;如给饥饿者一杯羹,他会对你终身难忘;如给一个迷途不归的人,指点一下迷津,他会对你心存感激。

学而时习之,不亦说乎?有朋自远方来,不亦乐乎?人不知而不愠,不亦君子乎?

【注释】《论语·学而》。说:通"悦"。朋:指朋友。乐(yuè):快乐。知:了解。愠(yùn):恼怒。

【解析】这是《论语》的开篇第一句。这句话中国人几乎都耳熟能详。它表现出儒家为学为人的一种乐观向上、涵容广大的人格精神。学习之后,要按时温习,才能牢固地掌握所学知识,这已经成为历代相传的学习方法。儒家重视人际关系,讲求个人修养,认为朋友相交是人生一大乐事;虚怀若谷,是君子所应具备的风度。这几句话对中国人产生了极大的影响。

巧言令色,鲜矣仁!

【注释】《论语·学而》。巧:乖巧。令:美。鲜(xiǎn):少。

【解析】言辞乖巧,表情谄媚,往往是缺乏仁爱之心的表现。孔子用极其精炼的语言,一针见血地指出社会上那些善于花言巧语、阿谀奉承之人的虚伪本质,令人警醒。他提醒人们不要被外在的假象所迷惑,对于事物要透过现象看到本质。老子说:"信言不美,美言不信。"他们都认识到事物的现象和本质之间存在一定差距。人们不可被表象所迷惑,而要善于在纷繁的现象中抓住事物的本质。

吾日三省吾身:为人谋而不忠乎?与朋友交而不信乎?传不习乎?

【注释】《论语·学而》。三省(xǐng):多次反省。传(chuán):指老师传授的东西。

【解析】儒家学者认为修身是治国平天下的前提条件,而要想提高个人修养就要时刻反省自己。曾子所说的这几句话都是为儒家所重视的修养内容。忠、信是儒家所提倡的道德规范和行为准则。学习老师传授的知识,是提高个人修养的途径。曾子把这种反省当作日常生活的必修内容,从中可以看出儒家对个人道德的要求之严。

事父母,能竭其力;事君,能致其身;与朋友交,言而有信。虽曰未学,吾必谓之学矣。

【注释】《论语·学而》。易:改变。色:态度。致:贡献。身:生命。

【解析】儒家讲究孝道,要求子女不遗余力地孝顺父母,把孝顺父母当作人生头等大事。孝成为中华民族的传统美德,与儒家的大力提倡有直接关系。忠君也是儒家所提倡的道德准则,这是儒家思想为历代封建王朝所推崇的一个重要原因。

君子食无求饱,居无求安,敏于事而慎于言,就有道而正焉,可谓好学也已。

【注释】《论语·学而》。安:安逸。有道:指有修养的人。正:匡正。焉:代词,指自己。

【解析】这几句话是孔子对于"君子"的具体要求。君子是儒家所认为的品德高尚的人,是儒家所追求的理想人格。孔子理想中的君子在物质生活上要求不高,饭可以吃不饱,住也可以住得不安定,真正的君子对这些都不在乎。但他必须思维敏捷,且不轻易发表言论,因为他对自己所说的话是要高度负责的。君子必须谦虚好学,善于向人学习,这是孔子认为君子应该有的风范。

子贡曰:"贫而无谄,富而无骄,何如?"子曰:"可也;未若贫而乐道,富而好礼也。"

【注释】《论语·学而》。谄:谄媚,用卑贱的态度讨好人。乐道:乐于追求知识和真理。

【解析】子贡是孔子的学生,从师徒二人的话中可以看出他们认为贫富不是判别一个人的主要标准，重要的是他们对待贫富的态度，贫而无谄，已经是一个正直不阿的人，就如俗语所说的“人穷志不短”。贫而乐道，就是说人在贫穷中一样追求知识学问，这更加可贵。富而无骄固然好，但富而好礼，更为孔子所看重，这里的“礼”当然是指儒家的礼乐制度了。

不患人之不己知，患不知人也。

【注释】《论语·学而》。患：担心。不己知：倒序句，应为“不知己”。知：了解。

【解析】孔子一向主张人要对自己严格要求，对他人采取宽容的态度。他认为别人因为不了解而冒犯自己，自己是不应该生气的。对一个人来说重要的不是让别人了解自己，而是让自己了解他人。因为只有对他人有了充分了解才能更好地与之相处，才能学习他人的长处，弥补自己的不足。严以律己、宽以待人是儒家思想的可取之处，对提高个人修养是大有好处的。

《诗》三百，一言以蔽之，曰：“思无邪。”

【注释】《论语·为政》。蔽：概括。邪：不正派。

【解析】相传《诗经》原来篇目内容繁杂，孔子对《诗经》进行了删节整理，只剩下现在我们见到的305篇。关于孔子删诗的说法，历代都有争论。目前，学术界普遍认为孔子删诗这一说法并不可靠，但是孔子对《诗经》确实极其重视，给予了高度评价。“思无邪”肯定了《诗经》在内容上基本是健康向上的。孔子把它作为学生的教科书，成为儒家的经典著作，是著名的“五经”之一。

吾十有五而志于学，三十而立，四十而不惑，五十而知天命，六十而耳顺，七十而从心所欲，不逾矩。

【注释】《论语·为政》。立：成熟，独立。耳顺：指好话坏话都能听得进去。逾(yù)：越出。

【解析】这句是孔子对自己人生历程的描述，可以说是一个极其精炼的自传 。学习是最为孔子所重视的事业，他自己说“我非生而知之”，他的知识学问都是后天不断学习积累的。“三十而立”“四十而不惑”等已经成为成语，其内涵远远超过了原来的意思，成为中国人给自己的人生定位的参照。

温故而知新，可以为师矣。

【注释】《论语·为政》。知：探求。

【解析】孔子主张学习要注重复习，旧知识掌握不好，就不能很快地接受新知识。“温故而知新”是孔子教育思想中对后世影响比较大的方面之一，是其教育思想的精华。从现代科学的角度看，它符合人的记忆力特点，掌握知识需要长期而艰苦的努力，知识的积累的确是一个循序渐进的过程。

君子周而不比，小人比而不周。

【注释】《论语·为政》。周：团结，指正面意义。比：勾结，指反面意义。

【解析】君子既善于团结人，与大家和睦相处，但又不结党营私；相反，小人只会结私党，而不是与所有人都和睦相处。孔子认为君子都具有广阔的胸襟，恢宏的气度，他们严于律己、宽以待人、与大家保持良好的关系。而小人就是那些心胸狭隘，结党营私的人。儒家对君子和小人在品质上的区分，还是非常有道理的。

学而不思则罔，思而不学则殆。

【注释】《论语·为政》。罔（wǎng）：枉然，无所得。殆：疑惑，失败。

【解析】孔子是中国历史上一位伟大的教育家，他注意到了学与思二者同等重要，不可偏废。有的学生学习用功，但是不善于开动脑筋，这样不会收到良好的学习效果；有的学生善于思考，但是不肯坐下来扎扎实实地读书，同样不会在学业上有大的进步。最可取的态度就是学思并重，既用功读书，又能勤于思考，这样才能在学业上有所收获与突破。

知之为知之，不知为不知，是知也。

【注释】《论语·为政》。

【解析】这句名言是孔子对其学生子路的教诲。这种谦虚并实事求是的学习态度，几千年来一直被中国人所遵循。作为教育家的孔子对学生的教诲可谓耐心而又细致，子路性格草率，不够谦虚，孔子针对他的这一缺点谆谆告诫，要他培养实事求是的作风，对于那些总是强不知以为知的人，这句话尤其有教益，应该铭记在心。

是可忍也，孰不可忍也？

【注释】《论语·八佾》。八佾（yì）：古代舞蹈奏乐，八人一行，叫一佾。忍：狠心。有的学者认为是“容忍”。可备一说。

【解析】原句为：孔子谓季氏：“八佾舞于庭，是可忍也，孰不可忍也？”孔子尊崇文武之道，把周文王、周武王视为古代圣贤君主的楷模。孔子一向把维护周礼作为自己的责任，对于当时各国当政者僭越礼法的行为深恶痛绝。八佾是古代歌舞的一种形式，按周礼规定，只有周天子的歌舞队才是八佾，诸侯国君用八佾的歌舞队就是越礼，所以孔子愤怒地表示“是可忍，孰不可忍”。

礼,与其奢也,宁俭;丧,与其易也,宁戚。

【注释】《论语·八佾》。易:通“益”,太过。戚:悲哀。

【解析】这句说,礼,与其奢侈,不如俭朴;丧事,与其简易,不如悲哀。礼的内容十分广泛,它既包括人们的道德行为,也包括社会上各种仪式制度。丧事历来为儒家所重视,规定了一套详细的礼仪制度,例如子女要为父母服丧三年等。在孔子看来,为父母服丧礼最重要的是哀伤,只有哀伤才能表现出子女对父母的孝顺之情。

君使臣以礼,臣事君以忠。

【注释】《论语·八佾》。使:役使。事:服侍,侍奉。

【解析】这句话是孔子对君臣关系的认识。孔子是儒家思想的创始人,但后世的儒家思想又与孔子的思想不尽相同。在君臣关系上,孔子强调君臣互有义务,君要以礼使臣,臣要为君尽忠。到了汉代,儒学大师董仲舒确立了三纲五常的思想。其中君为臣纲,就是要臣子无条件地服从君主,使儒家思想迎合统治阶级的需要,这违背孔子君臣互相尊重的原则,已经不是孔子的原意了。

子曰:“《关雎》,乐而不淫,哀而不伤。”

【注释】《论语·八佾》。《关雎》:《诗经》首篇,内容反映男女爱情,格调缠绵婉约。淫:原指雨多成灾,引申为过分、放荡。

【解析】孔子对《诗经》曾作过许多评论,他对《关雎》“乐而不淫,哀而不伤”的评论,反映了儒家的诗教观,其实质是追求一种中和之美。这与儒家“不偏不倚,过犹不及”的中庸原则是相一致的。这句话代表了儒家对《诗经》的看法与评价。

富与贵,是人之所欲也;不以其道得之,不处也。贫与贱,是人之所恶也;不以其道得之,不去也。

【注释】《论语·里仁》。欲:盼望。道:指一定的方法或途径。处:接受。不以其道得之:此处“得之”应为“失之”或“去之”,才符合情理,否则不通。去:远离,抛弃。

【解析】孔子认为富贵不可苟得,应有一定的原则。“不以其道得之,不处也。”也就是说不通过正常手段获得富贵,就宁可不要它。孔子曾说:“不义而富且贵,于我如浮云。”都是强调获取富贵,必须符合一定的道德标准。表现了孔子重义轻利的思想,这也是孔子修身原则的进一步延伸。

朝闻道，夕死可矣。

【注释】《论语·里仁》。朝(zhāo)：早晨。道：真理。

【解析】在儒家看来，人之所以成为人，就是因为人有道德，讲礼仪。孔子把没有道德，不讲礼仪的人，视为混沌未开的愚昧之人。他认为人的一生都应追求道德的完善，追求人生理想的实现。因此，一个人如果明白了儒家所提倡的思想礼教，即使朝闻夕死，他也不枉活一生。因为在孔子看来，只有这样的人才是真正意义上的人。如果一生都没有弄懂道，那就等于白活了一辈子。

君子怀德，小人怀土；君子怀刑，小人怀惠。

【注释】《论语·里仁》。前两句的"怀"，皆是"怀念"之义。后两句的"怀"，皆是"关心"之义。刑：法度。惠：利益。

【解析】孔子心目中的君子是符合儒家思想道德规范的人，这样的人道德高尚，行为合乎法度。君子风度是儒家的理想人格，历代儒者都以此为追求目标。小人并非品行恶劣的人，只是未曾学习儒家的思想学说，还没有达到一定的道德境界。例如，恋土思家、小恩小惠都是小人的做法，不为孔子所看重。

夫子之道，忠恕而已矣。

【注释】《论语·里仁》。夫子：此处指孔子。

【解析】曾子曰："夫子之道，忠恕而已矣。"曾子就是曾参，是孔子最欣赏的学生之一。他认为孔子的学说，其实质就是"忠恕"。所谓忠，就是忠于自己的职守，曾子说他每天反省自己，其中一项就是"为人谋而不忠乎"。忠，后来发展为纯粹的忠君思想，为统治阶级所利用。恕，用孔子的话说就是"己所不欲，勿施于人"凡事要替他人考虑，人同此心，心同此理，用自己的心理便可印证他人的心理。所谓推己及人就是这个道理。

君子喻于义，小人喻于利。

【注释】《论语·里仁》。喻：明白，懂得。义：指人应该做、适宜做的事。

【解析】儒家一向重视义，孔子认为君子应懂得义，也就是明白什么是自己应该做的，什么是自己不应该做的。到了孟子进一步提出了"舍生取义"的说法。他说："鱼，我所欲也；熊掌亦我所欲也。二者不可得兼，舍鱼而取熊掌者也。生亦我所欲也；义亦我所欲也。二者不可得兼，舍生而取义者也"。孟子把"义"提到了一个更高的层次。从此，舍生取义成为中国人一种崇高的价值取向。

见贤思齐焉，见不贤而内自省也。

【注释】《论语·里仁》。思齐：看齐，想赶上。焉：指贤才。

【解析】孔子非常注重向他人虚心学习，他曾经讲："三人行，必有我师焉。"贤人是道德品行高尚的人，看见这样的人应该向他学习，提高自身修养，争取达到他的水平。人虽不贤，也有其存在的价值，他可以促使别人进行自我反省，检查自己是否有与他一样的缺点毛病。有则改之，无则加勉。品行高下，完全取决于自我修养如何。

父母在，不远游，游必有方。

【注释】《论语·里仁》。在：指在世，活着的时候。游：出游。方：去处。

【解析】儒家十分讲究孝道，守在父母身边，膝下承欢被认为是孝子之道。因此，古人父母健在时一般不轻易出门远游，即使远游也一定告诉父母要去哪里，以免父母担心牵挂。中国人认为侍奉父母是儿女应尽的职责。

君子欲讷于言而敏于行。

【注释】《论语·里仁》。欲：应该。讷（nè）：迟钝。敏：快捷。讷于言：指少说话。敏于行：指多做事。

【解析】孔子认为这是君子应该有的修养。君子不必善于言谈，重要的是在行为上合乎标准。孔子一贯反对花言巧语，他曾说："巧言令色，鲜矣仁。"也就是说言辞华美、面容谄谀的人很少是仁义的。是不是真正的君子，不在于他的言辞如何，关键是看他的行为是否符合君子的标准。

朽木不可雕也，粪土之墙不可杇也。

【注释】《论语·公冶长》。杇（wū）：把墙抹平。

【解析】宰予是孔子的弟子，他白天睡觉，孔子十分气愤和失望，因此说了这一番话。孔子一生勤奋好学，看到自己的学生懒惰，他当然十分生气。"朽木不可雕也"已成为成语，广为运用。大概这个宰予也是一个善于用言辞讨好别人的人，孔子说自己从前是"听其言而信其行"。现在是"听其言而观其行"。从宰予身上，他总结出了这个道理。

老者安之，朋友信之，少者怀之。

【注释】《论语·公冶长》。安之、信之、怀之，都是使动用法。即使安逸，使信任，使怀念。

【解析】这是孔子待人的原则。孔子尊重老人，"老者安之"就是让老人过上安定享乐的生活，让他们安度晚年。孟子提出"老吾老以及人之老，幼吾幼以及人之幼"。就是要在全社会推广敬老爱幼的美德。朋友交往要以诚信为准则，只有做到这一点才能互相信任使友谊巩固。对于年轻人要多加爱抚。可见儒家思想也是很有人情味的,而不是一味板起面孔来讲修养的。

质胜文则野,文胜质则史。文质彬彬,然后君子。

【注释】《论语·雍也》。质:朴实。文:文采。史:虚浮。彬彬:文雅的样子。

【解析】文,本是各种颜色交错的花纹,用以形容人外在仪表、语言的华美。质,本是东西的质地,用以形容人的内在的朴素、充实。关于文和质的关系,一直有不同看法。孔子认为质如果胜过文,就过于朴素;文如果胜过质,就显得浮华不实。文和质互相协调,才是君子之风。“文质彬彬”已成为一句成语,为人们所熟知。

知之者不如好之者,好之者不如乐之者。

【注释】《论语·雍也》。好(hào):喜爱。乐(lè):以……为乐。

【解析】这里讲了三种不同的学习境界。知之,是被动的学习,缺乏主观能动性,只是为了学习而学习。好之,是把学习当作一种个人爱好,通过自己的主观努力来获取知识。这样,人处于主动地位,而不是被动地学习知识。乐之,是学习的最佳境界。把获取知识当作人生最大乐事,求学的过程能够达到心灵上的愉悦和满足,这样的人终生求学,也会毫不厌倦。这是求学的最高境界。

中人以上,可以语上也;中人以下,不可以语上也。

【注释】《论语·雍也》。中人:指智力中等之人。语(yù):谈论,告诉。上:指高深的学问。

【解析】孔子认为人人都可以通过学习来提高自己的修养和学问。但他同时又承认人的天资并不相同,智力有高有低,这是符合实际的。他认为智力在中等以上的人,才可以给他讲高深的知识学问。智力在中等以下的人,不能给他讲过于高深的知识学问。孔子主张“因材施教”,这一观点是他因材施教的教育思想的体现。

知者乐水,仁者乐山;知者动,仁者静;知者乐,仁者寿。

【注释】《论语·雍也》。知者:即智者,聪明的人。乐:喜欢。

【解析】水有流动的特点,山有静止的特点。水代表了动,其实质是变化,对于人来说就是要通权达变;山代表了静,其实质是安定,对于人来说就是要稳定沉着。仁者和智者既喜好山水,又具有山水的内涵,这种以山水特点为象征的精神内含,是儒家推崇的精神境界。

学而不厌，诲人不倦。

【注释】《论语·述而》。厌：满足。

【解析】有人说圣人之所以知识广博，是因为他生而知之。但孔子自己却说："我非生而知之。"他的知识学问都是后天学习得来的。孔子说："知之者不如好知者，好知者不如乐知者。"他本身就是一个乐知者，体现了"学而不厌"的精神。孔子是中国最早的伟大教育家，他因材施教，创立了一套独特的教育方法。他一生热衷于教育，可谓"诲人不倦"，他的崇高精神垂范于后世。

德之不修，学之不讲，闻义不能徙，不善不能改，是吾忧也。

【注释】《论语·述而》。徙：追求。

【解析】孔子这句话是说："品德不培养；学问不讲习；听到义的所在，却不能去追求；有错误不能改正，这些都是我所忧虑的呀！"孔子一向严于律己，在各个方面对自己要求严格，唯恐稍有疏忽。他把培养品德，讲习学问视为人生最重要的事情。知道什么是自己应该做的事，就应该努力去做。做错了不要紧，关键是要勇于改正错误 。孔子严于律己的精神，为后世树立了榜样。

志于道，据于德，依于仁，游于艺。

【注释】《论语·述而》。艺：全面的修养。一说指礼、乐、射、御、书、数六艺。

【解析】孔子认为年轻人应有志于学道，提高品德修养 ，让自己的思想和行为都符合"仁"的要求。孔子特别强调要"游于艺"。所谓"艺"，就是通常所说的"六艺"，一般指礼、乐、射、御、书、数。六艺包括的内容很广泛，儒家提倡学习六艺，旨在培养人多方面的才能。由此可见，儒家也并不要人读死书，他们也重视人的全面发展。

不义而富且贵，于我如浮云。

【注释】《论语·述而》。

【解析】为了富贵 ，有多少人奴颜婢膝，阿谀奉承，完全丧失了自己的人格。孔子鄙弃这样的富贵，他认为富贵如不以道义得之，那么它就没有任何价值。儒家一向反对为求取功名富贵而背离自己的道德原则，孔子一生周游奔走，屡屡断饮断炊，生活并不富裕，但他从不厌弃贫困，他主张君子要有一种安贫乐道的精神，在贫穷困乏中仍然坚持自己的理想，志于道，志于学。

发愤忘食，乐以忘忧，不知老之将至云尔。

【注释】《论语·述而》。

【解析】叶公曾向子路打问孔子的情况，子路不知该怎么回答他。孔子知道后对子路说："你为什么不对他说，孔子这个人，用起功来便忘记吃饭，快乐起来便抛弃忧愁，不晓得衰老就要到来，如此而已。"孔子这句话是他的自我写照。孔子一生致力于学习文化知识，研习礼乐，"学而不厌，诲人不倦"。对自己的事业孜孜以求，从不放松，甚至忘记了自己老之将至。这也体现了孔子的人生观，人只有奋发向上才更有意义。

三人行，必有我师焉；择其善者而从之，其不善者而改之。

【注释】《论语·述而》。焉：对象。从：接受。

【解析】孔子非常重视向他人学习，他甚至认为只要有三个人在一起行走，其中必定有一个在某些方面会超过自己，自己可以拜他为师，向他学习。孔子从不以向他人学习为耻，他"不耻下问"，而且认为"圣人无常师"，他总是随时随地向别人学习。看到别人不好的地方，要思考自己有没有这方面的缺点，如果有就加以改正。

奢则不孙，俭则固。与其不孙也，宁固。

【注释】《论语·述而》。孙：通"逊"，骄傲，傲慢。固：固陋，寒酸。

【解析】奢侈豪华就显得骄傲，省俭朴素就显得寒酸。与其骄傲，不如寒酸。孔子对当时社会权贵们豪华奢侈、铺张浪费的行为深感不满，他主张过一种勤俭朴素的生活。在他看来，贫穷能看出一个人的志向和节操，"安贫乐道"是君子最高的境界。即使拥有富贵，也应该与朋友共享。

君子坦荡荡，小人常戚戚。

【注释】《论语·述而》。戚戚：悲伤的样子，引申为局促忧愁。

【解析】君子和小人分别指道德修养高的人和品行不高的人，儒家对于君子的要求很多，在各个方面都有其道德行为的规范，其中胸怀坦荡是一个重要方面。而小人总是斤斤计较，患得患失，以自我为中心。君子之风成为历代读书人所追求的目标。

恭而无礼则劳，慎而无礼则葸，勇而无礼则乱，直而无礼则绞。

【注释】《论语·泰伯》。劳：忙碌，劳倦。葸（xǐ）：胆怯，畏惧。绞：刻薄。

【解析】恭敬而不懂礼教就未免劳倦；谨慎而不懂礼教，就显得懦弱；胆大而不懂礼教，就容易闯祸；直爽而不懂礼教，就会尖酸刻薄。恭、慎 、勇、直代表了四种不同性格的人，如果不懂礼教，就会造成不同的结果。可见礼教在为人处事方面的重要作用。孔子认为不管是什么样的人，都必须以礼为约束，才能使自己的行为符合道德准则。

鸟之将死，其鸣也哀；人之将死，其言也善。

【注释】《论语·泰伯》。善：友好，和气。

【解析】这是一句为人们传诵了千百年的名言。人在危难关头，生命的火焰即将熄灭的时刻，最容易流露真情。儒家早期的代表人物主张“性善论”，认为人性本善。人可以通过自己的努力，回归到善的境界。善是人心的本来面目，孟子说：“人人皆可为尧舜。”就是要求人通过自己的主观努力，恢复人原本具有的“善”。

兴于《诗》，立于礼，成于乐。

【注释】《论语·泰伯》。兴：振奋。立：站得住。成：完美。

【解析】孔子把《诗经》作为教材，用以教育学生。他说《诗经》可以让人“多识于草木鸟兽之名”。《诗经》在内容上多是“怨而不怒”，符合儒家的中庸原则。孔子说“不学《诗》无以言”，“不学礼无以立”，人的行为只有合乎礼仪规范，才能够举止得体，得到社会的承认，在社会上站住脚。孔子对音乐的教育作用极为重视。他不但教育弟子要学习音乐，而且认为丝竹弦歌之声不绝于耳的社会才是理想的社会。

民可使由之，不可使知之。

【注释】《论语·泰伯》。使由之：即使之由，意思是让他们随着走。

【解析】老百姓，可以使他们在我们指引的道路上走，不可以使他们知道那是为什么。孔子虽生活并不富裕，但他一直把自己视为统治阶级的一员。他反对学生农耕之事，认为那是小人的行为。颜渊死后，他不肯卖车为颜渊发丧。因为车是大夫的标志。从统治阶级的立场出发，他认为百姓俯首帖耳即可，不必知道为什么。

天下有道则见，无道则隐。

【注释】《论语·泰伯》。见：通“现”。隐：隐居，归隐。

【解析】这句话成了后世中国知识分子的处世准则，然而孔子虽身处乱世，但却始终坚持推行他的思想学说。他从不曾做乱世中的隐士。可见孔子虽然主张“有道则见，无道则隐”，但他自己一生还是积极入世，为理想而奋斗的。

不在其位，不谋其政。

【注释】《论语·泰伯》。

【解析】身居官职，就要努力做好本职工作，尽他应尽的义务。不居官职，就不必去替做官的人考虑事情。儒家认为只有“各司其职，各尽其能”才能保持正常的社会秩序。这也体现了儒家“名正则言顺”的名分思想。

子在川上曰:“逝者如斯夫！不舍昼夜。”

【注释】《论语·子罕》。川上:河边。斯:代指河水。

【解析】孔子站在河边面对河水发出感慨:“河水就这样流走了啊！昼夜不停。”作为一代哲人的孔子，对于世间万物的兴衰变化极为敏感。河水奔流，让人想到时间流逝，想到年华由盛而衰。想到世间万物的兴衰更替。孔子的感叹透露出对社会人生的深沉思考，其中蕴含的伤怀之情，成为中国文学吟咏不衰的主题。毛泽东将其引入《水调歌头·游泳》中，恰当地表达了自己的情怀。

吾未见好德如好色者也。

【注释】《论语·子罕》。

【解析】儒家承认人的本能欲望。孟子说:“食色，性也。”认为男女之情是人的自然本性。然而儒家一方面承认这种自然本性，一方面又通过制定各种繁复的礼仪规范来限制人的自然本性。他们务求使人的自然本性合乎道德要求，认为只有这样才能建立和谐的人际关系，稳定的社会秩序。德，并不是自然的欲求，它是人后天学习培养起来的。相对于人的自然本能的色来说，人们更容易接受后者。因此，也就有了孔子的这句感慨。

譬如为山，未成一篑，止，吾止也。譬如平地，虽覆一篑，进，吾往也。

【注释】《论语·子罕》。为山:堆土成山。篑:土筐。平地:填平地沟。覆:倾倒。

【解析】孔子这句话是说:“比如堆土成山，只要再加一筐土便大功告成，若不愿做下去，那是我自己停止的。又比如在平地上堆土成山，纵是刚倒下了一筐土，如果决心继续下去，那是我自己愿意坚持这样做啊!”做任何事情都要发挥自己的主观能动性，只有具备强烈的主观愿望才能把事情做好。凡事定要学会自己拿主意，功亏一篑，也就是在关键时刻失去了信心，没了主意，才会导致失败。

后生可畏，焉知来者之不如今也?

【注释】《论语·子罕》。后生:即生于后，指年少的人。畏:惧怕。焉:怎么，哪里。

【解析】事物总是不断向前发展的，新事物迟早会取代旧事物。人的衰老是自然法则，而人上了年纪，不论智力还是体力都要有所下降，因此在社会上的位置也要被年轻人所取代。身为教育家的孔子十分重视年轻人。年轻人朝气蓬勃，具有旺盛的生命力，他们是未来世界的主宰。老一代人对年轻人应多予扶持培养，让他们更快地成为社会的栋梁之材。可见孔子并不是个保守的人，这对那些一味哀叹一代不如一代的思想保守的人来说是一个很好的训诫。人老了更要学会接受新生事物，否则会成为社会前进的障碍。

三军可夺帅也，匹夫不可夺志也。

【注释】《论语·子罕》。三军：指国家的全部军队。前一夺：丧失。匹夫：大丈夫。后一夺：改变。这是两个使动句，意思是可以使三军丧失主帅，但不可以轻易改变大丈夫的志向。

【解析】一个人的志向是不可动摇的。没有志向的人，永远都是庸庸碌碌，不会有任何作为。人必须立下志向，并且坚定不移地为实现自己的志向而奋斗。同时这句话也是讲一个有坚定意志的人是不能够随便动摇他的决心的。

知者不惑，仁者不忧，勇者不惧。

【注释】《论语·子罕》。知：通"智"。惑：迷惑。仁者：讲求仁德的人。勇者：勇敢的人。

【解析】有智慧的人不致疑惑，仁德的人常很乐观，勇敢的人无所畏惧。孔孟学说对后世的影响极其深远，知者、仁者、勇者具有理想完美的人格，他们能生活得从容不迫，游刃有余，是由于他们乐观、镇定、无所畏惧。苏轼说过："古之立大志者，不惟有超世之才，亦必有坚韧不拔之志。"知者、仁者、勇者就是后世有识之士所追求的做人典范。

食不语，寝不言。

【注释】《论语·乡党》。食：吃饭。寝：睡觉。

【解析】孔子对个人的修养是抓得十分细致的，此处就规定有修养的人吃饭的时候不能交谈，睡觉的时候不能说话。这些看似平常的道理广为流传，真正地深入到了生活中，甚至不识字的百姓也口耳相传。《三字经》云："食不言，寝不语。"儒家思想能在几千年的时间里占据统治地位，除了统治者的提倡外，百姓的广泛接受也是不可忽视的。孔子讲的许多深入浅出的道理，渗透到了百姓的家居生活中，对后世的的影响是非常大的。

由也升堂矣，未入于室也。

【注释】《论语·先进》。由：子由，即子路，孔子学生。升堂：指学问已入轨道。未入室:指学问还没达到很高的境界。

【解析】堂和室是古代宫室的前屋和后屋,这里比喻学问的不同阶段。成语"升堂入室"就出于此。一般用于赞扬一个人在学问或技能方面有高深的造诣。《三国志·魏志·管宁传》:"游志六艺,升堂入室,究其阃(kǔn)奥。"(阃奥:比喻学问、道理的深奥处。)

过犹不及。

【注释】《论语·先进》。犹:如同。不及:赶不上。

【解析】这句话的意思是说任何事都应适度,过分和赶不上是一样的。儒家讲求"中庸之道"。"中庸",并非不偏不倚,在中间的意思,而是指恰到好处,譬如数学中的黄金分割。"过"和"不及"都不能达到适度,因而孔子认为它们在效果上是相同的。《荀子·王霸》:"过犹不及也,譬之是犹立枉木而求其影之直也。"成语"过犹不及"就是出自此处。

克己复礼为仁。

【注释】《论语·颜渊》。克己:克制自己。复礼:回复传统礼仪,此处指回复周礼。

【解析】《左传·昭公十二年》:"仲尼曰:'古也有志:克己复礼,仁也。'"孔子此处所言"克己复礼为仁"是给前人的话赋予了新意,指的是克制自己,使言语行动都合于礼,就是仁。这是孔子给"仁"下的定义之一。

非礼勿视,非礼勿听,非礼勿言,非礼勿动。

【注释】《论语·颜渊》。动:做。

【解析】凡是不合于礼的事情,要不看、不听、不说、不做。儒家思想就是要以伦礼纲常来规范人,所以要求人的一言一行都要合乎理法。

己所不欲,勿施于人。

【注释】《论语·颜渊》。欲:喜欢。施:推行,强加。

【解析】这句话的意思是自己不喜欢的东西,不要强加给别人。从我们今天来看,这已成了一句至理名言。明清封建家长专制虽遵从儒家之道,却忘记了孔子的祖训。父母把自己的意志强加给子女,造成了许多悲剧。《牡丹亭》中,杜丽娘被父亲关在闺阁中,连接近大自然的机会都没有,一旦她到了后花园,便如出笼的小鸟,在春天的感召下,萌发了春心。仁德,最根本的就是不能把自己的意志强加于人。这是孔子的"恕"道。

死生有命，富贵在天。

【注释】《论语·颜渊》。命和天都指非人力所能控制的上帝的旨意。

【解析】死生是由命运安排的，富贵掌握在天手中，这些都非人力所能控制。这句话颇有宿命论色彩。这大概是孔子学说中的糟粕。

君子成人之美，不成人之恶。

【注释】《论语·颜渊》。成：成全。美：好事。成：促成。恶(è)：坏事。

【解析】君子成全别人的好事，而不促成别人的坏事。这是君子的一种美德。成语“成人之美”出于此，指赞助别人做成好事，或实现其愿望。帮助别人完成其心愿，自己也能从中得到一种满足感。人毕竟是社会性的动物，有丰富的精神世界。若促成别人的坏事，损害了他人的利益，心中定充满了罪恶感。

君子之德风，小人之德草。草上之风，必偃。

【注释】《论语·颜渊》。君子：指领导者。德：德行。小人：指普通百姓。偃(yǎn)：倒下。

【解析】领导人的作风好比风，老百姓的作风好比草，风向哪边吹，草向哪边倒。这讲的是以身作则的原则。领导人首先要端正自己的德行，这样百姓效仿才会有好的榜样，有清正廉明的县官，该县的百姓自会洁身自好。“上行下效”，国家总是有一种风气贯穿始终，上层统治阶级的作风喜好，直接影响下层人民的日常生活。杨贵妃喜吃荔枝，路上便多了许多驿站。

君君、臣臣、父父、子子。

【注释】《论语·颜渊》。君：像个国君。臣：像个臣子。父：像个父亲。子：像个儿子。

【解析】原句：齐景公问政于孔子。孔子对曰：“君君、臣臣、父父、子子。”“礼”的实质就是“君君、臣臣、父父、子子”。儒家的伦理观要求：“长幼有序”，“君臣有义”。处于各个位置的人，都要尽到自己的本分。国君要有国君的样子，臣子要守臣子的本分，父亲要尽父亲的职责，儿子要有儿子规矩。这样才能保证国家的安定团结。

君子以文会友，以友辅仁。

【注释】《论语·颜渊》。以文会友：靠文章学问好来聚集朋友。以友辅仁：靠友情培养仁德。

【解析】君子靠文章学问来聚集朋友，又靠友情培养仁德。志趣爱好相投的朋友待在一起，可以互相促进。古往今来，文坛上有许多“以文会友”的例子,早已传为佳话。李白与杜甫这两位中国最伟大的诗人,同生活于盛唐时代,他们的友谊在共同的志趣上形成、发展,留下了许多互相唱和的壮美诗篇。“以文会友”也已成了今天人们的口头用语。

名不正,则言不顺;言不顺,则事不成;事不成,则礼乐不兴;礼乐不兴,则刑罚不中;刑罚不中,则民无所错手足。

【注释】《论语·子路》。名不正:用词不当。言不顺:言语不能顺理成章。事不成:事业不会成功。礼乐不兴:礼乐制度不能举办起来。刑罚不中:刑罚不得当。错:通“措”,放置。

【解析】孔子由名分上的用词不当,谈到有关伦理和政治的问题。君子用词不当,言语不能顺理成章,可能会导致国家礼乐制度的破坏和刑罚不得当。成语“名正言顺”出于此处,“名正”转义为“名义正当”,指做事理由正当而充分,含有理直气壮的意思。

上好礼,则民莫敢不敬;上好义,则民莫敢不服;上好信,则民莫敢不用情。

【注释】《论语·子路》。好(hào):推崇,崇尚。服:服从。不用情:不说真话。

【解析】国家的统治者的行为偏好,直接影响人民的思想行为,统治者既然认识到了这一点,也就可以利用这一点来治理国家。统治者讲究礼节,百姓就没有人敢不尊敬;统治者行为正当,百姓就没有人敢不服从;统治者诚恳信实,百姓就没有人敢不说真话。孔子的一些政治思想,后来成了统治阶级的统治术,帮助统治阶级治理国家,管理人民。后世所谓“上梁不正下梁歪”,其实也是讲上边的风气对下边所造成的影响。

其身正,不令而行;其身不正,虽令不从。

【注释】《论语·子路》。其:代指领导者。身正:行为、品行端正。行:贯彻。从:听从。

【解析】当权者本身行为端正,以身作则,即使他口头上不发命令,他的政令也能贯彻到底;领导者本身行为不正当,纵使三令五申,百姓也不会听从。可见,实践中许多时候身教胜于言教。《史记·李将军列传》:“谚曰:‘桃李不言,下自成蹊’,此言虽小,可喻大矣。”后世定义“师范”,“学高为师,身正为范”。榜样的力量是无穷的,身教其实更有说服力。

欲速,则不达;见小利,则大事不成。

【注释】《论语·子路》。欲:想。速:快。不达:不能实现。

【解析】成功心切，想要加快速度，结果违反了事物的规律，反而达不到目的，甚至还会适得其反。这说明事物都有其发生、发展的客观规律，人必须尊重规律去办事。寓言故事“揠苗助长”讲的就是这个道理：宋国有个人嫌庄稼长得慢，把苗一棵棵往上拔，他自认为帮助苗生长了，可实际上苗都枯死了。违背事物发展的客观规律，强求速成，不但达不到预期效果，可能还会事与愿违。

居处恭，执事敬，与人忠。

【注释】《论语·子路》。居：平时。恭：端庄。执：做。敬：认真。忠：诚心。

【解析】平日里容貌态度端正庄严，工作严肃认真，对别人忠心诚恳，这几种品德是儒家所谓“仁”的具体内涵。士人们以此为立身行事的标准。儒家的“忠恕”观念，是“仁”的两个方面，具体到平时的行为就是以上几种品德。“仁学”实质上就是“人学”，孔子向人们传授的是如何做人的道理，这些道理对提高个人修养是很有益处的。

君子泰而不骄，小人骄而不泰。

【注释】《论语·子路》。泰：安详舒泰。骄：盛气凌人。

【解析】君子安详舒泰，而不盛气凌人；小人盛气凌人，而不安祥舒泰。君子心胸宽广，处世从容大度，不计较得失，表现出的神态很平和，容易让人亲近，人们自然会肃然起敬。小人矜己傲物，惟恐失去尊严，表情很冷漠，希望给人以威严感，人们只会远远避开他。孔子自己给人的印象就是平易近人、和蔼可亲的。

贫而无怨难，富而无骄易。

【注释】《论语·宪问》。

【解析】孔子可谓教育大家，他对个人的立身处世、品行修养有极其深刻的见地。他认为一个人贫穷却没有怨恨，很难做到；富贵却不骄傲，倒容易做到。贫穷时不忧愁，富贵后不骄傲，这是一种达观的人生态度，人应该能正视生活的客观现实。但却也有人一旦富贵了就抛弃老朋友或抛弃患难与共的妻子，结交地位相称的新朋友、重娶门户相当的妻子。这就连“富而不骄”也没有做到。

不患人之不己知，患其不能也。

【注释】《论语·宪问》。患：担忧。不己知：即不知己，不了解自己。不能：没有能力。

【解析】不愁别人不了解自己，而担心自己没有能力。俗语云：“酒香不怕巷子深。”自己有能力，就不用担心别人不了解你。孔子时代，就已经很重视人的能力了。各诸侯国都争相任用贤能,士人们纷纷显示自己的才华,甚至连鸡鸣狗盗之徒都能派上用场。因而,有能力别人自会了解你。这也体现了儒家重在提高自身修养的一贯入世原则。

不怨天,不尤人,下学而上达,知我者其天乎!

【注释】《论语·宪问》。尤:责备。下学:即学下,学的是平常的知识。上达:即达上,通达于仁义。

【解析】孔子反对把自己的失败归结于外因,而主张责己。君子要努力"修己",通过提高自身的修养,实现社会的共同进步。这句讲不怨恨天,不责备人,学习一些平常的知识,却通达于仁义。知道我的,只有天。成语"怨天尤人"就出于此处,指遇到不顺心的事时,就怨恨天命,责怪别人。

可与言而不与言,失人;不可与言而与之言,失言。知者不失人,亦不失言。

【注释】《论语·卫灵公》。

【解析】可以同他谈,却不同他谈,这是错失人才;不能同他谈,却同他谈,这是浪费言语。聪明人既不错失人才,也不浪费言语。谈话是一种艺术,谈得好,可以从中获益,谈得不好,浪费时间和精力。有远见的领导者,会用言语打动人,得到人才,而不会与无用的人闲谈,错过机会。聪明人做事有分寸,既可以恰到好处地笼络人才,又不浪费过多的言语。

志士仁人,无求生以害仁,有杀身以成仁。

【注释】《论语·卫灵公》。求生:贪生。害仁:损害仁德。有:宁愿。杀身:牺牲性命。

【解析】这是儒家一向主张的人生观。这句话是说有高尚志向和道德的人,从不贪生怕死,为了成全仁德,可以不顾自己的生命。后世屈原、岳飞、文天祥等爱国志士以自己的生命,诠释了孔子的这句名言。成语"志士仁人"出于此处,现泛指爱国并愿意为革命事业出力的人。"杀身成仁"也出于此处,现指牺牲生命,以维护正义事业。这些精彩语言已经成了中华各族人民为社会进步而勇于献身的豪言壮语了。

工欲善其事,必先利其器。

【注释】《论语·卫灵公》。善其事:做好事情。利:完善。器:工具。

【解析】一个工匠要想做好一个物件,一定要先具备好的工具。打天下、治理国家也都如此。打仗要有好的武器装备,治理国家首先要提高自己的修养。没有精良的工具,就会影响行动的速度与质量。这句话为后世广泛使用,其中包含着深刻的哲理。

人无远虑,必有近忧。

【注释】《论语·卫灵公》。远:长远。近:眼前。

【解析】一个人如果目光短浅,没有长远的考虑,将来一定会有忧患产生。孔子告诫人们,人生要有长远打算,否则总会有眼前的忧患。“未雨绸缪”“防患于未然”都是就此而言的。

躬自厚而薄责于人,则远怨矣。

【注释】《论语·卫灵公》。躬自厚:即自躬厚,自己做事踏实。薄责于人:责备别人少。远:远离。

【解析】这是儒家道德修养的一个原则。多责备自己,少责备别人,怨恨自然会远离你。《中庸》告诫人们:“正己而不求于人则无怨。上不怨天,下不怨人。”禅宗提出:“只见己过,不见世非。”这与孔子的话如出一辙。儒家主张“爱人”,即宽厚慈爱地对待别人,但却要求严于律己,曾子发明了“吾日三省吾身”的修养方法,表明儒家思想重在“求己”“修身”。

君子求诸己,小人求诸人。

【注释】《论语·卫灵公》。前一个“求”,指严格要求自己。后一个“求”,指苛求别人。

【解析】《大学》里讲:“君子有诸己而后求诸人,无诸己而后非诸人。”朱熹在《四书章句》中重申了这一点:“有善于己,然后可以责人之善;无恶于己,然后可以正人之恶。”只有自己达到了善,才能去要求别人向善。这是教导人们不要苛求别人,而要严格要求自己。后世多将“严以律己,宽以待人”作为为人处世的准则。

小不忍,则乱大谋。

【注释】《论语·卫灵公》。不忍:既指不能忍耐愤怒,也指不能忍耐小恩小利。乱:扰乱、败坏。谋:谋略。

【解析】“小不忍”不仅是不忍小忿怒的意思,也包括不忍小仁小恩,没有“蝮蛇螫手,壮士断腕”的勇气,还包括吝啬财物不忍舍弃,以及贪婪小利等意思。这句话一直沿用到今,指制定好一个大的计划,不能因小事情而破坏其实施,这要有一定的肚量,容纳可能出现的各种过失,同时遇到困难要镇定乐观,从而保证大计划的实现。

众恶之，必察焉；众好之，必察焉。

【注释】《论语·卫灵公》。众：众人，大家。察：考察，省思。

【解析】这是说认识人和事物的方法。大家都厌恶他，一定要去考察；大家都喜爱他，也一定要去考察。而生活中，人们往往随波逐流，很少有人省思。孔子以圣人的眼光观察到了这种情况，并主张要仔细考察。大家为什么都厌恶一个人，而都喜欢另一个人，这是值得我们思考的一个问题。大家都厌恶的或都喜好的，总有一定的道理在其中，既不能人云亦云，也不能忽略大家的意见。

过而不改，是谓过矣。

【注释】《论语·卫灵公》。过：错误。是：这。谓：叫做。

【解析】人犯错误是不可避免的，关键是如何对待所犯的错误。孔子早在二千年前就指出了"知错必改"的对待错误的原则。韩愈也认为："过而改之，是不过也。"对待错误的态度比犯错误更为重要。知错改错不算错，做错不改才是真正无可挽救的错误。

当仁，不让于师。

【注释】《论语·卫灵公》。当：面对。让：谦让。

【解析】"仁"是儒家思想所认为的最高的人生境界。面对"仁"这一道德标准，是没有必要谦让的，因为它是老师和学生共同追求的目标。"当仁不让"这个成语出于此，只是"仁"的含义更加广泛，并不局限于孔子的道德标准，意为只要是有益于人民的好事，就不要推辞，而要勇挑重任。

道不同，不相为谋。

【注释】《论语·卫灵公》。道：主张，理想。谋：商议，交流。

【解析】两个人的主张不相同，就不能互相商议。这是就君子而言的，君子要保持彬彬有礼的风度，豁达开朗的态度，各自的理想有所不同，就要避免交流。

既来之，则安之。

【注释】《论语·季氏》。来：招徕。安之：即使之安。

【解析】原意为既然招来他们，就要让他安居乐业。后世沿用这句话，已非孔子原意。俗语道："知足常乐，随遇而安。"我们已经来到一个地方，就要安心地待下来。也许这个地方并不如人所愿，或者它让我们大失所望，但安心留下，你就会发现它也有自己的魅力。自然法则告诉我们，人应尽一切努力适应环境，遵循大自然的规律。

益者三友，损者三友。友直，友谅，友多闻，益矣。友便辟，友善柔，友便佞，损矣。

【注释】《论语·季氏》。益者：有益的。损者：有害的。三友：三种朋友。谅：宽容。便辟：奉迎拍马。善柔：口蜜腹剑。便佞：巧言谄媚。

【解析】朋友在人的生活中是很重要的，近朱者赤，近墨者黑。想要了解一个人，看看他的朋友便可略知一二。真正有益的朋友，坦率、诚信、见闻广博，能在你最需要帮助的时候，出现在你面前。而那些奉迎拍马、口蜜腹剑、巧言谄媚的朋友可能在事业上、生活上对你有所损害。这是孔子的交友原则。

君子有三戒：少之时，血气未定，戒之在色；及其壮也，血气方刚，戒之在斗；及其老也，血气既衰，戒之在得。

【注释】《论语·季氏》。戒：警惕，戒备。色：美色。方刚：正盛。斗：逞强斗胜。得：贪婪。

【解析】人要懂得时刻把握自己，而人生这三个阶段分别有一件不好把握的事：年轻时，血气未定，迷恋女色有伤身体；壮年时，血气旺盛，最容易逞强斗勇；年老了，血气已衰，贪得无厌就有损一世英明。《淮南子·诠言训》总结了一条规律："凡人之性，少则猖狂，壮则强暴，老则好利。"如果把握住了人生这三个阶段的不同特征，那么就会过好每个阶段。

君子有三畏：畏天命，畏大人，畏圣人之言。

【注释】《论语·季氏》。畏：害怕。大人：位尊之人。言：思想，理论。

【解析】天命不为人所知，君子害怕；位尊之人，君子从心底敬重他们；圣人的思想言论可以指导常人的言行，君子尊重他们。孔子不是宿命论者，但他讲天命，《论语·为政》："五十而知天命。"君子担心受到命运的摆布，而不能实现追求"仁"的理想。常人的修养不及君子，受命运摆布的可能性更大，自然就对处于高位的人和圣人的言论无形中产生畏惧。

生而知之者上也；学而知之者次也；困而学之，又其次也；困而不学，民斯为下矣。

【注释】《论语·季氏》。上：上等。困：困顿，艰难。下：下等。

【解析】孔子把学习分为几个等级。生而知之者虽是最上等，却并不存在。学而知之者受到孔子的赞扬，因而他提倡教育。至于遇到困难再学，和遇到困难也不学的人，是孔子最不欣赏的。学习是一件自觉的事情，所有的人都应自觉地接受教育，但在封建时代，对百姓而言，这几乎是不可能的。孔子站在士大夫的立场上，很难理解下层百姓的疾苦。

君子有九思:视思明,听思聪,色思温,貌思恭,言思忠,事思敬,疑思问,忿思难,见得思义。

【注释】思:考虑。明:清楚。聪:明白。色:脸色,表情。温:温和。貌:容貌举止。恭:端庄。忠:忠诚老实。事:做事。敬:认真。问:请教。忿:同“愤”,生气。难:后患。义:道义。

【解析】这也是孔子的修身原则,他强调有见识有修养的人应该注意这九种情况,以慎重对待之。自古以来,志士仁人就不断地纠正自己的行为过失,向这九个方向接近,以使自己成为真正的君子。

性相近也,习相远也。

【注释】《论语·阳货》。性:本性。习:风俗。

【解析】儒家认为人的性情本来是相近的,因为风俗习染不同,便相差很远。《三字经》以此为开头:“性相近,习相远。”可见,后天的学习教育是很重要的。不同的环境会使天赋相近的人走上不同的发展道路。

其未得之也,患得之。既得之,患失之。苟患失之,无所不至矣。

【注释】《论语·阳货》。患得之:从上下文意思推知,当为“患不得之”。之:指官位。无所不至:即无所不为,什么事都能做得出来。

【解析】没得到的时候,担心得不到;得到了,又担心失去它;为了不失去它,就什么事情都做。人总是在患得患失间失去自己拥有的一切。这种心态孔子二千年前有,现在我们每一个人依然有。那么看清自己所处的位置,弄明白自己拥有的一切,就显得至关重要。过分看重得失,会错过人生旅途中许多美好的东西。成语“患得患失”就出于此。

饱食终日,无所用心。

【注释】《论语·阳货》。饱食:即食饱,吃饱了饭。无所用心:即无所用力,什么事也不干。

【解析】人是社会性的动物,除了满足自身的生理需求外,还有社会性的一面。吃饱了饭,什么事也不干,无异于行尸走肉。每个人都有精神欲求,同时负有社会责任。吃饱了饭,只满足了人动物性的一面。孔子对无所追求的人是非常鄙视的。

唯女子与小人为难养也,近之则不孙,远之则怨。

【注释】《论语·阳货》。唯:只有。养:相处。近:亲近。孙:通“逊”,谦恭有礼。远:疏远。怨:报怨,怨恨。

【解析】这是孔子对人际关系的看法。女子和小人难于相处，亲近了，让他们觉得不谦恭；疏远了，又让他们怨恨。事实上，其中包含了对女子的偏见，封建礼法统治下，“男女授受不亲”的理论，泯灭了男女之间的正常交往。

往者不可谏，来者犹可追。

【注释】《论语·微子》。往者：过去的。谏：说，劝止。这句是说过去的已经过去，再说也没用了。来者：未来的。追：追回，抓住。这句是说未来的还未到来，只要心里有所准备，肯定会抓住的。

【解析】过去的事情已经过去了，是人力无法挽回的，多少伤，多少痛，不必再去言说。人应该做的只有把握现在，追寻未来。现在和未来是属于我们自己的。

四体不勤，五谷不分，孰为夫子？

【注释】《论语·微子》。四体：四肢。勤：劳动。分：区别。孰为夫子：谁认识（你的）老师。

【解析】士大夫是不与农民为伍的，儒学家视体力劳动为低贱的工作，这是一种陋习。“四体不勤，五谷不分”，现用做成语，不参加劳动，分不清五谷，比喻知识分子脱离劳动人民。孟子说：“劳心者治人，劳力者治于人。”与孔子的思想是一脉相承的。

君子有三变：望之俨然，即之也温，听其言也厉。

【注释】《论语·子张》。变：姿态。俨然：庄重的样子。即：接近。温：平易亲切。厉：斩钉截铁，真实可信。

【解析】从这句话中我们能看出孔子在对人的认识上确实了不起，他把一个有水平的人描绘得入木三分。孔子说过：“文质彬彬，然后君子。”子夏进一步看到君子的三种姿态：远远望着，庄重严肃；向他靠近，温和亲切；听他的话，斩钉截铁，真实可信。能做到这三点的，那真是高人了。

仕而优则学，学而优则仕。

【注释】《论语·子张》。前句优：优游，空闲。此句是说做官后还有空闲的时间，就应该学习。后句优：优异，出色。此句是说学习后成绩优异方可做官。

【解析】在古代，学习就是为了入仕，以实现自己济世报国的理想。既已做官，也要继续学习，以进一步提高自己的修养和能力。

君子惠而不费，劳而不怨，欲而不贪，泰而不骄，威而不猛。

【注释】《论语·尧曰》。惠：施恩惠。费：铺张。劳：役使。欲：有所追求。

贪:贪婪。泰:矜持。威:威严。猛:凶狠。

【解析】这是孔子总结的君子的五点行为准则,也是君子的五种美德:君子给人民以好处,而自己却无所耗费;劳动百姓,百姓却不怨恨;自己有所追求,却不贪婪;矜持却不骄傲;威严而不凶狠。这五种美德总的来说是为民着想的。这也是孔子的政治理想。

或百步而后止,或五十步而后止。以五十步笑百步,则何如?

【注释】《孟子·梁惠王上》。止:停止。

【解析】"五十步笑百步"在我国是一个妇孺皆知的成语,用来讽刺那些讥笑别人不高明其实自己也并没有多么高明的人。这个成语的出处就来源于孟子的这段话。梁惠王对孟子说:"我对于国家,可算是尽心尽力了。河西地方遭了灾,我便把那里的百姓迁到河东,并把粮食运去救济,河东地方遭了灾也同样对待。看看邻国的国君,没有一个像我这样为百姓操心的,可我国的百姓并没有增多,邻国的百姓也并没有减少,这是为什么呢?"孟子就对梁惠王说:"王喜欢打仗,我就用打仗作个比喻吧:战鼓咚咚地敲着,士兵们挺起刀枪向前冲去,可双方刚一交兵,就有些怕死的士兵丢盔弃甲地回头逃跑。有的跑了五十步就停下来了,有的跑了一百步才停止,那些逃跑了五十步的士兵就讥笑逃跑了一百步的士兵是胆小鬼,您说这应该吗?"梁惠王回答说:"不应该,那些逃跑了五十步的士兵,虽然比逃跑一百步的士兵少跑五十步,但同样都是逃跑。"孟子就用这个形象的比喻,劝诫梁惠王不要"以五十步笑百步",而应该自我反省,轻徭薄赋,不违农时,实实在在地多为老百姓做好事。

始作俑者,其无后乎!

【注释】《孟子·梁惠王上》。俑:做成人形的土偶或木偶,用来殉葬。

【解析】原句为:仲尼曰:"始作俑者,其无后乎!"这是孟子引用孔子的话。孟子与梁惠工谈话时问:"用木棍打死人和用刀子杀死人,有什么区别吗?"梁惠王回答说:"没有什么不同。"孟子又紧接着问:"用刀子杀死人和用残酷的政治害死人,有什么区别吗?"梁惠王说:"也没有什么不同。"孟子接着说:"现在王的厨房里有肥肉,马栏里有肥马,可是老百姓却面有饥色,郊外野地里还横卧着饿死的人,这等于是王率领野兽来一起吃人。野兽吃人,尚且可恶,可身为老百姓的父母官却率领着野兽一起吃人,怎么能做百姓的父母官呢?孔子说:'首先开始用俑的人,一定是断子绝孙,没有后代吧!'用人形做的俑来殉葬尚且不可,又怎么能让老百姓活活饿死呢?"孟子的这一席话层层递进,揭露了梁惠王"率兽食人"的残酷政治。后来"率兽食人"就成为一句成语流传下来,用来形容统治者残酷剥削人民的暴行。孔子的"始作俑者"也成为成语,用来比喻那些恶劣风气的开创者或一件坏事的起始人。

力足以举百钧而不足以举一羽，明足以察秋毫而不见舆薪 。

【注释】《孟子·梁惠王上》。秋毫：鸟儿秋天生的细毛。舆薪：一车柴。

【解析】孟子散文的一个突出特点就是善用设问、反问、比喻等多种修辞方法，使说理层层深入，折服对方。这段话中，孟子就采用了设问的方法。他先问梁惠王有没有用羊换牛进行祭祀的事，然后自然引出了“君子远庖厨”的结论，接着他又设问道：“假如有个人向王报告说：我的臂力能够举起三千斤，却拿不起一根羽毛；我的视力能把鸟儿在秋天生的细毛看得一清二楚，却看不见一车柴薪 ，那么王相信吗?”把王逼进死角，说明王是不想实行仁政，并不是不能实行仁政。后来的“力举千钧”“明察秋毫”等成语就是来源于此。

挟太山以超北海，语人曰：“我不能。”是诚不能也；为长者折枝，语人曰：“我不能。”是不为也，非不能也。故王之不王，非挟太山以超北海之类也；王之不王，是折枝之类也。

【注释】《孟子·梁惠王上》。太山：即泰山。北海：即渤海。折枝：指弯腰行礼，即“折肢”。也有人说是折取树枝。

【解析】孟子善喻，他用“挟太山以超北海”和“为长者折枝”两个形象的比喻来说明“诚不能”和“能而不为”的区别。孟子认为，推行王道是“折枝”之类的小事，只要齐宣王尽心尽力去做，就一定能够用王道统一天下。成语“挟山超海”就来源于孟子的这个比喻，形容力大超群。

老吾老，以及人之老；幼吾幼，以及人之幼。天下可运于掌。

【注释】《孟子·梁惠王上》。

【解析】孟子主张“推恩”，即尊敬自己的长辈，并推恩到尊敬别人的长辈；爱护自己的儿女，并推恩到爱护别人的儿女。这样治理国家就容易得很。“由近及远，由己及人”的“推恩”思想是儒家重要的伦理道德之一，也是我们中华民族的传统美德。

权，然后知轻重；度，然后知长短。物皆然，心为甚。

【注释】《梁惠王上》。权：用秤量。度：用尺量。

【解析】对于世界是否可以被认识，哲学界一直存在着“可知论”和“不可知论”两个派别。“可知论”认为世界是可以被认识的，“不可知论”则认为除感觉或现象而外，什么也不能认识，事物的本质或本体无法知道。孟子认为“称一称，就知道轻重；量一量，就知道长短，世界上的万事万物都是这样的，人的心更是这样”。这种认识同辩证唯物主义把实践作为认识论的首要和基本,从而证明世界是可以认识的观点基本相同。从这句话中,我们可以看到孟子的哲学思想闪耀着智慧的火花。

以若所为求若所欲,犹缘木而求鱼也。

【注释】《孟子·梁惠王上》。

【解析】当孟子得知齐宣王的愿望就是“辟土地,朝秦楚,莅中国而抚四夷”,齐宣王成为霸主时,孟子就斩钉截铁地说:“以您现在的行为去满足您这样的欲望,就像爬到树上去捉鱼一样不会有所获。”“缘木求鱼”后来成为一个成语流传下来,用来形容那些徒劳的行为。

乐民之乐者,民亦乐其乐;忧民之忧者,民亦忧其忧。乐以天下,忧以天下,然而不王者,未之有也。

【注释】《孟子·梁惠王下》。王(wàng):用王道统一天下。

【解析】范仲淹在《岳阳楼记》中的名句“先天下之忧而忧,后天下之乐而乐”大概就是源于孟子的这句话。孟子认为:“把老百姓的快乐当做他自己的快乐,老百姓也会把他的快乐当做自己的快乐;把老百姓的忧愁当做他自己的忧愁,老百姓也会把他的忧愁当做自己的忧愁。与天下的人同乐同忧,这样的人如果还不能以王道统一天下,是从来不曾有的事。”“乐以天下,忧以天下”同“达,则兼济天下;穷,则独善其身”一起构成儒家积极入世的人生准则。在这一思想激励下,一代代志士仁人前赴后继,推动了社会的进步。

戒之戒之!出乎尔者,反乎尔者也。

【注释】《孟子·梁惠王下》。戒:警惕。尔:你。反:同“返”。

【解析】“出尔反尔”是我们今天常用的一个成语,用来形容某些人言行前后矛盾,反复无常,一会儿这样说,一会儿却又自己推翻,另搞一套。这句成语的来源就是孟子引用曾子的这句话。但曾子的原意是:“出于你的是怎么样的态度,反过来对待你的也一定是同样的态度。”孟子在文中引用曾子的话时,就是引用的这个意思。当时,邹国和鲁国发生纠纷,邹穆公问孟子说:“这一次冲突,我的官员牺牲了三十三个人,而老百姓都没有一个为此牺牲的。杀了他们吧,又杀不了那么多;不杀吧,又十分气愤他们瞪着眼睛看着长官去死而不去救。您说我该怎么办呢?”孟子就回答道:“灾荒年岁,您的百姓,年老的弃尸于山沟荒野之中,年轻力壮的四处逃荒,这样的人大概有几千吧。可您的谷仓里堆满粮食,库房里装满了财宝,这种情形,您的官员们却谁也不来禀告,这是在上位的残害百姓。曾子说‘要提高警惕!你怎样去对待人家,人家反过来就会怎么对待你’。现在百姓找着报复您的机会了。您不要责怪他们，只要你施行仁政，您的百姓就一定会爱护他们的上级，情愿为他们的长官牺牲生命了。”

当今之时，万乘之国行仁政，民之悦之，犹解倒悬也。

【注释】《孟子·公孙丑上》。倒悬：形容非常困苦。

【解析】孟子所处的战国时代，列国攻伐，强国争霸，人民生活在水深火热之中，孟子认为当时的年代正是王者实行仁政统一全国的最好机会。他说：“老百姓被暴虐的统治所折磨，从来没有比现在更厉害的。肚子饥饿的人不苛择食物，口渴难耐的人不苛择喝的东西。”所以，当时的王者只要施行仁政，就会得到人民的欢迎，就好像将人民从倒悬之苦中解救出来一样。

我善养吾浩然之气。

【注释】《孟子·公孙丑上》。知言：指尽心知性。浩然：盛大流行之貌。

【解析】儒家注重自己内心的道德修养。孟子的“我善养吾浩然之气”就是一种内心的道德修养方法。在这里，“气”是指一种主观的精神状态，它“至大至刚”，“塞于天地之间”，纯由内心“集义所生”，不待外求。后世把孟子所说的“浩然之气”理解为一种最高的正气和节操。如文天祥在诗中说：“天地有正气，杂然赋流形……于人曰浩然，沛乎塞苍冥。”培养自己的“浩然之气”也是我们现在提高自己道德修养的标准之一。

出于其类，拔乎其萃，自生民以来，未有盛于孔子也。

【注释】《孟子·公孙丑上》。类：同类。萃：聚，群。

【解析】孟子在这段话中把自己对圣人孔子的悦服表达得淋漓尽致。他先用“麒麟与走兽”“凤凰与飞鸟”“泰山与小土堆”“河海与小水流”来比喻“圣人与民”的区别。然后说孔子是亘古以来最出类拔萃的优秀人物。成语“出类拔萃”就源于孟子的这段话。

祸福无不自己求之者。

【注释】《孟子·公孙丑上》。

【解析】孟子说：“如今国家没有内忧外患，追求享乐、怠惰游玩，这等于是自己寻求祸害。祸害和幸福都是自己找的。《诗经》中说：‘我们永远要与天命相配，自己去追求更多的幸福。’《太甲》中也说：‘天降下的灾祸还可以躲避，自己作的罪孽，逃也逃不掉。’正是说的这个道理。”孟子的这段话对我们今天的人来说也有深刻的警示意义。

以不忍人之心，行不忍人之政，治天下可运之掌上。

【注释】《孟子·公孙丑上》。不忍人之心：即指同情心。不忍人之政：即指同情别人的政治。

【解析】孟子主张实行仁政。他认为：每个人都有同情心。先王有同情心，所以他才能行使同情别人的政治。用同情心来行使同情别人的政治，治理天下就像在手掌中运转小球一样容易了。“以不忍人之心”行“不忍人之政”，就是孟子提倡的“仁政”。孟子的“仁政”思想虽然不符合当时国君的治国理念，但从某种程度上来讲却符合人民的愿望，具有进步性。

恻隐之心，仁之端也；羞恶之心，义之端也；辞让之心，礼之端也；是非之心，智之端也。人之有四端也，犹其有四体也。

【注释】《孟子·公孙丑上》。恻隐：同情。端：端绪，萌芽。

【解析】仁、义、礼、智是儒家崇尚的四种伦理道德。孟子认为这四种伦理道德起源于人本身所具有的恻隐、羞恶、辞让、是非之心，这就是仁、义、礼、智的四端，它就和人体的四肢一样，是人生来就固有的。人们应该扩充这四端，就像使星星之火燃成燎原之势，使涓涓细流汇成长江大河，而不应使它自生自灭。

君子莫大乎与人为善。

【注释】《孟子·公孙丑上》。

【解析】对待别人所提的意见，有的人能够欣然接受，“有则改之，无则加勉”；有的人却一意孤行，不撞南墙不回头。孟子在这段话中说：“子路听到别人给自己提意见时，非常高兴。大禹听到了善言，就给人家敬礼。舜更是了不起，善于接受别人的优点，抛弃自己的缺点。他从种庄稼、做瓦匠、做渔夫一直到做天子，没有一处优点不是从别人那里学习来的。学习别人的优点来使自己行善，就是偕同别人一道行善，所以君子最高的品德就是偕同别人一起行善。“与人为善”作为成语流传下来，但我们今天所说的“与人为善”，与孟子的原意有一定差别，变成了与人和睦相处之意。

天时不如地利，地利不如人和。

【注释】《孟子·公孙丑下》。天时：有利的时令，气候条件。地利：有利的地理条件。人和：上下团结、士气旺盛等。

【解析】孟子认为，在“天时”“地利”“人和”三者之间，“人和”是决定战争胜负的关键，即“天时不如地利，地利不如人和”。为了论证这一观点，他首先从进攻者的角度举例，说明“三里之城，七里之郭，环而攻之而不胜”的原因是“天时不如地利”。接着他又从防守者的角度，连用四个否定式排比句“城非不高也;池非不深也;兵革非不坚利也;米粟非不多也,委而去之”来说明“地利不如人和”。角度的转换,不知不觉,足见孟子运用语言的高超能力。

得道者多助,失道者寡助。

【注释】《孟子·公孙丑下》。寡:少也。

【解析】孟子认为,决定战争胜负的关键是“人和”,而要想达到“人和”的境界,就必须“得道”。所谓“得道”,就是要实行仁政,招揽民心,即“得道者多助,失道者寡助”。“道”之得失决定了人心的向背,自然也就决定了战争的胜负。孟子说:“寡助之至,亲戚畔之;多助之至,天下顺之。以天下之所顺,攻亲戚之所畔,故君子有不战,战必胜矣。”即只要“得道”,就一定能够打胜仗。孟子的这句话已成为卓绝千古的至理名言。

上有好者,下必有甚焉者矣。

【注释】《孟子·滕文公上》。好:喜好,爱好。甚:超过。

【解析】孟子这段话的大意是:“在上位的有什么爱好,在下面的人一定爱好得更加厉害。在上位人的德行好比风,在下面人的德行好比草,风向哪边吹,草就向哪边倒。”从这句话我们可以看出:居于上级人的言行是非常重要的,对于下属的言行往往有导向作用,因而做上级的人应该严于律己,给下级做出好的榜样。

为富不仁矣,为仁不富矣。

【注释】《孟子·滕文公上》引阳虎语。阳虎字货,鲁国正卿季氏的总管,事迹多见于《论语》。

【解析】孟子主张实行仁政,他认为贤明的君主要敬业、节俭、礼遇臣下。向民征税要依照一定的制度,不能乱摊派,乱收费。孟子还引用阳虎的话说:“要想发财就不能仁爱,要想仁爱就不能发财。”后来“为富不仁”这个词作为成语流传下来,用来形容那些靠剥削别人而发财致富的人都没有好心肠。

劳心者治人,劳力者治于人;治于人者食人,治人者食于人。

【注释】《孟子·滕文公上》。劳心者:指脑力劳动者。劳力者:指体力劳动者。食:动词,供养。

【解析】孟子认为:脑力劳动者管理、统治人,体力劳动者被人管理和统治;被统治者供养人,统治者被人供养。这是通行天下的共同原则。他还进一步举了尧、舜、禹的例子来说明脑力劳动者和体力劳动者的区别。如果联系《孟子》原文的意思来看,孟子的这句话是说人类社会的分工,除了耕植、纺织、陶冶之类的体力劳动之间的分工外,另外还存在着脑力劳动者和体力劳动者之间的分工,而这种分工的不同又决定了他们在社会上地位的不同。但孟子的这句话也有其不合理的一面,即他站在统治阶级的立场上,以社会分工的必要性来论证剥削制度的合理性,为统治者剥削压迫人民寻找理论依据,所以,几千年来,一直被封建统治者奉为金科玉律。

枉己者,未有能直人者也。

【注释】《孟子·滕文公下》。枉:使弯曲。直:使正直。

【解析】我们常说:“上梁 不正下梁 歪。”要想教育别人行得端,立得正,自己首先就要行得端,立得正。孟子的“枉己者,未有能直人者也”的意思就是说“自己本身不正直的人,没有能使别人正直的。”

居天下之广居,立天下之正位,行天下之大道。得志,与民由之;不得志,独行其道。富贵不能淫,贫贱不能移,威武不能屈,此之谓大丈夫矣。

【注释】《孟子·滕文公下》。广居:仁也。正位:礼也。大道:义也。淫:荡其心也。移:变其节也。屈:挫其志也。

【解析】战国时期,各国为了争夺土地和人口,互相征伐,天下无道。一切典章制度、道德规范都呈土崩瓦解之势。例如身为齐国君主的齐宣王在与孟子交谈时竟大言不惭地连说两句“寡人有疾,寡人好货”“寡人有疾,寡人好色”。正如孟子所说:“上有好者,下必有甚焉者矣。”在这样恶劣的社会环境 之中,孟子发出了振聋发聩的正义之声:“大丈夫应住天下最宽广的住宅——仁,应站天下最正确的位置——理,应走天下最光明的大道——义。得志时,同老百姓一起这样做;不得志时,自己一个人也要这样做。富贵不能乱其心,贫贱不能变其节,威武不能挫其志。”孟子的这句话已成为千古流传的名句。他“富贵不能淫,贫贱不能移,威武不能屈”的思想已深深融入中华民族博大精深的传统美德之中。

不以规矩,不能成方圆。

【注释】《孟子·离娄上》。

【解析】孟子主张以仁义治天下。他以“不以规矩,不能成方圆”“不以六律,不能正五音”来形象地说明“不以仁政,不能平治天下”的道理。构思巧妙,对仗工整,说理透彻。后来“不以规矩,不能成方圆”这句话就作为成语流传下来了。

天下之本在国,国之本在家,家之本在身。

【注释】《孟子·离娄上》。本:根本。

【解析】孟子说:“有句话大家都喜欢挂在口头上,说‘天下国家’。可见天下的基础是国,国的根本是家,而家的根本则是每个人。”现在我们常说“国家兴亡,匹夫有责”就是这个道理。

顺天者存,逆天者亡。

【注释】《孟子·离娄上》。顺:顺从。逆:违背。

【解析】孟子继承了我国古代从殷周以来就流传下来的天命观,认为“天”能致命于人,能决定人的命运。他说:“顺天者存,逆天者亡。”即顺从天的意志,就能生存,违背天的意志就会灭亡。我们今天所说的成语“顺天者昌,逆天者亡”就是源于孟子的这句话。

夫人必自侮,然后人侮之;家必自毁,而后人毁之;国必自伐,而后人伐之。

【注释】《孟子·离娄上》。侮:侮辱。伐:攻打。

【解析】孟子首先引用一个故事说:从前有个小孩唱道:“沧浪的水清啊,可以洗我的帽缨;沧浪的水浊啊,可以洗我的双脚。”孔子听了孩子的歌后就教育学生说:“水清就洗帽缨,水浊就洗双脚,这都是由水本身决定的。”然后孟子就说:“所以人必先有自取侮辱的行为,人们才侮辱他;家必有自取毁坏的因素,别人才毁坏它;国必有自取讨伐的原因,别国才会讨伐它。”我们今天所用的成语“自取其辱”就是来源于孟子的这句话。

自暴者,不可与有言也;自弃者,不可与有为也。言非礼义,谓之自暴也;吾身不能居仁由义,谓之自弃也。

【注释】《孟子·离娄上》。暴:害也。

【解析】孟子认为:自己残害自己的人,不能和他谈出有价值的话;自己抛弃自己的人,不能和他做出有价值的事。开口便非议礼义,这便叫做自己残害自己;认为自己不能居仁心,不能实践道义,这便叫做自己抛弃自己。我们今天所说的成语“自暴自弃”就来源于孟子的这段话,但意思已稍有不同,用来指那些自己不求上进,自甘落后的行为。

人之患在好为人师。

【注释】《孟子·离娄上》。患:毛病。好(hào):喜欢。

【解析】谦虚,是一个人的美德。每个人都有自己不懂的知识需要向别人请教。孔子说:“三人行,必有我师焉。择其善者而从之,择其不善者而改之。”(《论语·述而》)“知之为知之,不知为不知,是知矣。”(《论语·为政》)可现实生活中就有一些人总是不懂装懂,到处逞能,所以孟子说:“人之患在好为人师。”

人有不为也，而后可以有为。

【注释】《孟子·离娄下》。

【解析】孟子此语深刻地揭示出了“不为”和“有为”两者的辩证关系，讲的就是人只有有所不为，才能有所作为。有所不为的动因或目的是为了有所为。

世俗所谓不孝者五：惰其四支，不顾父母之养，一不孝也；博弈好饮酒，不顾父母之养，二不孝也；好货财，私妻子，不顾父母之养，三不孝也；从耳目之欲，以为父母戮，四不孝也；好勇斗很，以危父母，五不孝也。

【注释】《孟子·离娄下》。从：同“纵”。戮：羞辱。很：同“狠”。

【解析】仁、义、礼、忠、孝历来是儒家所倍加强调和推崇的。涉及到“孝”，几千年来演绎出很多动人的故事。孟子在这段话中，列举了当时世俗所公认的五种不孝行为。四体不勤，整天游手好闲，不赡养父母，是为一不孝；每天在外吃喝玩乐而不顾及父母，是为二不孝；外贪钱财，内宠妻子儿女却不顾及父母，是为三不孝；放纵耳目之欲，使父母蒙受羞辱 ，是为四不孝；恃勇斗狠，滋祸闹事而危及父母，是为五不孝。看一个人的孝道如何，是衡量其品性，乃至能否成就大事的试金石，试想一个连父母都不孝顺的人，对待其他的人能尽心事之吗？

孟子曰：“伯夷，圣之清者也；伊尹，圣之任者也；柳下惠，圣之和者也；孔子，圣之时者也。孔子之谓集大成。集大成也者，金声而玉振之也。”

【注释】《孟子·万章下》。振：收也。

【解析】孟子这段言论极其巧妙地运用了排比的手法，列举了伯夷是圣人之中清高的人；伊尹是圣人之中负责的人；柳下惠是圣人之中随和的人；孔子是圣人之中识时务的人。从表面看，伯夷、伊尹、柳下惠、孔子均属圣人。虽各有特点，但无根本的不同。但“孔子之谓集大成”一句，却说明了孔子是圣人之中的圣人，亦即他之所为圣人，是更高境界的圣人。人常云：识时务者为俊杰，孔子正是这样的识时务者。也就是说孔子能够根据事物发展的规律，正确处理矛盾的普遍性和特殊性的关系。孔子之识时务，可根据具体情况该“清”则“清”，该“任”则“任”，该“和”则“和”。孔子之谓集大成，也正是集中了“清”“任”“和”等各个方面，进而达到一种比较完备的程度和境界。“集大成”一词一直为后人所沿用。

鱼，我所欲也，熊掌亦我所欲也，二者不可得兼，舍鱼而取熊掌者也。生亦我所欲也，义亦我所欲也，二者不可得兼，舍生而取义者也。

【注释】《孟子·告子上》。舍：放弃。

【解析】孟子借鱼和熊掌的对比取舍，说明了舍生取义这一道理。“义”是儒家学说中重要的道德范畴。孟子认为，人对于生死的选择就像对鱼和熊掌的选择一样，固然求生是第一本能，但有时存在比生命更宝贵的东西，那就是“义”，为此必须舍生而取义。作为一个真正的人，绝不能贪生怕死而行不义之事。几千年来，中华民族的优秀儿女为了祖国的振兴，民族的进步，以舍生取义为座右铭，前赴后继，留下了许多脍炙人口的佳话。

仁之胜不仁也，犹水胜火。

【注释】《孟子·告子上》。

【解析】“仁”是孟子思想的重要内容之一，他力主仁政。孟子将“仁”和“不仁”的关系比作“水”和“火”的关系。水火不容，相生相克，但最终的结果肯定是水胜火，仁胜不仁。这完全符合事物发展的客观规律。正义必将战胜邪恶是每个人的良好愿望，更是事物发展的最终结果。佛家所宣扬的“善有善报，恶有恶报，非是不报，时辰未到”和孟子的这一论点有相同之处。都在给人以昭示或劝诫人们要积极向上，常怀仁心，多做善事，这才是本性，这样也才能长久。

天降大任于是人也，必先苦其心志，劳其筋骨，饿其体肤，空乏其身。

【注释】《孟子·告子下》。

【解析】孟子在说上段话之前，首先列举出虞舜、傅说、胶鬲、管仲、孙叔敖、百里奚等六位政治家在登上历史舞台，承担“大任”之前，都曾饱经忧患，走过一段艰难困苦的人生旅程，“舜发于畎亩之中，傅说举于版筑之间，胶鬲举于鱼盐之中，管夷吾举于士，孙叔敖举于海，百里奚举于市”。说明是坎坷的道路，险恶的环境，使他们的精神和身体受到严峻的考验和锻炼之后，最终才使他们脱颖而出，有所作为。接着在以上事例的基础上展开议论。他认为：上天将要把一项重大任务安排在某人身上时，一定要先磨炼他的意志，锻炼他的筋骨，使他在生活实践中经受种种考验，这样才会使他的心志坚韧，才智不断增长，为他承接“大任”创造条件。然后又进一步指出：一个人常常犯错误才会接受教训加以改正；一个人身处逆境，屡屡碰壁，心意困苦，思虑阻塞，才能奋发上进，有所作为。孟子的这段话发人深省，对我们今天来说仍有重要的启发：只有在逆境中不断磨砺自己，才能坚强意志，积蓄耐力和韧性，为以后的发展打下坚实的基础。

贤者以其昭昭使人昭昭，今以其昏昏使人昭昭。

【注释】《孟子·尽心下》。昭：明显。

【解析】孟子这句话的意思是：贤人教导别人，必先使自己彻底明白，然后才能使别人明白;现在有的人自己还模模糊糊,却以此去让别人明白。任何事情只有自己真正明白了,方好施教于人,说服于人或规范约束于人。否则,凭着一知半解去要求别人,其结果只能更糟,不但说服不了别人,连自己都会身陷尴尬境地。

民为贵,社稷次之,君为轻。

【注释】《孟子·尽心下》。

【解析】孟子思想的重要组成部分“民贵君轻”,体现在孟子的许多言论中。根据儒家这一思想,嗣后历朝历代的“得民心者得天下,失民心者失天下”“水能载舟,亦能覆舟”等至理名言数不胜数。而且从实践看,大凡在这方面真正做到,或者做得比较好的朝代或君王必是君贤士明,国盛民强,反之则社会动荡,民不聊生。这就是一个为官为政的定位问题,目的问题,对待人民的态度问题。

春秋无义战。

【注释】《孟子·尽心下》。

【解析】孟子这句话的意思是春秋时期没有正义的战争。孟子论事往往根据不同对象,采取不同的方法。有时深入浅出,不吝说教,举一反三,有时又言简意赅,一语中的。文中“春秋无义战”虽短短五言,却逼真地勾画出了春秋时期列国纷争,争王称霸,战事不断,到处大兴不义之师的时代画卷,把当时的时代特征概括得非常逼真,同时也说明了孟子对战争之厌恶。

尽信《书》,则不如无《书》。

【注释】《孟子·尽心下》。《书》:指《尚书》。

【解析】此句话的意思是:完全相信《书》,不如没有《书》。孟子此语运用朴素的辩证法,说明了绝对和相对的关系。对待《尚书》,以及对待其他事物,我们不能不信,但也不能全信,没有终极的真理。我们对待任何人和事都要客观地去认识,不能不加分析地一味迷信、崇尚,而失却自己的判断力。

敖不可长,欲不可从,志不可满,乐不可极。

【注释】《礼记·曲礼上》。敖:通“傲”,傲慢。从:通“纵”。傲慢之心不可滋长,欲望不可放纵,意志上不可自满,欢乐不可达到极点。

【解析】对于任何事情应适可而止,要不温不火,不即不离,所谓多一分则太多,减一分则太少,应该恰到好处,才能达到至美。

临财勿苟得,临难勿苟免。

【注释】《礼记·曲礼上》。面对财物不随便取;面对危难,该赴难的不苟且逃避。

【解析】君子爱财,取之有道,用之有度。绝不能为了些许利益而不择手段,无谓地去牺牲自己。应该懂得有所为,亦有所不为。

夫礼者,所以定亲疏,决嫌疑,别同异,明是非也。

【注释】《礼记·曲礼上》。礼,是用来确定亲疏的标准,判断疑惑不解的问题,分辨事物的同异,明确事理的是非的。

【解析】这里夸大了礼的作用,有些偏颇。但是"礼"的制定,确实对于维护社会秩序,规范人们的行为,修正人们的语言等有重要作用。

大学之道,在明明德,在亲民,在止于至善。

【注释】《礼记·大学》。大学:博学。道:宗旨,意义。前一个"明"是昭明、显现之义,后一个"明"是光辉、美好之义。亲:应为"新",更新之义。也有学者认为,亲,即团结之义,可备一说。止于:处于,终止于。

【解析】这句话开门见山,提出"大学"的宗旨即在于"明明德""亲民""止于至善",成为"大学"的三纲领。

古之欲明明德于天下者,先治其国。欲治其国者,先齐其家;欲齐其家者,先修其身;欲修其身者,先正其心;欲正其心者,先诚其意;欲诚其意者,先致其知。致知在格物。

【注释】《礼记·大学》。齐:管理、整治。正:端正、矫正。心:思想、意识。诚:使意念真诚。致:获取,拥有。格物:穷究挖掘事物的原理。

【解析】围绕"明明德"这一问题展开论述。明其美德,必先治理好国家;欲治理好国家,必先整治好其家;欲整治好其家,必先修养好品德;欲修养好品德,必先端正思想;欲端正思想,必先使意念真诚;欲使意念真诚,必须先获得广泛的知识。这番议论运用层递修辞方法,层层转折,层层深入,最后强调了学习,获得知识的重要性。

为人君,止于仁;为人臣,止于敬;为人子,止于孝;为人父,止于慈;与国人交,止于信。

【注释】《礼记·大学》。止于:终止于,指达到的境界。仁:仁爱。敬:尊敬。孝:孝顺。慈:慈爱。信:诚信。

【解析】主要论述君、臣、父、子、友各自应具备的品德,体现了儒家礼治的基本思想。为人君,应努力达到"仁"的境界;为人臣,应努力达到"敬"的境界;为人子,应努力达到"孝"的境界;为人父,应努力达到"慈"的境界;与国人交(即为人友之意),应努力达到"信"的境界。

好学近乎知,力行近乎仁,知耻近乎勇。

【注释】《礼记·中庸》。知:通"智"。力行:努力实践。

【解析】为孔子所言,主旨论君子修身问题。好学的品格近似于智,努力实践的品格近似于仁,知道羞耻的品格近似于勇。这是孔子所阐述的关于修身的三个内容,也是孔子对智、仁、勇的一个解释。

凡事豫则立,不豫则废。

【注释】《礼记·中庸》。豫:同"预",事前准备。立:成功。废:失败。

【解析】主旨论行道的方法。凡事预先有准备才能成功;没准备就要失败。这段内容运用对比的方法,使正确的做法更加显明突出,加强了论证的力量。

君子动而世为天下道,行而世为天下法,言而世为天下则。

【注释】《礼记·中庸》动:指全部的作为。道:楷模,榜样。行:指具体的行为。法:法式,样板。言:指言论,思想、政策。则:准绳,纲领。

【解析】君子的一切举动世代为天下人所称道;他的一切行为世代为天下人效仿;他的一切言行世代为天下人的法则。

青,取之于蓝,而青于蓝;冰,水为之,而寒于水。

【注释】《荀子·劝学篇》。

【解析】世界上的事物总是向前发展的,人也是一代更比一代强。这大概是亘古不变的真理。"青出于蓝而胜于蓝"已成为今天人们经常引用的名句。

君子博学而日参省乎己,则知明而行无过矣。

【注释】《荀子·劝学篇》。参:检验。省(xǐng):考察。知:同智。

【解析】君子学习渊博的知识,并且能经常注意检验考察自己的行为,那么他就会变得聪明,而行动上也就不会犯错误了。荀子鼓励人博学,这是一种极为进步的思想。不断地学习,而又能不断地反省自己,这与孔子的有关君子的修身思想是一致的。

不登高山,不知天之高也;不临深溪,不知地之厚也。

【注释】《荀子·劝学篇》。

【解析】这句话是讲亲身体验的重要性。只有亲身体验了的东西,才能更深刻地感受它。没吃过苦的人,不知甜的畅快;没经历过人生磨炼的人,不知人生的酸甜苦辣。天真的孩童,只懂得饿了需吃饭,困了需睡觉,而饱经沧桑的老人却对人生多了几分沉重的咀嚼与回味。

言有招祸也,行有招辱也,君子慎其所立乎。

【注释】《荀子·劝学篇》。说话有时会招来祸害,做事情有时会引来耻辱,君子须谨慎地对待自己的行动和立足。

【解析】阮籍"发言玄远,口不臧否人物",得以在司马氏羽翼丰满的乱世苟且偷生,而全其天年;嵇康性格耿直,以自己的行动显示了与司马氏的不合作,而被以"莫须有"的不孝之罪杀害。一正一反,足以说明君子处世当谨言慎行。人人应当记取的是于纷繁复杂的社会矛盾中游刃有余地穿行,必须要该说的再去说,该做的再去做,否则不仅自讨苦吃,也是自取灭亡。

不积跬步,无以至千里;不积小流,无以成江海。

【注释】《荀子·劝学篇》。跬(kuǐ):举足一次为跬,举足两次为步,故半步为"跬"。

【解析】积累无数个半步足以成就千里之途,小小的溪流汇聚而成江海,人类当以自身的坚韧去追求伟大的成功。凡事都应大处着眼,小处着手。

锲而舍之,朽木不折;锲而不舍,金石可镂。

【注释】《荀子·劝学篇》。如果雕刻一会儿就中断的话,连朽木都不能使它折断。如果坚持不停地雕刻,那么再硬的金石也可雕出花纹。

【解析】中国人崇尚顽强的毅力,像老黄牛一样对自己的事业兢兢业业,并坚信最后的成功定会到来。这是我们民族的美德。只要有"锲而不舍"的精神,世界上没有办不成的事。正像那句俗话说的:世上无难事,只怕有心人。

非我而当者,吾师也;是我而当者,吾友也;谄谀我者,吾贼也。

【注释】《荀子·修身篇》。非:否定,批评。是:肯定,推崇。贼:害。那些严厉批评我而恰当的人,是我的老师;那些热切肯定我的人,是我的朋友;阿谀奉承我的人,我认为他是我的敌人。

【解析】一个人若希望发展和进步,最需要的莫过于别人给予批评和帮助,其次需要的是对过去成绩的肯定,而言过其实的谄媚大概是不需要的。即便是忠言逆耳,我们也当以清醒头脑去接纳它。谄媚之言虽顺耳好听,但终究是糖衣炮弹,一旦被沾染,将是危险的。我们需要在不断发现错误和改正错误中获得自身的发展。

良农不为水旱不耕，良贾不为折阅不市，士君子不为贫穷怠乎道。

【注释】《荀子·修身篇》。折阅：亏损。市：指做买卖。怠乎道：不严格遵守正道。好的农民不因为缺水地旱而不耕田；好的商人不因为赔本而不做买卖，士人君子不因为贫穷而悖离于正道。

【解析】农民耕田，商人做生意，士人君子注重修身立德。既然这三种人各自选择了自己的生活道路，那么在遇到困难时，绝不能放弃自己的选择。尤其作为一个真正的君子，要能耐得住清贫，真正做到孟子所谓“贫贱不能移”。只要能够执着于心中的理想，物质上的艰难困苦往往可以忽略不计。颜回能够“一箪食，一瓢饮，身在陋巷”而不改其乐，就是因为他追求的是理想人格，而非一般人所看重的享受。

自知者不怨人，知命者不怨天；怨人者穷，怨天者无志。

【注释】《荀子·荣辱篇》。有自知之明的人不怪怨别人，懂得人偶然会碰上不幸的事，所以也不怪怨天。喜欢怪怨别人的人总是困穷而缺少办法；喜欢责怪天的人是没有志气的人。

【解析】人应当能坦然地面对一切困难，而不怨天尤人。只要自己努力付出过，争取过，即使结局依然不尽如人意，那么也没有必要为此耿耿于怀。“存在的就是合理的”，任何事物都有它存在的理由，任何结局的出现都有它的原由。得到了，我们高兴；失去了，我们也不要过分悲伤。凡事我们都应当靠自己去积极争取，而不应当怨天尤人，寻找客观理由为自己辩护。

形相虽恶而心术善，无害为君子也；形相虽善而心术恶，无害为小人也。

【注释】《荀子·非相篇》。形相：人的容貌，体态。心术：心地，思想方法。

【解析】长相一般但心地正直善良，这当然是不妨碍成为君子的；外表虽好但心术不正，长得再漂亮也只能是小人一个。这里实际是讲了一个外在美和心灵美的关系问题。一个人最重要的还是心灵之美。

人有三不祥：幼而不肯事长，贱而不肯事贵，不肖而不肯事贤。

【注释】《荀子·非相篇》。

【解析】荀子认为幼当事长，贱当事贵，不贤当事贤者。其中有正确的因素也有不正确的因素。幼当事长，这在中国社会是被认可了的伦理规范。而贱当事贵则明显带有统治阶级的思想意识，为什么贫穷的农民就应当侍奉靠剥削富裕起来的贵族？人生而平等，为什么有的人必须为他人劳作？不贤的人应当侍奉贤人，这有一定的合理性，贤者在德行修养上有值得称道之处，不贤者可加以学习并充实自己。

人之所以为人者，非特以二足而无毛也，以其有辨也。

【注释】《荀子·非相篇》。辨：指人与人之间上下、贵贱、长幼、亲疏的等级区别。

【解析】人与动物之间的最重要区别不是形体上的区别，即不是因为人有二只脚而身上没有毛，人与动物之所以有区别，是因为人有思维。在思维的支配下，人用语言进行交流，用礼仪来规范社会秩序，形成了复杂的人类社会。而动物因为没有思维是做不到这些的。

不闻不若闻之，闻之不若见之，见之不若知之，知之不若行之。

【注释】《荀子·效儒篇》。

【解析】闻、见、知、行是荀子认识论的四个环节。而"行"即实践是其最高境界。这与"学以致用"的理论相符合。我们所学习的内容最终归宿是在实践中使用它，并利用它而创造价值。荀子告诉人们学习有不同的境界，闻、见、知层层递进，但最高境界是行。

为人主上者有不美不饰之足以一民也，不富不厚之不足以管下也，不威不强之不足以禁暴胜悍也。

【注释】《荀子·富国篇》。禁暴胜悍：禁止强暴，战胜凶残。一：统一。

【解析】荀子看到了强大经济后盾的重要性。经济落后，国家贫穷，民心就会混乱而难以统一。经济落后本身使一切行动变得都没有了说服力。所以，管理国家最根本之点是发展生产力，把经济搞上去。国家落后不仅难以服本国人心，而且，别国也敢于发兵侵略，此之谓"落后就要挨打"。荀子看到了美饰、富厚、威强的重要性，没有这些条件就不可能聚拢人，更不可能依赖大众的力量来成就大事。

天行有常，不为尧存，不为桀亡。

【注释】《荀子·天论篇》。自然界有它的运行规则，不因为尧的治世而存在，也不因为桀纣的乱世而灭亡。

【解析】这里的"天"就是指按一定规律运行的自然界。自然界的运行与人类社会的运行没有对应关系，所以不论社会处于尧的盛世，还是处于桀纣暴虐的乱世，自然依然循自身的规律运行。荀子的看法是科学的，不像有人曾把天当做有意志的神来加以崇拜，并且认为天可主宰人世的一切，天与人有某种契合和感应，而是强调人自身的努力，天是不会偏袒任何人的。

大巧在所不为，大智在所不虑。

【注释】《荀子·天论篇》。大巧之人不去做那种不能做的事情，大智之人不去考虑那种不能考虑的问题。

【解析】再巧妙的隐藏手段也不如压根就不做，真正有智慧的人是不去考虑那些没必要考虑的事。只有坚守正道，踏实地干自己的事，才是正确的人生。靠绞尽脑汁、投机取巧是成不了大事的。

天不为人之恶寒也辍冬，地不为人之恶辽远也辍广，君子不为小人之匈匈也辍行。

【注释】《荀子·天论篇》。匈匈：汹汹，形容声音杂乱、吵闹的样子。

【解析】大然界的运行规律是不以人的好恶而改变自己的。而君子特立独行于社会中坚持自己的理想，也不因为小人的聒噪而放弃自我的追求。人应当有生活的一贯原则，在这个一贯原则支配下再有所变通，如此才能成就长久的目标。否则，东风大随东风，西风大随西风，最终由于立场不坚定而造成自我价值的缺失。

人之性恶，其善者伪也。

【注释】《荀子·性恶篇》。伪：人为教化。人性本来是恶的，表现出善的一面是人为教化的结果。

【解析】荀子主张"人性恶"而孟子主张"人性善"，但两者的观点表面上虽对立，实质上是"一致而百虑，殊途而同归"的。荀子的人性是指人生而具有的食、色等自然欲求，这种自然欲求本身是"恶"的，须经社会人伦教化；而孟子的"善"是人的本性有为善的可能，即人的本性中有"仁""义""礼""智""信"等善端。由此可见，二人的观点并不相矛盾。执着于"性善"与"性恶"的论争似乎并没有多大意义，因为论争的概念本身不统一。

不知其子视其友，不知其君视其左右。

【注释】《荀子·性恶篇》。不了解他的儿子，看看他儿子结交的朋友就可以了；不了解他的君主，则看看君主身边的辅佐之臣就可以了。

【解析】"物以类聚，人以群分。"具有相同政治观点、文学观点和日常生活方式等的人往往结成团体，形成各种派别的团体。"竹林七贤"以诗酒为念，自任放达，不拘礼法，形成了他们独特的生活方式。由此观之，想了解一个人，先了解他的生活圈子和他所结交的朋友，不失为一种明智之举。然而，随着人类文明的演进，人们都带上了各种人格面具，可以和各种类型的人成为朋友，这无疑是对古人经验的挑战。

知莫大乎弃疑，行莫大乎无过，事莫大乎无悔。

【注释】《荀子·议兵篇》。知：智慧。弃疑：不用没有把握的人和计策。无过：无过失。

【解析】这句话是荀子对用兵打仗的看法，要求为将者做到使用兵力、谋划战略无失误。其实，这句话同样适用于我们的日常生活。我们往往在做事时容易犯错误，且犯错误之后又容易后悔。这是智谋不足的表现。

浅不足与测深，愚不足与谋知，坎井之蛙不可与语东海之乐。

【注释】《荀子·正论篇》。坎井：坏井。浅的东西不足以用来测量深的东西，愚蠢的人不足以参与智谋活动，废井里的青蛙是不足以与之谈论东海里的乐趣的。

【解析】太过愚蠢的人是不能与之共谋大业的，人和人外表都差不多，但有的人却极为浅薄，像井底之蛙一样，对待这种人，我们一笑了之，不必太过与他计较，不必用心太多去理会他，他智识不及，和他说也没用。

欲虽不可尽，可以近尽也；欲虽不可去，求可节也。

【注释】《荀子·正名篇》。尽：满足。欲望虽然没有尽头，不可满足，却可接近于满足；欲望虽然不可去掉，但却可以对它加以节制。

【解析】荀子承认人是有欲望的，这也是人的正常生理现象。但人也不能听任欲望的摆布，人虽不能完全摒弃欲望，但也应该加以节制。人若能节制自己的欲望，就会变得洒脱，心胸也会变得宽广与豁达，正所谓“无欲则刚”。

节俭则昌，淫佚则亡。

【注释】《墨子·辞过》。

【解析】孟子曾经说过：“忧劳可以兴国，逸豫可以亡身。”即日夜辛劳忧愁，国家就可以昌盛，辛劳之人当然懂得节俭；享乐淫佚，不懂什么叫辛劳，纵欲过度，便是自取灭亡。可见，墨家和儒家在这个问题上是有一致看法的。

官无常贵而民无终贱，有能则举之，无能则下之。

【注释】《墨子·尚贤上》。

【解析】当官的不会永远尊贵，做民的也不会永远低贱。有才能的就把他提拔起来，没有才能的就把他放下去。推崇贤人是为政之本，要想国家富，人民强，政治清明，就必须把有德有能的人选拔上来，不管他们的出身地位如何，也不管他们与王公大人的亲疏关系如何。管仲、百里奚等都是这种“唯才是举”政策下挖掘出来的贤才。

爱人者人亦从而爱之，利人者人亦从而利之，恶人者人亦从而恶之，害人者人亦从而害之。

【注释】《墨子·兼爱中》。

【解析】生存于世间的人当怀有一颗真诚正直之心，以自身博大的胸怀去爱人，去为别人尽量做一些有益之事，那么你自然会得到他人的首肯，你自己也会为此而自豪。倘若你总想着自身的利益，为达目的，不择手段，时时处处在损害他人的利益，久而久之，你会为此而付出代价。不要总是抱怨自己得到的很少，应学会付出，付出之后才会得到回报。

仁者之为天下度也，非为其目之所美，耳之所乐，口之所甘，身体之所安。

【注释】《墨子·非乐上》。

【解析】在墨子看来，具有仁德之心的君子应该以天下为己任，为国家的安定和人民的富裕去劳心费力，而不能仅仅考虑自己的享乐。这说明墨子是个极具同情心的仁人君子。

道可道，非常道；名可名，非常名。

【注释】《老子·第一章》。前一个“道”指老子哲学的本体；后一个“道”是称道、言说的意思。前一个“名”是单纯的“名字”的意思；后一个“名”是给事物命名。能够用言语来表述的“道”，就不是宇宙的最高准则；能用具体的名字来给某一事物命名，已经不是原来意义上的事物的名称了。

【解析】这句话是老子道家哲学中的一个重要命题。首先，他指出了“道”是不可言说的宇宙本体，任何语言在“道”的面前便会非常苍白。用具体的名称给事物命名，永远达不到事物的本质。即作为宇宙最高准则的“道”精妙无形，不可捉摸，任何说明表述都是对它的近似描绘，如果要做到名与实的天衣无缝，几乎是不可能的。这与禅宗所谓“教外别传”“不立文字”有一定的相通之处。他们都说明了语言的局限性。

圣人后其身而身先，外其身而身存。非以其无私邪？故能成其私。

【注释】《老子·第七章》。身：自身，自己。后其身、外其身都是不为自身的意思。后其身：即不争先；外其身：即不顾其身。圣人不争先而能处在靠前的位置，不顾其自身却能很好地保全自身，难道不是因为“后其身”和“外其身”才做到“身先”和“身存”吗?

【解析】它不是在歌颂圣人的“大公无私”,而意在说明无为、不争之德的好处。其中有辩证法的影子。春秋末期,五霸争雄,各自以实力相较,都希望“身存”和“身先”,而在争斗中往往两败俱伤,不争却保存了实力,最终赢得胜利。有道是“枪打出头鸟”,在竞争中太出众,便会引来众多的敌人,成为众矢之的,使自己无形中处于敌对势力的包围之中。相反,那些退缩在后、待机而动的人,倒能游刃有余,往往最终成为争夺战中的胜者。这里包含了权变之术。

金玉满堂,莫之能守。富贵而骄,自遗其咎。功遂身退,天之道也。

【注释】《老子·第九章》。遗:遗留。咎(jiù):祸殃。天之道:天道损益的规律。满屋子的金玉财宝,并不能长久保持。由富贵而生娇纵之心,是自己给自己遗留祸殃。大功告成而自身就应隐退,这是天道损益的自然规律。

【解析】苏辙说:“日中则移,月满则亏,四时之运,功成者去,天地尚然,而况人乎?”老子看到了物极必反的规律,事物发展到极端,必然走向自己的反面。事业成功,居功自傲,一定垮台;富贵亦然,自恃富贵,骄奢淫逸,必遭祸殃。这句主旨就是教给人们如何避免灾祸。灾祸的原因就是人们好走极端,从而违反天道损益的规律。古代这样的例子不胜枚举。范蠡功成身退,畅游五湖,泛舟江上与清风明月相伴,落得个逍遥自在,全身免祸,这是功成身退的典型。

大道废,有仁义;智慧出,有大伪;六亲不和,有孝慈;国家昏乱有忠臣。

【注释】《老子·第十八章》。

【解析】老子是古代社会的一个智者,他看透了社会的全部内涵,洞悉了社会的所有丑恶。于是,作为一个觉醒者,他总在探索解决问题的良方——“道”,即无为。顺物之性,自然无为才能无不为。然而,他却又走入了另一个极端,否定仁义、智慧和孝慈。认为只有国家昏乱、大道废弛之时,人们才意识到仁义、智慧和孝慈的重要性。即社会舆论所大力提倡的“反”倒是社会最缺少的东西。尽管如此,老子的认识还是深刻的。

知人者智,自知者明;胜人者有力,自胜者强;知足者富,强行者有志;不失其所者久,死而不亡者寿。

【注释】《老子·第三十三章》。强:果决。强行有勤行的意思。死而不亡:身没而道犹存。能够认识别人的人是机智的人,能够了解自己的人才算是高明的人;能够战胜别人的人是有力量的人,而能够战胜自己的人才称得上一个真正意义上的强者;知道满足的人可称得上一个富裕的人,勤于努力永不懈怠的人是有志气的人;不离开根本之点的人才能长久,身没而道犹存的人才可说是真正的长寿之人。

【解析】这里重在阐述个人修养的问题。他给个人提出几个很高的修养标准:“自知”“知人”“自胜”“胜人”“知足”“强行”“不失其所”“死而不亡”,而他更推崇“自知”和“自胜”。在人类的认识活动与创造活动中,想的更多的是“知人”与“胜人”,却很少考虑“自知”与“自胜”。在某种程度上说来,“自知”和“自胜”更具有决定意义。“人贵有自知之明”,人一旦给自己定了一个准确的位置,在其人生观、价值观的取舍上便不会有太大的偏差。同时“人最难战胜的往往是自己”。

柔弱胜刚强。鱼不可脱于渊,国之利器不可以示人。

【注释】《老子·第三十六章》。利器:国家的权势策略。柔弱能胜过刚强。鱼不可以离开深渊。治理国家的方略不可以随便让人知道。

【解析】老子总是以“弱”的方式来与“强”者相对抗。“弱”是他的斗争方式,他认为柔弱在某种程度上可以战胜刚强。

大巧若拙,大辩若讷。

【注释】《老子·第四十五章》。最灵巧的东西好像是笨拙的一样,最杰出的辩才好像是口讷一样。

【解析】任何事物到极点之后,必然向其对立面转化。真正的大巧,是朴拙,在外表上表露的是“拙”。真正的善辩,表达仿佛很笨拙。

祸莫大于不知足;咎莫大于欲得。故知足之足,常足矣。

【注释】《老子·第四十六章》。最大的祸患莫过于不知足,最大的过错莫大于贪得无厌。所以知道满足的人,永远是满足的。

【解析】“知足者常乐”,这是一种较高层次的精神状态。芸芸众生,竞相争逐,无非是为满足生命之欲。老子教人常知足,知足的人永远满足,也因而显得富足。欲壑难填,人的欲望之谷,永远无法填平,倘若不以正确的心态对待之,势必陷入无尽的争执与苦痛之中。生活的真正意义,并不在于你拥有多少。

祸兮,福之所倚;福兮,祸之所伏。

【注释】《老子·第五十八章》。灾祸之中,已有幸福蕴藏;幸福之中,已有灾祸存在。

【解析】看问题不能太绝对化。要善于从福中看到祸,从祸中看到福。当陷入困境时,没有必要沮丧;当取得成功时,也绝不能骄傲自大,沾沾自喜。人世纷争,变幻莫测,真可谓“天有不测风云,人有旦夕祸福”。譬如,困难在某种程度上说来，是一件好事，他可以使一个人变得成熟；养尊处优，一帆风顺，往往导致一个人意志薄弱。

治大国，若烹小鲜。

【注释】《老子·第六十章》。小鲜：小鱼。治理大国，好像煎小鱼一样。

【解析】这个譬喻，在中国传统政治思想上产生了重大而深远的影响。他告诫统治者，为政之要在于“清静无为”，安静无扰。若能“清静无为”，便能使人人各遂其愿而相安无事。

江海之所以能为百谷王者，以其善下之，故能为百谷王。

【注释】《老子.第六十六章》。江海之所以能够汇集一切溪流成为所有河流之王，是因为它善于处在溪谷的下游，因此即能汇溪流成为小河王。

【解析】这是用日常生活中的自然常识来暗喻人道。江海以“善下”而成为“百谷之王”，人君也当以“善下”的原则对待万物，对待百姓。骑在人民头上作威作福的，人民把他摔得粉碎；甘愿给人民当牛作马的，人民把他举得高高。秦始皇实行君主专制，压制百姓，二世而亡。唐朝建国之初，推行仁道政治，走了上“贞观之治”的大道。

我有三宝：一曰慈，二曰俭，三曰不敢为天下先。

【注释】《老子·第六十七章》。慈：慈爱。俭：俭约。我永远有三件珍宝，第一件是慈，第二件是俭，第三件是不敢为天下先。

【解析】这里体现了老子保守哲学的原则。

祸莫大于轻敌，轻敌几丧吾宝。故抗兵相若，哀者胜矣。

【注释】《老子·第六十九章》。祸害再没有比轻敌更大的了，轻敌几乎丧失了我所有的宝器。所以，举兵相战，双方力量相当，那悲的一方必定取得最后的胜利。

【解析】骄兵必败，哀兵必胜。这已是一句流传千古的名言了。

圣人自知不自见，自爱不自贵。

【注释】《老子·第七十二章》。圣人有自知之明而不自我表现，自爱自重却不矜骄。

【解析】一个有学识的人绝不自我炫耀，这正是“桃李不言，下自成蹊”；一个有见识的人自重自爱却不矜骄自贵。相反，那些浅薄的人，有若井底之蛙，所见甚小却喋喋不休，自夸不止。而那些自不量力的人，往往容易高估自己的能力与价值。

毛嫱、西施，人之所美也；鱼见之深入，鸟见之高飞，麋鹿见之决骤。

【注释】《庄子·齐物论》。决骤：快速奔走。毛嫱和西施是人们公认的美女，然而，鱼看到她们之后沉入水底，鸟见到她们高飞到天上，麋鹿见到她们则快速奔走。

【解析】这里庄子在说明一个道理：人有各自的是非评判标准，不能强求一律。对人来说像毛嫱、西施那样的美女是人见人爱的，谁都想多看几眼，而鸟、鱼和麋鹿见到她们却无动于衷，该沉则沉，该飞则飞，该驰骤则依然驰骤。

以无厚入有间，恢恢乎其于游刃必有余地矣。

【注释】《庄子·养生主》。牛的骨节之间有间隙，刀刃薄而无厚度，用无厚度的刀刃去深入有空隙的牛骨节，使刀刃有充分的回旋余地。

【解析】成语"游刃有余"就源于此。比喻做某件事情时，条件很充分，有广阔的回旋余地。

人皆知有用之用，而莫知无用之用也。

【注释】《庄子·人间世》。人们都知道有用的事物的用处，但却不知道看起来无用的事物用处。

【解析】这里庄子提出了辩证地看待问题的认识方法，凡事有有利的一面，也有不利的一面；反之亦然，有些看起来不好的事，对我们也有有利的一面。事物没有绝对的无用，利和弊往往统一于同一事物中。

得者，时也；失者，顺也。安时而处顺，哀乐不能入也。

【注释】《庄子·大宗师》。人之所以得生，是适合时机所致；死去，也是顺应自然的结果。能够安心适时而顺应变化的人，哀乐的情绪不会侵入到心中。

【解析】生死是顺应自然的结果。庄子把对生死的旷达态度引申到对待得失的问题上。得到是造化，得不到或失去了，也必定有其理由。凡事以豁达的胸怀来对待，那么就能等闲对待喜怒哀乐，能够做到内心平静。

彼窃钩者诛，窃国者为诸侯，诸侯之门而仁义存焉。

【注释】《庄子·胠箧》。那些偷窃带钩之类的小东西的人遭到了刑戮，而盗窃整个国家的人反倒成了诸侯，诸侯的家里也就有了仁义。

【解析】当时统治者之间相互争夺讨伐，为了取得自己的利益不择手段。然而，自古以来，"成者王侯败者寇"，窃取国家王权的人为了维护自己的统治，便用虚假的“仁义”来骗取人民的信任，在表面看来，他们是恪守仁义道德的。庄子一针见血指出病苦，并想引起疗救者的注意。他大胆抨击当时社会的勇气是令人佩服的。可见，庄子是个大智者，这个智者不怕王权，敢于蔑视卑劣并居心不良的统治者。

子非我，安知我不知鱼之乐？

【注释】《庄子·秋水》。

【解析】这是庄子与惠子交谈中庄子的一句话。双方以富有哲理性的语言探讨了鱼之乐。庄子与惠子共同在濠梁之上畅游，庄子看到鱼出游从容，便认为鱼很快乐，而惠子紧接着反问：“你不是鱼，你怎么会知道鱼的快乐呢？”庄子以卓绝千古的回答显示了作为一个智者的深邃思想：你不是我，你怎么会知道我不知道鱼的快乐呢？惠子与庄子的不同，显示了庄子分析事物的艺术心态。

直木先伐，甘井先竭。

【注释】《庄子·山木》。

【解析】庄子认识到了“锋芒毕露”所带来的负面影响。生存于世间，须讲求得当的处世方法。

君子之交淡若水，小人之交甘若醴；君子淡以亲，小人甘以绝。

【注释】《庄子·山木》。君子之间的交情淡薄得像水一样，小人的交情甘美得像甜酒一样；君子淡薄却亲切，小人甜蜜却易断绝。

【解析】日常生活中，我们提倡朋友之间的真诚与彼此间的信任，把友谊建立在互助互爱的基础上。那种势利之交的小人，为大多数人所不齿。小人把友谊建立在相互利用的基础之上，如若一方由于某种原因，失去了其原有的利用价值，另一方会立刻中断这种友谊。

天地有大美而不言，四时有明法而不议，万物有成理而不说。

【注释】《庄子·知北游》。明法：清楚的规律。天地有大美却不言语，四时有明显的规律却不议论，万物有生成的道理却不说出。

【解析】天地、四时、万物符合于道的“自然无为”的规律。它们有大美，有规律，有道理却不炫耀自己。引申到社会人世，世俗的人们往往以小作为而要名取誉，口若悬河地加以宣扬，其实这是极为浅薄的表现。“知者不言，言者不知”，真正的智者，不是肆无忌惮地自吹自擂，而是做出成绩，让人们从内心里佩服。

人生天地之间，若白驹之过郤，忽然而已。

【注释】《庄子·知北游》。白驹：阳光，郤（xì）：隙。人在宇宙天地之中生存，好像阳光掠过缝隙那样一瞬间罢了。

【解析】庄子在此感叹人的生命的短暂，人的生命与宇宙相较，恰如一道流星划过天空便迅速陨落。

身在江海之上，心存魏阙之下。

【注释】《庄子·让王》。魏阙：宫殿之门，荣华富贵的象征。隐身在江海之上，心中却念念不忘朝廷之事和个人的荣华富贵。

【解析】这句话成了批判假隐士之流的武器。他们虽然表面上看来，视富贵如浮云，视金钱如粪土，然而骨子里向往的是“封妻荫子”“加官进爵”“荣华富贵”。他们把“归隐”作为进身的方式，以退为进，从而达到个人目的。

好面誉人者，亦好背而毁之。

【注释】《庄子·盗跖》。

【解析】人很复杂，其中有一类人，好当面阿谀他人，却又喜欢在背后诋毁人。这种人品质不好，我们应该有识别人的能力。

诚有功则疏贱必赏，诚有过则虽近爱必诛。

【注释】《韩非子·主道》。确实立了功劳，则即使是关系疏远的和出身微贱的也一定要给予奖赏；确实犯下过错，则亲近的人也一定要惩罚。

【解析】这句是说君主必须做到赏罚分明，有功必赏，有过必罚，才能使功臣更加克尽职责，使奸臣害怕刑罚而不敢为恶。韩非还特别强调，要做到赏罚分明，就必须无论亲疏贵贱一视同仁。疏贱者有功必赏，近亲者有过必罚，这样才能使所有臣民竭尽全力尽忠于主上。

国无常强，无常弱。奉法者强则国强，奉法者弱则国弱。

【注释】《韩非子·有度》。国家的强弱不是一成不变的，关键是看执法者在执法时是刚强还是软弱。

【解析】韩非特别重视法在治国中的重要作用。在他生活的那个时代，法律并不像今天由国家的立法机关制定，反映人民群众的愿望和要求，那时的法律由君主等少数统治者制定，完全是用来镇压人民、维护君主统治的工具。执法者当然也就是少数的统治者。他们的话具有和法律一样的效力，法律不过是他们手中的工具。所以，韩非强调执法者必须铁面无私，坚决执法，毫不留情，加强以法治国的力度，才能实现富国强兵的目的。

事在四方,要在中央;圣人执要,四方来效。

【注释】《韩非子·扬权》。四方:指臣民。中央:指君主。圣人:指君主。要:指君权。效:效力。这句是说要加强中央集权,把权力集中于君主,以统治百姓。

【解析】这句话的主旨就是要把国家权力集中于君主一身,让四方臣民都为君主效劳。这一理论是法家思想的精髓。秦始皇统一中国后,在政治体制上采用的就是韩非这种中央集权制。秦以后的中国封建王朝,全都是建立在这种体制之上的,历代对中央集权都有进一步的发展,到明清时期,中央集权的君主专制制度得到空前发展。

夫物之待饰而后行者,其质不美也。

【注释】《韩非子·解老》。本质美则不必修饰,过于修饰的东西,本质不美。

【解析】本质至美之物如和氏璧、隋侯珠不需要外物的修饰,一样被人奉为至宝。而专于外在修饰的东西,其本质则不美,是以外在修饰而取悦于人。法家学说是最务实的治世学说,所以他们只重事物的本质。儒家讲礼义,所以儒家强调文质并重。

奔车之上无仲尼,覆舟之下无伯夷。

【注释】《韩非子·安危》。奔车、覆舟:指危乱之国。仲尼:即孔子。伯夷:是历史上有名的贤者。

【解析】这句说像孔子、伯夷这样既有智慧又有修养的贤人是不会让自己失足的,他们行为谨慎,能够避开祸患。

安危在是非,不在于强弱;存亡在虚实,不在于众寡。

【注释】《韩非子·安危》。国家安危取决于政策是否得当,不在于强弱;存亡取决于国力虚实,而不在于人数多少。

【解析】国力强大并不是国家巩固的惟一条件。很多大国君主丧失政权或为他国所灭。总结原因,关键在于国家政策是否得当,在于国家内部的虚实情况。政策得当,人民安居乐业,百官尽职尽责,上下相安,社会稳定,国家会保持安定稳固的局面。政策不当,官吏结党营私,欺压百姓,社会混乱,国家也就无法稳固。有些国家虽然看似强大,但它内部空虚,缺乏实力,国家也不会长治久安。

明君之所以立功成名者四:一曰天时,二曰人心,三曰技能,四曰势位。

【注释】《韩非子·功名》。明君能够立功成名的条件有四:一是得天时,二是得人心，三是利用他人的技能，四是造成个人的威势。

【解析】这四条是立功成名的条件，其中包括孟子所说的天时和人和。天时是客观条件，君主要善于掌握时机，做事不违背自然规律。人心向背是君主能否成就功名的关键，聪明君主必须采取有利于人民的措施，减轻徭役赋税，不穷兵黩武，以此获得人民的支持，这是明君建功立业最重要的条件。君主还要善于任用有才能的人，让他们发挥所长，为国家服务。君主还要造成威势，君威不可侵犯，让臣民服从于自己的领导。具备这四点，君主就可以成大功而名流后世了。

恃人不如自恃，人之为己，不如己之自为。

【注释】《韩非子·外储说右下》。恃：依靠。

【解析】每个人必须有独立的精神。凡事依赖他人，不是长久之计。依靠自己的能力解决问题，无求于人，不欠人情，普通百姓，可以堂堂正正地做人；群臣众吏，可以刚正不阿，奉公守法。鲁国宰相公仪休喜爱吃鱼，国人都争相买鱼献给他，但公仪休从不接受。他弟弟问他："你既然爱吃鱼，为什么不接受别人的馈赠?"公仪休说："我吃了别人的鱼，就会徇情枉法，替人说话，这样，我的宰相地位也会被剥夺，怎如我当宰相，每天自己买鱼吃，这样才会常有鱼吃。"说得也就是这个道理。

明主不养恩爱之心，而增威严之势。

【注释】《韩非子·六反》。

【解析】这句话中的"恩爱之心"也就是儒家所提倡的以"仁义"为治的思想。韩非通过对社会现象深刻地观察和分析，认为君主必须严格地以法治国，而仁义治国是不切合实际的。君主实行严刑峻法，令行禁止，才能驾驭臣民，治理好国家。

王术不恃外之不乱也，恃其不可乱也。

【注释】《韩非子·心度》。王术：王者治国之术。外之不乱：外国不扰乱。

【解析】能够成就王霸之业的君主治理国家，不去依靠敌国不来干扰，而是依靠自己的国家不怕外敌干扰。君主治国一定要致力于发展国家的经济军事力量。衰弱则要受辱，落后就会挨打。只有国家强大起来，才能有足够的力量抵御外敌的侵略和干扰。如果君主只想靠侥幸逃过外敌侵扰而保持国泰民安，那是不可能的。

拘礼之人不足与言事，制法之人不足与论变。

【注释】《商君书·更法》。拘礼：为礼所拘。制法：为法律所限制。二者都是指拘泥于旧制度，不知变通的人。

【解析】倡导改革的人必须是善于变通的人。死抱住旧的制度不放，谨言慎行、不敢越雷池一步的人，满足于方寸天地，永远不会有任何的作为。真正的改革者都具有开放的意识，大胆的创新精神。他们的思想远比一般人要深刻得多，他们能观察到旧制度的种种弊端，不满于这些弊端，所以要求变更旧制度。他们不会为旧制度所限制，具有大胆的创新精神，凡事实事求是，于国于民有利则行，无利则止。

治世不一道，便国不必法古。

【注释】《商君书·更法》。治理国家的方式不是只有一个，只要有利于国家就可以不必效法古人。

【解析】商鞅变法时，有许多人死守古训，认为先王之法不可改变，国君只能依循旧制度来治理国家。商鞅指出时代不同，治国之道也不同。伏羲、神农治理国家，对人民只是实行教化，而没有诛杀之刑。黄帝、尧、舜只是诛杀罪大恶极的人。文王、武王都是按时代需要而设立法制。商鞅指出，凡是有成就的君主都能不拘泥旧制，法律制度应该依据现实情况而定。

以战去战，虽战可也；以杀去杀，虽杀可也；以刑去刑，虽重刑可也。

【注释】《商君书·画策》。以战去战：用战争消灭战争。以杀去杀：用杀人制止杀人。以刑去刑：用刑罚去除刑罚。

【解析】与儒家的仁政相反，法家充分认识到了暴力的巨大作用。在一个充满战争杀伐的世界里，正义如果想战胜邪恶，就必须使用暴力手段，单纯的仁义道德说教是发挥不了作用的。严刑重罚虽然表面看起来是刻薄寡恩，但它严厉惩罚那些违法的人，从而减少了整个社会的犯罪行为，最终受益的还是广大民众。

天下非一人之天下也，天下之天下也。

【注释】《吕氏春秋·贵公》。

【解析】这一句是讲治国的道理的。当时在人们的思想观念中已经不再尊天而开始尊人了，这在诸子的众多典籍中都能找到证据。最为鲜明的是孟子的“民为贵，社稷次之，君为轻”的提法。而当时的秦国正在极力加强君主专制集权，这虽然是社会发展的必然趋势，但终究有其弊端，故而有人便以这一命题对此现象进行批判，因为就像阴阳和合而生万物，甘露时雨滋润万物一样，要想得天下就必须“无偏无党”。以至公至正之心对待万民，不以为天下是自己一个人的天下，以天下利己，而认为天下是天下人的天下，以天下利天下人，这样天下人才能拥护你，你才能得天下。这句话后来被明末清初的启蒙思想家们借鉴，用来反对君主专制统治。

天无私覆也，地无私载也，日月无私烛也，四时无私行也，行其德而万物得遂长焉。

【注释】《吕氏春秋·去私》。遂：成就。天地、日月、四时，以其无私的功德使得万物成长壮大。

【解析】公与私是一对对立的矛盾，要得公，就得去私，去私即可得公。《去私》一文的目的就是要使那些有志于成就宏图霸业的国君们知道：要得天下，就得去私就公。怎样才算公呢？尧有十个儿子，不传位给子却传给舜；舜有儿子九人，不传位给子而授禹，这是因为尧、舜知道天下不是自己一个人的天下，而是天下人的天下，所以只能择取贤能的人传位给他，这算是君王中的至正至公者了。

天生人而使有贪，贪有欲，欲有情，情有节。

【注释】《吕氏春秋·情欲》。情：情欲。节：节制。

【解析】天生下来，人就有生存的权利。饿了要吃，渴了要喝，冷了要穿衣，累了要休息。再进一步，耳想听五音，目想看五色，口想尝五味，这些都是人的本性，不论好人坏人，聪明不聪明，都有这些欲望。圣人高明于凡夫俗子的地方就在于他懂得节制。这些欲望可给人身带来益处，但过度了就会伤害人，人应该在珍惜自己生命的基础上合理地满足自己的欲望。只有那些懂得节制的人，才能有长寿之身，长久地占有声色滋味。

染于苍则苍，染于黄则黄，所以入者变，其色亦变，五入而以为五色矣。故染不可不慎也。

【注释】《吕氏春秋·当染》。

【解析】人只有通过学习，才能获得知识。可是“吾生也有涯，而知也无涯”，以“有涯”的生命学“无涯”的知识，就不是一件易事了。一个人除了学习书本知识，还要向你周围的人学习。俗话说“三个臭皮匠，顶个诸葛亮”“二人智慧胜一人”，也就是说广泛地听取别人的意见与想法。因为他们的想法与意见都是他们总结实践经验的结果，我们从中可以高效地学到有用的知识。那么与什么人结交，听什么人的意见？毕竟他们的意见与想法渗入了他们的感情，代表了他们的利益。孔子在说“三人行必有我师”的同时又说“择其善者而从之，其不善者而改之”。与人结交不当可致身死，国君择臣不当可致国灭，历朝历代，身死国灭者不可胜数，所以说：“染不可不慎也。”

欲胜人者必先自胜,欲论人者必先自论,欲知人者必先自知。

【注释】《吕氏春秋·先亡》。论:评价。

【解析】宋代大理学家王阳明说:“破山中之贼易,破心中之贼难。”意思是说:战胜别人容易,战胜自己困难,因为人往往是说话的巨人,行动的矮子,说起别人来一套一套的,可若拿说别人的话来对照自己,则会自惭形秽。孔子认为:“欲正人者,先正己,己正则孰敢不正。”这与此条不谋而合。

治世之音安以乐,其政平也;乱世之音怨以怒,其政乖也;亡国之音悲以哀,其政险也。

【注释】《吕氏春秋·适音》。平:公正,合于道。乖:谬,不合于道。

【解析】上篇言“侈乐”乃亡国之“乐”,那么“乐”有没有一个度呢?有。其音不能太大,也不能太小,不能太清,也不能太浊。为此阴阳家治乐者提出“衷”的概念,即“大不出钧,重不过石”。这样音乐就平和了。如果以平和之心听音乐,就可通过音乐表现出安乐、悲哀或怨怒的情绪来,从中可得知其国的民风民俗,从而知道其国的政治是否清明,反过来再通过音乐来教化人民,即“平好恶,行理义”。这种说法虽有夸大音乐功能的倾向,但他们提出了通过音乐表达人的感情,却是功不可没的。

祥者福之先者也,见祥而为不善则福不至;妖者祸之先者也,见妖而为善则祸不至。

【注释】《吕氏春秋·制乐》。祥:祥瑞。妖:怪异,不正常。即使祥瑞出现了,你不做好事,福气仍不会降临;纵使妖异出现了,你行遍好事,灾祸也不会发生。

【解析】到春秋末期,我们聪明的祖先在与大自然作斗争的过程中,已清楚地认识到了天并不能左右社会的发展。在社会发展过程中起重要作用的是人。作为统治阶级最高代表的君主更明白这一点,但他们不点破这一点,而是把祥瑞和妖异之兆作为上天的旨意来看待,用以欺骗人民。

兵,天下之凶器也;勇,天下之凶德也。

【注释】《吕氏春秋·谕威》。兵:兵器。兵是杀人的器具,所以是凶器,勇是用来威慑别人的,所以说是凶德。

【解析】君王之所以尊贵,就在于他可以用特权来获得自己所欲求的东西,于是人们便为这九五之尊而逐鹿天下,可见战争是由欲求带来的。我们的先哲并不喜欢战争,知道“兵者,不祥之器”,所以“不得已而用之”,有什么不得已呢?“举凶器必杀;杀,所以生之也。”杀人是为了救人。“行凶德必威,威,所以慑之也。”行凶德是为了慑服敌人，敌人归顺了，便可以不用“枪鼓干戈”了。对“兵”“勇”一分为二地看，我们知道先哲对于协调“战争”与“仁义”这一对君王的法宝，浸入了多少心血。

夫兵有本干：必义，必智，必勇。

【注释】《吕氏春秋·决胜》。本干：根本。

【解析】战争获得胜利所必备的条件是：义，智，勇。自己兴的是仁义之师。那么敌兵必是不得民心，不得民心必然上下交怨，不能团结对敌，且会发生内讧；有智谋就能顺天而变，掌握时机和进退之道，知道敌我虚实；有勇则能果断做出决定，理直则气壮，气壮则勇，狭路相逢勇者胜，勇者可以寡敌众。这些都是古代兵家在实践中总结的经验，对于后世影响深远。

贤主劳于求人，而佚于治事。

【注释】《吕氏春秋·士节》。劳：勤。佚：同“逸”，休息。贤明的君主致力于挖掘人才，而在具体办事时却放手让臣下干，自己很安逸。

【解析】天下有九洲，九洲有万民，万民有万事。在封建君主专制的体制下君主要牢牢地把握住国家政权，聪明的君主不在于事无巨细凡事必亲自过问，而在于发现人才，任用人才，使千万人的智力为我所用。唐太宗看到新科进士鱼贯而入时得意地说：“天下英雄尽入吾股中矣。”

以富贵有人易，以贫贱有人难。

【注释】《吕氏春秋·介立》。以：凭着，依恃。

【解析】一般来说，人富贵时结交人很容易，贫贱时结交人很难，因为富贵时所结交的人，是冲着他的钱财去的，所以利尽而交疏，而贫贱时所结交的人则是君子，因为只有君子之交才淡如水，君子与他交往是因为他有某种品德值得交，并非贪图其钱财，这种交是患难之交，是长久之交。

平地注水，水流湿；均薪施火，火就燥。

【注释】《吕氏春秋·应同》。注：倾倒。湿：潮湿，此处指低洼之地。均：均匀。施火：放火。燥：干燥。

【解析】这句与“类固相召，气同则合，声比则应”讲的是同一道理。水之所以流向低洼之处，是水有向低处流的特点，火之所以先燃干燥之薪，是符合水分越少的东西越易燃的特点。

不知而自以为知，百祸之宗也。

【注释】《吕氏春秋·谨听》。宗：本，根源。

【解析】本来不知却自以为知，这是祸乱发生的根源。人贵有自知之明，孔子曰："知人者智，自知者明。"

主贤世治则贤者在上，主不肖，世乱则贤者在下。

【注释】《吕氏春秋·谨听》。在上：指在殿堂之上，即为官。在下：指在江湖之中，即不为官。

【解析】主贤世治，天下有道时，贤者就出来做官，天下无道，主不肖而世乱时，贤者就退隐了。孟子说："达则兼善天下，穷则独善其身。"表现了积极昂扬的奋斗精神和强烈的社会责任感与使命感。

务在事大。

【注释】《吕氏春秋·谕大》。一定要从事大的事业。

【解析】古人说："祈乎大者得乎中，祈乎中者得乎下，祈乎下者，不知其所之。"近人说："志当存高远。""立大志，立恒志，不恒立志。"都是对此的诠释。

事之难易，不在小大，务在知时。

【注释】《吕氏春秋·首时》。事能不能成，不是事大事小的问题，而在于时机是否恰当。

【解析】这句讲事情成功与否不在于事情本身的大小，而在于是否把握住了时机。如果能够很好地利用时机，乘时而动，许多难以想象的事也都可以变为现实，所以有道之士不必急，只须韬光养晦，勤以待时就可以了。

胜非其难者也，持之其难者也。

【注释】《吕氏春秋·慎大》。胜利并不难，难的是守卫胜利的果实。

【解析】唐太宗曾总结"打江山难，守江山更难"。这是有深刻道理的。

有道者之言也，不可不重也。

【注释】《吕氏春秋·先识》。要重视有道之士所说的话。

【解析】有道之士有深厚的历史文化底蕴，加上自己的智慧与思考，便可以高瞻远瞩。他们一言或可以兴国，或可以覆鼎，他们的话君主不得不重视。

君子责人则以人，自责则以义。

【注释】《吕氏春秋·举难》。

【解析】君子要求人，从常人之性出发，要求自己，则从义出发。桓公用戚宁时，臣下因为戚宁是卫国人，不知其底细，要求打听。桓公说：打听肯定有小缺陷，因为小缺陷而否定他整个人，这正是做君主的失掉天下士的原因。所以他不同意臣下的提议。用人只要避其短而取其长，就能使得“人尽其材”。当然自我要求要严格些，以减少犯错误。

治川者决之使导，治民者宣之使言。

【注释】《吕氏春秋·达郁》。川：河流。宣：疏导。

【解析】治理河流不采用疏导的方法，而一味地阻截，那么积水越来越多，河堤总有塌溃之时；国家政治不当，君王举止失措，百姓必然有怨言，如果不让百姓把心里话说出来，则百姓憋在心里，怨恨之情越积越深，等到有一天，必然像洪水一般倾泻而下，君王必要使臣下畅所欲言，以臣下作为自己的镜子，使百姓有话就说，把百姓作为自己行为的评判标准，这样才能拭去身上的污点，减少错误。

存亡安危，勿求于外，务在自知。

【注释】《吕氏春秋·自知》。外：自身以外。

【解析】这一句说君主只要让臣下纵言自己的过失，自己就能知道自己的缺陷，从而不断地完善自我，纠偏补漏，长保江山。

所归善，虽恶之赏；所归不善，虽爱之罚。

【注释】《吕氏春秋·当赏》。所归：所归附于己。善：好。恶：厌恶。

【解析】赏罚是否得当是关系到民心所向、天下兴亡的大事，不得不谨慎。阴阳家说：“凡赏非以爱之，罚非以恶之。”法家说：“至治之国，有赏罚而无喜怒。”善或不善才是赏罚的真正标准。

事多似倒而顺，多似顺而倒。

【注释】《吕氏春秋·似顺》。倒：逆，颠倒。

【解析】世界上的事情，有利就有弊，有弊就有利。老子说：“善者，不善者之师；不善者，善者之资。”善与不善是共存而统一的，聪明人能从顺中看到逆，从逆中看到顺；从尺中看出短，从寸中看出长。另外有些事情往往被假象所迷惑，表面看上去似乎是件好事，实质上却是件坏事；而有的事表面上不好，实际正是件好事。这就要求我们对纷繁复杂的世事有较强的鉴别能力。

秦汉部分

君子得时如水，

小人得时如火。

——汉·刘向

苟余心其端直兮,虽僻远之何伤!

【注释】屈原《涉江》。如我的心正直的话,即使处在偏僻边远的地方也不妨。

【解析】俗语说:身正不怕影子斜。屈原满怀救国济民的理想而不得实现,被流放到偏僻边远的地方。这是他自我安慰的语言,同时也表现了他不畏艰辛,追求自己的人格理想的愿望和决心。

鸟飞反故乡兮,狐死必首丘。

【注释】屈原《哀郢》。反:同"返"。首丘:头向山丘,相传狐在死时还头向山丘,以示不忘所生之地。

【解析】屈原用禽兽的留恋旧园故土来衬托自己的故国哀思。悲愤之情,宣泄无遗;凄凉之怀,溢于言表。

日月忽其不掩兮,春与秋其代序。惟草木之零落兮,恐美人之迟暮。

【注释】屈原《离骚》。掩:停留。惟:想念。意思是日月匆匆而过从不停息片刻,春去秋来,四季依次交替。想到那草木都要凋零枯败,恐怕我想念中的美人也将衰老。

【解析】时光流逝,壮志难酬。屈原的这两句诗里表达了他的无限悲慨和愤懑。屈原把楚怀王比作美人,希望他能趁着年轻力壮抓住时机,实现楚国的富国强兵,这也寄托了屈原的政治理想。美人迟暮的悲哀,也是屈原的理想破灭的悲剧 。这两句话含有作者强烈的生命意识,表现了一位爱国主义诗人对现实和人生的关注,历来为后世满怀抱负而郁郁不得志的文人们所吟咏。

路曼曼其修远兮,吾将上下而求索。

【注释】屈原《离骚》。修:长。句意为道路漫长而遥远,我将上天下地去追求探索。

【解析】人生的道路上充满了荆棘与坎坷,为了实现崇高的理想更需付出艰辛的代价。屈原认识到了奸臣当道,群小竞进的政治环境,认清了政敌的真面目,感到实现自己的政治理想需要经过漫长而复杂的斗争,而且前途还是渺茫的。但是屈原并没有绝望,而是不屈不挠地去探索。这种对理想和信念的执着精神,已构成了中华民族民族精神的一部分。

诚既勇兮又以武,终刚强兮不可凌。身既死兮神以灵,魂魄毅兮为鬼雄。

【注释】屈原《国殇》。诚:确实。以:用,这里有"表现"的意思。这两句意思是将士们确实既勇敢又武艺高超、始终刚毅坚强不可侵犯。他们虽然死了,但精神不死，魂魄刚毅，是鬼中的英雄。

【解析】这两句慷慨激昂，洋溢着所向披靡的英雄气概，热烈地赞颂了英勇为国捐躯的楚军壮士高贵的爱国主义精神，既歌颂了死者，又激励了活人。大丈夫立身处世，当以无畏的勇气和不屈不挠的韧性为国家、民族的利益而奋斗。屈原正是以他自身的行为和思想为我们确立了一个如何实现人生价值和社会价值的光辉典范。

嫋嫋兮秋风，洞庭波兮木叶下。

【注释】屈原《湘夫人》。嫋嫋：同“袅袅”，轻风吹拂的样子。此句意为秋风轻拂，洞庭湖波光荡漾，树叶在风中片片飘落。

【解析】湘君赶到北渚与湘夫人约会，可是她没有到来，湘君望眼欲穿，心急万分，愁绪满怀。适逢秋季，凉风袭来，仿佛扯不尽的思绪；落叶翻飞，就像遣不走的失落；那茫茫无际的湖水，恰似茫茫然的等待。这句写景，与湘君的心情互相映衬，情景交融，颇富艺术感染力。

风飒飒兮木萧萧，思公子兮徒离忧。

【注释】屈原《山鬼》。离：同“罹”，遭遇、遭受的意思。句意为风声飒飒，树木萧萧，我思念你只是白白地遭受忧伤。

【解析】山鬼即山神，是一个缠绵多情的女神。她思念自己的情人，充满了失望和怨恨之情。伫立长想，却听到凄凉的风声和树叶在风中颤栗的声音。内心的躁动烦乱和外在的风吹木动相配合，更突出了山鬼那“剪不断、理还乱”的相思之苦；沉思默想与树木萧萧对照，更突出了抒情主人公静寞孤独的愁怀。

苏世独立，横而不流兮。闭心自慎，终不失过兮。

【注释】屈原《桔颂》。苏：清醒。这两句的意思是说桔能清醒地认识世界上的事物，性格独特，决不随波逐流，说它能谨慎自守，所以始终没出现过差错。

【解析】屈原用拟人化的艺术手法，表现了桔树的品质，寄托了自己对理想品德的向往和追求。这两句话实际上也表达了屈原的人生态度：一方面要明察是非，敢于力排众难追求自己的理想；另一方面要谨慎从事，不可急功近利，这样容易出差错。

悲哉秋之为气也！萧瑟兮草木摇落而变衰。憭慄兮若在远行；登山临水兮送将归。

【注释】宋玉《九辩》。憭慄（liáolì）：凄凉的样子。这几句话的大意是：秋天这个季节是多么悲凉啊！秋风萧瑟，草木凋零而衰竭。远行的人在道路上恓恓惶惶;或登上高山,走到江河边送别远方的亲友。

【解析】秋天由于气候变化,自然界一下由夏天的生机勃勃变得衰煞不堪,再加上秋风萧瑟,最易引起人的伤感和愁思。宋玉把季节的一切悲凉肃杀的"悲气"与人事的"别绪"以及种种不幸和痛苦融成一片。与那匆匆远行客做伴的,也许就是"古道西风瘦马,枯藤老树昏鸦",那送别的人,也许就是"执手相看泪眼,竟无语凝咽"。融情于景,情景交融,意境浑厚而深远。"宋玉悲秋"的意境,在封建社会里引起了无数压抑知识分子的共鸣,受到很高评价。

东家之子,增之一分则太长,减之一分则太短,著粉则太白,施朱则太赤,眉如翠羽,肌如白雪,腰如束素,齿如含贝,嫣然一笑,惑阳城,迷下蔡。

【注释】宋玉《登徒子好色赋》。

【解析】这句话经过层层铺陈渲染,给人们描绘出了一位绝代佳人的肖像画。第一层从反面写东家子的身材高矮恰到好处,肤色乃天生丽质,无需淡妆浓抹。第二层用四个比喻来正面写东家子的柳眉皓齿,窈窕身姿。至此一位风姿绰绝的女子已展现在人们眼前了。但还缺乏一点神韵,于是第三层写东家子的笑,从侧面表现东家子倾城倾国的美丽。这种写人手法非常精彩,对后世影响甚大。

尺有所短,寸有所长;物有所不足,智有所不明。

【注释】《卜居》传为屈原所作,实为楚人哀悼屈原的作品。

【解析】应该辩证地看待事物,不能只看到它的长处,也不能只看到它的短处。

太山不让土壤,故能成其大;河海不择细流,故能就其深。

【注释】李斯《谏逐客书》。让:拒绝。择:挑选,这里是舍弃。太山:即泰山。句意为泰山不拒绝接受微小的泥土,所以能成就它雄伟壮观的雄姿;江河大海不舍弃那些细小的水流,所以能成就它浩瀚无垠的奇景。

【解析】这是李斯在讽秦始皇的排外情绪。帝王要建功立业,流芳百世,就应该有开放的思想和博大的胸襟,善于接受有利的外来事物。同样,一个人要有所成就,必须从一点一滴做起。用泰山和江海比喻帝王,非常符合秦王好大喜功的心理,又收到了讽喻的效果,精辟动人,颇具说服力。

彼寻常之污渎兮,岂能容夫吞舟之巨鱼!

【注释】贾谊《吊屈原赋》。寻常:长度单位,八尺为寻,十六尺为常。污:停滞不流动的水。渎:小水沟。狭小的臭水沟中,怎么能容得下能吞进舟的巨鱼呢!

【解析】贾谊把屈原生活的政治环境比作臭水沟，表现了他对屈原悲惨遭遇的极度愤懑之情；把屈原比作吞舟巨鱼，流露了他对屈原伟大人格的赞扬和崇敬之情。寻常之污渎与吞舟之巨鱼形成鲜明的对照，强烈地抒发了作者怀才不遇的情感，读来令人为之扼腕叹息。

祸兮福所倚，福兮祸所伏；忧喜聚门兮，吉凶同域。

【注释】贾谊《鹏鸟赋》。不幸是幸运产生的缘由，幸运潜伏在不幸之中。忧伤和喜悦同处一门，吉祥和凶残同居一地。

【解析】面对风雨飘摇的政治环境，贾谊的心头充满了抑郁之感。他努力地追求、探索，试图合理地解释周围发生的一切，渴望摆脱眼前的困惑与烦恼。他不承认宇宙间存在着虚无缥缈的主宰，把人间的福祸吉凶看作相互倚伏、相互转化的东西，从而肯定事物本身在不断地发展、变化。这是贾谊的一种旷达情怀，也是他的思想中的积极因素。

秦有余力而制其弊，追亡逐北，伏尸百万，流血漂橹；因利乘便，宰割天下，分裂河山。

【注释】贾谊《过秦论》。弊：衰败、困顿。亡：逃跑（的队伍）。北：溃败（的军队）。橹：大盾牌。

【解析】这里用排比和对偶的手法，夸张渲染、极力铺陈，展现了秦国在当时强大的力量以及秦军的所向无敌。语调铿锵有力，气势开阔豪壮，奔腾直泻，扣人心弦。

斩木为兵，揭竿为旗，天下云集响应，赢粮而景从。

【注释】贾谊《过秦论》。揭：举起。赢：担负。景：影的古字。

【解析】陈胜、吴广的起义部队砍断树木作为兵器，举起竹竿作为旗帜。这里写起义军的武器装备差，与坚甲利兵的秦军相去甚远。然而各地纷纷响应，老百姓担着粮食像影子一样追随着义军。比喻生动形象，从侧面揭示了秦王朝的暴政已致天怒人怨，反抗的洪流一触即发。秦朝政治上倒行逆施，以致众叛亲离，人心尽失，普天之下合力攻秦，这是秦灭亡的主要原因。

民不足而可治者，自古及今，未之尝闻。

【注释】贾谊《论积贮疏》。从古到今，没有听说过老百姓贫穷不足而能够被治理好。

【解析】这里指出贫穷是社会动荡和国家危亡的最主要因素。要想富国强兵，必须发展生产，增加储备，这样才能使老百姓安居乐业，才会有能力应付灾荒和战争。贾谊把经济基础和上层建筑联系起来考察，突出了经济基础的重要性。

生之有时而用之无度，则物力必屈。

【注释】贾谊《论积贮疏》。生产有时间的限制，消费没有限度，那么社会上的财富一定会缺乏。

【解析】作者通过分析生产与消费的矛盾告诫统治者要爱惜民力、节俭财富，不可挥霍浪费，暴殄天物，这是很有现实意义的。

树国固，必相疑之势，下数被其殃，上数爽其忧。

【注释】贾谊《陈政事疏》。诸侯王国的力量强大，必然造成同天子对等的形势，臣下因此屡遭祸害，皇上也多次担心这种忧患。

【解析】封建社会的一大痼疾，就是诸侯王国扩张势力，破坏中央集权。这种教训在历史上是惨痛的。贾谊一针见血地指出强大的诸侯国的危害，建议皇帝削减他们的力量，这对于维护国家稳定与统一，促进历史发展有着进步的意义。

贫生于不足，不足生于不农，不农则不地著，不地著则离乡轻家。

【注释】晁错《论贵粟疏》。地著：定居在一个地方。

【解析】中国是一个农业大国，在封建社会，农业经济更是国民经济的命脉，晁错认为，国家的贫穷不足，是因为农业生产不发达。因此，必须把那些游手好闲、离乡背井的人固定在土地上从事农业生产，这样才能实现富国强兵的愿望。

信必然之画，捐朋党之私，挟孤独之交，故不能自免于嫉妒之人也。

【注释】邹阳《狱中上梁王书》。深信自己必然能实现的计划，摒弃结党营私的心，只保持很少的几个知交，这就不免受到别人的嫉妒了。

【解析】这句话揭示了那些才华出众的人遭受嫉妒的原因是他们执着于自己的理想和追求，不同流合污。同时也暗示那些心存嫉妒的人是怕别人胜过自己，对自己不利。在中国历史上，许多有才能而不得志的人，对于这类人深恶痛绝。

盛饰入朝者，不以私污义；底利名号者，不以利伤行。

【注释】邹阳《狱中上梁王书》。盛饰入朝：穿戴整齐的礼服到朝廷上议事。这里指忠于国事。底利：通“砥砺”，磨刀石。这里用作动词，修养。

【解析】面对奸佞小人无情的毁谤和打击，皇帝贤愚不辨，偏信阿谀奉承之人，邹阳热情赞扬了那些不徇私情、不谋私利的人。表现了他对崇高人格精神的向往。他认为，每个士人如果都为威势所逼、私利所诱而改换面孔，玷污人格，就无法实现他们的政治理想和人生理想，还不如老死于湖泊山洞之间。

纵耳目之欲，恣支体之安者，伤血脉之和。

【注释】枚乘《七发》。纵情声色，四体不勤，就会损害血脉的正常运行。

【解析】健康是一个人拥有的最大财富。这句话道出了保持健康的两条原则，即节欲和勤快。《七发》中吴客把楚太子患病的根源归结为荒淫腐化和安逸懒惰的生活，可谓触到了要害，这对于劝诫那些膏粱子弟改变生活方式有着振聋发聩的作用。

其波涌而云乱，扰扰焉如三军之腾装。其旁作而奔起也，飘飘焉如轻车之勒兵。

【注释】枚乘《七发》。意为波涛涌起如云一样纷乱，一浪接着一浪像军队在整装疾行。江涛从两边涌起，潮水向上翻滚，就像主帅坐在轻便的战车上一样威风凛凛地指挥着士兵。

【解析】这段描写想象奇特，比喻形象，把江涛的特征写得酣畅淋漓，绘声绘色、气势磅礴，使人如闻其声，如临其境，确把“天下怪异诡观”的景象呈现在读者眼前，而产生了涤荡胸襟，发蒙解惑的艺术效果。

飞鸟闻之，翕翼而不能去。野兽闻之，垂耳而不能行。

【注释】枚乘《七发》。翕(xī)：合。飞鸟听到这种音乐，合住翅膀不愿飞去，野兽听到这种音乐，支起耳朵不愿离去。

【解析】作者发挥丰富的想象力，用拟人的手法通过对鸟兽、昆虫听音乐后的动作、神态的描写，从侧面来渲染、烘托音乐的巨大感染力量。

奏陶唐氏之舞，听葛天氏之歌，千人唱，万人和。山陵为之震动，川谷为之荡波。

【注释】司马相如《上林赋》。陶唐氏、葛天氏均为古代氏族名。意为演奏着上古时代的歌舞音乐，成千上万的人歌唱应和，山陵因此而震动，河流因此而波光荡漾。

【解析】这里运用排句、骈语描写音乐，层层渲染，形象生动，气势充沛，词采富丽，具有动人心魄的力量。用山川河谷的反应作烘托，意象阔大，手法高妙。

望中庭之蔼蔼兮，若季秋之降霜。夜曼曼其若岁兮，怀郁郁其不可再更。

【注释】司马相如《长门赋》。蔼蔼：暗淡的样子。看到庭院中月光暗淡，就像蒙上了一层晚秋的霜露。漫漫长夜仿佛一年之久，我愁苦郁闷的心情难以改变。

【解析】融情入景，情景交融。那蒙眬的月光，仿佛女主人公不可捉摸的幽幽相思；那晚秋的寒霜，正如女主人公独居的凄凉心境。比喻精辟，富有意境，以秋霜喻月光，孕育了李白"床前明月光，疑是地上霜"的名句。作者以深切的同情、婉转娟秀的文词，描写了女主人公深夜不眠、坐待天明的种种行动，形象地反映了她当时的寂寞孤独、悲愁难抑的心理活动，鲜明真切，似见其人，如闻其声，具有撼人心扉的艺术魅力。

明者远见于未萌，而知者避免于无形，祸固多藏于隐微，而发于人之所忽者也。

【注释】司马相如《上书谏猎》。意为有远见的人能预见事故于未发生之前，有智慧的人能在危害没有形成的时候就避开它，灾祸本来多半藏匿在隐微的地方，而发生在人们疏忽大意的时候。

【解析】这里告诉人们要有敏锐的洞察力，明察秋毫，防患未然，同时也要以谨慎的态度对待周围的事物，防止因疏忽大意而发生意想不到的危险。这对于人们为人处世有深刻的意义。这里司马相如以打猎可能出现的祸端劝诫皇帝不要轻易把自己暴露于危亡之中，而应该远见卓识，防微杜渐。意味深长，颇富警醒力。

彼一时也，此一时也，岂可同哉？

【注释】东方朔《答客难》。

【解析】时代在发展，社会环境不断进步。历史上的许多知名之士、英雄人物都有他们成长的社会环境。所以有才之士的遇与不遇、显与不显，不能归于这些人本身的能力问题，也不能僵化地把历史和现实等同起来。东方朔的观点包含着辩证法因素。

得士者强，失士者亡。

【注释】东方朔《答客难》。

【解析】这句话反映了知识分子在战国纷争时代的历史作用。这一时期，各诸侯国为了富国强兵，迫切需要招揽人才，收集信息。在这种历史条件下，中国封建社会的知识分子变得空前绝后的活跃，充满了自信。他们凭借自己的学问和智慧，进可以交通王侯，出将入相；退可以著书立说，显身扬名。因此，出现了一系列的时代弄潮儿，如苏秦和张仪，影响了战国时代的政治局面，推动了历史进步和发展。

信饬百官，众功皆兴。

【注释】《史记·五帝本纪》。信饬：申令整饬，即下令整顿。百官：各级各类官员。众功：指各项事业。

【解析】这是《五帝本纪》中《尧本纪》的两句话，说的是帝尧下令整顿各级各类官员的作风，官员们的作风整顿好了，各项事业就会发达起来。它突出强调、着重指出的是百官与事业之间的关系，即认为官员的作风是事业成败的关键。

不以天下之病而利一人。

【注释】《史记·五帝本纪》。病：原文为伤病，这里引申为受苦、痛苦。此句的意思是：不能让天下人受苦而让一人得利。

【解析】这是尧所遵循的处理公私关系的一条基本原则。《尧本纪》载：尧知道儿子丹朱不肖，不足以掌管天下，于是破例把王位传给了舜。尧说，不能让天下人受苦而让一人得利。尧舜之所以被称为圣王、明主，就是因为他们从思想到实践，都是大公无私的。

好学深思，心知其意。

【注释】《史记·五帝本纪》。心知其意：谓心领神会，真正懂得其中究竟。

【解析】这是司马迁在《五帝本纪》论赞里说的两句话，是他治古史做学问的准绳。《五帝本纪》所写都是上古史事，所以"《书》缺有间"（《尚书》早有缺漏）——有的只是传说而没有翔实的记载，有的虽有记载，但"其文不雅驯"（不正确、不合理），难以信从，还有的各家说法纷纭。在这种情况下，只有好学深思，心领神会，才能真正懂得其中究竟。司马迁提倡的这种科学精神、创新精神，是一切认真做学问的人都应该具有的。

元首明哉，股肱良哉，庶事康哉！元首丛脞哉，股肱惰哉，万事堕哉！

【注释】《史记·夏本纪》。庶事：众事。丛脞(cuǒ)：细碎烦琐，比喻无大略。

【解析】国君英明，大臣贤能，各种事业才会兴旺发达；国君忙于琐碎事务，胸无大略，大臣便会懒惰，各项事业就会败坏。这是舜与大臣一起娱乐时从心底流出的歌，是他毕生从政经验的总结。

人视水见形，视民知治不。

【注释】《史记·殷本纪》。不：通"否"。

【解析】人们从水中可以看到自己的形象，而观察民众的情况，听听民众的议论同样可以知道政治是否清明。英明的君主,坚持实践这一原则,以此进行深刻的自省。

这一道理由商汤发之,唐魏征把它阐发到极致,最终成为"以铜为镜,可以正衣冠;以古为镜,可以知兴替;以人为镜,可以明得失"的传世名言。

君国子民,为善者皆在王官。

【注释】《史记·殷本纪》。君国:作为国家的君主。子民:以民为子,爱护百姓。君、子都是名词当做动词用。王官:在朝廷做官。

【解析】古代圣贤,对于如何治理国家特别关注。这是伊尹对商汤说的两句话,意思是:作为国家的君主,治理国家要爱护百姓,视民如子,这样为善的人就会来朝廷做官了。它特别强调当政者的垂范作用。

是日何时丧?予与汝皆亡!

【注释】《史记·殷本纪》。是:这个。日:太阳,这里借指夏桀。丧:灭亡。予与汝皆亡:我愿与你同归于尽。语出《尚书大传》。

【解析】桀是夏朝最后一个暴君,他荒淫暴虐,对人民残酷地剥削压榨,人民对他十分怨恨,和他势不两立。夏桀无视民意,把自己比作不落的太阳。人民愤恨地诅咒他:"你这个太阳什么时候才能毁灭,我宁愿和你同归于尽!"

一个统治者,落到人民不惜和他同归于尽的地步,他的末日也就到了。桀最终为商汤所败,出奔到鸣条(今山西运城安邑镇北,一说在今河南封丘县东)而死,夏朝随即灭亡。

燿德不观兵。

【注释】《史记·周本纪》。燿(yào):同"耀",明。明德,尚道化。观:示。观兵:检阅军队(意在炫耀武力)。燿德不观兵:即显示德行而不炫耀武力。

【解析】这是周初祭公谋父谏周穆王伐犬戎时说的一句话,体现了中华民族的崇高道义,即以道德服人而不以武力服人。兵力要平时聚敛而在适当时候动用,这样才能显示出威力,炫耀就会滥用,滥用便会失去威慑作用。这些都是千真万确的道理。

防民之口,甚于防水。水壅而溃,伤人必多,民亦如之。是故为水者决之使导,为民者宣之使言。

【注释】《史记·周本纪》。水:这里指河流、洪水。壅(yōng):水道堵塞。溃:溃决,泛滥。为水者:治水的人。决之使导:疏浚它,使它通畅。为民者:治理人民的人。宣之使言:开导他们,使他们敢于讲话。

【解析】这是邵穆公劝阻厉王的话。他首先指出了弭谤的危害性，以“防民之口，甚于防水”作比，形象贴切，发人深省。随即提出宣导人民，广开言路的主张，体现了民本主义的政治思想。其中以水喻人民，意义深远。

邻国有圣人，敌国之忧也。

【注释】《史记·秦本纪》。

【解析】邻国有圣人，便是敌国的忧患。这句话里包含了重视人才的思想。秦穆公听了由余的一席话，认识到他的贤能，觉得让他待在邻国对自己是个威胁，便想方设法把由余从戎王那里夺过来，结果秦用由余的计策伐戎王，得到十二城，拓地千里，称霸西戎，奠定了秦统一中国的基础。这是古代重视人才，引进人才以强国的显例。

安民可与行义，而危民易与为非。

【注释】《史记·秦始皇本纪》。此语引自《过秦论》。行义：干好事，指奉公守法。为非：干坏事，指为非作歹。

【解析】这是贾谊总结的秦亡的教训之一，即生活安定的百姓人心思定，可以和他们一起奉公守法；而危惧不安的百姓，惶惶不定，容易参与“为非作歹”的反抗活动。因为挨冻的人穿上粗布小袄就感到温暖，挨饿的人吃上糟糠就感到甘甜，天下的百姓，才是新国君治国安民的资本。如果公卿以下一直到百姓，人人都怀着自危心理，身处穷困苦难的境地，不安心自己的地位，就容易动乱。

前事之不忘，后事之师也。

【注释】《史记·秦始皇本纪》。语出《过秦论》。

【解析】这里特别强调吸取历史经验教训的重要性。

大行不顾细谨，大礼不辞小让。

【注释】《史记·项羽本纪》。大行：指干大事。行：行为，作为。细谨：细微末节、小节。辞：拒绝。让：责备。做大事不拘小节，行大礼不避小的责备。

【解析】樊哙虽然出身于杀狗卖肉之徒，却很有见识。刘邦在鸿门宴中准备逃走，但又担心没有告辞，有失礼仪。樊哙以此言相劝，如果要干大事业，就不能婆婆妈妈，顾及许多细枝末节。刘邦如果真的为礼貌而回帐告辞，恐怕早就被项羽杀掉，那么就不会有大汉的天下了。

吾宁斗智，不能斗力。

【注释】《史记·项羽本纪》。

【解析】楚汉相争，曾经有这样一段故事："楚汉久相持未决，丁壮苦军旅，老弱罢转漕。项王谓汉王曰：'天下匈匈数岁者，徒以吾两人耳，愿与汉王挑战，决雌雄，毋徒苦天下之民父子为也。'汉王笑谢曰：'吾宁斗智，不能斗力。'"项羽的愿望是好的，可惜头脑太简单、太天真了，他把两大集团之间一场旷日持久的战争，看做两人之间的一场决斗，认为两人一决雌雄就可解决问题。这反映出项羽的迷信武力，认为凭武力可以解决一切问题。刘邦正是看出了他的天真，才居高临下地回答："吾宁斗智，不能斗力。"刘邦所说的"智"，包括政治、统战、民心等等，这正是刘邦的强项，项羽的致命弱点！

楚虽三户，亡秦必楚。

【注释】《史记·项羽本纪》。三户：指三户人家，极言其少。楚国即使只剩三户人家，灭亡秦国的必定还是楚国。这是当时在楚地流行的预言秦灭亡的谶语。

【解析】南公的这个谶语，表明楚人对秦朝的仇恨，也表明楚人最具复仇意识。秦政暴虐，它以武力吞并六国，六国虽亡而民心不服，尤其是楚。陈胜、吴广农民大起义的风暴从秦地刮起，最后还是楚人项羽灭秦主力。这一谶语反映的是当时民众的意旨。

嗟乎！大丈夫当如此也！

【注释】《史记·高祖本纪》。嗟(jiē)乎：感叹声，犹如今日的"啊"。

【解析】刘邦到秦的国都咸阳服徭役时，遇到秦始皇车驾出巡，特许人们观看，他看到之后发出了以上的感叹。他的感叹充满了艳羡，表现出了他的抱负和志向：大丈夫就应当像这样，做一个威仪赫赫的天下领袖！

法者，治之正也，所以禁暴而率善人也。法正则民悫，罪当则民从。

【注释】《史记·孝文本纪》。法者二句：法律是治国的准则，法的作用是为了禁绝残暴，引导人们走向善良。正：准则。法正二句：法律公正则百姓忠厚，论罪量刑得当则百姓顺从。悫(jué)：朴实，忠厚。

【解析】汉文帝是一位有名的仁德之君，西汉文景之治就是由他开创的。他在政治、法律等方面有不少开明的，渗透着民主意识的，有利于老百姓的言论和主张。这里的几句话是他与大臣们就废除同坐、收币法等事进行的讨论。这段讨论很有意思，特译介如下：文帝说："法律是治理国家的准则，用它来禁绝残暴，引导人们向善。现在犯法定罪后，还要使无罪的父母、妻子、兄弟连坐，收没妻儿为官府奴婢。我非常不赞成这样的做法，大家讨论一下。"众大臣都说："百姓不能治理自己，所以制定法律来约束他们。实行连坐将亲属跟犯人一起收捕治罪,目的在于牵制他们的心理,使他们不敢轻易犯法。”文帝说:“我听说法律公正则百姓忠厚,论罪量刑得当则百姓服从,况且管百姓,引导他们向善,是官吏的职责。既不能引导他们向善又用不公正的法律去论罪,这反而会促使他们去干凶暴的事,又怎么能谈得上禁止人们犯罪呢?”

死者不可复生,刑者不可复属。

【注释】《史记·孝文本纪》。刑者不可复属:受刑的人砍下的肢体不能再接上去。属:连接。

【解析】这是西汉太仓令淳于意的女儿缇萦在淳于意被判罪后给汉文帝上书时说的话。她提出人死了就不能再复活,受刑后肢体也没法再连接起来,即使想改过自新,也没路可走。因此她愿意被没入官府当奴婢,抵赎父亲该受的刑罚。这两句极深刻的话,提醒一切执法者:用刑一定要慎重!文帝为此深受感动,决定废除肉刑。

农,天下之本,务莫大焉。

【注释】《史记·孝文本纪》。农业是天下的根本,任何事情也没有比这更重要的了。

【解析】这是文帝对于农业的地位——也就是农业在当时政治事务中的作用的一个精确描述。他不但肯定了“农,天下之本”的命题,而且突出强调它的重要。从中,我们可以体会到作为传统农业国的中国,农业在历代统治者心目中受到的高度重视。

形势虽强,要之以仁义为本。

【注释】《史记·汉兴以来诸侯王年表》。

【解析】这是司马迁考察汉朝开国以来所封王侯兴衰益损的情况后得出的结论。从所封诸侯王来看,从开国到武帝时期:“汉定百年之间,亲属益疏,诸侯或骄奢,忕邪臣。计谋为淫乱,大者叛逆,小者不轨于法,以危其命,殒身亡国。”所以衰落败亡,根源在于不修仁义。从汉朝廷来看,当时形势虽强(足以控制诸王侯),在处理与诸王侯的关系上,仍应以仁义作为根本,不可因势强力大而在仁义上有所忽略。

居今之世,志古之道,所以自镜也,未必尽同。

【注释】《史记·高祖功臣侯者年表》。志古之道:记取古代的历史经验教训。志:通“誌”,记住,记取。自镜:作为镜子来照自己。

【解析】这里提出对历史的经验教训的正确态度:生在当世,为什么还要学习和记取古人的经验教训呢？因为历史的经验教训可为当世参考。

盛哉，无子之德！一人有庆，天下赖之。

【注释】《史记·建元已来王子侯者年表》。庆：善。赖：利。

【解析】封建社会，实行的是君主专制，权力高度集中，所以天子的个人行为，直接关系到天下百姓。一人办好事，万民都受益，正是当时社会现实的写照。在这里，司马迁盛赞汉武帝的推恩分封政策。汉初分封，造成了诸侯势力的恶性膨胀，许多诸侯荒淫无度，有的甚至起来反叛朝廷。为此主父偃建议实行推恩分封之策，汉武帝采纳了主父偃的建议。此策既符合古制的私亲（照顾自己的亲属）之义，又有利于封建大一统的巩固，故得到司马迁盛赞。

观三代损益，乃知缘人情而治礼，依人性而作仪。

【注释】《史记·礼书》。三代损益：指夏、商、周三代对礼制所作的增减。缘：顺随。

【解析】中国被称为礼仪之邦，是最讲究礼仪的。但讲究得过分繁琐，以至成了人们的负担，或者把森严的封建等级制度贯穿其中，就走到它的反面了。这里探究礼仪是怎么产生的问题，司马迁的回答，不故弄玄虚，令人信服：顺从人的情意而制定礼制，依照人的习性来规定仪节。试想，“父慈子孝，兄友弟恭”等等，不都是缘人情依人性而定的吗！

治定功成，礼乐乃兴。

【注释】《史记·乐书》。“治定功成，礼乐乃兴”的话，出自《礼记·乐记》。原文作“王者功成作乐，治定制礼”。意思是：帝王功业有成就要演奏声乐；政治安定就要制定礼仪。

【解析】礼乐是封建社会特别重视的思想文化政策，也是儒家特别重视的教化手段。这里讲的是礼乐在什么情况、什么条件下才能兴起，即礼乐兴起的前提。经济基础决定上层建筑，因而这种规法完全正确。

满而不损则溢，盈而不持则倾。

【注释】《史记·礼书》。水满了若是不减少一些它便会漫溢出来；器皿满了若是不加以扶持就会倾倒。

【解析】这是个很浅显的比喻，但其中包含了普遍的哲理，它提醒人们：做什么事情都要有所节制，都要有限度，超过了限度，不加节制，便会招来或“溢”或“倾”的后果。

兵者，圣人所以讨强暴，平乱世，夷险阻，救危殆。

【注释】《史记·律书》。军队，是圣人用来讨伐强暴，平定混乱局势，铲除艰难险阻，拯救危亡倾覆的。夷：平地，引申为铲除。

【解析】军队和战争，一般人只看到它残酷、暴力的一面，而忽略它作为和平的保卫者，安宁的守护神的一面。司马迁在兵书（律书）当中，开宗明义给兵下定义，强调了军队和战争应当是讨伐强暴，救助危难和平定乱世的工具，这是值得肯定的进步观点。

教笞不可废于家，刑罚不可捐于国，诛伐不可偃于天下，用之有巧拙，行之有逆顺耳。

【注释】《史记·律书》。教笞：教训和鞭挞。捐：废除。偃：止息。

【解析】这段话的意思是：就如同教育子女不能完全废除体罚，治理国家不能废除刑罚一样，用于诛暴救危，平定乱世的正义战争也不能不采取。只是运用起来有巧妙和笨拙的不同，实行起来有合理不合理、正义不正义的区别而已。这是对那些不识时务，不讲大体，一味反对武力抗暴的“世儒”（即俗儒）的严厉批判。

始吾心已许之，岂以死倍吾心哉。

【注释】《史记·吴太伯世家》。倍：通“背”，背弃。

【解析】博学多才的吴国公子季札，受吴王派遣到中原各国访问。开始出使时，北上途中拜见徐国国君。徐君非常喜欢季札佩带的宝剑，嘴上却不好意思说出来。季札明白他的心思，因为还要出使中原诸国，没能把宝剑赠给他。出使归来，徐君却去世了，季札便解下宝剑，挂在徐君坟旁的树上。随从的人说：“徐君已经死了，你还送给他干什么？”季札说：“不能这样说。当初我心里已经决定送给他，怎能因为他死了而违背我的初衷呢？”看重自己的良知，郑重实践“心许”的诺言，不做违背初衷的事，这是良好修养的一个方面。

见微而知清浊。

【注释】《史记·吴太伯世家》。见微而知清浊：看到一些迹象就能知道事物的清白与污浊。

【解析】《吴太伯世家》这句话，是赞扬季札能见微知著，从微小的征兆中预见将来局势的变化。他出使鲁、卫、齐、晋等国，对各国政治变化的预见都十分准确。

我一沐三捉发，一饭三吐哺，起以待士，犹恐失天下之贤人。

【注释】《史记·鲁周公世家》。沐：洗头发。捉发：提起头发。吐哺（bǔ）：

吐出口中所吃食物。

【解析】周公是古代最懂得尊重人才的人,他常常洗一次头三次提起头发,吃一顿饭三次吐出口中的食物,频频起身接待来访的人,唯恐失掉天下的人才。这说明了他待士的诚心和对人才的重视。

政不简易,民不有近;平易近民,民必归之。

【注释】《史记·鲁周公世家》。近:即亲近。为政如果不简便易行,老百姓就不肯亲近;只有简便易行,贴近人民,人民才会归附他。

【解析】为政者要想得到人民的拥护,就应平易近人,若是端架子,摆衙门威风,或搞些繁琐的形式,老百姓惟恐避之不及,怎么会拥护你?这个教训,是周公从其子伯禽和姜太公(子牙)行政的对比中总结出来的。周公的儿子伯禽封为鲁公,治鲁三年后才向周公报告政务,周公问为什么这样迟缓,伯禽说:“我到鲁国后着手改变那里的风俗,改变那里的礼制,服丧三年才能除服,所以迟了。”太公受封于齐,五个月后就向周公报告政务,周公问为何这样迅速,太公回答说:“我简化了君臣之间的礼节,按照那里的习俗办事,所以很快就有了结果。”于是周公感叹说:“鲁国将来必定要臣服于齐国了!”

白珪之玷,犹可磨也,斯言之玷,不可为也。

【注释】《史记·晋世家》。珪(guī):玉石。玷(diàn):玉上的斑点。

【解析】白玉有了污点,还可以磨去,开口说话有了错误,却难以改变。这告诫人们说话要慎重。

外举不隐仇,内举不隐子。

【注释】《史记·晋世家》。举:推荐人才。隐:隐避,即埋没或回避的意思。

【解析】推荐外面的人才,不埋没自己的仇人,推荐家人,不回避自己的儿子。这真正做到了公正无私,因而得到人们衷心的赞美。这一品格的典范是晋国的祁奚。一次晋悼公向他询问可以任用的人,他荐举了解狐,解狐本是他的仇人;再问,他荐举祁午,祁午是他的儿子。结果这两个人都很称职。

众怒不可犯。

【注释】《史记·楚世家》。

【解析】众人的愤怒不可冒犯。楚灵王是位暴君,他的仇人蔡国的观起联合灵王国内的敌对者公子比、弃疾等人,共同对他发起进攻,趁他驻扎在乾谿而进入国都掏他的老窝,杀死太子禄。他手下的大臣给他出主意说:“请在郊外等待,以听从国人的决定。”他说:“我杀别人的儿子太多了,能不到这步田地吗?”他估计到“众怒不可犯”,没敢采纳手下大臣的建议。这和后文所说“众怒为水火,不可救也”是同样的意思。

狡兔死,良狗亨;高鸟尽,良弓藏;敌国破,谋臣亡。

【注释】《史记·淮阴侯列传》。亨:通“烹”。

【解析】这两句谚语,与俗语“卸磨杀驴”“过河拆桥”同意,常用来比喻封建社会一些当权者对有功之臣的忘恩负义的态度和一些贤能之士的悲惨遭遇。《史记》当中两次引用到它,一次是越国谋臣范蠡给大夫种的信中,以说明越王勾践是个可以共患难,不可共欢乐的人,劝大夫种急流勇退,赶快离开他;一次是韩信被刘邦用伪游云梦之计逮捕之后所发的慨叹。无论是作为范蠡对勾践为人本性的揭示,还是作为韩信对高祖刘邦妒杀功臣的谴责和不满,以及对自己功成身死的命运的慨叹,都极为恰切和深刻。

为政必以德,勿忘所以立。

【注释】《史记·郑世家》。所以立:巩固政权的条件。意指取得国人的拥护。

【解析】子产是春秋时代郑国著名的政治家,是被孔子称为仁爱之人的人。晋在昭公死后,公卿势力强大,而国家权力衰落,于是子产对晋国的执政大臣韩宣子说了这番话,意思是:执掌政权必须依靠仁德,不要忘记政权是靠什么巩固的。这一忠告,涉及到为政的根本,是正确而有针对性的。

以权利合者,权利尽而交疏。

【注释】《史记·郑世家》。权利:权势和利益。疏:疏远。凭着权势和利害而合作的人,一旦权势利害关系没有了,交往关系也就疏远了。

【解析】权利交合,世态炎凉,这是封建社会的两种弊病。权利交合的本质是尔虞我诈,互相利用,根本不考虑什么人情道义。结果一些人踩着别人的肩膀升上去,一些人受到倾轧跌下来,到头来都没有好下场。这两句话,是对封建社会某种人际关系的一个真实写照。

无其实,敢处其名乎。

【注释】《史记·赵世家》。

【解析】赵武灵王即位后,胸怀大志,发愤图强,想实实在在做一位霸主。可在五国互贺称王时,唯独赵不参加。武灵王认为:无王之实,何必居此虚名呢?并通告国人,依然称自己为“君”。武灵王是位扎扎实实打基业的君主,后来他胡服骑射,富国强民,确实有一番作为。

有高世之功者,负遗俗之累;有独智之虑者,任骜民之怨。

【注释】《史记·赵世家》。独智之虑:有独到的见解。任:承担。骜(ào)民:傲慢之民。

【解析】任何变革,都会有不同的声音起来反对。赵武灵王改革服装和军事,教民众胡服骑射,同样面临种种阻力,于是他阐发了这样的感慨:有成就高出世人功业的人,就要敢于承受被世俗所摒弃的牵累;有独到智慧和谋略的人,就要遭到傲慢之民的怨恨。以此表明自己甘冒天下之大不韪而推广胡服骑射的决心。这向我们展示了一个改革者的胸怀和气魄。

论至德者不和于俗,成大功者不谋与众。

【注释】《史记·赵世家》。至德:至高的德行。和:附和。《商君书·更法篇》:"郭偃之法曰:论至德者,不和于俗。成大功者,不谋于众。"讲究最高德行的人,不附和世俗之见,成就大功业的人不一定凡事都和民众商议。

【解析】这是在赵武灵王胡服骑射的改革论辩中,肥义为支持赵武灵王的改革而发表的意见。此句与《商君书·更法篇》相似,指出大凡成就大事业的人,都具有超越凡人的思想,太在乎大众的想法,只会贻误时机。这一正确思想有力地支持了赵武灵王的改革。

以书御者不尽马之情,以古制今者不达事之变。

【注释】《史记·赵世家》。以书御者:靠书本知识驾驭马的人。

【解析】在胡服骑射的问题上,许多大臣搬出了"遵古"的招牌来劝阻赵武灵王。武灵王则认为,纵观历史,每一时期法度不尽相同,历代帝王皆根据具体情况而制定法度,因此违反古制无可非议。一味"遵古",就如同用书本的知识驾驭马的人,摸不清马的脾气;用古法治理当世事务的人,不懂得事理的变化一样愚蠢可笑。

家贫则思良妻,国乱则思良相。

【注释】《史记·魏世家》。

【解析】这是中山相李克教导魏文侯说的话。家境贫寒就思慕贤慧的妻子,国家动荡就渴望有才能的宰相。这表明国家也如同小家庭一样,疾风暴雨之时,最需要的是能够默默掌握风雨飘摇中的小舟的舵手。

居视其所亲,富视其所与,达视其所举,穷视其所不为,贫视其所不取。

【注释】《史记·魏世家》。此句系古语,最早见于《吕氏春秋·论人篇》,诸书所记略同。

【解析】如何选拔官吏一直是历朝历代君王关注的焦点。其标准为何？这几句话确实起到了指点迷津的作用。选拔官吏，平时，看他和哪些人亲近交往；富裕时，看他结交什么人；显达时，看他举荐什么人；穷困时看他不屑做什么；贫贱时看他不苟取什么东西。魏文侯依此替魏国选出贤相魏成子。

抱薪救火，薪不尽，火不灭。

【注释】《史记·魏世家》。薪：柴草。

【解析】秦在统一中国前，相继灭掉六国，魏国也难逃此难。面对秦国对魏国的蚕食，魏曾与六国合纵攻秦，但国内也有割地换和平的呼声。魏大臣苏代坚决反对割地求和之举，他认为秦国对魏国垂涎已久，魏国的土地不割完，秦国这种想法就不会改变，割地求和恰如同抱着柴草救火，柴草不烧完，火是不会灭的。事实证明苏代的观点是正确的。魏最终因合纵之策，延缓了自身的灭亡。

富贵者送人以财，仁人者送人以言。

【注释】《史记·孔子世家》。送人以财：拿钱财送给人。送人以言：给人赠言。仁人：道德高尚的人。

【解析】孔子周游列国，到周室学礼，拜访老子。老子说：富贵的人送行时赠的是钱财，品德高尚的人送行时赠予的是嘉言。于是老子赠言予孔子。告诫孔子说：聪明深察的人易遭杀身之祸，因为他好评论人；博学善辩的人易危害自身，因为他好揭人的短处；为人子、人臣不要突出自己。

高山仰止，景行行止，虽不能至，心乡往之。

【注释】《史记·孔子世家》。“高山仰止，景行行止”出自《诗经·小雅》。仰：仰望。止：语助词。景行（háng）：大路。乡：通“向”，向往。

【解析】这段话是司马迁对孔子道德学问以及伟大人格的盛赞。他把孔子的道德学问比喻成高山，令人敬仰；比喻成大路，导人遵循。司马迁说，尽管我努力，也不一定能达到孔夫子的境界，但我内心却非常向往。

燕雀安知鸿鹄之志哉。

【注释】《史记·陈涉世家》。安：哪里。鸿鹄（hú）：鸿，大雁。鹄，天鹅。

【解析】秦朝末年的统治苛酷残暴，各地农民起义风起云涌。其中陈胜、吴广领导的起义队伍规模最大，影响最广。陈胜崛起于垄亩之间，他向同伴发出如果有一天富贵了，不要忘记彼此的感叹时，遭到众人的讥笑。于是陈胜喟叹：燕子、麻雀怎么能了解大雁、天鹅的志向呢？

王侯将相宁有种乎！

【注释】《史记·陈涉世家》。宁(nìng)：难道。种：贵种。

【解析】这是陈胜发动起义时向广大士兵发出的震撼人心的响亮口号。道遇大雨，延误行期，按法当斩，即使不被杀，戍边之人生还者无多。好男儿应为大事而死，王侯将相难道就是天生的贵族吗？这些话透露出鲜明的反天命思想，同时显示出他的远大抱负。

浴不必江海，要之去垢；马不必骐骥，要之善走；士不必贤也，要之知道。

【注释】《史记·外戚世家》。骐骥(qí jì)：骏马。知道：懂得道理。

【解析】历朝历代，后妃在宫廷中的权力角逐与王朝兴衰有着千丝万缕的联系。《史记》独辟一章来写后妃事迹。此条录自褚少孙对后妃事迹的评论。洗澡不必非到江海中去，只要能去掉污垢就好；马不必非是骏马，只要善于奔跑；臣子不必非是圣贤，只要他们懂得道理。褚先生说此话的目的是在为后妃们微贱的出身制造舆论，他认为女子不必出身名门，只要贞洁美好就能当其任。这种注重实际的、平民化的观点，在那个时代，无疑是有进步意义的。

国之将兴，必有祯祥，君子用而小人退；国之将亡，贤人隐，乱臣贵。

【注释】《史记·楚元王世家》。

【解析】司马迁的这条评论，源于《礼记·中庸》篇中的“国之将兴，必有祯祥；国之将亡，必有妖孽”。国家出现朱雀叫祯，出现凤凰叫祥，出现草木之怪叫妖，出现禽兽虫蝗之怪叫孽。妖孽是凶险的征兆。按这一观点，国家的兴亡，由一些天象来预兆。这显然宣扬的是天人感应观。而司马迁却给它作了接近唯物主义的解释，即国家兴亡的征兆，表现为贤才得到任用或被埋没，强调了人事(而不是天意、天象)的决定作用。这在天人感应观念盛行的汉代，显然是具有进步意义的历史观。

安危在出令，存亡在所任。

【注释】《史记·楚元王世家》。此语出自《逸周书·王佩解》，原文为“存亡在所用，离合在出命”。出令：发布政令。所任：所任命的人员。

【解析】做出英明的决策和任用有才能的人，是一个国家兴旺发达的保证。司马迁睿智的眼光已看到了这一点，他认为国家安危的关键在于政令的发布。国家存亡的关键在于任用人才。

深耕穊种，立苗欲疏，非其种者，锄而去之。

【注释】《史记·齐悼惠王世家》。穊(jì)种：播种稠密。穊：稠密。立苗欲疏：留苗要疏散。

【解析】孝惠帝崩逝后，吕后揽权听政，废黜刘姓宗室王侯，重用诸吕。刘氏失去权位，有背于高祖“非刘氏而王天下共击之”的约定，引起刘氏宗室的不满。齐王之弟朱虚侯刘章在侍奉吕后宴饮时，请求以军法监酒，并进献耕田之歌，歌中唱道：深深地耕田，密密地播种，栽苗疏散，不是同种，挥锄去之。并借军法监酒斩诸吕中避酒者。刘章以歌谣唱出了刘氏宗族誓死保卫宗室的决心，令吕氏族人畏惧，刘氏也仰仗刘章声势稍振。

萧何为法，顜若画一，曹参代之，守而勿失。载其清净，民以宁一。

【注释】《史记·曹相国世家》。为法：制定章理法令。顜若画一：顜(jiǎng)，明白。画一：整齐。载：行。宁一：安宁不乱。

【解析】西汉建立之初，除外忧平内患，国力日益强大，萧何、曹参两位相国功不可没。萧何在汉初推行与民休息的政策，曹参完全奉行，举事无所更改，人称“萧规曹随”。这保证了汉初无为之治的连续性，对西汉的经济恢复有重大意义。司马迁衷心地称赞这两位贤相，并引用当时民间歌谣进行歌颂：萧何定法令，明白又整齐，曹参接替他，遵守不偏离。执行贵清静，百姓安宁又欢喜。

忠言逆耳利于行，毒药苦口利于病。

【注释】《史记·留侯世家》。这两句是古代的成语。“毒药”亦作“良药”。

【解析】这句话讲正确的批评对人的匡正作用。“忠言”“毒药”虽难以接受，但对自身的完善却大有好处。刘邦攻占秦首都咸阳后，见到秦宫中无数的宫室帷帐狗马重宝以及美女，爱好酒色的老毛病又犯了，打算住进去美美享受一番。樊哙进谏，刘邦不听，张良以秦王无道导致灭亡为例，告诫刘邦万不可“助纣为虐”。他以忠言逆耳，毒药苦口为喻，力劝刘邦听从樊哙的谏言，封宫室府库，还军霸上。

非法不言，非道不行。

【注释】《史记·梁孝王世家》。此言出自《孝经·卿大夫》。不合礼法的话不说，不合正道的事不做。

【解析】历朝历代的统治者总是不断地宣扬，为臣要循规蹈矩，非礼勿视、勿听、勿言、勿动。这句话是针对梁孝王依恃窦太后的宠爱而骄奢无度说的，意在告诫人们应遵守礼法。

骄子不孝。

【注释】《史记·梁孝王世家》。骄纵的孩子不知孝顺。

【解析】这是古代的一句俗语，道出了教子不严的恶果。梁孝王，身为景帝之弟，窦太后少子，依恃太后的宠爱而骄奢过度，车服拟于天子，常居皇宫之中，并且一度觊觎帝位，以致受景帝冷落，抑郁而亡。

青采出于蓝，而质青于蓝。

【注释】《史记·三王世家》。此言引自《荀子·劝学》。青采：青的色彩，采通彩。蓝：植物名，其叶可制青色染料。质：本质，实体。此指提炼出的颜色。

【解析】此条今亦作“青出于蓝而青（胜）于蓝”。多喻学生超过老师或后人胜过前人。这是用发展的眼光看问题。褚少孙（《史记》补叙者）引此语，是要告诉大家，天子若好德，谋于信义，后世胜前。

岁寒，然后知松柏之后凋。

【注释】《史记·伯夷列传》。此语引自《论语·子罕》第二十八章。凋：凋谢，凋落。

【解析】天气寒冷了，才会知道松柏是最后凋谢的。司马迁引孔子语一方面是赞颂伯夷、叔齐视荣华富贵如浮云，不惜献出生命来立名的高风亮节，另一方面也道出自己为历史人物树碑立传的目的——他们会因太史公之笔而名垂后世。

仓廪实而知礼节，衣食足而知荣辱。

【注释】《史记·管晏列传》。此言引自《管子·牧民》。仓廪（lǐn）：仓库。

【解析】仓库充实了，人民才会顾及到礼仪节操；衣食富足了，人民才懂得荣誉和耻辱。这是齐贤相管仲执政的指导思想。人民生活富裕，府库财富充盈，礼义才能伸张，政令才能畅通无阻。管仲抓住了治国的根本，经过四十多年治理，使齐国国富兵强，使齐桓公九合诸侯，一匡天下，成为春秋第一霸主。管仲的这种思想，符合人们首先得吃饱肚子，然后才能谈其他这一朴素的唯物主义真理。

君子盛德，容貌若愚。

【注释】《史记·老子韩非列传》。

【解析】人应当注重自身道德品质的培养。孔子向老子问礼，老子教导孔子说：“好的商人把货物囤积起来，不让人知觉；品德高尚的君子，容貌谦恭就像愚鲁的人似的。你应当去掉身上的骄气与多欲，去掉做作的姿态和狂妄的志向，这些对你都无益。”

道不同不相为谋。

【注释】《史记·老子韩非列传》。语出《论语·卫灵公》。主张不同，就不能互相切磋。

【解析】老子的道家学说和孔子的儒家学说有诸多不同。这话比喻不同阶级、不同利益集团没有共同的语言。

事以密成，语以泄败。

【注释】《史记·老子韩非列传》。此语出自韩非子的《说难》一文。事情因保密而成功，因泄漏真情而失败。

【解析】韩非子《说难》一文论述了向君主进谏的困难，详尽地分析进谏成功与失败的原因并提出相应的进谏方法。他在分析招致“身危”指出进谏者要保守秘密，不可说破君主秘藏着的心事，否则就会有杀身之祸。这是他根据自己亲身体会写成的一篇向君主进谏的经验总结。

非知之难也，处知则难矣。

【注释】《史记·老子韩非列传》。此语出自《韩非子·说难》。认识事物并不太难，而如何处置所知却很难。

【解析】这里指出认识事物和把这种认识运用到实践之中去的差异。“识”不难，但“施”却不易。进谏的困难在于如何迎合君主的心理，了解君主的心理并不难，博得国君的欢心，却要花一番大气力。

将受命之日则忘其家，临军约束则忘其亲，援枹鼓之急则忘其身。

【注释】《史记·司马穰苴列传》。援枹(fú)鼓：援，执、拿；枹：鼓槌。意为挥动鼓槌击鼓。

【解析】严法治军，军队才有战斗力，谙熟兵法的司马穰(ráng)苴(jū)精于此道。他初任齐国将军之时，与景公的宠臣傲慢的监军庄贾相约正午会于军门，庄贾因接受亲友的祝贺，饮酒到傍晚才到，穰苴斥责庄贾说：“身为将领从接受任命之日起，就应忘掉自己的家庭；亲临军营申明号令后，就得忘掉私人的亲情；在擂鼓进军的紧急时刻，就该不顾个人生命的安危。”并依军法斩杀庄贾，齐军大震，从此纪律严明。司马穰苴不愧为一名“文能附众，武能威敌”的名将。

解杂乱纷纠者不控捲，救斗者不搏撠，批亢捣虚，形格势禁，则自为解耳。

【注释】《史记·孙子吴起列传》。控捲(quán)：握拳，捲同“拳”。搏撠(jǐ)：搏斗击刺。批亢捣虚，批：排除。亢：敌人之盛气。捣：击。虚：虚懈。避实就虚之意。形格势禁，格，禁，阻遏，制止。在形势上阻止遏制敌方。

【解析】春秋战国时期是中国历史上一个大动乱的时期，战争频繁，演绎出了无数兵锐将勇，斗奇用智的战例，涌现出了众多智勇双全，治军有方的良将，总结了许多博大精深的战争理论。“劝解纠纷不能挥拳相加，平息争斗不能帮着去打，避实就虚，利用有利形势来牵制敌人，危难自可解除。”这是孙膑在著名战例“围魏救赵”前给田忌做的时局、战事分析，真可谓生动精辟。

善战者因其势而利导之。

【注释】《史记·孙子吴起列传》。善于作战的将领要会利用形势，加以引导，使它朝有利于自己的方向发展。

【解析】战场上，风云变幻，高明的将领善于以实力做基础，运用自己的智慧、谋略，把乱转化为治，怯转化为勇，弱转化为强，出奇制胜，攻其不备，形成强大的战斗力和冲击力，压倒和消灭敌人。孙膑教导田忌就是根据这个原则，用减灶的办法，给敌人以假象，智擒庞涓，取得了马陵之战的重大胜利。

在德不在险。

【注释】《史记·孙子吴起列传》。

【解析】当许多人都如魏武侯一样在一味地慨叹山河之险、城池之固时，吴起却敏锐地看出，一个国家的强大与否，并不在于山河的险要，而是靠一国之君能否以德服人，这是固国、强国的根本。正如孟子所说：天时不如地利，地利不如人和。得民心者得天下。

能行之者未必能言，能言之者未必能行。

【注释】《史记·孙子吴起列传》。能实际去做的人未必能高谈阔论（讲出道理），能高谈阔论的人未必能实际去做。

【解析】这是一条谚语，司马迁引用来感叹孙膑、吴起有过人的才智，却不能救自身的危难。孙膑擒庞涓机智神勇，可不能防范早年受到的灾祸；吴起说武侯固国在德不在险，可他在楚国却因苛刻少恩而送命。

弃小义，雪大耻，名垂于后世，悲夫。

【注释】《史记·伍子胥列传》。放弃小道义，洗雪大耻辱，使名声流传后世。

【解析】伍子胥本是楚国人，为报他父兄被平王残害冤死之仇，背弃楚国，逃到吴国，借吴国之兵复仇，攻入郢都，破楚，鞭平王之尸。伍子胥这样做，是违背道义的，因为他的行为与忠君的封建正统思想不相容。司马迁以愤惋之笔为伍子胥立传,以上便是司马迁对伍子胥的赞颂之词,称赞他雪耻是大义之举。这里亦包含着司马迁的叛逆精神和民主思想。臣报君仇,是对天命观和绝对君权的挑战,是强烈反抗精神的体现。

隐忍就功名。

【注释】《史记·伍子胥列传》。

【解析】伍子胥的报仇之路很不平坦。他曾困顿窘迫于长江之滨,甚至以讨饭度日,但他有替父兄报仇的决心。他竭力克制忍耐以成就功名,终于破楚复仇,名扬四海。司马迁对此感受颇深,他受腐刑而无愠色,隐忍苟活就是为了写出《史记》,成一家之言,此处借赞子胥之行事以舒愤自解,寄意良深。

虑不先定不可以应卒,兵不先辨不可以胜敌。

【注释】《史记·仲尼弟子列传》。虑:思考,谋划。应:应付。卒(cù):同“猝”,突然,此指突发情况。辨(bàn):通“办”,治理,准备。

【解析】做任何事都应先有计划,事到临头才筹划往往会迷乱。子贡是孔子弟子中七十二贤者之一,他不仅善经商,还是个纵横大家。子贡为救鲁国,穿梭于各国之间,最终凭三寸不烂之舌扰乱齐国,使吴国被破,晋国强大,越国称霸。在说服晋君备兵以御吴军时,子贡告诫晋君,不打无准备之仗——如果事先不做好准备,就不能应付突发之事,事先不弄清敌情就不能战胜敌人。晋国终因有备而战,大败吴军。

疑行无名,疑事无功。

【注释】《史记·商君列传》。疑:迟疑,犹豫。

【解析】大凡有成就之人,做事多果决。商鞅以他雷厉风行的作风,辅佐孝公变法,改革秦国旧制,使落后的秦国一跃成为诸侯之霸,为秦统一六国奠定了基础。

治世不一道,便国不法古。

【注释】《史记·商君列传》。

【解析】时代不同,制度、法令有异,不必一味遵循前朝的规矩。在变法和遵循旧法的论辩中,甘龙、杜挚(秦臣)坚持不改民俗教化,不改旧法。商鞅据理驳斥,认为治理天下不是只有一种方法,利于国家的事情就不必遵循古法。商鞅以发展的眼光看问题,对墨守成规的思想发起了的挑战。

反听之谓聪,内视之谓明,自胜之谓强。

【注释】《史记·商君列传》。反听:听取反面意见。内视:反省自己。自胜:克制自己。

【解析】善于听取反面意见叫做聪,能反省自己叫做明,能战胜自己叫做强。这是一种非常有价值的思想,说明人要学会逆向思维,听取反面意见,试着从反面考虑问题,这样往往会豁然开朗;学会从反面看自己,常常反省自己,会使自己多了几只眼睛而变得聪明;能够自我克制,战胜自己,超越自己,就会变得更加强大。“聪”“明”“强”都是成就大事之人应有的良好品质。

千羊之皮,不如一狐之掖;千人之诺诺,不如一士之谔谔。

【注释】《史记·商君列传》。掖(yè):通“腋”,狐皮以腋部价值最高。诺诺:随声附和。谔(è):直言争辩的样子。

【解析】这句话极形象地说明直言真话的可贵。历史上人云亦云的朝臣很多,敢于直言上谏的忠勇之士却很少。这就如同一千张羊皮,也不如一只狐狸腋皮珍贵;一千人随声附和,抵不上一个人的直言争辩。纵观历史,倡导直言争辩的君主,国家往往昌盛,而喜欢听媚词的国君,王朝往往很快消亡。

貌言华也,至言实也,苦言药也,甘言疾也。

【注释】《史记·商君列传》。貌言华也:貌言,虚言浮辞。华:同“花”。至言:正言,真心话。苦言:刺耳的话。甘言:甜言蜜语。

【解析】此语形象地说出了忠谏、批评之词与巧言粉饰之语截然不同的作用。策士赵良的直言,商鞅极为欢喜,因为他深知:花言巧语好比花朵,直言不讳好比果实,刺耳良言好比药石,甜言蜜语好比疾病。所以孰好孰坏他自是心知肚明。

得人者兴,失人者崩。

【注释】《史记·商君列传》。此句不见今传之《诗》,大概是逸诗。得人心者兴旺发达,失人心者土崩瓦解。

【解析】常言道:得民心者得天下。这是百试皆灵的“试金石”。商鞅出行必得车骑簇拥,随从个个手持矛戟,否则绝不出行。赵良认为这是有失民心的事,给商鞅以劝谏。

恃德者昌,恃力者亡。

【注释】《史记·商君列传》。此语不见今传《尚书》。

【解析】“凭借德行的昌盛,倚仗强力的灭亡。”这是赵良高出商鞅的地方。他看到了只有依赖德行国家才能长治久安,凭借暴力手段,国家必将走向灭亡。商鞅刻薄少思,推行法制采取残酷手段,最终下场悲惨,与此有一定关系。

毛羽未成，不可以高蜚；文理未明，不可以并兼。

【注释】《史记·苏秦列传》。蜚（fēi）：通“飞”。并兼：统一天下。

【解析】没有强大的实力与丰富的经验，切不可冒失行事。苏秦告诫秦惠王，秦地四面天险，兵强民众，军队训练有素，可凭这些来吞并天下。秦惠王以“羽毛没有长成，鸟绝不可以高飞，我们的国家大政方针还不明确，就谈不上兼并别国”予以回绝。初试舌簧的苏秦无功而返。

宁为鸡口，无为牛后。

【注释】《史记·苏秦列传》。

【解析】“宁为鸡口，无为牛后”是人们普遍存在的一种认识，认为宁可在小的地方自己作主，也不愿在大的地方受人指使 。苏秦以合纵游说韩王，他极言韩地势险要，拥有当世最精良的武器装备，士兵英勇，人数众多，再加之韩王的英明，本应成就一番大事，现在却向西服事秦国，拱手称臣，俗语说，宁可做鸡的头领，也不做牛群里的跟从，现在的韩国与“牛后”无异，自然招天下人耻笑。苏秦用此激将法使韩王合纵御秦，终获成功。

患至而后忧之，则无及已。

【注释】《史记·苏秦列传》。患：祸患。至：来到。忧之：为祸患担心、忧愁。无及：没有办法可以补救。

【解析】这句话的意思是说，凡事都应提前做好打算，如果等到患祸来了才醒悟，那就一切都晚了。防微杜渐确是我们防止所犯错误造成更大危害的好办法，只有把一切错误消灭在萌芽状态，才能避免后果不堪设想的失败。战国时的楚、秦两国势均力敌，楚国的强大就意味着秦国的衰弱，苏秦去游说楚成王，告诫楚成王凡事要提早打算，把祸患消灭于萌芽状态，如果等到秦国打上门来再去忧愁，恐怕就来不及了。苏秦劝说楚国加入六国“合纵”之盟约，以此来钳制秦国的扩张。苏秦的游说找了一个很好的角度，他确实看到了问题的实质。这句话与我们后来说的“人无远虑，必有近忧”有相近之处。

智者举事，因祸为福，转败为功。

【注释】《史记·苏秦列传》。因：依，凭借。功：成功。

【解析】这句话的意思是说，有智慧的人办事情，能够根据事物发展的规律，把坏事变为好事，将失败扭转为胜利。齐欲伐宋，苏秦之弟苏代为救宋急，写信给燕昭王，提出燕国一味讨好齐国，无异于灾祸临头。明智的人办事，能把祸转变为福，把失败转变为成功，如果大王想转祸为福，就应以楚、魏为外援，共制秦国和齐国。燕昭王听从苏代之谋，果破齐军。世事都处在变化之中，这也正是治事之难的原因所在。但有能力的人能够预先看出事情的变化,然后顺应变化,使事情向着对自己有利的一面转化。

欲富国者务广其地,欲强兵者务富其民,欲王者务博其德,三资者备而王随之矣。

【注释】《史记·张仪列传》。王(wàng):成就天下王业,这里做动词用。资:条件,凭借。

【解析】司马错眼光深邃,在伐韩还是伐蜀的问题上主张先伐蜀国。他认为成就王业的三大凭借是:地、民、德。想使国家富强一定要扩展疆土,想使军队强大一定先让百姓富裕,想成就王业一定要广施恩德。伐蜀,可扩大秦国疆土,获取财富,充实国力,蜀是偏僻小国,国内混乱,伐蜀可获得止暴止乱的美名,可谓既得实又得名。秦惠王听从了司马错的建议。

积羽沉舟,群轻折轴,众口铄金,积毁销骨。

【注释】《史记·张仪列传》。轴:车轴。铄(shuò):销熔。积毁销骨:众多的诽谤可以毁灭一个人。

【解析】战国时期的纵横家凭自己如簧之舌,游说于诸侯国之间,或合纵以抗秦,或连横以破六国。他们对"人言"的领悟极深。"把羽毛堆积起来,可以沉船,把很轻的东西聚集在一起,可以压断车轴,众多的诽谤可把金石熔化,可把骨头销毁。"正是因为看到了"人言"的魔力,众多的说客才会穿梭于各国之间。

尺有所短,寸有所长。

【注释】《史记·白起王翦列传》。此语出自《楚辞·卜居》。屈原忠心耿耿却被怀疑,去求问龟卜,詹尹回答说:"夫尺有所短、寸有所长;物有所不足,智有所不明……龟策诚不能知此事。"意思是说作为标准的尺寸,有时不能作为标准。用以占卜的龟卜虽是替人决疑的,但有时不能决疑。

【解析】司马迁把这两句俗语,另翻新意。白起攻城拔寨,名震诸侯;王翦助始皇并六国统一中国,功绩卓著。两者皆有过人才智、过人功绩,替秦打天下却不能替秦守天下,甚至连自己的性命也难保全。为什么?因为他们各有自己的短处。

三寸之舌,强于百万之师。

【注释】《史记·平原君虞卿列传》。三寸之舌:喻击中要害的言语。

【解析】毛遂自荐的故事家喻户晓。毛遂以他的机智果敢脱颖而出,助平原君与楚结盟，请兵救赵。平原君也由先前轻视毛遂转而佩服有加，奉他为上客，并称赞毛遂三寸之舌强过了百万军队，使得赵国不动兵刃与强楚结盟，解秦围赵之急。

利令智昏。

【注释】《史记·平原君虞卿列传》。

【解析】“因贪利而失去理智，不辨是非。”司马迁借此语讥讽平原君平庸贪利。公元前262年，秦进攻韩国，韩王割上党地区给秦。上党守冯亭不想归顺秦国而想降赵，派使者向赵王游说。赵豹反对，平原君却贪图冯亭的十七座城邑，劝赵王接受冯亭的投降，最终因此引发长平之战，赵国四十万军队被白起坑杀，赵国几乎灭亡。

将在外，主令有所不受，以便国家。

【注释】《史记·魏公子列传》。

【解析】领兵在外打仗，为了国家的利益，君主的命令有时可以不接受。战争有关国家的兴亡，战争中放在第一位的永远是国家的利益。将领在战争中拥有特权，对无助于战争胜利，不利于国家利益的命令，可不去执行。

当断不断，反受其乱。

【注释】《史记·春申君列传》。乱：祸害。应当决断而不决断，反过来就要遭受祸害。

【解析】办事果断是良好的心理品质，优柔寡断绝成不了大器。司马迁引用这句话说明春申君晚境悲凉的原因。春申君欲长保权势富贵，信任李园，不听朱英之谏，终于中了李园的奸计而遭杀害，在战国四公子中，他的结局是最悲惨的。

庸主赏所爱而罚所恶；明主则不然，赏必加于有功，而刑必断于有罪。

【注释】《史记·范雎蔡泽列传》。昏庸的君主奖赏他所喜爱的人，而惩罚他所厌恶的人；英明的君主却不这样，奖赏一定落在有功劳的人身上，而刑罚一定判给有罪的人。

【解析】赏罚分明，才能引贤人拒佞臣。明主与昏君在这一问题上做法截然不同。明主以功论赏，以罪论刑，有依据，有法度，绝不偏私。昏君以个人好恶来度人，专制愚昧。

木实繁者披其枝，披其枝者伤其心；大其都者危其国，尊其臣者卑其主。

【注释】《史记·范雎蔡泽列传》。这四句诗与《逸周书·周祝篇》文近似。

木实:果实。披:辟裂。心:本干。

【解析】范雎谏诫秦昭王不要过分扩大诸侯都邑,不要对臣子过分尊崇。疆土的扩大会使诸侯产生野心,对臣子过分尊崇会助长臣子骄奢之气。这就如同树木上的果实太多会压折树枝,压断树枝会伤害树的主干;扩大诸侯都邑,会危害国家安全,过分尊崇臣子会使君主卑微一样。助长诸侯、臣子跋扈专制之风,最终会危及国家的统治。

人固未易知,知人亦未易也。

【注释】《史记·范雎蔡泽列传》。一个人本来很难被他人了解,但要了解他人也不是一件容易的事。

【解析】此句是侯嬴对信陵君的批评。魏相魏齐误听须贾之言,笞击范雎,几乎把范雎打死。后来范雎做了秦相,魏齐逃往赵国,藏在平原君家。秦昭王欲为范雎报仇,知魏齐在赵,寄书给赵王索魏齐头。魏齐打算通过信陵君逃往楚国,信陵君畏秦,不敢接见,终使魏齐自刭身亡。

君子以义死难,视死如归;生而辱不如死而荣。

【注释】《史记·范雎蔡泽列传》。

【解析】这句话谈古人的名节观。君子为正义而殉难,视死如归,活着受侮辱,不如赴死更光荣。古人把名节看得重于生命。这种认为死或重于泰山或轻于鸿毛的生死观,造就了中国古代许多仁人志士。

日中则移,月满则亏。

【注释】《史记·范雎蔡泽列传》。

【解析】"太阳正中以后就偏斜,月亮圆满以后就亏缺。"这里包含了朴素的唯物辩证思想。即任何事物达到极盛以后就要衰落。人只有进退伸缩,随时势变化,才不失为圣人。蔡泽以此劝范雎辞官,功成身退。

国有道则仕,国无道则隐。

【注释】《史记·范雎蔡泽列传》。仕:做官。

【解析】中国古代士大夫都有"仕"与"隐"的矛盾心理。当国家政治清明,士大夫就去做官,以求兼济天下。国家政治黑暗就隐居起来,以求独善其身。或"仕"或"隐"成为许多古代士大夫的生活轨迹。

鉴于水者见面之容,鉴于人者知吉与凶。

【注释】《史记·范雎蔡泽列传》。鉴:照,引申为检验、考验的意思。对着水来看可以看到自己的面容,对照别人可以知道自己的凶吉。

【解析】这句话与"以铜为镜可以正衣冠,以人为镜可以知廉耻"如出一辙,其中蕴含着深刻的自省意识。蔡泽借此劝说范雎应适时退隐江湖,收得廉洁美名,否则商君、白起、大夫种的结局就会重演。

成功之下,不可久处。

【注释】《史记·范雎蔡泽列传》。

【解析】俗语说"见好就收""激流勇退"——成功的地方,不能久留。一方面获得成功不易;另一方面成功后常会招来许多是非、灾祸。见好就收是明哲保身之道。

欲而不知足,失其所以欲。有而不知止,失其所以有。

【注释】《史记·范雎蔡泽列传》。

【解析】人要知足,欲望也罢,占有也罢,无度地攫取,最终会落得两手空空。在蔡泽的劝谏下,范雎终于想通了:有欲望而不知足,会失去所有的欲望;占有不知节制,会失去已经占有的东西。所以他认为自己最后的归宿应当是功成身退。

长袖善舞,多钱善贾。

【注释】《史记·范雎蔡泽列传》。此语出自《韩非子·王蠹》,是先秦时的民谚。穿长袖的人善于舞蹈,钱多的人善于经商。

【解析】司马迁引韩非子的两句话,比喻做事成功要有凭借。战国时期,战乱纷纭,造就了大批反应敏锐、思想活跃的谋士。但并非所有的人都如范雎、蔡泽一样杰出。原因何在?努力不足。司马迁意在激励人们奋进。

善作者不必善成,善始者不必善终。

【注释】《史记·乐毅列传》。

【解析】善于开创的人不一定善于完成,有好的开始不一定有好的结局。后者更具辨证思想。乐毅在给燕惠王书中,以此申明己志,表达不愿为昏主效力的决心,表现其强烈的抗争精神。

古之君子,交绝不出恶声;忠臣去国,不絜其名。

【注释】《史记·乐毅列传》。恶(wù)声:中伤对方的话。不絜其名:不为自己的名声辩白。絜:同"洁"。

【解析】古代君子,绝交了不说对方的坏话,忠臣,离开本国,决不为自己的名声辩白,这是乐毅推崇的君子之道。他以君子自况,面对燕惠王左右之人的说辞，面对先王对自己的知遇之恩，他决意上书燕惠王，表达自己志向。

先国家之急而后私仇也。

【注释】《史记·廉颇蔺相如列传》。

【解析】国家强盛依靠忠臣良将的团结一致，尽忠报国。廉颇、蔺相如的“将相和”就演绎了一曲“把国家存亡放在前头，把个人恩怨放在后边”的爱国主义赞歌。正是由于蔺相如顾全大局，不计私怨和廉颇勇于认错，负荆请罪，赵国才一度强盛，成为东方诸侯国阻挡秦兵东进的屏障。

不奉公则法削，法削则国弱。

【注释】《史记·廉颇蔺相如列传》。奉公：以公事为重，不徇私情。削：削弱，损害。被动用法。

【解析】不为权贵、私情所动，秉公执法不是件容易的事，赵奢却做到了。赵奢做赵国田部吏时，为征租税，依法杀了平原君家九位管事之人。平原君大怒，要杀赵奢，赵奢说道：“你贵为公子，如果纵容管家不交租税，不奉公，就会削弱法律的效力，削弱法律的效力，会导致国家衰弱，引来诸侯入侵，赵国就会灭亡……”平原君认为他是一位贤能之人，举荐给赵王。

将勇者胜。

【注释】《史记·廉颇蔺相如列传》。

【解析】战争中，两军狭路相逢，哪一方勇敢，哪一方就获得胜利。秦伐韩，道远险狭，赵王欲救，廉颇、乐乘都不同意，只有赵奢觉得可行。赵奢认为，险狭之势犹如两鼠斗于穴，哪方勇敢哪方就能取胜。赵王即派赵奢击秦救韩。受命后赵奢坚壁增垒，示敌以不进的假象，然后卷甲急趋，直逼阏与，并接受军士许历意见，抢据北山，占据有利地势，先声夺人，大破秦军。

知死必勇，非死者难也，处死者难。

【注释】《史记·廉颇蔺相如列传》。能正确对待死亡的人，必定是勇敢之人。并不是说死很难，而是说要死得其所，死得有价值，是一件难事。

【解析】这句话是司马迁颂扬蔺相如智勇兼备的赞语。蔺相如在秦朝廷之上，举璧睨柱，怒叱秦王左右，冒生命危险却终无惧色，完璧归赵，威震敌国。这种甘为国死的忠义之举，成为千古传颂的佳话，展现了蔺相如的人格魅力。

兵以正合，以奇胜。

【注释】《史记·田单列传》。古时用兵打仗以对阵交锋为正，设计邀截袭击为奇。正奇是古代用兵的军事术语。

【解析】这是司马迁写此传的关键。齐人败逃，田单以铁笼车轴得脱，说明他处事之“奇”，善用智术。田单为将，先用反间计使燕失乐毅，然后遗食米以集飞鸟，拜神师，最后出奇制胜，以火牛阵，大破燕军于即墨，亦是用兵之“奇”。这表现了司马迁的战略思想，用兵打仗，要慎选良将，以计取，以奇胜。

始如处女，适人开户；后如脱兔，适不及距。

【注释】《史记·田单列传》。适(dí)：通“敌”。开始时犹如处女般怯弱，诱使敌人打开门户；然后像脱逃的兔子那样迅猛，突击敌人，使敌人来不及抵抗。

【解析】此句是对田单用兵之奇的赞誉。田单用反间计，使燕人割齐降卒之鼻，掘齐人城外之冢以示弱于敌，却以此激起齐卒奋起保家，然后他看准时机，乘燕军懈怠，夜用火牛突击燕军，如脱兔之迅猛，一举收复七十余座城池，迎齐襄王复位。

智者不倍时而弃利，勇士不却死而灭名。

【注释】《史记·鲁仲连邹阳列传》。倍：通“背”，违背。

【解析】这句话出自鲁仲连《遗燕将书》。书中鲁仲连陈说利害，指出明智的人不会因违背时势而放弃利益；勇敢的人不会因贪生怕死而损坏名声，劝燕将应当抛弃一时令人愤怒的失节，奠定长久不朽的功业，大丈夫应能屈能伸。

规小节者不能成荣名，恶小耻者不能立大功。

【注释】《史记·鲁仲连邹阳列传》。规：拘守。恶(wù)：憎恶。

【解析】成就大业的人，并不重看小节操。因为拘守小节就不能成就光辉的名声；憎恶小耻辱就不能建立大的功业。

有白头如新，倾盖如故。

【注释】《史记·鲁仲连邹阳列传》。倾盖如故：盖，车篷。倾盖，途路相遇，停车叙谈，车盖相接。形容二人一见如故。

【解析】“有的人相处到头发花白，可是彼此交情还像新认识时一样；有的人只路途相遇，即使停车叙谈、车盖相接那样短暂相处，却好似多年的老朋友。”这句话揭示了我们交友过程中极普遍的问题。邹阳引此谚语指出梁孝王对自己不了解，不能与大王推心置腹。

女无美丑，入宫见妒；士无贤肖，入朝见嫉。

【注释】《史记·鲁仲连邹阳列传》。见：被。女子无论美丑，只要一入宫门,便会受人妒忌;士人无论贤与不肖,只要一进朝廷,就会遭人嫉恨。

【解析】嫉妒是许多灾祸的根源。邹阳借司马喜、范睢等遭妒忌受迫害,自鸣其入狱获罪实为冤屈,希望梁孝王能明辨是非,还自己以清白。

偏听生奸,独任成乱。

【注释】《史记·鲁仲连邹阳列传》。

【解析】偏听偏信是为君者的大忌。因为偏听会产生奸邪,单独重用某人,会造成祸乱。邹阳以此来慨叹自己深陷囹圄之冤。

举世混浊而我独清,众人皆醉而我独醒。

【注释】《史记·屈原贾生列传》。

【解析】此句是屈原徘徊江边,自沉前回答一位渔翁的话,悲愤地道出了自己被放逐的原因:"整个世道混浊不堪,唯独我清白;众人都昏醉,唯独我清醒。"其中包含着对楚国国破的伤痛,对昏君、佞臣的愤恨,以及对楚国政治清醒的认识。以屈原为代表的联齐抗秦派,遭靳尚、令尹子兰及郑袖嫉恨、谗害,终被放逐江南。面对风雨飘摇的楚国,屈原已无力挽救,作《怀沙》自沉江中。

新沐者必弹冠,新浴者必振衣。

【注释】《史记·屈原贾生列传》。刚洗过头的人必定要弹一弹帽子再戴,刚洗过澡的人一定会抖一抖衣服再穿。

【解析】这句话极形象地表现了屈原不与污浊世俗同流合污,正直高洁的品质。当屈原独自徘徊江边,一位渔翁对他说:"圣人不拘泥于事物,应能随世道转变。世道混浊,你又何不推波助澜?众人皆醉,你又何不一同沉醉?为什么要守身如玉而弄得被放逐?"屈原以此语回答,表示自己宁愿投身长流的江水,也不愿让自己高洁的品质蒙辱。这种"宁为玉碎,不为瓦全"的高风亮节,体现了屈原的人格魅力。

祸兮福所倚,福兮祸所伏。

【注释】《史记·屈原贾生列传》。

【解析】一切事物都向自己的对立面转化,这是哲学上的一条根本规律。贾谊在《鹏鸟赋》中根据这一规律揭示了"福"与"祸"之间的关系,指出"祸兮福所倚,福兮祸所伏",但贾谊后来把这种发展的理论绝对化了,借鹏鸟之口慨叹世事无常,天道深奥难测,以感怀自伤。

贪夫徇财兮，烈士徇名。

【注释】《史记·屈原贾生列传》。贪财的人为钱死，节烈之士为名亡。

【解析】大千世界，芸芸众生，人生的追求各不相同。一生困于名利贫贱，终日奔走显然不是贾谊的追求。他所向往的是投身改革，有所作为，做一位徇名的烈士。

奇货可居。

【注释】《史记·吕不韦列传》。奇货：稀有的物品。可居：可以囤居，积存。

【解析】吕不韦原是阳翟（今河南禹县）的一位大投机商，他周游列国，以敏锐的政治眼光，洞察时势。当时秦孝王（安国君）排行中间的儿子子楚在赵国做人质，极不得意，吕不韦却在子楚身上寻到了机缘，他看出子楚是“可以囤居的稀有的物品”，于是说动子楚，并出资让子楚西入咸阳，游说安国君宠爱的华阳夫人，立子楚为嫡嗣。在吕不韦的努力下，子楚终于归秦嗣位，做庄襄王，襄王即位，任吕不韦为秦相国。从此吕不韦开始在政治上大显身手，为秦的统一事业下了大功。吕不韦不愧为一位杰出的政治家。

以色事人者，色衰而爱弛。

【注释】《史记·吕不韦列传》。

【解析】这句话尖锐地指出了众多妃嫔岌岌可危的未来，一下子打动了华阳夫人。吕不韦为使子楚被立为嫡嗣，不惜重金，搬出华阳夫人的姐姐帮自己说话，劝华阳夫人说：“凭姿色侍奉人的，容颜衰老宠爱便会减退。你无子，何不趁早从诸王子中物色一位贤能孝顺的认作自己的儿子。丈夫健在权重位尊，若丈夫过世，有儿子为王，终身不会丧失权势。”为了自己的将来，华阳夫人听了姐姐的劝说。凭甜言蜜语和眼泪，终于使安国君把子楚立为嫡嗣。

士为知己者死，女为说己者容。

【注释】《史记·刺客列传》。说：通“悦”。容：修饰容貌。

【解析】这句流传千古的名句揭示出人类一种普遍的报恩心理。但“刺客”的报恩，却加入了过多悲壮的色彩。豫让初事范中行氏，不得重用，后做知伯家臣，知伯对他很尊宠。知伯被赵襄子所灭，豫让逃到山中，发誓说：“壮士应当为了解自己的人献出生命，女子应当为爱慕自己的人修饰打扮，我定要为知伯报仇而死。”于是豫让改名换姓扮成被判服役的人，挟匕首刺襄子，不成功。又漆身毁声，在桥下伺机行刺，后被襄子抓获，他愿就死，但请求得襄子的衣服刺击，以报知伯知遇之恩，虽死无恨。襄子满足了他的要求，豫让呼天击衣后伏剑而死。

得时无怠。

【注释】《史记·李斯列传》。

【解析】“得时无怠”就是要抓住时机，懂得时机的重要。李斯是个善于把握机遇的人。李斯所处的时代，战乱纷争，游说之人掌握事态，李斯看到六国的衰弱，决意入秦大显身手。初入秦，他做吕不韦的舍人，深得吕不韦的好感，被任命为侍卫，因此有机会向秦王进言。并抓住进谏之机向秦王游说，乘六国王室衰微，征服他们。

诟莫大于卑贱，而悲莫甚于穷困。

【注释】《史记·李斯列传》。诟(gòu)：耻辱。

【解析】“人最大的耻辱莫过于地位卑贱，最大的悲哀莫过于生活贫困”，这是李斯辞别老师荀况时说的一席话，也是李斯的处世观、人生哲学。李斯年轻时，身为小吏，看到厕所的老鼠吃粪便，近人犬，经常担惊受怕；而粮仓的老鼠，吃粮粟，又没有人和犬的惊扰，于是发出感叹，决意要改变自己的地位。他一生的追求就是实现一人之下，万人之上的梦想，一生的努力都是为了荣华富贵的生活。正因为这样，后来他才被赵高牵着鼻子走，参与了废扶苏立胡亥的阴谋，结果断送了秦的天下，也断送了自己的身家性命。

泰山不让土壤，故能成其大；河海不择细流，故能就其深。

【注释】《史记·李斯列传》。让：辞让，拒绝。择：选择，挑剔。引申为拒绝。

【解析】这句话出自李斯《谏逐客书》。面对宗室大臣逐客的呼声，李斯上书表达了不同的看法。他认为，国家的昌盛在于人才的引进，有良臣在朝，国家才能兴旺，逐客无异自断贤路。秦国若要“跨海内，制诸侯”统一天下，就必须广纳贤才，就像“泰山不拒绝土壤，所以能成就它的高大；河海不拣择细流，所以能成就它的深广”。这一观点说明了广泛吸收各方面的人才，为己所用，国家才能立于不败之地的道理。

物禁太盛。

【注释】《史记·李斯列传》。物：事物。禁：禁忌、忌讳。意思是富贵权势不宜享受过分。

【解析】李斯贵极一时，子女皆与皇族联姻，连儿子告假回家探望，祝贺之人车马都以千计。面对盛极一时的景象，李斯不禁想到老师荀况的话：“事物禁忌太过分。”他为自己如今的大富大贵患得患失起来。盛极则衰，这是亘古不变的道理。

时乎时乎，间不及谋。

【注释】《史记·李斯列传》。间(jiàn)：间隙，空隙。

【解析】“时间啊，时间，短暂得来不及谋算！”这是赵高与秦二世胡亥密谋篡权，计划已定，赵高发出的慨叹，表现出了赵高在实施阴谋之前的那种紧张、急迫的心情。

安可危也，危可安也。

【注释】《史记·李斯列传》。安全可以转化为危险，危险可以转化为安全。

【解析】与“祸兮福所倚，福兮祸所伏”同理，都指出了事物向对立面转化的规律。赵高此言暗示李斯，若扶苏继位，李斯相位必不保，况且秦历代被罢黜的丞相或功臣，结局多被诛杀；若助二世胡亥篡位，乍看危险，实则安全。拥立胡亥后，李斯可以大权独揽，依然荣华富贵不尽。

秋霜降者草花落，水摇动者万物作，此必然之效也。

【注释】《史记·李斯列传》。水摇动：指春暖冰解而水动。

【解析】“秋霜一降，花草就凋落，春暖冰解水流荡漾万物便萌生，这是必然结果。”赵高借大自然四季更替，比喻人的行为和取舍应根据客观形势，当机立断，以劝李斯不要在秦二世篡位问题上犹豫不决。

慈母有败子，而严家无格虏。

【注释】《史记·李斯列传》。格虏：桀骜不驯的奴婢。

【解析】秦二世胡亥篡位之后，李斯权力日益削弱，为赵高所制。他不思悔改仍竭力揣摩二世心意，为秦二世的昏庸无道，暴虐无度找理论依据，以求得宽容。此语出自李斯的《上督责书》。“慈祥的母亲会养败家的儿子，而严厉的家主却没有桀骜不驯的奴婢”，旨在鼓励秦二世以残暴刑罚苛酷法令控制百官，鱼肉人民。

轻虑者不可以治国，独智者不可以存君。

【注释】《史记·蒙恬列传》。轻虑：考虑事情轻率。独智：独断专行，自以为是。

【解析】蒙氏家族是秦朝开国功臣集团的重要成员，深得秦始皇的信任。秦始皇死后，赵高与李斯合谋政变，因畏惧蒙恬、记恨蒙毅而用谗，秦二世昏庸不察，准备处死蒙氏兄弟。子婴以“考虑事情轻率的人不能治理国家，自以为是的人不能保全君位”来劝秦二世不要草率从事，诛杀忠臣，因而丧失民众信任，涣散军队斗志。但秦二世不听，终杀蒙氏兄弟。

天下昏乱，忠臣乃见。

【注释】《史记·魏豹彭越列传》。此语出自《老子》："天下昏乱有忠臣"一语。见(xiàn)：通"现"。天下昏乱的时候，忠臣才显现。

【解析】常言道，危难之时见真心。敢于在危难之时挺身而出的人，是一个国家、一个民族的脊梁。

陷之死地而后生，置之亡地而后存。

【注释】《史记·淮阴侯列传》。这句话出自《孙子·九地篇》："投之亡地然后存，陷之死地然后生，夫众陷于害，然后能胜数。"意思是，必须把士兵置于生死关头，才能使他们拼死作战，然后死中求生，获得胜利。

【解析】韩信破赵之战，指导思想就是必须把士兵置于生死关头，使人人都为自己拼死作战，以获得战争的胜利。因此，韩信一反平常的布阵方法，背水陈兵，把士兵置于死地以激发他们求生、抗争的欲望，最终取胜，留下"背水一战"的著名战例。指导思想的正确与否，直接影响到优势劣势和主动被动的变化。从强大之军打败仗，弱小之旅打胜仗的历史事实来看，确实如此。

智者千虑，必有一失；愚者千虑，必有一得。

【注释】《史记·淮阴侯列传》。这四句是当时的成语。《晏子春秋·杂篇》："圣人千虑，必有一失；愚人千虑，必有一得。"

【解析】这是广武君(李左军)的自谦之词。韩信背水一战大获全胜，俘虏了广武君。他明白当初如果武安君(陈余)听从了广武君出奇兵劫自己粮草的计策，就不会有破赵之战的胜利，也许被俘的就是自己。所以对广武君恭敬有加，并向他恳切询问伐燕攻齐的可行性。广武君说："智者千虑，必有一失；愚者千虑，必有一得。"

狂夫之言，圣人择焉。

【注释】《史记·淮阴侯列传》。狂夫：没有见识的妄人。与圣人相对。没有见识的狂妄之人的话，圣人也可以选择采纳。

【解析】这话是广武君的自谦之语。意为我的看法虽然卑陋，但还可供韩信你参考。说明决策之人，应当广泛地听取别人的意见，认真对待每一条建议。

善用兵者不以短击长，而以长击短。

【注释】《史记·淮阴侯列传》。

【解析】善用兵的人用自己的长处攻击别人的短处，这是尽人皆知的道理。在伐燕攻齐的问题上，广武君分析了韩信的长处——攻城拔寨，威震天下，民心顺从;也指出了韩信的短处——士兵疲弊,粮草尽竭,敌国坚守。因此他建议韩信采取“先声后实”战略:按兵不动休整士卒,摆出向北进攻的态势,而后派使者到燕国把自己的绝对优势显示给燕国看,这样燕国不敢不听,齐国也必然从风而服。韩信依计而行,果然顺利地征服两国。

天与弗取,反受其咎;时至不行,反受其殃。

【注释】《史记·淮阴侯列传》。这四句是当时流行的谚语。《国语·越语》中范蠡有云:“得时无怠,时不再来。天与不取,反为人灾。”与此句意同。与:赐与。咎:追究罪责。

【解析】韩信投奔刘邦做了大将后,一系列成功的征战,使得他名声大振,并完成了对项羽的战略包围之势。项王(羽)心知韩信已成为决定天下胜负的关键人物,便派武涉、蒯通劝韩信叛汉。蒯通以相术说韩信,要韩信与刘邦和项羽三分天下,鼎足而立,认为这是上天对韩信的惠顾,并恫吓韩信:“上天赐与的不接受,反而会受到惩罚;时机来了不行动,反而遭受灾殃。”

乘人之车者载人之患,衣人之衣者怀人之忧,食人之食者死人之事。

【注释】《史记·淮阴侯列传》。载:乘载,分担。

【解析】面对蒯通的劝诱说辞,韩信不为所动。他恪守“乘人家车子,就要分担人家的祸患,穿人家衣服,就要关注人家的忧虑,吃人家食物,要为人家的事情而死”。这样的报恩观点,是封建社会君臣的信义。它维系着封建社会的运转。

患生于多欲而心难测。

【注释】《史记·淮阴侯列传》。

【解析】针对韩信表达的忠于汉王之情,蒯通指出,当初张耳、陈余还是百姓的时候,两人结为生死之交,后来因救钜鹿之围等事发生争执,两人结下怨仇。张耳背叛项王,提项婴的头逃跑,降了汉王,汉王借了他的军队杀死陈余。这两人的交情可谓深厚,为何反目成仇?祸患产生于两人争夺权势时贪得无厌,而又各怀鬼胎。他暗示韩信拜立为齐王,是自己贪功重名之心作祟,终会引起汉王的不满,威胁自己的地位。

勇略震主者身危,而功盖天下者不赏。

【注释】《史记·淮阴侯列传》。

【解析】封建统治者多容不得出类拔萃的人在自己身边。韩信破魏取代、攻赵、收燕、平齐、败楚,军功卓著,才智过人,无人能比。蒯通指出:“勇敢和谋略超过君主的人就有危险，功劳超过天下人的人无法被封赏。”结果，韩信由于功勋赫赫使汉王的忌疑与日俱增，至拜韩信为齐王，汉王已露出了杀机。韩信的勇略、功勋、地位以及韩信离心倾向构成了对刘邦的潜在威胁。

随厮养之役者，失万乘之权；守儋石之禄者，阙卿相之位。

【注释】《史记·淮阴侯列传》。随：顺从，引申为安心于。厮养之役：指劈柴养马之类杂役性的事。万乘：指天子帝王。古代称天子地方千里，兵车万乘；诸侯地方百里，兵车百乘。守：留恋。儋(dàn)石：儋通“担”。古代百斤为一担，百二十斤为一石。阙：通“缺”，失去之意。

【解析】“安于做杂役的人就会失去争取君权的机会，留恋于微薄俸禄的人就得不到公卿宰相的席位。”这句话旨在告诉人们应当树立远大的理想，并要不懈地努力去追求，切不可庸庸禄禄安于现状。人们常说的：“不想当元帅的士兵不是好士兵。”蒯通说这些是想打动韩信，不要安于现状，应树立自己的旗帜。

智者决之断也，疑者事之害也。

【注释】《史记·淮阴侯列传》。

【解析】果断是一种良好的心理品质，优柔寡断终会坏事，这个道理是蒯通说给韩信听的，告诫他聪明人应当机立断。

骐骥之跼躅，不如驽马之安步。

【注释】《史记·淮阴侯列传》。跼躅(jú zhú)：徘徊不前。驽马：劣马。安步：稳步向前。

【解析】这句话用对比的手法，把骏马徘徊不前与劣马稳步向前的不同结果说得非常明白。果断决策，努力向前者，即使自身条件不好也会有所收获；临事而迷，左顾右盼，徘徊不前者，自身条件再好也不会成功。所有人应引以此为诫。

功者难成而易败，时者难得而易失也，时乎时，不再来。

【注释】《史记·淮阴侯列传》。时：时机，机会。

【解析】蒯通劝韩信反叛汉王，反复强调莫错失良机。以韩信当时的情形，蒯通认为只要抓住时机，就会大功告成。他感叹说：“功业难成而失败易，时机难遇而失去易，机不可失，时不再来。”

居马上得之，宁可以马上治之乎？

【注释】《史记·郦生陆贾列传》。

【解析】汉朝天下初定，陆贾时常向高祖进言称颂《诗》《书》。高祖骂道："我是骑在马上得天下的，哪里用得着《诗》《书》呢?"陆贾说："骑在马上得天下，难道也可以骑在马上治天下吗?"夺天下和治天下，无论目标和方法都有很大的不同，陆贾以商汤、周武用武力夺天下，却文武并用治天下，使国家长治久安，吴王夫差、智伯穷兵黩武最终国家败亡，秦严刑苛法失天下为例，来开导高祖。

天下安，注意相；天下危，注意将。

【注释】《史记·郦生陆贾列传》。

【解析】吕后专政时，分封诸吕为王，吕氏家族独揽重权，想要加害少主，篡夺刘氏天下。当时丞相陈平很担忧，感到无力抗争，在家忧思。他和当时的太尉绛侯周勃关系疏远，两人虽都忠于汉室，有挽救局势之心，但形不成统一的意志和力量。陆贾看到这一点，便从中牵线搭桥，去拜见陈平，对他说："天下安定，重视丞相；天下危急，重视武将，如果将相和睦，士大夫就会来亲附，士大夫亲附，团结在一起，即便发生变乱，大权也不会旁落。为国家社稷着想，现在就看你们两位怎么掌握了。"陈平听了陆贾的话，拿五百金为绛侯祝寿，绛侯也厚加回报，此后两人互相接纳，成为扼制吕氏势力发展的重要力量。最终在以两人为首的大臣宗室联合之下，铲除了诸吕，保住了汉室江山。陆贾"天下安，注意相；天下危，注意将"的话，还表现在国家危难动乱关头，掌握军队的将领便成为关键之所在，因此他劝权势和声望都列第一位的陈平，要主动去联络周勃。

千金之裘，非一狐之腋也；台榭之榱，非一木之枝也；三代之际，非一士之智也。

【注释】《史记·刘敬叔孙通列传》。裘(qiú)：毛皮衣。腋：腋窝，特指兽腋下的毛皮。榭：建在台上的高屋。榱(cuī)：椽子。意思是：价值千金的狐皮衣，不是一只狐狸的腋皮制成的；楼台亭榭的椽木，不是一棵树上的枝条能建成的；夏、商、周三代的功业，不是靠一个人的智慧能完成的。

【解析】一场伟大的斗争，一项伟大的事业，需要多方面人才的共同努力，需要集中群众的智慧。司马迁说："夫高祖起微细，定海内，谋计用兵，可谓尽之矣。然而刘敬脱挽辂一说(指进定都的建议)，建万世之安，智岂可专邪!"总结了刘邦建立汉朝是集中群雄的智慧。

大直若诎，道固委蛇。

【注释】《史记·刘敬叔孙通列传》。此语本于《老子》。诎(qū)：通"屈"，弯曲。委蛇(wēi yí)：同"逶迤"，曲曲折折的样子。意思是说：最正直的东西，看来像是弯的；万事万物的道理，本来就是曲曲折折的。

【解析】这是司马迁在论赞中称道叔孙通的话。叔孙通先做秦博士，后为项羽部属，最终归顺刘邦，阿世取容，似乎不合封建礼教中的“正”与“忠”。司马迁在这里却敢为叔孙通叫好。称赞他洞察时势变化，在曲折中求发展，为巩固西汉政权立下了汗马功劳。

得黄金百斤，不如得季布一诺。

【注释】《史记·季布栾布列传》。

【解析】“得到百斤黄金，不如得到季布的一声允诺。”这是当时楚地的谚语，是对季布“其言必信，其行必果，已诺必诚，不爱其躯，赴士之阨困”的侠义品格的衷心赞叹。成语“一诺千金”源出于此。

廷尉，天下之平也，一倾而天下用法者皆为轻重，民安所措其手足。

【注释】《史记·张释之冯唐列传》。廷尉：官名，在汉代是最高执法官。天下之平也：是天下公平的象征。《汉书·百官公卿表》云：“廷尉，秦官。”廷：平也，治狱贵平，古以为号。倾：不平。措：放置。

【解析】常说天子犯法与庶民同罪，做起来其实很难。顶住压力公平执法，是需要莫大的勇气的。张释之身体力行地做到了这一点。一次汉文帝出行经过渭桥，一个人突然从桥下跑出，惊了文帝的马，文帝抓住此人交给张释之处置，廷尉罚了这人的款。文帝很不高兴，张释之说：“法律之所以称之为法律，是要天子和百姓共同遵守。此案按照法律应当这样判，若加重处罚，法律就在百姓心中失去了信用。”他又说：“廷尉是天下公平的象征，一有偏斜，天下执法官吏就会随之任意轻重，老百姓的手脚还往哪里放呢？”张释之在这里指出法律要公平，不能为任何人所左右，法律要求天子和百姓共同遵守，这在古代是极为宝贵的，闪耀着民主思想的光辉，张释之是真正懂得法的价值并维护法的尊严的法官。

不知其君视其所使，不知其子视其所友。

【注释】《史记·田叔列传》。

【解析】了解、认识一个人，方法很多，可观其行，看他做什么；可听其言，看他说什么；也可看他重用哪些人，与哪些人交往。正如文中所言“不了解人君可以看他重用什么人；不了解那人的儿子，就看他交接的朋友”。

舐糠及米。

【注释】《史记·吴王濞列传》。像狗吃食物吃完了糠还要吃米。舐(shì)：舔。

【解析】吴王刘濞势力不断扩大，日益骄横，对汉朝的统治构成了威胁，在晁错的力谏下孝文帝决定削减吴王土地。吴王害怕削减土地没有止境，欲发动反叛，于是派应高挑唆胶西王反汉。应高指出汉削减诸王土地就如"舐糠及米"，是想自外而内逐渐蚕食诸侯王的土地，这样终有一天自己要被全部吃掉。胶西王听信应高的话，与吴王共同发起了"七王之乱"。

为善者，天报之以福；为非者，天报之以殃。

【注释】《史记·吴王濞列传》。

【解析】"善有善报，恶有恶报"这种因果报应之说充满了天命论的观点。当吴王的军队被击败逃散时，汉孝文帝颁布制诏给将军们，说："行善之人，上天以福报答他，作恶之人，上天用灾祸报偿他。"

毋为权首，反受其咎。

【注释】《史记·吴王濞列传》。毋：勿。权首：主谋或首先起事的人。咎：灾祸，灾殃。

【解析】司马迁对晁错尽忠受祸深表同情和愤慨，但他从晁错之死中获得的只是"不要作主谋，否则会受到惩罚"的结论。他没看到汉景帝听信袁盎谗言，采取舍车（晁错）保帅（自己）的错误态度才是晁错遭祸的真正原因，景帝才是晁错之死的罪魁祸首。

治天下终不以私乱公。

【注释】《史记·韩长孺列传》。治理天下终究不能因私情而损害公事。

【解析】公孙诡、羊胜游说梁孝王，并派人行刺朝廷谋臣，事情败露后，景帝下令搜捕二人。由于两人藏匿在梁孝王家，始终没有抓到，韩长孺去见梁孝王，以太上皇和临江王的际遇让梁孝王明白，明智的君主绝不会循私而误国，劝梁孝王交出公孙诡、羊胜两人。

强弩之极，矢不能穿鲁缟；冲风之末，力不能漂鸿毛。

【注释】《史记·韩长孺列传》。鲁缟（gǎo）：鲁国出产的一种白色生绢，十分轻薄。冲风：猛烈的风。漂：通"飘"，飘扬，吹动。

【解析】在对待匈奴问题上，韩长孺力主和亲。他指出，汉军深入匈奴腹地作战，劳师远征，定会人疲马乏，这就如同强弩射出的箭飞到末程，连鲁国的白绢也射不穿；猛烈的风吹到最后，连飘起鸿毛的力量都没有了。这形象地指出了出兵匈奴劳师远征的不利因素。

其身正，不令而行；其身不正，虽令不从。

【注释】《史记·李将军列传》。

【解析】作为领导者要以身作则，率先垂范。领导者身为表率，方能令行禁止。否则，虽有法令，不能推行。

桃李不言，下自成蹊。

【注释】《史记·李将军列传》。蹊：小路。桃树李树不会讲话，但树底下却踩出了一条条小路。

【解析】这是一条谚语，表达亲切、生动，非常富有生活气息，且蕴含着深刻的哲理，耐人寻味。桃树李树并不会自我宣扬，但为什么那么有吸引力，以致树底下踩出一条条小路。因为它们有甜美的果实。司马迁引此赞美李将军(李广)本质美好，受到人们爱戴和钦慕。

地者，国之本也。

【注释】《史记·匈奴列传》。

【解析】任何时候，国土都是一个国家主权的神圣象征，决不允许外族侵犯。杀父自立为王，当时东胡强盛，就派使者向冒顿索要匈奴的千里马，冒顿询问群臣，左右都认为不应给，冒顿说："怎么能跟人家是邻居却吝啬一匹宝马呢？"于是把千里马给了东胡，东胡王以为冒顿软弱，又大胆向冒顿要单于的阏氏(后妃)。群臣大怒，要攻打东胡，冒顿说："怎么能跟人家是邻居而吝啬一个女子呢？"于是把单于的一位阏氏送给了东胡，东胡王越发骄横向西入侵，要求把东胡和匈奴两国间的大片荒地划给他们。冒顿问左右大臣，大臣认为给也可不给也可。冒顿大怒，说："土地是国家的根本，怎么能送给他们呢？"于是杀掉主张送土地的人，出兵攻打东胡。冒顿的眼光比臣子要远得多，千里马、美女远比不上土地的重要。

尧虽贤，兴事业不成，得禹而九州宁。

【注释】《史记·匈奴列传》。

【解析】"唐尧虽然贤能，但好多事业想办没能办成，只有得到大禹，依靠大禹治理洪水之后，九州方得安宁。"司马迁用这段历史，说明再贤能的君主，也需要大臣的辅助事业才能成功。以讽刺汉武帝不能任人择贤，而采纳小人浮说，攻伐匈奴，动摇国之根本。

且欲兴圣统，唯在择任将相哉！

【注释】《史记·匈奴列传》。想要弘扬圣王的传统，唯有选择任用将相！

【解析】司马迁在这里大声疾呼，安邦定国最重要的是要选贤用能。

匈奴未平，无以家为。

【注释】《史记·卫将军骠骑列传》。

【解析】卫青是汉朝打击匈奴的主将，立有赫赫战功。他为打击匈奴呕心沥血，武帝曾为他兴建府第，并让他前去视察，卫青说："匈奴没有消灭，哪有心思顾家呢？"表达了卫青誓把匈奴逐出中原，使汉朝边塞永保安宁的爱国情怀。

力行近乎仁，好问近乎智，知耻近乎勇。

【注释】《史记·平津侯主父列传》。此三句话出自《礼记·中庸》。

【解析】"努力实践就接近仁，勤学好问接近于智，知道羞耻接近于勇。"仁、智、勇是儒家崇奉的道德标准，被公孙弘视为自治其身的三大法宝。力行就近乎仁，好问就近乎智，知耻就近乎勇，指出了走向仁、智、勇的起步之路。

国虽大，好战必亡；天下虽平，忘战必危。

【注释】《史记·平津侯主父列传》。此语出自《司马法·仁本》。

【解析】这句话准确地表述了战争在和平时代的地位。"国家即使强大，好战必定会灭亡；天下虽然太平，若忘记战争一定会危险。"为了取胜逞威而穷兵黩武的人，必将被战争吞灭，而一味高奏凯歌，以为战争离我远去的人，不知道战争的危险就在面前。

治国之道，富民为始；富民之要，在于节俭。

【注释】《史记·平津侯主父列传》。这句话出自汉平帝王元后的诏书，后人附录在《史记·平津侯列传》后。

【解析】"治国的方法首先是使老百姓富足，使百姓富足的关键在于节俭。"这种说法有一定的道理。使国家安定，首先民众要富足，老百姓富足了才能知礼节，政令才能通行。

世必有非常之人，然后有非常之事，有非常之事，然后有非常之功。

【注释】《史记·司马相如列传》。此句出自司马相如《难蜀父老》一文。

【解析】汉武帝时期，不但北征匈奴，对西南的少数民族地区也进行经营，武帝决定开挖修筑通往西蜀的道路，劳师动众两年，却不见成效，引起许多人不满。司马相如作《难蜀父老》，一方面宣扬汉廷通西南夷的意义，一方面又为蜀地人民的沉重负担代言。这几句话为汉武帝开发西南夷的行动作了有力的辩护：大凡世上一定要有不同寻常的人，才能有不同寻常的事；有不同寻常的事，才能建立不同寻常的功业。因为不同一般的常常是第一人,第一事,所以会遭到非议,引起疑惧;也因为不同一般,才会有超出平常的成效。所以"非常"之举,并不一定是坏事。

祸固多藏于隐微而发于人之所忽者也。

【注释】《史记·司马相如列传》。此语出自司马相如《上书谏猎》。

【解析】这句话本是用来劝告皇帝不要打猎的。因为"祸患本来大多隐藏在隐微之处而发生于人们疏忽的时候"。揭示了祸患的到来往往非常突然、非常隐蔽,常常在人觉察不到或有所忽略的地方发生。

家累千金,坐不垂堂。

【注释】《史记·司马相如列传》。此句出自司马相如《上书谏猎》。垂堂:近屋檐处。

【解析】这是两句俗语,意思是说:"家里有千金的人,坐的时候不靠近屋檐之下。"为什么呢?原因是以防万一瓦片掉下来伤人。富人尚且自爱,何况万乘之尊呢?这是劝说皇上应禁猎以防不测。

兴必虑衰,安心思危。

【注释】《史记·司马相如列传》。语出司马相如《封禅文》。

【解析】居安思危,国家才能永处不败之地。二千年前司马相如阐发了这样的道理。"兴盛时一定要考虑到衰败,平安时一定要想到危险。"只有有了这种危机感,才能催人奋进,兴国强邦。

陛下内多欲而外施仁义,奈何欲效唐虞之治乎?

【注释】《史记·汲郑列传》。内多欲而外施仁义:内心充满着各种欲望,而外表做出好施仁义的样子。武帝既好声色狗马,想成仙求长生不老,又想内兴功业、外事征伐,使周边国家臣服,故谓之多欲。唐虞之治:唐、虞指唐尧和虞舜,儒家称他们都以"揖让有天下"得太平盛世。

【解析】这是汲黯对汉武帝的批评。它揭掉了武帝把政治"饰以儒术"的外衣,帮人认清了他以儒法杂霸而用之的实质。

天下谓刀笔吏不可以为公卿,果然。

【注释】《史记·汲郑列传》。刀笔吏:主办文案的小吏。古时用笔写字在竹简之上,有错误,用刀削去另写。刀笔两种工具连称,有添减从心、舞文弄法之意。

【解析】张汤这类人，专门文深小苛、深文巧诋（专在法律条文上下功夫，曲加解释，巧妙地陷人于罪）而不识大体，他们掌握了大权，往往要坏国家大事，汉武帝宠信和依靠像张汤这样的一批“酷吏”，果然导致政治危机，到晚年不得不改弦更张。

陛下用群臣如积薪耳，后来者居上。

【注释】《史记·汲郑列传》。

【解析】汲黯官位曾列为九卿，而公孙弘、张汤还都是小官。后来公孙弘官至丞相，并被封侯，张汤官至御史大夫，从前汲黯管辖的丞、史等也都升到跟汲黯同等地位，有的甚至超过他，汲黯不服，内心不平衡，所以向武帝发牢骚：“陛下用群臣如积薪耳，后来者居上。”

一死一生，乃知交情。一贫一富，乃知交态。一贵一贱，交情乃见。

【注释】《史记·汲郑列传》。

【解析】俗话说患难见真情，世风日薄、世态炎凉，常常引起一些仁人志士的叹息。汉武帝时代的第一直臣汲黯，有权势的时候宾客是平时的十倍。没落时，情况立刻就变了。翟公开始做廷尉（掌刑狱之官）时，宾客盈门，等到被罢官，家门外冷落到可以张网捕雀。等到翟公又做了廷尉，许多宾客又跃跃欲试想去拜见，翟公对此颇为愤恨，于是在门上写下了以上的话，意思是：看看生前怎样，死后怎样，才能知道交情真相；看看贫富怎样，才能知道交情真相；一时尊贵，一时卑贱，结交的真情于是显现。

为治者不在多言，顾力行为何尔。

【注释】《史记·儒林列传》。顾：但，只。力行：实际干。

【解析】汉武帝当政之后想有所作为，儒家学派的大臣王臧、赵绾把自己的老师，传诗的申公介绍给武帝。武帝向他问治道，申公回答说：“施政的人不在于多说话，只看你实际干得怎样。”武帝醉心于文辞夸饰，以致他晚年走上好大喜功，穷兵黩武的道路。

冠虽敝，必加于首；履虽新，必关于足。

【注释】《史记·儒林外传》。帽子虽然破旧，一定得戴在头上；鞋子即使是新的，一定要穿在脚上。

【解析】帽子也好，鞋子也罢，其用途不同，只能各司其职。但是腐儒黄生，却以此为譬喻，为残暴反动的帝王做辩护，说什么夏桀、商纣虽然无道，然而总归是君上；商汤、周武王虽然圣明，总归是臣下。君主有过错，臣下不能用正直的话匡正他们的过失以树立他的权威,反而利用他的过错诛杀他,取而代之自己称王,这不是弑君造反又是什么呢?显然歪曲了此句本意。

法令者治之具,而非制治清浊之源也。

【注释】《史记·酷吏列传》。具:工具。清浊:喻指国家政治的好坏。

【解析】司马迁指出法令只是治理国家的一种工具,而不是决定国家政治是清明还是混乱的本源。

上德不德,是以有德;下德不失德,是以无德。

【注释】《史记·酷吏列传》。语出《老子》。这段话的意思是:最高的道德境界用不着向人们提出什么具体的道德要求,而是让人们自觉地按应有的做人标准行事,这样,社会也就有了道德。低标准的道德只满足于不违背道德,结果连最低的道德标准也维持不了,最终就没有道德。

【解析】这话含有辩证思想。

其言必信,其行必果,已诺必诚。

【注释】《史记·游侠列传》。言必信:说话讲信用。行必果:做事果断。已诺必诚:对于许下的诺言必定忠诚地履行。

【解析】这是司马迁对于游侠品格的精辟概括。游侠的行动在社会上获得了广泛的欢迎和爱戴。这种侠义精神和做人的品格,是值得肯定的。

力田不如逢年,善仕不如遇合。

【注释】《史记·佞幸列传》。力田:努力耕种。逢年:碰上好年成。善仕:会做官。遇合:得到君王的赏识。

【解析】命运常常捉弄人,机遇在人命运中所起的作用是不容忽视的,以致人们发出“努力耕田,不如遇上丰年;善于做官,不如和皇帝老子交攀”的感叹。汉代有一种被称作“佞幸”的人物,他们根本没有什么才能,只是因为善于取媚和讨好皇帝,因而得以和皇帝亲近,以致公卿大臣们办事都要通过他们打通关节。

谈言微中,亦可以解纷。

【注释】《史记·滑稽列传》。在谈笑中含蓄微妙的说中的至理,也可以排解那些难以解开的纠纷。

【解析】俳优滑稽人物,地位卑微,常被认为只会卖弄一些雕虫小技,供人笑乐而已。殊不知那些有见识、有骨气的滑稽人物,常常能以他们特殊的身份对某些很难冒犯的当权者进行巧妙的讽谏。往往还能起到正经、严肃的急诤切谏所起不到的作用。有鉴于此，司马迁在他的巨著《史记》里，专门为滑稽人物立传，并用这两句评语对他们所特有的贡献作出了令人信服的评价。

酒极则乱，乐极则悲；万事尽然，言不可极，极之而衰。

【注释】《史记·滑稽列传》。酒喝得过多就容易出乱子，快乐到了极点就会发生悲哀的事。一切事情都是如此，这说的是什么事情都不要走上极端，如果到了极端，就必然走向反面而转为衰亡。

【解析】著名的大滑稽家淳于髡，是一位深谙世故人情的通人。他给齐威王所进的这几句谏言，成为较早的戒酒戒乐（无度之乐）的箴言之一，齐威王听了立刻“罢长夜之饮”。

鸟之将死，其鸣也哀；人之将死，其言也善。

【注释】《史记·滑稽列传》。鸟将死时，它的叫声是悲哀的；人要死时，他说的话是善良的。

【解析】从孔老夫子以来，人们都这么说。这是世人对禽情人性的长期观察和总结，它符合人类的某种普遍心理——在将要离开人世的时候，出于对人生的珍惜和眷恋，总是愿意将自己内心最美好的东西留下并奉献出来。

骐骥不能与罢驴为驷，而凤凰不与燕雀为群，而贤者亦不与不肖者同列。

【注释】《史记·日者列传》。骐骥：骏马。罢驴：劣驴。罢同“疲”。驷：同“驾”，一辆车的四匹马。

【解析】骏马不能与疲驴同驾一辆车，凤凰不能和燕雀同群，而志行高洁的贤人当然也不能和不三不四的不肖者为伍。这是一切洁身自好的人们的处世原则。屈原在《离骚》中就曾说：“鸷鸟之不群兮，自前世而固然。何方圆之能兮，夫孰异道而相安！”（猛禽不与凡鸟同群，这在前代早已如此。方和圆怎么能够相全？不同道的人又怎能安然相处！）

道高益安，势高益危。

【注释】《史记·日者列传》。

【解析】“道德越高尚越平安，权势越高越危险。”这是宋忠、贾谊自身经验的总结。

暴得者必暴亡，强取者必后无功。

【注释】《史记·龟策列传》。

【解析】这里引的是宋元王的两句话，说的是依靠凶暴手段获得的东西必定突然丧失。强索横夺来的东西，后来必定会失去。宋元王用“桀、纣暴强，身死国亡”（桀和纣暴戾强横，结果身死国亡）来作例证。

巧者有余，拙者不足。

【注释】《史记·货殖列传》。

【解析】这里讲贫富的法则是天然存在的，不是别人可以赐予或可以剥夺的。巧慧聪明的人财富有余，笨拙愚昧的人衣食不足。为了证明这个道理，司马迁举太公望吕尚的例子。太公望被封在营丘（今山东淄博），那里本来土地盐碱、人烟稀少，但太公鼓励当地妇女从事纺织、刺绣，并使技巧达到精妙；又组织人们贩运渔产和海盐，结果齐国很快富裕并发展起来。

贵上极则反贱，贱下极则反贵。贵出如粪土，贱取如珠玉。

【注释】《史记·货殖列传》。反：返回。

【解析】前两句是春秋时期越国大商人、大谋略家计然总结的物价涨落规律：货物涨到最高的极限就会下跌，返归于贱，跌到极限就会上涨，返归于贵。后两句是针对这一规律所制定的经营策略：当物价涨到一定极限之时，就要把货物看作粪土一样毫不可惜地抛售出去，当价跌到一定极限之时，就要把货物视同珠宝一样，毫不犹豫地收购进来。

趋时若猛兽挚鸟之发。

【注释】《史记·货殖列传》。趋时：抓紧时机。挚鸟：凶猛的鸟。挚通鸷。发：指猛禽猛兽看到猎物时猛扑上去的动作。

【解析】这里讲经商必须看准时机，而且要不失时机采取行动。必须有像猛兽鸷鸟看到猎物便不顾一切地扑上去的那种劲头。

百里不贩樵，千里不贩籴。

【注释】《史记·货殖列传》。樵：柴。籴：买粮为籴，卖粮为粜，此处作粮食解释。这两句话的意思是，不到百里之外去贩运薪柴，不到千里之外去贩运粮食。

【解析】这是商业上有名的两句谚语，也是多少年来人们经商经验的总结。

神大用则竭，形大劳则敝。

【注释】《史记·太史公自序》。神：指人的精神、声气。形：指人的形体。

【解析】这是《太史公自序》所引司马谈《论六家要旨》中讲形神关系的两句

话。意思是:凡人活着,依靠的是他的精神,而精神是寄托于形体的。精神过度使用便会衰竭,形体过度劳累便会病倒。形、神分离就会死亡。所以精神是人活着的根本,形体是人生命的载体,二者不可分离。这里既讲了形神之间的相互关系,又从根本上指出养生之道。

国有贤相良将,民之师表也。

【注释】《史记·太史公自序》。

【解析】这是司马迁在《汉兴以来将相名臣年表》小序上所下的一个考语,意思是说国家的贤相良将,不但是国家的栋梁,而且是老百姓的师表、老百姓的楷模。

非兵不强,非德不昌,黄帝、汤、武以兴,桀、纣、二世以崩,可不慎欤?

【注释】《史记·太史公自序》。兵:是军队,战争的总称。德:是礼义、仁德以及政治的总称。

【解析】"非兵不强,非德不昌"是司马迁战争观的理论核心。兵,即战争;德指政治,两者相辅相成。国家缺少战争手段就不能强大,但只注重战争而缺少礼义,政治搞不好,国家也不能昌盛。军队战争决定一个国家能否强大;而礼义、政治决定一个国家能否昌盛。黄帝有阪泉、涿鹿之战,商汤有鸣条之战,周武王有牧野之战,才得以强大和兴盛。所以战争既可以兴邦,也可以丧邦。

博观终始,穷极事情,而是非分明。

【注释】刘向《谏营昌陵、延陵疏》。广泛地考察事物发展的起因及可能引起的结果,透彻地了解事物的内部状况,就可以明辨是非。

【解析】人们做任何事情都不能凭一时的冲动而不顾后果,也不能只看到事物的现象而不了解本质。刘向在这里劝勉帝王不要搞厚葬,那样大兴土木,挥霍浪费,会引起人民的反抗,政权会由此发生危险。而且,刘向认为,富丽堂皇的陵墓,只会招来更多的盗墓者,被世人认为是无德寡知的象征。

文繁则质衰,末盛则本亏。

【注释】桓宽《盐铁论·本议》。

【解析】这里用文章的内容与形式的关系,来说明农业与工商业的关系。儒家讲究文学的教化作用,注重文章的实际内容,反对文采华丽的文章。当时有一部分人认为农业是经济发展的根本,而工商业则是细枝末节。这反映了汉代一些人轻视工商业的思想。事实证明,内容和形式完美结合的文章,才更有文学魅力,工商业也是国民经济发展的重要部分,哪一方也不可偏废。

盛服先生不用于世，忠良切言皆郁于胸，誉谀之声日满于耳，虚美熏心，实祸蔽塞。

【注释】路温舒《尚德缓刑书》。盛服先生：指尽忠国事的人。

【解析】这里用了对偶的句式，揭示了秦朝的弊政，借以引起当皇帝的注意，希望他能吸取教训，励精图治。不用贤才，就没有忠良切实的言论；只听信阿谀奉承之辞，追求虚荣，就会引发祸端。通过对比，孰是孰非，已一目了然。只有以史为鉴，才能造就太平盛世。

所好则钻皮出其毛羽，所恶则洗垢求其瘢痕。

【注释】赵壹《刺世疾邪赋》。瘢（bān）痕：疮疤，比喻缺点。对所喜爱的人就千方百计地美化提拔，对所厌恶的人则想尽一切办法找出他们的缺点进行攻击。

【解析】封建统治者用人完全根据自己的主观好恶，根本不考虑所用的人是否有真才实学。这也是许多有志文人怀才不遇、壮志难酬的一个重要社会原因。钻皮出毛羽，洗垢求瘢痕这一比喻形象生动，揭露了那些蝇营狗苟、党同伐异的奸佞权臣待人的两种截然不同的态度，讽刺尖锐犀利，入木三分，淋漓尽致。

法禁屈挠于势族，恩泽不逮于单门。

【注释】赵壹《刺世疾邪赋》。逮：到。朝廷的法律和禁令在有权有势的贵族那里被阻挠，皇帝的恩惠到不了无权无势的贫寒人家。

【解析】“刑不上大夫，礼不下庶民。”阶级社会里的法律禁令是为下层老百姓制定的，社会利益只供上层贵族享受。这句话通过对比，鲜明地揭示了社会的不平等和阶级对立，具有重要的认识作用。

乘理虽死而非亡，违义虽生而匪存。

【注释】赵壹《刺世疾邪赋》。乘（chéng）：依凭。匪：同“非”。坚持真理的人虽然死了，但精神永存；背信弃义的人虽然活着，但如同行尸走肉。

【解析】这里讲到生死观的问题。一个人活着，应坚持正义，追求崇高的精神境界。这句话在赞扬那些为了美好的理想信念而从容赴难、慷慨就义的伟大人物的同时，也贬斥了那些因贪生怕死、不顾廉耻而丧失人格的卑鄙小人。

坚冰作于履霜，寻木起于蘖栽。

【注释】张衡《东京赋》。寻：古代长度单位，八尺为一寻。蘖（niè）：树木砍去后又长出的芽子。坚实的冰由不堪踩踏的霜过渡而来，八尺高的树木由短短的嫩苗培育而成。

【解析】事物的发展都是有特定的原因和过程的。只有原始察终，才能更好地掌握事物的发展规律，防微杜渐或防患未然。班固对统治阶级的前途充满了忧虑。他认为一切社会弊病都有其根源，只有对症下药，才能实现社会的长治久安。

于是仲春令月，时和气清；原隰郁茂，百草滋荣；王雎鼓翼，仓庚哀鸣；交颈颉颃，关关嘤嘤；于焉逍遥，聊以娱情。

【注释】张衡《归田赋》。令月：好日子。隰（xí）：低湿的土地。滋：生长。王雎：鸟名，即雎鸠。仓庚：即黄莺。颉颃（xié háng）：鸟上下飞。于焉：于是乎。聊：姑且。

【解析】这段话写出了大自然的清新美丽，充满了春的气息，生活的欢乐。在那春光明媚的日子里，人们来到乡村田园，那芊芊莽莽的如茵碧草，那展翅飞舞的欢快的鸟，令人目不暇接；那百鸟婉转动听的歌唱，让人心旷神怡。这幅美妙的大自然的风景画，同充满危机的现实生活形成了鲜明的对照。它表达了作者对田园生活的向往，同时也暗寓着对仕途生活的厌倦，对王朝政治的不满。情景交融，既是写景的佳作，又是抒情的妙文。

苟纵心于物外，安知荣辱之所如！

【注释】张衡《归田赋》。苟：姑且。如：本为往，在此为归。姑且在尘世之外放纵自己的性情，哪里还管荣辱这些身外之物归向何处呢？

【解析】古代文人往往在仕途上碰壁或积极用世的社会理想遭到挫折后，开始转向内在的世界里寻找生命的价值，这一过程的主要表现便是回归田园。只有在淳朴、自然的田园环境中，扭曲的人性才得以复原，生命的存在才得以重现，一切荣辱穷达都无关紧要，最重要的人与自然融而为一，生命的真谛就在于此。这句话表现了班固在国事日非的情况下不愿同流合污，脱离官场回归田园的愿望。

畋不掩群，不取麛夭，不涸泽而渔，不焚林而猎。

【注释】刘安《淮南子·主术训》。畋：打猎。掩：尽。麛（mí）：鹿子。夭：麋子。涸：竭，尽。打猎不把整群的鸟兽全部捕杀，不捕杀幼兽，不把池塘里的水弄干捕鱼，不焚烧树林打猎。

【解析】自然与人的关系十分密切，维护生态平衡已成为人们越来越重视的问题。大自然给人类提供了衣食住行等各种生存的必要条件，而目光短浅的人们贪得无厌，往往不珍惜大自然对人类的赐予，肆意侵夺，结果自食苦果，造成许多灾难性的后果。两千多年前的刘安就能认识到这一点，是非常可贵的，进而也说明中国的环境保护是有悠久历史的。

天地之所贵者，人也。圣人之所尚者，义也。

【注释】王符《潜夫论·赞学》。天地之间最为可贵的是人，圣人最为崇尚的，是义。

【解析】我国古代哲学家认为人与自然现象及草木鸟兽相比，有气、有生、有知、有义，所以最为可贵，而尤为可贵的，乃是义。这两句话通过衬托的手法，强调了义的重要性。

虽有至圣，不生而知；虽有至材，不生而能。

【注释】王符《潜夫论·赞学》。即使是最大的圣人，也不是生来就聪明智慧的；即使是最优秀的人才，也不是生来就才华横溢的。

【解析】这句话强调了后天学习的重要性。用"至圣"和"至材"作例子，高屋建瓴，极富说服力。

工欲善其事，必先利其器；士欲宣其义，必先读其书。

【注释】王符《潜夫论·赞学》。工匠们要想做好自己的事，一定先磨快他们的工具；读书人想畅晓道义，必须先诵读诗书。

【解析】举日常生活中易见的事情、易晓的道理为据，用类比的方式说明了读书学习对于一个人修养道德、增长知识的重要性。

君子者，性非绝世，善自托于物也。

【注释】王符《潜夫论·赞学》。那些德才兼备的人并非有超脱世俗、违背常情的性格，而是善于利用特定的环境来发展自己。

【解析】孔子说："君子忧道不忧贫。"王符认为君子并非喜欢贫穷，而是因为有着远大的志向。那些家境富裕的人能不沉溺于声色犬马的享乐而有所建树，那些身世贫寒的人能不屈服于饥寒交迫而取得成功，都是因为他们把自己的人生定位到了一个更高的目标上。他们并非不喜欢享乐，他们并非愿意忍受痛苦，但他们善于利用自己的生存环境追求理想，这才是真正的原因。所以无论是顺境，还是逆境，都可出人才。

人之情性，未能相百，而其明智，有相万也。

【注释】王符《潜夫论·赞学》。人的性情，大致相差不多，而人的智力发展，却有千差万别。

【解析】人的性情大致一样,但对事物的看法各有不同,优劣高下,特别明显,这是什么原因呢?作者通过对比,说明了学习对于开发智力,拓展思维的重要性。

道之于心也,犹火之于人目也。

【注释】王符《潜夫论·赞学》。道:指儒家经典和学术。

【解析】这里用了一个形象的比喻来说明学习儒家经典和学术的重要性。在漆黑的夜里,茫然一片,眼睛只有借助火光才能看清东西。同样,只有学习儒家学说,才能修养道德,增长知识,从而实现立身齐家治国平天下的人生理想和社会理想。

夫为国者,以富民为本,以正学为基。

【注释】王符《潜夫论·务本》。那些治理国家的人,都把富民和正学作为最基本的东西去抓。

【解析】物质文明建设和精神文明建设相辅相成,缺一不可。只有发展经济,才能使人民安居乐业,只有提倡文明,才能使国家安定团结。一千多年前的封建政论家就认识到了这一点,实属难能可贵。

诗赋者,所以颂善醜之德,泄哀乐之情也。

【注释】王符《潜夫论·务本》。醜:同"丑"。诗和赋是用来扬善贬恶,抒发哀乐之情的文学形式。

【解析】文学的作用问题,是中国文学思想史上争论不息的事情。一派主张文学应当为政治服务,应当作为政治的附庸;一派则提倡将文学从政治生活中解放出来,抒写个体的性情。显然这两种观点都有失偏颇。王符则既重视文学的社会功利性,又强调表现作者的生命体验,可谓真知灼见。

本末消息之事,皆在于君,非下民所能移也。

【注释】王符《潜夫论·务本》。本和末互相斗争消长的事情,都由君主决定,并非下层老百姓所能改变的。

【解析】在封建社会,统治阶级的提倡与引导,是社会风气形成的重要原因。王符认为崇本抑末、移风易俗、整顿政治应从君王开始,确实击中了问题的要害。

无德而富贵者,固可豫吊也。

【注释】王符《潜夫论·遏利》。豫:同"预"。句意谓没有道德的富贵人,本应事先就哀悼他们。

【解析】这句话揭示了人的一种本性，强调了道德与财富的关系。人性以纵欲为欢，那些暴富显贵而没有道德修养的人，必然会依仗其势力为满足自己的贪欲干一些伤天害理、祸国殃民的事情，最终自取灭亡。所以，财富诚可贵，道德价更高。

自古于今，上以天子，下至庶人，蔑有好利而不亡者，好义而不彰者也。

【注释】王符《潜夫论·遏利》。蔑(miè)：没有。彰：表扬，流传。

【解析】这句话告诉人们不要见利忘义。从古到今，时间跨度很大；从天子到老百姓，普遍性很强，因而颇具说服力。利与义的矛盾选择，由来已久，社会舆论赞扬那些重义轻利的人，表现了中华民族悠久的传统美德。

故论士，苟定于志行，勿以遭命。

【注释】王符《潜夫论·论荣》。评论人物，应当主要根据他的志向行迹，而不应根据他的命运遭际。

【解析】这是唯才是举思想的萌芽。评价人物不能看他的身份和地位。位居高官享受荣华富贵的人不一定都是德才兼备，而地处贫贱忍饥挨饿的人不一定都是小人。所以，君子有的在上层，如飞龙在天；有的在下层，如潜龙勿用。这句话表现了作者否定部分上层统治者和重视下层知识分子的勇气和胆略。

故苟有大美可尚于世，则虽细行小瑕，曷足以累乎！

【注释】王符《潜夫论·论荣》。

【解析】金无足赤，人无完人。这句话用采玉来比喻用人。名玉出于璞石，名珠产于蜃蛤，但人们谁也不会因为它们的出身低贱而产生厌相之感。用人也不能只看到他们的出身低贱，那样永远不会得到真正的人才。这种思想对后来曹操推行的唯才是举政策影响甚大。

君子所以明者，兼听也；其所以闇者，偏信也。

【注释】王符《潜夫论·明闇(àn)》。皇帝之所以成为明君是因为他们能广开言路；皇帝之所以是昏君，是因为他们偏信小人之言，耳目闭塞。

【解析】这句话直接评论最高统治者。皇帝的功过得失，是封建社会的文人最关注的问题，也是最难评议的问题。历史证明，开明的君主，大多目光长远，有开阔的胸怀，能以本阶级的整体利益为重，因此能实现国家相对的长治久安。相反，昏君则大多鼠目寸光，不惜破坏国家的利益来满足自己的私欲，结局自然悲惨。王符可谓有敏锐的洞察力。

剑不试则利钝闇(àn),弓不试则劲挠诬,鹰不试则巧拙惑,马不试则良驽疑。

【注释】王符《潜夫论·考绩》。剑、弓、鹰、马这四种东西不进行试验考察就分不出优劣高下来。

【解析】任何事物必须拿到实践中去检验,王符的观点包含认识论的可贵因素。这里列举了四种事物,意在说明一个人有才与否,必须到实践中去考察他,认识他,这样既不会大材小用,也不会误用庸才。

亡徵败迹,若重规袭矩。

【注释】王符《潜夫论·思贤》。袭:同"重"。历代国家败亡的征兆和经过,仿佛重复着同样的规则。

【解析】这是圜道论观点的一种,即认为历史的发展,国家的兴废,往往要经过一个正、反、合的历程。新的统治者大都要借鉴前代亡朝的教训,但常常走向另一端,弊政百出,导致重新走上灭亡的道路。王符把国家败亡的原因归于统治者不能任用贤人,实际上那是由他们的阶级局限性决定的。

治世不得真贤,譬犹治疾不得真药也。

【注释】王符《潜夫论·思贤》。

【解析】这里用药与病的关系作比喻,说明用人不当会产生的严重后果,从而突出真贤对于安邦治国的关键作用。

方以类聚,物以群分,同明相见,同听相闻,惟圣知圣,惟贤知贤。

【注释】王符《潜夫论·本政》。

【解析】这句话先引用《易系辞上传》之语,再加以类比说出自己的观点。在王符看来那些忠奸不分、贤愚莫辨的君主实际上也是狡诈、昏聩之徒。这句话貌似温厚,实则饱含作者的愤懑之情和批判意识。

德不胜其任,其祸必酷;能不称其位,其殃必大。

【注释】王符《潜夫论·忠贵》。身居高位的人若没有相应的道德和才能,那下场一定是可悲的。

【解析】作者通过历史事实告诉那些达官显贵要注意立身修德,在其位,谋其政,不要投机钻营,阴谋作乱。这在那宦官和外戚交替专政的时代,颇富警醒力。

居累卵之危,而图泰山之安;为朝露之行,而思传世之功。

【注释】王符《潜夫论·忠贵》。

【解析】这句话揭露了那些贵戚权臣的行迹和心态。他们依仗自己的权势骄奢淫逸，祸国殃民，过着寄生生活，时时都处在人民反抗和皇权镇压的危险中，却希望自己的地位能稳如泰山，名声能流芳百世，这何异于缘木求鱼，南辕北辙？这里作者通过对比那些弄权之臣的行迹和心态，对他们进行了无情的嘲讽和批判。

贫生于富，弱生于强，乱生于治，危生于安。

【注释】王符《潜夫论·浮侈》。

【解析】事物都在不断地发展变化，矛盾对立的双方也在不断地互相转化。国家在富裕强盛时应担心会变得贫穷弱小；国家在安定太平时应担心会变得混乱危险。总之，居安思危，才能实现国家的长治久安。这是作者对当时的浮躁奢侈的社会风气的告诫，也反映了他的辩证地看问题的思想。

山林不能给野火，江海不能灌漏卮。

【注释】王符《潜夫论·浮侈》。卮(zhī)：古代一种盛酒器。山林中不能点燃野火，江海之水也灌不满一只有漏洞的酒杯。

【解析】这里用野火和漏卮比喻奢侈浪费的危害性。浮靡奢侈会像野火焚林一样逐渐把国家摧毁，无论多少财富也经不起铺张浪费的挥霍。以生活中常见的事例为喻，形象贴切，发人深思。

积上不止，必致嵩山之高；积下不已，必极黄泉之深。

【注释】王符《潜夫论·慎微》。

【解析】这里用比喻说明修善立德和为恶多端的截然不同的结果。一个人只要有毅力、有恒心，注意从一点一滴做起，就一定能实现他的理想，成为世人敬仰的楷模。相反，如果一个人甘于沉沦，恶习不改，必然会导致悲惨结局。对比鲜明，称善抑恶之意更加突出。

邪之与正，犹水与火，不同原，不得并盛。

【注释】王符《潜夫论·慎微》。

【解析】此处用一比喻，揭示了贤与邪、忠与奸的矛盾斗争是不可调和的。

十步之间，必有茂草，十室之邑，必有俊士。

【注释】王符《潜夫论·实贡》。

【解析】这句话用类比手法说明人才到处都有，只是由于朝廷选拔人才的方法不恰当，使他们没法施展自己的才能。王符提醒统治阶级重视寒士，知人善任。

志道者少友，逐俗者多俦。

【注释】王符《潜夫论·实贡》。俦（chóu）：伴侣。那些积极上进、追求理想的人朋友很少，而那些随波逐流、庸庸碌碌的人却同伙很多。

【解析】这句话道出了一种客观世相。人们往往对那些坚持真理、追求理想的人敬而远之或鄙而弃之。而那些目光短浅的人们却往往能因共同的利益结党营私，狼狈为奸。因此，选拔人才时就不应只看其外在虚名和众人的附和，而应考察他的内在追求和外现形迹。

凡敢为大奸者，材必有过于众而能自媚于上者也。

【注释】王符《潜夫论·述赦》。大凡敢于干最邪恶的事情的人，多是工于心计且能讨得上司欢心的人。

【解析】这里揭露了那些奸臣、乱臣们的看家本领，其中重要一招就是千方百计赢取皇帝的宠信，这样他们才能有恃无恐。这实际上也是告诫统治者不要为虎作伥，自取毁灭。

擒灭盗贼，在于明法，不在数赦。

【注释】王符《潜夫论·述赦》。捉拿和消灭盗贼等不法之徒，在于严明法律，而不在于屡次赦免他们。

【解析】对于社会上的不法分子，特别是危害国家安全和社会稳定的人，必须雷厉风行地绳之以法。如果一味地赦免宽恕他们，就会姑息养奸，助长他们的嚣张气焰，激起人民对政府的不满，从而使国家动荡不安。王符疾恶如仇，表现了一位封建文人刚正不阿的精神风貌。

治国之日舒以长，故其民闲暇而力有余。乱国之日促以短，故其民困务而力不足。

【注释】王符《潜夫论·爱日》。治：太平，与“乱”相对。务：致力，从事。

【解析】这两句话着眼于“日”，从人民的生活状况对比分析太平盛世和乱世的特点，构思巧妙，手法独特。在太平盛世中，政治清明，百官各司其职，社会生活有规律地进行，老百姓安居乐业，所以日子显得舒缓悠长。而在乱世中，皇帝昏庸无道，百官尔虞我诈，社会一片混乱，老百姓疲于奔命，所以日子显得仓促短暂。这句话道出了广大人民渴望安定团结的社会局面的心声。

法令者，人君之衔辔箠策也。

【注释】王符《潜夫论·衰制》。衔辔箠策：驭马的嚼子、缰绳及鞭子。

【解析】这里把法令比作驾驭马的工具，形象生动地说明了严明法令对一个国家的重要性。如法令不明，那么整个政局就会像盲人骑瞎马，或者如野马脱缰，必然会导致灾难性后果。

且夫治世者，若登丘矣。必先蹑其卑者，然后乃得履其高。

【注释】王符《潜夫论·衰制》。

【解析】以登丘喻人君治国，意为不可好高骛远，急功近利，必须循序渐进，理清矛盾，逐一克服，达到预期目的。否则，往往会激化矛盾，给社会的动荡不安埋下隐患。这对于那些好大喜功的国君来说，很有借鉴作用。

国未尝不以德昌而以兵强也。

【注释】王符《潜夫论·劝将》。没有一个国家不是凭借道德教化而文明发达、凭借武装力量而强盛壮大的。

【解析】王符认为，国家的富强文明除了要发展教育事业以外，还要组织强大的武装力量，这样才能有效地抵御外族的入侵，维护国家的安全和稳定。这在那个民族冲突频繁的时代，有着伟大的现实意义和历史意义，数千年后，仍足以让我们引以为鉴。

唇亡齿寒，体伤心痛。

【注释】王符《潜夫论·救边》。

【解析】这句话用人的生理感觉说明救助边关告急的必要性。边境的安危与国家政局息息相关，而统治阶级因为没有触到自己最根本的切身利益，往往对处在外族蹂躏的痛苦之中的边地人民坐视不救，因此作者感到非常愤懑，认为皇帝应当爱民如子，救边应如救护自己的肢体一样迫切。

兵所以威不轨，而昭文德也。

【注释】王符《潜夫论·议边》。军队是用来震慑那些图谋不轨的人，展现一个国家的文明昌盛的工具。

【解析】王符肯定军队在历史舞台上的积极作用，赞成正义的战争，表现了一位政论家积极务实的态度。历史上的任何一个朝代，不修武备的教训是惨痛的。

夫土地者，民之本也，诚不可久荒，以开敌心。

【注释】王符《潜夫论·实边》。

【解析】边地久经外患，人民流离失所，土地荒芜，渺无人烟，因此急需补充强大的人力物力，否则就会使外敌有机可乘，长驱直入。这句话既说明了朝廷不修武备、不救边难的严重后果，也表达了作者要求朝廷移民实边，加强国防的建议。

物之有然否也，非以其文也，必以其真也。

【注释】王符《潜夫论·释难》。事物的正确与否，并不能根据它的外在表现而判断，必须根据它的内在真实情况而定论。

【解析】这表现了王符实事求是的辩论精神。事物往往表现为真象和假象两种情况。只有实事求是，才能穿透假象，认识本质。

富贵则人争附之，此势之常趣也；贫贱则人争去之，此理之固然也。

【注释】王符《潜夫论·交际》。

【解析】这句话描绘了一幅人生交友世相图。爱富嫌贫、攀高去低已似乎成了人的本性，王符这里看似肯定，实际上对那些为了利益而相处的小人之交进行了辛辣的嘲讽。

己之所无，不以责下；我之所有，不以讥彼。

【注释】王符《潜夫论·交际》。责：索取。自己没有的东西，不向别人索取；自己有的东西，不向别人炫耀。

【解析】儒家讲求恕道，即以宽厚的态度对待别人。交友之道，在于与人相处，而非与物相处。王符借此批驳那些目光短浅、趋炎附势的小人。

不随俗而雷同，不逐声而寄论。

【注释】王符《潜夫论·交际》。

【解析】品评人物，不可随波逐流，人云亦云，而应考察其志行。这样才能给人以正确的评价。

情实薄而辞称厚，念实忽而文想忧，怀不来而外克期。

【注释】王符《潜夫论·交际》。克：同“刻”，约定时间或限定时间。

【解析】这里列举了小人交友的种种口是心非的虚伪表现，作者认为这些人小则误他人，大则误国家，巧言如簧，厚颜无耻，令人深恶痛绝。人情冷暖、世态炎凉，王符体味可谓深沉。

才高行洁，不可保以必尊贵；能薄操浊，不可保以必卑贱。

【注释】王充《论衡·逢遇》。德才兼备之人，不能保证他一定会尊贵；无才无德之人，也不能断定他必然会卑贱。

【解析】在封建社会不合理的用人制度下，许多仁人志士怀才不遇，一生颠沛流离，饥寒交迫，愤世悲歌，流唱至今。而一些小人得志，妒能嫉贤，飞扬跋扈，祸国殃民，留下了千古骂名。不过从现在看来，这句话给我们更多的启示是一个人只要抓住机遇，就能发展自己、完善自己，或找到用武之地，施展才华，实现理想。

修身正行，不能来福；战栗戒慎，不能避祸。

【注释】王充《论衡·累害》。行为端正，品行美好的人，不能招来幸运；提心吊胆、谨慎小心的人也不能避开祸害。

【解析】这句话揭示了封建社会生命主体被戕害、扭曲、压抑的状况。因此，对那些不幸的德才兼备的人，不应考虑他们本身的立身处世有什么过失，而应考虑他们生存的社会环境。为什么他们祸福无常，生命毫无保障？因为外境的毁谤和压迫。

人之性，犹蓬纱也，在所渐染而善恶变矣。

【注释】王充《论衡·率性篇》。渐：浸。人的性情，就像蓬和纱一样，由各自所生长的环境和浸染的颜料而改变特性。

【解析】这句话说明人的性格和气质是由后来的成长环境的熏陶和教育的作用形成的，人性的可变性足以激励人们不断地发展自己、完善自己。

不患性恶，患不其服圣教，自遇而以生祸也。

【注释】王充《论衡·率性》。不担心一个人性情恶劣，而忧虑他不服教化，放任自由惹起祸害。

【解析】王充承认人的性情有善恶优劣之差，因此他更注重后天的教化作用。他认为一个人如果不接受良好的教育，那么他的人性中恶的一面就会恣肆泛滥，招致祸端。

贵贱贫富，命也。操行清浊，性也。

【注释】王充《论衡·骨相》。贵贱贫富，是由一个人的命运遭际决定的，而道德品质的善恶美丑，是由一个人的本性决定的。

【解析】贵贱贫富这些身外之物是可遇而不可求的，而美好的道德品行，却可以通过后来的努力来培养，因为人的性情是可以改变的。这句话也表现了他的人生态度，不执着于功名利禄，也不失落于穷途末路，而要追求高洁的道德情操。

情性者，人治之本，礼乐所由生也。

【注释】王充《论衡·本性》。情性是管理人民的根据，也是礼乐产生的原因。

【解析】人非草木，孰能无情。这句话表现了对人的主体性的尊重。人的性情千差万别，国家必须对症下药，惩恶扬善，各得其所，这样才能推动社会文明的进步，实现对老百姓从根本上的管理。同样，性情也需要渲泄和抒发，于是产生了乐，而礼是约束、规范人的性情的制度。因此，礼乐的产生是必然的，也是合理的。

比不应事，未可谓喻；文不称实，未可谓是也。

【注释】王充《论衡·物势》。喻体和本体不相符，不能算是比喻；文章和事实不相称，不能算是正确。

【解析】这里王充用类比的方式阐发了自己的实用主义文学观，即文学必须客观地反映社会现实，否则就会像喻体不能体现本体一样，失去了它的存在价值。当然，这种观点有一定的偏颇之处。

物之相胜，或以筋力，或以气势，或以巧便。

【注释】王充《论衡·物势》。

【解析】这里揭示了事物之间竞争取胜有多种方式，但最关键的是最大限度地发挥自己的优势，把对方的长处化为短处，从而抓住主动权，就一定能取得胜利。这里也告诉人们在斗争中要灵活机动，不可执其一端，限入被动，这样只会惨遭失败。

论贵是而不务华，事尚然而不高合。

【注释】王充《论衡·自纪》。议论以正确为贵而不讲求华美，叙事崇尚其本来面目而不夸大其辞。

【解析】这句话道出了王充所追求的文学风格，即朴实无华，明白晓畅，不故弄玄虚，亦不刻意粉饰。这种观点对后世影响深远。

故虚妄之语不黜，则华文不见息；华文流放，则实事不见用。

【注释】王充《论衡·对作》。因此虚无离奇的言论不消除，浮华藻饰的文风也就不见停止；这种文风传播泛滥，那陈述事实的文章也无法实现它的价值。

【解析】这句话表现了王充对文学的认识，即文学是有功利性的，它必须客观地反映社会现象，为政治服务。同时，这里也说明了他写作《论衡》这本散文集的目的乃是疾虚妄，去华文。

案大才之人，率多侈纵，无实是之验；华虚夸诞，无审察之实。

【注释】王充《论衡·案书》。那些才能超凡的人，大多任性而为，放浪形骸，不尊重现实；他们的言行虚无缥缈，从不考察是否与事实相符。

【解析】这里表现了王充崇尚实用的思想。他认为一个人纵然才高八斗、学富五车，如果对于政治无益，对于耕战无用，也就失去了存在的意义，因此他对那些以文采、性情出名的“大才”持蔑视的态度。

人有所优，固有所劣。人有所工，固有所拙。非劣也，志意不为也。非拙也，精诚不加也。

【注释】王充《论衡·书解》。

【解析】这段话先指出了人有其优点，也有其缺点，有其擅长的地方，也有其不擅长的地方。这表现了王充实事求是地分析问题的态度。接着他指出了人有缺点或不擅长之处的原因，或因为心志不在其上，或因为毅力不够坚强。也就是人可以通过后天的不断努力来弥补自己的缺陷。总之，这段话反映了王充全面地发展地看问题的辩证法思想。

人欲心辩，不欲口辩。心辩则言丑而不违，口辩则辞好而无成。

【注释】王充《论衡·定贤》。人们竞争应该用心志，而不该用言语。用心志竞争，纵然不善言辞也不脱离主题，用言语竞争，纵然说得天花乱坠也徒劳无益。

【解析】王充是个实用主义者，他认为人的一切言行都应该有实用效果，只有做出实实在在的成绩，才是最大的强者。事实证明，实用主义思想对于迫切改变积贫积弱的国力是有一定进步意义的。

人死血脉竭，竭而精气灭，灭而形体朽，朽而成土灰，何用为鬼？

【注释】王充《论衡·论死》。

【解析】这里作者以顶针的句式阐发了自己的无神论。精神依赖物质产生，形死神灭，所以人死为鬼的论调已从更深层次得到了否定，这表明王充是一个朴素唯物主义者。

凡天地之间，有鬼，非人死精神为之也，皆人思念存想之所致也。

【注释】王充《论衡·订鬼》。天地之间所谓的鬼，并非由死人的灵魂变成的，而是由人的思念存想招致的。

【解析】这里用唯物主义观点从人的心理作用方面做了解释，说服力很强，令人信服。

实诚在胸臆，文墨着竹帛，外内表里，自相副称，意奋而笔纵，故文见而实露也。人之有文也，犹禽兽之有毛也。毛有五色，皆生于体。苟有文无实，是则五色之禽，毛妄生也。

【注释】王充《论衡·起奇》。

【解析】作者认为，文学要发生教化作用，首先要注重内容，讲求真实。只有内容丰富、描写真实的作品，才能实现其价值。如果只追求形式的美丽、词藻的浮华，只能是“言之无物”。他也讲究内容和形式的统一，认为完美的艺术形式只有建立在真实的内容上，才能显出它的真正的魅力，正如鸟兽美丽的羽毛确是生长在血肉之躯上的一样。

豪人之室，连栋数百，膏田满野，奴婢千群，徒附万计。船车贾卖，周于四方，废居积贮，满于都城。琦赂宝货，巨室不能容，马牛羊豕，山谷不能受。妖童美妾，填乎绮室，倡讴妓乐，列乎深堂。

【注释】仲长统《昌言·理乱》。

【解析】这段话用夸张铺陈手法，揭露了汉代豪强地主的荒淫腐败，穷奢极欲，批判了地主阶级的剥削本性，暗示了政治混乱的原因。

魏晋南北朝部分

弃燕雀之小志，

慕鸿鹄以高翔。

——南朝梁·丘迟

古人忠臣，或有连城而不辞，或有一邑而违命。所以然者，欲必正其名也。

【注释】三国魏·曹操《上书让费亭侯》。

【解析】古代的忠臣，有的给他好几个城的封地尚不推辞，有的给他一个城的封地就不肯接受。之所以这样做，是一定要使名符其实。当时，汉献帝为表曹操之功，下诏书封曹操为费亭侯。但曹操随即上书辞让，表明自己微薄之功恐不能受此大恩的心迹，暗含自己的谦虚与忠心。

富国强兵，用贤任能。

【注释】三国魏·曹操《陈损益表》。

【解析】让国家富庶起来，加强军队建设，选用贤才，任用能人。曹操迎献帝都许以后，决心刷新政治，这是他其中的一条建议，这条法家政策是使一个国家、民族兴盛发展的重要战略之一。

谤议之言，难用褒贬。

【注释】三国魏·曹操《为徐宣议陈矫下令》。褒贬：评论好坏。

【解析】这句话是说，诽谤的言论，难以用来评论人们的好坏。评价一个人的是非得失，不应该靠别人的评论，而应该通过自己的观察与分析得出客观的结论。

投死为国，以义灭身，足垂于后。

【注释】三国魏·曹操《让县自明本志令》。为国家献身，为大义而牺牲，这足以垂名于后世。

【解析】这是曹操在表明自己的鸿志。公元 200 年，曹操大败劲敌袁绍于官渡。202 年再进军官渡，袁绍死。205 年攻冀州杀袁谭，207 年兵出卢龙塞，辽东太守公孙康杀袁尚，这样袁氏势力全部被灭。由于曹操挟天子以令诸侯，扫平叛乱，所以自称“投死为国，以义灭身”，即为国不顾死，仗义而弃身。他认为自己名声“足垂于后”。这就是他扫平群雄的志愿。

设使国家无有孤，不知当几人称帝，几人称王。

【注释】三国魏·曹操《让县自明本志令》。设使：假使，假如。孤：封建时代侯王对自己的谦称，我。

【解析】这里，曹操毫不隐讳地说：“假如国家没有我，真不知会有多少人称帝，多少人称王啊！”他是在突出表现自己平定天下的功绩，强调自己在平定叛乱中的重要作用。表面上看是为汉室尽忠尽力，维护汉室的统治地位，实则表明自己欲代汉而自立为王的野心。

奉国威灵，仗钺征伐，推弱以克强，处小而禽大。意之所图，动无违事，心之所虑，何向不济。

【注释】三国魏·曹操《让县自明本志令》。奉：遵奉。仗钺（yuè）：拿着大斧。皇帝把钺赐给大臣，表示授予征伐的权力。禽：同“擒”。

【解析】遵奉着朝廷的威望，拿着斧钺征伐，改变弱势来攻克强敌，虽处于弱小之势却可以擒杀大敌。无论心中想什么，行动上做什么，到哪里都没有不成功的。这句话是说师出有名就会无往而不胜。

江湖未静，不可让位；至于邑土，可得而辞。

【注释】三国魏·曹操《让县自明本志令》。邑：都城。天下还没有安定，（我）不能让位；至于分封到的都城土地，那是可以辞让的。

【解析】这句话充分表现出曹操虚伪、奸诈的一面。他要镇压一切反对自己的人和事，同时又矛盾地表明自己志愿有限，依旧忠于汉室。许劭评他为“治世之能臣，乱世之奸雄”，确是一点也不错的。

诞敷明德，泛爱博容。国念明训，士思令谟。

【注释】三国魏·曹操《祀故太尉桥玄文》。诞：大。敷：布散。谟（mó）：谋略。

【解析】这是曹操在祭吊已故太尉桥玄时对他的品德做出的评价。意思是桥玄一生大布道德于世，泛爱人民，广纳人才。国家怀念他明智的教训，士人思念他高明的谋略。这四字一句的评语，是恰当得体，颇显风骨的语言。

定国之术，在于强兵足食。秦人以急农兼天下，孝武以屯田定西域，此先代之良式也。

【注释】三国魏·曹操《置屯田令》。秦人：指秦孝公任用商鞅变法，推行农战政策。孝武：西汉武帝刘彻。西域：泛指玉门关以西，包括今新疆在内的广大地区。

【解析】安邦定国的办法，在于兵力强盛，粮食充足。秦国统治者因为把发展农业当作急迫任务而统一了中国，汉武帝因为实行屯田而平定了西域，这都是前朝作出的好榜样啊！曹操认识到农业生产的重要性，吸收前代经验，大力推广屯田制，恢复和发展社会经济，为他统一北方打下了雄厚的物质基础。

有其志必成其事，盖烈士之所徇也。

【注释】三国魏·曹操《褒扬泰山太守吕虔令》。烈士：有气节的、肯为节义而牺牲的人。徇（xún）：通“殉”，为达到某种目的而死。

【解析】有了远大的志向就一定要完成它，这大概是烈士不惜牺牲生命所追求的。做大事首先要立志,立下宏大之志后,一定要克服各种困难去完成志愿,这才是有志气的人的所做所为。

令诸将出征,败军者抵罪,失利者免官爵。

【注释】三国魏·曹操《败军抵罪令》。命令众将带兵出征,打了败仗的要按法律治罪,战败损失的要免去官职和爵位

【解析】这是曹操打败袁氏以后,总结经验,整顿军队,以振作士气,加速完成统一事业而发布的重要命令。针对当时只赏功不罚罪这个军法上的弱点,明确规定:"败军者抵罪,失利者免官爵",体现了曹操以法治军的精神。只有赏罚分明,才能真正调动起军队的积极性。

明君不官无功之臣,不赏不战之士;治平尚德行,有事赏功能。

【注释】三国魏·曹操《论吏士行能令》。功:这里指有功劳、有才能的人。

【解析】贤明的君主,不任用没有功劳的臣子,不奖赏不作战的士兵;国家太平时崇尚德行,战乱时奖赏有功劳、有才能的人。官渡之战后,有的人认为:军官虽有战功和作战才能,但按德行还不能当郡国的长官。针对这种论调,曹操明确提出上述原则,批驳了这些人的谬论。

令郡国各修文学,县满五百户置校官,选其乡之俊造者而教学之,庶几先王之道不废,而有以益于天下。

【注释】三国魏·曹操《修学令》。修文学:设置文学的官,文学,本指学术,又指掌管文献和教育的官。校官:主管学校的官。俊造:俊士、造士的省称,指被选拔到各级学校里去的优秀青年。

【解析】经过长期战乱,青少年们失去了仁义礼让的风尚,这令曹操非常痛心,所以下令郡、国都要设置文学官员,满五百户的县要设校官,挑选乡里的优秀学生来给与教育,认为这样或许可使先王之道不致废止,而有利于天下。这是曹操的教育思想,是很宝贵的,反映了他已注意到用教育为他的政治服务。

兵中所以为危险者,外对敌国,内有奸谋不测之变。

【注释】三国魏·曹操《手书答朱灵》。战争中所认为危险的是,外部面对着敌人,内部有坏人发动难以预测的事变。

【解析】曹操身经百战,智谋深远,能够清醒地观察和认识到致使军队产生危险的原因。认为这内、外两方面的原因导致军队内忧外患,从而可能导致最后的失败。这是曹操深入实际了解情况而又长期积累的治军经验。

治世御众,建立辅弼,诫在面从。

【注释】三国魏·曹操《求言令》。辅弼:辅,帮助。弼,纠正过失。本指宰相等大臣,这里指曹操的谋臣。面从:《尚书·益稷》:“汝无面从,退有后言。”你不要当面顺从,背后说不满的话。

【解析】这是曹操为了广开言路,发动部下向他提意见和革除当面顺从的恶习而下的令,认为治理国家,管理百姓,设置辅弼,应该力戒当面顺从。曹操每当对军国大事作出决策时,都要征求部下的意见,这是他的事业所以取得胜利的重要因素,反映了他进步政治家的积极进取精神。

褒忠宠贤,未必当身,念功惟绩,恩隆后嗣。是以楚宗孙叔敖,显封厥子,岑彭既没,爵及支庶。诚贤君殷勤于清良,圣祖敦笃于明勋也。

【注释】三国魏·曹操《请追增郭嘉封邑表》。褒:嘉奖。惟:思念。隆:丰厚。宗:尊敬。孙叔敖:春秋时楚国令尹。他兴修水利,发展生产,使楚国富强。死后,楚王把寝丘百户封给他的儿子。厥:其,他的。岑彭:东汉光武帝大将,战功卓著,后被刺死。光武帝封他的长子和次子为侯。支庶:本支和庶子,本指正妻和妾所生子,这里指长子和次子。贤君:指楚庄王。圣祖:指光武帝。敦笃(dǔ):敦厚。明勋:有显著功劳的人。

【解析】郭嘉是曹操的重要谋士,为统一北方做出了重大贡献。后病死,曹操深感惋惜。为表彰死者,鼓励后人,给献帝写了这个奏章,请求为其加封。曹操认为,奖励忠臣,尊崇贤士,不一定限于本人,追念一个人的功绩,恩惠可以加于他的后代。所以楚庄王尊崇孙叔敖,尊封他的儿子;岑彭死后,光武帝封爵给他的长子和次子。这实在是贤君关怀良臣,圣主厚待功臣啊!

褒亡为存,厚往劝来。

【注释】三国魏·曹操《请追增郭嘉封邑表》。劝:鼓励。

【解析】褒奖死去的功臣为的是激励活着的人,尊重厚爱过去的良将为的是鼓励后来人。曹操注意到表彰死者对鼓励后人的重要作用,这里一方面表达了对死者的怀念,一方面又表露了他对调动积极性的态度。

不喜得荆州,喜得蒯异度耳。

【注释】三国魏·曹操《下荆州书》。蒯异度:蒯越,字异度。为大将军何进的东曹掾,劝何进诛杀宦官,何进犹豫不决。蒯越认为他一定失败,于是投奔荆州,成为刘表的重要谋士,后又归附曹操。

【解析】我所高兴的不是因为得到了荆州,而是因为得到了蒯异度啊!曹操不战而得荆州,又得到了蒯越这样的人才,感到异常高兴,表现了曹操思贤若渴的心情。

今天下得无有被褐怀玉而钓于渭滨者乎？又得无有盗嫂受金而未遇无知者乎？二三子其佐我明扬仄陋，唯才是举，吾得而用之。

【注释】三国魏·曹操《求贤令》。被：披。褐：粗布短衣。被褐怀玉：比喻怀才而未被人所知。钓于渭滨：相传姜子牙在渭水边垂钓，周文王访到了他，用他当了国师，周从此兴盛。盗嫂受金：《史记·陈丞相世家》中载陈平由魏无知推荐给刘邦。有人攻击他私通嫂子，又受过贿赂。刘邦问及，魏无知说：你所问的是“行”，我所荐的是“才”。当今楚汉相争，最需要的是人才，盗嫂受金算得了什么。刘邦因而更重用陈平。仄（zè）陋：狭隘、卑贱，指身贫贱，被埋没的人才。

【解析】现在天下难道没有穿着粗布衣而怀有真才干像姜子牙那样在渭水边钓鱼的人吗？又难道没有像陈平那样蒙受“盗嫂受金”的污名还未遇到魏无知的吗？你们要帮助我发现那些地位低下的被埋没的人才，只要有才能就推举出来，让我能够任用他们。这里曹操鲜明地提出“唯才是举”的口号，与东汉以来选拔官吏的旧传统、旧标准相对立，这在当时是有进步意义的。

有行之士，未必能进取，进取之士，未必能有行也。

【注释】三国魏·曹操《敕有司取士勿废偏短令》。有德行的人，不一定有作为，有作为的人，不一定有德行。

【解析】汉朝选拔人才由地方推荐，重“德行”，像所谓“孝廉”，造成弄虚作假的现象。曹操为了纠正这种弊病，曾提出“唯才是举”的用人方针。这句话也旨在说明取士之时，不要因他们品德上的缺点而抛弃他们，与“唯才是举”一样，是为了同一个目的。

治定之化，以礼为首；拨乱之政，以刑为先。

【注释】三国魏·曹操《以高柔为理曹掾令》。化：教化。政：政治措施。

【解析】这句话反映出曹操的治国方略，即在国家安定时的教化，把礼放在首位；平定乱世的政治措施，把刑罚放在前面。不仅强调了“礼”和“刑”的重要性，而且明白表示在不同的时期，应使用不同的办法来治国。

今天下得无有至德之人放在民间，及果勇不顾，临敌力战；若文俗之吏，高才异质，或堪为将守；负污辱之名，见笑之行，或不仁不孝，而有治国用兵之术：其各举所知，勿有所遗。

【注释】三国魏·曹操《举贤勿拘品行令》。

【解析】这段话反映了曹操晚年，为了完成统一大业而思贤若渴的急切心情。他说：现在天下难道没有德才很高的人流落在民间，以及有果敢勇猛，奋不顾身地对敌作战的人；又像身为普通小官而才德都超过一般人；有的可以担任将军、郡守；及至背着不光彩的名声，有被人讥笑的行为；或者不仁不孝但有治国用兵的才能，你们要把各人所知道的都推荐出来，不得有所遗漏。

智者之虑，虑于未形；达者所规，规于未兆。

【注释】三国魏·阮瑀《为曹公作书与孙权》。智者：有才智的人。达者：通达事理的人。兆：开始。

【解析】有才智的聪敏的人的考虑，是在事情没发生之前就有了打算；通达事理的人的谋划，是在事情没开始之前就有了规划。只有能够根据常规常理对未发生的事物作出准确的预见、考虑和计划，才能够成为真正的“智者”和“达者”。

昔伯牙绝弦于钟期，仲尼覆醢于子路，痛知音之难遇，伤门人之莫逮。

【注释】三国魏·曹丕《与吴质书》。伯牙绝弦：伯牙与钟子期是春秋时楚国人，伯牙善弹琴，子期能知音。子期死，伯牙破琴绝弦，终身不复鼓琴。仲尼覆醢(hǎi)：孔子听到子路被卫人杀害、剁成肉酱，非常哀痛，就叫家人把吃的肉酱倒掉，以免见了伤心。

【解析】曹丕借“伯牙绝弦”和“仲尼覆醢”的典故，表明自己在痛失建安诸子之后的悲哀，与伯牙、仲尼的感觉一样感叹知音难遇、门生难求。通过类比，表达了自己深切的哀痛。

后生可畏，来者难诬。

【注释】三国魏·曹丕《与吴质书》。诬：诬蔑，妄加品评。

【解析】青年人有希望，令人敬畏，来者怎样，不能妄加品评。这句话表明曹丕以一种事物发展的眼光来看待新人和新事物，以一种科学态度来对待新生事物。

少壮真当努力，年一过住，何可攀援？

【注释】三国魏·曹丕《与吴质书》。攀援：拉住，挽留。

【解析】人在少年时应当努力，否则一旦岁月流逝不再，就再也没有挽回的余地了。虽然这是曹丕在挽怀亡友，感觉到岁月无情、人生苦短、欢乐难久，但更多的是对人生的一种感悟，珍惜时间就是珍惜生命，否则任何美好的东西都会转瞬即逝。

以犬羊之质,服虎豹之文;无众星之明,假日月之光,动见瞻观,何时易乎?

【注释】三国魏·曹丕《与吴质书》。“以犬羊”二句:扬雄《法言·吾子》:“羊质而虎皮,见草则说,见豺而战,忘其皮之虎矣”。原喻外表装作强大而内心虚怯。这里是曹丕自谦之词,说自己德行不够,虚处其位。“无众星”二句:这也是曹丕自谦之词,说自己依仗君父之力而作太子,位居人上。

【解析】曹丕自谦说自己内心如犬羊般虚弱,空有如虎豹一样的外表,没有众星一样的明亮,只不过是假借了日月的光芒。因为做了魏太子,自己的一举一动都为世人注目,拘束得很,何时才能改变这种情况呢?

思在昔之恩好,似比翼之双亲。惟方今之疏绝,若惊风之吹尘。

【注释】三国魏·曹丕《出妇赋》。在昔:从前。疏:疏远。绝:断绝。

【解析】曹丕同情刘勋妻王氏被弃的不幸遭遇,作此篇《出妇赋》。以遭遗弃者的口吻,诉说不幸的婚变。回想从前的恩恩爱爱,就像比翼鸟一样亲爱,如今疏远断绝,就有如狂风吹走浮尘一样无情,抒发了弃妇的悲慨。曹丕作此赋,表现了他对普通妇女情感世界的关注。

文人相轻,自古而然。

【注释】三国魏·曹丕《典论·论文》。

【解析】文人之间相互轻视,从古至今都是这样。曹丕不仅认识到自古以来“文人相轻”的恶习,而且提出了解决办法,认为知道了“本”和“末”的异同,自然就能审己度人,对当代作家的长短作出恰当和公正的评论。

常人贵远贱近,向声背实,又患闇于自见,谓己为贤。

【注释】三国魏·曹丕《典论·论文》。向声背实:崇尚虚名,不重实际。闇(àn):糊涂,不明白。

【解析】人们往往以古为贵,以今为贱,崇尚虚名而不重实际,并且又有不能明白地认识自己而认为自己是好的这样的毛病。这里曹丕指出了文学批评者的两种错误态度,一是“贵远贱近,向声背实”,亦即尊古卑今的观点;一是“闇于自见,谓己为贤”,亦即“各以所长,相轻所短”。前者古已有之,而后者对“文人相轻”的指斥,则是作者的新论。作者根据对不同的文气、文体的认识,说明作家作品各有短长。“闇于自见”的人,不可能产生正确的文学批抨。

人善于自见,而文非一体,鲜能备善。是以各以所长,相轻所短。

【注释】三国魏·曹丕《典论·论文》。体:这里指作家特有的风格表现。鲜(xiǎn):少。备善:指兼有各种文体之长。

【解析】这句话的意思是一个人只想炫耀自己,表现自己,看不到自己的缺点。而曹丕认为文章并非表现同一风格,作品因作家不同而呈现出多种多样的特点,很少有人能齐备完善各种风格,兼善各种体裁。长于此种体裁,有可能就短于彼种体裁,拿自己的长处去轻视别人的短处,怎能做出公允的评价呢?无论为人或是为文,这样做都是不正确的。

文本同而末异,盖奏议宜雅,书论宜理,铭诔尚实,诗赋欲丽:此四科不同,故能之者偏也。唯通才能备其体。

【注释】三国魏·曹丕《典论·论文》。本:根本。末:枝条末梢,这里用以指不同的文体。奏议:臣子向皇帝陈述意见的疏奏。铭:多刻于器物上记述事实、功德的文字。诔(lěi):哀悼称述死者的文字。偏:偏重。

【解析】曹丕把文体分为四科:奏议、书论、铭诔、诗赋。指出文体的不同特点,从不同文体的共性来说,其基本性质和基本规则是相同的;但因文体不同,它们也有不同的特点。向皇帝上书,宜于典雅;文书和论文,应说理透彻;记述功德的铭和追记死者的诔,应讲究真实;诗赋则必须华丽否则难成佳作。这些看法显示了从先秦到魏晋文学观念上的更新,突出了时代特点,其文体论对后世影响较大。

文以气为主;气之清浊有体,不可力强而致。譬诸音乐,曲度虽均,节奏同检;至于引气不齐,巧拙有素,虽在父兄,不能以移子弟。

【注释】三国魏·曹丕《典论·论文》。气:气质,才性。清:俊爽超迈的阳刚之气。浊:凝重沉郁的阴柔之气。致:招致,得到。检:法度。引气:用气。素:素质。移:影响,传授。

【解析】文章各有特色是由于作家各有不同的气质、个性,而且人的气质个性有清浊之分。作家的气质、个性是天生的,所以不是用人力可以强行造成或改变的。譬如音乐,曲谱相同,节奏同一。但是由于用气高低不同,素质也有巧拙之别,所以即使关系亲如父兄,也不能影响到子弟。曹丕强调作品风格来源于个性,作家个性与作品风格是统一的。曹丕这种以“气”品评作家及作品风格的方法,在古代文学理论上是一大创举。

文章经国之大业,不朽之盛事。年寿有时而尽,荣乐止乎其身。二者必至之常期,未若文章之无穷。

【注释】三国魏·曹丕《典论·论文》。经国:治国。常期:一定的期限。

【解析】文章是治理国家的盛大事业。年龄寿命是有时限和尽头的,荣华快乐也会随着身体的消亡而消失,二者都有一定的期限,而不像文章那样经久流传，没有穷尽。曹丕肯定了文章在治国方面的重要价值，虽然评价的言辞略高，但总的看来是对的，肯定了文学的社会作用。

古之作者，寄身于瀚墨，见意于篇籍，不假良史之辞，不托飞驰之势，而声名自传于后。

【注释】三国魏·曹丕《典论·论文》。瀚墨：笔墨，文章的代称。篇籍：指文章。良史：正直的史官。飞驰：比喻在政治上飞黄腾达的人。

【解析】古代的作者，竭尽全力从事文章写作，写文章表达志愿，不用借助正直史官的文辞，也不用依傍在政治上飞黄腾达之人的势力，其声名就可流传于后世。这是对文人的赞誉和对文章价值的肯定，虽有溢美之嫌，但也言有其实。

古人贱尺璧而重寸阴，惧乎时之过已。

【注释】三国魏·曹丕《典论·论文》。

【解析】古人看不起一尺长的美玉而珍惜每一寸光阴，担忧时间匆匆而过。这句话通过对比说明了光阴的价值，从而表明珍惜时间的重要性。

贫贱则慑于饥寒，富贵则流于逸乐，遂营目前之务，而遗千载之功。

【注释】三国魏·曹丕《典论·论文》。慑：恐惧。营：经营。

【解析】贫贱之人恐惧饥饿寒冷，富贵之人纵情享受乐趣。人们都忙碌于经营眼前的事务，而遗弃了做出泽被后世、流芳千古的功绩的机会。人与环境密不可分，有些人受到环境等因素的制约无以成就大事，而真正有为之人，能够不为环境所限，志在千里，心存远虑，只有这样的人才能建功立业。

翩若惊鸿，婉若游龙，荣曜秋菊，华茂春松。

【注释】三国魏·曹植《洛神赋》。翩：疾飞，引申为摇曳飘忽之貌。婉：曲折貌。荣：盛。曜：光明照耀。华茂：华美茂盛。

【解析】这是曹植对所见洛神形貌的描摹：翩飞如惊鸿，曲折如游龙，体态轻盈婉转，光采焕发，如秋菊、春松一般。下边接着描写：若隐若现好像浮云遮月，飞来飞去宛如流风吹雪，行动飘忽回旋。作者采用排喻手法展示了洛神那照人的神采。

远而望之，皎若太阳升朝霞；迫而察之，灼若芙蕖出渌波。秾纤得衷，修短合度。

【注释】三国魏·曹植《洛神赋》。皎：白而有光。迫：靠近。灼：鲜明，花盛貌。芙蕖:荷花。渌(lù):水清貌。秾(nóng):花木盛,这里指人体丰盈。纤:细小,这里指人体苗条。

【解析】曹植对洛神进行了远近不同的观察,展示出洛神那明艳的姣容:远远望她,白亮得就像太阳在朝霞中升起;靠近她细看,鲜艳明亮好像渌波中的荷花。无论高矮胖瘦,都是那么恰到好处。这种种比喻,都形象地展现了洛神的美丽、光彩照人。

明眸善睐,靥辅承权。

【注释】三国魏·曹植《洛神赋》。眸(móu):瞳仁。睐(lài):向两边看,顾盼。靥(yè):酒窝。权:颧,眼下腮上突起部分。

【解析】这是曹植对明艳的洛神的面容所做的描摹的一部分:明亮的眼睛善于顾盼,灵活生动,颧下有酒窝承接,妩媚动人。曹植把洛神的天真妩媚之情,传写得十分动人。

奇服旷世,骨象应图。

【注释】三国魏·曹植《洛神赋》。旷:空。旷世:犹言举世所无。骨象:骨法,人像。

【解析】这是曹植对洛神服装及形象的描摹:奇异的服装举世所无,骨法人像就像画中之人。曹植对洛神的描写,带有曹植的个性特点和审美追求。

人人自谓握灵蛇之珠,家家自谓抱荆山之玉。

【注释】三国魏·曹植《与杨德祖书》。灵蛇之珠:即隋侯救蛇所得的宝珠,见《淮南子·览冥训》注。荆山之玉:即"和氏之璧",楚人和氏奉献给楚王的荆山美玉,见《韩非子·和氏》。

【解析】人人都自称掌握着神蛇所赐的宝珠,家家都自称拥有着产自荆山的美玉。在曹操网罗文士、广开才路的政策感召下,一些才华横溢而又极度自信的建安诸杰纷纷于四海汇于魏都,形成了欣欣向荣、人才齐聚的繁盛局面。

以孔璋之才,不闲于辞赋,而多自谓能与司马长卿同风,譬画虎不成反为狗也。

【注释】三国魏·曹植《与杨德祖书》。闲:同"娴",熟练。长卿:西汉司马相如字。同风:同一风格。画虎不成反为狗:喻好高骛远而事无所成,反贻笑柄。见东汉马援《诫兄子严、敦书》。

【解析】这里以孔璋为例,说明他才气不高,在辞赋创作方面本不熟谙精通,却过高地自我估价,自称与司马相如同一风格,乃至遭到别人"画虎不成反为狗”的讥嘲。曹植举例意在说明作家贵在有自知之明。

世人之著述，不能无病。

【注释】三国魏·曹植《与杨德祖书》。

【解析】曹植认为世人的所有著述，都不可能没有任何缺陷或不足。既然不能无病，就需要批评改定，要欢迎别人的批改意见。曹植不仅阐述了这一颠扑不破的道理，而且付诸身体力行。基于此，建安文坛不自满，不妄尊，重视修改意见的严肃创作态度与良好批评风气，在曹植此信中可见一斑。

有南威之容，乃可以论于淑媛；有龙渊之利，乃可以议于断割。

【注释】三国魏·曹植《与杨德祖书》。南威：春秋时著名美女。淑媛：贤惠美好的女子。龙渊：古代宝剑名。

【解析】有南威的容貌方可评论贤美的女子，有了龙渊宝剑才可以商议割断之事。曹植认为高度的艺术才能与素养是批评者必备的素质，这一要求对批评者来说是不切实际的，因为长于议论而短于创作者大有人在，曹植似乎求之过苛，但曹植提出创作的行家才有资格议论创作这一观点，针对刘季绪之流才庸行妄、随意诋诃他人的情况而发，又是有的放矢的。

采庶官之实录，辩时俗之得失，定仁义之衷，成一家之言。

【注释】三国魏·曹植《与杨德祖书》。庶官：百官。实录：指政事、典章、制度等史料。辩：辨析。衷：中心意旨。一家之言：自成体系的著述。

【解析】采集百官的史料，辨析时代的变迁得失，确定宽仁大义的中心意旨，确立自成体系的著述。曹植除了追求功名勋业的建树之外，第二个重要事业，就是要采实录，辩得失，定仁义之衷，成一家之言，完成政治学术思想的著述。

天下之贵，莫贵于君子：服有常色，貌有常则，言有常度，行有常式；立则磬折，拱若抱鼓，动静有节，趋步商羽，进退周旋，咸有规矩。

【注释】三国魏·阮籍《大人先生传》。色：古代人们用衣服的颜色来体现礼制。磬：古代的一种打击乐器，形状弯曲。趋步商羽：快走为趋，慢走为步，商羽是古代五音之二。

【解析】君子是天底下最尊贵的，他们有这样的表现：衣服是固定的颜色，表情、言语及行动很少变化，有着固定的规则；站立时身体像磬一样弯着，拱手作礼时就像怀中抱着鼓一样十分恭敬。他们不仅动静有所节制，而且走路快慢都有规可循，就如踩着音乐一般，无论进退周旋，都循规蹈矩。在封建社会里，制度森严,阶级斗争残酷,在封建高压政策下,人们的精神被束缚,就连君子圣人也是规规矩矩,如行尸走肉般任由封建统治者所役使。

唯法是修,唯礼是克,手挚珪璧,足履绳墨,行欲为目前检,言欲为无穷则。

【注释】三国魏·阮籍《大人先生传》。修:修行、修身。克:约束。珪璧:古代王侯祭祀时所用的玉器。绳墨:木匠用以取直的工具。

【解析】严守法度修身养性,用礼制约束自己,像手拿珪璧般严肃虔诚,像脚踩绳墨般循规蹈矩,行动想要成为目前的典范,言论想要成为日后的法则。这是个性意识相当强烈的阮籍所不耻的,他和嵇康等一群人提倡个性自由,要求毁弃礼法,过纵酒放诞的生活,以抗社会的陈规。因此对传统的封建束缚大为不满。

天地制域于内,而浮明开达于外。

【注释】三国魏·阮籍《大人先生传》。制域:制约,局限。浮明:指日月。

【解析】此句意谓天地被囊括在大人先生的内心之中,反映在外表上就像日月一样开明通达。这是对人生理想境界的追求,强调了个人素质的修养,要有宽怀大度的胸襟,这样才有开达通脱的外在表现。

至人不处而居,不修而治,日月为正,阴阳为期。

【注释】三国魏·阮籍《大人先生传》。处(chǔ)居住。修:整治,治理。正:不偏,不斜。引申为正当、合适。期:预定的时间。

【解析】此句意谓达到一定境界的所谓"至人"不是专门为了居住而居住,不是专门进行治理却达到了治理的状态,以日月为正,阴阳为期,不遵循哪一朝哪 一代的历法,而以自然的运行为时间观念。这是说,至人随心任运,不为外物所束缚,不拘泥于陈规旧制,以自然达观的态度去对待每一个人或每一件事。

明者不以智胜,闇者不以愚败;弱者不以迫畏,强者不以力尽。

【注释】三国魏·阮籍《大人先生传》。闇(àn):暗,此指智力上不明。

【解析】这是对四种人提出的要求:聪明的人不要以智力来取胜于愚笨的人,那么所谓"闇者"就不会以愚笨失败;弱小的人不要用武力强迫他害怕,那么强大的人就不要用力量的大小去评价他。

无贵则贱者不怨,无富则贫者不争。

【注释】三国魏·阮籍《大人先生传》。贵:显贵。怨:怨恨,仇恨。争:争夺,竞争。

【解析】没有了显贵，那么卑贱的人就不再有仇恨，没有了豪富，那么贫穷的人就不再有争夺。因为后者在没有比较和对比的情况下能够对自己的现状产生满足感而无所欲求。

奇声不作则耳不易听，淫色不显则目不改视，耳目不相易改则无以乱其神。

【注释】三国魏·阮籍《大人先生传》。奇：奇异的，与“正”相对。淫色：好色，纵欲。

【解析】这里分析了人的心绪变化产生的原因，认为：如果没有奇异的音乐声兴起，那么耳朵就不会改变所听的声音，好色纵欲之风如果不流行，那么眼睛也不会改变所看到的东西，耳朵、眼睛都不改变就没有什么东西来扰乱人的意志与心情。这种认为只有外界事物发生变化才带来人的内心的改变的看法，带有一定的局限性和片面性。

不通于自然者不足以言道，闇于昭昭者不足与达明。

【注释】三国魏·阮籍《大人先生传》。昭昭：光明。

【解析】这句话反映了作者的一种人生态度：不通于自然之理的人，不足以与他谈论“道”这样的问题，糊里糊涂不明事理的人，不足以与他达到光明的境界。在谈论“道”和追求光明的时候，要选择合适的对象。

圣人以道德为心，不以富贵为志，以无为为用，不以人物为事，尊显不加重，贫贱不自轻，失不自以为辱，得不自以为荣。

【注释】三国魏·阮籍《大人先生传》。心：意念，中心。无为：道家的哲学思想，即顺应自然的变化之意。用：事物本质的外部表现。

【解析】所谓“圣人”是以道德为其本心的意念的，不把富贵作为志向，把无为作为事物本质的外部表现，不把人或物的改变看作什么大事。尊贵显达的时候不骄傲、不自负，贫贱之时也不自己轻视自己。失去的时候，不自己认为是耻辱，得到的时候也不自以为光荣。这就是说，具备淡泊名利，不为外物所累，追求内心的道德修养等素质的人，才是圣人。

富贵俯仰间，贫贱何必终。

【注释】三国魏·阮籍《大人先生传》。俯仰：犹瞬息，表示时间短。

【解析】这句话是说这样一个道理：富贵只不过是一瞬间的事情，贫贱的情况为什么一定要终了或改变呢？这是一种达观的人生态度，视富贵如浮光掠影，认为君子应安于贫贱。

达能兼善而不渝，穷则自得而无闷。

【注释】三国魏·嵇康《与山巨源绝交书》。兼善：指“达则兼善天下”，语出《孟子·尽心》。无闷：指“遁世无闷”，语出《易经·乾传》。

【解析】这是嵇康的一种人生旨趣，意为孔子和子文才是所谓“达则兼善天下”而始终不变其志，“穷则独善其身”而能自得的人。无论是身处显达的地位，还是穷困而不得志，都有一种自得其乐的人生态度，这样才能随遇而安。

君子百行，殊途而同致，循性而动，各附所安。故有处朝廷而不出，入山林而不反之论。

【注释】三国魏·嵇康《与山巨源绝交书》。性：性情，脾性。“故有”二句：《韩诗外传》卷五：“朝廷之人为禄，故入而不出；山林之士为名，故往而不返。”

【解析】这句话的意思是君子各有各的行为方式，通过不同途径到达同一目的，那就是依据自己性情的不同来行动，各自依附可以令自己安身立命的地方。所以有身处朝廷而不出世，进入山林而不复返的论调。嵇康旨在说明，君子行动有别，不能强求，应该按自己的意愿去做事。

此由禽鹿，少见训育，则服从教制；长而见羁，则狂顾顿缨，赴蹈汤火；虽饰以金镳，飨以嘉肴，逾思长林而志在丰草也。

【注释】三国魏·嵇康《与山巨源绝交书》。由：同“犹”。禽：同“擒”。少：从小。缨：古时套在马、犬颈上或胸前的一种装饰物。镳(biāo)：勒马口具。

【解析】这就好比抓到一头鹿，如果从小驯化它，那么它就服从管制；长大以后再约束它，则一定是放纵不羁，像奔向热水，踩着烈火往前冲一样奋不顾身地要挣脱束缚；即使是给它带上金镳，给它吃上好的东西，它也是更加思念森林和丰美的水草啊！嵇康用这个比喻意在说明自己不愿为功利所累，而愿任随性情过自由自在的生活。

人之相知，贵识其天性，因而济之。

【注释】三国魏·嵇康《与山巨源绝交书》。济(jì)：用，使……发挥作用。

【解析】嵇康认为人与人之间能够做到相知，贵在认识到对方的本性，然后根据他的本性任用他，使他发挥自己应有的作用。只有充分地了解对方，并能使对方发挥自己的特长，这才是真正的相知。

四民有业，各以得志为乐，唯达者为能通之。

【注释】三国魏·嵇康《与山巨源绝交书》。

【解析】这句话的意思是四方的民众都有自己的事业和职业，各自都以实现志愿为最大的乐趣，这只有通晓事理的贤明之人能够为他们实现志愿创造条件，扫除障碍。

吾顷学养生之术，方外荣华，去滋味，游心于寂寞，以无为为贵。

【注释】三国魏·嵇康《与山巨源绝交书》。外：鄙弃，排斥。寂寞：清静，无声。无为：道家的哲学思想，即顺应自然的变化之意。

【解析】这里表现了嵇康的一种人生追求和处事态度，他倾向学习养生之术，正在鄙弃荣华富贵，去除人生的各种烦恼，在清静无声的世界里自由自在地游荡心意，以无为作为最宝贵的哲理。

木秀于林，风必摧之；堆出于岸，流必湍之；行高于人，众必非之。

【注释】三国魏·李康《运命论》。堆：土堆。湍：急冲。非：诽谤。

【解析】这里指出一种现象：如果一棵树比整个树林都秀美挺拔，那么风就一定会摧毁它；如果一个土堆超出岸边，那么水流也一定会把它冲掉；如果一个人的品行高出于常人，那么必定会遭到诽谤。这种种现象的本质在于，常人往往容不得才智超过自己的人，这就是诽谤产生的根源。这是非常不利于培养人才的。

人生有死，修短命矣，诚不足惜，但恨微志未展，不复奉教命耳。

【注释】三国吴·周瑜《疾困与孙权笺》。恨：遗憾，不满意。

【解析】周瑜是东吴政权的重臣，具有高超的军事才能，然而正当三十六岁的英年，却走到了生命的尽头。人终有一死，美好而短暂的生命，死不足惜，这似乎是一种通达；但是，人谁不恋生？只是以周瑜的豪气，绝不愿对生死之事表现得哀哀戚戚罢了。他以“微志未展”的遗憾，表示对他所投身的事业的留恋，流露了一个英雄人物在过早弃世之际的痛楚。周瑜并非“文人”，但简洁有力的文辞寄寓着英豪之气。

人之将死，其言也善。

【注释】三国吴·周瑜《疾困与孙权笺》。

【解析】一个人到了临死的关头，他说出来的话是好的。周瑜在他临终之际，发自肺腑地表示了他对孙权的请求和建议，言辞极其恳切，拳拳报国之心烙印在字里行间。

诚宜开张圣听，以光先帝遗德，恢弘志士之气；不宜妄自菲薄，引喻失义，以塞忠谏之路也。

【注释】三国蜀·诸葛亮《前出师表》。圣听：圣明的听闻。光：发扬光大。

恢弘:发扬壮大。菲薄:鄙薄。引喻失义:引喻,称引和譬喻。失义,失却义理。总起来指说话不合道理。

【解析】这句话是说应该广泛听取圣明的言论,来发扬光大先帝遗留的恩遇美德,壮大志士的气度;不应该过分轻视自己,说出不合义理的话,从而阻塞了忠言劝谏之路。诸葛亮从正反两个方面指出为了修明内政应该善于纳谏。

宫中府中,俱为一体。陟罚臧否,不宜异同。

【注释】三国蜀·诸葛亮《前出师表》。宫中:指侍奉皇帝的官员。府中:指丞相府的属官。陟(zhì):升。臧(zāng):善。否(pǐ):恶。异同:偏义复词,侧重于“异”。

【解析】不论宫中的侍臣还是府中的官吏,都是蜀汉亲臣,亲如一家,没有亲疏之别。在官职升降、评论人物上不应该有所区别,而应一视同仁。这是治国安邦、管理臣民的基本准则,否则如果标准不同、赏罚不明就不利于选贤任能,不利于国家内部的团结。

亲贤臣,远小人,此先汉所以兴隆也;亲小人,远贤臣,此后汉所以倾颓也。

【注释】三国蜀·诸葛亮《前出师表》。

【解析】亲近重用贤良之臣,远离小人,这是先汉兴盛的原因;亲近重用小人,离弃贤良之臣,这是后汉颓废灭亡的原因。史传后主刘禅听信谗言、亲昵小人,诸葛亮很担忧,就利用先汉兴盛、后汉颓亡的两种截然不同的历史结果以及产生这两种结果的不同原因作为对比,忠言劝谏刘禅要“亲贤臣,远小人”,才可能光复汉室,一统天下。

咨诹善道,察纳雅言。

【注释】三国蜀·诸葛亮《前出师表》。咨诹(zōu):询问。善道:善良之道。纳:吸纳,吸收。雅言:正言。

【解析】诸葛亮劝谏后主刘禅要询问善良的为君之道,明察广纳正言,激励后主为光大先帝遗业而勤于国事。这一句一方面隐含了君主要广开言路,善于听取各种意见,一方面又点明了在采用这些意见时要甄别正误,选取“善道”和“雅言”。

寝不安席,食不甘味。

【注释】三国蜀·诸葛亮《后出师表》。席:用芦苇、竹篾、蒲草等编成的坐卧铺垫用具。甘:觉得甜,觉得好吃。

【解析】《后出师表》作于蜀汉大军即将第二次北伐之时,由于第一次北伐并未取得预期的成果，所以此次诸葛亮受命之时感到重任在肩，睡觉也不能安宁，吃饭也不觉得香甜，反映了诸葛亮强烈的责任感和忠诚的报国之心。

鞠躬尽力，死而后已。

【注释】三国蜀·诸葛亮《后出师表》。鞠躬：弯着身子，表示恭敬谨慎。已：止。

【解析】这句话意思是兢兢业业，不辞辛劳，直到死了为止。当年，曹操挟天子以令诸侯，扫灭群雄，不料赤壁大战惨遭失败，魏蜀吴三国形成鼎立之势。蜀汉建国，本来事业日渐壮大，朝纲整顿，谁知荆州遭挫、伐吴不成，从此一蹶不振。回顾这一段历史，苦心经营不断奋斗的诸葛亮发出了这样的感慨和誓言，这是他忠心报国、忠贞不贰的真心表白，为后人所敬仰。

静以修身，俭以养德。

【注释】三国蜀·诸葛亮《诫子书》。

【解析】这里诸葛亮指出了修身养德的根本所在：使自己的内心保持平静，对外物无所欲求，以此来修身。同时要提倡节俭，反对侈奢浪费，以此来培养德行。

外无期、功强近之亲，内无应门五尺之僮，茕茕孑立，形影相吊。

【注释】西晋·李密《陈情表》。外：指自己一房之外的亲族。期（jī）：穿一年孝服的人。功：穿大功服（九个月）、小功服（五个月）的亲族。五尺：汉制五尺约相当于今三尺多。茕茕（qióng）：孤独无靠的样子。孑立：孤单单地待着。

【解析】泰始三年（267），晋武帝召李密为太子洗马，他以祖母年老多病无人奉养，辞不赴命。这句话是辞命的理由之一，除自家之外没有期、功这样的勉强算得接近的亲属，自家之内没有能够应门的五尺孩童。孤苦伶仃，无依无靠，只有自己的身体与影子互相安慰，所以家门人丁不旺，不能赴命。

日薄西山，气息奄奄，人命危浅，朝不虑夕。

【注释】西晋·李密《陈情表》。薄：迫近。奄奄：呼吸微弱的样子。

【解析】这句话同上句一样，都在说明李密不能奉诏的原因，因为自己的祖母风烛残年，好像迫近西山的落日，生命垂危，呼吸微弱，甚至早晨都不能考虑到晚上会怎样，所以李密为了照顾祖母，给她送终，不能应诏为官。

乌鸟私情，愿乞终养。

【注释】西晋·李密《陈情表》。私：私人的，自己的。

【解析】小乌鸦长大以后要寻食反过来喂养老乌鸦，李密用这样生动的比喻来说明养老送终是人的天性，自己愿意放弃荣华富贵而乞请给自己的祖母养老送终。

生当陨首，死当结草。

【注释】西晋·李密《陈情表》。陨(yǔn)：从高处掉下，坠落。首：头。结草：语出《左传》，为受恩深重，虽死也要报答之意。

【解析】活着定当尽忠效死，甘抛头颅，死后亦当感恩图报。李密这里恳求皇帝批准自己辞命的请求，信誓旦旦，情辞恳切，如金石掷地有声，纵铁石心肠，焉得不为之动容！

托运遇于领会兮，寄馀命于寸阴。

【注释】西晋·向秀《思旧赋》。托：假托。领会：际遇，遭际。

【解析】把自己的命运假托在际遇里，把自己残余的生命寄托在短暂的光阴里。向秀把一个绝大的冤屈归罪于"运遇"，这里面包含了他在悼亡故人时内心的悲痛和无声的愤怒，并且暗含了对司马氏的讨伐和申斥。

行无辙迹，居无室庐，幕天席地，纵意所如。

【注释】西晋·刘伶《酒德颂》。

【解析】这句话表明了"竹林七贤"之一的刘伶的人生态度，行路时不用驾车，居住也无需房屋，以青天为幕，大地作为席子，逍遥自在，驰骋自己的心意，自由放纵。刘伶与嵇康、阮籍的政治见解、人生态度是相同的，提倡老庄虚无之学，放浪形骸。

止则操卮执觚，动则挈榼提壶，唯酒是务，焉知其馀。

【注释】西晋·刘伶《酒德颂》。卮(zhī)：古代一种盛酒器。觚(gū)：古代酒器，青铜制。榼(kē)：古代盛酒或贮水的器具。壶：古器名。深腹，敛口，用以盛酒浆或粮食。

【解析】刘伶是中国文人好酒的代表，此句即可见一斑，停止活动时手里拿着卮或觚，活动时更是提着榼或壶这些盛酒的器具，只有喝酒才是生活中唯一事务，哪里还知道其余的东西。刘伶尚酒，他以后的诗人莫不盛谈饮酒，好像没有酒就没有诗，在这方面他的影响是巨大和深远的。

静听不闻雷霆之声，熟视不睹泰山之形。不觉寒暑之切肌，利欲之感情。

【注释】西晋·刘伶《酒德颂》。

【解析】这里描述了刘伶大醉后物我两忘的心态。静静地去倾听也听不到雷霆般的巨响，经常看到泰山的雄伟的形状也跟没看见一样。感觉不到天气冷热变化带来的肌肤不同感受，也感觉不到名利和欲望可以让人动心。在虚无的状态中，仿佛达到了人生的最高境界。

俯观万物扰扰，焉如江汉之载浮萍。

【注释】西晋·刘伶《酒德颂》。扰扰：纷乱的样子。焉如：即乃如。

【解析】酒醉之后俯身观看世界万物都是纷纷扰扰的样子，好像江汉之水上飘载的浮萍一样。此句反映了刘伶看破凡尘中的名利得失，一切都如浮萍般无根而虚幻，达到了一种虚无的物我两忘的人生境界。

轮扁之对，不可以言言者，又焉可以言校也？

【注释】西晋·傅玄《马钧传》。轮扁：春秋时期著名巧匠。在《庄子·天道》中曾记载了齐桓公与轮扁的一段对话。轮扁说古人的书是糟粕，真正巧妙的道是很难用言语来表达的，也不能用言语校验。

【解析】作者极赞当时名盛四方的大发明家马钧所发明的物件就像春秋时齐桓公与轮扁对话所说的那种真正巧妙的东西，不仅难以用言语表达它，而且也不能用言语校验。

圣人具体备物，取人不以一揆也。有以神取之者，有以言取之者，有以事取之者。

【注释】西晋·傅玄《马钧传》。揆：准则。神：思想品德。

【解析】圣人具备各样事理，所以用人不仅仅局限于一点。思想品德高洁之人可以用，能言善辩者可以用，立行于事的人也可以用。这里指出纳用人才的一个基本准则，那就是要不拘一格，这样才能互为补充，发挥各类人才的优势。

悬言物理，不可以言尽也；施之于事，言之难尽，而试之易知也。

【注释】西晋·傅玄《马钧传》。悬言：凭空谈论。

【解析】凭空谈论事物的道理，是难以说清说透的；在行之于事的时候，往往用言语不能说清，但却很容易用实践来说明。一个人的言行必须有事实根据，以实践来检验一切事理，而主观臆断、凭空谈论往往难以在事实面前站住脚。

难试易验之事，而轻以言抑人异能，此犹以己智任天下之事，不易其道以御难尽之物，此所以多废也。

【注释】西晋·傅玄《马钧传》。

【解析】把本来容易考察的事情看得很难而不去试验，随便用讥言冷语压制那些才能出众之人，这就是光用个人的智力经验包办一切事情，用不变的方法处理丰富多彩的现实事物。这样许多事情就办不好。作者在这里抨击了那些刚愎自用，不以实践用人的官僚士大夫。言辞中包含着一种朴素的辩证唯物论的发展实践的观点。

君子不以人害人，必以考试为衡石，废衡石而不用，此美玉所以见诬为石，荆和所以抱璞而哭之也。

【注释】西晋·傅玄《马钧传》。衡石：古代一种衡器。“此美玉”二句：事见《韩非子·和氏第十三》，楚人和氏得美玉，先后献于厉王和武王，均被认为是石而断去双脚，文王即位，和乃抱璞哭于楚山之下，三日三夜，泪尽而继之以血。

【解析】君子选人用人不应仅以别人的言论评判，这样可能会防碍他人，必须以考试测验为标准。如果不用这个标准，就会导致像和氏抱璞而哭那样的故事。这段话引用典故说明选贤任能的方法——考试的重要性，不用客观标准去衡量人就可能使真正有才之人遭到抛弃。

治膏肓者，必进苦口之药；决狐疑者，必告逆耳之言。

【注释】西晋·孙楚《为石仲容与孙皓书》。膏肓（huāng）：古代医学上指药力达不到的部位。决：解决。狐疑：疑惑不决。

【解析】医治膏肓之病的办法，是让他吃苦口良药，解决疑惑不决的问题，要告诉他那些逆耳忠言。良药虽苦，但有利于治病，逆耳的忠言虽然听起来使人感到不舒服，但却有利于决策问题。所以我们不应该避讳苦口之药和逆耳之言，应该提倡直言。

少言少事，则后生何述焉？

【注释】西晋·孙楚《反金人铭》。

【解析】《反金人铭》是针对周代《金人铭》而发。后者强调要“三缄其口”，不要多言多事，而《反金人铭》与其处世态度截然相反，提倡敢说敢做。什么也不说不做，历史岂不是成了一片空白？这句旨在说明，人生在世应当有所作为，不能“少言少事”。

尧悬谏鼓，舜立谤木。听采风谣，惟日不足。

【注释】西晋·孙楚《反金人铭》。谏鼓：尧时所设，供敢谏之士击鼓以陈述讽谏之言。谤木：舜时所立，任民众在上面书写对政治的不满和批评。

【解析】尧当政时悬挂谏鼓用来接纳讽谏之言，舜当政时树立谤木用来听取批评之辞。周王朝还专门派人到民间采集风谣，以听取老百姓的牢骚，这些做法都是为了弥补自身的不足，从而有所改进，这样才能治理好国家。

时好细腰，宫中皆饥。时悦广颜，下作细眉。

【注释】西晋·孙楚《反金人铭》。“时好”二句：《韩非子·二柄》载，楚灵王好细腰，宫中女子多因节食而饿死。时悦：东汉民谣，反用其意，谓时尚好广额，则人人作细眉。

【解析】为了取悦于君主，所以不惜一切代价去满足他，古有“楚王好细腰，宫中多饿人”之句。时兴什么，就把自己改变成什么去追求时髦。这两句旨在说明不应该不切实际，爱慕虚荣，而应有自己的审美观点和追求。

臣闻士之生世，入则事父，出则事君；事父尚于荣亲，事君贵于兴国。故慈父不能爱无益之子，仁君不能畜无用之臣。

【注释】西晋·陈寿《陈思王植传》。出：出仕，做官。事：侍奉。益：上进，进取。畜：容纳，收容。

【解析】我听说志士生活在这个世界上，回家能够侍奉父亲，做官能够效忠君主；侍奉父亲尽孝道要比使亲属荣耀起来更高尚，侍奉君主尽忠心要比使国家兴旺起来更高贵。所以慈祥的父亲不能爱没有进取心的儿子，仁德的君主不能容纳没有作为的臣子。这段话把事父、事君进行类比，从而说明对父要尽孝，对君要尽忠。一定程度上带有封建的忠君思想，有些局限性。

论德而授官者，成功之君也；量能而受爵者，毕命之臣也。

【注释】西晋·陈寿《陈思王植传》。授：给予，委任。毕：结束，完成。根据自己能力的大小而接受爵位的人，是完成任务的臣子。下一句说：所以君主不应虚假地授予，臣子不应虚假地接受；虚授就是错误的举动，虚受叫做尸禄，《诗经》中的“素餐”句就是因此而做的。“授”和“受”是对立统一的关系，本句意在说明要想成为明君与贤臣，就应在真实的基础上将两者统一起来。

忧国忘家，捐躯济难，忠臣之志也。

【注释】西晋·陈寿《陈思王植传》。济(jì)：救助，拯救。

【解析】这句话旨在说明忠臣的远大志向的内涵，即要做到心忧国家大事，忘却个人小家的利益，国难当头的时候，应有为国捐躯、勇于救助困难的勇气。这不仅在封建社会，就是在今天，仍有其进步意义。

天称其高者，以无不覆；地称其广者，以无不载；日月称其明者，以无不照；江海称其大者，以无不容。

【注释】西晋·陈寿《陈思王植传》。

【解析】天被认为高远的原因，是因为它没有什么不能覆盖；地被认为广阔的原因，是因为它没有什么不能承载；日月被称为明亮的原因，是因为它没有什么照不到；江海被称为博大的原因，是因为它没有什么不包容。这段话的深刻含义在于，要想成就大事，就应该有像天地日月江海一样的胸怀。

天地协气而万物生，君臣合德而庶政成；五帝之世非皆智，三季之末非皆愚，用与不用，知与不知也。

【注释】西晋·陈寿《陈思王植传》。庶：百姓，平民。

【解析】天地间阴阳之气协调时，万物就开始生长，君臣间同心合力时，治理百姓的政事才能成就。五帝的世代不是都因为有智慧，三季的末世也不是都因为愚蠢，那是用与不用这种规律，知与不知这种道理的缘故呀！这段话指出达到治世的途径，就是要君臣同心同德。

伯乐善御马，明君善御臣；伯乐驰千里，明君致太平；诚任贤使能之明效也。

【注释】西晋·陈寿《陈思王植传》。伯乐：春秋中期秦穆公之臣，认为相千里马必须“得其精而忘其粗，在其内而忘其外”。

【解析】伯乐擅长御马、相马，明达的君主善于统帅群臣；伯乐驾马飞驰千里之外，明君统帅群臣把天下治理成太平盛世，这实在是任用贤才使用能人的明显功效啊！通过对比，揭示出任贤使能的重要性。

宁我负人，毋人负我。

【注释】西晋·陈寿《武帝纪》。宁：宁可。负：背弃。毋：不要。

【解析】这是曹操的一种处世哲学：宁可让我背弃每一个人，也不要让每一个人背弃我。反映他性格中自私决决的一面。而且，从这种狂妄自大的口吻中，我们也可以看出曹操的自负。

伐罪吊民，古之令轨。

【注释】西晋·陈寿《武帝纪》。吊：慰问。令轨：好的行为。

【解析】讨伐违犯法纪的人，慰问安抚百姓，这是古代的好的行为。赏罚分明，惩治犯罪措施得力，才能使百姓心平，使人心安定顺服，这样才能治理好国家。

欲战不得,攻又不能,其势必离散,后选精锐,据其要害,击之可破也。

【注释】西晋·陈寿《武帝纪》。势:形势。据:占据,盘据。

【解析】这句话意思是说,打仗的时候如果想打打不成,又不能采取一味进攻的手段,这时如果坚持进攻,那么形势一定不利。应该退一步,挑选精兵强将,组成精锐部队,一举占领敌人的要害之地,这时攻打就一定可以破敌取胜。这属于战术问题,只有根据战争的规律采取正确的切实可行的战术,才可能最终获得胜利。

良药苦口,惟疾者能甘之;忠言逆耳,惟达者能受之。

【注释】西晋·陈寿《孙奋传》。疾者:生病的人。达者:通达事理的人。

【解析】有利于治病的良药是苦口的,只有生病的人能够觉出它的甘美;有利于统治的忠信之言是不容易被听取的,只有通达事理的贤君能够接受它。由于良药和忠言的特殊功效,使得疾者与达者能够接受,反映出二者的重要性。

读书百遍而义自见。

【注释】西晋·陈寿《王肃传》。义:义理,道理。见(xiàn):显现。

【解析】读书超过一百遍,那么其中的道理就会自然显现出来使读书人明了。这是在强调多读书的重要性。书籍是人类进步的阶梯,书籍是人类共有的宝库,所以应该提倡多读书,从书中汲取营养,明白事物的道理。

司马昭之心,路人所知也。

【注释】西晋·陈寿《三少帝纪》。

【解析】三国时期魏王曹髦在位时,大将军司马昭蓄意夺取王位。当时魏王曹髦生气地对他的臣子说出了这句话。说明司马昭的阴谋和野心非常明显,大家都看出来了,就连行路的普通人都知道。

以饱待饥,以逸击劳,师不欲久,行不欲远,守少则固,力专则强。

【注释】西晋·陈寿《三少帝纪》。师:军队。久:久驻。守少:守卫的地方少。

【解析】这是用兵的一种策略:要给士兵吃饱去打败饥饿的敌人,以自己的充沛精力去对付敌人的疲劳。军队不能在一个地方久驻,行军也不应该路途遥远。守卫的地方少则容易固守,用兵力专一则气势强大。用兵之道,即在于此。只有深谙此理,才能取得最后的胜利。

善为国者必先治其身,治其身者慎其所习。

【注释】西晋·陈寿《三少帝纪》。习:平常养成的习气、习惯。

【解析】这句话指出修身对治国的重要性。善于治理国家的人一定要先治理好自身的品行,有志于治理自己品行的人一定要对自己平常养成的习气采取谨慎的态度,使之不断修正。只有不断地修身养性,才能成为开明的治国之君。

非死之难,处死之难也。

【注释】西晋·陈寿《蒋琬费祎姜维传评》。处死:怎样死。

【解析】古人讲舍生取义,为了正义之事,可以不顾性命。所以死并不是难事,难在死得值得。为正义而死,是义举,是值得推崇的。

不以人之坏自成,不以人之卑自高。

【注释】西晋·陈寿《文帝纪》。卑:地位卑下。

【解析】这句意谓不能用别人的坏处来显示自己的成功,不能用别人的低微来显示自己的高大。做人要谦虚、谨慎,不应该用别人的缺点来衬托出自己的优点。

凡人之谈,常誉成毁败,扶高抑下。

【注释】西晋·陈寿《姜维传》。誉:赞扬。毁:抵毁,诽谤。

【解析】平常人们所谈论的事物,经常是赞扬成功的,抵毁失败的。扶助地位高高在上的,压制地位卑下的。这是一种趋炎附势的处世态度,反映了人们不能客观地以自己的看法去评价世事的弱点和缺陷。莫以成败论英雄,一个人的成败不意味着什么,高高在上的未必就是正确的,地位卑下的未必一文不值。

驽马恋栈豆。

【注释】西晋·陈寿《曹爽传》。驽马:跑不快的马,比喻才能低下的人。栈:牲口棚。

【解析】劣马贪恋棚圈食槽里的豆料,用来比喻平庸的人只知顾惜眼前小利,没有远志。简单的几个字蕴含了深刻的哲理,人不能鼠目寸光斤斤计较,而应把目光放得远些,树立远大的人生理想并为之不懈努力。

一与一,勇者得前。

【注释】西晋·陈寿《张辽传》。前:超前,战胜。

【解析】在势均力敌的情况下,勇敢的人能够超前,能够取得胜利。这说明了勇敢的品质在战争中的重要性。“两军相遇勇者胜”,在战争中,往往有勇气、有智慧、士气高昂的一方会取胜。

功以才成，业由才广。

【注释】西晋·陈寿《董允传》。才：才智。业：事业。广：发展。

【解析】功劳是凭借聚集才智而成就的，事业是由才智的壮大而发展起来的。智慧与才能在成就事业的道路上发挥着举足轻重的作用，它是取得成功的重要因素之一。

非才而据，咎悔必至。

【注释】西晋·陈寿《严峻传》。据：这里指担任。咎(jiù)：差错。

【解析】这句是说一个人如果不具备某种才能而担任了某种职务，那么必然会导致出现差错与悔恨。人总是要量力而行，根据自己的水平与能力去胜任某项工作，要在其位谋其职。如果不具备这样的才能而勉强去做，则一定没有好的收效，甚至会后悔莫及。

明者见危于无形，智者规祸于未萌。

【注释】西晋·陈寿《钟会传》。规：谋求，谋划。祸：灾害，灾难。

【解析】贤明的人在危险没有形成之前就能预见到危机，智慧的人在灾难没有产生之前就能谋划着去应付它。只有根据事物发生发展的一般规律，根据事态的变化，加上聪明的头脑，才能够做到像明者、智者那样的先知先觉，产生先见之明。

忘其前愆，取其后效。

【注释】西晋·陈寿《吴主传》。愆(qiān)：过失。效：功效，成绩。

【解析】这里讲的是用人的道理，要忘掉他以前的种种过失，而看重他后来取得的成绩。人非圣贤，孰能无过？有了过失并不可怕，并不代表一辈子都有过失，只要能够改正，能够再立新功，那么他还是一个有用之人，所以在用人的时候，不能以过去的得失作为衡量人的唯一标准，还应该注重他的现在和将来。

存不忘亡，安必虑危。

【注释】西晋·陈寿《吴主传》。

【解析】存在的时候不要忘记有可能会灭亡，在安乐的环境里，要考虑到可能出现的危险困难。这说明做任何事都要考虑周全，因为物极必反，任何事物都有从一个极端向另一个极端转化的可能性，所以只有经过周密的思索，才能有备而无患。

百事要所当损益，乐闻异计，匡所不逮。

【注释】西晋·陈寿《吴主传》。匡(kuāng)：扶正，辅助。逮(dài)：及，及至。

【解析】这句话意思是说，做任何事情都要根据事物本身所面临的损害或补益，乐于听取不同意见，辅助自己达到尚未及至的程度。只有听取不同意见，才能补足自己的缺陷，从而做好任何事情。

君非民不立，民非谷不生。

【注释】西晋·陈寿《吴主传》。

【解析】君主离开臣民就不能建立国家和事业，老百姓离开粮食就不能生存。这句话旨在说明君应以民为本，以治理好人民作为治理国家、建功立业的基础；而且人民是以粮食为生存依据的，所以君主还应大力发展农业生产，这是治理国家的根本所在。

勿以恶小而为之，勿以善小而不为。

【注释】西晋·陈寿《先主传》。

【解析】不要因为这是一件很小的坏事就去做它，也不要因为这是一件很小的好事就不去做它。这里说明了做事的道理，做人也是如此。观察事物的本质，从而决定自己的取舍，而不以大小为标准来决定自己的行为。

振穷救急，倾家无爱。

【注释】西晋·陈寿《吕布传》。振：通“赈”，救济。急：急难。倾家：用尽全部家产。爱：吝惜。

【解析】救济穷困的人拯救人民的危难，即使用尽自己全部家产也毫不吝惜。这是对“公”和“私”的态度，能够放弃个人的私利而一心为公，这是一种伟大的人格与行动，从古至今都受到人民的拥戴和赞颂。

人中有吕布，马中有赤兔。

【注释】西晋·陈寿《吕布传》。吕布：三国时名将。赤兔：良马，吕布的坐骑。

【解析】吕布是人中俊杰，赤兔马是马中良驹。二者都是同类中的出类拔萃者，而且吕布骑赤兔马作战，勇将良马，相得益彰，是最佳组合。

集众思广忠益。

【注释】西晋·陈寿《董和传》。广：扩大。益：好处。

【解析】集中群众的想法、智慧，取得更大更好的效果。这是科学决策的重要条件之一。只有尊重群众的意见、尊重群众的创造性实践，才能做出符合历史发展潮流的决策，取得好的效果。

治世以大德，不以小惠。

【注释】西晋　陈寿《后主传》。

【解析】治理国家要依靠宽大的德行，而不能依靠施以小恩小惠。这里强调了“大德”的重要性。修“大德”，国家才能长久，而小恩小惠只是暂时的、目光短浅的行为。

明主图危以制变，忠臣虑难以立权。

【注释】西晋·陈寿《袁绍传》。图：考虑。制：制止，克制。

【解析】英明的君主总是想到国家的危险而想方设法克制变乱，忠贞的臣子往往能够考虑到国家的危难而忠心耿耿辅立政权。治国安邦首先要“居安思危”，时时刻刻考虑可能遇到的困难，这样才能在逆境中生存发展壮大。

非成业难，得贤难；非得贤难，用之难；非用之难，任之难。

【注释】西晋·陈寿《钟离牧传》。

【解析】成就大业并不难，得到贤才难；得到贤才不难，如何使用贤才难；使用贤才不难，如何恰如其分地任用贤才难。这是说想要成就不可一世的大业，就一定要学会如何选贤任能。

人体欲得劳动，但不当使极尔。动摇则谷气得消，血脉流通，病不得生，譬犹户枢不朽是也。

【注释】西晋·陈寿《华佗传》。

【解析】这是华佗的养生之道之一，强调运动对于身体健康的重要性。人要想健康，就必须运动，但又不能超出极限。经常运动摇摆可以消除体内浊气，使血脉畅通，这样就不生病，好像户枢不蠹是一个道理。这里不仅强调了运动，而且指明应当适当地运动，才会增进身体素质。

仇雠有善，不得不举；亲戚有恶，不得不诛。

【注释】西晋·陈寿《孙奋传》。仇：仇恨，仇敌。雠：“仇”的异体字。亲戚：古指父母兄弟等。诛：惩罚。

【解析】这是一种客观正确的赏罚态度：即便是仇敌，如果有好的行为或意见，也一定要举荐他；即便是亲戚，如果作恶，也一定要惩罚。这是说，赏罚时不能根据对象的身份，而应根据他的客观行为。这样才能惩恶扬善。

凿石索玉，剖蚌求珠。

【注释】西晋·陈寿《秦宓传》。

【解析】凿穿石头索取美玉，剖解河蚌探求珍珠。这句是在比喻在探求人才的时候也应该深入挖掘，不能浅尝辄止。因为正像美玉珍珠不能为常人所易得一样，人才也往往难求，所以需要不怕困难克服阻碍去搜求人才。

一为不善，众美皆亡。

【注释】西晋·陈寿《吴主五子传》。亡：同“无”，丧失。

【解析】只要做一件坏事，其他优点就全部被抹杀，这是一种评价人的错误观点。人生一世，难免做一些错事坏事，但不能因此就把他全部否定，而应该辩证地分析，肯定他的长处，应该全面地分析，得出客观的评价。

识时务者，在乎俊杰。

【注释】西晋·陈寿《诸葛亮传》。识：认识，辨识。时务：客观形势。

【解析】能够认清客观形势的人，存在于俊杰之中。这是说，只有俊杰之士才能够清楚地看到自己所处的客观环境，判断准确自己的位置，有了自知之明，才能采取正确的处世态度和解决问题的方法。

尽忠益时者虽雠必赏，犯法怠慢者虽亲必罚，服罪输情者虽重必释，游辞巧饰者虽轻必戮；善无微而不赏，恶无纤而不贬。

【注释】西晋·陈寿《诸葛亮传》。雠(chóu)：同“仇”，仇怨，仇恨。输：交出，交待。

【解析】这段话是说赏罚要公正客观，不能因个人好恶而决定，以及如何对待善与恶。认为能够为国尽忠有益于时的人，虽然有个人仇怨也要奖赏他，触犯法令行为怠惰的人，虽然是亲属也要处罚他，认罪伏法交待罪行的人，虽然情节严重也可以释放他，花言巧语挑拨离间的人虽然情节轻也必须羞辱他；对待善行，即使很小也要奖赏，对于恶行，即使很小也要贬斥。

孤之有孔明，犹鱼之有水也。

【注释】西晋·陈寿《隆中对》。

【解析】刘备三顾茅庐求见诸葛亮，著名的《隆中对》已为世人所熟知、流传。刘备得到了贤才诸葛亮，让他作为自己的谋臣，还把两人之间的关系形象地比喻为鱼与水的关系，意为鱼水情深，须臾不可分离。同时这句话也淋漓尽致地反映出刘备当时意欲匡复汉室而思贤若渴的急切心情。

世浊则逆，道清斯顺。

【注释】西晋·张载《剑阁铭》。

【解析】剑阁拔地而起，陡峭如壁，千仞高耸，固为天险。这里旨在说明剑阁在乱世中和在治世中所起的作用是不同的：一为逆，一为顺。天险固地本来没有顺逆之分，但是由于据险之人不同，才带来这种结果，当年蜀汉闭剑阁而拒魏，魏钟会又攻剑阁而败蜀汉。

一人荷戟，万夫趑趄。

【注释】西晋·张载《剑阁铭》。荷(hè)：扛，担。趑趄(zī jū)：徘徊不前的样子。

【解析】一人扛着战戟守关，纵使万人之军也无法前进。这里夸张地形容了剑阁地势的险要。

形胜之地，匪亲勿居。

【注释】西晋·张载《剑阁铭》。

【解析】在形势险要的关键地方，务必得派自己的亲近之人把守镇居。这是张载在劝告当时的统治者，据险并不是最得力有效的办法，据险之外还得保国安邦，就必须重用亲信，否则天险没有任何作用。

兴实在德，险亦难恃。

【注释】西晋·张载《剑阁铭》。恃：依靠，依赖。

【解析】国家兴盛强大的主要原因在于德明行正，否则再险要坚固的地形也无法靠它维护江山。德兴则国兴，古往今来，有多少历史已证明此理，据地势之险只是一个便利条件，兴仁德大义才是国家长治久安的方略。

凭阻作昏，鲜不败绩。

【注释】西晋·张载《剑阁铭》。鲜：很少。

【解析】倚仗天险之利，无忧无虑，利令智昏，无所事事，这样很少有不遭到失败的。国家兴亡不在恃险，而在于修德理政，否则只能落得个亡国绝祀的下场。

虽末士之荣悴兮，伊人情之美恶。

【注释】西晋·潘岳《秋兴赋》。末士：指下层士大夫。荣：光荣，荣耀。悴

(cuì):忧愁,悲伤。伊:发语词,转折语气。

【解析】这句话是说从下层士大夫的荣耀或失意悲伤等际遇,可以看到时代人情好恶的变化。下层士大夫或百姓的生活变化,可以作为透视整个时代、社会情况的一面镜子,而时代社会的变化会直接影响到社会底层的改变。

资忠履信以进德,修辞立诚以居业。

【注释】西晋·潘岳《闲居赋》。资:积蓄,积累。修:研究,学习。诚:信,真心诚意。居:安置。

【解析】潘岳的人生态度是积极向上的,想要立功立事,所以他努力积累忠善的行为履行信义,以此增进自己的德行,潜心钻研文辞树立信念,以此安置自己的事业,并且朝着这一目标不断努力。然而这样的人得不到升迁,从客观上暴露了封建社会官场的黑暗。

教无常师,道在则是。

【注释】西晋·潘岳《闲居赋》。道:事理,规律。

【解析】教育没有固定的老师,谁懂得事物的道理及规律谁就是老师。这是一种比较开明科学的教育思想,每个人的才能都是有限的,所以不能只拜一人为师,应该看到别人的优点就去学习它,从而弥补自己各方面的不足。

临危而智勇奋,投命而高节亮。

【注释】西晋·潘岳《西征赋》。投:抛弃。

【解析】这是讲一个人的节操问题。面临危险而奋力使出自己的智慧和勇气,敢于向困难挑战,抛弃生命而使高贵的品行更加闪亮。

人之升降,与政隆替。

【注释】西晋·潘岳《西征赋》。升降:指人的品德的好坏高下。隆:兴盛。替:衰败。

【解析】人的品德的好坏,与政治的兴盛衰败有关。修政便等于修德,这是在说明"政"与"德"之间的关系。政兴则德兴,政衰则德衰。一个国家如果政治开明、政通人和,那么人们的道德水准自然也就会提升,反之政治污浊,良莠混杂,道德水准自然会随之下降。

星星白发,生于鬓垂。虽非青蝇,秽我光仪。

【注释】西晋·左思《白发赋》。星星:形容细小轻微。青蝇:蝇的一种。

【解析】人生苦短,白发生于衰年。这是中国文学中反复出现的题材,多系于时光易逝的感慨之中。但左思却另辟新意，表面上说生于鬓角的一星一点的白发，虽然不是青蝇，但却使我光洁的仪容遭到污秽，自己讨厌白发，实则讽刺了世人的势利现象。

夜耿耿而不寐兮，魂憧憧而至曙。

【注释】西晋·左芬《离思赋》。耿耿，心中不安貌。憧憧（chōng）：摇曳不定貌。

【解析】西晋女文学家左芬才德卓著，被司马炎纳入宫中，然因其姿容丑陋，所以没有受到宠爱。她形单影只，郁积在心头的思亲之情也无人倾诉。万虑千忧使她心灵上受尽了煎熬，竟至漫漫长夜不能成眠，梦魂飘忽直至天明。

长含哀而抱戚兮，仰苍天而泣血。

【注释】西晋·左芬《离思赋》。

【解析】左芬幽居深宫，思亲之情倍至，想到骨肉亲人永不能相见就悲从中来，胸中含有万分悲痛，只能仰头对着苍天感叹，直至于泣血的地步。情溢于言表，读来令人一同生悲。

沉辞怫悦，若游鱼衔钩而出重渊之深；浮藻联翩，若翰鸟缨缴而坠曾云之峻。

【注释】西晋·陆机《文赋》。怫（fú）悦：难出貌，指吐辞艰涩。翰：长而硬的鸟羽。缨：丝线制的穗状饰物。缴：系在箭上的生丝绳，射鸟用。曾：同“层”。

【解析】这是对创作过程中思维的阻滞与畅通所做出的比喻。当思维受到阻滞，吐辞艰涩，就像游鱼衔住钓钩而要从深渊中把它拉上来一样困难费力；而当思维畅通时，种种思绪和言辞就会不断涌上心头，就像被缨缴射中的大鸟从云层中掉落下来一样容易。

选义按部，考辞就班。

【注释】西晋·陆机《文赋》。部、班：门类，次序。就：遵循，依照。按部、就班：有次序，按先后层次加以布局。

【解析】按照文章的体裁布局，选择适当的内容，组织安排词句。写文章如同做事，都有一定的步骤和规矩，内容的选择、结构的安排、语言的运用，都必须符合体裁的要求。

理扶质以立干，文垂条而结繁。

【注释】西晋·陆机《文赋》。理：事理，喻文章的思想。扶：扶持，树立。质：根本，主干。文：文辞。繁：指树上的花和果。

【解析】文章有了思想内容就如树干那样树立起来了，文辞就如枝条和花果一样附在树干之上。陆机强调要以思想内容为根本，确立文章的主体；以语言文字为辅助工具，编织文章的色彩。这里指出了文章内容与形式的主从关系，形式要为内容服务。

谢朝华于已披，启夕秀于未振。

【注释】西晋·陆机《文赋》。谢：辞谢。启：开发，启发。

【解析】这句话意思是放弃早晨已经开过的花，使未开的晚上的花开放。此处用花作喻，要求创作不要重复前人已有的成就，强调文学创作要发扬独创精神，想前人所未想，发前人所未发，从而防止因袭、雷同。

意不称物，文不逮意。

【注释】西晋·陆机《文赋》。意：思想和作家的构思。逮：表达，表现。

【解析】构思文意不能正确地反映事物，语言辞藻不能很好地反映文章的思想内容及作者的构思之意。这是陆机对文学创作中物、意、文三者不相称的弊病的概括。

遵四时以叹逝，瞻万物而思纷；悲落叶于劲秋，喜柔条于芳春。

【注释】西晋·陆机《文赋》。遵：循，顺着。瞻：观察。思纷：思绪纷繁。

【解析】随着四季的推移，感叹时间的消逝，观察万物的变化，引起纷繁的思绪，秋天见木枯叶落而悲伤，春天见枝柔叶茂而欢喜。这里陆机从朴素的唯物观点出发，以四季变化的刺激所引起的人们思想感情的不同，来论述观察万物与文学创作的关系，强调了文学创作的发生是感应外物的结果，说明作家的创作激情是感于物的变化而产生的。

收视反听，耽思傍讯，精骛八极，心游万仞。

【注释】西晋·陆机《文赋》。耽：入迷。傍讯：傍同“旁”，傍讯意为广泛地探求。骛(wù)：驰。仞：古七尺或八尺为一仞。

【解析】在创作时，要不视不听，专心致志地沉浸于想象之中，在广阔的想象空间里不断探求，让精神在四方八极中驰骋，心灵在万仞之间游荡。陆机在这里强调的是，在作家创作中想象对构思的重大作用，而且指出想象是不受时间和空间限制的，可以自由驰骋。

情曈昽而弥鲜，物昭晰而互进。

【注释】西晋·陆机《文赋》。曈昽(tóng lóng)：由暗而渐明貌。昭晰：清楚，明显。

【解析】作者主观激情由不明显而明显，客观之物也随之越来越清晰。这里说明了在创作构思成熟时情与物相互交融的情景，即意与景相谐，意离不开物，物也离不开意。一部好的文学作品，在构思时就应做到意与物相称。

观古今于须臾，抚四海于一瞬。

【注释】西晋·陆机《文赋》。抚：轻轻地按着，引申为采摘。

【解析】创作进行时，作者倾注了自己全部精力，最大程度地发挥想象，这样就可以在瞬间博采古今四海，包罗万有。陆机给我们描绘出一幅创作构思时想象达到炉火纯青的样貌，把大千世界全部纳入作家的艺术思维活动之中。

体有万殊，物无一量。纷纷挥霍，形难为状。

【注释】西晋·陆机《文赋》。体：文体。物：客观物象。量：标准。纷纷：乱貌。挥霍：疾貌。

【解析】文章体裁有多种，客观物象庞杂多变，这些都难以用一个标准去衡量。事物多且杂乱又变化迅疾，所以要描绘事物的形象就是很困难的。文体的多样性，是客观事物纷繁变化的结果，是有着坚实的客观依据的。

应感之会，通塞之纪，来不可遏，去不可止。藏若景灭，行犹响起，方天机之骏利，夫何纷而不理？

【注释】西晋·陆机《文赋》。应感：感应。会、纪：均指际会。通塞：畅通和阻滞。景：同“影”。骏：迅速。

【解析】陆机对作家艺术构思时的灵感，作了形象的描述。他认为灵感来时是无法阻挡的，去时亦无法遏止；灵感藏而不发时，如同光息影灭；灵感喷涌时，则如震响声起。作家应及时捕捉时机进行创作，当天赋神思时，一切纷繁复杂的事物都可以理清楚。这里关于灵感情状的描述是比较全面形象准确的，指明了灵感产生的偶然性及一闪即逝的鲜明特点，这在文学批评领域是最早出现的。

诗缘情而绮靡，赋体物而浏亮。

【注释】西晋·陆机《文赋》。缘：因。绮：美丽。体：形状，这里作动词，意为描写、描摹。浏亮：清楚而明确。

【解析】诗因情而生，要求文辞优美，赋则是描摹客观物象，所以要求清楚而明确。通过对比，陆机强调了诗歌抒发情感的特征，肯定了诗歌抒情化的发展方向。

以回天倒日之力，而不能振形骸之内；济世夷难之智，而受困魏阙之下。

【注释】西晋·陆机《吊魏武帝文》序。回天倒日：形容力量强，声势大，压倒一切。形骸：人的形体、躯壳。魏阙：古代宫门外的阙门，为悬布法令之地，代指朝廷。

【解析】这里夸张地说明了曹操的能力，平时可以"回天倒日"，然而却不能拯救他自己；有着"济世夷难"的智谋，却在自家宫殿下受困。

爱有大而必失，恶有甚而必得。智惠不能去其恶，威力不能全其爱。

【注释】西晋·陆机《吊魏武帝文》序。爱：此处特指曹操所留恋的那些事物。恶：特指曹操讨厌的东西。惠：同"慧"。

【解析】这句话意谓曹操有许多留恋的事物，然而最终还是失去了，而那些他讨厌的东西，比如死、怕别人违背自己的遗命等却最终一一成为现实。即使有再高的智慧也不能除去所恶，有再大的威力也不能保全所爱，爱恶之得失不是智慧威力所能改变的。可见，不可一世雄才大略的曹操在这个问题上实际也无异于常人。

和氏之璧，焉得独曜于郢握？夜光之珠，何得专玩于隋掌？天下之宝，当与天下共之。

【注释】西晋·刘琨《答卢谌书》。郢（yǐng）：楚国都城，这里代指楚人。夜光之珠：隋侯见大蛇伤断，以药傅之，后蛇于江中衔大珠以报之，因曰隋侯之珠。

【解析】和氏璧虽然是楚国的重宝，但后来入于赵，秦灭六国又入于秦，终究不能为楚人所独有。夜光之珠这样的宝贝，也不能为隋侯所独享，可见天下宝贝，应该与天下人共同拥有。

钱之为体，有乾有坤。内则其方，外则其圆。其积如山，其流如川。动静有时，行藏有节。市井便易，不患耗折。难朽象寿，不匮象道。故能长久，为世神宝。亲爱如兄，字曰孔方。

【注释】西晋·鲁褒《钱神论》。体：形状。乾、坤：即为天地。节：法度。耗折（shé）：消耗亏损。匮：缺乏。道：大自然运行的规律。

【解析】钱的形状就像天地那样内方外圆。囤积起来像山，流通的时候像大水奔流。钱币的流通与存贮不仅有一定的时令，而且有一定的法度。在市场上做买卖便于交易，不容易消耗亏损。像人长寿而不易衰朽，像大自然一样运行不息，不会缺乏。因此钱币能长久存在，成为世上的神明之宝。人们像对待兄弟般亲近它，叫它孔方兄。这段话精辟地概括了钱的形状、基本特性、用途及名为"孔方"的缘由。

解严毅之颜，开难发之口。钱多者处前，钱少者居后。处前者为君长，在后者为臣仆。君长者丰衍而有馀，臣仆者穷竭而不足。

【注释】西晋·鲁褒《钱神论》。严毅：严厉刚正。

【解析】钱币能够疏解面孔的刚正严厉，可以打开难以启齿的口。钱多的人可以身列人前，钱少的人就身列人后。身列人前的人是君长，而身列人后的则是臣仆。当君长的生活富足而钱币有余，当臣仆的生活穷困而钱币匮乏。西晋元康之际，朝政昏暗，贪污贿赂成风，此文从不同侧面对金钱的神力作了淋漓尽致的揭露。指出拥有钱币的多少是决定其命运的主要因素，富裕的人因钱多而养尊处优，贫困之人因钱少而穷困潦倒。

钱之所在，危可使安，死可使活，钱之所去，贵可使贱，生可使杀。

【注释】西晋·鲁褒《钱神论》。

【解析】这里作者对当时社会拜金主义的日益堕落的社会风气进行了猛烈的抨击，指出有了金钱的地方，原本危险的人或事都可以转危为安，可以起死回生；而没有钱的时候，富贵就可以一下子转变为贫贱，即使有生的希望也会变成死亡。没有了对安危、贵贱、生死的客观评判标准，只是以钱来衡量一切，金钱主宰着一切，这就是当时的社会现状。

君无财，则士不来；君无赏，则士不往。

【注释】西晋·鲁褒《钱神论》。

【解析】君子没钱财，那么士人们就不会聚拢来，君子缺乏赏赐，那么士人就不会为他做事。人们之间的交际来往关系被定位在一个“钱”字上，无财不来，无赏不往，这是对那些趋炎附势、唯利是图的士大夫们及日益堕落的世风的强烈讽刺和高度概括。

愿君每与士卒之下者同甘苦，则尽善矣。

【注释】东晋·王羲之《遗谢万书》。

【解析】谢安的弟弟谢万才气隽秀但又矜豪傲物，以啸咏自高，遭到诸将嫉恨。王羲之写信劝他如果能够做到与士卒同甘共苦，不矜才使气、骄傲自满，就做到了“善”。然而谢万没有听取别人的意见，因而导致最后的失败。

人之相与，俯仰一世。或取诸怀抱，悟言一室之内；或因寄所托，放浪形骸之外。

【注释】东晋·王羲之《兰亭集序》。或：有的，有的人。

【解析】人们彼此相处，虽然经历一世像俯仰一瞬间那样短暂，但有的人自感于心，常喜在内室清谈高论；有的人却寄托情思于外，喜在山林之间遨游。前者好静，后者好动。通过对比说明人活一世，却有着各自不同的相处方式，这是由各人的不同情趣造成的。

游览既周，体静心闲。害马已去，世事都捐。投刃皆虚，目牛无全。

【注释】东晋·孙绰《游天台山赋》并序。周：遍。害马：语出《庄子·徐无鬼》，原比喻危害天下者，此指妨害纯真之性的尘世嗜欲。捐：弃。目牛无全：即目无全牛，语出《庄子·养生主》，意为庖丁善于屠牛，技术纯熟，所注意的已非牛的整体，而是筋骨空隙，可以操刀运行于虚隙之间，故曰“投刃皆虚”。

【解析】作者游览于天台山的美景之中，得到的是心境的净化和灵性的契悟，超越了尘俗，放弃了世间一切纷扰，达到了“投刃皆虚，目牛无全”的超凡脱俗的境界。

夫何瑰逸之令姿，独旷世以秀群；表倾城之艳色，期有德于传闻。

【注释】东晋·陶渊明《闲情赋》。夫：彼。何：何其。瑰逸：奇妙卓出貌。令：美好。旷世：当代无比。秀群：超出众人。表：显示。倾城：形容女子的绝色容貌，语出《汉书·外戚传》。

【解析】《闲情赋》是陶渊明仅存的一篇歌咏爱情的赋体佳作。这四句在全文凄美缠绵、悲切哀婉的氛围之下热烈地刻画了心目中理想的佳人形象，作者真挚而深情地吟唱道：“你的姿容是多么美丽，简直是盖世无伦。显露出倾城的鲜艳光采，追求有高尚的德操而远近扬名。”陶渊明以大写意的手法勾勒出佳人的绝代容华，进而联想到她的高雅芳洁，文笔中凝注了诗人浓郁的赞叹与向往，这为后文如疾如狂的爱慕与追求设下了绝妙的铺垫。它打破了传统礼教虚伪而严格的限制，大胆地讴歌了男女恋情，展现了丰富多采的内心世界，谱写了一曲中国古代的爱情咏叹调，鲁迅就曾将其高度评价为“坚实而有趣的作品”。

悲晨曦之易夕，感人生之长勤。同一尽于百年，何欢寡而愁殷！

【注释】东晋·陶渊明《闲情赋》。晨曦：朝阳。长勤：多劳苦。殷：多，重。

【解析】中国古代文人历来对生死存亡有着深切的敏感与思考，陶渊明在这四句赋辞中借塑造佳人而展现了自己对生命的理解和感悟：“可叹美好的晨光瞬间即逝，人生的旅途历尽艰辛。百年之后都同归于尽，为什么郁郁寡欢而满腹忧心！”前两句语气哀切，悲叹时光易逝，年华易老，人生不如意之事何其繁多！但笔调随后急速下转，既然人生的终极皆是“灰飞烟灭”，又何必自寻烦恼呢！作者以旷达超然之心乐观处世，表现了淡泊高洁的品德情操，字里行间也寄寓了对佳人深深的爱怜之情。

愿在衣而为领，承华首之余芳；悲罗襟之宵离，怨秋夜之未央。

【注释】东晋·陶渊明《闲情赋》。华首：美丽的头部。罗襟：绫罗制的衣服。未央：未尽。

【解析】由这四句绝妙好辞我们不禁会联想到莎翁《罗密欧与朱丽叶》“月下独白”一幕，此情此景何其相似，爱情果真是人类生命历程中的一个共同牵挂。陶渊明于此淋漓尽致地表达出对佳人炽热的爱恋，连用十个“愿……悲……”句式，想象丰富，构思非凡，“我愿化作你身上的衣领，每日嗅着头上的芬芳；只恐怕你夜晚解衣就寝，在漫漫长夜里就把我搁置一旁”。随后又表示愿化为裙带、发油、画眉的青黛、席子、鞋子、影子、烛光、扇子、鸣琴这些能够接近美人的事物，文彩斐然，清新流畅，极尽铺张之能事，把诗人的渴求与爱慕之情表现得如波涛奔涌、火山爆发，回旋往复，波澜起伏，达到了情感释放的高潮，洋溢着浪漫主义激情。试想如果莎翁读到此处，也定会自愧弗如吧！

日负影以偕没，月媚景于云端。鸟凄声以孤归，兽索偶而不还。

【注释】东晋·陶渊明《闲情赋》。偕：一同。索：寻找。

【解析】寓情于景，情景交融，这是文学作品的一种重要的表现手法，具有极强的感染力。落山的太阳暗淡无色，云端的皓月露出倩影。失群的归鸟鸣叫回飞，寻伴的走兽奔跑不停。诗人想要接近佳人，可是又不敢上前，内心满怀忧愁却无处倾吐，只能寂寞地在南林中独自徘徊，眼见日落西山，皓月当空，孤鸟独兽形单影只，触景生情，神魂飘浮，这里有力地烘托了诗人的悲苦心境和无限思恋的深情，一景一物皆是诗人主观思绪的折射，展现了他“浑身是静穆”之外的另一侧面。

坦万虑以存诚，憩遥情于八遐。

【注释】东晋·陶渊明《闲情赋》。坦：摒除。憩(qì)：休止。八遐：八荒，形容极遥远的地方。

【解析】诗人在历经情感的千回百转、焦虑苦痛之后，终于意识到佳人不可与共，传统礼教“发乎情，止乎礼义”的训导制止他前行的步履，“徒勤思以自悲，终阻山而带河”，于是逐渐平息了汹涌的激情，努力做到“摒弃各种杂念保持一片诚心，止住远逸的情思在八荒驰骋”。诗人以这两句作为全文的结束语，使得爱情表达由低沉到热烈，最后又归向平息，扣合了“闲情”（闲，约束之意）的主旨。既然佳人终不可得，还是用儒家思想加以克制吧！尽管内心趋于平静，但其中幽幽的感伤与无奈依然清晰可见。这也可以算作是一个中国古代文人大胆思考而最终又无法冲破传统藩篱的例证吧！

质性自然，非矫厉所得。

【注释】东晋·陶渊明《归去来兮辞》。矫厉：勉强，做作。

【解析】陶渊明曾经几次出仕希望有所作为，但动荡不安、淳风日尽的社会现实终于使他透悟了人情百态，转而于田园自然之中挥洒着自由的心灵。“我的本性真率自然，不是矫柔造作能够得来的”，“矫厉”正与“自然”相对，这句话是诗人对自身人格的充分认知与肯定，是对其人生境界和情感旨归的高度概括，也进而影响了他的诗文创作和风格。陶渊明的这种“自然”质性，真淳素朴，光明磊落，摒弃了世俗名利的困扰，任运自在，充分展现了个体生命的价值，为后世文人树立了一个理想的人格风范，但那也是一个令人企慕已极而又难以达到的精神的至高境界。陶渊明乃真正“千古高士”。

尝从人事，皆口腹自役。

【注释】东晋·陶渊明《归去来兮辞》。人事：此指做官。

【解析】我一想到曾经不得已做官，都是让心志受口腹的役使，情绪就激动起来。这句话紧承上句“饥冻虽切，违己交病”，又密启下句“于是怅然慷慨，深愧平生之志”，陶渊明严厉地审视和剖析自我，于乱世中实现理想已不能够，为五斗米而折腰屈膝，任人役使更是奇耻大辱。为了保持高洁的情操和精神的旷达，宁愿忍受饥寒与灾厄，表现了决不违己同流合污的坚定信念，并对自己的所作所为作了深刻的检讨，为后文的归隐田园释解了个中缘由，也间接地展现了当时官场内的龌龊黑暗。

归去来兮，田园将芜胡不归！

【注释】东晋·陶渊明《归去来兮辞》。芜：荒芜。胡：为何。兮：语助词。

【解析】“归去吧，田园快要荒芜，为什么还要在仕途犹豫徘徊，归去吧！”正文首句以感叹语气直接点明题旨，“归去”就是要归隐田园，在与自然的融合之中实现平生的志节，在劳动耕耘之中体味生命的乐趣，从而使压抑的心灵得到舒解，这是诗人在现实的磨砺和痛苦的思索之后做出的最终抉择。从此以后，陶渊明再未涉足官场，本文也就成了他终生不仕的布告宣言。

既自以心为形役，奚惆怅而独悲。

【注释】东晋·陶渊明《归去来兮辞》。形：指身体。奚：为什么。

【解析】既然做官使自己的心志为躯体所役使，为什么还怅然若失自寻伤悲。这正道出了诗人内心的复杂矛盾，辞官归隐就意味着经世致用的抱负永无实现的可能，尽管田园生活是诗人的向往所在，但也难免有些伤感惆怅。情感表达真挚坦诚，反问的语气更增强了感染力度。出世与入仕，做官与归隐，这也本是困扰无数有志而难酬的古代文人的情结之一。

悟已往之不谏，知来者之可追；实迷途其未远，觉今是而昨非。

【注释】东晋·陶渊明《归去来兮辞》。谏：止，谏止。追：挽回，补救。迷途：指出仕。

【解析】在发出“惆怅而独悲”的哀鸣之后，诗人马上振奋精神、警醒自己，“觉悟到过去了的已然不可挽救，但未来还可以努力追回。虽然误入歧途，幸喜不算太远，趁早告别错误的昨天快把田园回”。诗人摆脱了怅惘之情，把曾经仕途视作误入歧途，从此抛弃世人所津津乐道的功名利禄，认识到一心一意归隐田园才是正路所在。这充分展示了诗人对个体生命价值的高度重视和人生态度的认真执着，与“质性自然”有着同构同质的精神蕴涵。

舟遥遥以轻飏，风飘飘而吹衣。

【注释】东晋·陶渊明《归去来兮辞》。遥遥：同“摇摇”，船摇动貌。轻飏(yáng)：飞扬，形容船行轻疾。

【解析】诗人一旦做出退隐的决定，立即感到神清气爽，于是急不可待地踏上了归途。“小船轻快地向前荡漾，清风阵阵撩动衣襟”，语调轻松自如，小舟、轻风似乎都感受到了诗人的喜悦与迫切之情。这和前面的“惆怅独悲”形成了鲜明的对照，孰是孰非一目了然。弃官归田带给了诗人无比的喜悦，只希望小舟快快前行，“久在樊笼里，复得返自然”，我将从此与自然中的一草一木相与为伴，呼吸那清新自由的空气，感受那真正淳朴鲜亮的生活！读者于此情此怀怎能不发出由衷的欣羡和赞美！

问征夫以前路，恨晨光之熹微。

【注释】东晋·陶渊明《归去来兮辞》。征夫：行人。熹(xī)：光明。

【解析】陶渊明出任彭泽令离家八十余日，归心似箭，“向行人探问前面的归程，怨天不快亮晨光微弱暗昧”。诗人由舟行转至徒步，并非明指不识归途，而是以此烘托和渲染急切的心情，再则天光尚未大亮，路径昏黑难以辨清，这都影响了速度和进程。一个“恨”字实乃画龙点睛之笔，细致入微地描摹了当时起伏不平的心境，真切传神。

三径就荒，松菊犹存。

【注释】东晋·陶渊明《归去来兮辞》。三径：指庭院中的小路，语出《文选》

李善注引《三辅决录》，借指隐士居住的地方。就：近，接近。

【解析】诗人兴高采烈地回到家中，“载欣载奔”，终于家人团聚，再不分离。放眼环顾四周，“庭院的小路快长满荒草，可是青松依旧，菊花仍芳”。离家多日，毕竟发生了一些变化，但看到心爱的松菊清新如故，感到加倍的喜悦。松树、菊花是陶渊明诗文中经常吟咏的事物，“采菊东篱下，悠然见南山”“芳菊开林耀，青松冠岩列”，它们象征了诗人高旷清虚的胸襟和不入流俗的操守。以物比人，两相交融，这是古代文人寄寓和抒写怀抱的一种重要手法。

引壶觞以自酌，眄庭柯以怡颜。

【注释】东晋·陶渊明《归去来兮辞》。觞（shāng）：酒杯。酌：饮，喝。眄（miǎn）：顾盼。柯：树枝。

【解析】饮酒，是陶渊明生活之中的一个重要组成部分，或喜悦，或悲伤，或豪迈，或消沉，因时因事而种种不一。这两句表达的是归田后内心的悠然自得，“拿过酒壶酒盅我自斟自饮，悠闲地看着庭树叫人醉心开颜”，尽管无人陪伴，诗人却自得其乐，快慰地欣赏着庭院的一草一木，以直接叙述的笔法展现了诗人的飘逸超群。不着一字，尽得风流。

倚南窗以寄傲，审容膝之易安。

【注释】东晋·陶渊明《归去来兮辞》。审：明白，深知。容膝：可以放双膝，形容住室狭窄。

【解析】倚凭南窗吟诗作赋寄托我傲世的情愫，深知住室狭窄简陋足以栖身安闲。文学创作是诗人主观情感支配下的一种自觉行为，“著文章自娱，颇示己志”，以诗文寄托傲骨，传名后世，即使环境简陋也能泰然处之。这是陶渊明面对严酷的社会转而从文的积极进取意识的充分显现，绝非消极隐逸、萎靡不振的懦夫可比。

园日涉以成趣，门虽设而常关。

【注释】东晋·陶渊明《归去来兮辞》。涉：行。

【解析】尽管草舍寒门，居处陋简，但“每天在园中散步兴味无穷，家门常常紧闭以摆脱世俗的嚣喧”，这比前几句的内心独白又进了一层，直言不讳地阐释了诗人的志趣以及对黑暗现实的反抗态度。外面的世界只能带给诗人痛楚与焦虑，所以虽有门却常关，而田园生活的自由自在才是诗人的真正乐土，以对比的方法再一次重申了自己的严正立场与坚定信念。

云无心以出岫,鸟倦飞而知还。

【注释】东晋·陶渊明《归去来兮辞》。无心:自然而然。岫(xiù):有岩洞的山,此泛指山。

【解析】这两句是诗人寓情于景的千古名句,“云本无心,从山峦间自然飘起,小鸟疲倦,也自知向老巢飞还”。诗人敏锐细致地捕捉到了自然景物和动物的出入规律,“无心”、“倦飞”,即融汴了自身的主观体验,以人的视角感受自然,转而观照自我。云无心出山,好比自己无意追求富贵却出来做官;鸟倦飞还巢,则恰如自己辞官归田。语句中蕴涵着丰富的哲理思考,深刻隽永,令人回味无穷,宋代释惠洪称之:“沛然从肺腑中流出,殊不见斧凿痕。”

木欣欣以向荣,泉涓涓而始流。善万物之得时,感吾生之行休!

【注释】东晋·陶渊明《归去来兮辞》。涓涓:细流不绝貌。行:将要。

【解析】“一路上看到草木欣欣向荣,解冻的清泉涓涓长流。我羡慕万物逢春生机蓬勃,感慨自己的生命将到尽头!”诗人面对欣欣然的自然变化真切地感到“时不我待”,个人的生命在无限的宇宙之中渺如尘埃,瞬间即逝,从而引发对自身价值的深刻思索,一个伟大的哲理诗人展现在我们面前。陶渊明极善于借景抒情,情景交融,既展现了自然的美好风光,又寄托了自己的人格精神与旷世情怀,一举两得,非大手笔而不能为之。

曷不委心任去留,胡为乎遑遑欲何之?富贵非吾愿,帝乡不可期。

【注释】东晋·陶渊明《归去来兮辞》。曷(hé):同“何”。委心:随心。遑遑:心神不安貌。之:至,往。帝乡:神仙住的地方。

【解析】“逝者如斯,不舍昼夜”,既然人生短促,自己年已不惑,“何不自由自在地随心愿行事,为什么遑遑终日若有所求?追求荣华富贵不合我的心愿,仙山琼阁不过是海市蜃楼”。诗人展示内心情感更加具体鲜明,人生在世,就应顺应自然,不要汲汲地求取身外之物,富贵难守,仙丹不灵,执着于此只会自寻烦恼。诗人重视的是精神世界是否舒畅,追求的是真淳雅洁的节操,即使生活艰辛也绝不退缩。其中充满了佛道色彩,又可见他思想的兼容并包,融汇贯通,所以受世人推崇绝非偶然。

聊乘化以归尽,乐夫天命复奚疑!

【注释】东晋·陶渊明《归去来兮辞》。聊:姑且。乘化:随着自然的推移变化。尽:死。

【解析】乐天知命,我不再有一丝疑虑,随顺自然一直走向生命的尽头!全文以此作结,诗人经过层层剖析,步步深入,最终确立了归隐田园的志向。“乐夫天命”,并非指完全放弃了人为的努力,而是表达了诗人对命运的乐观旷达之情。尽管曾经一度惆怅迷惘,“心战”不已,但是终究“衣沾不足惜,但使愿无违”。诗人不再受现实利禄的羁绊,即使身处闹市,也能“心远地自偏”,卸下世俗的重负,一任心灵的自由驰骋,达到了与天地为一的高远之境。“每观其文,想见人德”,钟嵘《诗品》所论确实一语道出了陶渊明人格魅力经久不衰的真谛!

芳草鲜美,落英缤纷。

【注释】东晋·陶渊明《桃花源记》。落英:落花。

【解析】如今,我们常以“世外桃源”形容心目中可望而不可即的理想洞天,它的缘起即始于陶渊明的《桃花源记》。文中叙述了一武陵人捕鱼误闯异世的情景,但见“鲜嫩的青草散发着芳香,缤纷的花瓣洒满草地”,勾画出桃花源的一角,绿草如茵、落红如雨,红绿相映,动静结合,构成了一幅奇异幽雅而又沁芳怡人的神仙般的境界,令人无限神往。短短四个字,语言简约,而又寄托遥深,充分显现了陶渊明炉火纯青的文学水准。用笔自然,不事雕琢,从容不迫地把读者由人间的纷乱带入到世外的宁静之中,一景一物都纤尘不染,超凡脱俗,似真似幻,扑朔迷离,字里行间饱含了诗人的殷切向往之情,这正如李白所云:“清水出芙蓉,天然去雕饰。”

阡陌交通,鸡犬相闻。

【注释】东晋·陶渊明《桃花源记》。阡(qiān)陌:田间的小路。南北方向称阡,东西方向叫陌。交通:纵横交错。

【解析】“田间的小路纵横交错,村落间能听见鸡鸣狗叫的声音”,乍一看,仿佛老子所形容的“鸡犬之声相闻,民至死不相往来”的小国寡民社会,但实质截然不同。陶渊明刻画的世外桃源,充满了浓郁的生活气息,人们在这里自食其力,和融熙乐,小小的村落建构得有声有色,路径井然,喂鸡养狗,洋溢着一派春意盎然的农家乐趣。

黄发垂髫,并怡然自乐。

【注释】东晋·陶渊明《桃花源记》。黄发:指老人。年岁大了头发白后转黄。垂髫(tiáo):指儿童。古代儿童头上下垂的短发称髫。

【解析】在桃花源里,“黄发的老人和垂发的儿童无忧无虑,自得其乐”。用笔精炼,诗人并不逐一细致描写,而是抓住了“老人”和“孩子”两个群体的精神面貌,栩栩如生地表现了淳朴欢快的世外人情图画。当时的社会现实内忧外患,生灵涂炭,食不果腹,痛苦不堪,诗人虽没有明写这些,但两相对照,不难体会出那种隐喻的愤慨和反抗之情。桃花源里的人们民风真淳，亲密和睦，衣食饱暖，没有战火纷飞，没有尔虞我诈，所以人人脸上都记载着安静祥和与欢声笑语。这也是《桃花源记》脍炙人口的根本原因吧！

问今是何世，乃不知有汉，无论魏晋。

【注释】东晋·陶渊明《桃花源记》。乃：却，竟然。无论：更不用说。

【解析】他们问现在世上的情况，竟然不知道有个汉朝，更不必说魏晋了。诗人用笔好似轻描淡写，毫不动情，然而内心却汹涌澎湃，这里的人竟然不知晓人世沧桑变换，他们生活得多么安详和平啊！硝烟弥漫的动乱社会没有对他们构成任何冲击，依旧日出而作，日入而息，自给自足，其乐融融，没有所谓的君君臣臣，欺瞒狡诈，诗人在平平淡淡的叙述中寄寓了无限感慨，更加深了对这种淳朴真挚的理想世界的仰慕之情，由此也使得此句有口皆碑。

不足为外人道也。

【注释】东晋·陶渊明《桃花源记》。不足：不宜，不必。道：说。

【解析】武陵人将要返回家园时，桃花源中人叮嘱“我们这里的情况不必对外边的人提起啊”。表面看来好像自谦，似是闲笔，认为微不足道，不值得宣扬，然而内质丰富，蕴含深厚。桃花源中人衷心热爱和平祥乐的生活，不希望外界的喧嚣与伪诈玷辱了这片圣土，自得其境，即使不了解朝代变更也在所不惜。而武陵人“处处志之”，太守遣人寻访“不复得路”，可见桃花源人捍卫家园的坚定信念，这也是诗人书此数语的情感诠释。

闲静少言，不慕荣利。

【注释】东晋·陶渊明《五柳先生传》。

【解析】沈约称“潜少有高趣，尝著《五柳先生传》以自况”，此文即可谓陶渊明的自我画像。“五柳先生性格沉静，寡言少语，既不羡慕荣华富贵，也不追逐功名利禄”，这凝炼的寥寥数语实质就是诗人的性情写照与理想追求，是他精神世界的集中反映。为人淡泊飘逸，闲静少语，这在魏晋多言取祸的特定历史时期也是一种超尘脱俗的表现。诗人不慕富贵，热心自然，憎恶当时门阀士族夺利争名、勾心斗角的丑陋世风，时刻保持着内心的超然与高洁。

好读书，不求甚解；每有会意，便欣然忘食。

【注释】东晋·陶渊明《五柳先生传》。

【解析】五柳先生的生活情趣和精神寄托之一就是读书，“喜欢读书，但是不死抠字眼；每逢心有体会，便高兴得忘记了吃饭”。他从知识的遨游中感到了真切的满足与享受，这是荣华富贵、功名利禄所不能给予的。“不求甚解”，这是针对魏晋有些儒生过于倚重章句训诂和牵强附会的治学之风提出的，读书在于领会精神主旨，切忌卖弄玄虚，“知之为知之，不知为不知”，态度应该真诚。这体现了陶渊明的读书见解和“欣然忘食”的执着投入，从中获得了至极的审美愉悦，也说明了他欲以诗文传世留名的创作情怀。

造饮辄尽，期在必醉。既醉而退，曾不吝情去留。

【注释】东晋·陶渊明《五柳先生传》。造：到，去。辄（zhé）：总是。期：希望。曾：乃。吝情：顾惜之情。去留：复词偏义，指去，离开。

【解析】诗人一方面“闲情少言”，一方面“欣然忘食”，展现了他性格中“静穆”与“豪放”的两个特征，而豪放之情较明显的表露之一就是“嗜酒”。“家贫不能常得。亲旧知其如此，或置酒招之”，乡村人情温暖真挚，“他到别人家饮酒，必定一醉方休。醉了就回家，没有留恋不舍的时候”，活脱脱地画出了诗人“任真自得”的风采和潇洒放达的个性。其中以“酒”为媒介，层层揭示了陶渊明与亲友的深厚情谊。“不吝情去留”，表面看似乎不近情理，过于任性，实则显示了诗人待人的诚恳率真，毫无做作、虚假之嫌。所以，尽管篇中有酒，句中有酒，而意在酒外。酒，是理解陶渊明的一个重要媒介，它有时确实起到解脱痛苦的作用，但在本句中，一个“退”字就折现出他清醒的身姿，借以抒写淳朴率真，磊落坦荡的品格。

常著文章自娱，颇示己志。忘怀得失，以此自终。

【注释】东晋·陶渊明《五柳先生传》。

【解析】“五柳先生常把写文章当作娱乐，充分表达他的志趣。他把个人得失置之度外，以超脱的态度走过一生。”尽管生活清贫、抱负难伸，但诗人始终以“著文述志”作为人生的追求，在对典籍文化的兼容并蓄中不断充实自己的心灵空间，以勤奋创作之思开启了一个博大精深的文学与人学境界，为后人留下了宝贵的精神财富。而“忘怀得失”正与前文“不慕荣利”首尾呼应，文章次序井然，一丝不乱。诗人采用简练的白描手法，截取几个富有表现力的横断面，就成功地塑造出了一个有性格、有追求、有典型的时代意义的文士形象，在思想上和艺术上，都堪称上乘之作。

天地赋命，生必有死，自古圣贤，谁能独免？

【注释】东晋·陶渊明《与子俨等疏》。俨（yǎn）、俟（sì）、份（bīn）、佚、佟是陶渊明的五个儿子。赋：赋予。

【解析】陶渊明晚年得过一场大病，当时“自恐大分将有限也”，于是给儿子写下了这篇相当于遗嘱的书信。文中首四句即开门见山地谈到了人类生命的必然归宿,“大自然赋予人以生命,有生就必有死。从古到今,即使是圣贤,谁又能逃脱死亡呢”,病重之人感慨生之柔弱是自然而然的,其中也包含着诗人淡淡的伤感和清醒的理念。自古以来,死亡就是一个敏感的话题,人人怀着恐惧与幻想,或求仙拜佛,或服食乞灵,而诗人却能于此直面正视,并希望子孙后代也能珍视生命,团结友爱。语气诚恳,充满了一片慈父心肠。

性刚才拙,与物多忤。

【注释】东晋·陶渊明《与子俨等疏》。拙(zhuō):笨。忤(wǔ):违背,抵触。

【解析】诗人在病中回顾自己的早年经历,“我生性刚直,不会阿谀奉承、投机取巧,与社会上的人情世故格格不入”,可见“才拙”并非指才能低下,其中暗寓了官场龌龊,妒才嫉贤的不合理境况;一个“忤”字显示了诗人压抑万千的宦海遭遇。这两句言简意深,与“质性自然”“违己交病”一脉相承,只有田园归隐才符合自己的心志,诗人于此对他的生活和思想进行了再次审视。

败絮自拥,何惭儿子?

【注释】东晋·陶渊明《与子俨等疏》。败絮:破棉袄。拥:缠裹。

【解析】“自己破衣烂衫,又怎能为儿子感到惭愧呢?”陶渊明在《责子》诗中道:“虽有五男儿,总不好纸笔”,“天运苟如此,且进杯中物”。希望子孙有所建树,但返观自己,家境日渐艰难,如此景况,又怎能忍心再责怪孩子呢!内心波澜起伏,反问语势更增强了自责的力度,舐犊之情跃然纸上。“抱兹苦心,良多内愧”,他对孩子们始终有着一种负疚的心理,真乃“无情未必真豪杰,怜子如何不丈夫”。

五六月中,北窗下卧,遇凉风暂至,自谓是羲皇上人。

【注释】东晋·陶渊明《与子俨等疏》。暂至:一阵阵到来。羲皇:伏羲氏,我国传说中的上古帝王。

【解析】五六月间,在北边的窗子下面躺着,凉风一阵阵拂过,觉得自己简直是远古时代的人。这是陶渊明对自己少年生活的回忆,一派无忧无虑,单纯稚嫩。而如今感到“意浅识罕,谓斯言可保”,“缅求在昔,眇然如何”,当时头脑是多么简单,以为生活永远会那样快乐地过下去,是现实教育了人,使人在艰辛困顿之中逐渐提高了自己的思想和感悟能力,诗人希望儿孙们能够以此为诫,切忌耽于幻想,不能自拔。这四句避免了其他字句统统使用“四言”的呆板章式,错落有致,节奏跳跃,增强了全文的气势感和紧凑性。

汝等虽不同生，当思“四海皆兄弟”之义。

【注释】东晋·陶渊明《与子俨等疏》。四海皆兄弟：语出《论语·颜渊》：“四海之内，皆兄弟也。”

【解析】这两句是文章的中心语句，“你们弟兄几个虽然不是一母所生，但应牢记普天下的人都是兄弟的道理”，诗人以中国传统的伦理道德告诫孩子们应该团结友爱，彼此真诚相待。随后例举的关于管仲鲍叔牙、伍举归生的典故又重申了这个叮嘱，要以手足之情为贵，显示了陶渊明“自然质性”之中的平易可亲，辛弃疾即赞其：“千载后，百篇存，更无一字不清真。”

怀正志道之士，或潜玉于当年；洁己清操之人，或没世之徒勤。

【注释】东晋·陶渊明《感士不遇赋》。或：有的。潜玉：把玉石藏起来，喻隐居。没世：终生。

【解析】质朴自然，是人们对陶渊明文风所做出的通常评价，然而这篇他晚年的《感士不遇赋》却体现了“金刚怒目式”的异禀之气。“一些心怀正直、立志治世的人，不得不在年富力强的时候潜藏隐居，一些洁身自好、操行端正的人，也只好徒自劳苦，虚度一生”，诗人发出了“士不遇”的强烈慨叹，现实的黑暗就犹如宏罗密网，总是使有才华的正直之士遭受压抑摧残，迫使他们放弃理想，在忧虑悲愤之中抛掷余生。两组句式对仗工稳，情悲意切，融注了无限感伤，充分显示了诗人忧嗟乱世，愤慨无道的复杂心情。

寓形百年，而瞬息已尽；立行之难，而一城莫赏。

【注释】东晋·陶渊明《感士不遇赋》。立行：指建功立业。一城：犹言寸土。赏：指赐爵封地。

【解析】人生百年，瞬息即逝；建功立业何等艰难，到头来却得不到应有的报酬。这与前句文意相合，从人生短促的视角进一步阐明了作此赋的缘由。才德之士皆期待在有生之年有所建树，可是步履维艰，权要的阻碍层层包裹，而最高统治者并不真正信任和赏识，诗人以屈原为例，再次抒发了壮志难酬的一腔悲愤。

坦至公而无猜，卒蒙耻以受谤；虽怀琼而握兰，徒芳洁而谁亮。

【注释】东晋·陶渊明《感士不遇赋》。琼：美玉。兰：兰草。亮：明白，了解。

【解析】诗人曾经宦海沉浮，亲身体验了其中的扭曲与欺凌，“襟怀坦白公正无私而真诚的人，反倒蒙受耻辱，遭到诽谤；虽然有着白玉兰草般的美德和才华，也徒然芳香高洁，无人颂扬”，这里“琼”与“兰”都是采用了比喻手法。诗人由己及人，痛感魏晋乱世中的人情险恶，空有一腔热血，然而终究报国无门，知音难觅。

苍昊遐缅，人事无已，有感有昧，畴测其理？

【注释】东晋·陶渊明《感士不遇赋》。昊（hào）：天。感：感应。昧：无感应。畴：谁。

【解析】对于自己和先哲的不幸遭际，诗人不禁对全知全能的上天发出了疑问，“苍天是那么遥远，人间的事情变化不已，天人之间有没有感应，天道究竟有无偏私，谁能说出这个道理？”在探寻口吻中蕴含了对天道鬼神的否定，认为真正扼杀人才的还是人事。这四个短句既阐明了他的哲学思想，又为后文的发展作了铺垫，意义深远。

宁固穷以济意，不委曲而累己；既轩冕之非荣，岂缊袍之为耻？

【注释】东晋·陶渊明《感士不遇赋》。济：成就。累：拖累，害己。轩冕：指高官厚禄。缊（yùn）袍：用乱麻絮做的袍，贫贱者所穿。

【解析】“我宁可固守贫穷成全心志，也决不委曲求官戕害自己；既然不把高官厚禄看作荣耀，又哪里会以穿破袍为耻辱呢！”陶渊明秉承了儒家“安贫守拙”的精神，忧道不忧贫，“不戚戚于贫贱，不汲汲于富贵”，“岂忘袭轻裘，苟得非所钦”，诗人赞叹的是那种不与黑暗腐朽势力同流合污的高尚气节。从艺术上看，这两组句子格式整齐，句句押韵，读起来铿锵有力，富有一种均衡美和韵律美。同时，尽管是赋体，语言却平近自然，摒弃了当时极尽雕饰的陋习。

拥孤襟以毕岁，谢良价于朝市。

【注释】东晋·陶渊明《感士不遇赋》。拥：抱。襟：襟怀，素志。毕岁：终岁。谢：辞绝。朝市：复词偏义，指朝廷。

【解析】陶渊明在尽抒“士不遇”的悲愤之余，对自己的人生态度作出了严正的表述，“怀抱平素的志向度过余年，绝不用高价把自己卖给朝市”，表现了与当时权要不合作的反抗态度，而“平素的志向”即是归隐田园，投身自然，以诗文传名后世的信念与实践。

天寒夜长，风气萧索，鸿雁于征，草木黄落。

【注释】东晋·陶渊明《自祭文》。于：语助词。征：行，指飞过。

【解析】《自祭文》是陶渊明在去世前的两个月写成的，顾名思义，就是为自己写的祭文，这是他生前留下的最后一篇文章，质朴真情，凄怆动人。“天气寒冷秋夜漫长，到处都显现出萧索景象，南飞的大雁从天空匆匆掠过，草木也已凋零枯黄”，全文首句就在读者面前展示了一幅悲凉萧瑟的秋色图。诗人想象自己在这样的氛围之中离开人世，“荒草何茫茫，白杨亦萧萧”，亲朋好友举哀痛苦，这是一处多么令人心酸的情境。这四句一开始就从视角上营造出一种萧条冷落的气氛，紧紧抓住了读者的心弦，令人未观下文，即产生了一种深深的悲苦与痛伤。

自余为人，逢运之贫，箪瓢屡罄，絺绤冬陈。

【注释】东晋·陶渊明《自祭文》。箪(dān)瓢：箪指盛饭的竹篮，瓢指水瓢，谓饮食匮乏，语出《论语·雍也》。罄(qìng)：空。絺(chī)绤(xì)：夏天穿的布衣，絺是细葛布，绤是粗葛布。陈：穿。

【解析】陶渊明随后冷静而又真诚地回顾了自己坎坷的一生。“自从我来到人间，恰逢家道贫寒；饭篮和水瓢常常空着，严寒的冬季只得穿夏天的薄衫”，食不果腹，冬无寒衣，其困窘不堪可见一斑。但是我们从字里行间却感受不到诗人的抱怨，而是超乎寻常地客观地审视自我，“君子固穷”，不以贫寒为耻，其胸襟坦坦荡荡，光明磊落，令人无限敬慕！

春秋代谢，有务中园，载耘载耔，乃育乃繁。

【注释】东晋·陶渊明《自祭文》。务：指农活。中园：园中。耘：除草。耔：在苗根培土。

【解析】文风到此变为轻松欢快，原来诗人想到了自己归隐田园后愉悦 的农耕生活，“从春到秋，田园里总有活干，我又锄草又培土，作物不断生长繁衍”，诗人在自食其力的劳动之中获得了精神的满足与安适，“开荒南野际，守拙归园田”，终于摆脱了俗世的喧嚣，在田园的土地上洒下辛勤的汗水，期待着丰盈的收获，诗人在这里为我们描绘了一幅和平恬静，温馨适意的农家美景，“乃育乃繁”，更是精炼传神地刻画出那一派勃勃生机。

勤靡余劳，心有常闲。乐天委分，以至百年。

【注释】东晋·陶渊明《自祭文》。委分：犹言安分。

【解析】“我辛勤劳作没有其他杂念，心境平静安闲。我顺从天命，安守本分，终于得以安享天年”，诗人进一步表述了自己田园退隐的心理感受，“与天地共生，与万物同一”，乐天安命，委运自然，一个“闲”字淋漓尽致地展现了诗人超凡脱俗的神姿。其中可见老庄思想对他的影响，一心保持纯真高洁的情操。这四句语言清新流畅，朴素自然，犹如一脉悠悠清泉，娴静雅致。

嗟我独迈，曾是异兹。宠非己荣，涅岂吾缁？

【注释】东晋·陶渊明《自祭文》。嗟：慨叹声。迈：行。曾：已经。兹：此。

涅：黑色染料。缁(zī)：用作动词，变黑。

【解析】这四句紧承上文“存为世珍，没亦见思”，人们都希望活着尊荣宠贵，死后也能被人思念，惟独我一意孤行，从来与这些人不一样。我不把受人尊宠当作自己的荣耀，世俗的黑染缸哪能把我的本色改变！“涅岂吾缁”属于倒装句，即“涅岂缁吾”之意。诗人感慨世人的追名逐利，而自己绝不拘囿于时俗，他独行高格，以“守拙”为荣，任凭自己的美好心性独立不迁，世事纵然污浊扰嚷，也不能稍移其志。句尾的反问格式，极其鲜明而又自信地展现了诗人的铮铮傲骨！

寿涉百龄，身慕肥遁，从老得终，奚所复恋！

【注释】东晋·陶渊明《自祭文》。涉：走向。肥遁：高隐。语出《周易·遁卦》：“上九，肥遁，无不利。”奚：何。

【解析】对于即将接近生命驿站的终点，陶渊明心境十分豁达，“我已到迟慕之年，一生追求隐居的心愿已经实现。由老年而自然死去，有什么可值得眷念”。诗人生不惧死，死不恋生，完全顺应人类生存的客观规律，在田园归隐之中身无遗憾。“奚所复恋”，言微旨深，掷地有声，这是诗人对自己人生道路与抉择的炽烈回答。

兰薰而摧，玉缜则折；物忌坚芳，人讳明洁。

【注释】南朝宋·颜延之《祭屈原文》。缜(zhěn)：周密，细致。

【解析】自屈原投沉以后，历代凭吊感怀之作颇多，这篇散文也是作者途经汨罗所书。此四句以兰摧玉折比喻屈原因品性高洁而遭致不幸，反面折射了世间小人的卑鄙无耻，同时也引申说明了众多君子的坎坷遭遇，具有普遍规律性，寄托了作者的一腔悲愤之情。语隽义警，句式整齐对称，“兰”“玉”“忌”“讳”，简明扼要地抒发了对屈原的深深敬仰之情以及对黑暗现实的无情批判！

声溢金石，志华日月。

【注释】南朝宋·颜延之《祭屈原文》。

【解析】西汉刘安评价屈原称：“虽与日月争光可也。”王逸谓：“金相玉质，百世无匹，名垂罔极，永不刊灭。”颜延之的这两句话即源于此，而两相结合，赞誉之声更切。“吾不能变心而从俗兮，固将愁苦而终穷”，在求索上下而报国无门后，屈原毅然以死亡昭示自己绝不与奸佞同流合污的高尚气节，其人格风范至今为后人所缅怀。作者以短短的八个字凝炼地抒怀言志，点石成金，可见其驾驭语言能力的高超不凡。

璿玉致美，不为池隍之宝，桂椒信芳，而非园林之实。

【注释】南朝宋·颜延之《陶征士诔》。璿（xuán）：玉，美玉。池隍：护城河。桂椒（jiāo）：都是做香料的植物。信：诚然。

【解析】颜延之是陶渊明的好友，二人常常晨昏论谈，相知甚深，所以在陶死后颜作了这篇诔（lěi）辞，以示哀悼缅怀。首四句即以委婉曲折的比拟手法对陶渊明进行了高度评价，意思是说珍玉香草虽然极美，但不是人们能在池隍、园林这些常处找得到的。既点明了陶的隐士身份，又暗喻才德之士无人赏识，默默以终的不幸遭遇。以“美玉桂椒”象征诗人高洁的品质，同时相信这是世俗的污浊所无法掩盖的，终究会大放异彩，为人称道，其中寄寓了作者深挚的惜惜之情。

在众不失其寡，处言愈见其默。

【注释】南朝宋·颜延之《陶征士诔》。处：居处，在。

【解析】“在众人当中有自己特立独行的操守，在他人放声高谈时越见他的沉静”，这与陶渊明称自己“闲静少言”是相一致的。“众”，显然是指世俗之辈，既然言行举止与门阀士族格格不入，还是三缄其口，独标高格吧！颜延之以此二句抓住了陶渊明的基本性格特征，如果我们能结合陶的诗文加以深入思考，就更会理解“寡”“默”二字所蕴含的人生沧桑与高风亮节！

深心追往，远情逐化，自尔介居，及我多暇。

【注释】南朝宋·颜延之《陶征士诔》。追往：追念往日。远情：深情。化：变化，指死去的人。暇：空闲。

【解析】挚友撒手人寰，颜延之捶首顿足，痛彻肺腑。自从你隐居以后，我们经常在一起畅谈，如今一旦离开人世，我是多么思念你啊！话语如泣如诉，哀恸之情溢于言表，读之令人唏嘘不已。颜在随后又写道：“叡音永矣，谁箴余阙！呜呼哀哉！”知音已去，良言不闻，谁能指正我的过失啊！太痛苦了！感情凄婉悲凉，真诚恳切，这也包含着对陶渊明人格精神的高度礼赞！

不入虎穴，不得虎子。

【注释】南朝宋·范晔《后汉书·班超传》。

【解析】班超是我国古代的一位杰出将领，他为维护祖国安全，加强同西域各族的联系作出了卓越的贡献，“不入虎穴，不得虎子”就生动地再现了他勇猛机智、胆识过人的超人风范，至今还为人所传颂。当时班超出使西域至鄯善国，鄯善王最初盛情款待，礼遇有加，但随着北匈奴使者的到来而举棋不定，班超敏锐地看出形势的危急，于是趁酒酣之际，对随同人员慷慨陈辞，说出了这番豪语,闻之令人热血沸腾,无有不从命者,于是直捣匈奴巢穴,说服了鄯善王,最终扭转了时局,转危为安。其大智大勇在这寥寥数语中展露出来,而"虎"字又突显了敌方的强悍,栩栩如生地刻画了班超的英雄形象,真可谓"惜墨如金"!

内省不疚,何恤人言?

【注释】南朝宋·范晔《后汉书·班超传》。疚:羞愧。恤(xù):怕。

【解析】"只要我问心无愧,又何必害怕他人的坏话呢?"当时李邑向汉章帝上书诽谤班超,其军司马徐干主张报复,班超于是说了上面的话。可见班超不仅机智多谋,而且胸怀坦荡,严于内省,以一片赤诚之心报效国家,决不沉浸于个人的私愤之中,其远瞩高瞻,拳拳之情可敬可叹!范晔秉承着史传文学的传统,微言大义,遥体人情,设身处地地加以悬想和揣摩,以简约的笔法再现了班超的一代英杰形象!

激素行以耻威权,立廉尚以振贵势。

【注释】南朝宋·范晔《后汉书·毛滂传》。

【解析】"实行正义之举使权威之士感到羞耻,确立廉洁之风使贵势之人受到震动",这是范晔对毛滂、李膺这些忠直之臣的客观评价。毛、李二人由于批评宦官当权而遭到嫉恨,被诬为党人,最后皆死狱中。他们的生前行止高洁,面对丑恶现象敢于直言,置个人生死于度外,其忧国忧民之心天地可表。但终究迫害致死,作者借此猛烈地抨击了乱政,情感慷慨而悲凉。

蹈海之节,千乘莫移其情。

【注释】南朝宋·范晔《逸民传论》。

【解析】"逸民",即隐士。这两句话引用了战国时的典故,"鲁仲连宁愿蹈海而死,也不帝秦,即使面对千乘之国的赏赐,也决不改变自己的情志"。很明显,范晔对这类坚持理想的隐逸之士大加赞颂,对他们不慕功利,追求名节的精神无比敬佩,其中也潜藏着他对社会现实的不满,借隐士加以抒怀。语言质朴真诚,生动传神,以典型事例概括了正直隐逸之士的志向怀抱,借古伤今,心中感慨万千!

吾狂衅覆灭,岂复可言!

【注释】南朝宋·范晔《狱中与诸甥侄书》。狂衅(xìn):疏狂放浪,不拘小节。

【解析】范晔因参与谋立彭城王义康事泄而被处死刑,他在狱中给甥侄谢约、谢纬等写了这封信,对自己的一生作了总结。全文首句开门见山,我因为疏狂放肆而终遭杀身之祸，又有什么可说的呢！语气慷慨激昂，对死亡毫不畏惧，心无悔意，他一生唯以“仁为己任，期纾民于仓卒”，即使粉身碎骨也在所不惜，其中可见他坚定的政治报负和爱国之情。“狂衅”，这是范晔对自己性情的解读，并非自责，而是充满了无视封建礼法的叛逆精神，一语中的，且流露出了为人的高度自负。

以意为主，则其旨必见；以文传意，则其词不流。

【注释】南朝宋·范晔《狱中与诸甥侄书》。

【解析】以上概括了范晔对文学创作的看法和主张，“文章以意为主，其旨自然显现；若以文传意，则会出现文不达意的现象”。文与意的关系一直是中国古代文学理论的一个重要命题，如何正确处理，反映了一个作家的基本创作倾向。“文”，这里指优美的文辞；“意”，则是文章的主要内容和思想，可见范晔为文主张实用，注重精神内涵的阐释，反对辞藻华丽，恪守着史学大家的精神风范，开启了转变六朝浮靡文风的先声，对后人的文学创作产生了重大影响。

烂兮若烛龙，衔耀照昆山。

【注释】南朝宋·谢惠连《雪赋》。

【解析】谢惠连与谢灵运被时人誉为“大小谢”，其才名高著，此文即是他的代表作，沈约赞之为“高丽见奇”。这两句以华美的辞藻精致地描绘了被白雪覆盖的大地在日光照耀下的奇异景观，想象构思极其超常。银装素裹的山川转瞬间变幻为一条炽热鲜亮的火龙，光芒万丈，璀璨夺目，使人在这奇景之中目不暇接，如醉如痴。作者把静态的素白移至红日映辉之下加以衬托强化，动静结合，因而产生了神妙动人的审美效果，成为画雪的千古名句。

驰遥思于千里，愿接手而同归。

【注释】南朝宋·谢惠连《雪赋》。

【解析】作者并没有单纯写雪，而是由雪及人，提高了文章的品味和价值。观雪之人在如此美景面前不禁神思飘荡，至爱之极欲携雪同归，然终不可能。或感叹人生短促，或遥想自身境遇，或思念远方亲友，读者于此可以展开丰富的联想，“言已尽而意无穷”。作者随后又写道，“君宁见阶上之白雪，岂解耀于阳春”，为白雪注入了个人的主观体验，以老庄思想诠释了深沉的人生理念。雪易消融，富贵权势也终如过眼烟云，“纵心皓然，何虑何营”，人还是委运自然吧！

廛里萧条，鸡犬罕音。

【注释】南朝宋·傅亮《为宋公至洛阳谒五陵表》。廛（chán）里：住宅、街市。

【解析】刘裕北伐至洛阳，祭祀和修整了晋朝的五个陵墓，傅亮为他作了这篇表章。魏晋以来，战乱频仍，作者以无限痛惜之情描绘了洛阳和五陵的破坏情况，“街市一片萧条冷落，甚至鸡犬之声不闻”，暗含了民不聊生的悲苦境况。“感旧永怀，痛心在目”，作者对罪恶的战争进行了严厉的谴责，同时又寄厚望于刘裕，希望能够重整山河。“鸡犬罕音”，作者以寻常家畜显现了荒芜之境，是对“廛里萧条”的进一步勾画，用语十分素朴形象。

严霜惨节，悲风断肌。

【注释】南朝宋·鲍照《登大雷岸与妹书》。大雷岸：地名，今安徽望江县附近。惨：疼痛。节：关节。

【解析】“凛冽的寒霜刺痛骨节，悲凉的秋风割人肌肤”，观之即令人倍感萧瑟凄切，这正反映了鲍照离家远游时的心理感受。严寒时节客旅他乡，空有一番才情而怀之不遇，人世沧桑，行役劳苦，尤其是“惨”“断”二字凝炼地表达了路途的艰辛和孤寂哀怆之情。作者善于移情入景，使情感的渲泄与客观的“严霜”“悲风”景象自然巧妙地融合在一起，风格俊逸，文字劲健，无愧为“元嘉三大家”（另有谢灵运、颜延之）之一。

寒蓬夕卷，古树云平。旋风四起，思鸟群归。

【注释】南朝宋·鲍照《登大雷岸与妹书》。

【解析】鲍照一路上且行且宿，至大雷岸而深深感叹自然之奇绝。“寒风中的蓬草在黄昏时卷起，高大的古树上与云平。旋风四面而起，思念故巢的飞鸟成群而归”，这是作者视野中北面平原的景象。蓬草飘荡，古木参天，飞沙走石，一片荒凉，飞鸟尚且思归，而自己却前途茫然难料，这样的飘泊岁月何时才是尽头！景物的萧条更增添了作者心头的凄怆，明写景，实悲人！

思尽波涛，悲满潭壑。烟归八表，终为野尘。

【注释】南朝宋·鲍照《登大雷岸与妹书》。壑（hè）：山谷。八表：八方以外极远的地方。野尘：天地间的尘埃，语出《庄子·逍遥游》：“野马出，尘埃也，生物之以息相吹也”。

【解析】作者极目四望，西面江水连天，滔滔不尽，不禁又悲从中来，“乡思全都溶入了波涛，悲怆填满了深潭丘壑。烟云飞归八极之外，最终化为天地间的尘埃”。游子思乡，愁怨满腹，建功立业之志难遂，而至今沉沦下僚，于是感慨人生变幻无常，犹如烟尘，既然如此，又何必过分执着呢？作者在伤感的同时也以此自我宽解，以减缓心头的沉重和郁闷。可见，客观景物在作者笔下已经摆脱了单纯的观赏价值，融注了真情实感，具有了多重表意的功能，成为他人生之途的写照和象征，因而也就魅力无穷。

若华夕曜，岩泽气通，传明散彩，赫似绛天。左右青霭，表里紫霄。

【注释】南朝宋·鲍照《登大雷岸与妹书》。若华：若木之花，此指霞光。曜：照耀。传明：闪射光明。赫：火光红艳。绛：大红色。霭：烟气。紫霄：庐山高峰名。

【解析】行文至此，文风一振，原来是庐山的奇绝美幻深深地感染了作者，但见"夕晖映射出若木之花般的霞光，山岩与水泽上的雾岚连成一片，光辉闪烁散下绚烂的彩霞，赫赫的火焰红映天空。两旁青霭升腾，环绕在青紫霄峰周围"。景丽辞艳，色彩绚烂，"绛天""青霭"，如雕锦缛，相互辉映，勾画出庐山绮焕超绝的佳景仙境。这几句辞藻华灿，而又清新自然，毫无雕琢堆砌之感，令人目不暇接，神与物游，因此被许以"藻耀高翔"的美誉。

腾波触天，高浪灌日，吞吐百川，泻泄万壑。

【注释】南朝宋·鲍照《登大雷岸与妹书》。

【解析】作者描写洪波激浪，一反悲凉颓唐之容，气势磅礴，惊心动魄。"翻腾的波浪直触天穹，高高的浪花灌进红日，尽情吞吐百条河川，奔驰腾泄于千岩万壑"，豪气冲天，想象构思无比开阔，"触天""灌日"真乃神来之笔，为读者展现了一幅恢宏壮观的风情画卷。作者此时同样心潮澎湃，他在波涛汹涌中抒发着奔腾的豪情，为自然景物赋予了超群的生命力，也折射出他的凌云壮志。

夕景欲沉，晓雾将合，孤鹤寒啸，游鸿远吟。

【注释】南朝宋·鲍照《登大雷岸与妹书》。寒啸：哀鸣。

【解析】在夕阳就要西沉，晨雾即将弥漫之际，孤鹤在寒风中悲鸣，游荡的鸿鹄在远处哀吟。夕阳西下，四周随之笼罩上了一层低沉冷落的氛围，孤鹤、游鸿失友独行，于是发出阵阵哀鸣，这正是作者以物自比的写照，"诚足悲忧，不足说也"，内心的惆怅既无法言说，而又能说与谁听呢？鲍照的骈文高明于同时代人，就在于他以骈俪的形式抒写了真情实感，赋予客观景物以个人体验，因而谭献称之为"足与《行路难》并美"，"以比兴求之，所谓诗人之文也"，很有见地。

寒暑难适，汝专自慎，夙夜戒护，勿为我念。

【注释】南朝宋·鲍照《登大雷岸与妹书》。夙(sù)夜：早晚。

【解析】此文是鲍照写给其妹令晖的一封家书，在描绘山水风光和抒发凄怆心情后，结尾转至对妹妹的叮嘱与关切，“天气冷暖难适，你务必照顾好自己，早晚当心保重，不要为我挂念”。手足之情殷切感人，用语家常，娓娓道来，可见鲍照真至性之人。其妹令晖，颇有才名，能诗，鲍照常以西晋诗人左思、左芬兄妹相比拟，足证二人兄妹情深，心意相通。

故才之多少，不如势之多少远矣。

【注释】南朝宋·鲍照《瓜步山楬文》。

【解析】经过层层论证，步步析缕，作者得出了当时不容辩驳的结论，“才能的高下不如权势的高下太远了”，点明主题，直抒胸臆，情感激切充沛，不可扼制，无比愤怒地抨击门阀制度对寒士的压抑。由此我们不禁想到了左思的《咏史》诗：“世胄蹑高位，英俊沉下僚。地势使之然，由来非一朝。”二者异曲同工，都对才拙位高的世族进行了大胆的揭露，以“势”为文眼，在艺术构思上也可谓别具一格。

仰望穹垂，俯视地域，涕洟江河，疣赘丘岳。

【注释】南朝宋·鲍照《瓜步山楬文》。穹（qióng）：天空。洟（yí）：流鼻涕。疣赘（zhuì）：肉赘。

【解析】作者在写到“故才之多少，不如势之多少远矣”之后，意犹未尽，感情如火山喷发，一泄千里，随之又有自己置于天地山川之中，仰天俯地，洟涕赘疣，毫不掩饰地抒发对自己才能的自信和境遇的伤悲。而这种情感渲泄又不低卑可怜，于恢宏壮观的气势中给人以豪情万丈之感，铿锵有力，字里行间充满了对才穷势重者的不屑与蔑视。结句又以“安足议其是非”收尾，实际上爱憎褒贬之意与愤世嫉俗之情已展露无疑。

格高五岳，袤广三坟，崪若断岸，矗似长云。

【注释】南朝宋·鲍照《芜城赋》。格：规模，格局。五岳：指泰山、衡山，华山、嵩山、恒山。袤（mào）：南北距离的长度。三坟：指江淮流域的三块水边高地。崪（zú）：险峻。矗：耸立。

【解析】芜城，即荒芜之城，指广陵（今江苏扬州市）历经南朝两次战乱后已变成一座废城，鲍照在亲眼目睹之后有感于斯，于是写下了人称“赋家之绝境”的《芜城赋》。全文伊始并没有直描广陵的荒凉，而是逆笔书写了它昔日的胜势，“广陵城高与五岳相齐，宽广与三坟连接。城墙若陡削的河岸一般高峻，像凌空高云一般巍峨耸立”，昔日地势险峻，“歌吹沸天”“才力雄富”，牢不可破，何等繁荣热闹，作者以夸张铺陈之笔极力渲染了广陵过去的兴隆景象，这就为下文写“芜”作了浓重的张扬，以便形成鲜明对照，突现主旨，构思极其巧妙精到。同时吊古伤今，今昔对比，以寄托沉重的兴亡之感。

天道如何，吞恨者多。

【注释】南朝宋・鲍照《芜城赋》。

【解析】“天道真难说啊，世间抱恨者何其之多”，作者在极尽古今对照之后发出了慨叹之辞，但个中详情却未明言，而于文字的“空白”之处留下了潜台词。广陵沦为芜城的根本原因在于连年的征战，作者痛感战祸惨重，朝兴夕灭，乍盛即衰，隐晦地表达了对统治者暴行的谴责和严正的警告，在古今兴亡的对照中对历史、现实进行了回顾与思索，流露出无限的感伤，当然其中也包涵了对自身境遇的哀怜。此二句用语奇警有力，盘旋曲折，其旨遥深。

暴雨将降，有惧崩压。

【注释】南朝宋・鲍照《请假启》。

【解析】鲍照出身寒微，贫病交迫。这两句即描写了他当时生活的困窘境遇，房屋破陋，如降暴雨，将有崩塌的危险，下文又书“板锸陶涂，必须躬役”，因无力请人修葺，只好亲自动手，因此“请假三十日，赐垂矜许”，可见居舍残破的程度，读之不禁令人心酸不已，一代才俊竟沦落如此！语言恳切朴素，对自己的窘苦现状既不隐晦也不夸大，而是原原本本地如实道来，简单扼要，开门见山，没有同时代人矫揉造作，故弄玄虚之病，对今人的写作也很有参考价值。

绿苔生阁，芳尘凝榭。

【注释】南朝宋・谢庄《月赋》。阁、榭：泛指陈王曹植居住、游赏的地方。

【解析】《月赋》首起言曰：“陈王初丧应、刘，端忧多暇。”谢庄以假想曹植痛失好友的感伤情绪为全文奠定了风格基调。楼阁生苔，舞榭凝尘，因为那里到处都回响着他们往日的欢声笑语，所以陈王不忍再观，以“生苔”“凝尘”的细微变化铺叙了曹植的内心忧怨，并与下文的“临濬壑而怨遥，登崇岫而伤远”相互映衬，为“颂月”的主题构架了桥梁。这种以假设领起的写法，属于当时辞赋比较常见的形式，起到过渡启下的作用。

白露暧空，素月流天。

【注释】南朝宋・谢庄《月赋》。暧（ài）：蔽，充满。

【解析】此二句清晰隽永，为赋颂月色的绝妙好辞。秋夜来临，一枚清冷的皎月笼罩天际，缕缕雾霭在月色的光照之下晶莹幽淡地弥漫了整个苍穹，当置身于这美妙的月夜之中，怎能不倍感俊雅，遐思万千呢！作者为我们描绘了一幅多么令人心旷神怡的月景，语句似乎平平淡淡，然而给读者留下了自由想象的空间,以“白露暖空”之景越发映衬出月色的清丽皎洁,真乃鬼斧神工!

委照而吴业昌,沦精而汉道融。

【注释】南朝宋·谢庄《月赋》。委、沦:指月光向下照耀。照、精:月光。昌:盛。融:明。

【解析】骈体文往往大量用典,这两句也是如此,但较为浅显易懂。“吴业昌”,传说孙策母生子前梦月入怀,后策定吴业。“汉道融”,据称汉元帝皇后之母也有此梦,后女为皇后。作者借这两个典故对君王进行劝谏,只要顺应天理、明月就可使基业昌盛,普天安康。要时刻以明月为鉴,月缺则警惕过失,月暗则谦虚自省。可见作者用心良苦,寓月色以深刻的哲理,并希望君王能够从中得到启示,因而提高了全文的格调。

升清质之悠悠,降澄辉之霭霭。

【注释】南朝宋·谢庄《月赋》。清:清洁。质:质地,指月轮。

【解析】月儿由空中悠悠升起,徐徐地洒下了霭霭光华,于是天地间呈现出一片清幽素洁的景象。语句中没有一个“月”字,却使人感到处处见月,文笔清雅柔美,舒展流畅,可见作者锤炼语言的超凡功力。为了让读者进一步感受美景,谢庄随后又写道:“列宿掩缛,长河韬映。”灿烂的群星在月色的光芒之下都黯然失色,以对比反衬的手法突现了月之清澄静悠。

徘徊房露,惆怅阳阿。

【注释】南朝宋·谢庄《月赋》。房露、阳阿:都是古曲名。

【解析】作者笔锋一转,描写人们月下听曲的心理感受。房露、阳阿,旋律感伤,缠绵凄切,置身于蒙眬冰清的月色之中,不由使人产生了年华易逝的迟暮之想和孤客在外的离愁别绪。语言回转流畅自然,并无冷僻浮华辞藻的堆垒,从音声的角度表达月夜带给人们的心灵体验,这在《红楼梦》第七十六回“凸碧堂品笛感凄清”中有更为细致传神的描写,读者可以参阅。

美人迈兮音尘阙,隔千里兮共明月。

【注释】南朝宋·谢庄《月赋》。迈:往,离去。音尘:信息。阙:空。

【解析】此二句为《月赋》“歌辞”的首语,表现了作者无限优美的遐想,由月夜的美景而引起对美人的思念,对后世抒情作品产生了极大影响。张九龄《望月怀远》:“海上生明月,天涯共此时。情人怨遥夜,竟夕起相思。”苏轼《水调歌头》:“但愿人长久,千里共婵娟。”至今人们仍然吟咏“明月千里寄相思”,其蓝本就在此二句,情诚意浓,描写了天下两地情侣共同的悲苦相思!

月既没兮露欲晞,岁方晏兮无与归。

【注释】南朝宋·谢庄《月赋》。晞(xī):干。晏(yàn):晚。

【解析】“月亮隐没,白露欲干”,作者在奋笔挥写月夜美景的同时,投注了主体情感与精神内涵,虽然抒发迟暮离别之愁绪是骈文之通病,但作者运用得巧妙顺畅,也适合全文主旨,因此不应过分苛责。

百日数旬,革带常应移孔;以手握臂,率计月小半分。

【注释】南朝齐·沈约《与徐勉书》。

【解析】沈约晚岁自感年老体衰,意欲辞官归隐,因此陈情徐勉代为转达。此二句以夸张的手法说明自己病重身弱,“数月之间,腰带就得向后移孔;用手握臂环度又缩减了半分”,极尽形容自己消瘦之快。“以此推算,岂年支久?”随之以反问句式增强语气,希望能够打动人心,博得同情与体谅。语言运用委婉含蓄,不直言身瘦,而以“移孔”“小半分”代言,且又幽默诙谐,使人易动恻隐之心。

无使滋蔓,剪恶之良图。

【注释】南朝齐·沈约《修竹弹甘蕉文》。

【解析】修竹,即长竹。弹,检举之意。甘蕉,似药草,另本“甘蔗”。此文即修竹弹劾甘蕉的奏文。文题新颖别致,易吸引读者的注意力,内容一语双关,以寓言形式讽刺和鞭挞了社会上的丑恶现象。全文首段先言农夫种稼之法,“不要让杂草滋生蔓延,铲除恶草是最好的手段”,作者诙谐地为“修竹”冠以“贞干臣”的头衔,让他讲出了陈言利弊之语。而“滋蔓”之词又暗用了《左传·隐公元年》“无使滋蔓,蔓难图也”即郑伯克段于鄢的典故,观者知之则恍然大悟,原来非独指草,意在人事,表达了想要清除那些破坏朝纲、抑贤妒能、违法乱纪、擅权欺民的卑鄙人臣的心愿。随后又紧跟一句,“未有蠹苗害稼,不加穷伐者”,以反问句进一步强调了除莠草对于保护良苗的重要性,一个穷字突出了铲尽恶人的决心。语言犀利刚劲,往往言在此而意在彼,给人以无尽的思索与回味。

宿渐云露,荏苒岁月,擢本盈寻,垂荫含丈。

【注释】南朝齐·沈约《修竹弹甘蕉文》。渐:滋润。擢(zhuó):拔。

【解析】平素即浸润云露,随时光流逝,干长至八尺有余,垂荫数丈之远。这几句是用来说明甘蕉的生长情况的,繁密茂盛,俨然大物。联系前条,我们可知作者借此暗喻了那些妨贤妒善之人一味钻营,位高权重的现状,隐晦地表达了希望君主加以警惕的复杂心理。其想象丰富,手法新奇,以物比人,寓含寄托之辞,使寓言真正成为一种独立、完整的文学体裁。

予夺乖爽，高下在心，每叨天功以为己力。

【注释】南朝齐·沈约《修竹弹甘蕉文》。乖爽：指坏好。叨：贪。

【解析】“阶缘宠渥，铨衡百卉”，甘蕉因自身厚重繁盛而骄纵专横，品评百卉，无所顾忌，“嘉许，贬抑，随心所欲，每日贪功为己”。以形象生动的语言揭露了当权者倚势压贤，骄横跋扈的丑态，言淡而旨远。作者运用了浪漫主义的写作手法，赋予植物以人格风貌，引人入胜。《文昌杂录》评曰：“观自昔文章，未尝有类此制者，新奇，盖亦有所寓托也。”对后世讽刺寓言的发展产生了深远影响。

每览史传，见忧国忘家，捐生报德者，未曾不抚卷叹息，以为今古共情也。

【注释】南朝齐·王融《上书乞自效》。

【解析】效，即效命、出力。这是王融向齐武帝恳请亲师北伐的求战书。全文开篇首言其志，“我每观史书，看到忠心报国、舍生取义的那些人，没有一次不抚卷叹息，认为这是今古共有的情怀”。作者以古论今，在对先烈的崇敬与缅怀中表达自己也愿捐躯报国的决心与宏愿。“抚卷叹息”“今古共情”，饱含了作者的一腔爱国热忱，唐朝崔颢也曾道：报国行赴难，古来皆共难。国家腹背受敌，形势日危，兴师北伐，翦灭祸乱，这是人臣义不容辞的责任。其语真诚激切，忧国忧民之情坦露无疑，为后文的慷慨陈辞与请缨灭敌奠定了情感基调。语言质朴无华，满纸耿耿忠心，且四、五、六、七言错落有致，声调抑扬顿挫，富有气势。

若试而无绩，伏受面欺之诛；用且有功，仰酬知人之哲。

【注释】南朝齐·王融《上书乞自效》。诛：杀。酬：感谢。

【解析】王融在文章结尾写道：“我少重名节，早习军旅，如果请战失利，则甘愿受戮；如果战而有功，则感谢君王的知人之明。”这实际上已经等于向齐武帝立下了军令状，完全置个人生死于度外，充分表达了自己丹心为国，矢志不二的坚定信念，正如曹植所言：“捐躯赴国难，视死忽如归。”可敬可叹。作者同时又以“伏受”之言说明了深含自信对战事成功极有把握，而“仰酬”，又可见他的自谦与敬上，分寸处理得恰如尺度。从艺术手法上看，整齐工稳，气势充畅，具有音调和谐之美。

蔓草萦骨，拱木敛魂。人生到此，天道宁论！

【注释】南朝梁·江淹《恨赋》。萦：环绕。敛：收集。

【解析】《恨赋》，作于江淹贬谪其间。顾名思义，即为饮恨而终之士言怀，同时抒发了自己失意郁闷的愤恨情绪。全文首起即描绘了一幅蔓草丛生、古木参天、尸横遍野、魂魄飘荡的凄惨景象,使人顿觉阴森恐怖,不寒而栗。“人生到了此种地步,还谈论什么天道呢”,作者随后发出感慨之辞,“直念古者,伏恨而死”,由尸骨遍地而悲叹人生无常,含恨亡故者与自己心有戚戚焉,这为铺陈下文的主干部分铺设了情感基调。

一旦魂断,宫车晚出。

【注释】南朝梁·江淹《恨赋》。

【解析】作者以秦始皇为例抒写了帝王之恨。始皇统一天下,功勋显赫,“书同文,车同轨”“华山为城,紫渊为池”,气势恢宏,雄才大略,而最终却死于出巡途中,酿成了“二世而亡”的悲剧。作者前文愈是铺叙秦始皇的丰功伟绩,后句就愈使人痛感遗恨无穷,千秋大业毁于一旦,何其心碎!短短数语揭示了即便帝王之尊,也会留有遗恨,寄托了作者的一片哀婉叹息之情。

薄暮心动,昧旦神兴。

【注释】南朝梁·江淹《恨赋》。薄暮:黄昏。昧(mèi)旦:黎明。

【解析】战国时赵王迁因受卖国之臣郭开的欺骗,结果丧国而被逐放到房陵。此二句即鲜明地刻画了他内心的悲苦忧愁,日日夜夜都感到心潮起伏,难以平静,“置酒欲饮,悲来填膺”,亡国之恨塞满胸怀,即使借酒消愁也不能得到解脱。“千秋万岁,为怨难胜”,这千古怨恨实在是难以化解啊!作者以日常行为举止来刻画人物心理活动,敏锐生动,对于深入细致地表达亡国之恨起到了画龙点睛之功效。

拔剑击柱,吊影惭魂。

【注释】南朝梁·江淹《恨赋》。惭:惭愧。

【解析】“拔剑猛击石柱,感到影愧魂惭。”这两句充分地展现了西汉李陵投降匈奴后悔恨交加的痛苦心情,同时又隐含了他抱怨汉武帝不问缘由即族灭其家的复杂心情。“情往上郡,心留雁门。裂帛系书,誓还汉恩”,怀念汉朝,望还故国;然而“虽欲报恩将安归”。撕心裂肺之痛溢于言表,这其中的苦哀和隐情有谁能了解啊!真乃千古遗恨。“拔剑击柱”,传神地表达了李陵抑郁无比而又无法倾吐的内心苦痛。

摇风忽起,白日西匿。陇雁少飞,代云寡色。

【注释】南朝梁·江淹《恨赋》。匿(nì):隐藏。

【解析】作者想象王昭君出蕃和亲的悲苦之情,此四句即描绘了匈奴地方的肃杀景象:旋风忽起,沙土飞扬,白日西隐,大雁不飞,天云色暗,一片荒凉,于是也越发衬托出明妃难见君王，远离故土的离愁别恨。“望君王兮何期？终芜绝兮异域”，想到自己将要终老异邦，永无归期，佳人不禁“仰天太息”，潸然泪下，痛兮！

春草暮兮秋风惊，秋风罢兮春草生。

【注释】南朝梁·江淹《恨赋》。

【解析】“春草迟暮秋风乍起，秋风吹尽春草更生”，自然规律便是如此循环往复，作者本意是以之暗喻人生终究要驶向消亡，“绮罗毕兮池馆尽，琴瑟灭兮丘陇平”，富贵荣华必会离己而去。然而，由春至秋，秋罢又春，字里行间也流露出“春风吹又生”的一线生机，这是全文阴郁氛围笼罩下唯一一句略有振奋的闪光之处，侧面更映衬了作者心头难以抚平的阵阵隐痛，“赍志没地，长怀无已”。

自古皆有死，莫不饮恨而吞声。

【注释】南朝梁·江淹《恨赋》。

【解析】作者在分别描述了历史上一些典型人物的终生之恨后，以此二句收束全文，“人生自古皆有死，这些人没有不是吞声饮恨而终的”。作者抒发了人生有限，无论荣枯终究同归于尽的感慨，又指出天下含恨而亡者何其多也的历史现实，其中饱含着对自己无辜遭贬，失意坎坷境遇的无限激愤，点明了全文题旨，流露出强烈的悲观情绪，读之深切感人。

黯然销魂者，唯别而矣。

【注释】南朝梁·江淹《别赋》。黯(àn)然：心情愁闷容颜暗淡的样子。销魂：人因极度悲伤好像魂魄离体的样子。

【解析】“最使人心神沮丧，失魂落魄的，莫过于别离啊！”江淹素以“遣词精工”著称于世，他的《别赋》更是脍炙人口，尤其是这两句几乎已成为后人话别伤离的必咏之辞。“黯然”“销魂”，用语凄切阴暗，在表层的视觉感官上即构筑了一幅惨淡的画面，当它反观再形成对主体心灵的审透时，其内质便投射而出。一个“唯”字，巧妙地过渡到主题，勾勒出离别绝无仅有的至痛至苦之情，而句尾再贯以“而已”这样的语气词，更能感受到创作主体曾经沧海的复杂心绪，极易引起读者的精神共鸣。

或春苔兮始生，乍秋风兮蹔起。是以行子肠断，百感凄恻。

【注释】南朝梁·江淹《别赋》。乍：忽然。蹔：同“暂”。

【解析】全文由首句领起后，继而环环相扣，烘托主旨，“有时春天的苔痕啊刚刚滋生，蓦然间秋风啊萧瑟初起。因此游子离肠寸断，各种感触凄凉悱恻”。以“春苔”虚起，实描“秋风”，因此气氛由绿意浅浅马上过渡到冷气森森，为后句的行子悽恻铺设了意象背景。前后句因果关系建构得从容自然，了无雕痕，情景合一，互为渗透，实现了心物交感的组接功效。

舟凝滞于水滨，车逶迟于山侧，櫂容与而讵前，马寒鸣而不息。

【注释】南朝梁·江淹《别赋》。逶迟：徘徊不行的样子。櫂（zhào）：船桨，代指船。容与：缓慢荡漾不前的样子。讵前：岂能向前。

【解析】屈原《涉江》云：“船容与而不前兮，淹回水而凝滞。”此四句即化用其意。“船在水边滞留而不动，车在山道旁徘徊不前，船桨迟缓，怎能向前划动，马儿凄凉地嘶鸣不息”，游子临行而处处不顺，实际上并非舟车有碍，马有所寒，而是在主体心灵的观照下产生了情感逆转，客观事物因此都蒙上了惆怅的阴影。身将行而心不欲行，二者的矛盾冲突交战不停而构成了上述图景，从中可见作者观察体验的细致入微。

驱征马而不顾，见行尘之时起。方衔感于一剑，非买价于泉里。

【注释】南朝梁·江淹《别赋》。衔感：怀恩感遇。衔：怀。

【解析】“骑上征马就不再回头，只见路上的尘土不断扬起。这正是怀着感恩之情以一剑相报，并非为换取声价于黄泉地底。”作者以专诸、荆轲为例，前句叙述了侠客与亲人决别的独特风貌，为报主恩而离家去国，展现了义无反顾、慷慨赴难的壮士豪情。后句则代言陈志，如此“驱马不顾”并非邀名逐利，正是欲以生命报答知遇之情，由此离别的精神内涵得到升华，使全文蒙上了一层悲壮的色彩。前果后因，首先渲染气氛，然后明志陈情，极具感染力。

春草碧色，春水渌波，送君南浦，伤如之何！

【注释】南朝梁·江淹《别赋》。渌波：清澈的水波。

【解析】此乃展现男女别情的千古佳句：“春草染成青翠的颜色，春水泛起碧绿的微波，送郎君至南浦，令人如此哀愁情多！”春色浓郁，绿意盎然，正是互诉衷情的绝妙季节，然而离愁别绪涌上心头，挥之不去，相思不已！作者以景衬情，在情景的对照之中抒发女子的幽怨感伤，感叹语气更使人读之缠绵悱恻。后文又加叙一笔“明月白露，光阴往来，与子之别，思心徘徊”，时光易逝，什么时候才能与郎君团聚啊！栩栩如生地展现了一个相思女子的凄美哀婉之情。

别方不定，别理千名，有别必怨，有怨必盈，使人意夺神骇，心折骨惊。

【注释】南朝梁·江淹《别赋》。别方：别离的双方。名：种类。盈：充盈。

【解析】作者最后对“别”进行了总结归纳,“尽管别离的双方并无一定,别离也有种种不同的原因,但有别离必有哀怨,有哀怨必然充塞于心,使人意志丧失神魂滞沮,心理受到巨大的创痛和震惊”。作者精辟地概括了“别”的差异与旨归,以敏锐的洞察力抓住了“别”与“怨”的交融关系,从而对离别双方的心理都进行了深层的把握。而“意夺神骇”“心折骨惊”正与“黯然销魂”首尾相合,显现了作者高超的创作才能。

浮云色晓,怅然魂飞。

【注释】南朝梁·江淹《报袁叔明书》。晓:天亮。

【解析】全文开篇即言:“高皋为别,执手未期。”袁叔明是江淹的平生挚友,二人上次分别后再未相聚,“我真是想念你啊！夜不能寐,看到满天浮云月色初晓,内心惆怅不已”,真切地表达了对知己的一片思念之情。作者以情入景,兼而流露出寄人篱下,仕途不顺的悲苦隐衷如此首起,既可显现出二人的情深意厚,又便于读者理解下文的侃侃陈辞,一举两得,可见其笔法之高妙。

竟惭君子之恩,卒离饥寒之祸。

【注释】南朝梁·江淹《报袁叔明书》。离:遭受。

【解析】前句为自谦之辞,“很惭愧还没有报答君子的恩情”,实际上则委婉地表达了自己的品格才性,知道有恩必报,恪守着儒家“忠孝廉义”的处世原则。后句陈述了贫窘境况,“终于遭受到了饥寒的祸患”,欲求“命保琴瑟而守妻子,其可得哉?”隐居保家的心愿难以实现,可见其困顿沦落的现状。这两句分述了两种情形,似乎随意叙之,但归而为一,皆烘托了作者失意委曲,怀才不遇的惆怅之情。并且由于是与知己言说,推心置腹,因而也就越发具有感染力。

水鸟立于孤洲,苍葭变于河曲。寂然渊视,忧心辞矣。

【注释】南朝梁·江淹《报袁叔明书》。苍:黄色。葭:芦苇。渊:深。

【解析】秋风萧瑟“水鸟立于孤岛之上,河道里的芦苇一片枯黄。我寂寞地凝视远方,忧虑之情油然而生”。作者先言秋景的荒寒,然而自然地随之咏怀,情景交融,恰到好处,这也是古代文人常用的一种抒情方法,非大手笔者不能如此天衣无缝。读者可以在景中见情,在情中视景,设身处地地去感受作者的人生嗟叹,“贤明蚤世,英华殂落。仆亦何人,以堪久长”。

信而见疑,贞而为戮。是以壮夫义士,伏者而不顾者,此也。

【注释】南朝梁·江淹《诣建平王上书》。诣(yì):拜访。戮:杀。

【解析】文题又名《狱中上建平王书》,江淹投身建平王幕下,因才高傲物,正义直谏而遭到同僚忌恨，被诬入狱，在狱中向建平王陈述自己的不白之冤。“忠信见疑，正直受戮。壮夫义士负屈而死的原因，恐怕就在这里吧！”作者借历史上邹衍蒙冤而夏日降雪的典故来表达自己对建平王的一片忠诚，同时也抒发了对正义之士遭诬而被害这类悲剧的无限愤慨，委婉地传达了希望建平王主持公道，不要重蹈残害忠臣的复辙之意。语言慷慨坚定，因事陈辞，论述合情合理，极具说服力。

不图小人固陋，坐贻谤缺。亦坠昭宪，身陷幽圄。履影吊心，酸鼻痛骨。

【注释】南朝梁·江淹《诣建平王上书》。昭：光明。宪：法令，法律。圄（yǔ）：监狱。履：践，踩。

【解析】“想不到小人卑鄙无耻，谗言诽谤。也使我身陷囹圄，法令蒙尘。名节受辱，心神悬吊，痛彻肺腑。”作者直陈含冤始末以及受囚的屈辱心态，继而又言：“每一念来，若有所遗。”内心的悲愤不平已经使他到了精神恍惚的程度。“天光沉阴，左右无色”，周围的景象在作者眼中已经失去了一切光彩，黯淡阴郁，恰是他苦闷心灵的真实写照。语言质朴无华，合情合理，令人读之不禁欲为他雪耻鸣冤。

此心既照，死且不朽。

【注释】南朝梁·江淹《诣建平王上书》。

【解析】“我的心意已明，名节死后也不会磨灭”，作者慷慨陈辞，说明了自己行为光明磊落，死无所惧。用语气势逼人，铿锵有力，其坦荡胸襟自见其中，这与前文“若使下官事非其虚，罪得其实；亦当钳口吞舌，伏匕首以殒身”相互辉映，更使人对其蒙冤受屈之事深信不疑。因此建平王在看到书信的当天，就把江淹释放出狱，可见其文带给人的冲击与震撼！

以耿介拔俗之标，潇洒出尘之想，度白雪以方洁，干青云而直上。

【注释】南朝梁·孔稚圭《北山移文》。标：风度、格调。度：比量。方：比。干：犯，凌驾。北山：即钟山，也就是南京的紫金山。

【解析】“移”，是一种文体，相当于现在的通告、布告，移文多用于晓谕或责备，孔稚圭针对时风，以此文揭露和讽刺了那些伪装隐居以求利禄的虚伪文人。作者首先并不直言斥责，而是曲笔书写了自己心目中的真隐之士，“他们具有光明正直，超拔流俗的品格，潇洒自得，自然出尘的理想；同时品德纯洁，好像白雪一样，人格高尚，与青云并比”，认为只有这样的人才能配得上“隐士”的称号，以敬佩之口吻概括了真隐士的品格情操，作者如此铺叙的真正用意在于以此反衬假隐士的可鄙可陋，在鲜明的对照之中针砭时弊，痛斥了时人以隐居走

“终南捷径”的狡诈之技,手法精妙。

诱我松桂,欺我云壑。虽假容于江皋,乃缨情于好爵。

【注释】南朝梁·孔稚圭《北山移文》。壑:山谷。江皋:江岸。缨情:系情,忘不了。

【解析】作者在概述真隐的风度情操后,笔锋一转,反衬假隐士之粗鄙猥琐。他以周子为例,称其“哄诱我们山中的松桂,欺骗我们的云崖。虽然在长江边假装隐居,心里却牵挂着高官厚禄”。“我”即指北山,以此加重谴责与愤慨之情。“诱”“欺”采用了拟人化手法,想象松桂云壑皆感到受到蒙骗,使山川秀丽之色遭到玷污,委婉而又严厉地斥责了假隐的惺惺丑态。作者意犹未尽,添上后两句直接交待了假隐的真正用心,欲借隐居求名求仕,山林成为他以退为进的筹码,于是我们对前两句的愤怒之语有了更深刻的理解,可见作者语言锤炼得恰到好处。

焚芰制而裂荷衣,抗尘容而走俗状。

【注释】南进梁·孔稚圭《北山移文》。芰(jì)制、荷衣:以荷叶做成的隐者衣服。抗:高举,张扬。

【解析】周子初隐之时,“傲百氏,蔑王侯,不可一世,自命高洁,然而当朝廷诏书至时,“立即将隐居时所穿用芰荷制成的衣服撕破烧掉,露出了一副庸俗的面容”。“焚”“裂”二字以夸张的手法突现了假隐奉诏后迫不及待的心情,“尘”“俗”,恢复了旧日的鄙俗嘴脸,表现了对荣华富贵的无比贪婪的丑态。如果我们再以真隐之超群加以对照,内心更会产生对假隐士的无比厌恶之情。作者并没有正面直斥,而以假隐自身的行为神态婉转地表达了自己的思想感情,用语十分形象,咀之有味。其中“芰制”“荷衣”又引自《离骚》“制芰荷以为衣兮,集芙蓉以为裳”,一雅一俗,更现出对照之强,申斥之剧。

风云 悽其带愤,石泉咽而下怆,望林峦而有失,顾草木而如丧。

【注释】南朝梁·孔稚圭《北山移文》。咽:悲泣。怆:怨怒的样子。

【解析】山中的风云悲凄含愤,岩石和泉水幽咽而怨怒,看看树林和山峦若有所思,回顾百草和树木如丧亲人般悲伤。一幅多么悲怨悽恻的图景!山林本是吸纳那些贞介高标之士的,谁知却被利禄之徒所利用,作者完全运用拟人化的手法倾诉山川的内心悲愤。“悽”“愤”“咽”“怆”“失”“丧”,皆为伤痛之语,而“望”“顾”又能使人感受到作者的加入,他来到钟山,举目四望,想到这里曾蒙受的玷辱,不禁悲从中来,潸然泪下,借物咽而诉己怀,感人至深。而“风云”“石泉”“林峦”“草木”,皆诉笔端,亦更见万物俱悲,假隐之无耻卑鄙至此暴露无疑，令人为之动容。

尘游躅于蕙路，污渌池以洗耳。

【注释】南朝梁·孔稚圭《北山移文》。躅：足迹。渌：清澈。

【解析】假隐周子入仕后途经北山，“或假步以山扃”，可能还会来山中借住，如果真是这样，“丛林瞋胆，叠颖怒魄”，山川万物怒不可遏，“岂能让他尘世间的游踪污浊山中的兰蕙之路，又使那许由曾经洗耳的清池变为浑浊”。山林对周子的到来表示了强烈的拒绝和痛斥，岂能让清圣之地再次蒙尘，并且为之采取了措施，“扃岫幌，掩云关，敛轻雾，藏鸣湍。截来辕于谷口，杜妄辔于郊端”，作者在这里又寄托了假隐之士终无市场，必定会被人唾斥的心愿，饱含了对时局政事的关切之情，引人遐思。

有闲居之蔓草，独幽隐而罗生。对离披之苦节，反蕤葳而有情。

【注释】南朝梁·萧子晖《冬草赋》。闲居：悠闲生长的姿态。蔓草：蔓生的草。罗生：丛生。离披：草木败落的样子。节：节令。蕤（ruí）葳（wēi）：亦作“葳蕤”，草木茂盛枝叶下垂的样子。

【解析】萧子晖本是南齐王朝宗室，南齐灭亡后，许多士大夫易主事梁，他有感于斯，因而写了《冬草赋》以明己志。文章结构短小，仅一百余字，此这四句即为全文首起，“有一片悠闲而生的蔓草，独自僻静幽隐丛生”，一个“独”字道出了冬草卓然不群而又寂寞之情态。“面对草木的苦寒时节，它反而枝叶茂盛欣欣向荣”，显示了冬草强大的生命力。作者借冬草抗寒不凋的品性，来歌颂那些能够贞坚守节之士，以物言志，物我交融。以“有情”二字冠予冬草，更可见作者对守志者的赞誉和对易节者的愤慨。

若夫火山灭焰，汤泉沸泻。日悠扬而少色，天阴霖而四下。

【注释】南朝梁·萧子晖《冬草赋》。泻：流。悠扬：高远飘忽的样子。阴霖：阴森、昏暗的样子。四下：指云气低垂下沉。

【解析】“像那火山熄灭了喷焰，涌泉不再流淌；日光高远飘忽而少光色，天气阴森而云气低垂。”作者言在此而意在彼，表面写苦寒时节的萧条清冷之境，实质上勾勒了南齐王朝崩溃之状，也隐晦地表现了梁王朝执政后政治迫害，阴霾笼罩之态。“少色”“阴霖”，同样也是他内心感受的直接写照，抑郁悲凉，千愁万绪，对故国的沦亡怀着无法言说的依恋和伤痛，只能借物咏情，聊以渲泄。“火山灭焰，汤泉沸泻”一语，又采用了比喻手法，突现了政治风云变幻莫测的特质，“你方唱罢我登场”，十分形象生动。

挺秀色于冰涂，厉贞心于寒道。

【注释】南朝梁·萧子晖《冬草赋》。涂：同途，道路。厉：振奋。

【解析】这二句与“对离披之苦节，反蕤葳而有情”相互呼应，同时又紧承上文：“直木先摧，曲蓬多陨，众芳摧而萎绝，百卉飒以徂尽。未若兹草，凌霜自保。”寒霜时节，花败草萎，树木凋零，只有蔓草在冰途之上独挺美色，在寒道之中振奋贞洁之心。作者在鲜明的对照之中，突显了冬草临寒不惧之态，“秀色”“贞心”的拟人手法寓褒贬于其中，强烈地抒发了自己对忠贞之士的赞美之情，“冰途”“寒道”二词又可见其超然独立的艰难与保持节操所要付出的代价。语言运用极其精炼，有的放矢，寓繁于简。

但使万物之后凋，夫何独知于松柏！

【注释】南朝梁·萧子晖《冬草赋》。

【解析】作者在描述冬草寒霜独秀之品性之后，不禁感慨万千，“假使各种草木都能傲然不凋，还怎么能知道松柏的与众不同呢”！这里引用了《论语·子罕》中的语句，“岁寒然后知松柏之后凋也”，意在赞扬那些坚贞高洁犹如松柏般的人物操守。作者在这里以反问语气收束全文，更突显了冬草之傲然独立远非百草能够相提并论之意，其中蕴涵着对守志保节之士的深深敬仰之情。用语自然流畅，形象鲜明，可见作者对自然兴衰变易的细致观察，同时饱含深意，因物言情，而本旨在文字表面一言未著，此诚如刘勰所说“为情而造文”，“物色尽而情有余”。

高峰入云，清流见底。两岸石壁，五色交辉。青林翠竹，四时俱备。

【注释】南朝梁·陶弘景《答谢中书书》。

【解析】陶弘景于三十六岁时隐居茅山，自言“性爱山水，不能已已”，这几组句子即抒发了他对山川秀丽景色的酷爱和陶醉其中的挚情。我们可以想象到作者此时正坐卧在归隐之所的涧水边，抬头看高高的山峰直插云天，俯视清清的流泉明净见底。放眼望去，两岸石壁上五色缤纷交相辉映。那苍翠的丛林，碧绿的修竹，四季常青。作者置身于大自然的怀抱之中，把他仰观俯视、远望近瞧的一切景观纳入眼底，然后带着怡情悦性的心态吟咏而出，陶然自乐，喜态可掬。山水石林在作者的笔下显得异常清新隽永，毫无沉甸压抑之感，令人赏心悦目，不由得欣羡他那种归隐林泉的无尚乐趣。

晓雾将歇，猿鸟乱鸣；夕日欲颓，沉鳞竞跃。

【注释】南朝梁·陶弘景《答谢中书书》。

【解析】作者在愉快地吟咏过山林的静态美景后，笔调一变为生机盎然，动感十足。当晓雾将要消散的时候，猿猴和百鸟的啼叫声交织成一片；当夕阳将要坠落之际，潜游水中的鱼儿竞相腾跃。作者为我们勾画了一幅生机勃勃的欢快图景，一“乱”一“竞”，充分展现了生命的跳动与成长，而“晓雾”“夕日”的时辰界定，更说明人生理应如此蓬勃，一反众多诗人屡屡赋予的消沉色彩。同时，文中尾句又加以评论：“实是欲界之仙都。自康乐以来，未复能与其奇者。”这表明作者已经把自然山水作为人生的抒情主体，带着审美赞叹的心理融入其中，因而不同于游荡俗物，能够真正领会到山水的至情至性。这两组句子昏晓相映，鸣跃交织，生动活泼，是描摹自然的精粹之言。

草虫鸣则阜螽跃，雕虎啸而清风起。

【注释】南朝梁·刘峻《广绝交论》。草虫、阜(fù)螽(zhōng)：两种虫名。雕虎：虎皮有花纹，像雕绘而成，故名。

【解析】《广绝交论》是刘峻为推广汉代朱穆的讽刺文章《绝交论》而作，旨在揭露世态炎凉，人情虚伪。文章采用了主客问答的形式，这两句乃是客人之语。前者说草虫鸣时，阜螽即跳跃相从，后者引自《淮南子》：“虎啸而谷风至。”都是说明动物中“异类相应”的，客人借此比喻友情的真挚纯朴，相依相赖，心志相通，携手共进，下文的“烟煴相感，雾涌云蒸；嘤鸣相召，星流电激”也是此意。客人随后谈及朱穆主张“绝交游”的论点，有所疑问，于是“请辨其惑”，因而引出了主人之谈，文章的主旨即显现出来。作者采用这种由物及人，由人生情，由情而论的手法，显得雄辩有力，文气峻切。

弃燕雀之小志，慕鸿鹄以高翔。

【注释】南朝梁·丘迟《与陈伯之书》。

【解析】陈伯之起兵反叛，丘迟奉命写了这封劝降书。作者开篇并不假以辞色，愤怒声讨，而是赞扬了陈伯之的英勇与才能，“勇冠三军”，“才为世出”，且“鄙弃燕雀俗小的胸襟，企慕鸿鹄高飞有远大的志向”，作者以退为进，在字里行间中包寓了讽谕之情，“您原来弃齐投梁是何等明智，如今操戈叛乱实乃自取灭亡”，其内质在对方可接受的情况下委婉曲折地表达出来，且言辞恳切，如好友叙谈，并无剑拔弩张之态，缓解了彼此的对抗心态，以情动人。同时，这两句还引用了陈涉的典故，“燕雀安知鸿鹄之志哉”，以鸿鹄之志比喻对方，使对方能在和平的心境中阅读下文，以便继续陈述利害，分析形势，达到降服的目的。

迷途知返，往哲是与；不远而复，先典攸高。

【注释】南朝梁·丘迟《与陈伯之书》。往哲：以往的贤哲。与：赞同。先典:古代典籍。攸高:赞许。

【解析】迷失道路而能知返,这是先贤们所赞许的;迷途不远而能归来,更为古之典籍所称道。作者以情深恳切之语表达了希望陈伯之归降之愿,指出了梁朝的宽大政策,消解了对方一旦投降而担心的顾虑。"迷途"二字等于是为对方开脱,声称他是一时糊涂,听信流言所致,让对方感受到朝廷的原宥;而"往哲是与""先典攸高"又加强说服力度,投诚则世人颂之,否则后果自负,文字背后又隐藏着威胁震慑,使对方毫无招架之功,必须进行最后的抉择。辞语简练凝重,情理交汇,易于打动人心。

暮春三月,江南草长,杂花生树,群莺乱飞。

【注释】南朝梁·丘迟《与陈伯之书》。

【解析】作者步步逼进,以描绘故国的秀丽景色来激发陈伯之的思乡怀旧之情。"暮春三月之时,江南碧草萋盛,各色的杂花开满树丛,群莺穿梭飞忙",随后紧跟一句"见故国之旗鼓,感平生于畴日,抚弦登陴,岂不怆悢"。乡土之情,人人皆有,难道你想失去再见故国美景的机会而使自己黯然神伤吗?"将军独无情哉?"环环相扣,动之以情,以江南之景色促使对方幡然悔悟,而且和平静穆之地岂容刀兵践踏,抒发了作者希望停止战争与殷切期待对方投诚之情。这几句语短意浓,在娓娓道来之中饱含深情与厚望,使人读后为之动容。陈伯之观后深为叹服,终于率兵归降,可见这封信所具有的强大感染力。

才异相如,而四壁独立;高堑仲蔚,而三径没人。

【注释】南朝梁·丘迟《永嘉郡教》。堑:挖。

【解析】"教",是上级向下级传达指示的一种文辞。《永嘉郡教》是丘迟任永嘉太守时为劝导当地不务正业之人弃游荡务农桑而写的一篇文章。此数语暗藏了两个典故:司马相如入仕前居家四壁皆空,高仲蔚隐居之所蓬蒿没人,分别赞美了他们二人虽一贫如洗但才华横溢,虽径满杂草而志向高洁。而这里用典却嘲讽了那些只知游逛痛饮而不事生产之人:才能不如相如,但也是"四壁独立",品格不如仲蔚,然也"三径没人",以此教诲他们应该幡然悔过,务农种桑、知书达礼,改变永嘉由于风气不正而造成的衰败景象。语言对仗工整,用典自然,暗含讽喻,切中时弊。语简意深,易于被人接受。

比并皆然,任意所之,自然之理也。

【注释】南朝梁·萧衍《答陶弘景论书书》。比:比较。并:并列。

【解析】此句是梁武帝萧衍在与陶弘景探讨书法的信函中所谈到的一些经验与体会。"运笔时应当不拘不放,不疏不促,浓淡适宜,有骨有力,在这样的前提下才能挥洒自如,其实也是一种顺其自然的道理”,这段话极其精辟地论述了书法艺术的要领,很有见地。其中也隐含了一种禅宗“任性自然”的思想主张,强调书法家本人应不急不躁,从容大度,具有了这种心理素养才能有所成就。这恐怕也与梁武帝信佛有一定关系,但确有服人之见。

众家可识,亦当复贯串耳。

【注释】南朝梁·萧衍《答陶弘景论书书》。

【解析】对于如何进一步掌握书法艺术,萧衍首先指出要充分了解众家书法,博采其长,融汇贯通,这是研习书法的基本技巧之一。但作者同时又指出修习书法应当自成一家,在广收博集的基础上别立新体,切忌人云亦云,亦步亦趋,否则难以成就一代书法名家。对于这段话的理解,我们可以再生发开来,人们治学求知,立身行世不也应以此为参照吗?取其所长,补己所短,又具有独立的人格个性,这样才能真正地充实和完善自我。

六义可工,亦当复由习耳。

【注释】南朝梁·萧衍《答陶弘景论书书》。

【解析】在博采众家之外,萧衍又强调了“习”的重要性,“六书要写得精妙,就必须反复不断地加以练习”,继而他又谈到“大抵为论,终归是习。程邈所以能变书体,为之旧也;张芝所以能善书,工学之积也,既旧既积,方可以肆其谈”,以典型事例来论证积“习”创新,“学不可以已”(荀子)的道理,深入浅出,给人以极大的启示,甚至可以指导生活的方方面面,“业精于勤,荒于嬉”,在文字表层的背后隐含了深邃的哲学理念。

风烟俱净,天山共色。从流飘荡,任意东西。

【注释】南朝梁·吴均《与宋元思书》。

【解析】吴均诗文,多描绘山水景物,文辞清拔,格调隽永,时人号为“吴均体”,此文即为其吟咏山水的名篇佳作。作者开篇即为我们描绘出一幅天朗气清,天山一色的美丽画卷:风尘烟霭全部散尽,天穹与青山融为一色。随后又写自己乘舟而下,任凭小船东游西荡。前两句使人不由得马上想到王勃“落霞与孤鹜齐飞,秋水共长天一色”的诗句,其艺术境界何其相似,尽管“天山共色”与“水天一色”略有出入。后两句则抒情主体融汇进来,“任意东西”,体现了作者陶醉自然、倾倒不已的痴迷情景。由景至人,从静到动,且又寓情于景,情景交融,清新秀丽,淡雅自然,首起即展现了作者陶情山水的高洁志趣,时人纷纷仿效也就顺理成章了。

水皆缥碧，千丈见底。游鱼细石，直视无碍。

【注释】南朝梁·吴均《与宋元思书》。缥(piǎo)碧：青苍色。

【解析】江水全部呈现出一片青苍之色，千丈深也能见到水底。游动的鱼儿和细小的卵石，都可以看得十分清楚。作者以细腻轻柔的笔法描摹了富春江水的清澈透明。"千丈见底"且言其水深，后句又显现了水底生物的自由自在，句中未见一个"清"字，而其澄澈之至却显现无疑，可知作者洞察之细致，选取视角之精到。柳宗元《小石潭记》中写道，"下见小潭，水尤清洌，全石以为底"，"潭中鱼可百许头，皆若空游无所依。……佁然不动，俶尔远逝"。以对水底石与水中鱼的详尽描绘道出了潭水清澈的程度，二者取法一致，后者则更为精致。

气之动物，物之感人，故摇荡性情，形诸舞咏。

【注释】南朝梁·钟嵘《诗品序》。气：气候。动：变化。摇荡：动荡，激荡。形：表现。诸：之乎，之于。

【解析】钟嵘《诗品》为我国古代第一部诗评专著，对后世影响极大。其《序》文亦提出许多诗歌创作上的重要论点，见解精辟，且"词奕奕发之"，具有很高的审美价值。序文首句即谈到"气候使得景物发生了变化，景物又感动了人，于是人激荡的感情就表现在舞蹈和歌咏中"。这段话指出了诗歌的起源，是客观事物的感召和激发促使人心灵激荡，从而陈诗长歌。由此我们不禁联想到陆机《文赋》"遵四时以叹逝，瞻万物而思纷"，刘勰《文心雕龙·明诗》篇"人禀七情，应物断感，感物吟志，莫非自然"，三者的主张是一致的。从中我们又可以感受到作者对"情感"的重视，承认了"情"对人的支配作用，逐渐摆脱了儒家诗歌只能"言志"的偏颇。从艺术手法上看，"动"、"感"二字准确地表达了客观存在对物与人的召唤，具有了拟人化的色彩。而"摇荡"尤能从中体现出情感的起荡变化，摇摆不定，这使得全文开篇就具有了先声夺人的不同凡响。

动天地，感鬼神，莫近于诗。

【注释】南朝梁·钟嵘《诗品序》。

【解析】"可感天地动鬼神者，没有能与诗相比的"，这是钟嵘对诗歌功能的至高评价，也可见诗在他心目中的深重分量。回顾以往，曹丕在《典论·论文》中首先明确提出"盖文章，经国之大业，不朽之盛事"的闪光论题，树立了文学地位的不朽丰碑。陆机随后又言说，"伊兹事之可乐。固圣贤之所钦"，肯定了文学创作是一种既能产生愉悦之情又令人敬慕的精神活动，而且"被金石而德广，流管弦而日新"，真正优秀的作品将会流芳百世，与日更新。这些论断都注意到了文学的审美功能和社会作用，感受到了文学对人们情感和社会改造的巨大冲击力，虽然评价有些过高，但真正的文学爱好者会从中体会出它的真谛的。

理过其辞，淡乎寡味。

【注释】南朝梁·钟嵘《诗品序》。

【解析】诗作的空论超过文辞，就会淡然乏味。钟嵘本是针对当时有些玄言诗创作的弊病而提出的论断，但它又具有指导诗歌走向的普遍意义。诗是一种以精炼的语言表情达意的文体，作家应当既言之有物又培养独特的风格。而只重空谈缺乏内在情感的作品，是不能打动人心的，钟嵘在这里用了一个有趣的比喻，以食之无味来形容部分玄言诗之寡淡，把抽象的理论问题具象化，鲜明生动，使读者似乎也感受到了其中的无味。作者此语又暗示了自己对"理"与"辞"关系的理解，二者应当相互融合而又各领风骚，这要视作家本人的创作水平而定，但是"理过其辞"终究不妥也间接说明了文辞形式美的重要性，这与陆机的重要命题"诗缘情而绮靡"有一定的相通之处。

文已尽而意有余，兴也；因物喻志，比也；直书其事，寓言写物，赋也。

【注释】南朝梁·钟嵘《诗品序》。

【解析】钟嵘概括了文学创作的三种表现方法，文章已经写完而余意未尽，叫做兴；把情志借一种外物表达出来，叫做比；直接把事物写出来，将要说的话寄于事物的描写，叫做赋。这实际上强调了诗应有"滋味"，从而把艺术特殊的感人作用与其表现特点联系起来，是对传统观念的一大突破。同时，钟嵘又指出赋比兴各有所长，不能割裂开来，"若专用比兴，患在意深；若但用赋体，患在意浮"，因此在具体创作时应兼采三者之长，酌情处理，这样才能"使味之者无极"，这对于后世的继续深入研究起了积极的作用，是符合诗歌创作的艺术规律的。

情以物迁，辞以情发。

【注释】南朝梁·刘勰《文心雕龙·物色》。以：因。

【解析】《文心雕龙》，是一部在文学批评史上具有划时代意义的文学理论和文学批评的巨著，对后世影响极大，同时，它在语言的运用方面也展现了高度的文学价值。这两句的意思是：情志因外物而变化，文辞由感情而发出，论述了物、情、辞三者的关系。情感产生的渊源来自外界环境的诱发，既包括自然方面，也蕴涵社会内容，而语言文学则因情感的程度而奔涌挥洒，于是就产生了文学作品。刘勰以敏锐的眼光和极其精炼的语言阐释了这个重要文学命题，给人以深刻的启示，这在他的作品中是贯穿始终的。

写气图貌，既随物以宛转；属采附声，亦与心而徘徊。

【注释】南朝梁·刘勰《文心雕龙·物色》。气：指景物的精神。图：描绘。

貌：形貌。宛转：指细腻入微的描写。属(zhǔ)采：赋于色彩。

【解析】描绘景物的精神或形貌，便能随着景物加以变化；赋于色彩附会声音，也可结合自己的感受反复推敲。刘勰以此说明，作家在创作过程中应当首先对客观事物产生感受，然后进行想象研究，把握特色，同时还要对所写的东西进行细致的观察琢磨。只有这样，写作时才能随着不同的景物加以变化，宛转自如地把景物的精神和形貌，色彩和声音描绘出来。这几句文字优美流畅，对仗工整，且能深入作家创作心理，合情合理。

巧言切状，如印之印泥，不加雕削，而曲写毫芥。

【注释】南朝梁·刘勰《文心雕龙·物色》。切状：切合事物的形状。印泥：古代信封用泥，上面盖印。雕削：雕刻，雕琢。曲：曲折。毫：毛。芥：小草。

【解析】这几句是刘勰对晋宋以来"文贵形似"倾向的严正批评，指出"这种文辞巧妙而切合物状，就像把印盖在印泥之上，不用加什么雕饰，就能曲折委婉地描绘出毛草的形状来"，应该说它具有一定的长处，但如果创作一味只在"风景"和"草木"形貌上下功夫，只求和描写的事物密切相合，则失之太过，因为客观事物虽有一定的样子，但人们的构思却无一定之法式。所以只求逼真切状，反而会束缚人们的文思。这种议论切中时弊，且以"印泥"来加以比喻论证，更为生动鲜明。

屈平所以能洞监"风""骚"之情者，抑亦江山之助乎！

【注释】南朝梁·刘勰《文心雕龙·物色》。洞监：洞察。洞，深。监，同"鉴"，原意是"照"。风、骚：即《诗经》《离骚》，此处泛指诗赋等文学作品。

【解析】刘勰很重视自然景物与文学创作的关系，这在《文心雕龙》中是反复论述的基本观点之一。这两句是说："屈原所以能写出文情并茂的作品，深懂创作情理，恐怕是得到江山之景的帮助吧！"很有见地，确实道出了许多作家的共通之处，作家由自然山水的观游之中产生情思感悟，因而萌生了创作激情与冲动，下笔泉涌，不可遏止，许多优秀作品都是在这种情况下诞生出来的。宋代李觏在《遣兴》诗中写道："屈平岂要江山助，却是江山遇屈平。"反其意而作，突出了作家的主体创作能动性。

水性虚而沦漪结，木体实而花萼振，文附质也。

【注释】南朝梁·刘勰《文心雕龙·情采》。沦漪(yī)：波纹。结：集聚。花萼：即花。萼：花朵下边的绿色小片。振：振兴，引申为繁盛。质：质体，指文章的情志，泛指内容。

【解析】《情采》是《文心雕龙》第三十一篇，主要论述文学的内容和形式的关系问题。这几句是说，“水的性质是虚柔的，因而波纹集聚；木的体质是实在的，所以花朵繁盛，这就是文采依附于质体”。刘勰以此说明作品的文采必须附合作家要表达的感情，刘勰以水泛波及木结实作喻，形象活泼，把难解的理论问题解读得简洁浅近。

铅黛所以饰容，而盼倩生于淑姿；文采所以饰言，而辨丽本于情性。

【注释】南朝梁·刘勰《文心雕龙·情采》。铅黛：泛指妇女使用的化妆品。盼倩：容貌美丽。倩：笑貌。盼：眼睛黑白分明。淑：美好。辨丽：语言巧妙而华美。

【解析】“化妆品是用来装饰女人的容貌的，而俊目娇面却是生于美好的姿容；文采是用来修饰言辞的，而言辞的雄辩华丽却来源于人的思想感情。刘勰以此进一步说明了文质相待的道理，既然认为辞采是文学创作得以进行的重要因素，又主张其华美质朴是由作家的思想感情决定的，这种辩证分析的方法显见了刘勰思考问题的全面与周密。同时，作家以美人饰容比拟文采饰言，富有创见，新颖恰切。

情者文之经，辞者理之纬；经正而后纬成，理定而后辞畅，此立文之本源也。

【注释】南朝梁·刘勰《文心雕龙·情采》。本源：根本，此处指作文的基本原则。

【解析】“情”，即情性，指作品的思想感情。“理”，指作品的思想内容。这几句的意思是：“作家的思想感情，是文章的经线，辞采只是组织思想内容的纬线；经线定好之后才能织上纬线，文章的思想内容确定之后文辞才能通畅，这就是写作的根本原则。”这说明，在辞与情之间，应当首先确立文章的思想感情和基本内容，然后才选择相应的辞采和表现方法，刘勰以十分精粹的经纬关系加以论证，使人感到图文并茂，豁然开朗。

志深轩冕，而泛咏皋壤；心缠几务，而虚述人外。

【注释】南朝梁·刘勰《文心雕龙·情采》。志：心思。轩冕：指官禄，古代大夫以上乘轩服冕。轩：车。冕，礼帽。泛：广，博。几务：即机务，国家重要的政务。

【解析】“皋壤”，即水泽和平原，此处指田园隐居之地。“人外”为人世之外。这几句是说：“有的人内心渴望着官爵禄位，而作品却大量地歌颂田园隐居生活；内心本来牵挂着国家重大政务，而作品中却虚伪地陈述人世之外的情景。”刘勰敏锐地看到有些作家“言不由衷”的现象，只求文采绚丽华美，而思想内容却流于空洞虚假，这就是由于“真宰弗存”，即缺乏真正的思想感情而造成的，其结果势必“繁采寡情，味之必厌”，这种批评恰切有力，提出“为情而造文”的创作主张，有利于纠正当时不良的文学倾向。

古人所谓以清白遗子孙，不亦厚乎！

【注释】南朝梁·徐勉《为书诫子崧》。

【解析】徐勉为官清廉，这是他告诫其子要清白做人的一封短简。此二句典出《后汉书·杨震传》：“震公廉，不受私谒，子孙常蔬食步行。故旧长者，或欲令开产业，震不肯，曰：‘使后称为清白吏子孙，以此遗之，不亦厚乎。’”徐勉以之为训，且曾言：“人遗子孙以财，我遗子孙以清白。”二者相观照，其高洁的品质蔚然可见。“清白”在此为重点语，也是古代正直文人修身立行的标准，“安贫乐道”，“独善其身”，这非有极强的意志力是难以为之的。

含德之至，莫踰于道；亲己之切，无重于身。

【注释】南朝梁·萧统《陶渊明集序》。踰(yú)：同“逾”，越过。

【解析】伟大诗人陶渊明去世后，在一百年之内皆遭受冷落，刘勰《文心雕龙》只字未提，钟嵘《诗品》虽有所赞誉，但仅列之为中品，直到萧统此文出现，才给予陶作及其人格品性以高度评价，想来可慰诗人之灵。作者此四句即言明“圣人韬光，贤人遁世”的缘由，“最好的修养莫过于遵守儒家之道；最懂得爱惜自己的方法，莫过于自尊自重”，既道出了自己的人生态度，又说明如陶渊明这般的贤士隐者能够做到修身善己，不做不合于道的事情，注意内心世界的充盈保养。这几句有些见地，但一味地关注儒家之道，又有所偏狭。语句精炼顺畅，充分展现了一个文学批评家的独到之处。

玉之在山，以见珍而终破；兰之生谷，虽无人而自芳。

【注释】南朝梁·萧统《陶渊明集序》。

【解析】玉在山中，由于它的珍贵被世人发现而最终遭致了自然质性的破坏；而兰出幽谷，虽然无人欣赏却依旧芬芳。作者通过自然界存在的两种现象说明了一种深刻的道理，“玉”与“兰”皆以物喻人，即高洁之士，如果他们随波逐流，违己变性，那么终究而“破”，而像陶渊明之类的隐者，超凡脱俗，质性自然，摒弃世俗的功名利禄，独善其身，虽然当时知音寥寥，终会传名后世，受人敬仰。作者以形象的比喻，从一正一反两个角度隐去了对陶渊明的无限崇敬之情，且切中时弊，见识卓著。

吾观其意不在酒，亦寄酒为迹者也。

【注释】南朝梁·萧统《陶渊明集序》。

【解析】这句话对深入理解陶渊明诗文及其人品情操具有重要的指导意义,“陶渊明诗,篇篇有酒”,“但在我看来,他的用意不在写酒,而是借酒传达内心不可言说的情怀”,真乃远见卓识。陶本人嗜酒,作品中亦常常有“酒”,甚至有《饮酒》这样的文题,所以极易引起他人的误解,以为一“酒鬼”也,萧统拨辟邪说,指出陶虽有自然平淡的风格,但内心亦时怀悲愤,因世事动乱壮志难酬而归隐山林,所以借酒解愁,借酒明志,借酒怡情,“酒”可成为他心灵慰藉和陶冶情性的媒介,应当正确地加以对待。萧统的这两句不仅适用于陶渊明,对于古代文人怀才不遇,寄情于酒者也应做如是观照。

横素波而傍流,干青云而直上。

【注释】南朝梁·萧统《陶渊明集序》。

【解析】萧统运用中国古代传统的形象思维的评论方法,对陶渊明其人其作给予了生动的概括。对这两句话的内在深入理解,需结合前后文,“其文章不群,词采精拔,跌宕昭彰,独超众类,抑扬爽朗,莫之与京”,其文昭然卓著,自成一格。“语时事则指而可想,论怀抱则旷而且真。加以贞志不休,安道苦贫,不以躬耕为耻,不以无财为病,自非大贤笃志,与道污隆,孰能如此者乎!”以极其激动敬重的口吻高度评价了陶渊明的高洁品性。以“素波傍流”、“青云直上”形容陶的这两个方面,活灵活现。如果再对照陶文,更有助于理解萧统的正确评价。

方申才力,摧苗落颖,弥可伤惋,念天伦素敦,一旦相失,如何可言!

【注释】南朝梁·萧统《与张缵论张缅书》。颖:谷穗。天伦:指父子兄弟间的亲属关系。敦:深厚。

【解析】张缅时以贤能著称于世,萧统素重其才。这是在张缅死后,萧统致书其弟张瓒以示哀悼的文辞。此数语既是对张缅才能的褒扬,又寄托了自己深深的哀惋之情。张缅卒年四十二岁,故云“方申才力”,随后又以“苗颖摧落”为喻,痛惜其英年早逝,才干不得进一步发挥,这个比喻更加深了对“弥可伤惋”的理解和体会。作者继而慨叹张氏兄弟感情敦笃,一旦遭此变故,伤恸之彻非言语所能表达,其中也蕴涵自身的悲凄之感。文章结句又表达,其中也蕴涵自身的悲凄之感。文章结句写道:“言及增哽,揽笔无次。”我们似乎已见作者下笔时“无语凝咽”的悲伤情景,语简意深,可见其惜才哀逝之心。

水筛空而照底,风入树而香枝。

【注释】南朝梁·萧纲《晚春赋》。筛:装,囊括。

【解析】萧纲在文学创作方面主张“文章且须放荡”,不必拘束,怡情悦性,因此讲究辞藻和情境的华美旖旎,《晚春赋》即为代表作之一。作者立于北阁,看到江水把天空中的一切景观尽筛入底,春风徐徐吹动树枝,散发出阵阵芳香,一个“筛”字,可以使我们感到空中的晴日、白云、蓝天以及飞翔的小鸟无不映照在水底,水底已成为又一空中世界,这正表现了江水清澈澄静之极。而“香”字则从嗅闻的角度展示了春风之柔,花枝之俏。这两句对仗工整,读之声调宛转,富有音乐美,勾画出了一幅风光无限的晚春丽景,尤其是“筛”字,精炼传神,正可谓“灵丹一粒,点铁成金”之语。

嗟时序之回斡,叹物候之推移。

【注释】南朝梁·萧纲《晚春赋》。嗟(jiē):叹息。斡(wò):回旋。

【解析】“感叹季节的回环往复,景物、风物也将随之发生变化”,风景虽美,却已是时至晚春,作者不由地伤感无限,慨叹万千。“嗟”、“叹”二字充分抒发了“满地榆钱,算来难买春光住”的伤春之情,备感时光易逝、年华易老。外界自然景物变化投入作者眼底,再融合其主观情感而加以投射,“遵四时以叹逝,瞻万物而思纷”,这也是古今文人共同的情感体验。萧纲的这两句也包含着帝王的点点“闲愁”吧!

见游鱼之戏藻,听惊鸟之鸣雌。树临流而影动,岩薄暮而云披。

【注释】南朝梁·萧纲《晚春赋》。

【解析】这句对晚春景象进行了细致的观察,看到游鱼往来穿梭于海藻之间,一个“戏”字活画了鱼儿嬉戏游乐的场面,加以人格化描写,似乎鱼也有情,在享受着生之惬意。随后又听到雄鸟惊叫呼唤雌鸟,可能情势危急,作者虽云“听”,但我们仿佛见到了那一对相亲相爱的佳偶。移动视角,江水流动,映照得树影婆娑,斜阳笼罩,山岩于是也仿佛云冠霞披。作者构思之精妙,文笔之凝炼真令人惊叹,前两句一“见”一“听”展现视听效果,使人如临其境,活泼心动;后两句并不直描树姿岩态,而是关注水和暮色的陪衬,由此展现其轻柔壮美,正如刘勰所说“论山水,则循声而得貌”,“写物图貌,蔚似雕画”。

立身之道,与文章异:立身先须谨重,文章且须放荡。

【注释】南朝梁·萧纲《诫当阳公大心书》。且:还。放荡:放纵,恣肆。

【解析】“大心”,为萧纲第二子,封当阳公。萧纲作书先诫其子要立志于学,这几句是全文的结尾,他提出了自己作人和为文的主张。中国古代品评人物常称“文如其人”,但萧纲反其道而论之,把文学和人格对立起来。他认为挥写绮靡华艳的“宫体诗”乃是对文学形式美的追求,不妨放纵恣肆,不必过分拘泥情感;而立身行事则应谨慎庄重,秉持儒训,远离声色之诱。这种见解有一定的片面性，但在当时也不啻是一种思想解放的表征，客观上促进了文学形式美的发展，为唐诗宋词的繁荣作了一些铺垫。我们尤其应当注意，此句中的“放荡”乃任性纵情之意，不要与今解相混同。

紫茎兮文波，红莲兮芰荷。绿房兮翠盖，素实兮黄螺。

【注释】南朝梁·萧绎《采莲赋》。芰(jì)：菱。盖：车盖。

【解析】萧绎即梁元帝，乃简文帝萧纲之弟，所作诗赋婉丽多情，颇具宫体之风，此文亦属其列。此四句为全文首语，生动细腻地描绘了一幅秀美的荷塘景色：水中紫色的荷茎使碧波呈现出斑驳的色彩，翠绿的菱叶上托起一朵朵艳红的荷花。成熟的莲蓬像翠绿装饰的华盖，而喜人的果实都酷似黄螺。“紫”、“红”、“翠”、“黄”这些色彩词语的组合构成了璀璨夺目的画卷，使人读之不禁眼前一亮，并感受到了莲由开花到成熟结果的生长过程，字里行间散发着生命的多姿多彩。

纤腰束素，迁延顾步。复始春余，叶嫩花初。

【注释】南朝梁·萧绎《采莲赋》。素：白绢。

【解析】观此数语，即觉心神酣畅，文中的佳人姗姗而来，只见她们纤细的腰姿犹如束帛，欲趋又止，顾态萌生。前两句描绘了女子的窈窕姿态，又刻画出腼腆徘徊之举。后两句采用了比喻的手法，明写季节及花叶，实喻女子正值芳年，容貌如荷花般娇艳，这就把“莲”与“人”有机地联系到一起，“人”才是作者要着重描摹的主体，于是一幅花美人俏的丽景图画灿然而出，使人倍感愉悦。

恐沾衣而浅笑，畏倾船而敛裙。

【注释】南朝梁·萧绎《采莲赋》。敛：收束。

【解析】“美女们害怕水溅湿了衣服而轻声笑着，畏惧船的左右倾斜而挽起了衣袖”，作者栩栩如生地刻画了众女的举止神态。“恐”、“畏”二字道出了女子的心理活动，我们可以展开丰富的想象，她们因泛舟游玩可能换上了鲜艳的新衣，不忍沾湿溅泥而加以保护。“浅笑”，尤其描绘了其青春年华的活泼可爱，心情无比舒畅而又予以节制，“浅”即表现了欲笑即收的优雅之态，读之给人以无尽的遐想。这四句描写了一系列的行为过程，又兼具心理刻画，辞藻运用自然，并无雕琢之风，使得人物形象呼之欲出，宛若在目，充满了浓郁的水乡气息。

因持荐君子，愿袭芙蓉裳。

【注释】南朝梁·萧绎《采莲赋》。袭：穿。

【解析】文题名为"采莲"，而其内容并无一句提及"采"字，不由使人对主旨的归向产生了疑问，直至女子江渚咏歌才解开迷雾。我把自己亲身用荷花编织的衣裳交给公子，希望你能接受并穿上它，再联系上文"妖童嫒女，荡舟心许。鹢首徐回，兼传羽杯"的嬉戏之态，原来作者是把"嫒女"比作荷花，她看到莲由开花到成熟结果后，将被人采摘，因而联想到自己已届芳年，亦该出嫁，表现了盼望"妖童"择偶迎娶的心愿。语言迷离光烁，以物传情，生动地诉说了女子大胆而又羞涩的绵绵心曲。

楚王宫里，无不推其细腰，卫国佳人，俱言讶其纤手。

【注释】南朝陈·徐陵《玉台新咏序》。

【解析】"弄墨晨书，撰写艳歌"，为徐陵编纂《玉台新咏》的宗旨，其序文亦是一篇极其精美的骈文佳作，集中描绘了一位绝代才女的动人形象。这两组句子即巧妙地刻画了才女的优美体态，并不直陈其腰姿如何之柔细，而是以"楚王爱细腰，宫女多饿死"的典故来烘托其形态之窈窕；同样，以卫女之纤手加倍突现其玉手之美妙。作者在这里运用了"以正犯正"的创作手法，以楚卫之佳人正衬出才女体姿的无与伦比，"推"、"讶"，尤可见赞叹惊讶之至。这比单纯地极描其形显然会给人以更多的回味，忍不住想揭开那神秘的面纱一瞧究竟。在语言结构上，这两组句子属于四六隔句对，此乃徐陵自创，比当时通行的四字句、六字句的刻板形式显得活泼得多，亦使文气富于变化。

宠闻长乐，陈后知而不平，画出天仙，阏氏览而遥妒。

【注释】南朝陈·徐陵《玉台新咏序》。阏(yān)氏(zhī)：汉代匈奴君主正妻的称号。

【解析】很显然，作者笔下的才女是一位虚指形象，集中了天下佳丽的至美于一身。在描绘其体态美之后，作者又以这两组语句进一步展现了才女"倾国倾城"的绝代容华。此中明用了两个典故，前联出自《汉书》，汉武帝之陈皇后闻卫子夫得宠而悲痛欲绝；后联引于《新论》，陈平为救被匈奴围困的汉高祖特画一美女图献于阏氏，阏氏见之恐夺君爱，遂解围。作者避开了直述其容的俗套，以生动的用事刻画了才女的美貌绝伦，显得含蓄而又充满情韵。可见徐陵用典言简而意远，达到了"意婉而尽，藻丽而富，气畅而凝"的高妙境界。

无怡神于暇景，惟属意于新诗。

【注释】南朝陈·徐陵《玉台新咏序》。怡：愉快。暇：闲。

【解析】"面对美景却不感到心悦神怡，只是一心留意于赋诗"，这是对佳人"逸思彫华"的才情的委婉赞誉，与前文"清文满箧，非惟芍药之花；新制连篇，宁止葡萄之树”，以及“九日登高，时有缘情之作；万年公主，非无景德之辞”遥相呼应，刻画了才女非同凡响的高雅情趣，此非庸脂俗粉所能比拟的。语言清新瑰丽，灵动细腻，读来有满纸璀璨之感。

神怒民怨，众叛亲离，恐东南王气自斯而尽矣！

【注释】南朝陈·傅縡《狱中上陈后主书》。

【解析】傅縡才思敏捷，但性情倔强，为时所忌，此文为其受宦官污陷而入狱中所书，言辞慷慨激烈，直指君弊。作者在上文力陈后主的种种倒行逆施后，结句引发感慨：“如此作为神民怨怒，众叛亲离，陈室江山恐怕在你手里就要断送了！”语气大胆激烈，毫不避讳，反映了陈后主统治时社会民不聊生的惨状，其忧国忧民、刚肠嫉恶的可贵品质跃然纸上。在他入狱后，陈后主曾遣使告之：“我欲赦卿，卿能改过不？”傅縡对曰：“臣心如面。臣面可改，则臣心可改。”铁骨铮铮，令人感佩。因为不与合作，傅縡终被赐死狱中。

重岩叠嶂，隐天蔽日。

【注释】北朝魏·郦道元《水经注·江水》。嶂：直立像屏障的山峰，形容高险的山。

【解析】《水经注》本属于地理著作，但描写委婉曲折，文字峻洁明丽，具有很高的文学成就。作者写自己一路畅游三峡，当走至七百里中，只见两岸山连着山，几乎没有半点空隙。层层叠叠的山岩峰峦，甚至遮蔽了天空，挡住了日光。“重”“叠”二字仅从表层意义上铺叙了山群之密集，但还不能给人以形象的视觉感受，而“隐天蔽日”的比喻手法就把山势之陡峭，直冲霄汉之雄峻的立体画面生动地描绘出来，使人读之必须仰视才见。随后紧接两句，“自非亭午夜分，不见曦月”，不是正午、夜半时分不见日月，作者又进而刻画了山峦之险峻，其中蕴涵着自然的超凡力量。

朝发白帝，暮到江陵。

【注释】北朝魏·郦道元《水经注·江水·三峡》。白帝：白帝城，在今四川奉节东。江陵，今湖北江陵。

【解析】水险，是三峡景观的另一特点。作者描写夏季江汛之势，以“王命急宣”为例，使者早晨从白帝城出发，傍晚就到了江陵，两地相距有一千二百里的路程，生动地再现了江水湍急之状。“朝发”而“暮到”，“虽乘奔御风不以疾也”，不直写水势之疾迅，而以时间概念的转换来表物达意，胜人一筹。李白《早发白帝城》“朝辞白帝彩云间，千里江陵一日还。两岸猿声啼不住，轻舟已过万重山”的千古绝唱即源于此，足证郦道元此文句之历历如绘。

素湍绿潭，迴清倒影。

【注释】北朝魏·郦道元《水经注·江水·三峡》。湍(tuān)：急流的水。

【解析】作者又转笔抒写春冬之际的三峡水貌，“白色的急湍回旋着清波，碧绿的深潭倒映着两岸山色”。“素湍”，可见下滩之水雪浪飞溅，“绿潭”乃为水清流缓，细细观察，岩崖、云朵、蓝天于碧水中明晰可见。“素”“绿”二字色彩相间，“湍”“潭”两语动静交合，急缓相生，而后句则俯视总貌，寥寥数语即包蕴了如此丰富众多的意象，表现了大自然的清新秀丽与盎然生机，且与夏季之水险形成了鲜明的对照，具有浓郁的抒情色彩。

悬泉瀑布，飞漱其间。清荣峻茂，良多趣味。

【注释】北朝魏·郦道元《水经注·江水·三峡》。漱：喷洒。

【解析】作者举目仰视，又看到了大小瀑布在山峰上飞射冲刷。“悬”字既说明了观察视角，又表现了山之高峻，瀑布形态之陡长。“飞漱”两字栩栩如生地描摹了水流之你争我夺，后两句以“清荣峻茂”的形容词语对周围景观进行了涵概，“江水清澈，树木繁盛，群山峻峭，绿草丰茂”，用语十分洗炼精当。作者继而情不自禁地道出了所观之感，确实是很有趣啊！表现了陶醉于山水的无限乐趣，构建了“情景交融”的山水织锦。

朝发黄牛，暮宿黄牛，三朝三暮，黄牛如故。

【注释】北朝魏·郦道元《水经注·江水·黄牛滩》。

【解析】这四句是写长江流经“黄牛滩”时的山情水势。“黄牛滩”因其“色如人负刀牵牛，人黑牛黄，成就分明”而得名，使“物质对象”增添了审美色彩和生命魅力。而由于黄牛滩山岩高峻，加上江水流急，水道弯曲，虽然旅途经过了三天三夜，却仍然能够望见貌如黄牛的山石。前两个“黄牛”是指“黄牛滩”，后一个“黄牛”则呼应了前文的黄牛貌，这就使得整组句子显得尤为生动活泼。而“三朝三暮”更加深了人们对“黄牛如故”奇景之惊叹，韵味无穷，别开生面。

河中漱广，夹岸崇深，倾崖返捍，巨石临危，若坠复倚。

【注释】北朝魏·郦道元《水经注·河水·孟门山》。漱：指水的冲激。返：回冲。捍：摇动。

【解析】《孟门山》是郦道元描绘“三峡”之外的又一篇模山范水之作，再现了黄河流经孟门时的动人英姿。“漱广”指河道经水冲击逐渐宽广；“崇深”指两岸山崖既高又深，从河看岸见其高，从岸看河见其深；“倾崖返捍”，又描摹了河水之波涛汹涌，冲过去又卷回来，仿佛要捍动、倾倒两岸山崖；“巨石临危”则勾勒出山石所处的险要地势，作者又进一步加以形容，以拟人化的“倚”字，突出了其若有所依，似坠不坠的危险情态。这数句辞语如描如画，如见其形，显现了作者“体物”之高妙境界，因此我们对于苏轼发出“今我乐何深，水经亦屡读”的赞叹之音就无以为怪了。

水流交冲，素气云浮。

【注释】北朝魏·郦道元《水经注·河水·孟门山》。

【解析】“水非石凿，而能入石”，自然界山崖险峭，怪石临危之地势形成的一个重要原因，就在于“水”的力量。作者在认识到这一点之后，即极笔写“水”，河水由高处的上游奔泻而下，狂涛怒吼，浪花层卷，其汹涌之势撞击出阵阵白雾，好像云烟笼罩一般，以比喻的修辞手法刻画出黄河的雄美壮丽。观此二句，我们仿佛听到了水声震天，看到了白气密布，但文字表面却一丝未露，让读者自己去凝神细想，可见作者描摹山水的出神入化。继而其文又写道：“往来遥观者，常若雾露沾人，窥深悸魄”，亲临其境之人也只能立远遥望，即便如此，也常感惊心动魄。两相结合，作者正以高远的视角映证了水势之凶猛澎湃。

左右楸桐，负日俯仰。目对鱼鸟，水木明瑟。

【注释】北朝魏·郦道元《水经注·济水·大明湖》。楸（qiū）桐（tóng）：树木名。瑟（sè）：清洁的样子。负：背。

【解析】《大明湖》是郦道元描绘山东大明湖水木风光的一段文字。作者先言湖中有小岛，岛上有客亭，这两组句子即刻画了客亭四周的景致，左右两边的楸桐树沐浴在阳光之下微微摇曳，继而又看到游动的鱼儿，飞翔的小鸟，水波清澈，碧树静明。“俯仰”，以拟人之法描写了楸桐的动态。作者对自然进行了细致的观览，使物象充满了精气、灵性，而文笔之清丽超俗，又可见其无限陶然神往之情，因而才能绝妙地抒写出自然的机趣神韵，令人惊叹不已。郦道元自己就曾说过：“山水有灵，亦将惊知己于千古矣。”然也。

可谓濠梁之性，物我无违矣。

【注释】北朝魏·郦道元《水经注·济水·大明湖》。

【解析】“濠”，是水名。梁，为桥梁。这里暗用了《庄子·秋水》的典故，庄子与惠子游于濠梁之上，庄子称其能通物性，知鱼之乐，作者以此说明自己能够欣赏并理解山水鱼鸟之情趣。“物我无违”，即以我观物，物我交融。作者顺应自然的本性，既客观地展现景物风貌的本来面目，又融入主观的情思感受，“外师造化，中得心源”，达到了自身与自然高度圆融的境界。这两句文字简短，但包含着深刻的审美理论与高妙的山水手法，读者在欣赏过程中应该认真地加以咀嚼，同时充分地展开想象力，然后才能意会自然之真趣。

金盘炫日，光照云表，宝铎含风，响出天外；歌咏赞叹，实是神功。

【注释】北朝魏·杨衒之《洛阳伽蓝记·永宁寺》。炫（xuàn）：光耀晃眼。铎（duó）：一种乐器，形如大铃，有柄有舌，振舌发声。金舌的铎为金铎。

【解析】作者在文章后半部分言及“时有西域沙门菩提达摩者，波斯国胡人也。起自荒裔，来游中土”，借外国僧人之目展现永宁寺塔的盛况，但见“金碧辉煌，光芒万丈，炫日耀云，精美绝伦，周匝悬垂的金铎一旦见风，则铿锵之声，响彻天外，人们禁不住歌咏赞叹，这实在是出神入化之功”。随后而西域僧人又言“年一百五十岁，历涉诸国，靡不周遍，而此寺精丽，阎浮所无也。极佛境界，亦未有此”，对永宁寺进行了极高的评价，即便在世界寺庙中也是独树一帜的。作者以记载轶闻趣事之法，突现了永宁寺的奇伟壮观，并与前文描写相对照补充，使得文章上下圆润。文笔雅丽精工，四字句言短意深，而且也从侧面反映了当时中外文化交流的状况。

单马入阵，旁若无人，勇冠三军，威振戎竖。

【注释】北朝魏·杨衒之《洛阳伽蓝记·法云寺·洛阳大市》。戎竖：对古代西方诸少数民族的称呼。

【解析】“只身骑马踏入敌阵，好像进入无人之境，英勇之气冠夺三军，威猛使戎竖倍感震慑”，这是作者对征西勇将崔延伯的描述，前两句主要刻画了他胆识过人，后两句则着重说明其英武雄猛之姿。读之使人不禁联想到《三国演义》中关羽“温酒斩华雄”的英雄豪壮。此四句从行止和威望两个方面描写人物，如见其人，如观其声，且又把崔延伯身先士卒，一马当先的将帅品格间接地表现出来，赞叹之情溢于言表。

闻之者懦夫成勇，剑客思奋。

【注释】北朝魏·杨衒之《洛阳伽蓝记·法云寺·洛阳大市》。

【解析】《洛阳大市》，是杨衒之记述洛阳工商业发展和城市繁盛情况的片断。为了给读者留下深刻印象，他在对每种里巷情况的分叙中，都突现了一个典型人物，这两句话就是对“善吹笳”的音乐家田僧超的描写。作者并没有直接说出田僧超的技艺如何炉火纯青，而是通过他为征西将军崔延伯军士吹笳助威的效果加以显示，“听到此军乐的人，懦夫也变成了勇士，剑客更忍不住奋战沙场的豪情”，“甲胄之士莫不踊跃”。用语不多，手法近似夸张，但却把民间音乐家吹笳之威力淋漓尽致地展现出来，震撼人心，入木三分。

经一旬，其酒味不动，饮之香美，醉而经月不醒。

【注释】北朝魏·杨衒之《洛阳伽蓝记·法云寺·洛阳大市》。

【解析】杨衒之刻画河东人刘白堕“善酿”写得生动奇绝。首先言及酒质：即使六月酷暑天气把酒放到太阳下晒上一个月，味道也不会改变；其次道其醇香之味：饮之香美无比，喝醉了即经月不能醒来。作者以夸张之法写出了刘酒奇美之致，语言以简驭繁，一语中的，而又轻快风趣，能够强烈地吸引读者的注意力。这段文字并未由此结束，作者进一步叙述，“远相饷馈，逾于千里”“盗饮之即醉，皆被擒获”，刘酒香飘万里，美名远播，而尤其后例，更可衬出其酒技的高超绝伦。结尾作者又写道：游侠语曰：不畏张弓拔刀，唯畏白堕春醪。以歌谣加深了对刘酒的渲染，烘云托月，余味无穷，使人不禁产生一试为快之念。

青林垂影，绿水为文。形胜之地，爽垲独美。

【注释】北朝魏·杨衒之《洛阳伽蓝记·景明寺》。文：同纹。垲(kǎi)：高而干燥。

【解析】“景明寺，宣武皇帝所立也。景明年中立，因以为名”，作者在交待过寺名来历后，即描绘了其周围景观，“树林青翠茂密，枝条下垂而地上布满阴影，水波清澈潋滟，泛起阵阵涟漪”，青林绿水交相辉映，一派秀美风光。继而作者又称道寺内的空气清新明朗，实为瞻仰之圣地。而下文的“竹松兰芷，垂列阶墀。含风团露，流香吐馥”，则是进一步的具体铺叙。并从中可见，作者运用语言简洁明快，毫不拖沓冗长，抓住了景物的主要特征加以刻画，既符合本书的整体要求，又具有颇高的审美价值。

金花映日，宝盖浮云，旛幢若林，香烟似雾。

【注释】北朝魏·杨衒之《洛阳伽蓝记·景明寺》。旛(fān)：狭长而下垂的旗。幢：圆筒形的旗帜。

【解析】至佛祖释迦牟尼诞辰日，向佛像散花，以示敬意。这时但见寺院内鲜花漫地，在日光的照耀下艳丽夺目，华车的伞盖飘逸摇曳，远远望去，宛如天上的浮云。旌旗密布好像丛林一般，香柱燃烧时释放的飞烟迷迷蒙蒙又恰似为天空笼罩了一层轻雾。整个氛围神圣庄严而又雍容华贵，“映日”“若林”，显现了世间的繁华灿烂，“浮云”“似雾”，构建了神仙般的别致境界。作者随后又如实地记录了当时盛大的场面，“梵乐法间，聒动天地。百戏腾骧，所在骈比。名僧德众，负锡为群。信徒法侣，持花成薮”，从中可见北魏崇佛的程度及规模，客观地再现了历史的真实境况。

升其堂者，若登孔氏之门；沾其赏者，犹听东吴之句。

【注释】北朝魏·杨衒之《洛阳伽蓝记·景明寺》。沾：分润。

【解析】邢邵，为北魏著名的“三才子”之一，“籍甚当时，声驰遐迩”，世人皆以与其相识为荣。“能够进入邢邵正屋的人，就好像登上了孔子之门；至于受到他赏识的人，更犹如听到了鲁肃夸赞吕蒙的话。”“东吴之句”典出《三国志》，吴国鲁肃见吕蒙学识渊博，“拊蒙背曰，吾谓大弟但有武略耳，至于今者，学识英博，非复吴下阿蒙”。作者并没有直笔称颂邢邵之才，而是曲笔以时人的议论加以评价，反而给读者以深刻的印象，尤其引用“孔氏之门”与“东吴之句”的典故，更可见其对邢邵的一番敬慕之情，这种侧面迂回的写作手法也值得今人借鉴与习用。

君子之处世，贵能有益于物耳，不徒高谈虚论，左琴右书，以费人君禄位也。

【注释】北朝齐·颜之推《颜氏家训·涉务》。物：自身以外的人和物。

【解析】“涉务”，是涉及、从事实际事务的意思。这几句话的意思是说，君子处世，应有“应世经务”之才，注重务本，这样才能有利于国家，也才能自立于社会。作者抨击了那些只知高谈阔论、养尊处优，徒费朝廷俸禄的士大夫的不良风气，切中时弊，引人警醒。作者在文中直陈主见，毫不隐晦，且旁征博引，雄辨有力。语言质朴，平易自然，据理陈辞，令人叹服，这在当时的散文中独具特色，难能可贵。

新年鸟声千种啭，二月杨花满路飞。河阳一县并是花，金谷从来满园树。

【注释】北朝周·庾信《春赋》。啭：指鸟、虫宛转地鸣叫。金谷：园名。

【解析】庾信的作品分为前后两期，前期多为宫廷应制之文，《春赋》是其中比较清新的一篇，勾画出一幅璀璨夺目的贵族游春图。此四句即为游春所见，“春天来了，鸟鸣声千样百转，婉转悠扬，杨花纷飞，弥漫路径。河阳县桃花开遍，金谷园树绿万株”。作者抓住了“鸟鸣”、“花飞”、“树翠”这样最有特色的一组形象来描绘春天，显现了春色盎然，欣欣向荣的无限生机。“啭”，可见鸟鸣之欢快，“飞”，可见杨花之弥漫，“一县”“从来”的限定语更说明花满树盛的动人场景，真可谓“以少总多，情貌无疑”，“意少一字则义阙，句长一言则辞妨”。

一丛香草足碍人，数尺游丝即横路。开上林而竞入，拥河桥而争渡。

【注释】北朝周·庾信《春赋》。碍：阻碍。竞：争先。

【解析】作者又进一步对春天的“细枝末节”进行刻画：一丛丛芳草繁密茂盛，使人无法穿行，虫类吐出的细丝在空中飘浮数尺，以至挡住了道路。以“香”写草，仿佛使人嗅到了春天的清新气息。“足碍人”“即横路”显见了作者细致的观察力，表现了春天的生命旺盛与勃勃生机。随后，作者由景及人，总写人们游春情景：纷纷争先恐后，热闹非凡。“竞”“争”二字准确地表现了人们不愿失去时机，急于投入春天怀抱的迫切心情。“拥”写出了游人众多，擦肩摩踵的情境。作者对此好像只是进行了客观描述，文字表面无一句评论与言情，但是我们从图景的选择与取舍上，不难体会出他内心的无比喜悦之情，主观意愿可知可感。

眉将柳而争绿，面共桃而竞红。

【注释】北朝周·庾信《春赋》。

【解析】“眉如翠柳，面如桃花”，这是古代文人常用来形容佳人美貌的句子，已不再新奇特殊，但是庾信却翻新此语，别立佳境。他把美人置于欣欣向荣的情境之中，春天的一个重要特征是“花红柳绿”，这样以“柳”“桃”描摹美人之貌就恰如其分，毫不牵强，而“争绿”“竞红”更是绝妙好辞，既显示了美女如云，为数众多，更刻画了她们由于看到春天的丽景而无限兴奋之情，以致面容更加红润，眉黛更加翠绿，从而反衬出景秀人靓的鲜艳画面。“争”“竞”二字尤可谓点睛之笔，把“眉”“面”拟人化，愈见佳人粉雕玉琢之貌。此二句清丽可人，毫不落俗套，且推陈出新，别具一格。

池中水影悬胜镜，屋里衣香不如花。

【注释】北朝周·庾信《春赋》。

【解析】作者极尽铺陈之能事，在文中对贵族的出游、宴饮、歌舞和骑射都进行了华美的描述，最后以此句收尾，“池中碧波倒映出的人影比镜子还要明亮，屋里薰衣的香味远远比不上室外花朵的芳香”。前后两句皆在比拟之中见比较，镜子本用来照人，已经力求清晰亮泽，但“胜镜”一语显然说明了池水之至清至明；“不如花”则道出了花朵的芳香扑鼻，沁人心脾。其中，作者隐含了这样的涵义，镜子、衣香皆为人工而成，带有了雕琢之意，而池中水、室外花天然造就，至真至醇，显现了自然的美妙慧秀，这是任何人为之景所无法比拟的。因此，作者用这两句收束全文，巧妙地夸赞了春回大地的自然风貌。

一枝之上，巢父得安巢之所；一壶之中，壶公有容身之地。

【注释】北朝周·庾信《小园赋》。

【解析】杜甫在《戏为六绝句》中写道，“庾信文章老更成，凌云健笔意纵横”，这种高度评价主要是针对庾信羁留北方之时的作品而言。庾信的后期作品摆脱了“宫体”之风，具有深刻的思想和高超的艺术价值，《小园赋》即为其中之一，抒写了内心苦闷及乡关之思。全文以用典领起，“巢父”，是尧时的隐士，“年老以树为巢而寝其上”。“壶公”是《神仙传》中的仙人，常于日落之后跳于壶中，“人莫能见”。这两句就是说，树枝虽陋，巢父却得以安家；壶中虽小，壶公却可以容身。作者借这两个典故说明自己只要有容身之所即可，不必有高贵之位。庾信在北朝历任要职，待遇丰厚，之所以会写出上述两组句子，乃是他情感矛盾与思乡而不可得之中幻想自己能过上小园隐居生活的反映，且为引出“小园”的主旨埋下了伏笔。

岂必连闼洞房，南阳樊重之第；绿墀青琐，西汉王根之宅。

【注释】北朝周·庾信《小园赋》。闼（tà）：门。洞房：相通连之房。墀（chí）：台阶。琐：门环。绿：应是赤。

【解析】庾信继续用典，前两句语出《后汉书》，东汉南阳樊重，住宅讲究，所起庐舍皆重堂高阁，陂池灌注。后两句引自《汉书》，曲阳侯王根，生活骄奢，所居宅院红阶青锁，多模仿宫廷建制。作者以反问口吻强调自己不需豪门宅第、王室官舍，哪怕住处简陋，只要能够“聊以拟伏腊，聊以避风霜”即可。意思就是说能够在自己的破陋之室祭神，且能御风寒，避霜雪，这就完全可与华堂大屋相比拟了，何必一定要住进豪门呢？在这时，作者以豪宅之华丽反衬出自己不慕富贵之态，于对比之中阐明己志。

虽复晏婴近市，不求朝夕之利；潘岳面城，且适闲居之乐。

【注释】北朝周·庾信《小园赋》。

【解析】虽然像晏子居宅近市，但不求朝夕之利；虽然像潘岳住屋面城，但我居住得闲适快乐。作者在这里又运用了两个典故：晏子居宅临街，齐景公欲为更换，晏子答曰：“君之先臣容焉，臣不足以嗣之，于臣侈矣。且小人近市，朝夕得所求，小人之利也。”潘岳面城而居，曾作《闲居赋》抒发不得志的牢骚之情。庾信借前者说明自己与君子晏婴一样，不慕名利，后句则反用其意，表示虽也面城而居，但不像潘岳那样牢骚满腹。总之，作者是在想象自己如果身居敝庐，即使近市面城，人声嘈杂，也能够安然自得，不求名利了，可见其对自身现状的强烈不满与无比痛苦之情，这是荣华富贵、功名利禄所不能平息的。

黄鹤戒露，非有意于轮轩；爰居避风，本无情于钟鼓。

【注释】北朝周·庾信《小园赋》。爰居：海鸟名。戒：警戒。轩（xuān）：车。

【解析】“黄鹤戒露”，据说黄鹤警觉性很高，每当白露降临便高鸣相警，迁徙居处。“轮轩”句引自《左传》，卫懿公好鹤，所以载鹤乘轩。“爰居”句语出《国语》，爰居鸟来鲁门乃为避风，不必以钟鼓以乐加以祭祀。这两组句子即是说，黄鹤戒露，爰居避风乃是出于本能，并非愿意乘轩，有意钟鼓。作者借这两个典故以物述己，自己与黄鹤、爰居一样本无意于高官厚禄，而是北朝强行给予的，虽百般辞谢而无济于事，表现了他厌弃富贵而又无可奈何，向往隐居独处而又终不可得的复杂心绪。作者以黄鹤、爰居自比,借物言志,恰到好处,而又隐晦曲折,含蓄微妙。

蜗角蚊睫,又足相容也。

【注释】北朝周·庾信《小园赋》。蜗角:蜗牛之角。蚊睫:蚊目旁毛。

【解析】蜗角蚊睫,用来形容极其细小之处。这两句话的意思是:即使是蜗牛之角,蚊目旁毛,都可以是容身之所啊! 此与首句"一枝之上,巢父得安巢之所;一壶之中,壶公有容身之地"相互照应,进一步言明了作者的志趣,"只要能够身心闲适,远离名利,即使是再鄙陋的地方,我也是会去居住的"。可见其对隐居自足生活的强烈向往,也表明了对自己苟安北朝的痛苦自责。蜗角蚊睫,用法夸张,再次抒发了自己不求高官厚禄,不居高堂华屋,唯愿退居山野的急迫之情,从而顺理成章地描摹自己的"小园天地"。

拨蒙密兮见窗,行欹斜兮得路。蝉有翳兮不惊,雉无罗兮何惧。

【注释】北朝周·庾信《小园赋》。蒙密:茂密的树木。欹:倾斜。翳(yì):遮蔽。雉:鸟名,又叫野鸡。

【解析】作者十分精细地描写了想象中的小园环境:拨开茂密枝杈能够见窗,行过曲斜幽径可以得路。蝉有树荫翳避而鸣叫不惊,雉无罗网张捕而往来无惧。从中可见其居住之地树木繁茂,曲径通幽,一个"拨"字,如人以手拂枝,充满生趣,"行"字又刻画了周围小径之深狭。而蝉、雉二物的出现,笔势又由静至动,"不惊""何惧",显示了作者顺性自然,不加束缚之态,又突出了周边环境的清隐,不受所扰,一派隐逸之风,其中隐寓了作者乐于居此的情怀。

崎岖兮狭室,穿漏兮茅茨。檐直倚而妨帽,户平行而碍眉。

【注释】北朝周·庾信《小园赋》。茅茨:茅苇盖的房子。崎岖:高低不平的样子。檐:屋檐。

【解析】小园周围的景观纷繁多姿,那么作者赖以栖身的房舍又如何呢? 但见屋室狭小,高低不平,茅苇垒房,漏风漏雨;房檐低短,直立妨帽,门户不高,平身碰眉。显见其简陋破败,比上文铺叙的"聊以避风霜"的敝庐还要相差几分。作者把自己的住舍想象成如何破落,更说明其"不求朝夕之利"绝非夸口,映证了"蜗角蚊睫,又足相容也"的确是作者的真情。"崎岖""穿漏",直写茅屋之狭之破;"妨帽""碍眉",用语形象逼真,人若入室则需低首屈膝,以行动语言刻画房舍低矮非常的现状,使人不禁对他将如何生活和保持情趣产生了深深的疑问。

心则历陵枯木，发则睢阳乱丝。非夏日而可畏，异秋天而可悲。

【注释】北朝周·庾信《小园赋》。历陵：地名，汉属豫章郡。睢阳：宋国地名，墨子故乡。

【解析】“鸟飞闲暇，花随四时”，小园环境鸟语花香，可是作者心如历陵古木枯寂，发如睢阳乱丝蓬白；不再因为夏季炎热而生惧，也不会同一般人看到秋天而凄悲。前两句采用了比喻手法，以枯木喻心死，以乱丝喻发蓬，形容自己不事修饰，心如死灰槁木。后两句具体申诉情感走向，不再生发常人的畏悲之念。读者至此认为庾信是不是已无喜怒哀乐之思呢？其实不然，这主要是一种修辞手段，借此表明自己任运自然之态，并非七情六欲已绝，否则，我们就无法进一步了解其怀乡之忧和内心深处的种种熬煎了。

一寸二寸之鱼，三竿两竿之竹。云气荫于丛蓍，金精养于秋菊。

【注释】北朝周·庾信《小园赋》。蓍(shī)：草名，古时用以占卜。金精：九月上旬寅日所采的甘菊称为金精。

【解析】“池中小鱼、一寸二寸，园里竹丛，两竿三竿，丛生的蓍草，云气蒙覆，九月的秋菊采为金精”，作者在这里展现了自己小园生活的情境。前两句轻松活泼，显示了闲暇垂钓之乐与观竹之趣。“一寸两寸”“三竿两竿”数量词语的运用，富有节奏，抑扬顿挫，为虚指符号。后两句也是客观地描写景物，蓍草从生，秋菊繁盛。但一个“荫”字就在欢快的背后投射了一抹阴影，下文随即又言：“落叶半床，狂花满路”，表面看来清幽恬淡的氛围实质并不宁静，细心体会，就会感受到作者孤独寂寞与心如“狂花”“落叶”般的躁动与萧琐。

虽有门而常闭，实无水而恒沉。三春负锄相识，五月披裘见寻。

【注释】北朝周·庾信《小园赋》。相识：互相接语。见寻：被寻觅。

【解析】这四句皆有出处，首句引自陶渊明《归去来兮辞》：“门虽设而常关。”表示了作者不与外人往来，过着隐居的生活。次句典出《庄子·则阳》篇：“仲尼曰，方且与世违，而心不与之俱者，是陆沉也。”无水而沉叫陆沉，说明社会上的隐士犹如无水而沉，超然脱俗。三、四句据皇甫谧《高士传》称，孔子路遇一负锄而歌者，欲与之接语；后一句为延陵季子惊见披裘隐士，作者借此表明自己来往之人都是隐逸之士。此数语是对小园生活的进一步描述，作者负锄躬耕，自给自足，同类相语，知己见寻，而无意于名利。语言清新，多处用典，但不觉生涩卖弄，读者于此需细细体味。

草无忘忧之意，花无长乐之心。鸟何事而逐酒，鱼何情而听琴？

【注释】北朝周·庾信《小园赋》。

【解析】“草无忘却忧愁之意，花无长久快乐之心”，忘忧草与长乐花是世上没有的。“鸟何事”句典出《庄子·至乐》篇，鲁侯以九韶之乐，太牢之膳礼遇海鸟，而“鸟乃眩视忧悲，三日而死”，“此以己养养鸟也，非以鸟养养鸟也”。“鱼何情”句引自《韩诗外传》“昔伯牙鼓琴而渊鱼出听”。作者借“草无忘忧”，“花无长乐”抒发了自己虽居小园，但内心仍然忧愁无乐的郁闷之情。又借海鸟失于深林而寄托了对羁留北方不得归国的不幸际遇，而由鱼有情而听琴联想到自身的苦闷却无知己可诉，更加深了对故国的无限怀念。可见作者于事于情都不直言托出，而借物态与典故委婉道出，使人倍感其中的沉重与窒息。

风骚骚而树急，天惨惨而云低。聚空仓而雀噪，惊懒妇而蝉嘶。

【注释】北朝周·庾信《小园赋》。骚骚：风声。惨惨：暗淡无光的样子。聚：聚集。懒妇：指蟋蟀。

【解析】作者描绘了小园的傍晚景象：风骚骚作响而树声凄急，天惨惨昏暗而阴云沉低。雀聚空仓聒噪阵阵，蝉惊蟋蟀同嘶连连。气氛一变而为灰暗阴沉，“骚骚”“惨惨”“噪”“嘶”，都加重了景物的悲凉与烦躁。这种描写，很显然是作者主观情感的映照，他不直接议论，而是通过情景交融的手段加以自然流露，愈发使人感到小园的生活并不宁静，作者的隐居态度绝无恬淡之意。层层剖析，步步深入，才能使我们拨开作者设下的屏障，而透视出其中情感的真实内核。

荆轲有寒水之悲，苏武有秋风之别。关山则风月悽怆，陇水则肝肠断绝。

【注释】北朝周·庾信《小园赋》。悽(qī)怆：悲伤的样子。

【解析】首句典出《史记·刺客列传》，荆轲入刺秦王，高渐离击筑而歌：“风萧萧兮易水寒，壮士一去兮不复还。”第二句引自《汉书》，苏武出使匈奴而被囚二十年。“关山”“陇水”指古乐府《关山月》歌辞与《陇头歌辞》，内容是写羁旅之人思乡之情的，“遥望秦川，肝肠断绝”。可见作者是以此四句抒发自己的一片思国之情，然而“山崩川竭，冰碎瓦裂，大盗潜移，长离永灭”，梁朝政权已经土崩瓦解，不复存在。作者被强行留在北方，而国破家亡，没有归路，且有政治上屈节的自责，种种因素皆使他无限悽怆，“肝肠断绝”，情感抒发极其浓郁强烈，因而杜甫在《咏怀古迹》中写道：“庾信生平最萧瑟，暮年思赋动江关。”

谅天造兮昧昧，嗟生民兮浑浑。

【注释】北朝周·庾信《小园赋》。天造：天运。昧昧：昏暗的样子。生民：众生，百姓。浑浑：无知无识的样子。

【解析】既然归国不得，罢仕不能，作者只好长叹一声，自我宽解，天道昧昧终不可问，只能在小园之中安于不知不识了，可见其无可奈何的悲剧情怀，也说明了这是任何高官厚禄与幽美的环境都不能冲淡的，如今姑且如此吧！《六朝文絜笺注》曰："小园赋者，伤其屈体魏周，愿为隐居而不可得也。其文既异潘岳之闲居，亦非仲长之乐志，以乡关之思，发为哀怨之辞者也。"这几句话，从思想内容到艺术形式，都进行了正确的评价，很有见地。

余乃窜身荒谷，公私涂炭。华阳奔命，有去无归。

【注释】北朝周·庾信《哀江南赋序》。窜：逃匿。荒谷：指江陵。公私：公室和私家。涂炭：陷于水深火热之中。涂：泥水。炭：炭火。华阳：华山之阳，此指江陵。

【解析】庾信晚年流落北朝，作《哀江南赋》以致其意。"哀江南"，语出《楚辞·招魂》："魂兮归来哀江南。"作品回顾了梁朝历史并寄托了乡关之思。此文乃其序，概括了全赋的主题，很有特色。作者首先言明梁王朝沦亡后的自身遭遇，"我于是逃入荒谷，这时公室私家均受其害，如同陷入泥途炭火。不想后来奉命由江陵出使西魏，却有去无归"。一个"窜"字想见其仓皇狼狈之状，而"涂炭"二字更鲜明地刻画出国家人民水深火热的悲惨情境。后两句则解释了自己被扣于北朝不得回归的苦衷。语言简短精炼，既展现了国家沦亡的社会状况，又描写了自己无可奈何之处境，真可谓一代雄笔。同时，其风格特征也由早期的轻靡华丽而变为苍劲沉郁，这在文字中有明显的体现。

三日哭于都亭，三年囚于别馆。天道周星，物极不反。

【注释】北朝周·庾信《哀江南赋序》。天道：自然之道。周星：岁星十二年绕天一周，故称周星。

【解析】作者描绘了自己梁亡后的悲痛之情。"三日"句，引自《左传》，春秋时鲁国叔孙婼出使晋国，曾被拘留在箕邑的客馆三年。庾信借这两个典故说明了自己国亡后每日以泪洗面的无限哀恸以及羁留北方的囚徒心态，情真意切，肝肠寸断。思绪及此，他不禁又感慨万分，"按照天理，岁星循环往复事情当然能够好转，而梁朝的灭亡却一蹶不振，永无复国的可能"，其中充满了对故国的痛悼之情，并进行了天道国运的形而上的思考。

追为此赋，聊以记言，不无危苦之辞，惟以悲哀为主。

【注释】北朝周·庾信《哀江南赋序》。

【解析】我只能追述往事，作成此赋，聊以记录肺腑之言。其中不乏有关自身的危苦之辞，但以悲哀国事为主。作者以此数语概括了写作《哀江南赋》的主旨。其中"记言"二字，语出《汉书·艺文志》："古之王者，世有史官，左史记言，右史记事。”可见庾信作赋的主要目的乃是记史与诉情，非惟慨叹身世之语。这与上文“信年始二毛，即逢丧乱，藐是流离，至于暮齿”的情感基调是相一致的，而自身不幸也本是历史兴亡的一个产物，因此与痛悼国丧之情相融合，也就是十分自然的。

将军一去，大树飘零。壮士不还，寒风萧瑟。

【注释】北朝周·庾信《哀江南赋序》。

【解析】“将军”句语出《后汉书》，冯异为人谦虚谨慎，当别人自夸军功时，他常常独自倚树不语，军中称他为“大树将军”。“壮士”句引用了荆轲的典故。庾信既以冯异自喻，说明自己离开故国之后，梁朝沦亡，又以荆轲自比，表述自己出使西魏后不得回归的悲凉情绪。“飘零”“萧瑟”二语都隐埋着作者内心的破败与萧琐，使人读之不免为之动容，深受震撼，类似的句子在庾信晚年的作品中比比皆是，兼且用语深沉自如，对后世文学影响甚巨。《四库全书总目提要》谓其：“北迁以后，阅历既久，学问弥深。所作皆华实相扶，情文兼至，抽黄对白之中，灏气舒卷，变化自如。”

钓台移柳，非玉关之可望；华亭鹤唳，岂河桥之可闻！

【注释】北朝周·庾信《哀江南赋序》。唳(lì)：鹤鸣声。

【解析】“钓台”句引自《晋书》，陶侃驻兵武昌时，曾令诸营种植柳树。“华亭”句引自《世说新语》，陆机兵败河桥，回来为司马颖所杀，临刑前慨叹道：“欲闻华亭鹤唳，可复得乎？”“钓台”，在武昌，庾信借此代指南方故土。玉关，即玉门关，代指北地。前两句的意思就是滞留北地的人再也见不到南方故土的柳树了，后两句言说故乡鸟鸣已非身处异地者所能闻听。作者以这两个典故抒发了深深的乡关之思，其中之殷切渴求绝望哀恸等等复杂情感曲折地交织在一起，如泣如诉。

况复舟楫路穷，星汉非乘槎可上；风飙道阻，蓬莱无可到之期。

【注释】北朝周·庾信《哀江南赋序》。楫：船桨。星汉：天河。槎(chá)：木筏。飙(biāo)：暴风。

【解析】张华《博物志》载：“旧说云，天河与海通。近世有人居海渚者，年年八月有浮槎去来不失期。”《汉书·郊祀志》记：“自威宣、燕昭使人入海求蓬莱，临之，则风辄引船而去，终莫能至。”庾信以否定语气说明了自己怀念故国而不能归去的满腹愁怨。“无可到之期”，包含了多少难以言说的潜藏语，而“星汉”“蓬莱”本身即为遥不可及之地，读者能够想见他内心无法排遣的悲剧情结。同时，“路穷”“道阻”，又有另一层涵义，庾信滞留北方，虽官高位显但终感没有出路,异地旅居难以施展抱负,更添孤独惆怅。

穷者欲达其言,劳者欲歌其事。

【注释】北朝周·庾信《哀江南赋序》。达:表达。

【解析】穷者,指仕途困踬之人。《晋书·王隐传》:“隐曰:盖古人遭时则以功达其道,不遇则以言达其才。”何休《公羊传解诂》:“饥者歌其食,劳者歌其事。”庾信在这里比拟穷者与劳者,表明自己作赋是有感而发,阐释了内在的创作动机。古人有立德、立功、立言的君子之道,当前两者无法实现之时,便全身心地倾注“立言”,以此抒发对历史的关怀忧思及个人遭遇的感愤。庾信所言即有此意,这与他上文提到的“追为此赋,聊以记言,不无危苦之辞,惟以悲哀为主”的感情倾向是相融通的,由此我们也不禁深深敬佩作者心中无时不在的历史责任感。

国学经典
名句珍藏

中国散文名句解析

（下）

天人／主编

内蒙古出版集团
内蒙古人民出版社

隋唐五代部分

居处安心，

行动权变。

——隋·王通

一物失所，若纳隍而愧之；一夫有罪，遂下车而泣之。

【注释】隋·祖君彦《为李密檄洛州文》。纳隍（huáng）：隍，没有水的护城濠。

【解析】这句话说古代圣人治国体察入微，如果有什么事物不在它应该在的地方，就好像自己犯了把人推入干涸的护城濠一样的错误，感到愧对百姓；如果见到有人犯罪，为之下车而哭泣，自叹德薄不能教化人民。祖君彦此言赞颂古代圣人治国育民是代天而治，不是为了个人私利，以此反衬隋炀帝残暴荒淫，从而树立李密起义军“正义之师”的大旗。

谦德轸于责躬，忧劳切于罪己。

【注释】隋·祖君彦《为李密檄洛州文》。谦德：谦恭的品行。轸（zhěn）：痛。

【解析】这句话说圣人以谦恭的品行待人接物，治理国家时时担忧，处处辛劳，凡有差错则痛切地责怪自己失职。他们被百姓拥戴为帝王，行使着上天之子一样的权力，他们认为治理百姓是上天赋予的职责，所以敬畏上天、神明，兢兢业业，唯恐有负苍天；他们爱护百姓，为之奔走辛劳，让他们感到上天以厚德载物。这才是为君之道。

鼓腹击壤，凿井耕田。

【注释】隋·祖君彦《为李密檄洛州文》。鼓腹：是说上古之民饱食无事之乐。击壤：一种游戏，上古时人民以块壤相击取乐。

【解析】这句话是说上古之时天下太平，人民饱食无事，以击壤取乐；凿井有水可饮，耕田有粮可食，自给自足，恬然自安，无须统治者来管理。作者描绘上古升平盛世，意在说明古代圣人治理天下，上敬神明、下爱黎民，仁爱、辞让，无须用尽心思，百姓自然安乐。这只是理想中的“无为而治”的大同社会。

天地难容，人神嗟愤。

【注释】隋·祖君彦《为李密檄洛州文》。嗟（jiē）愤：嗟叹，愤恨。

【解析】这句话说人犯了天理，天地为之动怒，难以容忍，人民和神明都表示嗟叹和愤恨。大自然有它的不变规律，即天然的道理，万物遵循着它而繁衍、生息，违背天理则为天地所不容；治理天下不因上天之德教化百姓，则使纲弛纪乱，“人神嗟愤”。祖君彦此言揭露了隋炀帝的昭彰罪恶，也使我们看到了民怨沸腾、揭竿而起的隋末农民起义场面。

隳坏盘石，剿绝维城。

【注释】隋·祖君彦《为李密檄洛州文》。隳（huī）：破坏，毁坏。盘石、维城：皆指宗室之亲以卫护国家。

【解析】隋炀帝是个十足的暴君，又荒淫无耻，无父无君。为窃国篡位，不惜毁废同宗杨秀、杨谅等，作者此言即是说隋炀帝为独断专权，迫害本是卫护国家的宗室之亲。儒家讲对父母要“孝”，对兄弟要“悌”，隋炀帝弃伦理纲常于不顾，必使国家礼崩乐坏，况且兄弟之间尚不信任，他日益成为众怒所归的独夫。

未晓求衣，昃晷不食。

【注释】隋·祖君彦《为李密檄洛州文》。昃(zè)晷(guǐ)：昃，太阳偏西；晷，日影，比喻时光。

【解析】这句话说贤明君主为治理国家夙兴夜寐，天未明就穿衣起来，一直忙到太阳偏西也顾不上吃饭。他们认为天下是天下人的天下，而不是哪一家的天下，治理好天下是他们的职责，以便传位给贤人，所以他们倾尽全力，不顾惜个人辛劳。作者此言是为对比说明“家天下”的君主多没有治理天下的责任感，通常因贪图安逸，忽视民情而使国家走向没落。

大禹不贵于尺璧，光武不隔于反支。

【注释】隋·祖君彦《为李密檄洛州文》。光武：应为汉明帝。反支：古代阴阳家按阴阳五行配合岁月日时推算出的凶日称为反支。

【解析】大禹不以盈尺玉璧为贵，反而以一寸光阴为贵，因为时间难得而容易失去；汉明帝为了让百姓充分行使权利，命官府反支日也要接受民众上书，为挤出更多时间不怕犯了凶日。他们都珍惜光阴，以之为宝，并且把时间都投入到造福人民的工作中。这提醒了我们要节约时间、珍惜生命，把有限的生命投入到无限的追求真理的奋斗中去。

穷生人之筋力，罄天下之资财。

【注释】隋·祖君彦《为李密檄洛州文》。穷、罄(qìng)：都是用尽的意思。筋力：力气。

【解析】这句话是指隋炀帝无休止地征发人民服劳役，想要榨干人民每一滴血汗，沉重的赋税刮尽了民脂民膏，他还要敲骨吸髓。隋朝之所以灭亡，就在于隋炀帝耽于逸乐，未能认识到人民的力量，如果轻徭役、薄赋敛，以德绥人，安抚百姓，隋也会成为太平盛世。此语道破隋朝灭亡完全是人祸所导致的，既强调了其必然性，也警示后来人“天作孽，尚可救；自作孽，不可活”。

猛火屡烧，漏卮难满。

【注释】隋·祖君彦《为李密檄洛州文》。卮(zhī)：古代盛酒的器皿。

【解析】隋炀帝征民力无数大建宫观，提前几年征收赋税，仍然难以满足他贪得无厌的需求。这句话正是对他的贪婪的绝好形容：他的欲望似火，得到的像柴，柴越多火烧得越旺，永远不会熄灭；他的欲望又似一只漏孔的酒卮，多少酒才能把它填满呢？隋炀帝的统治下，人民是永无宁日的，作者用两个比喻表达了人民忍无可忍的激愤情绪和隋末危机四伏的局面。

父母不保其赤子，夫妻相弃于匡床。

【注释】隋·祖君彦《为李密檄洛州文》。赤子：初生的婴儿。匡(kuāng)床：有帘的床。

【解析】此句意为隋末农民置身水火，饥荒和徭役迫使人民背井离乡，流离失所。身为父母没有能力抚养幼儿，送人或卖掉希望他能继续存活；夫妻因为大难来临，难以相顾而散，全无往日情分。舐犊情深、相敬如宾是我们追求和赞颂的美好品质，可是在灾难的冲击下，一切都变得那么贫乏和苍白，只有生的渴望是最强烈的。这种情况下，个人是可怜的，不能责怪他自私，而应谴责代天而牧的统治者。

家苦纳秸之勤，人阻来苏之望。

【注释】隋·祖君彦《为李密檄洛州文》。纳秸(jiē)：秸，农作物脱粒后的茎。纳秸统指赋税之重。来苏：意为有人拯救后死里求生。

【解析】此句意为百姓家家苦于纳税之勤，人人都绝了继续活下去的希望。统治者征沉重赋敛只是为满足自己的穷奢极欲，而丝毫不体恤民生疾苦，百姓穷愁交困，缴不上赋税，甚至完不成再生产。君主如果没有了人民，也就不成其为君主，社会是一个协调运作的系统，哪一方面的不平衡都会破坏这个系统。使民无生之希望，则君主也无所依，“皮之不存，毛将焉附”！

夷不乱华，在德非险。

【注释】隋·祖君彦《为李密檄洛州文》。此句意为边远地区少数民族不能图谋侵犯中原华夏民族，原因在于我们以德绥人，而不在于我们山河险固。

【解析】魏武侯夸赞魏国山河之固，以为是魏国御敌的屏障，吴起反驳他说守卫国家的根本在于国君行王道、讲仁德，如果做不到这一点，最亲近的人也会弃之而去。是的，堡垒常常在内部被攻破，战略上也讲“攻城为下，攻心为上”，内部团结一致，敌人就没有办法战胜。上面这句话批评隋炀帝不行仁政，无德必失天下。

积怨满于山川，号哭动于天地。

【注释】隋·祖君彦《为李密檄洛州文》。此句意为百姓郁积的怨恨随处随时可见，遍布于田野山川，凄惨悲痛的哭号声惊动了天地。

【解析】战国时君主学习齐桓晋文之事，崇尚"保民而王"，他们认识到人民是国家的根本。隋炀帝大量征发劳役，致使百姓怨声载道、哀鸿遍野，天地间笼罩着悲苦哀愁的气氛，上苍也不忍听民之哀号。怨恨积聚到一定程度就要爆发出来，"天人合一"，天地山川的景象也表明时候到了。此言说明隋炀帝罪大恶极，亡国杀身是上天注定的。

石田得而无堪，鸡肋啖而何用。

【注释】隋·祖君彦《为李密檄洛州文》。石田：多石之田，不可耕种。鸡肋：比喻留之无用，弃之可惜的东西。

【解析】隋炀帝连年出兵征伐辽东、朝鲜，非但未能占领，反而因损失惨重而使民心背离，未能外固疆界反而内失民心。祖君彦认为辽东、朝鲜之地就像一块多石的田地，得到了也不能耕种，又像一根鸡肋，食之无味，弃之可惜，隋炀帝为此征用大量兵力、民力，实在是因小失大。此语讽刺炀帝独断专行，做事不为江山社稷、国计民生考虑。

兵犹火也，不戢将自焚。

【注释】隋·祖君彦《为李密檄洛州文》。戢(jí)：收敛。此语意为发动战争就像放火烧荒，不注意收敛、控制就会危及自身。

【解析】凡事都有两方面，发展到一定程度就会向相反的方向转化，不加注意，真理就会变成谬误。隋朝统一了全国，兵强马壮，物阜民丰，奠定了大好基业。炀帝恃强，轻易用兵，对朝鲜应该安抚，使之臣服纳贡。不该不顾实际想要吞并它，况且军队长途跋涉，已是强弩之末，自然征讨不力，连年征战耗尽人民资财，离散人之子女，终于导致亡国。

君子结舌，贤人缄口。

【注释】隋·祖君彦《为李密檄洛州文》。结舌：此指拒绝说话，现指因紧张害怕而说不出话。缄(jiān)：封住。此句意为贤人君子不敢向残暴昏庸的皇帝进谏，以免触怒皇帝，惹祸上身。

【解析】国家治理的理想局面是国君听取民众意见，及时改过，民众位卑不忘忧国，以天下为己任，这样则上下沟通，上行下效，国家富强，民众安乐。隋炀帝不仅残害百姓，而且在处理统治集团内部关系上有种种倒行逆施，导致贤人君子不敢评议朝政的严重后果，这句话揭示了统治集团的分崩离析和炀帝的

“独夫”面目。

钱神起论，铜臭为公。

【注释】隋·祖君彦《为李密檄洛州文》。钱神：西晋惠帝以后，纲纪大坏，鲁褒作《钱神论》讽刺当时贪鄙之风。铜臭：讥讽以钱买官者。

【解析】设官用人，应该考察衡量他的品德才能，审案量刑，应该秉公办理。隋炀帝时，朝廷腐朽，社会上又兴起西晋时一样的贪鄙之风，金钱左右着官吏任免、案件审理，成为公行的办事标准。常理因此被破坏，君子位居下层，小人登上高位，为官者不忧社稷，不思黎民，徇私舞弊，贪赃枉法。哪里还有什么公理可言？

志怀翻覆，言行浮诡，危急则勋赏悬授，克定则丝纶不行。

【注释】隋·祖君彦《为李密檄洛州文》。浮诡：虚浮狡诈。悬：距离远。丝纶：皇帝的说话。

【解析】此句意为心意反复无常，言行虚浮不定，情况危急时宣称将要给予立功者升官，打了胜仗，事态平定后又不兑现。孔子说“以而无信，不知其可”，国君治理天下更要对老百姓讲诚信。商鞅变法之前，“城门立木”取信于民，变法顺利开展；项羽刻印封部下为王侯，却舍不得交出印去，结果失信于将士，功败垂成；隋炀帝也是行不践诺，必将重蹈项羽之覆辙。

四维不张，三灵总瘁。

【注释】隋·祖君彦《为李密激洛州文》。四维：《管子·牧民》：“何谓四维？一曰礼，二曰义，三曰廉，四曰耻。”三灵：天、地、人。瘁（cuì）：困病。

【解析】此句意为礼、义、廉、耻这四项维系国家统治的道理得不到宣扬，天、地、人三灵都感到困病。知礼则行为端正，知义则惩恶扬善，知廉则廉洁奉公，知耻则有所不为，君主治国有教化人民的职责，现在君主都不识礼、义、廉、耻，治理国家势必会导致天怒人怨。天地之神降灾害表示对国家统治的不满，人民将通过反抗来求得一个稳定的社会。

罄南山之竹，书罪无穷；决东海之波，流恶难尽。

【注释】隋·祖君彦《为李密檄洛州文》。罄（qìng）：用尽。决：冲开堤坝。

【解析】此句意为砍光南山的竹子用来做竹简，也写不完隋炀帝的暴行；把东海之水引入大陆，也洗刷不尽隋炀帝的罪恶。隋炀帝罪状累累，每一条都足以使他亡国，再愚昧的人也知道现在的情况和夏末、商末一样，亡国是必然的。无道之君，人人得而诛之，是大家群起讨伐暴君的时候了。这句话说明了隋炀帝罪大恶极、死有余辜，语句气势充沛、酣畅淋漓，形象地示现了人民起义荡涤炀帝罪恶的场面。

苍生懔懔，咸忧杞国之崩；赤子嗷嗷，但愁历阳之陷。

【注释】隋·祖君彦《为李密檄洛州文》。懔懔（lǐn）：恐惧的样子。嗷嗷：哀鸣声。

【解析】此句意为天下百姓表现出恐惧，都像那个杞国人一样担忧天地崩坠；哀鸿遍野、怨声载道，害怕国家灭亡像历阳下沉变成湖那么快。百姓都渴望国家繁荣昌盛，人民生活安定富足，统治者的暴政使百姓感到担忧：现在的统治已经使人民处于水深火热之中，随之而来的朝代更替之际的战争，更将使生灵涂炭。作者此言表现了对受苦的百姓的同情。

国祚将改，必有常期。

【注释】隋·祖君彦《为李密檄洛州文》。祚（zuò）：福，引申为封建王朝的统治。

【解析】此句意为国家的统治将要改朝换代，必然有一个固定的时间段。作者认为君主的统治地位是上天赋予的，一个朝代统治时间的长短也是有定数的：商王朝统治天下六百年而亡，周成王占卜知周朝统治有三十世，时间为七百年。因此，他相信民间流传的谶语，坚信隋朝统治三十六年后必灭，号召百姓顺天应变。作者这种看法是迷信的，国运兴衰不是上天决定的，而是内因、外因共同作用的结果。隋朝统治了三十七年，是在作者写此文的第二年灭亡的。

厌德之象已彰，代终之兆先见。

【注释】隋·祖君彦《为李密檄洛州文》。厌德：天厌弃隋之德，指隋朝气数已尽。彰：明显，显著。

【解析】此句意为种种迹象已经表明隋朝气数尽了，亡国的征兆已经预先出现了。一切事情的发展都是有它的过程的，我们可以根据它的发展状况预见它的结果，隋炀帝横征暴敛，荒废政事，隋朝统治到了穷途末路。但这不是天厌弃隋之德，而是隋朝统治腐朽，被滚滚前进的历史车轮甩在了后面，人民要求一个和平、安乐的社会，历史将让一个新兴的王朝来取代隋朝。

家传盛德，武王承季历之基；地启元勋，世祖嗣元皇之业。

【注释】隋·祖君彦《为李密檄洛州文》。季历：周武王祖父。世祖：汉光武帝刘秀。元皇：汉元帝，光武尊元帝为父。

【解析】此句意为伟大的品德能够在家庭内部传递，比如周武王承习祖父的基业；一个地方可以接连出现有特大功劳的人，比如光武帝继承汉元帝的事业。作者此言实际上是在赞颂李密，他聪明神武，有家世，有才德，认为他也能承习其父李宽（隋上柱国，蒲山郡公）的盛德，成为取隋而代之的杰出领袖。把李密比作周武王和汉光武帝，显示了作者必胜的信心。

冀马追风，吴戈照日。

【注释】隋·祖君彦《为李密檄洛州文》。此句意为起义军中马匹精良，塞外的马有追风的速度，武器装备充足，吴地出产的兵器林立，熠熠反光。

【解析】这句话只说了马匹和武器装备精良，却表达了多重意思：一、以小见大，可以看出起义军正义之师，兵威马壮，将士们英姿飒爽、斗志昂扬；二、塞北的马和江南的戈同时拥有，说明起义军转战四方，为国讨逆，所向披靡，云集响应；三、“追风”“照日”这种形象化描写手法，烘托了逐鹿中原的紧张气氛，表现了起义军并吞山河的气势。

泻沧海而灌残荧，举昆仑而压小卵。

【注释】隋·祖君彦《为李密檄洛州文》。此句意为海水倾泻来浇一点微弱的光，举起昆仑山来压在一颗鸡蛋上。

【解析】这是作者在对比起义军力量和隋朝腐朽势力，作者把起义军比作“沧海”和“昆仑”，强大无比，而腐朽势力比作“残荧”和“小卵”，软弱不堪一击。这么悬殊的对比，胜负一望即知，任凭腐朽势力怎样垂死挣扎，都是无法与起义军相抗衡的，这无疑鼓舞了人民的斗志，增强了人民的信心。隋氏王朝陷入了人民战争的汪洋大海之中，在劫难逃。作者在排偶中糅合了夸张、比喻手法，更显得气势磅礴，一泻千里。

因其倒戈之心，乘我破竹之势。

【注释】隋·祖君彦《为李密檄洛州文》。倒戈：指军队在战争中掉转枪口，攻击原来隶属的一方。

【解析】此句意为顺着隋朝军队的反叛心意，扩大我们势如破竹的攻势。617年李密连破兴洛、回洛等仓，自立为魏王，山东、河北一带义军纷纷归附，人数达几十万，这句话正是说的这个时期。“因”和“乘”在此都有“顺着，就着”之意，但二者不可对调，“因”侧重于指借助于某种条件，而“乘”主要指抓住某个时机，另处，“乘”在这里表达了强烈的主观感情色彩，这两个字用得很妥帖。

燕巢卫幕，鱼游宋池，殄灭之期，匪朝伊暮。

【注释】隋·祖君彦《为李密檄洛州文》。鱼游宋池：宋王为捞宝珠而使鱼干死。殄(tiǎn):消灭,灭绝。

【解析】此句意为燕子在帷幕上做巢,鱼游在宋国的池塘里,这都是很危险的,随时都可能灭亡,不是早上就是晚上。作者说此话意在劝说段达、韦津不要不识时务,自取灭亡。其中也包含着一个哲理:任何事物的发展都不是一蹴而就的,都有其发展演进的过程。我们应该多留心坏的情况,防微杜渐,防患于未然,"亡羊补牢,为时未晚",避免酿成大祸。

牛酒献于军前,壶浆盈于道路。

【注释】隋·祖君彦《为李密檄洛州文》。牛酒:古时用来赏赐、慰劳的物品。壶浆:壶里盛的浓汁饮料。

【解析】此句意为起义军所到之所,百姓把慰问品送到军中,在路边摆满浆水给士兵们喝。四方群雄并起,互相配合,控制了国内局势,都期待着像武王集合诸侯在牧野战败纣王一样会合起来,彻底摧毁隋炀帝的统治。这句话通过百姓犒劳起义军表明了民心所向,强大的起义军给人民带来了改天换地的希望。正所谓"得民心者得天下",起义军如火燎原之势定将摧枯拉朽,革故鼎新。

富贵以重当年,忠贞以传奕叶。

【注释】隋·祖君彦《为李密檄洛州文》。奕叶:一代接一代。奕:累,重。叶:时期。

【解析】此句意为荣华富贵是为了活的时候有地位,忠贞是为了美好品德能够一代接一代流传下去。这是作者在劝说隋将归降,希望他们认清形势,弃暗投明,鸠集子弟,共建功业。这样不仅能沿袭世代富贵,使家族声势显赫,而且会因辅佐明主,使自己得到坚定忠贞的好名声。作者为归降者安排好了生前身后之事,敌将哪能不顺势归降呢?

黄河带地,明余旦旦之言;皎日丽天,知我勤勤之志。

【注释】隋·祖君彦《为李密檄洛州文》。旦旦:诚恳貌。勤勤:殷勤。

【解析】此句意为黄河相信我信誓旦旦的一番言辞,没有什么能阻止我前进;光辉的太阳高高在上,它知道我为此做出的努力。"黄河带地",作者用以强调起义军不怕任何艰难险阻——黄河不过一条带子宽,统一全国不费吹灰之力;"皎日丽天"句,作者用以说明起义军是为国讨逆,替天行道的正义之师,上天是站在我们一边的。作者从人事、天意两方面为起义军找理论支持。

其语道也,必先淳朴而抑浮华;其论人也,必贵忠良而鄙邪佞。

【注释】唐·魏征《十渐不克终疏》。佞(nìng):巧言谄媚。

【解析】此句意为谈到治国之道，一定是把诚实朴素当做首要的事情而压抑浮华奢靡；评论人时候，则必定重视忠诚贤良之人而鄙夷邪恶奸佞的小人。这句话是魏征赞颂太宗即位之初的开明统治。说明有“贞观之治”局面的原因是“先淳朴”“贵忠良”，给太宗美好回忆和深刻反思，为下文论“渐不克终”的危机张本，立下了对比的目标。

公道溺于私情，礼节亏于嗜欲。

【注释】唐·魏征《十渐不克终疏》。此句意为公正的道理被私人的情面所取代，礼节因满足个人的嗜好和欲望而毁坏。

【解析】李世民帝王霸业接近巅峰，而骄侈之心也逐渐滋长，在这关键时刻，魏征这位经历过隋末农民起义风暴、亲眼看到以节俭著称的隋文帝苦心经营的帝业和富庶的隋朝在骄奢淫逸的隋炀帝统治下迅速覆灭的良臣，写了这篇著名奏疏，对太宗“奢纵”趋向表现出特殊的敏感和深切的忧虑。这句话总结太宗骄侈的原因是位尊天子，出言无人敢反对，以致私人感情决定一切，不能克己复礼。

君子之怀，蹈仁义而弘大德；小人之性，好谗佞以为身谋。

【注释】唐·魏征《十渐不克终疏》。此句意为君子的胸怀，应该奉行仁义，弘扬盛德；小人的性格，才喜好谗和谄媚，以便为自己谋利益。

【解析】贞观初年，太宗求贤若渴，贤人所举荐者必重用。后来太宗全凭一己之好恶来决定任免，众多贤人举荐而得任用的人因有一人诋毁则见弃；多年任用的人，有的因一朝怀疑便被疏远。作者批评太宗不详细考察事情的根源，便轻易评论人的好坏，这使遵守常道的人日渐被疏远，小人得重用。这句话告诫太宗注意区别君子与小人之性。

结绳之政已薄矣。

【注释】唐·王绩《醉乡记》。结绳之政：上古未产生文字时，用绳打结的方法记事治政。薄：减损。

【解析】封建文人在不满现实而又无力改变现实时，往往借虚幻的境界寄寓自己的政治思想。王绩对唐王朝不满，弃官归隐，作《醉乡记》宣扬醉乡功德，表露了逃避现实，明哲保身的消极态度。这句话借黄帝醉乡归来感叹现行制度不合理：以人的智慧统治天下的社会已经走到尽头了，向往无为而治的大同社会。

兄弟以俗外相期，乡闾以狂生见待。

【注释】唐·王绩《答刺史杜之松书》。期：许，待。闾(lǘ)：里巷。

【解析】此句意为兄弟们认为我是超脱于世俗之外的人，乡亲们看我是一个狂人。王绩在贞观年间曾为太乐丞，一年多以后，辞职回到乡间，他有肥沃田地十几顷，足以耕作自养。不远处住着隐士仲长子光，炼丹药修身养性，王绩因为看重他贞节朴素，在河中岛上盖了房子，约他纵意琴酒。杜之松请王绩到绛州刺史署去讲丧礼，王绩写此信拒绝，这句话表示了自己乐于过任性率真，放达不拘的隐退生活，无意于世俗的功名富贵。

荫丹桂，藉白茅，浊酒一杯，清琴数弄，诚足乐也。

【注释】唐·杜之松《答王绩书》。此句意为隐蔽在丹桂之下，垫坐于白茅之上，用未装饰的琴弹几支乐曲，这实在是乐事。

【解析】杜之松曾任绛州刺史，来拜访王绩，问他为什么想要隐居河畔，想要学习东汉严子陵吗？王绩不想见他。杜之松以他格调情趣高，不敢强迫他，每年赠送他美酒、鹿肉，与他诗书往来。杜之松得到王绩的回信后，写信表示对他隐居生活的赞赏，这句话是对来书“乡闾以狂生见待”的回答，充分肯定王绩之乐。

落霞与孤鹜齐飞，秋水共长天一色。

【注释】唐·王勃《秋日登洪府滕王阁饯别序》。鹜（wù）：野鸭。

【解析】这是写景名句，青天碧水，天水相接，上下浑然一色；彩霞自上而下，孤鹜自下而上，相映增辉，构成一幅色彩明丽而又上下浑成的绝妙好图。作者登楼作赋，放眼是辽阔天水，澄澈秋景，一切那么和谐、美好，仕途坎坷的作者目骋八方，思接千里，暂时忘却了失意的苦楚，全身心融入江南秋景之中，思绪追逐着落霞、孤鹜，淡入了秋水、长天。

天高地迥，觉宇宙之无穷；兴尽悲来，识盈虚之有数。

【注释】唐·王勃《秋日登洪府滕王阁饯别序》。盈虚：变化消长。盈：充满。虚：中空。

【解析】上元二年（675 年）九月，王勃回南海省亲，途中路经洪州，逢都督阎公在滕王阁大宴宾客，遂在宴会上挥毫写就此文。此句说面对秋水长天，叹服天地之辽阔，兴致正浓忽生感伤：万物变化消长有其定数，人也不得不屈服于命运。但这只是对历史人物和自身经历的感叹，作者并没有放弃追求。认识到“人生不得意十之八九”，则冲淡了心中的苦痛。

关山难越，谁悲失路之人；萍水相逢，尽是他乡之客。

【注释】唐·王勃《秋日登洪府滕王阁饯别序》。失路：比喻不得志。萍水相逢：比喻偶然相遇，聚散无定。

【解析】作者远离京城，跋山涉水去边鄙之地——南海，探望做县令的父亲，旅途中层山阻隔不由使他想起仕途坎坷，报国无门。宴会上群贤毕至，赏佳景、属伟文，心胸开阔，兴致高昂；但相聚短暂，别离为多，宴会后，各奔他乡。面临这个巨大的心理落差，作者更为感伤：仕途辛酸从亲情、友情上都难以得到慰藉。

冯唐易老，李广难封。

【注释】唐·王勃《秋日登洪府滕王阁饯别序》。冯唐易老，《史记·冯唐列传》："武帝立，求贤良，举冯唐。唐时年九十余，不能复为官。"李广难封：李广是汉武帝时名将，经常与匈奴作战，但始终没有立功封爵。

【解析】这句话说冯唐太容易衰老了，朝廷想重用他时，他已不能为官了；李广虽屡建战功，却终未能封侯。作者借历代怀才不遇的人物，表达有志难伸的悲慨，李广终其一生未能封侯，冯唐历仕三朝方得赏识，为时已晚。自己青春年少，英姿勃发，却报国无门，只能空视大好年华的流逝，等待冯唐、李广一样的命运。

君子见机，达人知命。

【注释】唐·王勃《秋日登洪府滕王阁饯别序》。机：机会，合适的时候。达人：达观的、通达事理的人。

【解析】人格高尚的人不因个人利益而患得患失，能够在适当的时候做适当的事情；通达事理的人不会抱怨命运多舛，他能够正视苦难、承受苦难、战胜苦难。作者面对大好河山，感慨古人和自己难以驰骋其间、建功立业，又以此句振作精神，号召向前贤学习：安天乐命，修身养性，努力做些分内的事，等待着时机的到来。

老当益壮，宁移白首之心；穷且益坚，不坠青云之志。

【注释】唐·王勃《秋日登洪府滕王阁饯别序》。青云之志：高尚的志向。

【解析】人到老年，不能意志消沉，而应朝气蓬勃；身处逆境，不能丧失上进的志气。不能因外界的物质引诱而寡廉鲜耻，也不能因处境艰苦而悒郁少欢。这句话笔力遒劲，音调铿锵，很好地表达了作者倍受压抑而依然奋发向上的进取精神，作者也以此勉励宇文新州莫因年华易逝和处境困顿而自暴自弃。片言居要，为全篇之警策。

东隅已逝，桑榆非晚。

【注释】唐·王勃《秋日登洪府滕王阁饯别序》。东隅：日出处，比喻早年的时光。桑榆：日落处，比喻未来的日子。

【解析】这句话表示早年虽然失意,但拯时济世的信心并未泯灭。处困顿而情操不移,逆境中壮志弥坚。作者以跌宕之笔述志言情,事典繁多但贴切达意,气势流畅而语约意丰,展示了抑扬升沉的情感发展轨迹,披露了交织于内心的失望与希望,痛苦与追求,失意与奋进的复杂感情。

无路请缨,等终军之弱冠;有怀投笔,慕宗悫(què)之长风。

【注释】唐·王勃《秋日登洪府滕王阁饯别序》。请缨:请求得到长缨,意为为国出征。弱冠:二十岁左右的人为弱冠。

【解析】这句话说我和终军一样年当弱冠,却不能够像他那样请求得到长缨,为国效命;但我始终有着班超一样投笔从戎的情怀和宗悫"乘长风破万里浪"的远大理想。一"有"一"无"表现出了交织于作者内心的理想与挫折,自己也像古人一样志向远大、意气风发,却空有报国之志,虚度青春年华。"无"在先、"有"在后,表明作者愈挫愈奋,豪情丝毫没有减退。

言犹在耳,忠岂忘心?一抔之土未干,六尺之孤安在!

【注释】唐·骆宾王《代李敬业传檄天下文》。一抔(póu)之土:指高宗陵墓。六尺之孤:指嗣位的新君李显。

【解析】此句意为高宗托孤的话还在耳边回响,忠心怎么这么快就失去了;先帝尸骨未寒,托付群臣辅佐的中宗还在帝位吗?李敬业以恢复中宗帝位为号召,武装讨伐武曌,宾王作檄文。此语呼吁群臣不忘先帝厚恩,维护李唐王朝。宾王所以慷慨陈词,深层原因在于他长期怀信失志,深受压抑迫害,对武后政权强烈不满。这种情绪反映了一批人怀念贞观、永徽之治,反感武后残暴统治的共同心态。

坐昧先几之兆,必贻后至之诛。

【注释】唐·骆宾王《代李敬业传檄天下文》。先几之兆:事先的征兆。这句话说,看不清事先预兆。后至之诛,这句是说,迟迟不响应的,一定要按军法从事。

【解析】作者首段历数武氏之罪不容诛;次段写敬业正义之师,兵威马壮;最后以"凡诸爵赏,同指山河"正面鼓舞诸臣,以"坐昧先几之兆,必贻后至之诛"警策顽固派:要顺应民心讨逆,不要迟疑招致惩罚。号召建立在详尽分析基础上,撼人心魄,催人奋进。

请看今日之域中,竟是谁家之天下!

【注释】唐·骆宾王《代李敬业传檄天下文》。域:在一定疆界内的地方,此指国内。

【解析】这句话说请诸位看现在国内的形势，敬业正义之师为国讨逆，所过无不云集响应，武氏的天下已经不长久了。前文“事昭而理辨”，本句“气盛而辞断”，示之以大义，动之以刑赏之后，以本句为结尾，气势磅礴，充满必胜信心。雄文劲采，足以鼓舞斗志；事彰理辨，足以折服人心。

协人灵以取则，基化成而自远。

【注释】唐·李善《上文选注表》。此句意为圣人效法天文、地文创造了人文，使之成为教化的根本原则是由来久远了。

【解析】梁代昭明太子萧统编撰的《文选》，是一部选录自周至齐的优秀文学作品，规模宏大的诗文总集。唐初以来，适应封建大一统文化的建设和文学的发展，《文选》日益成为士人家弦户诵之书。李善呈献《文选注》给高宗的上表，从天文之有日月繁星的照临，地文之有山岳河川的分布一直到这句话。这句话从文学的起源这个根本问题上强调了“文”的重要地位与作用，从而将《文选》的不朽价值也暗透出来，气脉宏远，气氛隆重。

不图正始之音，复睹于兹；可使建安作者，相视而笑。

【注释】唐·陈子昂《与东方左史虬〈修竹篇〉序》。正始之音：作为文学史上的所谓正始时代，是泛指魏王朝后期的。这里所说“正始之音”，指的是嵇、阮的诗。

【解析】齐梁以来，片面追求华采文饰的风气越来越盛，而寄托情志的传统则完全中断，陈子昂以为“文章道弊五百年”。这句话是他看到东方虬的托物寓志之作《咏孤桐篇》后写下的，他认为汉魏之际的诗歌多抒发诗人的理想抱负，慷慨任气，词语峻直，风格遒劲，是富于风骨的，以此赞扬东方虬上承汉魏风骨、风雅兴寄传统的文章正道，呼唤知音与同道一起担当救弊起衰的重任。

古之御天下者，其政有三。王者化之，用仁义也；霸者威之，任权智也；强国胁之，务刑罚也。

【注释】唐·陈子昂《谏用刑书》。

【解析】此句意为古代统治天下的君主，统治方法有三种。行王道的人教化百姓，推行仁义；行霸道的人威慑百姓，运用权力、智慧；强大的国家胁迫百姓，依靠刑罚。治国都愿意参照古代的方法，从中归纳、总结、学习。实施仁政，百姓得到教化，自然安乐；使用权智，需权力机构管理百姓，政策可能不合实际；采用刑罚更是只为树自己威严，而不体恤百姓。仁政不适合才能用权智，再不适合可用刑罚，要看情况处理，尽量施行仁政。

刑者,政之末节也。

【注释】唐·陈子昂《谏用刑书》。此句意为刑罚是治理国家最差的手段。

【解析】武则天严于用刑,徐敬业起兵之后,她担心民心动摇,想要自己的权力威严制服天下,渐渐提拔起一些酷吏。周兴、来俊臣等人负责刑狱,在武则天指使下罗织罪名、陷害忠良,前后冤枉被杀害的人不可胜数。全国人民内心恐惧,道路以目。陈子昂当时任麟台正字,上书劝谏武后施行仁政。这句话说刑罚治国不可取,先王为平息暴乱,不得已才使用,现在天下安宁,百姓渴望和乐,用这种方法审察事理,平定纠纷是不妥当的,应该随情况的变化而变化。

天下之弊,未有土崩,蒸人之心,犹望乐业。

【注释】唐·陈子昂《谏用刑书》。蒸人:众人。

【解析】此句意为国家虽然有许多弊病,但还没有到土崩瓦解的地步,民众还渴望安居乐业的生活。隋炀帝大量征兵出战辽海,民心动荡,有了统治危机,杨玄感乘机起兵反叛,意欲篡权,但不到一个月就失败了。作者总结原因时说了这句话,认为民众对炀帝治理好国家还抱有希望,而对杨玄感反叛可能导致的天下大乱很担忧,所以不支持杨玄感,而支持炀帝。这句话也警醒武后注意把握天下较为安定的局势。

上以希人主之旨,下以图荣身之利。

【注释】唐·陈子昂《谏用刑书》。此句意为刀笔吏用酷刑向上是为迎合皇帝的心意,向下是为谋取自身的荣华富贵。

【解析】作者认为刀笔吏治狱难免滥施刑罚,因为他们待人尖酸、刻薄,以审理案件为人称道的,不过是他们办案急速、苛刻。文词周密而罗织罪名严密的,人们都称赞他公正,君主也称道他秉公执法,这就促成了他们杀人取利的作风。他们之所以使用酷刑办案原因就在于上面这句话,他们并非憎恨被杀者,而是借此谋利。这些人治理刑狱,怎能不乱,陈子昂向武后揭示用酷吏的弊端。

夫人情莫不自爱其身。

【注释】唐·陈子昂《谏用刑书》。此句意为从人的情感来讲,没有不爱惜自身的。

【解析】趋利避害、趋乐避苦是人之常情,也是人的正常要求,爱自身也兼爱他人,则人与人友善,社会安定。陈子昂此语劝武后设身处地替人民着想,若是朝廷滥施刑罚,人民时刻有性命之忧,就会人人惶恐,那些被冤枉的人更是嗟叹抱怨,这样的话,欢乐祥和的气氛就会被破坏,安定团结的局面就会失去,上天也会降灾惩罚。顺应民众自爱其身的心理,引导他们兼爱他人,施以仁政才能做到。

人既失业，则祸乱之心怵然而生矣。

【注释】唐·陈子昂《谏用刑书》。此句意为人们在凶年没有收获，那么在恐惧中就会产生祸害叛乱之心。

【解析】人民是国家的根本，人民丰福安乐，国家才能繁荣昌盛。民生凋敝、流离失所则必然酿成祸端，最终使国家覆亡。陈子昂赞颂武后有圣德但委婉地说她不施于人民，致使年景不好，农夫哀怨；又说旱灾延续下去一定会大大影响生产，希望武后慎用刑罚，广施教化，会感动上天，风调雨顺。这句话以“祸乱之心”劝诫武后弃强霸之威而普施圣德。

安则乐生，危则思变。

【注释】唐·陈子昂《谏用刑书》。此句意为国泰民安则百姓热爱生命，辛勤劳作。若是国家局势动荡，风雨飘摇，那么百姓就容易起义，寻求更安稳的社会。

【解析】作者详细分析了民心所向、国家现状以及滥施刑狱的危害，向武后指出：国家经历战乱灾荒，百姓思安之心迫切，不应该用刑狱威慑他们。大举刑狱，必然会造就奸贼，倘若大狱不停，牵连的人越来越多，天下臣民就会疑惑不解，惟恐冤及无辜，人情汹汹。作者这句话根据人心向善的本性，主张安抚百姓，使他们有安全感，然后才能安居乐业。

性严简而尚倜傥之奇，爱廉贞而不拘介独之操。

【注释】唐·陈子昂《堂弟孜墓志铭》。此句意为性情谨严简括而崇尚风流倜傥之奇行，爱廉洁坚持操守却不拘于耿介孤高。

【解析】这是陈子昂对堂弟孜的评价：内敛而外张，修身而不避世。作者葬堂弟于祖坟，按辈分排列的坟墓边长满了高大树木，松柏成行，其父独爱石溪边山冈，孜也随父被葬于此。葬弟的文字表明了孜的家族颇有影响，孜的成长也必是克己复礼，然后形成自己独特个性。从这句话可以看出孜必定重诺，不苟从，服道，崇明德。

含纯刚之德，有高代之行。

【注释】唐·陈子昂《堂弟孜墓志铭》。此句意为性情中蕴含极为纯洁，极其坚强的美德，行为高出同时代的人。

【解析】这句是对陈孜伯父（即子昂之父）的评价。得到这么高评价的人欣赏陈孜：“我们家世以儒术相传，代代有豪英雄秀之人，但还是害怕后来人不能弘扬光大先人风范。一见到你,就觉得我们家道必振,你确实有超群的骨气、脱俗的风度,可以像骏马跨山越壑一样高驰于世。”可惜他的夭折使人们的期待化为泡影,作者甚为悲痛:上天不讲诚信?天道如此荒谬?

有大才无贵仕。

【注释】唐·张说《贞节君碣》。贵仕:高官。

【解析】这句话意思是有超群的才能却未能位居高官,是燕国公张说给阳鸿作的墓志铭中对阳鸿的评价。阳鸿风采卓异,学问博通,闲居十年,则教化一方人民;几次出仕辅佐县令,则政绩骄人。这样一个具有高尚品德和非凡才能的人却未能得到重用,只做过主簿、县尉一类下级官吏,确实是让人惋惜、慨叹的。封建社会官场结党营私、互相倾轧,孤高耿介者在其中难以容身,有大才的人做不了高官也就很常见。

天下壮其志而痛其事。

【注释】唐·张说《贞节君碣》。其事:指阳鸿考察地理,修正方志而写成的书卷被火烧毁一事。

【解析】阳鸿治学的重点在于治国谋略、忠孝节义,而非拘泥于章句之学,但又绝非空言虚论,而是注重实地调查,以此检验并修正前人著作。这种注重现实政治、注重实地考察、不迷信前人的学风,正是昌盛开扩时代所孕育的一代知识分子恢宏博达的精神风貌的反映。天下人钦敬他考察地理、修正方志的志向,为内容的失传而感到心痛。

淮海底绩,答勋效功。卒不言赏,赏亦不及。

【注释】唐·张说《贞节君碣》。答:报答,回报。效:模仿,效法。

【解析】孔子说“仁者必勇”,阳鸿也是这样尚任侠、重节义的士人。李敬业在润州起事,他率曲阿城兵民坚守,力屈被俘,暂降将以有为。终于脱身,率兵民保境拒敌。这句话说他此举有与大禹疏河入海、保境安民同样的功绩,却不求赏赐,也未得到赏赐。他通达权变、脱略小节的宏达作风,反映了当时士人精神风貌,他无意于功赏的淡泊品性得到的只是上层社会对他的冷落。

急友成哀,高义也;临危抗节,秉礼也;矫寇违祸,明智也;保邑匿勋,近仁也。

【注释】唐·张说《贞节君碣》。这句话意思是为朋友的苦难着急、哀痛是道义高尚的人;临危不惧、保全名节是严守礼节的人;假托降敌、全身避祸是通达权变的人;保境安民、不求功勋是接近儒家仁德标准的人。

【解析】这些评价使一个侠义有气概，忠勇而明智的知识分子形象跃然纸上、呼之欲出。一个健康发展的时代，必然孕育出一种比较健全的人格，阳鸿这位志大、德迈的士人正是时代精神代表，正需要擅走碑文墓志的“燕、许大手笔”来描述。

义以利物，智以周身，礼以和众，仁以安人。

【注释】唐·张说《贞节君碣》。安人：安民，为避讳太宗李世民，“民”改为“人”。

【解析】作者赞颂阳鸿的高尚品德，认为他正是凭借这些品德才得以克敌制胜：讲侠义才为友奔忙，以国为任；应变机智才得以全身保节；尚礼义才能够聚众抗敌；性仁爱才以安民为重。阳鸿克己复礼，以儒家道义严格要求自己，又能随机应变，顾全大局而不惜有损个人小节，乃雄才大略、光明磊落之真君子，千载之下，令人仰止。

德不朽，温如玉。

【注释】唐·张说《贞节君碣》。温如玉：温，平和，柔和。玉性温，所以说“温如玉”。

【解析】儒家以“仁、义、礼、智、信”为君子的行为标准，阳鸿有四点做得很好，作为士人又兼有“和众”“安民”等武德，实在是人之楷模。他的高尚品性不会被人民忘记，温和如玉，永远濡染着后世人民。阳鸿临大难能够战胜它，坚定有操守足以称贞；功成身退，廉节自律足以称节，尽管朝廷没有赠他谥号，但是几位莫逆好友私谥他为“贞节君”，盛名之下，鸿实副之。

求己励学，探道睹奥，思若泉涌，文若春华，精微入虚天，变化合飞动。

【注释】唐·张说《齐黄门侍郎卢思道碑》。求己：严格要求自己。奥：奥秘。

【解析】卢思道历仕齐、周、隋三朝，距张说生活时代很遥远，张说为他写碑文，可见景仰之心。上面这句话是说思道少年博学、文才高妙：他严格要求自己，学习经典，也涉猎其他，思维敏捷似泉水奔涌，文采优美如春花烂漫，描写细致、刻画入微，语意变换流畅如飞。思道天资聪颖，承习家风，是那些以学为业之徒所远不能及的，是注定要有所成就的。

临难无慑，在黜无愠，危不去主，仕不违亲，休明有宾礼之盛，颠覆无沦胥之祸。

【注释】唐·张说《齐黄门侍郎卢思道碑》。休明：美善显露出来。沦胥：沦落为小官吏，意为失志。

【解析】此句意为大难当头毫不畏惧，被贬黜而无怨恨，危急时刻不弃主逃亡，出来为官不与亲人疏远，官运亨通，美善尽显时门庭若市，胜友如云，而国家颠覆时却不被新政权排斥。卢思道天赋很高，又有家传风范，说话、行动不随人后，以节义闻于当时，所以人乐与交，统治者都信任他，他得以历仕齐、周、隋三朝，这是作者对他景仰所在。

虚怀泛爱，而泾渭不杂；真率径尽，而应变无穷。

【注释】唐·张说《姚文贞公神道碑》。

【解析】此句意为虚怀若谷，对众人都很仁爱，泾渭分明公正无私；真诚坦率、毫不掩饰，不单一浅薄、一望即知。姚崇为天元名相，卒谥文贞。关于此文，《明皇杂录》说姚崇与张说同为宰辅，有隔阂。姚病，怕死后同族受害于张，诫子侄葬礼时多陈服玩，张来若流连则即刻送上，并请为写神道碑。张反应慢，必写，立即镌刻，不待其来索文，如索则示以碑，并说以闻上讫，则全家平安。后果如此，张说拊膺悔恨："死姚崇犹能算生张说，吾今知才之不及也远矣。"想来上面这句也是张说真心的称颂。

辋水沦涟，与月上下，寒山远火，明灭林外，深巷寒犬，吠声如豹，村墟夜舂，复与疏钟相间。

【注释】唐·王维《山中与裴秀才迪书》。此语意为水波荡漾，与月光交映，远处寒山灯火闪耀着透过林来，夜色沉寂，犬吠声大如豹吼，舂米声响如钟鸣。

【解析】这段文字按由近及远，由水而山，由视而听，由色而声的次序描写，从容有致，又运用以动衬静、以明托暗、以声显寂的手法，读者感受到辋川月下寒夜的幽寂、清寥与深永。作者笔下的境界虽带有冬夜的幽寒，却并不显得凄清，而是具有令人神远的诗意美。

非子天机清妙者，岂能以此不急之务相邀？

【注释】唐·王维《山中与裴秀才迪书》。天机：原指所谓神秘的天意，此指天资、天性。清妙：清新高妙。不急之务：指游山玩水，携手赋诗。

【解析】王维在蓝田辋谷川口有隐居别业，常与朋友裴迪在这一带的风景佳处同游赋诗。裴迪冬日温习经书，不便相邀，王维独游，天气相当寒冷，但对大自然特别敏感的王维，已感到阳气的萌动和景物气候的温煦宜人，展望明春山中生机勃发的景象，作者对朋友的思念更加殷切了，于是写信邀裴迪明春"从我游"。作者强调只有"天机清妙"者才能领略大自然的美景，并在观照中发现"深趣"，被世俗视为"不急之务"的游赏也就获得了深刻的意义。

忘我尚可，岂得忘此山水哉！

【注释】唐·任华《送宗判官归滑台序》。

【解析】作者与友人宗衮为“四方志”异地为官，两人多次“会而离，离而会”，感慨人生聚散无常，隔绝万里，又因为聚散无常中得遇知己，亦略觉有所慰藉。作者明说“中朝群公”不知遐荒之外有此奇山秀水，暗讽其不恤荒外之士民，所以对于能与友人“出饯于野”，作者觉得既有赏景的相同雅趣，又同有为官造福于民的志向。对此山水，感慨万千，告诫朋友，少了与我赏景的情趣可以，但不能不体恤此山水间之士民。

不以富贵而骄之，寒贱而忽之。

【注释】唐·李白《与韩荆州书》。这句话是说不以自己的富贵傲视他人，也不因他人的贫贱而轻视别人。

【解析】韩荆州即韩朝宗，曾任荆州大都督府长史，他乐于识拔后进，为时人推重。李白写了自荐书给他，希望得到援引。海内豪俊之士奔走归附韩朝宗。李白地位并不突出，所以他写这句话希望韩朝宗更加礼贤下士，使自己能够有机会脱颖而出。李白写信要求韩朝宗赏识自己，着重称述自己，不卑躬屈膝，表现了自负和傲岸的性格，显示了他“平交王侯”的气概。

天地者，万物之逆旅；光阴者，百代之过客。

【注释】唐·李白《春夜宴诸从弟桃李园序》。逆旅：客舍。

【解析】李白此文洋溢着诗情画意，长期以来，家弦户诵，脍炙人口，明代大画家仇英还把它绘成图画，流传至今。这句话说，天地之间是万物存在的空间，亘古不变，时光流转，似过客历览百代仍在前行。万物同居于天地之间，后先相继，新人换旧，年华易逝，时不我待，景色常在而人事变换，真是可叹。

阳春召我以烟景，大块假我以文章。

【注释】唐·李白《春夜宴诸从弟桃李园序》。大块：大自然。文章：指天地间的森罗万象。

【解析】“阳春”以她的烟花美景召唤我，天地之间森罗万象呈现在我面前，正是宴游好时光，岂容辜负。“春”前着一“阳”字，就把春天形象化，使人身上感到一阵温暖，眼前呈现一片红艳，“阳春烟景”和“烟花三月”一样唤起人们对春天美景的无限联想。

奇兵有异于仁义，王道迂阔而莫为。

【注释】唐·李华《吊古战场文》。奇：不正的诡谲之术。王道：以仁义礼乐治天下的方法。迂阔:不切实际,不合时宜。

【解析】这句话说不用仁义去安抚周边小国,却要依靠诡谲的用兵之术去征服他们,这是不切实际的,不合时宜的,不但不实行以仁义礼乐治天下的“王道”,而且绕过了它。中国自古讲礼乐治国,教化百姓,以得民心为真正得天下,作者此言讽刺玄宗不再宣传提倡“文教”,而崇尚武力是有悖“王道”的,是统治渐趋衰败的表现。

无贵无贱,同为枯骨。

【注释】唐·李华《吊古战场文》。这句话意思是不论将士,不论敌我,不论生前是高贵的还是贫贱的,都在战争中变成一堆枯骨。

【解析】战争的破坏力实在太大了,土地荒芜,民生凋敝,最可怜的是前线阵亡将士,枯骨一堆埋没草间,不会被国家人民记得,只是在“深闺梦里”还时时出现。生前的事业、生活如过眼云烟,一去不返,绿水青山枉自多娇,对于死者没有丝毫意义。“天地之大德曰生”,皇帝自命天子,民之父母,却为一己之念陷民于水火之中,仰愧于苍天,俯怍于黎民。悲惨景象,观之令人断肠。

所不与吾子及四三贤同恐惧安乐,有如秋水!

【注释】唐·苏源明《秋夜小洞庭离宴序》。吾子:指袁广。四三贤:指庄若讷、管城、权衡几位贤士。

【解析】天宝十三年,苏源明从山东的东平太守任调京城任国子司业,负责官僚贵族子弟教育事业。须昌县外尉袁广邀约了几位老友为他饯行,源明放怀高歌,表露了他与友人的亲密无间。袁广希望他引荐几位好友,源明说了上面这句话,毫不犹豫地表示一定与几位好友同忧患共安乐。这番对话完全是亲朋好友之间推心置腹之言,也只有在酒酣耳热、情激心畅时才会如此赤诚相见。

盛德之兴,山高日升,万福是膺。

【注释】唐·元结《大唐中兴颂并序》。膺(yīng):受。

【解析】此句意为肃宗使唐中兴的大德,如高山巍立,如红日升天,理应受到神灵的最大福佑。唐肃宗讨伐安史叛逆,收复两京,迎接玄宗自蜀郡返回长安,使大唐得以中兴,这句话高度颂扬了肃宗的丰功伟绩,暗含对叛国作乱的战将和失节奉贼的逆臣的可耻行为的谴责,表现出作者反对分裂、维护国家统一的进步思想。用高山、红日喻指肃宗之德,使之形象可感,具有强烈的感染力。

置州已来,无人赏爱,徘徊溪上,为之怅然。

【注释】唐·元结《右溪记》。

【解析】本文为元结任道州刺史时所作，对右溪不仅作了观赏性的描绘，还进一步为其长久未受人重视的遭遇而慨叹不已。此景无论置于山野或是都邑，都会受到青睐，而在这里却遭冷遇。与慨叹相应的，还有作者自我形象的出现，此景无人赏爱，惟独他孤身一人，怅然徘徊流连。这一略觉寂寞而沉思的意态，与环境气氛融为一体。

如名不副实，才不合道，纵权压梁窦，终无取焉。

【注释】唐·殷璠《〈河岳英灵集〉序》。梁窦：指梁冀、窦宪，皆东汉时的权门，贵戚。这句话说，如果所说不符合实际，文才不足以解释道理，即使权倾朝野，也不能使这本书具有什么价值。

【解析】殷璠的《河岳英灵集》专选盛唐诗歌，有着严格的选录标准。选集的序文批评梁陈以来诗歌，反对以权势地位为选录标准，从入选的诗人多为落拓不偶、栖迟簿尉的中下层文人及诗作的艺术水准看，编选者这一标准是付诸实践的。这一点，既是诗坛情况深刻变化的反映，又和殷璠个人的遭际地位密切相关，他屡试不中，对仕宦不进、困顿坎壈的诗人怀有真切同情。

学者拘其一域，则惑于余方。

【注释】唐·独孤及《仙掌铭并序》。拘其一域：拘泥于一种说法。这句话说探求知识的人只抱定一种解释，则会在其他方面感到迷惑。

【解析】在盛唐那样一个恢宏开扩的时代，文士诗人津津乐道于山河奇险壮丽，寄托其崇尚奇瑰壮伟的审美情趣。作者饶有兴致地描写想象中的巨灵开山的场景，批评后世探求古迹者拘守于形迹，而骇于造物者创宇宙、作万象。神怪当然没有，作者也并非迷信，他论辩巨灵之有无，实不过借以抒写胸中一段奇情壮采而已。但同时，这句话也表明要多角度思维，不能抱定一种看法，毕竟世间万物是变幻莫测的。

废先君之命，非孝也；附子臧之义，非公也；执礼全节，使国篡君弑，非仁也；出能观变，入不讨乱，非智也。

【注释】唐·独孤及《吴季子札论》。国篡(cuàn)：篡夺政权。君弑(shì)：杀君。

【解析】此句意为不听从先王立自己为太子的安排，是不讲孝道；学习子臧让位的举动是不为国家着想；固执地坚持长子继位的常礼，保全个人名分，使得国家被篡权，国君被杀害，这是不讲仁爱；出使别的诸侯国能观察形势的变化，回到自己国内而不讨伐逆乱，这不算聪明。吴公子季札推让王位的继承权，历来受到赞扬。作者此言认为他只是着眼于自己的名誉，而不是从吴国的前途命运出发,结果导致吴国灭亡,季札不但不能算贤明,而且对吴国的削弱负有不可推卸的责任。

王者慎德之不建,故以贤则废年,以义则废卜,以君命则废礼。

【注释】唐·独孤及《吴季子札论》。

【解析】此句意为做国君的人惟恐不能立有德的人为嗣君,所以按照贤能的标准择嗣就不论年龄大小,按照义理的标准立嗣君就不去占卜,按照君王的命令而不管礼制。作者对季札让国的批评和指责,反映了他为国家大业而当仁不让的思想。这种看法产生在唐玄宗时代不是偶然的,联系唐玄宗乃至唐太宗都不是依次继位的事实,则知贬薄季札,正是歌颂当今。

全身不顾其业,专让不夺其志,所去者忠,所存者节。

【注释】唐·独孤及《吴季子札论》。

【解析】此句意为保全自己名节而不顾吴国的大业,一味推让不放弃自己想法,是不顾对国家负责的大忠,只知为臣安分守职的小节。吴王寿梦因幼子季札贤能,想立他为王,他坚辞不就,他的兄长诸樊继承王位,依次相传,想最终让他继位。他恪守臣节,先后三次推让王位,终于导致公子光与王僚争夺王位的事情发生。这句话批评季札重节不忠,其实国势衰微,统治集团相争又岂是季札一人之力可以改变的,作者的指责有其历史局限性。

弃室以表义,挂剑以明信,孰与奉君父之命,慰神祇之心?

【注释】唐·独孤及《吴季子札论》。神祇(qí):泛指神明,此指君父在天之灵。

【解析】此句意为抛弃家室来表明自己做臣子的义理,把宝剑挂在徐君墓前的树上来表示信用,哪里及得上尊奉君父寿梦的遗命,安慰君父的在天之灵。作者这句话谈到了人的生活目的问题,是为思想自由、个性张扬和人格完善而奋斗,还是遵从社会伦理道德观念,依照人们的一般要求,亦步亦趋、按部就班地生活,作者从维护封建伦理纲常出发,主张季札"奉君父之命",而我们今天更多为季札挂剑、一诺千金而激动。

示人以义,其患犹私;示人以私,患必难弭。故圣人之立教也,贱货而尊让,远利而尚廉。

【注释】唐·陆贽《奉天请罢琼林大盈二库状》。弭(mǐ):消除,停止。

【解析】琼林、大盈二库变成了佞臣于国家正税之外搜刮百姓贡品的存放地。陆贽上疏请罢二库,却不直说,而是从"圣人立教"发端:以仁义教化百姓,尚且担心他们私欲难除，如果官吏们表现出贪欲，那么人民必定会效法。所以圣人宣扬自己教化百姓的主张时，轻视财物而褒扬辞让，远离利益而崇尚廉洁。作者从正面立论入手，由远及近、由虚及实，从更高的层面审视这件小事。

天子所作，与天同方。生之长之，而不恃其为；成之收之，而不私其有。

【注释】唐·陆贽《奉天请罢琼林大盈二库状》。方：相比，相似。

【解析】此句意为天子教化天下的所作所为，与上天哺育万民的无私是相似的：上天滋养万物，使之生长发育，而不依靠这些功劳肆意妄为；使万物成熟、收获，而不据为己有。陆贽把唐德宗比作上天，使他不自觉地向上天学习，所说与德宗战乱初定即恢复琼林大盈二库的行为保持“远距离”的针对性。循循善诱，擅长说理，很像孟子在论辩。

疮痛呻吟之声，噢咻未息；忠勤战守之效，赏赉未行。

【注释】唐·陆贽《奉天请罢琼林大盈二库状》。噢(yǔ)咻(xǔ)：抚慰病痛者的声音。赏赉(lài)：赏赐。

【解析】公元782年，淮西李希烈叛乱，德宗逃往奉天，继而遭到朱泚兵围困。李怀光打败朱泚，诸道贡赋继至，用度始振。上面这句话说那时候遭受战争苦难的百姓喘息未定，国君应该抚慰他们；忠心报国平定战乱的将士还在等待国君论功行赏，这都是至关重要的。其中暗含对国君忽视这两件事的批评，更反衬出国君急于恢复二库的错误。

甿俗昏鄙，识昧高卑，不可以尊极临，而可以诚义感。

【注释】唐·陆贽《奉天请罢琼林大盈二库状》。甿(méng)：即“氓”，泛指老百姓。昏鄙：糊涂，浅陋。

【解析】此句意为一般的老百姓糊涂、浅陋，分不清高低贵贱，因此治理国家不能以至尊之位凌驾于其上，而可以用诚信仁义去感化他们。陆贽先说战乱初定，德宗不去安抚百姓而恢复二库，致使百姓有所怨忿，市井有民谣讽刺德宗，这是危险的，又说上面这句话贬低百姓，从而引出对德宗优点的赞扬，恰到好处地恭维几句。这表现出作者的表达艺术——“忠言不逆耳”。

夫国家作事，以公共为心者，人必乐而从之；以私奉为心者，人必咈而叛之。

【注释】唐·陆贽《奉天请罢琼林大盈二库状》。公共：全体人民。私奉：为自己打算。咈(fú)：违拗。

【解析】此句意为管理国家事务，如果能从民众的公共利益出发，民众必定会愉快地支持；如果只为国君私人利益行事，那么民众就会违抗他、背叛他。燕昭王筑金台为延揽天下英贤，民众称颂他；殷纣王制玉杯为贪图个人享受，民众背弃他，就是这个道理：民众共同得利还是国君个人享受的区别。陆贽以此警示德宗像天、地、日、月那样无私才能统一众心。

智者因危而建安，明者矫失而成德。

【注释】唐·陆贽《奉天请罢琼林大盈二库状》。因：趁着。矫（jiǎo）：改正。

【解析】事物可以从坏的方面转化到好的方面，就像“塞翁失马”，未必不是好事，通过人的努力，完全可以化腐朽为神奇。上面的话就是这个意思：智慧的人能够认清危险局面而改变它达到安定；贤明的人能够改正自己的过失并努力树立美好品德。陆贽此言鼓励德宗从恢复二库的错误中吸取教训，善于改过，见贤思齐，则百姓心中的怨恨之心就会变为感恩之情，国家可以长治久安，德宗也可以永垂鸿名。

器用取给，不在过丰；衣食所安，必以分下。

【注释】唐·陆贽《奉天请罢琼林大盈二库状》。取给（jǐ）：索取和供给。安：安逸，安乐。

【解析】此句意为器皿用品的使用不在于多少，而在于国君享用和供给百姓的比例是否合理；衣食之类保民安乐的物品，一定要与百姓分享。物品的多少是相对的，而分配的差别却是绝对的，如果分配不均就会引起争端。上古时代物质匮乏，但人人平等，熙熙而乐；社会进步，财富增加，却常因分配而起事端。陆贽建议德宗把国库存货拿出来赏赐有功将士，使他们乐于为国效命。

散其小储，而成其大储也；损其小宝，而固其大宝也。

【注释】唐·陆贽《奉天请罢琼林大盈二库状》。储：储备，储存。大宝：指帝位。《易·系辞下》：“圣人之大宝曰位。”

【解析】此句意为国君散发了国库中的物质储备，却在百姓心中储存了国君的仁德、诚信；国君失了一些宝贝财货，但却稳固了自己的帝位，这是硕大无朋的宝贝。国君以帝位为宝，民众以财货为宝，各得所需。将士得到国君允诺的赏赐，人思建功，百姓见国君败过的诚意，人心归依，这样则国家安定团结，君主高枕无忧。

吝少失多，廉贾不处；溺近迷远，中人所非。

【注释】唐·陆贽《奉天请罢琼林大盈二库状》。廉贾（gǔ）：薄利多销的小商人。

【解析】此句意为因为吝惜少的而失去更多的是愚蠢的，小商人也不会犯这种错误；沉迷于眼前的利益而看不清长远的好处，智力平常的人也知道是不对的。唐德宗实际上犯了目光短浅、刚愎自用的错误，这句话暗含了这层意思，却又说这是廉贾和中人都懂的，以天子之圣明一定会避免这种错误，这使德宗乐于接受意见。劝说德宗这样一位胸无大志、荡心侈欲的君主克制私欲是很难的，作者做到了，上面这句话充分体现了作者的劝说艺术。

词气所发，损益系之。

【注释】唐·权德舆《两汉辨亡论》。词气：言语口气。系（xì）：联系，关联。这句话意思是对一件事的评价以及表达时的语气关系重大，甚至决定它的成败。

【解析】作者认为西汉和东汉的灭亡不仅在于王莽和董卓的篡权，更主要在于张禹和胡广的失职。二人都因精通儒学而位极人臣、权倾朝野，但他们做事不考虑自身的职责和影响，只是为左右逢源，保住自己高官厚禄。人有反心他们不向国君指出反而粉饰太平，甚至依附凶顽而最终酿成祸患。这句话告诉我们一言一行都要合乎我们的身份，尽我们的职责。身居要位者尤其要慎重。

当主臣之重，极儒者之贵。

【注释】唐·权德舆《两汉辨亡论》。主臣：有二解，一为惶恐；二为主管群臣，指宰相。这里用第二解。

【解析】此句意为担任宰相要职，又是德高望重的儒家学者，这句话说的是张禹一言九鼎的社会地位，暗含着对他在其位而不谋其政的嘲讽。西汉元帝时，张禹教授太子《论语》，由此升为光禄大夫，成帝赐爵关内侯，与帝舅阳平侯大将军王凤同为尚书，几次上书要告老还乡，为的是退避王凤。张禹以长于儒学受到尊敬，得到重视，却没有儒家“君君、臣臣”的基本观念，不为江山社稷担忧，不尽人臣之力，实为尸位素餐。

上下恬然，晻忽亡国。

【注释】唐·权德舆《两汉辨亡论》。恬然：安然。晻（yǎn）忽：突然，很快。此句意为张禹托辞不说怪异的事导致成帝不疑王莽有反心，君臣恬然自安，很快就亡国了。

【解析】张禹不揭露王莽反心，有负成帝重托，但成帝也不该为升平的假象所迷惑，暴风雨来临前的夜晚总是异常平静，更应留心。况且，治国应该常怀忧患、远离安乐，怀忧患使人更加励精图治，好安乐容易使人荒疏政事，君主应该处于居安思危的状态之中。我们也应该有忧患意识，这会使我们积极地去想办法,胜利时不骄傲,失败时不气馁,努力拼搏向上。

赫赫汉室,化为当途。

【注释】唐·权德舆《两汉辨亡论》。赫赫(hè):显著盛大的样子。当途:大道。此句意为一统天下,四方臣服的汉王朝就这样覆没了,当年修建王宫的地方如今走成了大道。

【解析】人世更迭,沧海桑田,后浪推前,新人送旧。岂止汉室化为当途,“宫阙万间都作了土”,更有“吴宫花草埋幽径”,王谢燕入百姓家,人的一生就更短暂了,“生年不满百,常怀千岁忧”。事物的存在都是一个过程,我们应该珍惜的是生命的过程,而不应过多地去想结果,只要我们存在过,生活过,刹那即为永恒。去的去,来的来,坦然面对造物的轮回,不喜也不惧。

就利违害,荣通丑穷,大凡有生之常性也。

【注释】唐·权德舆《两汉辨亡论》。违:离开,避开。丑穷:以不显贵为耻辱。有生:生物。有:名词词头。

【解析】此句意为寻找对自己有利的环境而避开灾害,以通达显贵为荣耀,以困窘不得志为耻辱是一切生物的本性。生存是第一需要,生物自然要努力保存自己生命;人也有“趋乐避苦”的本性,置身社会当然追求通达、显贵,这是社会地位的标志,同时又是个人自我价值实现的需要。就是这种特性使植物顽强争夺空间、阳光和水分,动物拼命奔跑和捕猎,人类互相竞争、进步,拼搏的生命力是世界前进的原动力,是人世间奇迹。

于完安之时,则务小忠而立细行。

【注释】唐·权德舆《两汉辨亡论》。完安:完整安好。细行:细微的品行。

【解析】此句意为在国家平稳安定时只知道尽自己显而易见的一点忠心,树立自己微不足道的品行。张禹见气候有变化,如果皇上身体不适,就选好日子斋沐后用蓍草占卜,得吉卦则献上占卜结果,如果不吉,禹为之忧心忡忡。他献吉卦使皇上高兴,把悲观留给自己,事父母可以,治国岂不误事?东汉顺帝立皇后想以抽签形式产生,认为是听从神的旨意。胡广深表忧虑,建议以德为先,德同以年,年钧以貌。此时胡广忠心可嘉,但为此作惶惶不安状似乎不是真心。

及夫安危之际,邦家之大,则甘心结舌,阴拱观变。

【注释】唐·权德舆《两汉辨亡论》。

【解析】此句意为到了整个国家处于生死存亡关头时,却甘心缄默不语,默默地袖起双手旁观国家变故。这句话谴责了张禹和胡广的目光短浅,优柔寡断,他们应该在意识到国家面临生死存亡关头时毅然铲除反叛势力;反叛开始,社稷难保的情况下,他们应该为国赴汤蹈火,不惜自我牺牲。因为他们退缩,养痈遗患,致使天下不宁,民生凋敝,他们对国家灭亡所负有的责任实在是重大,让人叹惜不已。作者一为正前史之观点,又为警醒当朝官员。

存以位叙其德,没以谥易其名。

【注释】唐·梁肃《代太常答苏端驳杨绾谥议》。此语意为对于生人,朝廷按照人的才德授予他官位;对于逝者,朝廷赐他谥号代替名字以显示其地位。

【解析】玄宗时杨绾超授右拾遗,后来几次主持科举,以公平著称。元载把持朝政,公卿多依附他,绾孤立中道,清贞自守,不私下拜访元载。元载因为绾雅望素高,表面尊重,心中妒恨,天下清议支持杨绾。皇上知道这一点,在元载覆灭后更加重视杨绾,朝野为绾应诏互相庆贺。绾死,代宗罢朝三天,诏谥文贞。比部侍郎苏端用心险恶地认为绾称不上文(道德博闻)、贞(清白守节),作者认为足称。这句话是说谥号意义重大,应与生前职位相称。

名之大小,视德之美恶,盖书其著而略其微,要其终而明其义。

【注释】唐·梁肃《代太常答苏端驳杨绾谥议》。此句意为名声的大小应该与品德的美好或低下相符,大概是记下那些显著的业绩,而忽略细微之处,求取最终结果并且阐明他的节义。

【解析】这句话是反驳苏端对杨绾谥"文贞"的指责,认为要分清主次。杨文贞公有淳厚朴素的性情,品德合于当时所肯定和赞赏的那种。他不论是平民,还是后来做高官,都坚持自己的志向不改变:行为一定合于儒家之道。作者以此说明杨绾足称文贞公,苏端所指摘之处实为细枝末节,甚乃无中生有。

博爱之谓仁,行而宜之之谓义。由是而之焉之谓道,足乎己无待于外之谓德。

【注释】唐·韩愈《原道》。博爱:无所不爱。行而宜之:行为合乎空间和时间的现实需要。道:韩愈的"道",是指孔、孟的社会政治伦理。德:是个人的内在修养和对自我的社会性评价。

【解析】唐代寺院、道观很多,韩愈认为占用了土地,妨碍了生产,他从生产经济观点来排斥佛、老,提出道是包涵仁义做内容的道,举起"道统"旗帜来攻击逃避现实、脱离现实的老氏和佛氏的道。又说如果自身心安理得,不需要外来的帮助和安慰是真正的"德",佛、老二家信徒是四民以外的游民,要人民来养活,这是不符合"德"的要求的。

仁与义为定名，道与德为虚位。

【注释】唐·韩愈《原道》。定名：事物的固定的名称。虚位：空位。

【解析】韩愈力排佛老，独尊儒家仁义道德，以此维护封建社会结构的安定。他认为仁义具有一定的实际内容，而道德是需要实际的内容去充实它，就是说，仁义和道德是具体和抽象的分别。他以此批驳老子把仁义与道德分开，崇尚空虚的道德而轻视实在的仁义的错误观点，以为老子的“道”是小人之道，儒家有实际内容的“道”是君子之道。

彼以煦煦为仁，孑孑为义，其小之也则宜。

【注释】唐·韩愈《原道》。煦煦：此指个人小恩惠。孑孑：本孤单之义，此指不关社会痛痒的个人行为。

【解析】这句话说老子以个人小恩小惠为仁，以不关社会痛痒的个人行为为义，那么他轻视仁义也是对的。老子说“大道废有仁义”，把仁义放在道德之下，韩愈认为他将仁义的内容缩小了，没有认识到仁义所包含的不同阶层的人的严肃的社会责任与义务，所以，老子的“道德”是“去仁与义”的“一人之私言”，而自己的“道德”是“合仁与义”的“天下之公言”。

入者主之，出者奴之，入者附之，出者汙之。

【注释】唐·韩愈《原道》。主：奉之作主人。奴：作奴仆看待。附：附和。汙(wū)：即“污”，玷污。

【解析】此句意为各家都自夸为是，而肆意诋毁他人，谁是谁非，使听众无从辨别。周道衰微，孔子逝世，战国纷争，文化思想突变，黄老盛于汉，佛教盛于南朝。人们好怪、不尊儒学，谈论道德仁义的人，不入于杨朱之说，便入于墨翟之学，不入于老子之说，便入于佛家之言。韩愈认为佛道两家是社会沉重负担，倡导儒学，整顿纲纪才能使思想统一、社会安定。

木处而颠，土处而病。

【注释】唐·韩愈《原道》。木处(chǔ)：在树上居住。颠：颠仆。

【解析】此句意为夏天住在树上有倾覆的危险；冬天穴居野处又因不太合乎卫生容易生病。韩愈认为，圣人、君、师都是人类在为生存而斗争中出现的，是在为民除害，为民驱虫蛇禽兽，教民“相生养之道”的过程中自然形成的。这句话意在说明没有圣人指导的人们居住、生活艰难，人类从洪荒时代逐渐进入文明时代，每一项经验由不自觉到自觉的总结应用，每一件工具由不完备到完备的创造发明，是全体人类劳动经验的结晶，韩愈强调“圣人”的作用是为维护封建统治秩序。

为之礼以次其先后，为之乐以宣其湮郁。

【注释】唐·韩愈《原道》。次：排列。宣：宣泄。湮（yīn）郁：抑郁，情志抑塞不舒。一说“湮郁”即“氤氲”。

【解析】此句意为为他们制定礼节，规定他们之间尊卑、贵贱、少长的先后次序；为他们创制音乐使他们能够宣泄心中的郁闷不快。道家认为圣人的位置使人们产生争夺，若人人平等，绝圣弃智，则天下安乐，所以应该摒除圣人。韩愈这句话是说如果古代没有圣人，那么人类灭绝已经很久了，他立此理论是为反驳道家，达到消灭道家的目的。

夏葛而冬裘，渴饮而饥食，其事殊，其所以为智一也。

【注释】唐·韩愈《原道》。此句意为夏天穿葛布衣裳，冬天穿裘皮大衣，渴了饮水，饿了吃饭，各件事虽然不同，但这些都是人类智慧的表现，道理是一样的。

【解析】作者认为三皇五帝的名号虽不同，但他们成为圣人的原因是相同的；虽然所作出的功绩不同，但是维持社会生活的正常进行、推动人类社会的不断进步的结果是一样的。这句话说的是人类生存必需的一些条件，都是必要条件，是三皇五帝适应社会需要而产生的一个浅显比喻。

古之所谓正心而诚意者，将以有为也。

【注释】唐·韩愈《原道》。此句意为古代那些所谓的端正心态、心意真诚的人，是为了将来有所作为。

【解析】古代的人想要将他光明德行发扬于天下的，先要治理好他的国家；想要治理好他的国家的，先要治理好他的家庭；想要治理好他的家庭的，先要搞好自身的修养；想要搞好自身修养的，先要端正他的心志；想要端正他的心志的，先要具有诚意。上面这句话正是一个倒推的过程，作者此话目的是对比当时修治心志的人，他们却将天下国家置之度外，灭绝天道。

子焉而不父其父，臣焉而不君其君，民焉而不事其事。

【注释】唐·韩愈《原道》。此句意为生为人子而不拜父母、不孝父母，作为国君的臣民而不拜帝王，身属百姓而不做他们应做的事。

【解析】这句话是批驳佛教徒不遵守“君君臣臣、父父子子”的伦理纲常，不重视社会上下结构之间的相互关系；僧、尼游离于四民之外，不事生产，广占田地，妨碍社会的进步与发展。佛教崇尚虚无，割裂人际关系，想使社会中的人背弃社会，这是很愚妄的，人类不致力于生产，不讲团结协作，生存能力连野兽都不如，定将灭亡。

诸侯用夷礼则夷之，进于中国则中国之。

【注释】唐·韩愈《原道》。夷：旧时汉族对他族的通称。中国：中原地区汉族国家。

【解析】此句意为凡中国诸侯用夷礼的，就把他当做夷人看待，夷人如果能知向慕中国风俗礼节的，则把他当作中国人看待。孔子写《春秋》的时候，按着这个创作原则来暗寓褒贬，《论语》里也说华夏即使没有君主，也比夷狄有君主强，意在强调华夏的礼仪习俗足以调节民风。作者的用意在于说明事佛是夷狄的习俗，远不及华夏习俗供奉三皇五帝，应排斥佛教。

其为道易明，而其为教易行也。

【注释】唐·韩愈《原道》。此句意为他们讲述的道理人们容易明白，并且他们推行的教化容易为人们接受。

【解析】对比于佛教，作者认为儒家思想自圣人建立以来，广泛流传，人民得到普遍教化，这是因为它简明易懂，且使人民生活有秩序，人们乐于接受，儒家文籍是《诗》《书》《易》《春秋》，统治方法是礼、乐、刑、政，儒家界定人民是士、农、工、商，它排定人伦关系、地位，教化人民耕作得食、纺织得衣，现在天下无处不是这样，可见儒教的可行性，没有什么可以取代它。

以之为己，则顺而祥；以之为人，则爱而公；以之为心，则和而平；以之为天下国家，无所处而不当。

【注释】唐·韩愈《原道》。此句意为以圣人之教修身，则顺当而吉祥；用它对人，则仁爱而公正；用它治心，则祥和而平静；用它治理天下国家，没有用在哪里而不恰当的。

【解析】韩愈的仁、义、道、德的观念的含意，都带着明显的社会结构双向调节功能。虽然他在论述过程中单向叙述，只讲圣人在社会发展中的作用，强调君出令，臣行君令，但“博爱”“行而宜之”都具有双向性。这在法制极不健全的专制社会里，是极易理解的文化心态，这句话说明圣人之教的施行和反馈协调。

生则得其情，死则尽其常。

【注释】唐·韩愈《原道》。此句意为使生者可得其生活情欲之合理需要，对于死者能尽到葬埋祭祀的常礼。

【解析】佛家认为人生来就是为受苦的，主张灭性、灭欲，苦心修炼，摒除尘世杂念，以求修成正果。韩愈想以儒家学说压倒佛家，强调生命的意义：生时安乐，死后社会处理丧葬。前人影响后人，后人承袭前人，社会运转周而复始，新人换旧，形成一种稳定的循环，这是中国传统圜道观。佛家做不到这一点，尽信佛则人世早已不存在了。

不塞不流，不止不行。人其人，火其书，庐其居。

【注释】唐·韩愈《原道》。人其人：本为“民其人”，唐人为避太宗李世民讳而改用。

【解析】此句意为佛老之道不塞不止，则圣人之教不流不行。使道士僧徒返还四民队伍之中，各就本业，凡是宣传佛、老教义的书，统统烧毁，把寺观庙宇改为民用的房屋。这样既增加国家的财政收入，同时也符合人民的愿望。他这种议论并非创见，实际是继承恒玄、范缜等人的学说。运用排比句增加气势，语句简短有力，更具有说服力。

龙弗得云，无以神其灵矣。

【注释】唐·韩愈《杂说（一）》。此句意为龙若是没有云彩可凭依，则没有办法使它的灵怪本性变化如神。

【解析】作者以龙喻君，以云喻臣，君虽圣贤，若无贤臣，无以显其德，这也就是说，圣君是要依靠贤臣来建功立业的。大凡一个繁荣昌盛的时代，都有一位开明的国君，他不但有励精图治的愿望，还需要有一班文武贤才辅佐他治理国家，皇帝不能事必躬亲，而是君出令，臣代行君令。这句话通过对“云”的讴歌，寄托了作者“君正臣贤”的政治理想，表达了有才干的下层官吏渴望风云际会，跻身青云的心愿。

其所凭依，乃其所自为也。

【注释】唐·韩愈《杂说（一）》。此句意为龙所凭依的云是它自己“嘘气”所产生的。

【解析】如果龙自己无所作为，云也无从有了，归根结底要自己去努力。这句话所表现的龙、云关系，有的说譬喻“君臣”的“遇合”，有的说譬喻朋友间的互相应求。君主希望有贤明的人来辅佐自己，必须广开言路，实行仁政，礼遇士人，这样才能广纳贤才；朋友间你来我往，互相求助，每个人都要有一定实力，对方觉得也需要你，才能合作；莫逆之交或因性情，或因恩遇，缓急与共，死生可托，对方可以为你赴汤蹈火，是因为相信你也能为他两肋插刀。

世有伯乐，然后有千里马，千里马常有，而伯乐不常有。

【注释】唐·韩愈《杂说（四）》。此句意为世上有了伯乐，然后才会发现有千里马，千里马是经常有的，只是伯乐少有而无人识千里马。

【解析】这里伯乐借喻能够识人才的执政大臣，千里马借喻有才能的人，千里马如果不遇伯乐，就不成其为千里马，没有被发现，就等于不存在。杰出的人才不被当权者所了解与任用，是封建社会的痼疾，这句话抓住对人才的发现在某种意义上比人才本身更为重要这个特点，揭示当权者居伯乐位无伯乐才，也揭示了杰出人才没有伯乐与之相依存。

策之不以其道，食之不能尽其材，鸣之而不能通其意。

【注释】唐·韩愈《杂说（四）》。此句意为驱赶千里马而不用适应千里马的方法，喂养它而不能达到它的食量，吆喝它而不能通晓它的意思。

【解析】三句话没有论述，读者自可意会。三句用排比句式，一气蝉联，深刻揭示千里马被埋没，食不饱，力不足，不及常马的悲凉下场的原因。这三个“不”，归根于一个“不知”，将驭马而不识马的害处揭露得非常充分。封建社会，有才之士穷困潦倒，郁郁不得志者比比皆是，作者此语说明对待杰出人才，应该为他们创造一些特殊的条件。

合于道者著之，离于道者黜去之。

【注释】唐·韩愈《读荀子》。黜（chù）：消除，去掉。

【解析】此句意为那些合乎儒家之道的内容就写下来，否则就删除它们。韩愈读《孟子》，认为孟子是孔子之后儒家的圣人；又读《荀子》，见荀子尊孟子，他的著作与孔子主张大略相同，也认为他是圣人，于是想效孔子删诗、书，笔削春秋，来笔削《荀子》。这句话说的是孔子删诗的原则，结果诗、书、春秋无疵，他也要依这个原则，使“大醇而小疵”的《荀子》像《孟子》一样成为“醇乎醇者也。

人之将死，其脏腑必有先受其病者；引绳而绝之，其绝必有处。

【注释】唐·韩愈《〈张中丞传〉后叙》。此句意为人将要死时，他的五脏六腑中必有先得病的地方；拉断绳子时，必定有先断裂的地方。

【解析】作者意在说明睢阳城被攻破，绝不能单纯认为是许远在守城上的疏忽所致。张巡与许远共同抗击敌军十余万人，长达数月之久，终因粮尽援绝，城陷被虏，最后都以身殉国。有人责备许远，认为敌人是从他所守的一面攻破城池，是他防守不力。作者强调坚守危城，大义殉国，张、许是完全一致的，失守是因为城中实在无力防守了，被攻破是必然的。

守一城，捍天下，以千百就尽之卒，战百万日滋之师。

【注释】唐·韩愈《〈张中丞传〉后叙》。此句意为守住一个城池来捍卫天下，率领千百筋疲力竭、行将覆灭的士卒，抵抗敌方日益增加的百万之师。

【解析】张巡、许远守住了睢阳，则使敌人不能夺取江淮一带。江淮是当时的富庶地区，唐朝赋税很多出于此，保护了江淮，也就是保卫了天下。由于张巡、许远坚守睢阳的功劳，唐王朝分别追赠他们为扬州大都督和荆州大都督，加以褒扬。社会上一直有流言蜚语：指责张巡、许远不该死守睢阳，致使全城覆亡。韩愈这句话说明了守睢阳的作用，平息了流言蜚语。

莫为之前，虽美而不彰；莫为之后，虽盛而不传。

【注释】唐·韩愈《与于襄阳书》。此句意为没有人替他们作先导，那他虽有美好的才华也不能扬名于世；没有人做他的后继者，那他虽然飞黄腾达，也不能流芳后世。

【解析】这是韩愈关于先达与后进关系的论述，目的为强调二者互相依存，不可或缺。士人能显耀于当世的，必有为天下仰望的前辈引导；士人能光照后世的，必靠饮誉天下的后起之秀传承。然而这两种人难得相遇，身处下位的人自恃才能，身处上位的人自恃显贵，所以才高之士往往郁郁不得志，位尊之人往往没有留下显赫名声。韩愈上书求荐，希望与于襄阳互为先导与后继。

特立而独行，道方而事实，卷舒不随乎时，文武唯其所用。

【注释】唐·韩愈《与于襄阳书》。此句意为立身行世超乎常人，道德端方，处事切实，进退有度，不随时俗，文韬武略运用自如。

【解析】作者赞颂于襄阳是负天下重望的先达之士，为的是说明他应该赏识、奖掖后进之士。但是又未听说有晚辈在他门下受到礼遇，作者为他设计了两种情况，使双方态度有些缓和：一是曾经访求但未找到先达之士；二是志在建功立业，致力于报效君主的政事，无暇以礼待士。这样使于襄阳乐于奖掖后进，以合先达之名，韩愈求举荐的目的大概能达到了。

外形骸，以理自胜，不为事物侵乱。

【注释】唐·韩愈《与孟尚书书》。此句意为以形骸为身外之物，加强道德修养使内心坚强，不被外来之物所左右。

【解析】作者被贬潮州，与当地僧人大颠游处，人们传言他信佛。孟简当时贬吉州司马，闻讯致函作者。作者作书辩白，他申明潮州地处僻远，没有人可以交谈往来；而且大颠为人聪明识理，自己与他交往不过是人之常情，并非改变初衷。这句话也透露了韩愈以正心诚意、道德修养为核心的新儒学思想，实受禅宗心佛论的影响。

蕲胜于人而取于人，则固胜于人而可取于人矣。

【注释】唐·韩愈《答李翊书》。蕲：通“祈”，祈求，希望。

【解析】此句意为如果你希望胜过别人而得到人们的称道和赞赏，那么你现在已经做到了。韩愈自贞元八年考取进士后，未能经由吏部考试步入仕途，他胸怀用世之志而无所施展，颇不得意，但以儒道和“古文”自负的志向并未衰减，这封信便是他鼓励古文同道和后进李翊的。作者称赞李翊来信文辞高卓而态度谦恭，这句话评价李翊已经超出时人很多，未尽之意是你应该有更高追求。

无望其速成，无诱于势利，养其根而俟其实，加其膏而希其光。

【注释】唐·韩愈《答李翊书》。此句意为不要希望它速成，不要为权势、名利所诱惑，要像对待果树那般先培养它的根而后等待它的果实，要像对待灯烛那样先给加油而可见望它的光亮。

【解析】凡事讲求协调、平和。若位置与才能不协调，不是别人怨恨你，就是你怨恨社会不公；若理想与现实不协调，不是你痛苦地放弃理想，就是你痛苦地坚持理想。作者在此劝诫李翊不要期待奇迹，要不断积累、学习，文章水平自然会提高，厚积而薄发，发而闻名于世。

根之茂者其实遂，膏之沃者其光晔，仁义之人，其言蔼如也。

【注释】唐·韩愈《答李翊书》。此句意为根系茂盛才能果实累累，灯油充足才能使光更亮，符合仁义之道的人，他的话意味无穷使人乐于听取，心悦诚服。

【解析】文章不是随便写就的，是作者的思想积累和学识积累交织而成的，还有作者的品德和性情等因素在内。要写好文章，须从根本做起，加强道德修养，使自己成为“仁义之士”，则自然能够使语言文辞华美。这里作者沿用的孔子“有德者必有言”的说法，使之形象化，并劝欲有言者先修德。

处若忘，行若遗，俨乎其若思，茫乎其若迷。

【注释】唐·韩愈《答李翊书》。此句意为静处的时候忘记了自己的存在，走路的时候仿佛若有所思，神情庄重好像总是在思考，茫茫然好像迷失了方向。

【解析】作者劝说李翊学习古之立言者，又介绍了自己寻找探索古之立言者学文的过程。这句话写的是最初作者专心致志、冥思苦想的状态，表现了作者学习的虔诚和决心，在无人指点的迷惘中探索迷津。王国维说治学的第一个境界是“昨夜西风凋碧树，独上高楼，望断天涯路”，正与作者此言相合。

笑之则以为喜，誉之则以为忧。

【注释】唐·韩愈《答李翊书》。此句意为文章被别人讥笑自己却高兴，文章被人称赞反而忧虑。

【解析】当时一般人束缚于骈文，独有韩愈力倡古文，所以文章被人讥笑说明自己的散文探索有了新发展，被人称赞则说明尚有被别人喜欢而自己未能剔除干净的东西存在着。韩愈倡导古文少有同道，但他坚持下来了，又把自己的文章拿给别人看，从人家的态度中总结自己的得失，而且是这样的反向总结，可见他的勇气和毅力，以及对自己思想主张的坚定自信和不为流俗所动的气魄。

水大而物之浮者大小毕浮。

【注释】唐·韩愈《答李翊书》。此句意为如果水大，则比重小于水的物体不论大小都会浮起来。

【解析】韩愈提倡古文，力矫其弊，但古文亦应讲求节奏、声调之美。用"水"和"浮物"来比喻修养和文辞的关系，它指出只要有了深厚的修养，那么便能自如地驱遣语言，无论语句的长短还是声调的高低都会很恰当。虽然他所说的"道德修养"是指儒家的"仁义"之类，但他强调的作家主观修养对写作的作用，至今仍有借鉴意义。

处心有道，行己有方，用则施诸人，舍则传诸其徒。

【注释】唐·韩愈《答李翊书》。此句意为思索考虑问题有一定的原则，自己做事情有一定的规矩，被任用则通过自己的职务将学得的仁义之道推行于众人，否则就聚徒讲学、著书立说。

【解析】依赖有地位的人，用与不用是由别人决定的；有德行的人却不是这样，他的行为有一定的准则：用则利民，不用则写文章传于后世，成为后人做人的楷模。当时应举和文人习用的文体是时文即骈体文，作时文可以取得功名富贵，作古文却不被一般人所重视，韩愈此语勉励李翊不要为功名利禄所诱惑。

志乎古必遗乎今，吾诚乐而悲之。

【注释】唐·韩愈《答李翊书》。此句意为有志于学习古人则一定会被当世所遗弃，我的确是又高兴，又悲伤。

【解析】学习古人是因为从他们的思想、学说中汲取精华，可以弥补当今社会所缺。但是人们会认为你的所作所为不合时宜，大多数人简单地随波逐流，对于有异众人之举不分青红皂白地加以斥责，所以有勇气学习古之立言者的人很少。他们能够坚持自己的理想，为之刻苦努力，这是作者高兴的地方；但他们失去了功名富贵的机会，又不被时人理解，这又让作者悲伤。

或日接膝而不相知，或异世而相慕。

【注释】唐·韩愈《与汝州卢郎中论荐侯喜忧》。此句意为有的人是每日促膝相处却不相知,有的人则钦佩、羡慕前世未曾谋面的古人。

【解析】这句话是说知遇之难,或同时而不通意,或通意而不同时,那么修身立节而不遇知己的士人,自古以来数不胜数。与韩愈交好的侯喜登进士第十几年竟没有知己引荐,韩愈为之悲叹,欲带他同行,又适值他有事未能成行。卢郎中时为汝州刺史,韩愈听侯喜说得到了卢公知遇,死也不会有悔恨了,为之高兴。又为侯喜写此状再荐于卢郎中,使他对侯喜倍加珍惜、爱护,这句话既贺侯喜,又赞卢公。

苟可以寓其巧智,使机应于心,不挫于气,则神完而守固,虽外物至,不胶于心。

【注释】唐·韩愈《送高闲上人序》。此句意为如果某人把他的巧智寄托在某一种事物上,心能随机应变,彻底了解外来事物的真相,遇到任何困难都能克服它,那么他就能精神完足,操守坚定,虽然有外物干扰,但是他都不放在心上。

【解析】一个人的巧智得到寄托,要有成就,必须注意两点:一、掌握事物的原理或者规律,用它来衡量事物,应付处置;二、必须有不屈不挠的精神坚持到底。这样就可以进入一种保持本心、心无旁骛的状态,能够致力于一件事。

天地事物之变,可喜可愕,一寓于书。

【注释】唐·韩愈《送高闲上人书》。愕(è):惊讶。

【解析】此句意为天地之间万事万物的变化,让人欣喜和惊讶的,都统统反映在书法中。这是说"草圣"张旭习练书法时,以一颗平静的心去体察万物,把它们的情状和自己的感受都表现到书法中去。人类是有感情理智的动物,自然有喜怒忧悲各种心情,对自然界和人类社会的形形色色可喜可愕的情状,一定有所取舍。取舍的标准,就是所掌握的原理和规律,加上意志又坚强、专心致志,所以能够在事业上有惊人的成就。

不得其心而逐其迹,未见其能旭也。

【注释】唐·韩愈《送高闲上人书》。此句意为高闲学书法不学张旭的用心,而只知道追求仿效表面的形迹,他永远也达不到张旭的水平。

【解析】高闲学习张旭的书法,韩愈借批评他来排斥佛教徒。他认为佛教徒想弃绝人事,把心定下来,不是机应于心去主动处置,而是逃避现实的消极对付;不是寓其巧智,鼓起不屈不挠的信心,而是颓废。既然否定现实,什么都成了"身外物",对外界不发生情感,学草书艺术干什么。学了也只是学得形迹,没有内容,归根结底是学不好的。

一死生，解外胶。

【注释】唐·韩愈《送高闲上人书》。此句意为把生和死看成一样，把外来的要粘着我心的事物，不论好坏统统摒除出去，不理睬它。

【解析】这是佛家唯心主义思想。僧人高闲，居湖州开元寺，作者用这句话批评高闲，但他过于极端化，这句话不是对我们一点好处也没有。世上没有绝对的东西，一切都要以时间、地点、条件为转移。这句话可以让我们学会排除外界的干扰，该集中精力时不可心有旁骛；不过分看重生命，则使人能获得更多的人身自由和思想自由。

其为心，必泊然无所起；其于世，必淡然无所嗜。

【注释】唐·韩愈《送高闲上人书》。此句意为他的心思一定不为外物所动，像古井水不起波澜，他对于世事一定是漠不关心，无所爱好。

【解析】内心有热烈的情感，公义和私利互相展开斗争，有所得有所失，始终保持旺盛的情绪，然后把它抒发出来，才能做好一件事。这也是不平则鸣的文学创作理论观点，也同于弗洛依德主张的文学起源的"情欲说"。作者在批评高闲把一切事物都看得淡泊了，生和死都看成一样，七情六欲全无，这样哪能激起内心波澜，于书法也一定拘于一格。

伯乐一过冀北之野，而马群遂空。

【注释】唐·韩愈《送温处士赴河阳军序》。此句意为伯乐从冀北大地上经过，马群中的千里马就全被挑选出来了。

【解析】河阳节度使乌重胤招得石处士后，由石处士推荐，再聘温造。作者这句话是形容乌重胤能网罗贤士，用了极度夸张的笔墨来写极严肃的题材，令文意略带谐趣、戏谑意味。这一方面体现了作者行文的幽默诙谐，一方面也透出作者对处士轻出的轻微讥讽。作者既写乌公得人可贺，又写自己失去朋友的遗憾，留恋之情自在言外。

以礼为罗，罗而致之幕下。

【注释】唐·韩愈《送温处士赴河阳军序》。此句意为以礼贤下士的态度为罗网，网罗下僚英俊到自己幕下听用。

【解析】作者说温造与石洪是洛阳读书人里杰出的人才，但却隐居不出；乌重胤以节度使的身份来镇守河阳，先后以礼节征召石洪、温造入了幕府，意在赞扬乌重胤知人善任，石、温二人能以国家为重，出山入仕。"以礼为罗"赞扬乌重胤礼贤下士、广纳贤才，表现了作者对任人唯贤原则的欣喜，同时希望古代重士的社会风气能够重新形成。

利泽施于人,名声昭于时。

【注释】唐·韩愈《送李愿归盘谷序》。此句意为利益让给众人,名声在当时广为流传。

【解析】古代的隐居者有三种人,一是不羡慕富贵,布衣终身,终老田园,这为数极少;二是走终南捷径,以隐博取高名,以为作资本,这为数最多;三是久经宦途之后,或是看透了宦途的丑恶与危险,或是政治斗争的失败者,最后只得归隐。看来李愿属于这最后一类。他对官场得意者的骄横残酷、奢侈腐化,对宦途奔走者的趋炎附势、卑鄙可怜,了解得一清二楚。这句话是反语,讽刺了志得意满的大官僚。

坐茂树以终日,濯清泉以自洁。采于山,美可茹;钓于水,鲜可食。

【注释】唐·韩愈《送李愿归盘谷序》。此句意为坐在茂密的树林中消磨终日,在清泉中洗浴使自身洁净。采摘山果、野菜,钓些鱼虾,吃起来很鲜美。

【解析】李愿,隐士名,号盘谷子。安史之乱后,唐王朝政治腐败,李愿欲归隐。他喜欢上面说的这种生活,尽情享用大自然的恩赐,无拘无束,一切以舒适为准。"茂树""清泉"就是为隐居者准备的,无隐居者流连则空自清幽。"采于山""钓于水"说的是动态的过程,透出一份闲适、恬淡的心情,同时"美可茹""鲜可食"表示有了收获,心满意足。

与其有誉于前,孰若无毁于其后;与其有乐于身,孰若无忧于其心。

【注释】唐·韩愈《送李愿归盘谷序》。此句意为与其当面和得势时受到称赞,还不如背后和失势时不遭毁谤;与其身体上享受快乐,还不如心里无忧无虑。

【解析】不言而喻,这形容的是些与世无争、超然物外的山林隐士。他们那种无忧无虑、安贫乐道的处世态度正是李愿所一心追求的。从作者毫不掩饰的赞美之言中可以看出,这些人才是李愿心中真正崇敬的大丈夫。韩愈心中的大丈夫标准没有这么低,听完李愿的描述,作者"闻其言而壮之",这表示他委婉地反对或批评。

道不加修,则贤者不与;文日益有名,则同进者忌。

【注释】唐·韩愈《与陈给事书》。此句意为自己在道德修养上没有提高,则贤人就不愿与我交往;名声越来越大,那些与我一样希望上进的人便会产生妒忌。

【解析】陈给事与韩愈曾有交往,但后彼此疏远了,这封信希望与陈给事重修旧好,为文含蓄婉转,曲折有致。这句话看似检讨自己,实际上却是对陈给事表示不满,但语句委婉含蓄,这样陈给事较易于接受。陈给事不喜欢与别人交往,又听了妒忌者的闲话,读了此信一定会有所触动,他对与韩愈的交往也一定会有所回顾和反省的。

治人以明,事神以诚。

【注释】唐·韩愈《南海神庙碑》。此句意为管理百姓,政令清明;供奉神灵,恭敬虔诚。

【解析】南海神号祝融,为四海神之最尊者,每年三月由广州刺史以公侯礼祭之。元和十二年孔戣为南海节度使、广州刺史,十四年作者被贬潮州,为孔戣属下,碑立于十五年十月。这句话讲的是孔戣不避险难风雨,不纳属下劝阻,以明诚之心,恭奉天子之命,严肃祀典,升舟祭神,因此年丰人和。作者夸赞为民祈福而不顾自身安危的官员,在他身上寄寓了自己的政治理想。

子严父诏,妇顺夫指。

【注释】唐·韩愈《柳州罗池庙碑》。此句意为儿子不敢怠慢父亲的告诫,妻子不违拗丈夫的意思。

【解析】此文是韩愈为祭柳宗元写的第三篇文章,和祭文及墓志铭着眼点不同,这篇着重写柳宗元在柳州的政绩,是应州人之请,从柳州人民的角度写的:称之为“柳侯”,也是用老百姓的口吻。这句话是说柳宗元治理好农业生产之外,还把儒家的伦理纲常观念灌输给边鄙之民,初步整顿了社会伦理秩序,教人民识礼节。

出相弟长,入相慈孝。

【注释】唐·韩愈《柳州罗池庙碑》。弟:同“悌”,友爱同辈。

【解析】此句意为在外则友爱同辈敬顺长辈,在家庭里则父母爱子女、子女孝敬父母。古代把边远地区的老百姓常常看成未开化的蛮夷,把他们当奴隶看,因此对立情绪严重。柳宗元能够把柳州人和中原人一视同仁,这就能取得百姓的信赖,政令易于被百姓接受、执行,上下沟通、融洽,物质的丰富必然会带来良好的社会风气。这是按照孔子“先富后教”的从政主张实行的,也是完全符合“衣食足而知荣辱”的共识的。

一时皆慕与之交,诸公要人争欲令出我门下。

【注释】唐·韩愈《柳子厚墓志铭》。此句意为同一时代的人都渴望与他交往,诸公要人都想要使柳宗元出于自己的门下。

【解析】这句话写了柳子厚少年意气之盛:早中进士,使柳氏门中出了人才，才德出众，名不虚得，别人都仰慕他愿与他交往。“诸公”一句为柳宗元参加二王集团辩解，说明不是柳宗元巴结权贵，而是权贵们想拉拢柳宗元。这样既未抹掉参加二王集团的事实，又为写柳宗元的品格留下余地。韩愈把王叔文等看作小人，不愿因他们玷辱了柳宗元的清白，所以把柳宗元遭贬说成是受他们连累。

士穷乃见节义。

【注释】唐·韩愈《柳子厚墓志铭》。此句意为士人到了穷困的时候，才看出他的操守和义气。

【解析】这句话是韩愈对柳宗元最富感情也最为激昂慷慨的评价，是他对柳宗元最为推崇的一点。刘禹锡写《玄都观看花诗》惹怒了执政者，柳宗元也跟着遭贬，但他不怨刘禹锡，反而为刘着想。他冒死上请要求以自己的柳州换刘禹锡的播州，因为播州太苦，刘禹锡的老母会受不了，他自己的母亲就死在永州。这既反映了他重孝道，“老吾老以及人之老”，更突出了他重友谊、有风骨，交友不以对方势之厚薄而变。

一旦临小利害，仅如毛发比，反眼若不相识；落陷井，不一引手救，反挤之又下石。

【注释】唐·韩愈《柳子厚墓志铭》。

【解析】此句意为有一天忽然碰着了一点小小的利害冲突，不过像毛发一般的小事，顷刻间变脸，任他落在陷阱里不肯伸手去救他，反而去挤轧他，甚至还投下石头去。这句话摹写了当时官场中势利凶恶的情状，可以说是穷形尽相，这不是无的放矢，暗中也有所指。另外，这种摹写是为了与柳宗元和刘禹锡的交情作对比，突出柳宗元“以柳易播”的风义，也想使势利小人听到这件事后感到些惭愧。

材不为世用，道不行于时。

【注释】唐·韩愈《柳子厚墓志铭》。此句意为经天纬地的人才却不被朝廷任用，怀道却在当时行不通。

【解析】韩愈和柳宗元在当时的政治斗争中，属于不同派系，但在古文运动中确是私交甚深的两员主将。韩愈悼念柳宗元的文章有好几篇，多写他在政治、文学方面的业绩和成就，肯定他的政治才能，对他长期被谪贬、排挤和打击寄予了无限的同情。这句话肯定了他为“材”有“道”，但对他“不为世用”“不行于时”表达了深深的叹惋。

斥不久，穷不及，虽有出于人，其文学辞章必不能自力以致必传于后如今无疑也。

【注释】唐·韩愈《柳子厚墓志铭》。

【解析】此句意为倘若柳宗元的遭遇不如此穷困，可能在功名事业上能够出人头地，但在文学上就绝不可能通过自己的努力，取得像现在这样不朽的成就，这是毫无疑义的。这句话为柳宗元鸣不平，借他贬死穷荒的遭遇讽刺罪恶社会，又竭力推崇他在文学词章上的成就，认为必传于后世。而他所以能够成就，却是久斥在外、能刻苦自力所致。环境和生活经历愈困苦，使得柳宗元成就愈大，比做将相有价值得多。

栉垢爬痒，民获苏醒。

【注释】唐·韩愈《试大理评事王君墓志铭》。栉垢（zhì gòu）：用梳子梳去头上的污垢。

【解析】此句意为除去一些有害老百姓的弊政，使百姓稍有解脱。王适自以为是奇男子，想要立些功业名节，喜欢作惊人语，也喜欢作生语。王适好读书而不肯随人去考试应举，企图借助他人力量，而当时的诸公贵人，是志得意满暮气沉沉的一流人物，恰恰不喜欢他，一见他便“戒门以绝”。王适一生，地位不高，也未曾有惊世之业，这句话很中肯，证明韩愈是不“谀墓”的。

鼎也不可以柱车，马也不可使守闾。

【注释】唐·韩愈《试大理评事王君墓志铭》。柱：同“拄”，支撑。

【解析】此句意为鼎是饮食器或作礼器，不能用来支车，守门不是马的事，是狗的事。“凡是现存的，就是合理的”，所有的事物都有其存在的必要性，否则早已被宇宙演进、人类进化所抛弃。所有现存的事物都是世界的不可或缺的组成部分，发挥着它的独特作用，但如果改变了它们存在的时间和地点，就会发生质变，有好也有坏。鼎为尊贵之物，马可驰骋千里，用它们来拄车、守门则大材小用。这句话言外之意是王适是奇才未能得其用。

佩玉长裾，不利走趋。只系其逢，不系巧愚。不谐其须，有衔不祛。钻石埋辞，以列幽墟。

【注释】唐·韩愈《试大理评事王君墓志铭》。裾（jū）：衣服的前襟。

【解析】此句意为挂着玉佩，穿着前襟很长的衣服，当然不便于快步走；地位高低只是遇合、遭际的问题，与人的聪明和愚笨无关；不合人家的需要，胸中有许多抱负没有施展出来；最后像钻石被埋在废墟中，无人知晓。正直人士与腐败社会总是充满矛盾，王适生不逢其时，生不逢其人，这几句话用博喻手法，层层递进，表达了对王适可悲结局的惋惜。

世慕顾以行，子揭揭也；噎喑以为生，子独割也。

【注释】唐·韩愈《清河张君墓志铭》。噎(yē)：咽喉窒塞不通。喑(yīn)：口不能说话。

【解析】此句意为世人行事总是患得患失，以个人利害为前提，你高出时辈；别人忍气吞声做人，你独能断决。这是作者对张徹孤身入叛军营劝降从容就义的慷慨激昂的赞颂。韩愈素来主张全国统一，深恶藩镇的割据自雄，对于张弘靖激起军士叛变，对他的没有气节，表示不满。这句话借赞扬张徹临大义不屈，蹈死而不顾的气节来讽刺张弘靖。

丞之职所以贰令，于一邑无所不当问。

【注释】唐·韩愈《蓝田县丞厅壁记》。此句意为县丞的职责是辅佐县令，对于一县的政事没有什么不应过问。

【解析】唐代官厅，按常规将历任主司者题写壁上。元和十年，蓝田县丞崔斯立题写本司历任姓名，作者为作记文，借题发挥，尖锐地揭露了唐代官制的冗滥与不合理。这句话阐述了县丞的职责，而实际上县丞往往处于闲散、无所作为的尴尬处境。崔斯立始任时极想有所作为；既而感到英雄无用武之地，终于只得因循旧例，得过且过，作者揭示了县丞不过是一种即使想有所作为也无所用之的闲官。

居闲处独，时往来余怀也。

【注释】唐·韩愈《画记》。这句话说空闲时，一个人独居的时候，心中常常忆念起这幅画，忘不了。

【解析】韩愈得到一幅画，描绘有众多场面、表现了不同主题的一长卷“杂古今人物小画”，至为喜爱，感叹其工巧。后与人论画，出而示之，座中某位有君子之风的人表现出痛苦、沉重的表情。原来这幅画是他亲手描摹的，失去了近二十年，这期间常常怀念起这幅画，与之悠然神会。这句话表现了人失所爱的深切怀念之情，也说明人为所爱付出太多，且爱好很深则会把它看得很重。

夫岂多言，亦各其志。善也吾行，不善吾避。

【注释】唐·韩愈《子产不毁乡校颂》。此句意为怎么能嫌别人话多，各自陈述看法。说的对，我就照此施行，说的不对，我就加以避免。

【解析】子产是春秋时郑国大夫，执政二十余年，使郑国安定自强，名重诸侯。贞元十五年，国子监司业阳城支持太学生议政，为唐德宗所恶，出为道州刺史。太学诸生几日集会恳求皇上留下他，没成功。作者这句话借歌颂子产能重视国人意见，来讽刺执政者的刚愎自用、闭塞言路，也表达了作者对子产的怀念之情，思古慨今，愤惋之情溢于言表。

业精于勤，荒于嬉；行成于思，毁于随。

【注释】唐·韩愈《进学解》。随：随意，任性率意。一说跟随、不知思考。

【解析】此句意为学业的精深造诣在于勤勉，荒废则由于嬉戏；行为端正在于深思熟虑，败坏则由于任性率意。天道酬勤，只有勤奋地学习、积累，才能由量变达到质变，豁然开朗，提高层次；也要勤于思考，既透彻了解事物的实质，又建立自己的观点。韩愈此语借国子先生教导学生来劝诫古文后来人，同时也是坚定自己的理想：坚持自己的主张，不投世俗所好，这样才能有所成就。作者将丰富的人生体验提炼为短句，发人深思，犹如格言。

占小善者率以录，名一艺者无不庸，爬罗剔抉，刮垢磨光。

【注释】唐·韩愈《进学解》。庸：用，指被任用。爬罗剔抉(jué)：搜罗选择。刮垢磨光：刮去污垢，打磨使之光亮。

【解析】此句意为具有一点优势的人大都被录用，以一技之长著称的人没有不被任用的，朝廷搜罗选拔人才，造就、训练人才。这句话是国子先生教导学生的，意在说明当时社会政治清明，当政者用人公平，有一技之长的人无不予以起用，以此激励学生在“业”和“行”两方面刻苦努力。很明显这句话是反语，学生都质疑，国子先生这样说一是为做好自己的工作，二也暗寓对当局用人不公不明的讥讽。

焚膏油以继晷，恒兀兀以穷年。

【注释】唐·韩愈《进学解》。晷(guǐ)：日影，即日光，指白天。

【解析】此句意为夜以继日地学习、研究，终年笔耕不辍，勤勉不懈。这是太学生对国子先生的评价，认为实在是勤奋，有才有德，但既而对先生被朝廷一贬再贬，却在这里板起一副训人的面孔大讲朝廷用人公平表示质疑。这也是韩愈对自己的评价：“欲为圣明除弊事，肯将衰朽惜残年。”学生的质疑是作者内心思想斗争的一个方面，朝廷对自己的不公实在使他不平，但他还对朝廷寄寓了希望，仍会勤奋下去。

寻坠绪之茫茫，独旁搜而远绍。障百川而东之，回狂澜于既倒。

【注释】唐·韩愈《进学解》。绪：前人未竟的功业。绍：继续。

【解析】此句意为茫无头绪地追寻将要断绝了的儒家道统，一个人从各方面搜求,远继孔孟事业。阻挡百川乱流使它东流入海(引导百家之说归于儒家学说),危急关头,力挽狂澜(力排佛老异端邪说)。作者提出"道统",认为儒家之道孔子传于孟子,孟子之后又有荀子,之后有扬雄,他们都发扬光大了儒学,自己也会传承锁链的一环,有责任担起兴衰起弊的重任。这句话也是他对自己成绩的总结。

《易》奇而法,《诗》正而葩。

【注释】唐·韩愈《进学解》。此句意为《易经》的卦词取象于一切事物,有时说得很奇怪,但也有一定的规律,《诗经》思想纯正,而且文辞华美。

【解析】这句话是对两部儒家经典的评价,韩愈笃信儒学,且想以儒排佛、老,自然极度赞美这两部书,不过还是很准确的。这句话在文中是太学生之言,以之说明先生文章博采众长,得这两部书之精妙,写出文章来运笔如神,左右逢源,学生们为先生有如此之才德而不见用可惜。韩愈坚信师法古文,得其高妙而传于后世,穷达不论。

公不见信于人,私不见助于友。跋前踬后,动辄得咎。

【注释】唐·韩愈《进学解》。跋(bá):践踏。踬(zhí):摔倒。

【解析】此句意为在政治活动上不被别人信任,在个人生活上得不到朋友的帮助。进退两难,到处碰壁,行动就获罪。韩愈青年时本以为功名唾手可得,然而经四次进士考试方才及第,其后三次于吏部调试,都未能得官,只得走投靠方镇为幕僚的道路。一直难以施展其抱负,却困于谗言诽谤。这句话借学生之口,抒发了作者长期不受重用、后遭贬斥的不满情绪,也流露出作者在思想上戚戚于贫贱、汲汲于富贵的卑琐一面。

命与仇谋,取败几时。

【注释】唐·韩愈《进学解》。谋:相合,相伴。

【解析】此句意为命运有意与自己作对,受挫折要到什么时候。作者总结自己的经历,似乎从来不顺利,对老天有意捉弄自己无计可施。但想到孟轲、荀况这样的圣人之徒尚且不能显达于当时,自己被投闲置散的不平也冲淡了许多,觉得没有什么可抱怨的。这是作者达观之处,无力改变多桀的命运,就随便吧,自己充分利用拥有的条件完成自己认为有意义的事——像孟轲、荀况一样振兴儒学,使自己的主张在后世发挥作用。

学虽勤而不繇其统,言虽多而不要其中,文虽奇而不济于用,行虽修而不显于众。

【注释】唐·韩愈《进学解》。繇(yóu):同"由",从。

【解析】此句意为虽然勤奋学习但不能遵循儒学的道统,言论很多但不能归结到儒家的中庸之道,文章新奇但是于事无补,品行高尚但不能扬名于众人之中。这几句是韩愈自谦的说法,明抑暗扬,都是反语。其中提出了自己的主张,治学应该作有系统的研究,议论一定要依据真理,文章一定要有实际意义,否则艺术水平虽然高妙,也不足取。这是他个人对治学和论文的独特看法,有异于前人。

动而得谤,名亦随之。投闲置散,乃分之宜。

【注释】唐·韩愈《进学解》。此句意为行动就会受到诽谤,但我的名声也因此日益显著。把我安置在闲散的职位上,是分内应得的。

【解析】韩愈上书极论宫市,被贬山阳令;后上《论佛骨表》,帝大怒,贬潮州刺史。每次政途坎坷都使他的文名大放光辉,他有所失,但所得更大。因"动而得谤",他愿被"投闲置散",因名声已经昭于世,他没有别的需求了。所以安于"投闲置散"。上天不会给你太多,孟轲和荀况不也是在当时郁郁不得志吗?

忘己量之所称,指前人之瑕疵。

【注释】唐·韩愈《进学解》。瑕(xiá):玉石上的斑点。疵(cī):缺点和过失。

【解析】此句意为忘了自己的分量所符合的标准,而去指责官位高于自己的人的缺点和过失。这句话妙,说自己才能不高是自谦,自责不该去挑别人毛病,但并不是说人家没有毛病,反而是明确肯定了这一点。批评别人缺点并不是非要自己比别人强,可以是出于关心和爱护对方的想法,也可以是从他的官职、地位出发来要求他,人们应该擅于批评和自我批评。

君德浑刚,标高揭己;有不吾如,唾犹泥滓。

【注释】唐·韩愈《祭河南张员外文》。此句意为德行浑厚刚强,以高标准要求自己;对于那些远不及自己的人,视之为污泥渣滓而唾弃他们。

【解析】张署贞元二年进士及第,以博学宏词任校书郎,拜监察御史,官终河南令。韩愈与张署有过共同的生活经历,建立了友谊。韩愈自称是"最为知"张署的人。这句话写了张署的人格,韩愈自认为难以企及,并自叹弗如。作者不依靠政治背景而自恃正确,也是秉性刚正不阿,和张署的"德浑刚"一致;直犯奸臣佞人,和"标高揭己"也存在着内部联系,作者自责实际上是自扬。

把盏相饮,后期有无。

【注释】唐·韩愈《祭河南张员外文》。此句意为共同端起酒杯一饮而尽,下次相遇与君共饮不知有没有机会了。

【解析】贞元十九年冬，韩愈和张署在监察御史任上直言批评幸臣，被贬。韩贬阳山，张贬临武。二人相偕南行，预先约定界上相聚，有机会一夕畅谈。这句话就是临别相约之叹，一同遭遇政治坎坷的至交友人，更需要友情来安慰自己，此语有“劝君更尽一杯酒，西出阳关无故人”的浩叹。等到再次相会，已经过了一年，韩张两人的惺惺相惜之情，大家可以想见。

君出我入，如相避然；生阔死休，吞不复宣。

【注释】唐·韩愈《祭河南张员外文》。此句意为君在外任官，我则回京赴任，好像故意互相躲避一样屡次错过；生命到死还有很长一段，怀念之情埋在心中，能与谁言。

【解析】韩愈由坎坷而逐渐顺畅，而张署却始终没有得意过。从元和元年起，韩愈历任国子博士、尚书职方员外郎、中书舍人、右庶子等职；张署历任凤翔判官、三原令、虔州刺史、河南县令等职。相比这两个人的履历表，大体可以理解“君出我入，如相避然”的事实，以及“生阔死休，吞不复宣”的情绪的由来。

屡以正免，身伸事蹇；竟死不升，孰劝为善！

【注释】唐·韩愈《祭河南张员外文》。此句意为多次因为伸张正义而被贬官，坚持自己人格品德则仕途坎坷；到死也没有升迁，还怎么劝说别人向善呢？

【解析】元和十二年，张署逝世，韩愈先作《唐故河南令张君墓志铭》以“纪德事功”，继又作《祭河南张员外文》以寄托伤怀，此文将自己和张署联系在一起，通过自身的经历叙述张署的品格以及与张署的友情。这句话是说二人坚持正道却遭遇不幸，作者大鸣不平：“竟死不升，孰劝为善！”愤慨之情，溢于言表。

当其梦时，有乐有悲；及其既觉，岂足追惟？

【注释】唐·韩愈《祭柳子厚文》。此句意为当人们在梦中时，情感有欢乐，有悲伤；等到他觉醒过来，难道值得追思吗？

【解析】死生是自然规律，这本来是“人生如梦”的老生常谈，但韩愈一分析、梳理，就化腐朽为清新了。梦中利害不可捉摸，转瞬即逝，无法计较，梦中悲喜随梦而去，不值得回味。韩愈此语祭柳子厚，不叙柳子厚的生平和业绩，却比喻人生为梦，柳子厚去世不过是梦醒罢了，读来似叹似慰，悠然不尽。

凡物之生，不愿为材；牺尊青黄，乃木之灾。

【注释】唐·韩愈《祭柳子厚文》。牺尊：牛形的酒器，可以木刻成。

【解析】此句意为举凡物的生存和存在，是不愿被当作材料来使用的；百年的巨木是良材，砍削雕镂之后，作成祭器“牺尊”，又加青黄文饰，诚然精美了，而失去木之本性，这是木的灾难。这一比喻说明“多才为患害”，是对柳子厚的文章和遭遇兴发的无限感慨。子厚诚为文章良材，为政栋梁，却难以按自己本性发展，不接受统治者改造则人微言轻，接受则难免同流合污，失其本性。

子之中弃，天脱帝羁；玉佩琼琚，人放厥词。

【注释】唐·韩愈《祭柳子厚文》。帝(zhí)：绊住马脚，也作“絷”。

【解析】此句意为你被朝廷贬到边远地区，弃而不用，正是老天帮你摆脱荣华富贵的羁绊；你有玉佩琼琚一样美好的品德和才华，不被任用正使你能够专心创作，大力宣扬你的思想主张。作者为子厚鸣不平，妙在全用逆笔，子厚“不用”，飞黄腾达者却多是无能之辈；作者不铺陈死者的功业和二人交往，却只写柳子厚才高而不见用，但中间充满郁塞不平之气。譬喻和正反对比杂糅在一起，读来有苍茫不尽的感觉。

富贵无能，磨灭谁纪？子之自著，表表愈伟。

【注释】唐·韩愈《祭柳子厚文》。此句意为虽然富贵但却无能的人，将随时间流逝而默默离去，谁会记得他们？你却以文章自显，必然不朽。

【解析】用于世者不一定有真本领，庙堂上多充斥无能之辈，这些人虽然富贵但不会在史书上留名。这是安慰子厚不要因不用于世而哀伤，你摆脱了富贵于己的束缚，大写文章得以名留青史，孰重孰轻，立见高下。这句话写了柳的高才被弃，自己的感慨，抒发了自己对子厚的深切悼念之怀。

夫遭时者，虽小善必达；不遭时者，累善无所容焉。

【注释】唐·韩愈《感二鸟赋》。累善：积善。这句话说如果生逢其时，有一点儿能力也能发挥出来，并借此飞黄腾达；如果生不逢时，再大的能力也不会被发现，不容于社会。

【解析】公元795年正月至三月，韩愈三次上书宰相求仕进，宰相赵憬、贾耽、卢迈置之不理，不得已而东归，感叹“不遇时”。路上见有官吏献鸟给皇上，于是说这句话对献鸟求仕而飞黄腾达的“小善”表示不满，感慨自己空怀报国之志，枉有满腹经纶，却不被重用。但韩愈并没有强烈地批评封建统治，而是仍在期待着“明主”的出现。

事有旷百世而相感者

【注释】唐·韩愈《祭田横墓文》。旷百世：旷，空旷，隔离。三十年为一世，百世应为三千年。从田横逝世到贞元十一年，仅一千年左右，这里百世极言其时间之长。

【解析】此句意为事情有隔离百世而互相感应的，这是韩愈上书宰相求荐不成、东归经偃师田横墓时的借古抒怀。田横是战国田齐后裔，楚汉间逐鹿中原，为刘邦所败，逃亡海上。他为保全部属而假意归降，入朝途中自刭，部下五百壮士纷纷从死，义烈惊世，传为得士之典式。作者此语既伤田横得五百壮士仍不免一死，又悲今世无如田横者，自己无以依随。

凡贫贱之士必有待，然后能有所立。

【注释】唐·韩愈《太学生何蕃传》。此句意为大凡贫贱不遇之士必须耐心等待，然后才能有机会被任用。

【解析】太学生何蕃入太学二十余年，学成行尊，而又孝义仁勇兼备，为太学诸生的表率。他劝诸生不做不义之事，阻止“六馆之士”参与朱泚之乱，但因与礼部长官不合而不得用，只能悲守穷庐，抱憾连年。作者说贫贱之士也能树立功业，隐然要求朝廷先征用何蕃作出榜样，免致遗漏人才。这是代不遇之士发呼吁、鸣不平，充满正义感。这句话是安慰何蕃继续等待，而更多是对当时科举选士不公、埋没人才的弊端的揭露。

以吾心之思足下，知足下悬悬于吾也。

【注释】唐·韩愈《与孟东野书》。此语意为因为我心中正思念着你，所以知道你也在为我担心，感到惴惴不安。

【解析】贞元十五年，作者与孟郊在汴州分别，后作者经汴州兵乱而脱险，为徐州节度使张建封聘为幕僚。这句话表达了与孟郊分别后悬悬相念的深厚感情。韩愈寄人篱下，处境凄凉，胸怀抑郁，想辞官与孟郊一起终老江湖。在对挚友的渴想中透露出对自己境遇的悲叹，对现实的不满。

混混与世相浊，独其心追古人而从之。

【注释】唐·韩愈《与孟东野书》。此句意为不能不和他们混在一起，委曲求全，但心中是追随古人之道的。

【解析】这句话借水作譬喻，世人皆浊，自己也难免沾染污浊，即便心怀高远之志，也无力惩救时弊，匡正世风。高声疾呼会招人讥笑，甚至是诽谤打击，只有把思想隐藏心底，或与三五同道交流；处世之中，只有痛苦地背弃理想，与世人杂然相处。这句话妙在伤己悲友，互为映发，通过悲叹孟郊“行古道，处今世”，而心勤身老，不为世用，暗暗点明自己不遇的原因，也使友情得到升华。

人不可遍为，宜乎各致其能以相生也。

【注释】唐·韩愈《圬者王承福传》。此句意为一个人不能什么都干，人们应当分工合作，各尽所能，这样大家都得以生存。

【解析】这句话表现了作者的理政思想：人都应尽力干所任之事，以取得相应的报酬。这是儒家为建立和维持封建社会组织机制而提出的“社会分工论”。儒家社会分工思想，集中到两句话，就是孟子说的“劳心者治人，劳力者治于人”，要求百工必须各司其职，各尽其能；韩愈在《原道》中也表达了社会分工思想。这句话是和《孟子》和《原道》的社会分工思想观点一致的。

有一至者焉，又往过之，则为墟矣。

【注释】唐·韩愈《圬者王承福传》。此句意为有到过一次的，第二次再去，那儿已经变成废墟了。

【解析】王承福是个泥水匠，他专门选择那些容易做而于心无愧的行当来做，他不贪富贵。他到富贵人家干活，有不少年头了，每去一次，则富贵人家都见衰落，都是因为人事。相传郭子仪亲自督建汾阳王府，生怕哪里修得不十分牢固，一个老匠人对他说：“我这么多年来只见过房屋换了主人，还没见哪一家住到房屋倒塌！”某朝廷官员家乡亲戚与人争地，驰书求援，他回信：“千里传书为道墙，让他三尺又何妨，万里长城今尚在，今人谁见秦始皇？”这句话同两个故事一样充满历史沧桑感。

丰悴有时，一去一来而不可常者。

【注释】唐·韩愈《圬者王承福传》。此句意为盛衰总有一定的时期，有去有来，总不会一成不变。

【解析】王承福了解到变为废墟的人家或因为吃官司而败亡，或者是子孙不保祖上家业，感叹盛极必衰。他认为与其贪冒富贵、不自量力、尸位素餐、多行不义，以致身败名裂、子孙凌替，终不能保有富贵，还不如自食其力而心安理得。这句话借泥水匠感慨世事更迭、人生难料来劝人克己奉公、安分守法，作者也以此安慰自己固守本心，不要为不能显达而过于郁闷。

大凡物不得其平则鸣。草木之无声，风挠之鸣；水之无声，风荡之鸣。

【注释】唐·韩愈《送孟东野序》。

【解析】此句意为大凡物体得不到它原有的平静就发出声音。草木本来没有声音，风吹动就鸣；水本来没有声音，风吹荡就鸣。诗人孟郊是作者挚友，曾多次科举考试都失败了，到了四十六岁才中进士，做过县尉等小官，很不得志，终生贫困。作者提出“物不得其平则鸣”，来说明孟郊创作诗歌是为抒发内心的不平。人的言论总是不得已才发表，他的歌声是因有所思考，他的哭声是因有所怀念。

抑不知天将和其声，而使鸣国家之盛耶？抑将穷饿其身，思愁其心肠，而使自鸣其不幸耶？

【注释】唐·韩愈《送孟东野序》。

【解析】此句意为不知道是上天要使他们的声音变和谐来歌颂国家的兴盛呢；还是要使他们穷困饥饿、心情愁苦，而为自己的不幸悲歌呢？孟郊的诗很好，而大多是表现他不满现实和怀才不遇的感慨，他将要去江南任职，但有些不愉快，作者说命运取决于上天来安慰他。作者这句话明说命运取决于上天，实际上委婉地指责当时的执政者不重用人才。

师者，所以传道受业解惑也。

【注释】唐·韩愈《师说》。以：凭借。此句意为老师是传授道理、教授学业、解除疑惑的。

【解析】韩愈生活在中唐时代，为了正纲纪、平天下而兴儒学、排佛老；倡导古文运动，不仅身体力行，孜孜以求，而且招收后进，培养组织了一大批新生力量，这使古文运动和儒学运动取得一定成效。这句话重新给"师"下了定义，指出"师"的作用。韩愈所指的"师"和我们今天的"师"不完全相同，他指的是给社会上学业有成的士或宦官做老师。他提倡古师道，批判轻师之时风，这是他兴儒学的一个内容，也是为培养新生力量提供理论上的依据。

人非生而知之者，孰能无惑？惑而不从师，其为惑也，终不解矣。

【注释】唐·韩愈《师说》。此句意为一个人不是生下来就知道一切事物的，谁能没有疑问、疑惑呢？有了疑惑而不跟老师学习，那些成为疑惑的问题，终究得不到解决。

【解析】这句话针对社会上耻于相师的不良风气而发，抨击当时所谓世禄之家。他们自恃门第高，不必要靠科举进入仕途，因此便看不起人。既不肯奖励后进，也不推崇前辈，他们自以为是最"高贵"的人，是"学道"的人，其实是不学无术。作者持唯物主义观点，认为"人非生而知之"，需要拜师求学，师可解惑，"惑而不从师"的人是不会有所成就的。

无贵无贱，无长无少，道之所存，师之所存也。

【注释】唐·韩愈《师说》。此句意为无论人的身份高贵还是卑微，无论他的年龄长幼，只要他理解了掌握了儒家的道理，就要向他学习，拜他为师。

【解析】作者对自己的理论主张高度自信，对事理又有透彻分析，这句话从“传道”出发，推论出从师即是学道，无论一个人贵贱长幼，只要有道，即可为师。作者提出一个新的求师标准，即学高而不是位高或年长，这句话用准确的语言将思想的精粹鲜明地表达出来，是一段乃至一篇中的警策，给人留下强烈深刻的印象。

位卑则足羞，官盛则近谀。

【注释】唐·韩愈《师说》。此句意为以位卑于己的人为师，则有失身份，感到耻辱；以大官为师，则又有近于谄谀之嫌。

【解析】这句话真实而深刻地反映了当时在耻于相师的社会风气下求师之难，即便有可以跟他学习的人，自己也乐于求师，单是旁人的嘲笑和猜疑就足以吓退许多人。你为学道、解惑而求师，旁人难以相信，认为你一定别有所图；或者起哄一样笑话你不顾自己的身份地位。士大夫注重身份，而不努力求学以便为国建功立业，反映了中唐时代社会上缺乏积极向上的精神，国力衰退、危机四伏由此可见一斑。

弟子不必不如师，师不必贤于弟子，闻道有先后，术业有专攻。

【注释】唐·韩愈《师说》。此句意为学生不一定不如老师，老师不一定就比学生贤能。懂得道理有先有后，学术技能各有专长。

【解析】作者提出即使是圣人，有过人的才智，也还要从师学习。孔子是士大夫们所“崇敬”的偶像，他举孔子为例，说他也是无常师的，以孔子的言论和实践，说明师与弟子的关系是相对的，凡是在道与业方面胜过自己或有一技之长的人都可以为师。作者从“无常师”的现象一下子引出这样透辟深刻的见解，有一种高瞻远瞩的气势。

生而影不与吾形相依，死而魂不与吾梦相接。

【注释】唐·韩愈《祭十二郎文》。此句意为你活着时我们不能形影相依，你死后魂灵又不入我梦中。

【解析】十二郎即韩老成，韩介次子，出嗣给韩会；韩愈三岁丧父，由韩会抚养，二人年龄仿佛，一同长大，情同骨肉，亲如手足。韩愈步入仕途，变迁不定，几次想接十二郎出来一起生活，终未如愿，得知十二郎去世的消息时深为悲痛。这句话于萦回中见深挚，于呜咽处见沉痛，言语从肺腑中流出。韩氏家族的衰微和作者本人潦倒不得意早郁积在胸中，借此语喷薄而出。

若河决下流而东流，若驷马驾轻车，就熟路。

【注释】唐·韩愈《送石处士序》。此句意为话语就像河水决堤向东方奔流直下那样滔滔不绝，就像四匹马驾轻车上熟路。

【解析】元和五年四月诏用乌重胤为河阳节度使，当时朝廷正发兵戡平王承宗的叛乱，乌重胤承担补充军需的重任。乌即广招贤才，征聘洛阳人石洪入幕。石洪身处贫贱，但读书明理，通晓古今，熟谙世事，一旦应乌之聘，便不告于妻子，不谋于明友，欣然前往。这句话是说石洪的辩才，比喻中套着比喻，联翩并举，造成"大珠小珠落玉盘"之势。既在艺术上保持气势，又将石洪的人品、才能、识见推向高峰。

凡去就出处何常，惟义之归。

【注释】唐·韩愈《送石处士序》。此句意为人生进退去留依据什么准则，唯有以义为归宿。

【解析】石洪得到聘请的书信，当夜就沐浴更衣，准备行李，装载书籍，问明前往的道路，并向日常来往的朋友一一告别。第二天朋友们为他设宴饯行，这是一句祝酒词，勉励石洪以义为重，用以指导自己的行动。朋友们未得到机会，希望石洪能够代他们施展抱负。通过朋友们的赠言，刻画了石洪安贫乐道、以天下为重的脱俗出尘的形象。

人生一世，其久几何，吾立子名，百世不磨。

【注释】唐·韩愈《送穷文》。此句意为人生一辈子而已，能有多长时间，我们使你有了名气，这是百世不能磨灭的。

【解析】传说高辛氏有个儿子经常敝衣砺食，宫人称他为"穷子"，死于正月晦日，后人便于每年此日用破衣稀饭祭祀他，相沿为习俗，称为"送穷"。元和六年韩愈任河南县令，虽年逾四十而官运未亨，倡导古文，也不为世所重，作文抒发不平。这句话表达了作者即使终身穷窘，也必将矢志不渝的志向。

小人君子，其心不同，惟乖于时，乃与天通。

【注释】唐·韩愈《送穷文》。此句意为小人和君子的区别就在于他们的精神不一样，君子不合于当时的潮流，却与上天相通。

【解析】韩愈在文章中曾多次表达这样一种观点：被当政所排斥，才能被上天所接纳，被时人所讥讽，才能得到上天的赞赏。这句话是作者借五个穷鬼（智穷、学穷、文穷、命穷、交穷）之口安慰自己的。作者有自己的人生理想和创作理论，为坚持这些使他不被社会上层所接纳，想到自己的窘迫处境会促成文章的升华、文名的流传，他平和了。

用功深者,其收名也远。

【注释】唐·韩愈《答刘正夫书》。此句意为写文章用功夫深的,获得的名声就远。

【解析】作者认为人们对习见的东西常常发现不了有什么特异之处,有人指出,则大家都来看。写文章如果随波逐流,为求取功名而迎合时人,就不会有自己独到的见解,虽然不被当世所责怪,也一定不会流传于后世的。汉朝人没有不会写文章的,只有司马相如、司马迁、刘向和扬雄写得好,他们不把自己束缚于一般见解,不用文字表达则已,表达就能树立自己的观点,以有益于社会,有独特的价值。

佛本夷狄之人,与中国言语不通,衣服殊制。

【注释】唐·韩愈《论佛骨表》。此句意为佛祖是生长于夷狄的人,与中原言语不能交流,所穿衣服样式不合先王礼法规定。

【解析】唐代佛教迅猛发展,至中唐已严重影响财政、民力及儒学正统地位。贞元十四年,宪宗迎凤翔法门寺所供释迦牟尼指骨一节入宫,举国趋之若狂。作者恚奏极谏,几遭死罪,后因裴度等营救,贬官潮州。这句话以先王之教为武器,以中国为本位,抵制佛教在中国流传,韩愈是从维护唐王朝长治久安和中国皇帝无上尊严的立场出发,为树立自己“道统”思想宣传。

古之君子,其责己也重以周,其待人也轻以约。重以周,故不怠;轻以约,故人乐为善。

【注释】唐·韩愈《原毁》。

【解析】此句意为古时候社会上有地位的人士,他们要求自己严格而全面,对待别人宽容而简约。要求自己严格而全面,则从不懈怠;对待别人宽容而简约,所以别人乐于与他交好。这是作者提倡的正直的人的处世原则,认为应该有向舜和周公这样的人学习的志向,努力向他们看齐。但舜和周公是无法超越的,于是学习他们贤德的人总是谦虚地学习,同时也能认识到他人长处,与人和平相处。

取其一不责其二,即其新不究其旧。

【注释】唐·韩愈《原毁》。即:靠近。

【解析】此句意为取某人一个优点而不苛责他的其他方面,只就其当前好的表现而赞美他,不追究他的过去。古之君子待人和善,这句话就是他们看待别人的眼光。对别人的缺点不过分追究,却努力去发现他们的优点,这样则可以向他们学习,这种态度对他们也是信任和鼓励。他人做了好事,古之君子唯恐他们得不到应有的利益,做一件好事不难,有一技之长也是易事,君子却认为他人做到这些也足以称善了。

外以欺于人,内以欺于心,未少有得而止矣,是不亦待于己者已廉乎!

【注释】唐·韩愈《原毁》。此句意为对别人这样说是欺骗人家,对自己这样讲是欺骗自己,还没有一点收获就停止前进了,这不就是对自己要求太低了吗?

【解析】这是作者在批评"今之君子"这类人,他们有一点点长处就自以为了不得,到处夸耀,而实际上却没有做出什么。他们对自己的要求比对普通人还低,相反却拿圣人的标准来衡量他人,往往使人难以做成好事。当然,这种人连对自己也谈不上尊重,更何况他人了。

怠者不能修,而忌者畏人修。

【注释】唐·韩愈《原毁》。此句意为懒惰的人不肯进修学业,怀妒忌之心的人怕别人学习后进步。

【解析】互相攻讦、诋毁,在封建统治者内部是常见的,但唐中期以后特别激烈,以致最后酿成规模很大、历时很久的牛李党争。当然,这其中还有更深刻的政治和经济的原因,而党同伐异在社会上的表现就是互相诋毁,以至形成风气。作者分析了互相诽谤的原因,就是人们的"怠"和"忌"的心理。这句话把"今之君子"不愿成人之美的心理刻画得淋漓尽致。

强者必怒于言,懦者必怒于色。

【注释】唐·韩愈《原毁》。此句意为强硬的人一定毫不客气地说出反对的话来,懦弱的人一定从脸上露出反对的颜色。

【解析】中唐统治阶级内部矛盾激烈,即便是科举取士,相互倾轧已非常激烈,出身低微者几乎没有仕途通达的希望。作者深受其害,留心众人心理:如果有人受到赞誉,与他有利害冲突的人一定会表现怒色,强者与弱者的反应程度不同,但嫉恨心理相同。他们的愤怒几乎已经是一种本能,不必去了解赞誉妥当与否,人与人之间的温情已经全然消失了。

事修而谤兴,德高而毁来。

【注释】唐·韩愈《原毁》。此句意为事业有长进,诋毁之言也就跟着兴起;道德修养有提高,毁谤之辞也就随之而来。

【解析】韩愈由自己几次遭贬,并扩而为之,联系另外一些人的命运,认识到有成绩的人难为同辈人所容。他感叹一个读书人生活在当今世界,竟还希望名誉能够光大，道德能够推广，实在太难了。"忌"的心理是普遍存在的，古语说：木秀于林，风必摧之；堆高于岸，浪必湍之；行高于人，众必毁之。就像出头的鸟容易成为目标，行高于人者也容易成为人们批评的对象。

同修身正心以治天下国家，奚不相悦如是哉？

【注释】唐·韩愈《读墨子》。此句意为儒家与墨家都讲修身正心以治理天下国家，为什么两种思想不能统一到一处呢？

【解析】墨子自己很清苦，但对于救人则具有高度的热忱，即使自己粉身碎骨，也在所不惜；有弟子三百人，都能赶火蹈刃，死不顾惜。他的学说是代表庶人的，和孔子学说(代表士人)成为对立的两大学派。韩愈是儒家而取墨子，他只看到墨学在表面上有某几点和孔学相同相似，就说"孔子必用墨子，墨子必用孔子"，他未分清：孔子贵公，墨子贵兼。

士之特立独行，适于义而已，不顾人之是非：皆豪杰之士，信道笃而自知明者也。

【注释】唐·韩愈《伯夷颂》。此句意为读书的人，有独立的见解来立身行事而决不随波逐流，只求符合正义罢了，不去管别人的说长道短，这些都是英雄豪杰，对道有坚定的信念，这是有自知之明的人。

【解析】这句话将伯夷的高大、特立独行的形象展示在读者面前。韩愈的政治见解不为当时的执政者采纳，本人遭受排斥，于是一腔愤懑便借颂扬伯夷来发泄。有人着眼于政治，说颂扬伯夷背离历史趋势，但韩愈是着眼于人格素质。伯夷不顾别人指责和非难，坚持走自己的道路，可以说是他自己正直风貌的写照。

麟之所以为麟者，以德不以形。

【注释】唐·韩愈《获麟解》。麟：麒麟，古代传说中的一种仁兽，其性柔和，是吉祥的象征。

【解析】此句意为麒麟之所以被看作祥瑞，是因为它的德行灵性而不在于它的外貌形状。人人知道麒麟是祥瑞的仁兽，但无人知道它的模样，出现了也无人识。作者认为麒麟出现一定是圣人在位时，它为圣人出现，因圣人知道它；它若在无圣人时出现便会被认为不祥。作者以麒麟自喻，表现自己自怜自重而又自怨自艾的感情。但思想大于形象，就这个意义上说，本文反映了杰出人才非但得不到赏识器重，反而遭到歧视和打击的"不祥"的社会悲剧。

知理者又焉得不择其言欤？其为慎而甚于水火！

【注释】唐·韩愈《择言解》。此句意为知理者又怎能不注意自己说的话呢？谨慎地说话比防止水火还重要。

【解析】在封建等级极严格的时代，知识分子的言祸时时发生：而当政治腐败的情况严重时，言祸尤为酷烈。白居易因言事而贬谪江州，韩愈两次因言致祸，一贬阳山、一贬潮州。这句话以水火为喻，说明言之为祸，甚于水火，既通俗生动，又深刻警辟。“知理者”实际上是媚众随俗，屈从腐败之徒，其讽喻之意，溢于言表，这种方式以正面的语气表示相反的真意，用的是《老子》中“正言若反”的笔法。

烂死于沙泥，吾宁乐之，若俯首帖耳摇尾而乞怜者，非我之志也。

【注释】唐·韩愈《应科目对与人书》。此句意为即使烂死在泥沙中，我也以之为乐；若要我俯首帖耳、摇尾乞怜，就绝不是我的本意。

【解析】作者于贞元八年（792年）中进士，但吏部铨选未取。次年应博学宏词科试时，写了这封书信求人荐举。他从“怪物”自喻，以“有力者”喻收信人，自称“怪物”得水则上天入地，出神入化，不得水则干涸不能自救。作者与众人不同，这句话暗示作者有着非凡的抱负，刻画出作者既希望对方能伸手相援，又不愿俯身乞求的矜持心态。

视政之得失，若越人视秦人之肥瘠，忽焉不加喜戚于其心。

【注释】唐·韩愈《争臣论》。喜戚：指忧乐。全句意为看待朝政的得失，就像越国人看秦国人的土地，对肥沃和贫瘠一点也没有喜悦和忧虑之心。

【解析】谏议大夫阳城，曾经隐居中条山，贤声远闻。贞元初应诏出仕，世人皆欲一睹风采。但他任官五年，口不言政，令朝野失望。作者据《春秋》责备贤者之义，作文批评他。这句话指出阳城熟知时政得失而不谏，是旷官失职的行为，不能因为他品行端正而原谅他。

天授人以贤圣才能，岂使自有余而已？诚欲以补其不足者也。

【注释】唐·韩愈《争臣论》。此句意为上天把圣、贤、才能赐给人，难道是让他们在这些方面有余就算了吗？实在是希望他们以此来弥补他人在这些方面的不足。

【解析】古语说“天道损有余以补不足”，韩愈这句话也是这种思想。禹是圣人，带领人民治水，三过家门而不入；孔子周游列国宣传自己的政治主张，回家垫子还没坐热就又出发了。他们把自己的智慧和才能奉献出来，希望疗救民生疾苦，是补其不足。作者以此劝阳城施展自己的才华，为百姓做些事，不违

“天道”。

圣贤者,时人之耳目者;时人者,圣贤之身也。

【注释】唐·韩愈《争臣论》。此句意为圣贤就是世人的耳目,世人就是圣贤的身体,二者互相依存。

【解析】作者进一步把圣贤和时人联系起来,使之成为一个整体。他们就像耳目和身体的关系,耳目必须要为身体作出指导,因为身体损益也影响到耳目安危。作者认为阳子不发挥贤人的作用,就应该被贤人役使以侍奉上级;如果是贤人,就应该敬畏天命而且同情人民的贫困。三年后,阳子能排击裴延龄,有人说阳子是一直等待做大事,有人说韩愈此文是为激励他。

无侈前人,无废后观。

【注释】唐·韩愈《新修滕王阁记》。此句意为既不使前人感到奢侈浪费,又不要让后人失去这个景观。

【解析】江南多登临赏景的佳处,作者认为滕王阁是第一。御史中丞王公来任江南西道观察使,办事干练,公允得当;兴利除弊,雷厉风行。九月深秋,王公与监军使及文武宾士宴饮于滕王阁,主客交欢。饮至半酣,大家一起建议王公重修滕王阁,王公允诺,但原则是:滕王阁既要修好,以造福子孙,遗泽后世;又不要奢侈过度,劳民伤财。作者这句话写修阁,但实际上是对主持修阁者王公为政务实精神的一种巧妙赞美。

夫假物者必争。

【注释】唐·柳宗元《封建论》。假物:凭借外物。全句意为人们生活需要借助外物这必然会引起人们对物质的争夺。

【解析】在原始社会向奴隶社会过渡的过程中,随着生产力水平的提高,开始有了剩余产品。人们为了各自利益,互相争夺这些产品,于是产生了私有制。柳宗元这句话是对的,人存在本能要求,有这种要求必然有占有物质的欲望。这种欲望必然引起争斗。不过这种争斗也是社会一步步向前发展的动力。作者这句话反映了他朴素唯物论的哲学思想。物竞天择,优胜劣汰,这是自然存在的客观规律。

失在于制,不在于政。周事然也。……失在于政,不在于制。秦事然也。

【注释】唐·柳宗元《封建论》。此句意为周朝被后封的诸侯国消灭,原因在于实行封建割据,而不是治理人民的政策;秦朝被农民起义军消灭,原因在于残暴统治引起人民的怨恨,而不是实行郡县制。

【解析】安史之乱后藩镇权重，割据势力逐渐形成，有人主张实行封建制。柳宗元反对封建割据，他深入研究了历史上封建割据与郡县制的得失变化，并从对人民有利与否的角度去考察，认为只有在郡县制下才能任人唯贤。这句话以周秦灭亡为例，说明了郡县制比封建割据制优越。

未得其当，虽十易之不为病。

【注释】唐·柳宗元《桐叶封弟辩》。当：得当，恰当。易：改变。不为病：不算过错。

【解析】此句意为如果天子的言论行动有不得当之处，即使多次改变它也不算过错。作者针对史载周成王“桐叶封弟”一事作文进行辩正，尖锐地批评了“天子之言不可变”“天子无戏言”的传统观点，认为天子的仁德在于言论实现得怎么样，而不在于强调言论行动本身的权威性，进而大胆地提出了天子的言行不当处也应改正的进步主张。作者这种主张是为政治革新作理论准备的。

要归之大中而已，必不逢其失而为之辞。

【注释】唐·柳宗元《桐叶封弟辩》。大中：大中之道，是柳宗元理想中的政治标准和道德规范。

【解析】此句意为周公辅佐成王应该使他的言行合乎大中之道，而不会去迎合他的过失并且找些话替他开脱、辩护。史书载有周公促成桐叶封弟的故事，作者对此质疑：平民百姓教育孩子也不会用这种如同儿戏的办法来约束他，辅侄治国、至德至尊的周公更不会这样教育成王。作者一来表明不可轻信史书，二来维护了自己理想中的辅臣形象，坚定了自己改革朝政的信念。

慕圣人者，不求之人，而必若牛、若蛇、若魌头之问，故终不能有得于圣人也。

【注释】唐·柳宗元《观八骏图说》。魌(qī)头：古代驱疫时用的面具。此句意为那些仰慕圣人的人，不在凡人之中寻找，而是坚持认为他们像牛、像蛇或者像魌头之类，这样是永远也找不到圣人的。

【解析】圣人和凡人是特殊和一般的关系，特殊孕育于一般之中，圣人也产生于凡人之中。作者从唯物主义的观点出发，认为圣人和凡人在外表上也没有什么两样；只有把笼罩在圣人头上的神圣光圈去掉，才能在凡人中发现圣人。他的深层含义在于批判人才问题上的天命观，主张广开才路，这是他革新吏治的理论基础。

圣人之制，穷理以定赏罚，本情以正褒贬，统于一而已矣。

【注释】唐·柳宗元《驳复仇议》。此句意为圣人制定规章制度，一定是穷尽思考道理之后才确定赏罚标准，本乎人情来确立褒贬。然后把情与理统一起来。

【解析】有人为伸父冤而杀了仇人，陈子昂主张依法律处他死刑，又因人情而表彰他的孝心。作者认为情与理不可分开，先王留下的法律是情与理的统一，应完全按法律执行，陈子昂表彰孝心的提法是虚伪的、愚昧的。有的事合情但不合理，有的事合理而不合情，必须按照既定的制度来处理，不能过多地考虑感情因素，要遵守我们的社会契约。

然则先生隐忍而为此，其有志于斯乎？

【注释】唐·柳宗元《箕子碑》。隐忍：痛苦藏在心里、勉强地忍着。此句意为然而先生把痛苦藏在心里，这样强忍着，难道他为的是在周期谋高官吗？

【解析】武王灭商后，去向箕子询问关于"天道"的事情，箕子作《洪范》给武王。史家历来批评箕子，认为他应该或以死殉纣王、或隐居不食周粟，他去见武王有叛国之嫌。作者认为箕子当政时商虽乱而未亡，武王还没有接管百姓，国家无人治理，他之所以不隐居保全名节完全是为了使生灵免于涂炭，作《洪范》给武王也是为百姓着想。这表明作者愿意为造福人民而担风险。

非能使木寿且孳地，能顺木之天，以致其性焉尔。

【注释】唐·柳宗元《种树郭橐驼传》。孳（zī）：繁殖得快。天：自然生长规律。

【解析】此句意为不一定要使树木活得长久而且繁殖得快，只不过是依顺树木的自然生长规律，而使它自然地生长罢了。这是柳宗元借郭橐驼之口说的种树之法，同时他认为治理天下也要顺人之性、遂人之欲，并以此为理论基础，批判了当时统治者"好烦其令"的扰民政策。道家的"无为而治"就是这个意思，统治者给人民创造一种安心劳动、生活的社会条件，而不是从主观愿望出发去牧民，百姓为自己的生存要求去奋斗，自然物阜民丰。

视都知野，视野知国，视国知天下。

【注释】唐·柳宗元《梓人传》。都：都城。野：与朝相对，指民间，乡村。国：指诸侯的封地。此句意为观察都城的情况就可以想见城外的情况，观察城外乡村就可以了解诸侯国，观察诸侯国就可以知道天下。

【解析】这句话用的是演绎推理方法。天下的情况大体相同，了解了都城也就知道了一般情况，城外与城内差别不大，可以想见，这样就由一般推出个别。这表现了作者政论文的科学论断方法。另外，作者此言也是对贤相的一种要求：能以小见大，见微知著。

彼将乐去固而就圮也，则卷其木，默其智，悠尔而去，不屈吾道，是诚良梓人耳。

【注释】唐·柳宗元《梓人传》。圮(pǐ)：毁坏，倒塌。

【解析】此句意为如果房屋的主人宁愿用拙劣工匠而不用我，那么我就收起我的技艺，掩藏我的智慧，远远地离开，不改变自己的设计，这才是好的工匠。作者把设计建造房屋的工匠和宰相相比，认为贤良的宰相能够依靠自己的才德管理百官、安定国家，宰相也应该坚持自己认为正确的为官之道，不随波逐流、委曲求全。这句话暗含对德宗刚愎自用、不任宰相的批评。

贤者之举也必以类。

【注释】唐·柳宗元《潭州杨中丞作东池戴氏堂记》。此句意为贤者所举荐的人也一定是贤德之人。

【解析】潭州刺史杨凭建造厅堂赠宾客戴简，与友遨游观望。柳宗元赞戴氏之贤后说此话，意指与戴遨游的杨凭更是贤德之人。物以类聚，人以群分，人与人结交或为共同的志趣，互慰互励；或为各自的利益，狼狈为奸。性情、人格差别大的人是难以结为莫逆的。所以，想要了解一个人的人品性情只要观察他周围的朋友就足够了。

转惑见为真智，即群迷为正觉，舍大暗为光明。

【注释】唐·柳宗元《永州龙兴寺西轩记》。群迷：佛教术语，指迷惑的众生。正觉：佛教徒把洞明真谛达到大彻大悟的境界称为正觉，所以成佛也称正觉。

【解析】柳宗元的主导思想当然是“辅时及物”之志，但他在政治上受到打击之后，也受到佛教消极避世思想的影响。他认为佛教教理可以使人觉悟：使疑惑不定的认识变为真实的智识，使迷惑的众生大彻大悟，引人洞明世理。佛教是对人生的体察和思考，其中不乏有指导意义的哲理，但不可夸大其价值和作用。

余既委废于世，恒得与是山水为伍，而悼兹会不可再也，故为文志之。

【注释】唐·柳宗元《陪永州崔使君游宴南池序》。委废于世：被社会废弃不用。

【解析】柳宗元被贬永州，崔使君善待遭贬官员，相与交好。元和三年暮春，诸贤邀游，百姓和乐，风光绮丽，宴饮之乐无穷，宗元忽生伤感：自己被社会废弃不用，大概终生与这方山水为伴，而今日宴游之乐却难再得。百感交集是很自然的，诚如章士钊所说：“须知乐极而悲，情所必至，倘两情不接，即见所乐并不得为真乐。”以乐景衬哀情是人生最高化境。

披辞窥貌，逐其声而核其所蹈。

【注释】唐·柳宗元《复吴子松说》。披：翻阅。此句意为翻阅文辞，观察仪表，通过追逐了解某人的声誉来考核他的经历。

【解析】柳宗元坚决地否定了吴子松关于木状是“为物者裁而为之”的唯心主义观点，认为自然物的生成变化并非造物主主宰。进而他想到现实社会中选拔升黜人才却因当权者的昏愦无能而常常颠倒优劣，这句话即是说当权者凭一些表象来考核官员是不负责任的，把哲学问题的探讨引申为对社会政治的批判。

因其旷，虽增以崇台延阁，回环日星，临瞰风雨，不可病其敞也；因其奥，虽增以茂树丛石，穹若洞谷，蓊若林麓，不可病其邃也。

【注释】唐·柳宗元《永州龙兴寺东丘记》。蓊(wěng)：浓郁茂盛的样子。

【解析】此句意为顺着其地的空旷，可以建造高台楼阁，使日月星辰旋转于上，俯视风雨晦明变化，这样它的宽敞就不是缺点了；顺着其地的幽深隐蔽，种树堆石，使它幽深的好像洞穴峡谷，林木茂盛好像山坡，这样它的深邃就不是缺点了。柳宗元把游观之景归纳为“旷”和“奥”两大类，在开发整修东丘时保持自然景物的本来面貌，新增曲梁、嘉树、美石，不仅没有破坏自然形态，而且顺其自然。

孟孙恶臧，孟死臧恤，药石去矣，吾亡无日。

【注释】唐·柳宗元《敌戒》。孟孙：指孟孙速，春秋时鲁国大夫。臧(zāng)：指臧孙纥(hé)，也是鲁国大夫。

【解析】此句意为孟孙速憎恶臧孙纥，但孟孙速死后臧孙纥很悲伤，他说孟孙速憎恶我，好像能够治疗我疾病的药物，他死了我也活不了几天了。作者的意思是有敌对的或不利的事物存在，能够使我们提高警觉激发我们的斗志；一旦失去危胁，就容易得意忘形，解除戒备，这恰恰会造成更大的祸患。这句话精辟地阐明了敌人存在的害处和益处之间的辩证关系。

君子之祥也，以政不以怪，诚乎物而信乎道，人乐用命，熙熙然以效其力。

【注释】唐·柳宗元《连山郡复乳穴记》。此句意为君子认为吉祥的征兆是政令清明而不是出现妖祥，以真诚的态度对待人和物，并且信守正确的政治主张，百姓就会乐于按政令去做，倾尽全力。

【解析】柳宗元的姐夫崔简莅任连州刺史，开采钟乳石的老百姓报告采尽五年的钟乳石又复生了。州人以为这是上天垂示的祥瑞，报告者却说不报告前官而报告此官是因为他政令清明、志向廉洁。柳宗元通过这句话批判了贪戾嗜利的官吏，表达了自己以民为本、以吏为役的观点。

贫者士之常，今仆虽羸馁，亦甘如饴矣。

【注释】唐·柳宗元《与李翰林建书》。羸(léi)：瘦弱。馁(něi)：饥饿。饴(yí)：糖浆。

【解析】此句意为处境困窘是士人经常遇到的，现在我虽然身体病弱，精神耗减，但仍然安贫乐道，甘之如饴。柳宗元被贬后写信给至交李建，诉说苦楚之外，又说并未放弃理论研讨。这表明他虽然在政治上遭受严重打击，仕途无望，但在理论领域坚持斗争，政治信念矢志不渝。

其照也逾寂，其觉也逾有。

【注释】唐·柳宗元《永州法华寺新作西亭记》。照：观照。佛教指静观世界，以智慧照见事理。觉：觉悟。佛教指领悟佛教的真谛。

【解析】此句意为觉照和尚观照万物可以跨越空与色，他的觉悟也超越了有和无。天台宗认为万物存在的现象是"假有"，事物的本质又都是"空无"，世界即是"假有"和"真空"的统一。柳宗元此语运用天台宗"一其空有"的理论来解释人生，消泯是非，以求从世俗的穷达得失中解放出来，但这只是精神胜利，人的现实处境并无丝毫改变。

悠悠乎与颢气俱，而莫得其涯；洋洋乎与造物者游，而不知其所穷。

【注释】唐·柳宗元《始得西山宴游记》。悠悠乎：渺远广大的样子。颢(hào)气：即浩气，指天地间的大气。洋洋乎：自满自足的样子。

【解析】柳宗元被贬永州，借游山玩水来自我排遣，力图从大自然之美中寻求精神慰藉。他游西山感觉到山的特立：超乎众上，如同颢气悠悠无际、漫漫无涯是它的精神；与造物者相始终、洋洋无穷尽是它的生命力。山开阔了人的胸襟，人也认识了山的精神，全身心地沉湎于对美景的欣赏之中，消解了种种现实忧虑，忘记了自身的存在，意识中只留下了西山的形象。

清泠之状与目谋，潜潜之声与耳谋，悠然而虚者与神谋，渊然而静者与心谋。

【注释】唐·柳宗元《钴鉧潭西小丘记》。泠(líng)：因景物明净而给人以清凉的感觉。

【解析】此句意为明净清凉的景物与目光接触，溪流回旋的波浪声不绝于耳，悠远空灵的境界为神思所感受，幽深清静的气氛为心灵所体验。作者"枕席而卧"于小丘之上的时候，美好的景物、悦耳的声音纷至沓来，似乎专为作者欣赏而出现，空灵的境界和清静的气氛也因此而生成，它们也会以被人感受到为乐，谋求触动作者感官。作者主观的情和客观的景契合无间，创造了独特的境界。

简而同，肆而恭，衎衎而从容，于以合山水之乐，成君子之心，宜也。

【注释】唐·柳宗元《序饮》。简：简要。指没有烦琐的礼仪。衎衎（kàn）：和乐的样子。

【解析】此句意为仪式简单而大家和乐，喝酒任情而举止恭谨，心情愉悦而态度从容，我认为符合孔子所说"仁者乐山，智者乐水"之情，各有君子之风，应该是这样。作者买下钴鉧潭西的小丘，收拾一番后置酒溪石上，邀友流觞投筹欢饮，饮酒者不故作姿态而出于自然的文化品格有别于昔之狂饮，宴饮者，有君子之风。

闻其操鸣弦为新声，抚节而歌，莫不动其音，美其容，以忘其居之远而名之辱，方幸其若是也。

【注释】唐·柳宗元《太府李卿外妇马淑志》。抚节：即击节。节：乐器名，用竹子编成，划之发声。

【解析】此句意为听到马淑用琴瑟弹奏新作的乐曲，击节歌唱，没有人不被她的琴声歌声所感动，不被她的仪态所打动，以至于忘记了自己被贬到边远地区，背着耻辱的名声，这时他们才庆幸永州有了马淑。马淑是睦州刺史李幼清的侍妾，随李幼清到永州，虽然是一位地位低贱的歌女，但她以自己的才艺博得了朋友们的赞赏。柳宗元为这样一位女性写墓志，充分表现了他对被侮辱被损害者的同情。

有所拘者，有所纵也。

【注释】唐·柳宗元《读韩愈所著〈毛颖传〉后题》。此句意为调弦限制了弹琴，但是学会了调弦你就能更好地弹琴。

【解析】韩愈倡导古文运动，他的《毛颖传》是一篇传奇文，用艺术虚构的手法创造了毛颖君——毛笔的拟人形象，幽默诙谑，很有艺术感染力，但因不合作文常规而被人讥笑。柳宗元也是古文运动倡导者，他肯定了传奇文的社会作用，这句话劝大家研习古文：古文不似骈文那样单调，有许多新要求是为了使你掌握它们后写出更好的文章。这句话表现了柳宗元开拓创新精神。

以愚辞歌愚溪，则茫然而不违，昏然而同归，超鸿蒙，混希夷，寂寥而莫我知也。

【注释】唐·柳宗元《愚溪诗序》。鸿蒙：宇宙形成之前的混沌状态，此处指宇宙。希夷：《老子》："视之不见名曰夷，听之不闻名曰希。"

【解析】此句意为作《八愚诗》歌咏愚溪，使人感到浑然一体，自己与愚溪融合无间。蒙蒙眬眬中与愚溪一同归于大自然，超脱于宇宙之外，混同于无声无色之中，达到寂静空虚、形神俱忘的境界。从这貌似得意的笔调中，特别是从继之而来的慨叹中，是不难体味出浓重的失意、悲凉和苦涩的，其中包含着作者多少愤慨和不平！

吾固知苍苍之无信，莫莫之无神，今于化光之殁，怨逾深而毒逾甚，故复呼天以云云。

【注释】唐·柳宗元《祭吕衡州温文》。苍苍：深青色，为天的颜色，引申为天。莫莫：隐蔽的样子，此处指幽隐之处。化光：吕温字和叔，一字化光。

【解析】此句意为我当然知道苍天是不可相信的，也没有什么神仙存在，但是现在化光去世，我怨怒更深而且痛恨更重，不过痛极呼天。吕温与柳宗元同乡，有抱负、有学问、善文章、刚直不阿，不为当政所容，被贬为均州刺史，再贬道州刺史，后调任衡州刺史，他采取了一些安定民生的措施，很有政绩。死时年仅四十岁，宗元闻讯悲痛万分，此句可见其悲怆激忿之情。

积乎中不必施于外，裕乎古不必谐于今。

【注释】唐·柳宗元《祭吕衡州温文》。施：施行，表现。裕：丰富，充足。全句意为胸中有广博的学识不必表现出来，充分地向古人学习而不曲意逢迎时俗。

【解析】这是柳宗元推重的为官治学理想，注重自身才德的提高，而不盲目地去求取外在虚荣。柳宗元认为吕温是刚正不阿、守志不渝的君子，既博学多才又很好地施行于政事，既近古人之道又容于今之社会，这是很难得的。确实，吕温为官有政绩，为文刊行于世，志向远大。

岂复为贤人以续其志乎？将奋为神明以遂其义乎？

【注释】唐·柳宗元《祭吕衡州温文》。遂：成，成功。

【解析】吕温前程远大却英年早逝，宗元甚为惋惜：来生你还会做个贤人坚持你的志向吗？还是努力成为圣明的人取义成仁？吕温与宗元同为改革派，永贞维新失败后，二王八司马被贬，只有吕温幸免，宗元指望他施展宏大谋略，以出色政绩证明改革是可行的，改革派是身体力行的。吕温已死，八司马中活着的人也心如死灰，大家昔日的改革豪情不再，宗元感慨万端、不胜悲戚。

忿其外而遗其中，是知石而不知韫玉也。

【注释】唐·柳宗元《送僧浩初序》。韫(yùn)玉：指石头里边藏着玉。全句意为忿恨他们不成家、不事生产的行为而看不到他们的思想，这是认定一块石头为石头而不知石中韫玉。

【解析】韩愈宣扬道统，主张辟佛，柳宗元反对这种观点，主张"统合儒释"，认为韩愈不知佛教教理中有精华可取。柳宗元认为僧人"不爱官，不争能"，而且多喜欢游山玩水，闲适安静，胜过世上汲汲于富贵而互相倾轧之人，相比之下更喜欢与僧人交往。柳宗元这样说一方面是由于他信佛，另一方面是由于遭贬看透官场黑暗。

夫然，则是堂也，岂独草木土石水泉之适欤？山原林麓之观欤？将使继公之理者，视其细，知其大也。

【注释】唐·柳宗元《永州韦使君新堂记》。麓(lù)：山脚下。

【解析】此句意为既然这样，那么建造这座厅堂难道只是为了与草木土石水泉相映衬，为了观赏山原林麓吗？不是，是为了使继任韦使君的官职去治理百姓的人看到韦使君与民同乐，从而感悟到为政的道理。柳宗元表达了对韦使君治绩的期望和建议，含蓄地表明了他肃清吏治、寄同情于人民的一贯思想。热情的礼赞中闪烁着警世的火花；殷切的期望中寄寓着革新政治的要求。

古之人其有乐乎此耶？后之来者，有能追予之践履耶？

【注释】唐·柳宗元《石涧记》。践履(lǚ)：足迹所至之处。

【解析】此语意为古代的人有谁感受过游玩此地的快乐吗？将来的人，又有谁能追踪我足迹所到之处游玩呢？作者忧郁痛苦之余，常常徜徉于山水之间，以洁净灵动的大自然作为自己的挚友，感情在山水中得到遣散，山水在感情中得到升华，常有独得之乐，不思归返。此语充满洋洋得意之情，但前无古人，后无来者的浩叹，也寄寓着作者被放逐偏隅的身世之慨。

冒于号有以异于兹步者乎？

【注释】唐·柳宗元《永州铁炉步志》。冒于号：假充名号。步：船埠头。全句意为难道他们借祖先名号充门第与这铁炉步有什么不一样吗？

【解析】顾名而思义，循名以求实，是一般人的心理。作者探求铁炉步名称来历，却发现铁炉已经没有了，而船埠头仍以铁炉命名的现象。惊怪之余，他认识到当世一些人既无位、又无德，却冒着高门大族的名号自高自大，就像这铁炉步空有名号。作者讽刺和批判了唐代重门第的社会习俗,不仅对重名号、不求才德的用人陋习不满,而且揭露了承袭祖宗旧业和名号的昏庸无能的统治者。

愈以是得狂名,居长安,炊不暇熟,又挈挈而东,如是者数矣。

【注释】唐·柳宗元《答韦中立论师道书》。挈挈(qiè):携带,率领。全句意为韩愈因为态度严正地做起了老师而被视为狂人,结果在长安立足未稳即遭贬官而东行,像这样有好几次。

【解析】韦中立写信给柳宗元,想拜宗元为师。柳宗元以韩愈的遭遇极其辛辣地讽刺社会上耻于事师的恶俗,同时说明自己的困难处境,表明不敢为师的原因。这句话中暗含着作者抑郁牢骚、愤世嫉俗之情,而对于尊重师道的传统,正言若反地作了肯定。

抑之欲其奥,扬之欲其明,疏之欲其通,廉之欲其节,激而发之欲其清,固而存之欲其重,此吾所以羽翼夫道也。

【注释】唐·柳宗元《答韦中立论师道书》。激而发之:涤荡污浊。羽翼:辅助。

【解析】此句意为控制文思想要文章表现得深刻,尽情发挥想要文章显得明快,疏通文气想要文章通畅,严格地选词表意想要使文章精炼有力,反复修改除去陈言旧语而使文章清新不落俗套,聚集保存文气而使文章凝重不浮,这就是我用来阐述圣人之道的写作态度。陈衍认为抑之、扬之丰富文章;疏之指接笔,廉之指转笔,为使文章不散漫;激而发之指开笔;固而存之指顿笔。柳宗元把高超的技巧传给后人,使后学有法门可入。

君子必有游息之物、高明之具,使之清宁平夷,恒若有余,然后理达而事成。

【注释】唐·柳宗元《零陵三亭记》。物、具:皆指处所。夷:愉快。

【解析】此句意为君子应该有高而明亮的游玩休憩之所,使心情清爽宁静、平和愉快,经常处于精神饱满、游刃有余的状态,这样才能宣扬仁德,造福于民。薛存义是一个有吏能的人,一年时间改变了零陵县政事、赋税混乱的局面,但他并不因政务缠身而夙夜不暇,而是把勤政、爱民、游观统一起来。这句话也说明劳逸结合、有张有弛的文武之道,能提高效率,事半功倍。

门不施胥吏之席,耳不闻鼛鼓之音。

【注释】唐·柳宗元《雾陵三亭记》。胥(xū)吏:小官吏。鼛(gāo)鼓:古代有差役之事时击之召集人的大鼓。

【解析】此句意为百姓能够自觉交纳赋税,不再因交不上赋税而宴请上门催促的胥吏,官吏也不必因收不上赋税而击鼓召集百姓催促。薛存义清理欠租,鼓励生产,惩恶扬善,一年后物阜民丰,百姓安乐,社会得到治理,成为邻县榜样。柳宗元此言从百姓角度表达了交完赋税后轻松愉悦的心情和对薛存义爱民、勤政的感激之情。

鱼乐广闲,鸟慕静深。

【注释】唐·柳宗元《零陵三亭记》。此句意为鱼儿喜欢生活在宽阔而平稳的水域,鸟儿喜欢栖息于安静幽深的林木。

【解析】自由是指不受拘束,不受限制,自由是个体生命最可宝贵的财富,一切生物都渴望自由,追求自由。陶渊明说过"羁鸟恋旧林,池鱼思故渊";泰戈尔在《园丁集》也描画过一只笼中鸟的绝望。至于人,更是为争取自由前赴后继,黑人奴隶历经几个世纪的抗争,终于获得解放,裴多菲的"若为自由故,一切皆可抛"广为流传。柳宗元这句话是说薛存义造福一方百姓,鱼鸟也有了自由的生存空间。

凡吏于土者,若知其职乎?盖民之役,非以役民而已也。

【注释】唐·柳宗元《送薛存义序》。此句意为那些在地方上为官的人,你们知道自己的职责吗?是让你们做人民的仆役,而不是让你们奴役人民。

【解析】在薛存义身上,柳宗元看到了自己吏治理想的现实影子,临别之际谆谆相告的是官吏的职责。柳宗元被贬后,接触了实际,靠近了人民,从吏与民的对立中更加深刻地认识到社会矛盾的尖锐,提出了"民之役,非以役民"的观点。他把纳税的目的说成是雇佣官吏办事,不但在实际中否定了封建王税剥削的合理性,而且对官、民之间统治与被统治的关系也是一种大胆的翻案,是古代文化中民主观念的精华。

中焉可师,耻焉可友,谨是二物,用惕尔后。道苟在焉,佣丐为偶;道之反是,公侯以走。

【注释】唐·柳宗元《师友箴》。惕(tì):小心谨慎。偶:同伴。

【解析】此语意为言行合乎大中之道的人可以做老师,懂得以利为耻辱的可以交朋友,我郑重地用这两点来提醒你,以后求师交友时要小心谨慎。能坚持中道的人即使是佣人、乞丐也可以作为老师和朋友,背弃中道的人,即使是公侯卿相也不要结交。宗元遭贬,朋友多弃之而去,这句话凝结着个人的深刻体验,其坚持真理的精神溢于言表。

殚其地之出，竭其庐之入，号呼而转徙，饥渴而顿踣，触风雨，犯寒暑，呼嘘毒疠，往往而死者相藉也。

【注释】唐·柳宗元《捕蛇者说》。殚(dān)、竭：尽。顿踣(bó)：困厄倒毙。

【解析】此句意为百姓为交赋税用尽了地里出产的东西和家庭收入，只好哭喊着到处逃亡，忍饥挨饿而困厄倒毙，栉风沐雨，冒着酷暑严寒，吸着有毒的瘴气，死在途中的人很多。柳宗元了解了人民疾苦，描写了农民流亡的现实，展现了在统治者的横征暴敛之下，中唐时期人民苦难深重的社会画面，表达了对人民疾苦的同情，曲折地反映了作者坚持改革的意愿。

孰知赋敛之毒，有甚是蛇者乎！

【注释】唐·柳宗元《捕蛇者说》。此句意为谁知道赋税对人民的毒害竟比毒蛇还要严重呢？

【解析】唐代在“安史之乱”后，强藩不输赋税，地处南荒的永州因为赋税诛求过度，户口逃亡，人口锐减，民生凋敝。作者写了捕蛇充赋敛的蒋氏，谈到祖父和父亲死于捕蛇，蒋氏悲痛在心，哀形于色，明明是备受毒蛇之害，却说独享捕蛇之利，可见矛盾酸楚的心情。如果不捕蛇而交纳赋敛不是安全了吗？不，那更让人难以承受，从蒋氏之邻的命运可见这一点。真是“苛政猛于虎”，赋敛毒甚蛇。

今夫不善内而恃外者，未有不为罴之食也。

【注释】唐·柳宗元《罴说》。罴(pí)：熊的一种，俗称人熊，性凶猛。

【解析】此句意为今天那些不加强自身的力量而依靠外来力量的人，没有不被更强大的敌人消灭的。柳宗元所生活的中唐贞元、元和时期，各地藩镇拥兵割据，对中央政权构成重大威胁。永贞革新采取抑制藩镇的措施，目的是为了“善内”；永贞以后面对居心叵测的藩镇力量，朝廷却采取“以藩治藩”的错误方针，这是“不善内而恃外”。柳宗元用楚南猎人假借外力而使自己一次次陷入困境最终被罴吃掉的故事预言唐王朝“以藩治藩”必然养虎遗患，难逃可悲下场。

非其类而狎其谪不可哉。

【注释】唐·柳宗元《谪龙说》。狎(xiá)：亲近而不庄重。全句意为与之并非同类但因其处于被贬谪的困境就想把他当做同类来随便对待是不行的。

【解析】柳宗元被贬永州，常为文自励，此即其一。“非其类”表明自己不甘沉沦，认为凡人处于贬谪的困窘之地，一定要像龙女一样保持自己的尊严和独立人格，不自暴自弃、自加贬损方能不受污辱；不可“狎其谪”则告诫人们：不要乘人之危，在他人处于困境时凌辱戏谑，落井下石，焉知他日不思报复？这句话表现了柳宗元坚持真理的大无畏精神。

恒其道，一其志，不欺其心，斯固世之所难得也。

【注释】唐·柳宗元《鹘说》。此句意为坚守自己的操守，坚定自己的志向，不自欺欺人，这确实是世上难得的品质。

【解析】作者通过鹘鸟放走为其温爪小鸟的行为，歌颂受恩图报的“仁义”之心，鞭挞当时官场中以利忘义的恶劣风气。他认为鹘鸟在最饥饿的时候能放走为它温爪的小鸟，自己朝着相反的方向去捕食，是能够坚守自己操守的行为，相比之下，这种品性在宣扬“里闾亲戚朋友之爱”的人群中却很难得。这种人与禽的善恶对比，大概与作者被贬后屡遭诬陷有关。

虽其形魁然大者也，其名人也，而智则小虫也。

【注释】唐·柳宗元《蝜蝂传》。魁然：高大魁梧的样子。全句意为虽然他形体高大，名称叫作人，但是他的智力见识却同小虫蝜蝂一般低下。

【解析】蝜蝂是一种什么虫子，现在已不得而知。但是，柳宗元抓住它贪物善负、好登高而坠死这个典型特性和情节，揭露和讽刺了剥削阶级那种贪婪自私而又愚蠢的丑恶本性，并警告他们如不悔改后果不堪设想。这句话至今仍有现实批判和警世的作用，那些利欲熏心、见钱眼开、见利忘义之徒不就是柳宗元辛辣讽刺过的“智则小虫”吗？

以夫空空之内，粪壤之理，而责其大击之效，恶有不折其用，而获坠伤之患者乎？

【注释】唐·柳宗元《鞭贾》。粪壤：松软的土。理：即“里”。

【解析】此句意为要求那些腹内空空、才德浅陋的官员奋力为国建功立业，怎么能不败坏使命，从而得到像富家子那样坠马受伤的灾祸呢？柳宗元此语尖锐地指责了朝廷择人用人上的严重弊病：他们像富家子一样，甘愿受那些金玉其外败絮其中的人的欺骗，把他们置之高位，最后自己受害吃苦头，这里提出的仍是吏治改革问题。

盈以其神，其来不穷，惠我后之人。噫！畴肯似于政，其来日新。

【注释】唐·柳宗元《井铭》。畴（chóu）：谁。噫（yī）：叹词。全句意为井水旺大概有神力相助，所以水源涌来没有穷尽，恩泽我后来的人。谁能像井水不断喷涌一样勤于政事呢，那样国家治理就会有新局面了。

【解析】柳宗元任柳州刺史，不仅解放奴婢、植树造林、发展生产，而且破除当地迷信,破土打井,方便了民众吃水。井成后宗元赞颂井水源源不断,并由此想到为官也应该勤于政事似此井,这是他以井自喻,并呼唤志同道合之士。

圣人出于天下,不夏、商其心,心乎生民而已。

【注释】唐·柳宗元《伊尹五就桀赞》。此句意为圣人降临天下,不会倾向于夏,也不会倾向于商,他的所作所为完全是为天下百姓着想。

【解析】夏桀统治残暴,汤王仁义欲救民于水火。贤人伊尹生逢其时,却五次离开汤王去劝说桀,不被任用而返回汤王处。有人批评伊尹不辨善恶,柳宗元却认为伊尹是为了辅佐桀安定天下,避免战争的发生。这和孟子看法相同,孟子认为伊尹想拯救人民,怀着希望自己的政策能被施行的理想。柳宗元此语赞伊尹,也是为自己的改革失利解嘲。

不知推己之本,而乘物以逞,或依势以干非其类,出技以怒强,窃时以肆暴,然卒迨于祸。

【注释】唐·柳宗元《三戒并序》。迨(dài):遭到。

【解析】此句意为有些人不能认清自己的实际能力,凭借外部力量逞能示强,或者依仗别人的权势冒犯比自己地位高、权势大的人,拿出本领惹恼强者,有机会就肆无忌惮地做坏事,他们最终会遭到灾祸。柳宗元作《三戒》讽刺三种社会行为,批评了不估量自身力量、任意而行的人。此言教谕深切,不仅具有极大的概括力与震撼力,而且具有久远的生命力。

穷与达固不渝兮,夫唯服道以守义。

【注释】唐·柳宗元《吊屈原文》。此句意为无论窘困还是显达都不改变自己的志向,坚守自己的理想主张,信守忠于国家的大义。

【解析】屈原是一位有远见的政治家,也是我国文学史上第一个伟大的诗人。他生活在战国中后期,为了楚国的富强,在内政方面主张修明法度、举贤授能,外交方面力主联齐抗秦。但终因贵族腐朽势力的谗毁诬陷,被楚王两次放逐,最后抱石沉沙,自投汨罗江。柳宗元此言歌颂了屈原穷达不渝、服道守义的崇高品质,暗含对当时仕人自私本质的批判,表明屈原精神的现实意义。

苟余齿之有惩兮,蹈前烈而不颇。

【注释】唐·柳宗元《惩咎赋》。齿:年龄。不颇:不偏斜。

【解析】此句意为如果说我的后半生能从失败中得到什么教训的话,那就是我将追寻前代志士仁人的脚印而毫不偏斜。柳宗元被贬永州后,有过一段对社会、人生思考总结的时期,思考的结果不是“悔忘”,而是使其前期初步形成的哲学、政治、人生等思想观点更加成熟、深沉。这句话明确表示他将抱定济世的目标，坚守大中之道，吸取教训，继续奋斗。

功能事遂，复于土泥。归根反初，无虑无思，何必巧曲，微觊一时。

【注释】唐·柳宗元《瓶赋》。徼(yāo)：希求，求取。觊(jì)：希冀。

【解析】此句意为此罐破了则使命结束，再回到泥土之中，本来是泥做的，再回到泥土中没有什么不安适的。安天顺命很好，何必去投机取巧，希冀一时的侥幸呢。柳宗元南迁后，同屈原的思想感情产生共鸣，他赞赏桔树"受命不迁"的坚定性格，用瓶比喻正直清白、舍己利人的正人君子，其中也不乏自喻之意。的确，这句话合于柳宗元"辅时及物""利安元元"的思想主张。

凡汝之为恶，非乐乎此，缘形役性，不可自止。

【注释】唐·柳宗元《宥蝮蛇文并序》。意为你之所以作恶，并不是你以此为乐，而是你的形体、本性迫使你这样做，你自己是不能控制的。

【解析】这是作者对蝮蛇说的一段话。本来蝮蛇是毒蛇，攻击人，又能判断人体质的强弱，咬不到人则啮草木，用心险恶，但作者却可怜蝮蛇，认为它为害是造物者赋予它这样的形体。作者恨极反平，宽宥之心正表明恨到了极点，但作者并非心慈手软，他警告蝮蛇：如果你的恶毒本性不改变，人就一定会打死你，这也是对本质凶残的人的警告。

八音与政通，而文章与时高下。

【注释】唐·刘禹锡《唐故尚书礼部员外朗柳君集纪》。八音：《周礼·春官·大师》：八音，金、石、土、革、丝、木、匏、竹。后代指音乐。

【解析】此句意为八音和谐有序就像政令清明、民安其乐。而文学繁荣与否与时代密切相关。周朝讲"礼乐治国"，认为通于乐理的人一定擅于治国，齐威王也因邹忌擅鼓琴而拜他为相。文学的发展受到时代的限制，文学的繁荣需要一定的社会积累，正如美国第二任总统亚当斯所说："我们做军事家就是为我们的儿子当政治家，我们的孙子当哲学家和文学家。"

宝与常在所遇耳。

【注释】唐·刘禹锡《说骥》。此句意为是宝马还是常马全在于人怎么对待它。

【解析】虽有良马，遇到不识马的人只把它当常马喂养，不知道它举足腾跃乃踏云之举，反而以为要踢人，这样只能得到常马；遇到慧眼识之者，把它当宝马来喂养，才能获得良骥。待遇之迥然不同，其结果也判若云泥。刘禹锡以此说明人的才德是成功的一方面,能否有人知遇是更重要的,也暗喻自身遭遇。永贞革新失败,他被贬朗州司马,在外飘零二十多年,后虽入朝做太子宾客,但实质上没有被重用,一生襟抱未开,空负凌云之才。

马之德也,存乎形者也,可以目取,然犹为之若此。矧德蕴于心者乎?

【注释】唐·刘禹锡《说骥》。目取:用眼睛看到。矧(shěn):况且。

【解析】此句意为马的优劣体现在形体上,可以用眼睛看到,然而人的鉴别仍有这么大偏差,更何况品德才能蕴藏在心中的人?这句话作者是有感而发的,寄托着作者才高运厄、怀才不遇的愤懑不平之情。另外,他对于埋没和摧残人才的封建制度也进行了有力抨击,具有更加广泛深刻的社会意义和现实意义。

山不在高,有仙则名;水不在深,有龙则灵。斯是陋室,唯吾德馨。

【注释】唐·刘禹锡《陋室铭》。馨(xīn):香,指德行美好。

【解析】此句意为山峰不一定要高,只要有神仙居住就会有名气;河流不一定要深,只要有龙潜于此就会有灵气。这是一间简陋的房子,只有我的美好德行使之增辉。前四句运用诗歌中常见的比兴手法引出陋室,“有仙则名”“有龙则灵”比兴陋室之德,这四句是脍炙人口的名言佳句,颇有哲理诗的精警和含蕴。作者以并列句式造成顺流直下的气势,随后托出“斯是陋室,惟吾德馨”,便觉妙语如珠,胜意迭出,这两句强调以德自励,景陋人贤。

苔痕上阶绿,草色入帘青。

【注释】唐·刘禹锡《陋室铭》。这两句意为石阶上苔藓绿痕隐隐,室外春草青青之色透入竹帘。

【解析】这两句是写室内外之景,妙在精切地传出陋室的佳处,以诗的语言表现诗的意境。“痕”“色”二字,变概念化的“苔”“草”为可感、可视的具体形象;“上阶”“入帘”,化静为动,写出“苔”“草”的神态,又将外景引入室内,为陋室增添了勃勃生机,洋溢着一片盎然春意;而一“绿”一“青”,色彩鲜明,更映衬出陋室的闲雅、清幽与别致。

无丝竹之乱耳,无案牍之劳形。

【注释】唐·刘禹锡《陋室铭》。案牍(dú):公事文书。

【解析】此句意为没有丝竹这些乐器的声音充斥耳朵,也没有公事文书这些事劳累身体。舍丝竹而“调素琴”,表现了作者不随俗好,独有所爱的高雅性情;无案牍而“阅金经”又可见作者陋室生活的悠然自适,一个超然物外的高人雅士形象呼之欲出。作者写室中之人心闲体静,衬托他的勤于修德;而写他的勤于修德,则揭示陋室不陋、声名远播的原委。

以智谋而进者,有时而衰;以朴厚而知者,无迹而固。

【注释】唐·刘禹锡《唐故宣歙池都团练观察使王公神道碑》。

【解析】此句意为靠玩弄权术来获取高官厚禄的人,到了一定时候必定会失势;而因淳朴敦厚得到知遇的人,虽然外表不显达,但是位置稳固。刘禹锡此语赞颂王公淳朴敦厚,凭自身实力不断攀升,不虚张声势,不外强中干。同时这也是作者对自己的要求,为自己未能受到重用寻找安慰:稳扎稳打,慢慢来。这其中也包含着一个哲理:内因起决定作用,外因只通过内因发挥作用,只有外因不会成功。

不求报施之谓空,不择善恶之谓普,不逆困穷之谓慈。

【注释】唐·刘禹锡《救沉志》。此句意为不求回报施恩才叫空,不区别善恶才叫普,不拒绝处境困窘的人才叫慈。

【解析】刘禹锡在“永贞革新”之后,被贬为朗州司马,政治上遭到了严重打击,但他仍然坚持自己的进步主张。这句话阐明了自己对“色空”“普救众生”“大慈大悲”的理解,反驳佛家既定的说法,表现了作者对陷于唐朝苛政下的善良人民的同情,寄托自己救沉除恶、革新政治的理想和愿望。

德有厚薄,此山无情。

【注释】唐·吕温《成皋铭》。此句意为能否统一天下最终要看德之厚薄,只占据成皋是没有用的,成皋公正无情。

【解析】成皋是兵家必争的咽喉要地,但“德厚”比天险更为重要。作者笔下的成皋已不再是客观的自然之物,而被赋予了生命,具有人的意志和感情。它宛如一个顶天立地、生龙活虎的巨人,牢牢掌握着天下出入必经的门户,主宰着历史的命运,但它公正无私、爱憎分明。成皋的形象如此庄严神圣,自然不仅仅是一处天然要塞,俨然是人民意愿的象征。作者此句借成皋这一人格化了的形象,表达了“德厚”则民心归属的思想。

以生人为身,社稷自任,抗危言而无所避,秉大节而不可夺。

【注释】唐·吕温《张荆州画赞》。抗:举。危言:正直的话。

【解析】此句意为爱护百姓就像爱护自身,以天下兴亡为己任,讲正直的话而无所避讳,秉持大气节而不可夺取。玄宗时张九龄官至同中书门下平章事、中书令,在朝直言敢谏,是开元时贤相之一。他小大必谏,不怕触怒奸臣,不顾惜自身荣辱，时值玄宗求贤若渴，重用九龄，贤臣纷纷投九龄门下，百姓仰望九龄之德。作者此言表明了九龄的仁德、气节。

势若微阳战阴，冲密云而吐丹气，欻耀而灭，又向叹乎？

【注释】唐·吕温《张荆州画赞》。欻(xū)：忽，忽然。

【解析】此句意为斗争的形势就像微弱的阳光与阴天抗争，想要冲出密云而照耀大地，虽然忽闪着隐没了，又有什么感叹的呢？唐玄宗骄逸自满、耽于安乐，张九龄想要帮助玄宗振作起来，尽管经常与玄宗想法不同而受到奸臣的讥讽、陷害，但他坚持正义，与谄佞小人斗争。虽然被排挤，但是他的仁德、气节永远被人们记得，这还有什么感叹的？作者此言赞赏张九龄斗争精神，也是宽慰一切"忠而见谤"的贤臣。

功业见乎变，而其变有二。在否则通，在泰则穷。

【注释】唐·吕温《张荆州画赞》。否(pǐ)：《周易》卦名，天地不相交，不通顺叫"否"。泰：天地相交，通顺叫泰。

【解析】此句意为功勋事业常常在有变化的时候才能被人看清，而变化有两种情况：国运不兴时建功立业比较容易，国运极盛时则比较难。作者这句话是说张九龄的命运：开元初期，百废待兴，玄宗乐于与群臣励精图治，贤臣被任用；开元盛世后，玄宗看天下河清海晏，骄傲自满，贪图享乐，于是政事荒疏，小人乘势把持要位。

为仁不卜，临又不问，无天无神，唯道是信。

【注释】唐·吕温《古东周城铭》。此句意为做对百姓仁爱的事不信占卜，面临杀身取义的局面毫不迟疑，不信天命神意，只坚信忠君殉国的大道。

【解析】苌弘巩固了周敬王的地位，是东周少有的功臣。苌弘与范氏友善，范氏在晋叛乱，周敬王怕晋，便杀了自己的忠臣苌弘。唐顺宗时，王叔文为挽救唐王朝危局，领导永贞革新运动，含冤被杀，与苌弘惨痛遭遇相似。这句话强调苌弘的忠心，为他翻案，作者是革新集团的重要成员，更主要是为王叔文鸣冤。

由仁义而后文者，性也。由文而后仁义者，习也。犹诚明之必相依尔。

【注释】唐·李翱《寄从弟正辞书》。诚明：《礼记》曰："自诚明，谓之性，自明诚，谓之教，诚则明矣，明则诚矣。"

【解析】此句意为为人仁爱仗义而后有文才，这是人的性情所决定的；先有文才而后做人仁爱仗义，这是学习的结果；就像诚信和明智一样，二者是互相依存的。文学即人学，人的性格往往决定着作品的风格，作品中也往往有作者自己的影子。封建社会认为文章是为宣传仁义道德,所以有德者一定会写出文章来,而读文章、学文章也一定会使人学会仁义道德。

顺化以尽,靡憾于中。别我千万,意如不穷。

【注释】唐·李翱《祭吏部韩侍郎文》。化:造化,大自然的功能。靡(mǐ):没有。

【解析】此句意为顺应宇宙大化的运动而死去,心中应该没有什么遗憾,临别似乎有千言万语要对我说,心意表达不尽。李翱是韩愈的高足弟子,两人志同道合,过往密切。李翱对韩愈十分推崇,韩愈也非常器重李翱,情谊如此诚笃深厚,一旦永诀,怎能不肝肠寸断。这句话先是平静地安慰韩愈:面对生命,你平时不也是持一种委运随化的达观态度吗;接下来为之动容:我们还有很多话没有说,无限惋惜之情在不言中。

下车而乱绳皆理,发号而庶政其凝。

【注释】唐·阎伯理《黄鹤楼记》。绳:法度。庶政:平民百姓的事。凝:稳固,安定。

【解析】此句意为上任之初就把混乱的法度整顿得有条理,下达政令而使百姓生活稳固、安定。作者列出"荆吴"以外的东阳的八咏楼和濑乡的老子祠来做陪衬,说明黄鹤楼能够代替这些楼观以"赏观时物""会集灵仙",突出黄鹤楼的存在价值。这句话是颂扬本文的促成者穆名宁的政绩,虽是谀词,但乃行文必不可免。而这位穆刺史能要阎伯理写下这篇碑记,给后代留下一件珍贵的文献,也算做了一件好事。

教所不及,施诚相与,不间塞于他人之说,是近于古人之道也。

【注释】唐·张籍《上韩昌黎书》。此句意为教我所不知道的,对我真诚相待,不疏远别人的说法,也不陷在其中,这与古人的教诲之道很接近了。

【解析】古代的人相互教诲,言行举止都表现自己的仁义,是真诚地互相影响,而不是互相恭维。张籍对韩愈很尊敬,认为他对待自己有古之君子之风。他劝韩愈努力著书,像孟轲、杨雄一样兴存圣人之道;又劝韩愈更要注意身教,摒弃自身一些缺点。这句话是鼓励韩愈更近于古人之道。

诗者,根情,苗言,华声,实义。

【注释】唐·白居易《与元九书》。此句意为诗歌应该以感情为其根本,语言为其株苗,声韵为其花朵,思想为其果实。

【解析】白居易提出诗歌的内容必须做到"根情""实义",而"苗言""华声"

是形式上的表现，只有根深，才能叶茂，开出鲜艳的花朵，结出丰硕的果实。这个比喻十分形象地说明了诗歌的内容与形式的关系，即内容是诗歌的根本，形式必须为内容服务，只有内容与形式相统一，才能发挥它的社会功能。按照这个观点，他推崇杜甫的作品，批判和否定“嘲风雪，弄花草”的形式主义作品，为他提倡的新乐府运动提供了有力的理论根据。

上下通而一气泰，忧乐合而百志熙。

【注释】唐·白居易《与元九书》。泰：通顺。熙：和悦。

【解析】全句意为天子与百姓能够沟通则天地之气和泰、通畅，感情交融则人心怡悦。作者认为圣人治国作六义、五音来教化百姓，使自己与百姓的感情容易交流，三皇五帝直道而行，不费气力而使天下得到治理，抓住这个方法使自己的帝位稳固。这句话沿袭了古代“礼乐治国”的说法，把文章诗歌的重要性提高到联络君主与百姓，使上下沟通、国家安定的高度，认识到了文章诗歌的现实意义。

文章合为时而著，歌诗合为事而作。

【注释】唐·白居易《与元九书》。此句意为文章应该为反映时代而写，诗歌应该为有所讽颂而作。

【解析】这是白居易现实主义诗文创作主张的主要观点。白居易幼时勤学苦读，仕宦之后潜心于诗歌创作，作品有了巨大影响。在总结创作经验时，他着重谈到文学创作与现实的关系，认为自己与人谈话总是谈当前的重大事件和政治形势，读文章、史书时多注意治国的道理，因而认识到了文学应该为现实服务，并以此为原则去创作。他的作品的巨大成功也雄辩地证明了他的诗文创作主张的正确性。

始得名于文章，终得罪于文章。

【注释】唐·白居易《与元九书》此句意为年轻时因文章出众而名扬天下，现在却因提倡现实主义诗歌理论而遭到非难、攻击。

【解析】白居易创作《秦中吟》等诗篇时，由于紧密联系当时的政治斗争和社会现实，贯彻自己提出的创作主张，被达官贵人切齿痛恨，但他毫无反悔之意，仍旧坚持自己的正确主张。他一直“得名于文章”，他的诗文得到各阶层人民的欢迎：乡校、佛寺、旅邸往往有人题写他的诗，各色人等都能吟诵他的诗，这鼓舞了他的斗志。他以诗歌作武器，揭露社会矛盾，反映现实生活，在当时和后世都影响很大。

既窃时名，又欲窃时之富贵，使己为造物者，肯兼与之乎？

【注释】唐·白居易《与元九书》。此句意为既因为诗文使自己声名远播，又想要获取高官厚禄，假如让你来做造物者，你肯都给他吗？

【解析】白居易经过十年的宦海风波。被贬为江州司马，这对他是一次最沉重的打击，他内心充满愤慨和忧伤，思想上矛盾重重。这句话是在安慰自己，本该众人享有的名誉自己已经占了太多，生活上穷困、政治上失意是应该的，诗人命运多舛是必然的，这样才有丰富的经历和深刻的体验。对比陈子昂、杜甫、李白和孟浩然的命运，他对"寒有衣，饥有食"已经很满足了。

大丈夫所守者道，所待者时。

【注释】唐·白居易《与元九书》。此句意为大丈夫所遵守的是圣贤的大道，所等待的是际遇的时机。

【解析】白居易政治上失意但并不失志，他坚持圣贤之道，坚持自己兼济天下的理想，写诗寄托自己志向。他作讽谕诗，寄寓兼济天下之志；作闲适诗，丰富独善生活，心态平和，等待时机的到来。身微言轻时注意提高自己的才能、修养，潜龙勿用，蓄势待发；文武之道，一张一弛，以退为进，厚积薄发。谢安隐居东山，终于再起，作者此言对此充满无限向往。

夫贵耳贱目，荣古陋今，人之大情也。

【注释】唐·白居易《与元九书》。此句意为重视听到的、不太了解的，而轻视看到的、熟悉的，推崇古代的，贬低当代的，是人之常情。

【解析】白居易的诗在当时广为流传的是一些杂律诗和歌行体，他自己最为推重的讽喻诗和闲适诗却得不到当时人的足够重视。他不灰心失望，他坚信自己诗歌的价值，他知道是人们贵远贱近的思想在作怪，他相信自己的作品在后世会受到欢迎。确实，贵远贱近是人们的一种心理定式，对于不太了解的事物，我们更多地看到它的好处，对于较为了解的事物，我们则过多地发现它的弊病，相信随着阅历的增加，这种心理会减弱。

小通则以诗相戒，小穷则以诗相勉，索居则以诗相慰，同处则以诗相娱。

【注释】唐·白居易《与元九书》。此句意为时运稍微好些时则赠诗互相告诫，时运不太好时则赠诗互相勉励，独居时则赠诗互相安慰，同处时则赠诗互相娱乐。

【解析】元九即元稹，是白居易的好友，他们同在贞元十九年以书判拔萃科登第，又同授秘书省校书郎。订交之后，交往密切，唱酬之作甚多，论诗作文观点相似，志同道合，感情深厚。元稹因得罪权贵被贬，与白居易来往赠答诗篇超过百首，书信来往也多。这句话全面表现了二人交往，当时最懂白居易诗歌的就是元稹了。

天与我时，地与我所，卒获所好，又何以求焉！

【注释】唐·白居易《庐山草堂记》。此句意为贬我来江州使我有时间游览，在此有官职，有草堂得以安身，有这样一个宁静、幽雅的环境可以著书立说，我还有什么更大的要求呢？

【解析】宰相武元衡被杀，白居易"越职言事"被贬。次年游庐山，独爱香炉峰下、遗爱寺旁的一处胜景，便在那里修筑一座草堂。这句话表达了作者对郡守厚爱的感激、对庐山美景的欣赏、以及有平静心情著书立说的欣悦，由于政治上的失意所怀有的抑郁不平之气淡淡寄于言外。

众骸跃举，若生羽翎，与神仙人游云天汗漫之上，冲然而不知其足犹蹋寺地，身犹求世名。

【注释】唐·舒元舆《长安雪下望月记》。众骸(hài)：犹百骸，指人体各种骨骼，代指全身。翎(líng)：鸟类翅膀和尾巴上的长羽毛。

【解析】此句意为身体飞腾起来，如生出了羽翼，与神仙一同在漫无边际的天空中游荡，飘飘然忘了自己还站在青龙寺，心中还想求取人世间的功名官位。天地清空，可以视同作者的内心，月色雪光濯涤五脏、荡尽凡思俗虑。月亮皎洁，雪光明灿，是扫荡争名逐利思想的清洁剂，一时使作者心灵澄澈，悠然忘机。

非天借静象，安能辅吾浩然之气若是邪！

【注释】唐·舒元舆《长安雪下望月记》。浩然之气：本是孟子提出的一种精神状态。他说这种气至大至刚，充塞天地间，不待外求，纯由内心集义而生。此义不同。

【解析】此句意为如果不是上天展示雪月中的静寂境界，谁能帮助我拥有忘掉一切世俗杂念、复根还始的纯正之气呢？身披月光，体受雪光，洁净深透入骨内，使自己犹如羽化而登仙；二三子的共同感受，都觉得处此境地，忘却一切烦恼，甚至忘了自己的存在。作者认为人受于自然的自然本性是最天真、纯洁，无邪念，无物欲，这都是靠了天借予的"静象"而使然的。

鼷鼠饮河之腹，闻以满盈；老牛舐犊之心，喜无终极。

【注释】唐·令狐楚《代李仆射谢子恩赐状》。鼷(xī)鼠：一作鼹鼠。舐(shì)：舔。

【解析】此句意为鼹鼠饮河水，不过肚子喝饱就满足了，老牛疼爱地舔着牛犊的心意，很可喜永无止尽。李仆射叫李说，此文为答谢太子舍人公敏的恩赐。“鼷鼠”一句喻李仆射要求不高，并不是得陇望蜀、贪得无厌之辈；“老牛”一句喻公敏的厚爱，对待后辈关心备至，有宽厚仁爱的长者风范。这句话设譬新奇，用典无斧凿之痕，对仗工整，出于天然。

云散雨覆，亡也忽然。

【注释】唐·殷侔《窦建德碑》。此句意为就像云彩飘散、大雨来临一样，灭亡就在刹那之间。

【解析】这句话是作者对窦建德败亡的感慨。隋末农民起义，窦建德率领的起义军是当时最强大的一支劲旅，具备统一天下的条件。他是夏王，但生活俭朴；他文武双全，他重视和爱护知识分子；可惜“天命”并没有归属窦建德，他遭到了国灭身亡的厄运。殷侔路过夏王庙，目睹了当地百姓举行的盛大祭祀仪式，联想到晚唐政局的黑暗、腐败，感慨系之，奋笔撰写了《窦建德碑》，赞颂农民起义英雄窦建德的功德，显示了非凡的史识和胆略。

通天人以济俗，和阴阳以煦物。

【注释】唐·刘蕡《对贤良方正直言极谏策》。济：救助，赈济。

【解析】此句意为联系大自然和人类社会来帮助百姓安乐，协调阴阳变化使万物感到温暖。元和末年以来，宦官把持朝政，决定天子废立，刘蕡未出仕，但为此愤恨惋惜。文宗即位，恭俭求理，策试贤良，刘蕡揭露宦官横行，认为会危及宗社。劝文宗励精图治、爱护百姓，又夸赞文宗追慕古圣人之道，认为文宗会成为一个贤德、明智的君主。

欲俗之化也，在修己以先之，欲气之和也，在遂性以导之。

【注释】唐·刘蕡《对贤良方正直言极谏策》。和：温和、协调。遂：顺着。

【解析】此句意为想要使百姓得到教化，关键在于加强自身修养给百姓做榜样，想要使民风淳朴、百姓安乐，关键在于顺着百姓的本性去引导他们。修身，然后才能齐家、治国、平天下，修身是最根本的，身教重于言传，皇帝以身作则，百姓自然跟随。对百姓的管理，不能过细、过死，宏观上有政策、法令指导，微观上放开，让百姓充分发挥其积极性、主动性，这样则皇帝“无为”而百姓“无不为”。

仁寿之心感于下，和平之气应于上，故灾害不作，休祥荐臻，四方底宁，万物咸遂矣。

【注释】唐·刘蕡《对贤良方正直言极谏策》。休祥：欢乐，吉利。荐：屡次。

臻(zhēn):达到。底:达到。

【解析】此句意为百姓感受到皇上的仁爱之心,就会安分守己,辛勤劳作,所以灾害不来,欢乐常在,到处安宁,万物都自然发展。君主和百姓是对立统一的,他们互相依存,没有哪一方能单独存在,他们要合作,成为一个整体。君主劳心,百姓劳力,运作协调,上天也不会降灾害表示惩罚。

首一戴武弁,嫉文职如仇雠;足一蹈军门,视农夫如草芥。

【注释】唐·刘蕡《对贤良方正直言极谏策》。弁(biàn):古代男子戴的一种帽子。雠(chóu):"仇"的异体字。草芥(jiè):比喻轻微、没有价值的东西。

【解析】此句意为一戴上武士的帽子,就恨文职官员如仇敌;脚一踏进军营,就耀武扬威,把人民的生命看得一钱不值。安史之乱后,各藩镇更加拥兵自重,军队是自己利益的保障,是权力的象征,有军队就有一方土地的自主权,甚至可与朝廷对抗。所以武官看不起文官,士兵蔑视百姓,都认为自己有了保障。作者这句话表现了对国家命运的忧虑。

长桥卧波,未云何龙?复道行空,不霁何虹?

【注释】唐·杜牧《阿房宫赋》。复道:架在楼阁之间的空中走廊。霁(jì):雨过天晴。

【解析】此句意为没有云彩,哪儿来的龙?原来是长桥横卧在水面上;不是雨过天晴的时候,怎么会出现彩虹?原来是阁楼间的通道在空中穿过。作者用了大量笔墨描写阿房宫的宏伟瑰丽,这句话最为传神,不说长桥如龙,复道如虹,而说"未云何龙""不霁何虹",不仅笔势跌宕,而且从惊叹语气中表达了对那些建筑物的观感,给客观描写涂上了浓烈的抒情色彩。

一人之心,千万人之心也。

【注释】唐·杜牧《阿房宫赋》。此句意为你秦始皇个人有贪图享乐之心,也要考虑千万人也想过安乐富足的生活。

【解析】秦朝劫掠了各国珍宝,任意挥霍,不甚可惜,而百姓家徒四壁,难以生存;秦国宫殿楼阁宏伟,管弦歌舞繁盛,而各国人民却为此耗尽资财,用尽人力,宫女远离故土来到秦宫,念其家而不得自由。此语对秦统治者的残民以自肥作了有力的抨击,同时也警示统治者百姓不会甘于被剥削、被压迫,这种统治是不长久的。

秦人不暇自哀,而后人哀之;后人哀之而不鉴之,亦使后人而复哀后人也。

【注释】唐·杜牧《阿房宫赋》。此句意为秦朝人来不及自我哀怜,但是后代人哀怜他们;如果后代人哀怜秦朝而不以之为借鉴,那就会使再后来的人哀怜他们。

【解析】杜牧所处的时代,政治腐败,阶级矛盾异常尖锐,大唐帝国已面临崩溃。杜牧希望统治者励精图治,富国强兵,但敬宗即位后广征声色,大兴土木,二十三岁的杜牧年少气盛,作赋讽喻。这句话借秦朝穷奢极欲、失去民心而灭亡警示敬宗,希望统治者能以之为借鉴,但作者自己也意识到这种希望终归要落空。

在半夜酒余,倚老松,坐怪石,殷殷潮声,起于月外。

【注释】唐·杜牧《杭州新造南亭子记》。殷殷(yǐn):雷声。

【解析】宣宗大中时期,经武宗灭佛后寺庙已少,由刑部出任钱塘县令的李播彻底关闭寺庙,切断佛教徒的来源,使百姓心向儒家教化。他申请到朝廷拨款筑长堤,使百姓免遭水害;又建造南亭子,纪念唐武宗,又使文士有赏玩佳景,他宽政安民,人民受到教化。这句话写亭之夜景:夜半酒酣,背倚老松,身坐怪石,潮声如雷鸣,明月缓缓升起,月光随波簇涌。这表现了李播安定民生后的怡然之情。

云烟绵联,不足为其态也;水之迢迢,不足为其情也;春之盎盎,不足为其和也;秋之明洁,不足为其格也。

【注释】唐·杜牧《李贺集序》。绵联:即"连绵"。盎盎:春色盛的样子。

【解析】此句意为云烟连绵不断不足以形容它的形态;流水连向遥远不足以比拟它的情意;春意盎然,大野芳菲不足以表现它的活力;秋日晴空,明净高洁不足以比喻它的格调。这句话是杜牧对李贺歌诗的评价,几幅画面状写他的歌诗特点,钦羡、赞赏之情不言而喻,准确地指出了李贺浪漫主义创作方法的特点。

一派湘水,万重楚山。

【注释】唐·李商隐《祭全义县伏波庙文》。此句意为好一派湘江丽水、连绵叠障的楚山。

【解析】大中元年秋,作者在桂管观察处置使郑亚幕下,祭拜了东汉伏波将军马援祠宇。作文追记马援辅佐刘秀攻灭隗嚣和砥定南方,这句话描绘了湘楚大地的秀丽山水,向往孕育了伏波将军这位历史伟人的钟灵毓秀的这一方天地,为之豪情迸发。作者表现了对这位历史古人的无限敬仰,也隐隐流露自己从军蛮荒郁郁不得志的惆怅。

来也何故？去也何缘？

【注释】唐·李商隐《祭小侄女寄寄文》。缘：佛家说人的生死，都是前生因缘。

【解析】此句意为你来去匆匆，与我们只有短暂相会，我们前生结下的什么因缘？寄寄从小寄养在外，四岁方领回家，仅过数月就病亡了。当时作者三十二岁，尚无子女，对侄女的夭亡，悲痛尤甚，看到侄辈数人游戏的情景，抚存念往，更增加对寄寄的怀想。人生的种种悲剧，往往使人感到迷惘不解，这句话引用佛家“因缘说”来追问苍天。作者与寄寄低语，叮咛关切，就像她活着的时候关心她的饮食冷暖一样。

岂才而奇者，帝独重之，而人反不重耶？

【注释】唐·李商隐《李贺小传》。此句意为难道那些有才华而文思奇敏的人只有天帝重视他们，而反不为人世间所重视吗？

【解析】李贺每日骑驴行吟，书僮跟随，有所感触则作诗投袋中，回家后整理。这样能及时捕捉灵感，所以诗奇丽瑰伟。李贺临死着神情恍惚，见天帝派使者来迎，这其实是没能参加进士考试、长期压抑的结果。李商隐和李贺都心怀报国之志，到头来却终生潦倒，这句话显示了李商隐对李贺坎坷遭遇的同情、哀伤和愤慨，我们从中可以清晰看到李商隐本人的正直风貌，听到他对自己不幸命运的叹息声。

陶冶于无形之外，优游于不宰之中。

【注释】唐·李商隐《为李贻孙上李相公启》。陶冶：烧制陶器和冶炼金属。比喻给人的思想、性格以有益的影响。

【解析】此句意为造就培养自己，使思想不局限于有形世界之中，神思遨游天地之间，处于不爱世间尘杂主宰的状态之中。这是李商隐对李相公性情的评价，认为他能够培养自己成为大才，位极人臣忙于政务却能有高尚情操，超然的思想境界，是令人敬佩、仰慕的。这句话为求荐于他找到了理由：你能造就自己，一定也能造就后进；你的宏达风范更是值得学习，追随你做事一定受益匪浅。

明发不寐，怀清庙之景灵；日晏忘餐，念苍生之定命。

【注释】唐·李商隐《为李贻孙上李相公启》。清庙：祭祀文王的地方。晏：晚，迟。

【解析】此句意为一夜没有睡觉，想着祭祀祖先、神灵的事；忙到天晚顾不上吃饭，为了制定礼仪、法则以安定百姓。这是作者对李相公业绩的夸赞、褒扬之辞，在下文又讲述了几件李相公固国安邦的封疆大业，来证实这番评价。作者代李贻孙求荐，这句话的深层意思是李相公是国材人望，说话一言九鼎，代为举荐有作用，另外是说李相公可以投靠，作者有此意。

人将自弃，鬼得而诛。

【注释】唐·李商隐《为李贻孙上李相公启》。此句意为人一旦采取不明智的行动，自取灭亡，则天地难容，必将诛灭他。

【解析】吴元济、李同捷不听朝廷调遣而去承袭父亲的节度使之职，倚仗手中军队与朝廷对抗；袁熙依靠几代积累的财富，在河朔自立，不听王命。作者这句话说他们目光短浅、夜郎自大，就像青蛙只看到井大的天，蚂蚁以为树极大，最终必招致失败。他们仅仅依靠山河之险，不能行仁德安定民心，况且又财力匮乏，物产不足以自给，犯上作乱实在是自弃于天地。

虽有谢于天姿，或无惭于力学。

【注释】唐·李商隐《为李贻孙上李相公启》。此句意为虽然天分不高，但是我努力求学，毫不懈怠。

【解析】这是李商隐代李贻孙说的话，希望得到李相公的赏识、引荐。李贻孙从小就有孤高的操守，囊萤映雪，广泛涉猎，曾经上书陈述自己的看法。自己坚信学识颇高，能为国家所用，但是坚持和改变自己观点的时机总是不得当，以致走上歧路。上书真诚地向李相公求荐，又盼望、又担心，这句话真切地表现了这种心理：谦逊但不卑微，求荐而能自持。

退无井臼之资，进乏交朋之助。

【注释】唐·李商隐《为李贻孙上李相公启》。臼(jiù)：舂米的器具。

【解析】这句话意为退居乡村，没有能力凿井、舂米谋求生存，意欲仕进又没有至交好友为自己引荐。李贻孙确实陷入困境，多年努力，但命运多艰，事与愿违。杜门而居又穷愁多病，只觉得景物荒凉、风霜凌厉；欲结交权贵而无门可入，孤单无助。无奈上书请一试，表明自己也能像殷钧、马援一样不为身体所拖累，以饱满的精神为国效力，此言希望李相公帮助自己走出两难困境。

金楹假荫，望同相贺之禽；珠岸回光，庶及不枯之草。

【注释】唐·李商隐《为李贻孙上李相公启》。相贺之禽：《淮南子·说林训》说："大厦成而燕雀来贺。"

【解析】此句意为我愿投到你的门下得到荫庇，希望我能和你门下其他人一样有机会庆贺你门庭若市；明珠孕育在岸边可使草不枯，希望你能像明珠一样恩泽于我。李贻孙相信自己有资格入孔子门下，与公侯同席而谈，只是性格耿介孤直，须遇清廉高官才能见用。这句话把自己得官说成庆贺李相公"金楹"，把李相公提拔自己说成"珠岸回光"，使双方都得到赞誉。

时亨命屯，道泰身否。

【注释】唐·李商隐《上尚书范阳公启》。屯(zhūn)：艰难。

【解析】此句意为有了通达、顺利的仕进大好时机，却偏偏命运多艰，国家任用有道之人，我的道路却不畅通。李商隐少年得志，十七岁入令狐楚幕，令狐楚死后，又被王茂元辟为书记。但令狐楚属牛党，王茂元属李党，李商隐被卷入朋党倾轧的漩涡，两党都不信任他，他一生屡遭排抑，遭遇很不幸。赞赏他、推荐他的言辞不见成效，嘲笑他、抵毁他的说法传于天下。这句话反映了他未能利用绝好条件大展宏图却反遭诋毁的苦恼。

春畹将游，则蕙兰绝径；秋庭欲扫，则霜露沾衣。

【注释】唐·李商隐《上尚书范阳公启》。畹(wǎn)：古代土地面积单位，三十亩为一畹。

【解析】此句意为想要游玩观赏春日的花圃，但是兰蕙已经开败；秋日早晨想要打扫庭院，但是又担心霜露沾湿衣衫。作者此句比喻自己仕途坎坷，早年有家族旧业、诸多友人，蒸蒸日上之时却遭到猜忌，正如有游春的好心情却未能及时赏玩；多年沉沦飘泊之后仍想有所作为，没有了亲旧，势单力孤，环境险恶，正如秋日风霜使人畏惧。早年英姿勃发似春意盎然，暮年谨小慎微似草木枯索，可见作者意志已有消磨。

惟交抵掌之谈，遂辱知心之契。

【注释】唐·李商隐《上尚书范阳公启》。辱：使受屈。契：相合，投合。

【解析】此句意为多年以来只是与那些能够谑语雄谈、击掌相庆的人相交，于是疏远了那些难以接触到、却有心灵契合的人。作者似乎在追悔：多年来沉沦下僚，负气地与一些不知遇的朋友讥评朝政，而不去与和自己一样有报国之志的在高位者联系，这是不负责任的。而实际情况是尚书范阳公勤政爱民，与作者政治理想相近，作者想因"知心之契"得到提拔、重用。这句话婉曲地表达了自己的心迹。

岂期咫尺之书，终访蓬蒿之宅？感义增气，怀仁识归。

【注释】唐·李商隐《上尚书范阳公启》。咫(zhǐ)尺之书：内容不多的信，喻用意轻率。蓬蒿(péng hāo)之宅：喻隐居之所。

【解析】此句意为难道我所期待的是你轻率地发书起用我,还是你最终亲自来拜访我?我不过是感于道义增添勇气而说了这番话,希望你心怀仁爱能够了解我的真实想法。作者此书不抱十分希望,调子很低,没有大肆渲染自己才能、品行,从这句话也可以看出来,语意婉曲多变,令人难于理解。不能怪作者缺少豪情,毕竟他年岁已长,心境凄凉。

暮至朝去,宁有顾惜心耶!

【注释】唐·孙樵《书褒城驿壁》。此句意为傍晚来住,清晨就走,怎么会有爱惜驿站的想法呢?

【解析】褒城驿号称天下第一,却是一派荒凉残破的景象,原因就是过往旅客不以之为家,糟蹋公物,不加爱惜。推而广之,天下生民日困,财力日竭,也在于朝廷对州县官吏不仅所用非人,而且更换频繁,官吏以州县为旅馆,不去兴利除弊,只在短期内中饱私囊,而且在新旧官员交接之际,黠吏又乘机胡作非为。作者小中见大,深达物情之理致;见微知著,明察时弊之症结,二者确实事异而理同。

踵千里者不裹粮,长子孙者不知兵。

【注释】唐·孙樵《书褒城驿壁》。踵(zhǒng):脚跟。这里是行走的意思。长(zhǎng):养的意思。

【解析】此句意为出远门行千里不用自带干粮,有了子孙的老年人没经历过战争。开元年间,财物丰富,人口众多,天下太平,这句话名为怀念那个盛世,实则为反衬懿宗、僖宗时管理混乱:现在虽然也没有战争,但官吏更换频繁,他们不仅不思治理,反而大肆搜刮民脂民膏,使民生日益凋敝。身居乱世,向往升平盛世,以盛世景象对照自身遭遇,悲痛之至。

使何易于不有得于生,必有得于死者,有史官在。

【注释】唐·孙樵《书何易于》。此句意为何易于在世时没有得到“在上位者”的赏识,但他死后肯定会得到应有的评价,因为还有秉笔直书的史官在呢!

【解析】何易于有奇事:身为县令却要为刺史拉纤,表明对刺史不理政务、游春扰民的否定与谴责;第二是宁愿冒流放海裔的危险,也不厚赋毒民、征收茶税,这样自然不会得到上司赏识。但他助民治丧、尊老问政、为政简约,人民为他考核只得“中上”而悲慨。此言显示了作者的历史洞察力,也包含着作者充分的自信心。将一个普通县令的政绩放到漫漫的历史长河中来描述评判,这就是孙樵的气魄、胸襟与境界。

储思必深，摛辞必高，道人之所不道，到人之所不到。

【注释】唐·孙樵《与王霖秀才书》。摛(chī)：舒展。

【解析】此句意为储存思想必定深邃，写出文章必定高超，能说出人所不能说出的语言，能想到人所不能想到的想法。作者写信夸赞王霖的《雷赋》：似从《周易》推演而来，参照天气玄象写就，主旨集中，但辞采雄奇，读之好像大海上看惊涛骇浪，令人瞠目结舌，看不到边际。这句话鼓励王霖继续努力，鸾凤之音必听，雷霆之声必骇，龙章虎皮、日月五星一定要去认识，之后便可达到如此句所言的水平。

拔地倚天，句句欲活，读之如赤手捕长蛇，不施控骑生马。

【注释】唐·孙樵《与王霖秀才书》。生马：未驯服的马。

【解析】此句意为文章气势磅礴，如山峰拔地而起，绝壁倚天而立，描写生动、呼之欲出，读起来感觉很突兀，难以把握，就像赤手捕捉长蛇，骑没有马鞍和缰绳的未驯服的马。这是作者给王霖的回信，与王霖谈为文，这句话是对玉川子《月蚀诗》和韩愈《进学解》等篇的评论，赞叹他们思路开阔、文思敏捷、转换突然，新意每每出人意料。作者自称得为文真诀于来无择，来无择承皇甫湜，皇甫湜得之韩愈，是对韩愈的盛赞。

七柱希声，契冥符于渌水；两栾孤响，接元韵于清霜。

【注释】唐·温庭筠《上学士舍人启二首·其一》。七柱：指七弦琴。渌水：舞曲。两栾(luán)：指钟。清霜：大钟。

【解析】此句意为七弦琴没有弹出声音，但已经和《渌水》曲暗暗地相合了；钟鸣声稀稀落落，但是它已经和清霜钟之声相接了。深层含义是把你的感觉传达给真正能赏识你的人，并且诚心诚意地参悟神奇高妙之事。作者上书求荐，以此语说明人地位高低不同而可相感，可互参，希望学士舍人任用自己，使枯鱼得水，不使成为弃物。

术愈精而杀人愈多，法益切而害物益甚。

【注释】唐·皮日休《读〈司马法〉》。此句意为战术越精细、准确则双方军队伤亡越重，兵法越实用则荼毒天下生灵越厉害。

【解析】作者读了《司马穰苴兵法》后不谈这部兵法的具体得失，却从更高一个层次上谈民心与帝治的问题。这句话反对通过征战而牺牲民命去夺取权力，主张君主尚仁，以得民心，而后得天下。作者揭露了汉魏以来封建统治者不惜以人民生命夺取个人职位的罪恶本质，这在晚唐藩镇割据、战乱不息的情况下，有明显的进步意义。

物之所以有韬晦者，防乎盗也，故人亦然。

【注释】唐·罗隐《英雄之言》。韬（tāo）晦：收敛锋芒，隐藏不露。

【解析】此句意为动物在生理上之所以有隐蔽自己的特点，是为了防御敌人，所以人收敛锋芒也是这个原因。作者劝人注意时时隐藏不露，是在说明强盗实在太多了，他们和常人区别不大，很难分辨。强盗不是没有礼让而谦逊的品德、端正而廉洁的操守，只是不能始终保持这种品性，一旦有利益的诱惑，他们就会露出强盗嘴脸。刘邦和项羽争天下不是为救百姓于涂炭之中，而是贪图皇帝之位，英雄尚且时有贪心，常人更是难免。作者处在唐末政局动荡、民不聊生的混乱局面中，这句话是针对现实而言的。

名利之机，古今相轧。混惟一致，弘则两忘。

【注释】唐·司空图《擢英集述》。此句意为关于名利之心，人们历来互相攻击，如果混同名利则它们一致，如果想法扩大一些则什么都忘了。

【解析】名利是绝大多数的人放不下的。杭州金山寺下船只往来，老和尚说只见两条：一条为名，一条为利。从无机心的人太少，许多无机心的人都是名利场上的败将，转投修身养性、著书立说方向。这句话是说超脱一些则两忘名利，是对本文集所录作家做的概括。远离名利则什么也看不见，就如我们看见一个星体，肉眼无法看到它的地表情况。

舍麟作凤，孰降等夷？捐璧握珠，自能辉映。遇则以身行道，穷则见志于言。

【注释】唐·司空图《擢英集述》。夷：平，平等。

【解析】此句意为不愿为麟而愿做凤，难道谁比谁低一等吗？舍弃玉璧而握住明珠，明珠也能辉映。知遇则用自己行为去宣扬道义，困厄则著书立志，无所谓得失。唐代末年，战乱频仍，朝政混乱，许多仁人志士沉沦下僚，不得志则以文抒发抑郁、感慨。这个集子收到的就是这些人的这样的作品，司空图这句话赞颂这些作品，也为这些人鸣不平，更鼓舞后来人守道不渝。

家家之香径春风，宁寻越艳？处处之红楼夜月，自锁嫦娥。

【注释】五代·西蜀·欧阳炯《花间集序》。越艳：越国的美女西施，代指歌妓舞女。

【解析】此句意为亭园花间小路到处有人在吟咏春风，难道还要再去寻找歌妓舞女？到处都有歌妓舞女活动的华丽楼房，夜月下传来笙箫声。唐末五代，军阀混战，西蜀战乱较少，一时尚保持着繁华安定的局面，统治者寄情声色，弦歌宴饮，过着糜烂腐化的生活。这句话形象地反映了这种贵族生活的场面，也解释了以描绘声色为能事的花间词大量出现的原因。

泓泓盈盈，涟漪是生。蓝蓝青青，疏篁舞庭。

【注释】五代·沈颜《化洽亭记》。此句意为水波荡漾，显示水池涨溢深而广的样子；稀疏的竹子在庭院摇摆，青色蓝色相杂。

【解析】五代是藩镇割据的继续，作者对战乱的憎恨和对治平之世的向往十分强烈。战乱频仍，土地荒芜，无人看顾；有特异才能的人生于乱世则被湮没。作者写一个亭子景物败坏，贤能的郡长来了，则景物美好。上面这句话是对景色生动形象的描写，“泓泓盈盈”“蓝蓝青青”，鲜活可感。一个小小的亭子的建立是如此，国家的建设就更是如此。

玉经琢磨多成器，剑拔沉埋便倚天。

【注释】五代·王定保《唐摭言·慈恩寺题名游赏赋咏杂记》。此句意为璞玉经过匠人的切磋琢磨大多会成为珍贵玉器，深埋在地下的宝剑一经拔出就会成为倚天长剑。

【解析】这句话比喻人的成长：必须要有前辈的指导，先达引荐；必须潜心攻读、埋头苦干，学识达到一定水平方则一鸣惊人。人的成长需要先天资质，但更重要的是后天教育培养；成名之前，先要忍受十年寒窗、寂寞无闻的辛苦和考验；之后可以宠辱不惊，临大义不失其节。从而成就大业。

才者璞也，识者工也。良璞授于贱工，器之陋也；伟才任于鄙识，行之缺也。

【注释】五代·王定保《唐摭言·四凶》。此句意为有才的人就像是璞玉，识别人才的人好比是玉器匠人。一块好的玉石交给一个拙劣的匠人来琢磨，得到的玉器会很粗糙；有非凡才能的人如果让一个识见鄙陋的人来使用，他的才能就不能充分发挥出来。

【解析】比喻犹如韩愈“伯乐相马”之喻，又同于刘禹锡《说骥》，都是讲人的才能是一方面，遇不遇人，遇不遇时又是一方面。哲学上讲促成质变有两种情况：一种就是空间排列顺序不同，这在中国古代法家学说中叫“势”，士人加强自身修养是重要的，但也要随时创造优“势”。

宋金元部分

仁足以使民不忍欺，

智足以使民不能欺，

政足以使民不敢欺。

——宋·王安石

夏宜急雨，有瀑布声；冬宜密雪，有碎玉声；宜鼓琴，琴调虚畅；宜吟诗，诗韵清绝；宜围棋，子声丁丁然；宜投壶，矢声铮铮然：皆竹楼之所助也。

【注释】宋·王禹偁《黄冈竹楼记》。丁丁：象声词，走动棋子的声音。投壶：古代的一种游戏，往壶中投箭状的筹棒，中者为胜。

【解析】王禹偁被贬黄州时，建竹楼，写竹楼以抒发自己的生世之叹。他笔下的竹楼成了他的“心灵宅宇”，使他领略了千般雅趣，万种风情：登上小楼，远眺山色，平视江濑，青山秀水尽收眼底。那清幽寂静、辽远开阔的景致，实在无法一一描绘出来。夏天，降下骤雨最为相宜，这时小楼会发出瀑布的声响；冬天，飘着大雪最为相宜，这时小楼会发出碎玉落地般的声响。这里最适宜弹琴，琴声和谐流畅；这里最适宜吟诗，诗韵清新绝妙；这里最适宜下棋，棋声丁丁悦耳；这里最适宜投壶，箭声铮铮动听。作者由远及近，展现了一个广阔辽远的视觉世界，又连用排比，表现了一个独特的听觉世界，全篇犹如一曲绝妙的交响乐。

若夫霪雨霏霏，连月不开；阴风怒号，浊浪排空；日星隐曜，山岳潜形；商旅不行，樯倾楫摧；薄暮冥冥，虎啸猿啼。登斯楼也，则有去国怀乡，忧谗畏讥，满目萧然，感极而悲者矣。

【注释】宋·范仲淹《岳阳楼记》。霪雨：久雨。霏霏：雨下得很大的样子。开：指天晴。隐曜：隐没光辉。潜行：遮去形体。商旅：指商人和旅客。樯：船桅。倾：倒。楫：船桨。冥冥：幽暗的样子。去国：离开京都。忧谗：担心被人诽谤。畏讥：怕受别人讥讽。

【解析】这是范仲淹的写景名句，本句写岳阳楼雨中之景致，就雨写险景悲情：当那连绵细雨纷纷下落，一连数月也不放晴，阴惨的风怒号着，浑浊的浪涛翻腾到半天空，日月星辰失去它的光辉，山岳也隐没了它的形体，来往的客商无法通行，桅杆倾倒，船桨折断，一到傍晚，就天色昏黑，似乎有老虎的吼叫和猿猴的悲啼。此刻人们登上这座城楼，就会产生离开京城而怀念家乡，担心遭到他人的诽谤和讥讽的心情，满目都是萧瑟的景象，心情因极度的感伤而十分悲痛。全句连用怒号、排空、隐曜、潜形等动词及词组，把环境描摹得阴森悲凉，触目惊心。

至若春和景明，波澜不惊，上下天光，一碧万顷；沙鸥翔集，锦鳞游泳；岸芷汀兰，郁郁青青。而或长烟一空，皓月千里，浮光跃金，静影沉璧；渔歌互答，此乐何极！登斯楼也，则有心旷神怡，宠辱皆忘，把酒临风，其喜洋洋者矣。

【注释】宋·范仲淹《岳阳楼记》。春和景明：春暖明媚。惊：起，动。翔集：飞翔栖止。岸芷：岸边的香草。汀：小洲。郁郁：香气浓烈。青青：草木茂盛。

静影沉璧:此说映在湖水上的静月犹如沉在水底的璧玉。把:握,持。

【解析】这是范仲淹的写景名句,本句写岳阳楼晴天里的美好景致和登楼人的欢喜之情:在春风和煦、阳光灿烂的天气里,湖波微起,涟漪荡漾,湖光与天色上下辉映,望去万顷碧波。沙鸥时飞时停,好看的鱼儿在自由自在地玩乐。岸上的幽兰、香芷散发着郁郁芳香,呈现出青青秀色。到了月光皎洁的晚上,碧空如洗,月亮在广阔的湖面上洒满清辉,闪亮的金光如同在水上跳跃;风平浪静之时,月儿的倒影,犹如一轮碧玉沉入湖底。渔歌声声,此唱彼和,这真是其乐无穷啊!此时登上这岳阳楼,就会感到心旷神怡,什么恩宠,什么羞辱,全忘得干干净净,迎着春风,开怀畅饮,那真是喜气洋洋啊!

先天下之忧而忧,后天下之乐而乐。

【注释】宋·范仲淹《岳阳楼记》。

【解析】范仲淹"先忧后乐"的观点体现了他伟大的人格精神和深沉的社会关怀。在天下人之先忧,在天下人之后乐,已成为后代仁人志士献身民众、关心天下的精神力量,鼓舞着一代代的人们前赴后继,为国家的振兴,为人民的幸福安康担负起自己崇高的社会责任,并为此奋斗不息。

不以物喜,不以己悲。居庙堂之高,则忧其民;处江湖之远,则忧其君:是进亦忧,退亦忧。

【注释】宋·范仲淹《岳阳楼记》。物:外物。己:自己,个人的得失。庙堂:指朝廷。处江湖之远:指不在朝廷做官。

【解析】这句话和范仲淹的"先天下之忧而忧,后天下之乐而乐"相呼应,它着重阐明人的思想感情不应为环境的好坏和个人的得失而有所改变。在朝为官,要关心民众;不在朝廷做官,也要时刻关注时政。总之,无论进退荣辱,都要忧虑天下,这才是崇高的情感。也只有这样的悲和喜才是推动社会前进的情感动力,而那种拘泥于个人得失的卑微的情感向来是被人们嗤之以鼻的。

云山苍苍,江水泱泱,先生之风,山高水长。

【注释】宋·范仲淹《严先生祠堂记》。泱泱:深广,弘大。先生之风:严先生,严光的高风亮节。

【解析】这句脍炙人口的名句,概括出了严先生的高风亮节。严光是东汉名士,年少时与光武帝同学,武帝即位后,召他至洛阳,欲拜他为谏议大夫,他固辞不受,还归富春江垂钓隐居。严先生"不事王侯,高尚其事"的高风亮节像云雾笼罩的高山一样雄伟高大,像滔滔江水一样连绵不绝,山高水长是他的品德节操的最好概括。

君子与君子以同道为朋,小人与小人以同利为朋。

【注释】宋·欧阳修《朋党论》。同道:志同道合。同利:共同的利益。

【解析】人以类聚,物以群分。君子与君子以共同的志向,共同的信仰而走到一起,成为朋友,这是坚如磐石的真正的朋友关系;小人与小人只因共同的利益而苟且结交,一朝利去,关系也随之而去,这种有利即合、无利即散的关系是经不起考验的。

夫农不咎岁而菑播是勤,其水旱则已;使一有获,则岂不多邪?

【注释】宋·欧阳修《送曾巩秀才序》。咎:归咎,责备。菑播:开荒播种。

【解析】农民从来不怨天尤人,抱怨年景不好,而是辛勤地开荒播种。如果遇到天旱收成不好就罢了,一旦有收获,那岂不是会有很多的收获吗?欧阳修以农人只问耕耘,不问收获,同时又以不倦的耕耘酝酿大的收获的道理,阐明了人一旦遇挫时,不应只顾怨天尤人,浪费时光,而应时刻准备着,埋头苦干。一旦时机成熟,就会获得更大的收获和回报。

非诗之能穷人,殆穷者而后工。

【注释】宋·欧阳修《〈梅圣俞诗集〉序》。殆:大概,恐怕。工:精巧。

【解析】这句话的意思是并非作诗、做学问能使人变穷,相反,往往是当一个人穷厄困顿之时,他的诗作,他的学问才会越来越好,臻于完善。这与人们常说的"君子固穷""安贫乐道"有异曲同工之妙。

忧劳可以兴国,逸豫可以亡身。

【注释】宋·欧阳修《〈新五代史·伶官传〉序》。

【解析】这是欧阳修总结五代兴亡的历史而得出的著名论断:时刻忧心并为国事操劳可以使国家振兴,而安于享受,不思进取往往可以让自身毁灭。多少兴亡的历史一再证明着这一论断,使之成为放之四海而皆准的道理,并警醒着后人,居安思危,励精图志。因为城堡往往最易从内部攻破,这是成败兴亡的历史经验。

祸患常积于忽微,而智勇多困于所溺。

【注释】宋·欧阳修《〈新五代史·伶官传〉序》。溺:沉溺,溺爱。

【解析】这一论断是欧阳修有感于北宋王朝的危机,结合五代兴亡的历史,以史喻今,为讽鉴君王而提出的。大的祸患往往是由微忽其微的隐患不断积聚而引起的;智勇双全、名噪一时的人物,常常因沉溺于所钟爱的人或事,而不思进取,一蹶不振。它时刻警醒着后人,应该提高警惕,防微杜渐,防患于未然,以免大祸临头时措不及防,追悔莫及;它也警示人们应当居安思危,不役于物。

在位而不肯自忧，又禁他人使皆不得忧，可叹也。

【注释】宋·欧阳修《读李翱文》。

【解析】欧阳修被贬后，以天下为忧，不以个人进退为念，与惟忧国家治乱安危的李翱引为同调，借谈李翱的文章，赞李翱的为人，抒发自己对时事的忧念和对保守派阻挠革新的愤懑之情。他哀叹身居要位的官员自己不去忧心国事，还要禁止阻挠他人，使他们不得施展抱负、为国分忧，这是国家的大不幸。

道固有行于远而止于近，有忽于往而贵于今者，非惟世俗好恶之使然，亦其理有当然者。

【注释】宋·欧阳修《记旧本韩文后》。行：流行，风行。忽：忽视，忽略。道：圣人之道。

【解析】圣人之道往往在出现时被人忽视，不能流行，而在后世反而得到珍惜并广泛流传。这不仅是客观的社会风气的影响，道本身也有一个从不被人认识理解到逐步认识理解的过程。一种正确的思想、道理，是不可能被磨灭的，即使遭到埋没，也是暂时的，而时间愈久，愈能显示出它的光辉，它的真理性，即“真金不怕火炼”。同时这一论断也阐明了认识真理需要一个过程。

醉翁之意不在酒，在乎山水之间也。山水之乐，得之心而寓之酒也。

【注释】宋·欧阳修《醉翁亭记》。醉翁：欧阳修。寓：寄托。山水之乐：游山玩水的乐趣。

【解析】这句脍炙人口的名言是欧阳修贬逐滁州期间所书。当时他寄情林木，醉意山水，常借山间清风以拂身上尘土，常饮酿泉之水以濯心头烦恼。原句的意思是：醉翁的本意并不在饮酒上，而是在于欣赏山水景色，只不过是把游山玩水的乐趣领会在心里，寄托在酒上罢了。“醉翁之意不在酒”已经凝炼成了人们耳熟能详的语言，意思是本意不在此而在彼。也比喻别有用心。

野芳发而幽香，佳木秀而繁阴，风霜高洁，水落而石出者，山间之四时也。

【注释】宋·欧阳修《醉翁亭记》。野芳：泛指山间田野盛开的花。秀：茂盛。繁阴：指树荫浓郁。风霜高洁：指秋天天高气爽，秋风徐来，晨霜遍野的景观。水落：水位下落。

【解析】这是欧阳修的写景名句，写的是四季之景：野花开了，清香阵阵；美好的树木枝叶茂密，形成片片浓荫；风清霜洁，天高气爽；溪水下落，石头显露出来，这是山间四季的景色。只寥寥数语，四季之景便跃然纸上，特别是写冬天的景色，“水落石出”已经成为人们熟知的成语。用来比喻事情的真相完全显露。

禽鸟知山林之乐，而不知人之乐；人知从太守游而乐，而不知太守之乐其乐也。

【注释】宋·欧阳修《醉翁亭记》。

【解析】这是欧阳修重笔抒写的一曲心曲。禽鸟只知道栖息山林的乐趣，却不理解人们心中的乐趣；人们只知道跟随太守出游的乐趣，却不理解太守自得其乐的心情。欧阳修反复抒写一个“乐”字，“人知从太守游而乐，而不知太守之乐其乐也”。它生动地反映了人们生活的欢乐，反衬出作者寄情山水和“与民同乐”的思想。

其同乎万物生死而复归于无物者，暂聚之形；不与万物共尽而卓然其不朽者，后世之名。

【注释】宋·欧阳修《祭石曼卿文》。

【解析】一个高尚有为的人，不论是生还是死，总该有一个理想的境界：活着要成为当世英杰，死后要成为精神永不消逝的英灵。人与世间万物一样都有生死，暂聚的形体终会化为虚无；但人与动物不同的是，他的精神可以永不消逝，他的英名可以卓然不朽。那些与日月同辉，青史名垂的圣贤豪杰就是这一规则的最好证明者。

凡士之蕴其所有而不得施于世者，多喜自放于山巅水涯之外，见虫鱼草木。风云鸟兽之状类，往往探其奇怪；内有忧思感愤之郁积，其兴于怨刺，以道羁臣寡妇之所叹，而写人情之难言，盖欲穷则欲工。

【注释】宋·欧阳修《〈梅圣俞诗集〉序》。蕴：藏蓄，积聚。工：精致，高明。

【解析】大抵读书人胸怀才能抱负，却无法在当世施展的，大多喜爱游览山川，见虫鱼、草木、风云、鸟兽等，往往探索它们的独特之处。他们内心充满忧虑、愤慨的情绪，从怨恨讽刺的情绪出发，来抒发在外地宦游的臣子和寡妇的哀叹，从而写出人们难以表达的情感。人越窘困，诗就写得越高明。这里欧阳修提出了“盖欲穷则欲工”的卓越见解。文人们仕途之“穷”，使他们转而纵情山水，于自然中寻求慰藉，以真情感悟进行创作，诗歌必然精美。这是对司马迁的发愤著书之说与韩愈的不平则鸣之说的发扬光大。

初淅沥以萧飒，忽奔腾而砰湃，如波涛夜惊，风雨骤至。其触于物也，鏦鏦铮铮，金铁皆鸣；又如赴敌之兵，衔枚疾走，不闻号令，但闻人马之行声。

【注释】宋·欧阳修《秋声赋》。萧飒：风雨骤至声。鏦鏦铮铮：金属互相撞击声。枚：形如箸，两端有带，可系于颈后。古代进军袭击对方时，常令士兵衔于口中，以防喧哗。这种做法叫“衔枚”。

【解析】这是欧阳修写秋声的名句，以声绘秋，先声夺人，读之顿觉秋声满耳，感觉到有一种充塞于天地之间的无边秋意缭绕在你身旁。你听，起初是淅淅沥沥的雨声夹着飒飒的风声。忽然奔腾澎湃，如江河夜间波涛汹涌，又如暴风骤雨迅猛来临。它与物体接触，像金属相互撞击，发出铿锵的声音；又像是开赴敌阵的士兵，口里衔枚急行军，听不到号令，只听到人马的脚步声。

秋之为状也：其色惨淡，烟霏云敛；其容清明，天高日晶；其气栗冽，砭人肌骨；其意萧条，山川寂寥。故其为声也，凄凄切切，呼号愤发。

【注释】宋·欧阳修《秋声赋》。惨淡：阴暗无色。烟霏：烟雾。敛：收，消失。栗冽：寒冷。砭：古代用来治病的石针，这里作动词用，刺。寂寥：冷落。

【解析】这秋天的景色是：它的颜色暗淡，云雾收敛，轻烟飘飞不绝，薄云虽少未尽；它的容貌是：晴天有日光照耀，显得凄清明朗。云薄则感到天高；天愈高则愈感空旷寥廓。它的气候寒冷，寒到刺人肌骨，自然也沁人心脾。它的神志冷峻，萧条寂寞，仿佛万物生意已尽，山川也黯然失色。所以秋声凄凄惨惨，突然发作，呼号嘶喊。

丰草绿缛而争茂，佳木葱茏而可悦；草拂之而色变，木遭之而叶脱。其所以摧败零落者，乃其一气之馀烈。

【注释】宋·欧阳修《秋声赋》。绿缛：绿草丰茂。拂：掠过，拂拭。气：古人认为大自然中弥漫着一种气，这种气四季是会发生变化的，如春天是阳和之气，秋天是肃杀之气。

【解析】秋风没有降临时，绿草繁茂，欣欣向荣，树木葱茏，令人神怡。然而，秋风一旦来临，草挨到它便要落叶，这用来摧败花草，使树木凋零的东西，就是一种肃杀之气的余威。

人为动物，惟物之灵；百忧感其心，万事劳其形；有动于中，必摇其精。而况思其力之所不及，忧其智之所不能；宜其渥然丹者为槁木，黟然黑者为星星。

【注释】宋·欧阳修《秋声赋》。必摇其精：损害精气。渥然丹者为槁木：红润的容貌变为苍老枯槁。黟然黑者为星星：乌黑的须发变为白色。

【解析】草木没有感情，到了一定季节尚且飘落凋零。人是有情感的动物，又是万物中最有灵性的。百般的忧戚刺激着他的心，无数的事情劳累着他的躯体。内心受到刺激必然耗费精力，更何况常常考虑自己力所不及的事，担心自己的智慧达不到所要求的事。挺立，下边是峡谷，深邃莫测；中间有一股清泉，水势汹涌，向上喷出。上下左右四顾观赏，这里的景色都令人心情舒畅。这是欧阳修贬居滁州期间，寄情山水之作，仰而望山，俯而听泉，悠然自得，令人神往。

掇幽芳而荫乔木，风霜冰雪，刻露清秀，四时之景，无不可爱。

【注释】宋·欧阳修《丰乐亭记》。掇：拾取。幽芳：香草。荫：乘凉。刻露：清晰地显露出来。

【解析】春天，采集清香的野花；夏天，在大树的浓荫下休息；秋天，风声萧瑟，降下寒霜；冬天，白雪飘洒，寒冰冻结，更看到山形挺拔显露，令人觉得清爽秀丽。四季的风光，没有不可爱的。这是欧阳修谪居滁州期间，领略四季美景而作，山间四时之景，写得从容平易，笔触清新、优美。

百年期间，漠然徒见山高水清。欲问其事，而遗老尽矣。

【注释】宋·欧阳修《丰乐亭记》。漠然：宁静无事的意思。

【解析】此句是欧阳修贬居滁州期间，欣赏滁州的四季美景，感受滁州的政事清简和民风淳朴后，赞美当时社会安定太平。他不是直写太平，而是从侧面烘托：百年之间，太平无事，所见到的景象只是山高而水清。想问问往事，当年留下的老人都不在人世了。

此自古圣贤亦皆然兮，独不见夫累累乎旷野与荒城？

【注释】宋·欧阳修《祭石曼卿文》。累累：重叠相连状。

【解析】这是欧阳修为好友石曼卿所写的祭文中的一句，作者称赞他生前声名不朽，哀悼他死后凄凉，以抒发作者的深切哀思。文亦轩昂磊落，突兀峥嵘，感情浓挚，凄清哀惋。文中写道：曼卿你仪表堂堂，心胸坦荡，智慧超人，气质不凡，那埋入地底的身躯，是不会变为朽腐尘土的，只能升华为金玉的精华；否则，定会生出千尺劲松，育化九茎灵芝。无奈漫漫荒野，烟雾迷离，坟上遍布蔓草，环绕荆棘，风吹露下，磷火游动，飞萤飘忽。只有放牧的牧童和砍柴的老叟，往返于坟前，歌唱吟咏；惊起的鸟雀、吓跑的小兽，来回奔走，咿嘤悲鸣。现已如此，谁又知道再过千万年，这坟墓不会成为狐、貉的洞穴呢？最后作者得出这样的结论：自古圣贤都一样，那连绵不断的旷野和荒坟又谁人不见呢？

圣人之文，虽不可及，然大抵道胜者文不难而自治也。

【注释】宋·欧阳修《答吴充秀才书》。

【解析】这句话阐述了文与道的关系。欧阳修一向坚持："道为本，文为表，文以明道。"他所说的道是儒家之道，但也有他所看重的具体内容，这就是现实生活和社会政治，因而他说，圣人的文章，虽然我们不能赶得上，然而大抵上道胜的人作起文章来并不难，而且自会达到相当的成就。

学者未始不为道，而至者鲜焉。非道之于人远也，学者有所溺焉尔。

【注释】宋·欧阳修《答吴充秀才书》。

【解析】学者未尝不是为了求道，而达到这种成就的却很少。并不是道离人太远了，而是学者有所沉迷不悟而已。这里欧阳修尖锐地指出了学者们常常满足于已有的成就，自满自足，以为得道，实际离道甚远的现实，发人深省，是值得一切学者引以为鉴的。

纸弊墨渝，不能释手；缘文寻意，益究益深。清池茂林，俯仰觞咏；它肠蕴此，欲写未能。

【注释】宋·欧阳修《与梅圣俞》。纸弊墨渝：纸张磨损，墨迹流泛。形容诗稿被揉摩得很厉害。“清池”二句：语意大致出于王羲之《兰亭集序》。意为在清澈的池畔和茂盛的林丛中，拿着诗卷，时而抬头，时而俯首，反复品味吟咏。它肠：其他作者的同感。

【解析】这句话写的是欧阳修读了梅尧臣的文章后，喜爱异常，反复吟诵，不能释手之状：反复地翻阅着他的文章，纸张被揉坏，墨迹磨损了也不忍释手；追寻探究文章的蕴意，越究越深，欲罢不能；在清澈的池畔和茂盛的林丛中，拿着他的诗卷 ，时而抬头，时而俯首，反复地品味吟咏；感觉其他的作者虽然也有同感，却不能写出这样的好诗来。欧阳修以自己读文章的感受来侧面反衬梅尧臣的诗文之绝妙，别开生面，读之感觉“言有尽而意无穷”。

为而不止，行而必至，蓄厚而发益远。

【注释】宋·欧阳修《与陈之方书》。

【解析】这是欧阳修写来激励晚辈的话语，鼓励晚辈们应该踏踏实实进行地创作，并且每写一次都要达到一定的目的，基本功积累得愈雄厚，将来的发展就越好。但此句之意又不能止于创作，它可做一切锐意进取的仁人学子的座右铭。

宁以义死，不苟幸生，而视死如归，此又君子之尤难者也。

【注释】宋·欧阳修《纵囚记》。幸生：侥幸地活着。视死如归：形容不怕死，把死看得像回家一样。

【解析】宁可为了信义而死，也不苟且偷生，视死如归，这是君子也不容易做到的。

凡物之幸与不幸，视其处之而已。

【注释】宋·欧阳修《伐树记》。处：对待，处置。

【解析】大凡物的幸与不幸，要看它的主观条件如何，以及对环境有益还是有害；有益者生存发展，无益者淘汰灭亡，这是事物发展的客观规律，也就是“物竞天择，适者生存”的道理。

处身者不为外物眩晃而动，则其心静；心静则智识明，是是非非，无所施而中。

【注释】宋·欧阳修《非非堂记》。处身者：立身处世的人。外物：身外之物，指名利、地位、荣誉等。是是非非：肯定正确，否定错误，前一“是”和“非”字用作动词。施：施行，实施。中：适合，恰好对上。

【解析】为人处事如能不被身外之物的招摇炫耀所诱惑，那么他的心就会很平静，心静人就会聪敏，肯定正确的，否定错误的，无论评论什么事物都能恰如其分。这里欧阳修特别强调一个“静”字，心静自然明，只有内心平静自守，不为身外利欲所诱，才能对是非作出正确的判断。

是是近乎谄，非非近乎讪，不幸而过，宁讪无谄。是者，君子之常，是之何加。一以观之，未若非非之为正也。

【注释】宋·欧阳修《非非堂记》。谄：巴结奉承。讪：毁谤，讥笑。不幸而过：指因判断上没有把握而失误。“是者”三句：言行的正确，是作为君子的正常现象，肯定它并不足以增加君子的荣誉。一以观之：综合起来观察。

【解析】一味肯定正确，近于阿谀逢迎，一味否定错误，又难免被当作讥讽。但对一个正直的君子来说，肯定正确也不能增加他多少荣耀，不如“宁讪无谄”，以“非非为正”。作者针对当时官场上阿谀奉承之风盛行的状况，大胆地提出了以否定不正确的东西为正当的鲜明主张，体现了作者勇于斗争的精神。

微风而波，无波而平。

【注释】宋·欧阳修《养鱼记》。

【解析】池水清澈犹如汪洋，晶莹闪亮。微风吹来泛起涟漪，无风便波平如镜。作者下边写道，群星明月在水中若隐若现，光彩直透塘底。我在岸边休息，身影映入水中毫发毕现，顺着水池散步，悠然遐想仿佛处在千里之外的江湖之上。

知赋敛财用之为急，不知务农为先者，是未原为政之本末也；知务农而不知节用以爱农，是未尽务农之方也。

【注释】宋·欧阳修《原弊》。

【解析】只知道征收赋税钱财是急事，却不知道首先要搞好农业，这是没有推究治国的本末，是本末倒置的做法；或只知道要搞好农业，却不懂得减轻农民负担，这是没有真正掌握搞好农业的方法。欧阳修所提出的“务农为先”“节用爱农”的观点不仅对当时，对后世的执政者都具有警策的作用。

善医者不能使人无疾病，疗之而已；善为政者不能使岁无凶荒，备之而已。

【注释】宋·欧阳修《原弊》。

【解析】善于治病的人并不能使国家人不生疾病，而是能善于治疗；善于治国的人也并不能使年年没有灾荒，而是善于防备。这是欧阳修告诫执政者应当用丰年补救荒年的办法来防止灾害，而不致于灾年来到时措手不及，劳民伤财。

古人之于学也，讲之深而信之笃，其充于中者足，而后发乎外者大以光。

【注释】宋·欧阳修《与乐秀才书》。讲：专研，学习。笃：诚实，坚定。充于中者：指充于内心的品德学问。发乎外者：指文章。

【解析】欧阳修认为古人对待学业专研深入，信仰坚定。他们的品德、学问充实，所以写出来的文章正大光明。这就好比金玉美丽的光泽并不是由于琢磨、装饰而得到的，而是由于它们质地坚实，因而能发出自然光泽。这里欧阳修发展了韩愈的“文以载道”之说，认为作文的好坏关键在于品德和学问修养，即“充于中者足，而后发乎外者大以光”。

巧辩纵横而可喜，忠言质朴而多讷。

【注释】宋·欧阳修《为君难》。讷：出言迟钝。

【解析】巧言善辩，高谈阔论会使人感到可喜，而忠言质朴却使人觉得笨嘴笨舌。花言巧语常以其华而不实的外表蒙蔽人的眼睛，金玉良言却以其不加修饰和质朴坦诚而遭到冷眼，然而，自古以来众人皆知“巧言令色，鲜矣仁”“忠言逆耳利于行”。

事不患于不成，而患于易坏。盖作者未始不欲其久存，而继者常至于殆废。

【注释】宋·欧阳修《偃虹隄记》。

【解析】做事情不必担心它会不成功，而应该担心它很容易被败坏。这是一个普遍的社会现象，开始时人都想把事办好并使它长久保持下去，但到后来人却常常把事情搁置并荒废了。

芙蕖芰荷之的历，幽兰白芷之芬芳，与夫佳花美木列植而阴，此前日之苍烟白露而荆棘也；高甍巨桷，水光日景动摇而下上，其宽闲深靓，可以答远响而生清风，此前日之颓垣断堑而荒废也。

【注释】宋·欧阳修《真州东园记》。芙蕖：荷花。芰荷：出水的荷，指荷叶。

的历：鲜美的样子。白芷：多年生草本植物，夏开白花，根可入药。甍：屋脊。桷：方的椽子。景：通"影"。靓：通"静"。响：回声。堑：坑。

【解析】水面上的荷花、荷叶艳丽鲜美，岸上幽兰、白芷散出芳香，种植了成排的花草树木，终日交相辉映，这便是过去荆棘丛生，一片烟雾缭绕的地方。高高的屋脊，巨大的飞檐，在日影水光里上下摇动，宽敞而幽静，可以产生远远的回声与阵阵清风，这便是过去断墙破壁十分荒凉的地方。

物常聚于所好，而常得于有力之强。有力而不好，好之而无力，虽近且易，有不能致之。

【注释】宋·欧阳修《集古录目序》。力：指势力、财力，也包括主观努力。力之强：即强力。

【解析】珍贵的物品常常聚集在它的爱好者那里，并常常被那些有能力的人首先得到。如果有能力得到却并不喜爱它，或者虽然主观上非常喜爱却又无能为力，即使物品近在咫尺而容易得到手，或许也得不到。

人固动物耳。情横于内而性伏，必外寓于物而后遣。寓久则溺，以为当然；非胜是而易之，则悲而不开。

【注释】宋·苏舜钦《沧浪亭记》。动物：受外物的影响而感动于心。情：指人的喜、怒、哀、乐等心理表现。性：指人的自然质性，即人的天性。物：指客观事物，这里指仕宦荣辱，山水鱼鸟等。溺：沉迷。开：排解。

【解析】人本是感于外物而后动心的。情欲潜伏于内心，它一定要寄托于外物才会舒畅。寄托久了，就会沉迷于其中并习以为常，反而把不正当的生活认为是理所当然的；如果对此不加克服并予以改变，人就会因此而陷入悲哀并无法得到排遣。这是苏舜钦在宦海沉浮中对人生处世问题的独特思考，融入了作者自己独特的人生体验，它能使人在纷繁的事务中保持心理平衡。

形骸既适则神不烦，观听无邪则道以明。

【注释】宋·苏舜钦《沧浪亭记》。形骸：躯体。道：事理。

【解析】身体既然感到舒适，心情就不会觉得烦恼；所见所闻纯正无邪，事理也会得以彰明。这句话着重强调了外界事物对人的思想感情的巨大影响。

惟仕宦溺人为至深。古之才哲君子，有一失而至于死者多矣，是未知所以自胜之道。

【注释】宋·苏舜钦《沧浪亭记》。才哲：才智。有一失：有这一失误，指陷入名利场中。自胜：指战胜自己的私欲。

【解析】世间只有当官这件事容易使人沉迷最深，古代的才智之士，因为有此一失而忧闷致死的，真是多极了，这都是因为他们不知道用什么办法去战胜私欲所致。苏舜钦从个人的仕宦经历中认识到了“惟仕宦溺人至深”，并努力从精神上摆脱仕宦和个人私欲的羁缚，以追求真正的精神自由。

晴澄雨昏，峰岭之态也，心意快而笑歌发，峰岭明而气象归。

【注释】宋·梅尧臣《览翠亭记》。

【解析】阳光朗照时明静空澄，下雨时迷蒙昏暗，这就是崇山峻岭变化的状态。心情愉快，禁不住发出笑语欢歌，山岭明静空灵，万千气象尽收眼底。作者接下来描述，近看，花草树木连绵如烟，溪水澄鲜，清澈得可以看到鱼儿成群结队地游来游去，在水中泛出点点鳞光；美丽的女子在旁边侍候，妩媚秀美。山水自然如此美丽，快乐却取决于人。

景虽常在，人不常暇，暇不计其事简，计其善决；乐不计其得时，计其善适。

【注释】宋·梅尧臣《览翠亭记》。简：少。适：适应。

【解析】作者梅尧臣一生并不得志，然而他却能旷达处世，怡情山水，并凝炼出这样富含深刻哲理的句子，发人深思：山水美景虽然常在，但人并非常有闲暇去观赏。闲暇并不在于事务少，而在于处理时要干练果断；欣赏山水之乐并不在于是否得时，而在于旷达自如，用心灵去体会山水之韵，这亦是一个非常有见解的美学命题。对于不懂音乐的耳朵，再美的音乐也是徒然。自然之美要用真诚的心灵去体验，否则也是“不识庐山真面目”。

为将之道，当先治心。泰山崩于前而色不变，麋鹿兴于左而目不瞬，然后可以制利害，可以待敌。

【注释】宋·苏洵《心术》。心：这里指战争中的胆略、智谋和忍耐性、吃苦精神。左：附近。瞬：眨眼。

【解析】做将领的方法，首先应当培养智谋胆略。即使是泰山在眼前崩塌，也能做到脸不变色，麋鹿从身边出现，也能做到目不转睛，然后才能把握住战争形势的变化，方可以对付敌人。这是苏询在研读了大量的关于战略、战术问题的专著后所提出的观点，突出强调了做军队将领，指挥战争，首先要培养自己的胆略、智谋和忍耐性，只有具备了这样的前提，才可以控制用兵时遇到的各种利害攸关的局面，才可以迎接敌人的挑战。

凡兵上义；不义，虽利勿动。非一动之为害，而他日将有所不可措手足也。夫惟义可以怒士，士以义怒，可与百战。

【注释】宋·苏洵《心术》。上：通“尚”，崇尚。怒：激发。

【解析】大凡用兵，要崇尚正义；如果不合正义，即使有利，也不轻易出动。这并不是因为一动会决定成败利害，而是因为将来会造成手足无措的局面。只有正义才能激怒士卒，而士卒一旦为正义所激怒，就可以百战百胜。这一论点谈的是战争中“义”与“利”的关系问题。战争的正义性是决定战争胜负的关键。不义的战争，逐“利”的战争，即使一时不为所害，但从长远来看是不利的，会弄到不可收拾的地步，只有正义的战争才能激发士气；只有士气旺盛，才能百战不殆。

凡战之道，未战养其财，将战养其力，既战养其气，既胜养其心。

【注释】宋·苏洵《心术》。

【解析】一切战争的道理是，在战争前做好充分的物质准备，临战时养精蓄锐，在战争中保持士气，胜利后保持斗志。

士常蓄其怒，怀其欲而不尽。怒不尽则有余勇，欲不尽则有余贪。故虽并天下，而士不厌兵，此黄帝之所以七十战而兵不殆也。不养其心，一战而胜，不可用矣。

【注释】宋·苏洵《心术》。

【解析】要让士兵经常保持旺盛的斗志，使他们经常有所希求而又不能完全得到满足。斗志旺盛就有多余的勇气，目的不能完全达到就会常有所求。所以，即使兼并天下，士兵仍然不厌战，这也就是黄帝七十余战后士兵仍然毫不懈怠的原因。如果不保持斗志，即使只打了一仗，而且取得了胜利，这军队也不能再用了。苏洵非常精辟地论述了如何使军队保持旺盛的士气以及保持旺盛的斗志在作战中的至关重要的作用。

凡兵之动，知敌之主，知敌之将，而后可以动于险。

【注释】宋·苏洵《心术》。动：用兵，出兵。

【解析】这句话讲的是用兵时，将帅应当了解敌方的主帅、将领的情况，然后才能进行那些冒险的行动。也就是“知己知彼，百战不殆”的道理。古往今来，一些明智的将领常常以自己的兵力去试探敌方的虚实，又根据敌方的强弱正确的估计自己的力量，然后才去决断自己的行动，使自己立于不败之地。

凡主将之道，知理而后可以举兵，知势而后可以加兵，知节而后可以用兵。知理则不屈，知势则不沮，知节则不穷。

【注释】宋·苏洵《心术》。节：节制。

【解析】大凡担任主将的方法是在于通晓事理而后可以动兵，了解敌我双方的形势后才可以作战，知道节制、适可而止然后才可以指挥战事。通晓了事理就不致于屈服，明了了敌我双方的形势就不会灰心丧气，知道节制就不会陷入困境。知“理”、知“势”、知“节”，是一个将帅应当具备的基本素质，也是战争中取胜的重要因素。

见小利不动，见小患不避。小利小患，不足以辱吾技也，夫然后可以支大利大患。

【注释】宋·苏洵《心术》。

【解析】在用兵时，应当见到小利不轻易动兵，见到小患不轻易躲避，这些小利小患，不值得施展我的本领，只有做到这一步后，才能应付战争中遇到的大利大患。不避小患，不趋小利，不仅是用兵之道，它对于人生处事的诸多方面都具有值得借鉴的意义。

一忍可以支百勇，一静可以制百动。

【注释】宋·苏洵《心术》。

【解析】忍耐一下，可以准备百次勇敢的行动，冷静一下，可以控制百次的轻举妄动。这里苏洵提出了“忍”和“静”在战争中的重要作用。“小不忍则乱大谋”，忍耐只是暂时的，它在沉默中蓄积着爆发的力量；“以静制动”，静观其变，冷静不是消极的，它在于以不变应万变。这充满智慧与哲理的文字，不仅对于指导战争胜利具有积极的意义，它对于指引人们搏击人生、处理时务也同样有重要的意义。

吾之所短，吾抗而暴之，使之疑而却；吾之所长，吾阴而养之，使之狎而堕其中。

【注释】宋·苏洵《心术》。抗：高举。暴：显露。狎：轻忽。堕：落入。

【解析】在用兵时，我方的短处，我故意突出让它显露出来；我方的长处，我暗中隐蔽起来并保持住这种长处，从而使敌方轻率大意落入我的计策中。这就是正确运用长处和短处的方法。“暴短”是有意显露自己的短处，使敌人疑惧而不敢攻；“阴长”是有意隐匿自己的长处，使敌人麻痹大意而落入圈套，这就是用兵时所讲究的“虚虚实实”。

善用兵者，使之无所顾，有所恃。无所顾，则知死之不足惜；有所恃，则知不至于必败。

【注释】宋·苏洵《心术》。顾：顾忌。恃：依靠。

【解析】善于用兵的人，应当使士兵无所顾忌，而有所依靠。无所顾忌，就知道战死是不值得可惜的；有所依靠，就知道不至于一定失败。所谓“无所顾”，就是战争的正义性激发起来的为国牺牲的精神；所谓“有所恃”就是作好了战争的充分的物质准备。二者缺一不可，而且只有作好充分的物质准备，才能始终保持旺盛的士气。

善用兵者以形固。夫能以形固，则力有余矣。

【注释】宋·苏洵《心术》。以形固：这里指利用各种条件来保持自己的力量。以：凭借。形：形势。这里指各种条件。固：巩固。

【解析】苏洵先用比喻讲道理，然后得出这句结论。他说：手里即使只有一尺长的棍子，碰上了猛虎，也可以大声呐喊着，拿起这棍子去打击；可是，如果空着两手，即使遇上蜥蜴，也会吓得脸上变色而后退，这是人之常情。但武器本身并不决定战争的胜负。如果袒胸露背，手持刀剑，即使是乌获那样的大力士也不敢逼近；如果戴盔甲，抱着武器睡大觉，那么就是小孩也能把你射死。所以，善于用兵的人，能利用各种条件来保存自己的力量，而那些能保存自己力量的人，他的力量就是无穷无尽的。

不有所弃，不可以得天下之势；不有所忍，不可以尽天下之利。

【注释】宋·苏洵《项籍》。

【解析】不丢弃一部分，就不能得到有利的局势；不克制欲望，就不能尽收天下的利益。苏洵在这句之后又说，所以土地有时可以不占领，城池有时候可以不进攻，胜利有时可以不享受，失败有时也不必回避。它来了不喜悦，它逝去也不愤怒，让大局自然发展，后发制人，才能有所成就。

治众者法欲繁，繁则士难以动；治寡者法欲简，简则士易以察。

【注释】宋·苏洵《法制》。治众：指挥众多的军队。

【解析】苏洵在这里提出了在战争中统率寡、众之法，强调用众法须繁，用寡法求简。在指挥军队作战时，兵力不足而容易置于危险的境地，兵力过众又容易引起叛乱。没有什么比统率众多的士兵更难的，也没有什么比兵力不足更危险的了。管制庞大的军队，法规制度要具体、详细，法规多了士兵就束手束脚；管制兵少的军队，军法应当简练明了，简单明了的军法容易被士兵接受。

圣人之道，得礼而信，得《易》而尊。信之而不可废，尊之而不敢废，故圣人之道所以不废者，礼为之明而《易》为之幽也。

【注释】宋·苏洵《六经论·易论》。幽：高深莫测。

【解析】苏洵认为礼法之所以大行于天下，而不被废弃，其原因在于圣人用《易》使礼法神圣化。他说，圣人教导天下，以礼的方式表现出来就使人信服，以《易》的方式表现出来就受到人们的尊重。信服就认为它不可以废弃，遵从就不敢去废弃它，是因为圣人制礼使道表现得清楚明白，作《易》使道表现得深奥莫测。

明则易达，易达则亵，亵则易废。

【注释】宋·苏洵《六经论·易论》。亵：轻视，轻慢。

【解析】做任何事情，一旦对它彻底通晓明了就会很容易做到，容易做到就会轻慢它而不加重视，轻慢它就很容易使它废止。这是一条适应性很强的普遍规律。跨越它，就会到达成功的彼岸，否则必遭至失败。

礼之权穷于易达，而有《易》焉；穷于后世之不信，而有乐焉；穷于强人，而有《诗》焉。

【注释】宋·苏洵《六经论·诗论》。

【解析】苏洵认为礼法之所以大行于天下，而不被废弃，是因为圣人用《易》使礼法神圣化；而圣人作《乐》是为了使礼法在不知不觉中渗入天下万民心中，达到教化的目的，但礼在开始时难以推行，已经推行又易而难久，于是作《乐》；圣人作《诗》，是用《诗》作为变通，使天下之“中人”不至于违反礼法，让天下人有机会抒发其内心情感，不至于欲望难遏，自暴自弃到淫邪、叛乱的地步，从而使圣人之道永不衰败。

太山之高百里，有却走而不见者矣，有见而不至其趾者矣，有至其趾而不至其上者矣，而太山未始有变也。

【注释】宋·苏洵《三子知圣人污论》。却走：即背对着跑。却：倒退。趾：脚，脚跟。这里指泰山脚下。

【解析】高百里的泰山，有的人倒退着跑而没有看到它，有的人看到它却连山脚下也没有到达，有的人到达了山脚下却不能到达山顶，但泰山依旧是原来的泰山。这里苏洵用泰山喻圣人之道，有低矮的部分，有高远的部分，人的智识修养不同，那么他所理解的道便不同，但圣人之道却并不因个人的智识高低而改变。

五色必有丹而色和，五味必有甘而味和，义必有利而义和。

【注释】宋·苏洵《利者义之和论》。丹：红色。和：亲合。

【解析】苏洵认为义与利相辅相成，相互补充，就如五色之和离不开红色，五味之和离不开甜味一样，不能一概用要求君子的义来要求所有人，要使人的行为服从于义的规范，就必定要用利诱导。即他所说的“利在则义存，利亡则义丧”。苏洵将利提到与义同等的地位，较儒家义利观更符合人情实际，完全超越了儒家重义轻利的传统观念，此论在当时可谓别树一帜，空足无音。对后世也有深远的影响。

攻敌所不守，守敌所不攻。

【注释】宋·苏洵《攻守》。

【解析】对于作战中的进攻和防守的方法，苏洵不主张攻坚城、守要冲，而强调要攻敌人防备松的城池，要守敌人不去进攻的要冲，要趁其不备出奇制胜。

君子之道，智信难。信者，所以正其智也，而智常至于不正。智者，所以通其信也，而信常至于不通。

【注释】宋·苏洵《子贡》。智信难：智和信同时做到，是很难的。正：矫正。通：变通。

【解析】君子处世，将智和信同时做到，是很难的，忠诚信义是用来矫正智谋权变不足的，因为人的智识是有限的；智谋权变是用来变通忠诚信义的不足的，因为只知用义，而不知用智也是难于变通的，只有智信并用，才是真正的长久之计和处世之道。

王者之兵，计万世而动；霸者之兵，计子孙而举；强国之兵，计终身而发：求可继也。

【注释】宋·苏洵《子贡》。

【解析】王者用兵，着眼于建立千秋万代的功业，要寻找长久之计；霸者用兵，往往着眼于使自己的功业荫及子孙；而为一时之强而用兵，是只着眼于一时的强大，难以长久。因此用兵举事不可轻举妄动，要谋求使功业相继的长久之计。

才大者，骐骥也，不先赏之，是养骐骥者，饥之而责其千里，不可得也；才小者，鹰也，先赏之，是养鹰者饱之而求其搏，亦不可得也。

【注释】宋·苏洵《御将》。骐骥：千里马。责：要求做成某件事或行事达到某一标准。

【解析】苏洵主张任用将领要区分他们各自的才干，根据才干的大小进行奖赏。才大的将领就好比是千里马，不要先奖赏他，而是要让他们饱尝饥饿，然后委以日行千里的重任；才小的就好比是鹰，要先奖赏它们，喂饱了它们才会去搏击。只有这样，才能使他们各尽其能，发挥所长，为我所用。

日月经乎中天，大可以被四海，而小或不能入一室之下，彼固无用此区区小明也。

【注释】宋·苏洵《明论》。经：运行。中天：天空。

【解析】日月在天空中运行，光亮大可以普照四海，而有时却小到不能照亮一室，这只不过是它们不需要发挥这么小的作用罢了。比喻有大智慧的人可以不用小智，大智可以兼及小智之功用。

天下有大知，有小知。人之智虑有所及，有所不及。圣人以其大知而兼小知之功，贤人以其所及而济其所不及；愚者不知大知，而以其所不及丧其所及。

【注释】宋·苏洵《明论》。大知：大智，宏大博通的智慧。知：通"智"。

【解析】世上有大智慧，也有小智慧。有些事情是人的智力所能考虑到的，有些是考虑不到的。圣明贤哲的人能够凭借他的大智兼及小智的功用，达到小知的目的。愚蠢的人因为智慧不够，不知道什么是大智，就使他的小智所考虑到的因其大智不及而白费掉了。

圣人之治天下也以常，而贤人之治天下也以时。

【注释】宋·苏洵《明论》。

【解析】圣贤的人来治理天下什么时候都可以；而贤能的人治理天下则要在一定的时候才可以。苏洵认为圣人是有大知的人，并且能用大知来获得小知，大知常在，圣人治理天下就不受任何限制。贤能的人不如圣人，他们的智力还有所不及，只有在天下时势都在他们智力所及的范围以内时，才能治理天下，所以贤能的人治理天下要等到一定的时候。

专于其所及而及之，则其及必精；兼于其所不及而及之，则其及必粗。

【注释】宋·苏洵《明论》。其所及：智力所能达到的。及之：用心思去想，努力思考。其及：所考虑的事情。

【解析】专门在其智力能够达到的方面努力思考，力图考虑清楚，那么经过深思熟虑后，必定考虑得十分周详。在其智力所不能达到的方面去思考，而用心又不专，那么他所考虑的结果必定是很粗浅的。

贤者之用其心约而成功博也，愚者之用其心劳而功不成也。

【注释】宋·苏洵《明论》。约：简单。博：大。劳：辛劳，殚精竭虑。

【解析】苏洵认为圣贤的人有大智慧，能用其所考虑到的来补救没有考虑到的，因此不必殚精竭虑也能获得大的成功；而那些愚笨的人即使整天绞尽脑汁也不能成功。因为他们只会用一些小智，而小智所考虑到的，往往因其大智不及而白费掉了。

经不得史，无以证其褒贬；史不得经，无以酌其轻重。

【注释】宋·苏洵《史论上》。证：证明。酌：度量，考虑。经：主要指儒家经典，如《诗》《书》《礼》《乐》等。

【解析】这是苏洵深入钻研历史古籍的独到之见，他观照历史，能以经论史，以史证经，体现出他融通的经史观和过人的识力，他认为应当把经史贯通，经以道、法取胜；史以事、词见长。经不得史，则难以证明所以褒贬的原因；史不得经，就会衡量功过轻重失当。

经非一代之实录，史非万世之常法。体不相沿，而用实相资焉。

【注释】宋·苏洵《史论上》。经：儒家经典，如《诗》《书》《礼》《乐》等。体：体制。相资：相互补充。

【解析】苏洵研读经史，融会贯通后，提出了经史一贯的观点，令人耳目一新，他认为经并非是一代历史的真实记录，而史也并非是万世长法。经史体制不同，功用却可互补：史中贯穿经义，就会公允平正；经能证以史实，即可以义礼明晰。

夫功之成，非成于成之日，盖必有所由起；祸之作，不作于作之日，亦必有所由兆。

【注释】宋·苏洵《管仲论》。功：功业。作：发作，显现出来。

【解析】事业的成功，并不表现在成功的那一刻，而一定有导致成功的原由；祸乱的爆发，也不仅体现在爆发的那一刻，同样，必定有引起祸患的前因。

国以一人兴，以一人亡，贤者不悲其身之死，而忧国之衰，故必复有贤者而后可以死。

【注释】宋·苏洵《管仲论》。

【解析】国家因一人之力而振兴，因一人之力可以衰亡。贤能的人不会为自己的死去而悲伤，而是为国家的衰亡而担忧，因此一定要有更贤能的人出现才可以安心离去。否则，就是对国家、对民族不负责任的行为。

予独爱莲之出淤泥而不染，濯清涟而不妖，中通外直，不蔓不枝，香远益清，亭亭净植，可远观而不可亵玩焉。

【注释】宋·周敦颐《爱莲说》。濯：洗涤。清涟：清澈的水波。蔓：名词动用，蔓延。枝：名词动用，分枝。植：树立。亵：轻慢。

【解析】我只爱莲花，它生长于污泥中但不被污染，在清澈的水波里洗过却不显得妖艳，中间连通，外面挺直，不蔓延，不分枝，香气远远传来更觉得清幽，它高高地洁净地耸立在水中，只可以在远处观赏，但不能轻慢地玩弄它。周敦颐所写莲的特性，体物入微，自然妥帖，莲的特质与君子的品格志趣相融，爱莲即爱君子。赞美莲的高洁，抒写对莲的喜爱之情，表现了自己不慕荣华、洁身自好的情操和志向。

菊，花之隐逸者也；牡丹，花之富贵者也；莲，花之君子者也。

【注释】宋·周敦颐《爱莲说》。

【解析】周敦颐用三种花喻三种人，认为菊花是百花中的隐士；牡丹是百花中的富贵人；莲花才是百花中的君子。三种花象征三种品格，蕴含人生哲理，寄托理想追求，以菊和牡丹衬托莲品性高洁，幽香如菊而不傲艳，似等牡丹而不俗气，表现了作者自己高洁的品性，洁身自好的情操和志向。

文辞，艺也；道德，实也。笃其实而艺者书之；美则爱，爱则傅焉，贤者得以学而至之，是为教。

【注释】宋·周敦颐《通书》。艺：技能，技艺。笃：忠实。傅：教导。

【解析】周敦颐作为北宋著名哲学家，宋代理学的创始人，他第一个从理学的角度提出“文以载道”的文学主张，对后世影响颇深。他指出，文章是用来阐明思想并为现实服务的。这就好比用辕和轮装饰的车子，人却不用它，那便是白白的装饰了，更何况是空车呢！文辞是属于技艺、形式方面的，道德则是属于实在的内容方面的，文章要内容充实而又用好的形式表达出来，这样的好文章就会得到人们的喜爱，并且会用它来教导别人，贤能的人学习它会达到很高的境界，这就是教化。

人之行，有情善而迹非，有意奸而外淑，有善恶相悬而不可以实指，有实大于名，有名侈于实，犹之用人，非蓄道德者，恶能辨之不惑，议之不徇？

【注释】宋·曾巩《寄欧阳舍人书》。情：指主观意图。迹：指实际行为。意奸：内心险恶。外淑：表面善良。悬：悬殊。实指：据实明指。侈：胜过。恶：怎么。议：评论，评价。

【解析】人的行为有的用意好实际做法不好，有的居心险恶而外表善良，有的很善，有的很恶，但无法说清，有的实际大于声名，有的声名大于实际，情况如此纷繁复杂，这就好比用人，不是有道德修养的，怎么能分辨清楚而不为现象所迷惑呢，怎么能给以正确的评价而不作袒护呢！不受迷惑，不作袒护，就可公正又正确了。

盖灾沴之行，治世不能使之无，而能为之备。

【注释】宋·曾巩《越州赵公救灾记》。沴：灾气。治世：太平之世。

【解析】灾害疾役的流行，即使是天下大治的时候也不能保证它没有，重要的是预先做好准备。百姓遇到了灾难然后才去想办法，和事先就有充分准备，这中间有很大的差别。没有经验而办理事务，与平素已经熟悉了的，当然也有不同。"防患于未然"的道理众所周知，而曾巩之"防患"立足于"为民"，立意之高，忧民之切，思虑之深，让后人叹服。

世之迂阔，孰有甚于予乎？知信乎古，而不知合乎世；知志乎道，而不知同乎俗。

【注释】宋·曾巩《赠黎安二生序》。迂阔：不切合实际。

【解析】曾巩在这里所谈的自己处世之"迂阔"不是发牢骚，而是理直气壮地为自己辩护，并明确指出自己的"迂阔"在于信古志道，不与世俗同流。"信古志道"既合于古人所讲的礼义规范、处世之道，又不为矫伪姑息以阿世媚俗。

有以合乎世，必违乎古；有以同乎俗，必离乎道。

【注释】宋·曾巩《赠黎安二生序》。

【解析】为了迎合当世，必违反古训；为了合乎流俗，必然违背常道。表达了作者遵从古道，而不与世俗同流合污的高洁志向，流露出自己愤世嫉俗之心。

法者，所以适变也，不必尽同；道者，所以立本也，不可不一。

【注释】宋·曾巩《战国策目录序》。

【解析】所谓"法"，是用来适应变化的东西，不必完全相同；而"道"，是用以树立根本的东西，就不可以不一样。曾巩这里所说的"道"是先王之道，他认为先王之道是完善无弊的，因而不可更易，而"法"要根据不同的国情有所变化和改革。

其途或逆坂如缘絙，或垂崖如一发，或径钩出于不测之溪上，皆石芒峭发，择然后可投步。

【注释】宋·曾巩《道山亭记》。坂：坡坂，俗称斜坡。絙：粗大的绳子。径：

小路。芒:锋芒。

【解析】那道路,有时像一条粗绳攀缘斜坂,有时像一丝细发垂挂悬崖,有时又有小路从深浅莫测的山谷上探出,到处都是锋利峻拔的山石,只有选好落脚点才可举步。

其溪行,则水皆自高泻下,石错出其间,如林立,如土骑满野,千里上下,不见首尾。

【注释】宋·曾巩《道山亭记》。错:交错。

【解析】从水路走,那溪水都从高处一泻而下,石头交错迭出于溪水之中,像树木林立,像兵马满野,千里上下,不见首尾。

知时之变而因之,见必然之理而循之,则事者,虽无穷而易应也,虽善惑而易治也。

【注释】宋·曾巩《思政堂记》。因之:跟着它做。因:随顺。循之:按照它去做。

【解析】知道“时”的变化而跟着它去变,见到必然之“理”而按照它去做,那么事情虽然没有穷尽但也容易应付,虽然使人迷惑但也容易处理。

予观雁荡诸峰,皆峭拔险怪,上耸千尺,穹崖巨谷,不类他山,皆包在诸谷中。自岭外望之,都无所见,至谷中则森然干霄。

【注释】宋·沈括《雁荡山》。穹:高。类:相似。森然:高耸的样子。干:冲,犯。干霄:直冲云霄。

【解析】沈括笔下雁荡山奇特的山形,由外到内,由下而上,细致生动,特征突出。雁荡山的许多山峰,都是陡峭挺拔,险峻怪异,向上耸立着高达千尺,高崖深谷,不像别的山,山峰都被包藏在许多深谷中。从山岭外面看这座山,什么都看不到,到了山谷里,才看见高耸的山峰直冲云霄。

一亩之稼,则粪溉者先芽,一丘之禾,则后种者晚实,此人力之不同也。

【注释】宋·沈括《采草药》。人力:指管理、栽种的做法。

【解析】沈括认为采摘草药就应该因物、因时、因地制宜,因为植物的生长受地理环境、本身特性、气候变化、栽培条件等的影响。同一类作物生长在同一块地里,本身也有成熟早和成熟晚的,这是由于作物习性不同的缘故。一亩地里的庄稼,先施肥灌溉的先发芽,一块地里的禾苗,后栽种的晚结实,这是由于人力不同的缘故,怎么能一律用固定的月份来衡量呢?

利可言乎？曰：人非利不生，曷为不可言。欲可言乎？曰：欲者人之情，曷为不可言。言而不以礼，是贪与淫；罪矣！

【注释】宋·李觏《原文》。曰：一人之言，自为问答，用“曰”字加以分别。欲：情欲，欲念。礼：儒家认为礼是用以制约人的情欲、维护封建秩序的一种社会规范和道德规范。曷：表示疑问，同“何”，但应用范围较窄。这里用在介词“为”的前面，作介词的宾语，意为“什么”。贪：指过于追求个人的物质享受。淫：指过于追求个人欲望的满足。

【解析】义和利、理和欲是中国哲学的两对重要范畴。孔子的“君子喻于义，小人喻于利”，孟子的“义利之辨”“养心寡欲”到北宋理学家邵雍的“贵义贱利”，周敦颐的“无欲”，其唯心主义义利观一脉相承。李觏是一个具有朴素唯物主义倾向的思想家，他反对孔孟的非功利主义和禁欲主义。他大胆的指出：利益可以讲。人们没有物质利益就不能生存，为什么不能讲呢？欲望可以讲。欲望是人们常有的感情，为什么不能讲呢？但讲求利欲如果不用礼来加以制约，就是“贪”和“淫”，就成为罪过了，不贪不淫的利和欲，竟然说是不可讲、不可求，岂不危害人的生存，违反人的常情？

天下治，则谭礼乐以陶吾民。一有不幸，尤当仗大节，为臣死忠，为子死孝。使人有所赖，且有所法。是惟朝家教学之意。若其弄笔墨以徼利达已，岂徒二三子之羞？抑亦为国者之忧？

【注释】宋·李觏《袁州州学记》。谭：通“诞”，光大。徼：通“邀”，谋取。二三子：第二人称复数，你们。

【解析】天下安定的时候，可以用礼乐来陶冶我们的百姓。一旦国家有变故，尤其应当坚持道义情操，作为臣子，要勇于为国献身，作为儿子，要勇于为孝道而死。总之，要使得人们有所信奉，并且有所效法。这就是朝廷办教育的根本目的。如果舞文弄墨只是为了个人追求功名富贵，这不仅仅是你们的耻辱，同时也是治理国家的人的忧患呢！

筑舍道旁，无时可成。

【注释】宋·司马光《淝水之战》。

【解析】意思是将房子建筑在道路旁，要是与过路的人商量，那么房子永远也盖不起来。比喻遇事受众人的意见影响，而不能当断即断，就难以做成这件事。

天下之患，不患材之不众，患上之人不欲其众；不患士之不欲为，患上之人不使其为也。

【注释】宋·王安石《材论》。患：担忧。上之人：上层统治者，这里指皇帝。

【解析】培养和选拔人才是王安石变法的重要内容，唯才是举是他的一贯主张。此句论述了人才的重要性，国家的祸患，不是担心人才不多，而是担忧在上层的人不希望人才太多；不是担心才士们不想有所作为，而是担忧在上层的人不让他们去干。人才的作用就好像是国家的栋梁，得到人才，国家就会安定而繁荣；失去人才，国家就会灭亡从而遭受耻辱。

夫鸡鸣狗盗出其门，此士之所以不至也。

【注释】宋·王安石《读孟尝君传》。出其门：出于孟尝君门下。

【解析】这里王安石对孟尝君"能得士"的传统观点，提出了异议。他认为真正的"士"，应当有经世济时的雄才大略，而绝非孟尝君所养的有鸡鸣狗盗之能的"士"所能比的。而孟尝君不过是一群鸡鸣狗盗之徒的首领罢了，哪里能够获得贤士呢？要不是这样，他独自掌握着齐国强大的政权，只要得到一个真正的贤士，就应能制服秦国，哪里还用得着鸡鸣狗盗之徒的力量呢？鸡鸣狗盗之徒出入门下，这就是真正的士不归附他的原因。这不但是翻历史案，而且也不动声色地以史实嘲讽了北宋士大夫呼朋聚党的恶劣作风。

世之奇伟、瑰怪、非常之观，常在于险远，而人之所罕至焉。故非有志者不能至也。

【注释】宋·王安石《游褒禅山记》。瑰怪：壮丽奇特。非常：不寻常，不一般。观：景象。

【解析】世间奇妙雄伟、壮丽奇异、非同寻常的景象，常常在于艰险和僻远，而且是人迹罕至的地方，所以不是有志向的人是不能到达的。作者接下来说：就是有了志向，不盲从而停止前进，然而能力不足也不能到达。即使有志向和能力，而且也不盲从怠惰的人，走到幽深昏暗、令人迷惑的地方，却没有外力的帮助，也不能到达目的地。然而能力能够达到，结果却未能达到，在别人看来是有理由讥笑的，而对于自己是有所悔恨的事；要是尽了自己的努力，却仍然没有达到目的，自己便没有什么可悔恨的了，那又有什么可讥笑的呢？

其积与中者，浩如江河之停蓄；其发于外者，烂如日星之光辉。其清音幽韵，凄如飘风急雨之骤至；其雄辞闳辩，快如轻车骏马之奔驰。

【注释】宋·王安石《祭欧阳文忠公文》。积于中者：蕴蓄在胸中的。浩：广博的样子。停蓄：汇聚。发于外者：表现在文章议论方面的。烂：灿烂。飘风：大风，旋风。骤：马奔驰，引申为快速。闳辩：宏大的辩论。

【解析】这是王安石给欧阳修作的祭文中的名句，寥寥数语对欧阳修的学识、文章、人品作了极高的评价，用形象化比喻从"积于中"到"发于外"，把文与人紧密联系起来。蕴蓄在胸中的,像江河水流汇聚一起那样广博浩瀚;表现在文章议论上,像太阳星辰的光辉那样灿烂。那清幽的风韵,像疾风骤雨飘然而至;那雄健的文辞、宏大的辩论,像轻车骏马奔驰一样轻快。

盛衰兴废之理,自古如此,而临风想望不能忘情者,念公之不可复见,而其谁与归!

【注释】宋·王安石《祭欧阳文忠公文》。

【解析】王安石是靠欧阳修的推荐提拔登上文坛、走上仕途的,后虽政见不合,但当欧阳修去世后,他还是无比沉痛地写下了祭文,怀念和讴歌这位谊兼师友的长者,此句话更是将他的知己之感,无限敬爱仰慕之情、不可复见之悲,一一倾泻于笔端。“临风想望不能忘情者”,言已尽而情难遏,读后另人回肠荡气:盛衰兴败的道理从古以来就是如此,然而临风回顾不能忘情的,就是感念不能再见到您,我将同谁一道呢!

内有以明于己,外有以行于妻子,则其言行必不孤立于天下矣。

【注释】宋·王安石《王逢源墓志铭》。

【解析】作者先说,没有固定的产业却有坚定不移的善心的,是古代所说的士。士果真有坚定不移的善心,坚持圣人的学说又努力去实行,那么,道即使不能照亮天下,也一定会照亮自己;道即使不能通行于天下,也一定有妻子、子女遵照执行。然后又说,在内自己明白,在外有妻子、子女遵照执行,那么他的言论行为就不会被孤立。

所谓文者,务为有补于世而已矣。

【注释】宋·王安石《上人书》。务为:一定要做到。

【解析】作文章一定要做到对社会有益。王安石接下来说,所谓修辞,就好比器物上有雕刻绘画一样。即使精巧而且华丽,不见得合用;果真是合用的,也不一定精巧华丽。总之,器物以合用为主,把雕刻绘画作为外貌装饰罢了。不合用,就不能用来作为器物了;而不给它装饰美观的外表,难道就不能作为器物吗?不是的,美丽的外貌也不可废止,只是不要把它放在首位就可以了。在内容与形式的关系上,王安石主张以内容为主,但并不否定“巧且华”的作品,即主张形式服务于内容。这些主张无疑是进步的。

国以任贤使能而兴,弃贤专己而衰。

【注释】宋·王安石《兴贤》。

【解析】“任贤侠能”是王安石为推行新法所作的舆论准备。能否“任贤”,

关系到国家的兴亡盛衰，是一个重大的原则问题。作为一位有远见的、爱国的政治家，王安石敏锐地察觉到当时的社会危机，决心变风俗、立法度，实行改革。而要使新法得以顺利贯彻执行，就必须起用一批德才兼备的贤士，正是基于这种认识，他才提出这一观点，希望朝廷广开贤路，招揽人才。

有贤而用，国之福也；有之而不用，犹无有也。

【注释】宋·王安石《兴贤》。

【解析】王安石认为无论是乱世还是治世都不乏德才兼备之人，关键在于用与不用，任用贤才是国家之福。有才却不去任用，那和没有是一样的，是国家的巨大损失。

博询众庶，则才能者进矣；不有忌讳，则谠直之路开矣；不迩小人，则谗谀者自远矣；不拘文牵俗，则守职者辨治矣；不责人以细过，则能吏之志得以尽其效矣。

【注释】宋·王安石《兴贤》。询：谋，访问。众庶：众人。谠直之路：忠直敢谏的言路。谠：直言，善言。迩：近，接近。谗谀者：进谗言，阿谀奉承的人。拘文牵俗：受成规习俗的束缚牵制。辨治：明辨是非，毫无顾虑地办事。细过：小缺点，小过错。效：功效。

【解析】广泛地征求众人的意见，那么有才能的人就能够得到任用；没有什么忌讳，那么忠直敢谏的言路就开了；不接近小人，那么进谗阿谀的人自然就疏远了；不受成规习俗的束缚，那么守职的官吏就能毫无顾虑地办事了；不以细小的过失来责备人，那么那些有才能的官吏的志向就能完全得到实现了。

圣人之于国也，必先遴柬其贤能，练核其名实，然后任使逸而事以济矣。

【注释】宋·王安石《取材》。遴：谨慎选择。济：成功。

【解析】王安石很重视人才的选拔，兴贤任才是他变法的一项重要内容，他主张选拔人才必须凭借他的真才实学，为国选才要认真考核，谨慎选用，只要有真才实学，便应不拘一格地起用，只有这样才能使事业有济，国家兴旺。

学者不习无用之言，则业专而修矣；一心治道，则习贯而入矣。

【注释】宋·王安石《取材》。

【解析】无论“为学”还是“治道”，只要用心专一，不学无用的东西浪费精力，不为外物干扰而分散精力，那么做学问就会精深博大，干事业会功成名就。

富其家者资之国，富其国者资之天下，欲富天下则资之天地。

【注释】宋·王安石《与马运判书》。资：索取。

【解析】北宋自“庆历新政”失败以来，社会危机日益加深，国家财力渐趋穷困。为改变积贫积弱的形势，王安石提出了自己的理财方针。这就是他所说的“资之天地”，就是从天地自然界索取丰富的生活资料，也就是与人们的社会生产相结合，只有通过发展生产，天下百姓才能增加收入，国家才能富足，这一观点是具有现实意义的。

合天下之众者财，理天下之财者法，守天下之法者吏也。

【注释】宋·王安石《度支副使厅壁题名记》。

【解析】这句话指出理财是治国之本，没有完善的法制，就不能很好地理财；没有良好的官吏又不能守法。“理天下之财者法，守天下之法者吏”的观点是针对北宋王朝的积贫积弱和内忧外患的现实提出来的，充分体现了王安石以法理财的变革精神，同时也指出了财、法、吏三者之间的相互制约的关系，极具有现实意义。

士固有离世异俗，独行其意，骂讥笑侮、困辱而不悔。彼皆无众人之求，而有所待于后世者也，其龃龉固宜。

【注释】宋·王安石《泰州海陵县主簿许君墓志铭》。待：期待。龃龉：上下齿不相合，比喻与时不合。

【解析】有这样一种类型的士人，他们有自己的独立意志，敢于背离世俗，坚决按自己的意志行事，不管遇到怎样的讥笑困辱都毫不动摇。这是被王安石奉为楷模的异才，在某种程度上也是作者自己精神品格的写照。这种人没有普通人的那种平庸的人生追求，他们所期待的是后世的理解，由于他们不趋于形势，因而他们不合于当时是必然的。

时然而然，众人也；己然而然，君子也。

【注释】宋·王安石《送孙正之序》。时：时俗。然：这样。众人：普通人。君子：指有道德的人。

【解析】时俗崇尚这样就跟着这样，是普通人的处事态度；自己认为这样正确才这样去做，是君子的非凡识见。有时这样做并不是自以为是，而是把正确的思想道德融汇在自己的言行里了。王安石认为作为一个君子应当独立行世，而不能像普通人那样随波逐流、附合时俗。

天下至大器也，非大明法度，不足以维持；非众建贤才，不足以保守。

【注释】宋·王安石《上时政疏》。大器：指重要宝贵的东西，这里喻指国家。

【解析】王安石作为宋朝政府官员，常把自己的前途与国家的命运联系在一起，为国家的兴衰而担忧，他一再主张推行以“大明法度，众建贤才”为主要内容的改革，他认为：作为最重要的国家政权，不大力修明法令制度，就不能够维持，不广泛培养贤能之才，就不能长久。

人之犯我，藏蓄而不发，不过一再而已。积之既多，其发也，如洪流之决，不可遏矣。不若随而解之，不置胸次。

【注释】宋·袁采《世范》。藏蓄：隐藏，蓄积。发：发作。

【解析】“小不忍则乱大谋”众人皆知，但也必须知道如何去忍，忍耐中常常具有隐藏蓄积的意味。别人冒犯了我，我埋藏隐蔽而不发作，这种做法只适用于一两次罢了。积蓄的越多，发泄之时，越像洪流决口，不可穷尽。不如将愤懑随时发泄，随时调解，不存留于心中为好。这样才能在纷繁的事务中保持心理平衡、心理健康。

人之孝行，根于诚笃，虽繁文末节不至，亦可以动天地、感鬼神。

【注释】宋·袁采《世范》。

【解析】人们的孝行，根源于真诚笃信的情感，对待父母，必须诚心诚意，这样才称得上是真正的孝行。即使有某些繁文缛节没有做到，也可以以真情感动天地鬼神。“孝”是人世间至诚至真的情感，对父母虚情假意是违人的本性的。

人之有子，须使有业。贫贱而有业，则不至于饥寒，富贵而有业，则不至于为非。

【注释】宋·袁采《世范》。

【解析】“养不教父之过”，父母不仅要给予子女以生命，更要赋予他以生存的能力。因此人有了自己的孩子后，必须使孩子有某种职业，贫穷的家庭使孩子有某种职业，那么就不至于受饥寒之苦；富贵之家使孩子有职业，那么孩子就不至于由于无所事事而胡作非为了。总之，要让孩子有事可做，让他过得充实，以免各种恶习趁虚而入。

幼而示之以均一，则长无争财之患；幼而教之以严谨，则长无悖慢之患；幼而有所分别则长无为恶之患。

【注释】宋·袁采《世范》。

【解析】辨别贤愚，分清是非，平等待人，不冒犯长辈，这些都是一个人的美德。然而，美德的养成是要从小开始，逐步进行的。孩子小的时候就让他看到平均如一的做法，那么长大后就不会有相互争夺财物的祸患；小的时候严格要求他们处事严谨，长大之后就没有违背怠慢长辈之患；小的时候教给孩子是非好坏如何分辨，长大后就没有必要担心他们会作恶。

人之智识固有高下，又有高下殊绝者。高之见下，如登高望远，无不尽见；下之视高，如在墙外欲窥墙里。

【注释】宋·袁采《世范》。

【解析】人与人之间的智力及知识水平当然有高下之分，并且有的相差悬殊，水平高的人看水平低的人，就好比登高望远，远处的景物会一览无余；水平低的人看水平高的人，就像在墙外的人想往墙里看，什么也无法看见。

凡人谋事，虽日用至微者，亦须龃龉而难成，或几成而败，既败而复成。然后，其成也永久平宁，无复后患。

【注释】宋·袁采《世范》。龃龉：牙齿上下不对称，比喻事情不顺利，不如意。

【解析】事物的发展道路总是曲折的，要经过多次反复后才能实现。大凡人们要谋划着干一件事，即使是日常生活中最微小的事，也定会发生一些磨擦和不如意而难以成功。经历几番后，才得以成功。然而这样反复以后，得到的成功却能保持很久，平安而没后患。

人之德性出于天资者，各有所偏。君子知其有所偏，故以其所习为而补之，则为全德之人，常人不自知其偏，以其所偏而直情径行，故多失。

【注释】宋·袁采《世范》。

【解析】人的品德、性格从生下来就各有各的缺陷。有学问有修养的人知道自己的不足之处，所以用加强学习的办法来弥补，于是变成了一个具有完美品德的人。普通人总是看不到自己的不足之处，反而被这种不足支配着并任意作为，率性行事，所以造成许多的过失。

人之性行虽有所短，必有所长。与人交游，若常见其短，而不见其长，则时日不可同处；若常念其长，而不顾其短，虽终身与之交游可也。

【注释】宋·袁采《世范》。

【解析】金无足赤，人无完人。人的性格、品行中虽然有短处，也一定有长处。与人交往，如果经常注意别人的短处，而无视别人的长处，那么，就连一刻也难以与之相处。相反,如果常想着别人的长处,而不去斤斤计较他的短处,就是一辈子相处下去也能和睦。

人之处事,能常悔往事之非,常悔前言之失,常悔往年之未有知识,其贤德之进,所谓长日加益,而人不自知也。

【注释】宋·袁采《世范》。

【解析】常言道"知耻近乎勇",生存于世间的人,能常常对自己做错的往事悔恨不已,对过去说过的话后悔不已,对过去的无知感到羞愧不已,那么他在品德方面就有了长进,对这种进步,人们往往自己认识不到。古人称年纪到了六十岁,应该知道五十九岁时的过错,难道我们不能以此自勉吗?

言语简寡,在我,可以少悔;在人,可以少怨。

【注释】宋·袁采《世范》。

【解析】俗语说:"病从口入,祸从口出。"且"多言必失"。说话简短并且少言寡语,这样,对自己来说,可以减少由于言语不周而造成的懊悔;对别人来说,可以减少因一时失言而造成的怨恨。

勉人为善,谏人为恶,固是美事,先须自省。

【注释】宋·袁采《世范》。

【解析】《论语》中说:"其身正,不令而行,其身不正,虽令不从。"自古正人先正己,别人做了好事,对他进行勉励赞扬,做了坏事,对他进行规谏劝告,这当然是好事,但必须先反省自己。如果是自己平时也做不到的事,却要去规谏别人,非但不会被人接受,反倒会受人鄙薄。

君子之出言举事,苟揆之吾心,稽之古训,询之贤者,于理无碍,则纷纷之言皆不足恤,亦不必辩。

【注释】宋·袁采《世范》。揆:度量,揣测。稽:按照,参照。

【解析】"浮言不足恤"。品德修养好的君子,说话办事如果能本着自己的良心,并参考古代圣贤的遗训,向当代的贤明人士咨询请教,这样,做事就不会有缺陷,也不必担心别人的流言蜚语,可以像但丁所说的那样:"走自己的路,让别人去说吧!"

行高人自重,不必其貌之高;才高人自服,不必其言之高。

【注释】宋·袁采《世范》。

【解析】袁采在这里告诉人们一个道理:一个人要想被人敬重,光靠修饰容貌,虚饰言词,是没有用的,重要的是提高个人的素养,培养锻炼自己的品德才能,只有德才兼备的人才能受到人们的敬仰。

士大夫居家能思居官之时,则不至于请把持而挠时政;居官能思居家之时,则不至狠愎暴恣而贻人怨。

【注释】宋·袁采《世范》。愎:刚愎自用。

【解析】为官之人闲居在家时,应当反省一下自己做官时的所作所为,用相对平静的心态去看待问题,对一些事情可能会获得更清醒的认识,而不至于去干预政治;手握权柄,身居要位时,能考虑一下在家时的状态,就不会刚愎自用,暴戾恣肆而为人怨恨了。

不善人虽人所共恶,然亦有益于人。

【注释】宋·袁采《世范》。

【解析】心地不善的人,虽然大家都厌恶他,但是他的存在对别人也是一种好处。下边接着分析:一般人见了不善的人就会自觉警醒,从而避免自己做出不善的事来。如果一个人从来都看不到不善良的人,那么他可能会不知自省,胡作非为,甚至有的人自己做了不善的事却不能察觉。因此,人应当经常参照他人的行为来反思自己,从这种反思中提高自己的品德修养,纠正错误行为。

立法贵严,而责人贵宽。

【注释】宋·苏轼《刑赏忠厚之至论》。责:责罚。

【解析】苏轼本着儒家的"仁政"思想,提出了立法贵在严厉,而实施法令即处罚人时贵在宽厚的观点。这在统治者滥施刑罚的封建社会,具有一定的积极意义。但对于当今社会,应提倡严格执法。一味宽大,就会放纵坏人,姑息养奸。

忍小忿而就大谋。

【注释】宋·苏轼《留侯论》。忿:怨恨。就:完成,实现。

【解析】苏轼认为,一个人要想实现自己远大的谋略,成就一番大事业,必须得忍受小的怨恨,即常说的"小不忍则乱大谋"。忍受黄石公傲慢无礼的张良、在吴国三年为奴的勾践,都是苏轼所推崇的"忍小忿而就大谋"的豪杰之士。

养其全锋而待其弊。

【注释】宋·苏轼《留侯论》。弊:衰竭。锋:锋芒,锐气。

【解析】苏轼认为,刘邦能够打败项羽的主要原因就在于能保全自己的精锐兵力,待到敌方衰惫时再予以反击。而要想保存实力,等待有利战机,就要能忍受敌人的挑衅和侵凌,不赌一时胜负,这与他一贯主张的"忍小忿而就大谋"的观点是一致的。

天下虽平,不敢忘战。

【注释】宋·苏轼《教战守策》。

【解析】苏轼以政治家的远见卓识指出,即使天下太平无事,也不能忘记备战。战备松弛,国力薄弱,一旦有战事发生,就会处于被动挨打的地位。

知安而不知危,能逸而不能劳。

【注释】宋·苏轼《教战守策》。逸:安逸。

【解析】苏轼认为,如果人民只知道安逸享乐,不能吃苦耐劳,没有危机意识,就会变得骄惰脆弱,自然也就没有能力承受意外之患。北宋统治者,只知苟安求和,不注重加强军备,教民习武。苏轼这一论点具有极强的现实意义。

百官之众,四海之广,使其关节脉理,相通为一,叩之而必闻,触之而必应,夫是以天下可使为一身。

【注释】宋·苏轼《决壅蔽》。脉理:脉络,比喻全国上下相互贯通的联络渠道。

【解析】这段话反映了苏轼的政治理想,即希望国家就像一个人的身体一样,各个关节、脉络都相通。敲打一下就一定会听到声响,触动一下就一定会有反应。只有上下沟通,民情才能上达,政令才能畅通,国家才能够长治久安。

小人以法为奸。

【注释】宋·苏轼《决壅蔽》。以:利用。奸:坏事。

【解析】法律本是为治理国家而制定的,而小人却往往钻法律的空子,利用法律来干坏事,致使无辜者身陷囹圄。真正的罪犯却借用法律而得以开脱罪责,法律的尊严由此受到了践踏。

欲事之无繁,则必劳于始而逸于终。

【注释】宋·苏轼《决壅蔽》。繁:多。

【解析】苏轼提出了处理事务的方法,要使事情不至过多,就必须提早办理,不能拖沓,宁可在开始的时候辛劳,最后安闲无事,也不能把事情累积到最后,手忙脚乱。

大略如行云流水，初无定质，但常行于所当行，常止于所不可不止，文理自然，姿态横生。

【注释】宋·苏轼《答谢民师书》。质：形体。

【解析】这段话是苏轼对谢民师诗文风格的评价，实际上也概括了他自己的散文创作风格。即如行云流水一般，没有什么固定的形式，随意挥洒，舒卷自如，平易自然，多姿多彩。

能使是物了然于心者，盖千万人而不一遇也，而况能使了然于口与手者乎！

【注释】宋·苏轼《答谢民师书》。是物：这件事物，指所描写的对象。了然：明白。口与手：指口说与手写。

【解析】苏轼揭示了文学创作的艰难性和特殊性，指出认识和体察万事万物是很不容易的，而能把对事物的认识用准确、生动的语言表达出来就更是难上加难了。

凡物皆有可观。

【注释】宋·苏轼《超然台记》。

【解析】大凡天下的事物，都有其可观赏之处，并非只有奇异壮丽的景物才值得观赏。因此，一个人无论身居何处，都可以从那些可观之景中得到无尽的乐趣。苏轼一生仕途坎坷，谪居迁徙过许多地方，这句话体现了他随缘自适、旷达超然的思想。

画竹必先得成竹于胸中。

【注释】宋·苏轼《文与可画筼筜谷偃竹记》。成竹：完整的竹子。

【解析】苏轼借画竹阐明了自己的绘画理论，画竹必须事先对竹子进行细致的观察，将竹子的整体形象融会于心，然后一挥而就，才能画出竹子的神韵。如果不作深入观察，只是照着竹子一节节、一叶叶地描画，是画不出完整而又富有生气的竹子的。现在“胸有成竹”已作为成语被广泛使用，比喻事先有全盘考虑或有成熟的主意。

内外不一，心手不相应，不学之过也。

【注释】宋·苏轼《文与可画筼筜谷偃竹记》。内：内心。外：外在的表现形式，这里指绘画。应：适合。

【解析】苏轼认为，一个好的画家除了必须具备敏锐的观察能力以外，还必须勤学苦练，提高绘画技艺。否则，心中所想的和手上所画的就会不一致，心手不能相应，同样画不出好的作品。强调了创作实践的重要性，揭示了艺术创作的规律。

庭下如积水空明，水中藻荇交横，盖竹柏影也。

【注释】宋·苏轼《记承天寺夜游》。藻：水藻。荇：荇菜，一种水草。

【解析】月色如水是人们形容月光时常用的比喻，而在苏轼笔下，这个比喻被发挥得新颖、别致，意味无穷。庭院的月光如积水一般澄明清澈，由此喻自然地引出下句的奇思妙想：仿佛看到水藻和荇菜交错横斜，院中怎会有水草？"盖竹柏影也"。原来是竹、柏在月光下的影子。文字摇曳多姿，清新优美。

文起八代之衰。

【注释】宋·苏轼《潮州韩文公庙碑》。八代：指东汉、魏、晋、宋、齐、梁、陈、隋。

【解析】从魏晋以来，浮华的骈文逐渐盛行，韩愈为此发起了一场以散文取代骈文的古文运动，创作了一些优秀的散文，苏轼称赞他挽回了已衰落八代的文风。

匹夫而为百世师，一言而为天下法。

【注释】宋·苏轼《潮州韩文公庙碑》。法：法则。

【解析】苏轼充分肯定了韩愈等杰出人物在历史上的巨大作用和影响，指出他们原来为普通人，后来却成为百世的师表，他们说出一句话，就能成为天下人奉行的准则。

清风徐来，水波不兴。

【注释】宋·苏轼《前赤壁赋》。

【解析】微风轻轻吹拂，水面波平浪静，景色十分清爽宜人。

白露横江，水光接天。

【注释】宋·苏轼《前赤壁赋》。

【解析】白茫茫的水雾横铺江面，水光与天光相连接，月光下的大江澄明、莹洁，如诗如画，充满迷人的魅力。

纵一苇之所如，凌万顷之茫然。

【注释】宋·苏轼《前赤壁赋》。纵：放纵。如：往，到。凌：超越。苇：苇叶，比喻小船。

【解析】任凭苇叶般的小船自由飘荡，很快越过了茫茫的万顷江面。作者以简洁的笔触，表达了泛舟长江的轻松愉悦的心情。"一苇"与"万顷"，一小一大,对比强烈,“万顷”的背景为小船的自由驰骋提供了辽阔的空间。

哀吾生之须臾,羡长江之无穷。

【注释】宋·苏轼《前赤壁赋》。须臾:短暂。

【解析】面对永恒的大自然,无穷无尽的长江,苏轼发出了人生短促的悲叹,表达了对生活的热爱,对生命的深深留恋。

山川相缪,郁乎苍苍。

【注释】宋·苏轼《前赤壁赋》。缪(liáo):通“缭”,缭绕。郁:茂盛。苍苍:深青色。

【解析】极目远望,只见山川河流相互交错缠绕,草木郁郁葱葱,真可谓绿水青山,风光无限。

惟江上之清风,与山间之明月,耳得之而为声,目遇之而成色,取之无禁,用之不竭,是造物者之无尽藏也。

【注释】宋·苏轼《前赤壁赋》。造物者:大自然。

【解析】自然界的清风明月可以令每个人拥有和欣赏,而且永远也享用不尽,就如同是造物者的无尽宝藏。这段话表现了苏轼忘情于山水,从大自然中获得解脱的达观性情。

山高月小,水落石出。

【注释】宋·苏轼《后赤壁赋》。

【解析】山是那样高大,将山上的月儿衬托得更加纤小。江水落下去了,水中的石头显露出来。苏轼以洗练、清隽的语言,表现了初冬时节的景物特征,意境清新明朗。

划然长啸,草木震动,山鸣谷应,风起水涌。

【注释】宋·苏轼《后赤壁赋》。划然:长啸的声音。

【解析】面对雄奇壮丽的山川景物,苏轼仰天长啸,这声音在山谷中久久回荡,令草木震动,悲风四起,波涛奔涌,仿佛大自然也在为他的失意鸣不平。

道可致而不可求。

【注释】宋·苏轼《日喻》。道:儒家之道。致:自然而然地到达。

【解析】苏轼认为,只要经过刻苦钻研,就能自然而然地领悟儒家之道。如果自己不下苦功,一味向别人讨教,是掌握不了儒家之道的精髓的。明确指出了勤奋学习,亲身实践的重要性以及道听途说、主观臆测的危害性。

物之废兴成毁,不可得而知也。

【注释】宋·苏轼《凌虚台记》。

【解析】苏轼指出,世间事物的兴盛和衰败是无法预知的,也是不以人的主观意志为转移的,抒发了世事沧桑、盛衰无常的人生感慨。

风雨晦明之间,俯仰百变。

【注释】宋·苏轼《放鹤亭记》。晦:阴暗。俯仰:瞬息。

【解析】随着风雨阴晴的不同变化,山川景物也在瞬息万变,呈现出不同的美好姿态。在苏轼笔下,大自然真是气象万千、变幻无穷,充满了神秘。

古之君子,不必仕,不必不仕。

【注释】宋·苏轼《灵壁张氏园亭记》。

【解析】古时候的君子,不是一定要做官,也不是一定不做官。苏轼认为,如果执意追求仕宦,不在适当的时候急流勇退,就有可能招致杀身之祸;如果终身不仕,固然可以全身远祸,但又未尽到忠君报国的责任,最理想的选择是出仕而又不沉迷仕途,当仕则仕,当退则退。

大石侧立千尺,如猛兽奇鬼,森然欲搏人。

【注释】宋·苏轼《石钟山记》。

【解析】苏轼为弄清石钟山得名的缘由,月夜至山下考察。只见江边巨石高耸,形状如凶猛的野兽和奇异的鬼怪,阴森森地好像要扑下来攻击人,生动地表现出黑夜的阴森恐怖,为自己的探险活动烘托了一层紧张气氛。

事不目见耳闻而臆断其有无,可乎?

【注释】宋·苏轼《石钟山记》。

【解析】关于石钟山得名的缘由有种种不同的说法,苏轼经过实地考察弄清了真相,他由此得到启发,认为凡事不经过耳闻目见,实际调查,单凭主观臆测是得不出正确结论的。

自孔子不能使人同,颜渊之仁,子路之勇,不能以相移。

【注释】宋·苏轼《答张文潜县丞书》。

【解析】苏轼这番话是针对王安石废止先儒之学,以王氏经学取士一事而发的。他说,即使是孔子,也不能使人的个性相同,颜渊的仁厚,子路的勇敢是不能转换的,而王安石的弊病即在于"好使人同己"。苏轼强调做学问、写文章应该独抒己见,不模仿他人。

环堵萧然,而妻子奴婢皆有自得之意。

【注释】宋·苏轼《方山子传》。堵:墙壁。萧然:冷清的样子。

【解析】苏轼的故人陈慥,抛弃富贵荣华,隐居在深山幽谷。生活虽贫苦,但他的妻子奴婢并无怨言,不仅不怨,脸上还有自得之意。以此传神之笔,从侧面生动地衬托出陈慥安贫乐道的精神风貌。

人能碎千金之璧,不能无失声于破釜;能搏猛虎,不能无变色于蜂虿:此不一之患也。

【注释】宋·苏轼《黠鼠赋》。釜:锅。蜂虿(chài):毒蜂与蝎子,这里泛指毒虫。

【解析】人能平静地打碎价值千金的玉,却忍不住在锅破裂时发出惊叫;能够搏击猛虎,面对小小的毒虫却往往惊惶失色。这一似乎不可理喻的现象,说明了一个深刻的道理。人如果用心专一、精神集中,就能将自身的潜能充分发挥出来,产生无穷的智慧和勇气。反之,如果精力涣散、疏忽怠惰,就会在外物的突然干扰、袭击面前遭致失败。

霏霏乎其若轻云之蔽月,翻翻乎其若长风之卷旆也。

【注释】宋·苏轼《文与可飞白赞》。霏霏:云气飘动的样子。翻翻:翻腾貌。旆(pèi):旗帜。

【解析】苏轼以形象而又富有诗意的语言,赞美了文与可的飞白艺术。飞白是指书写时笔画露白的一种书法体,苏轼以轻云蔽月来形容文与可飞白书法的清淡飘逸。轻云,形容墨淡,而轻云遮月,必有月光透出,用以比拟露白,惟妙惟肖。下句以"长风卷旆",形容笔墨的浓重、刚劲,气势飞动,也极其准确、传神。

君子有所恃而不恐,小人有所畏而不为。

【注释】宋·苏轼《祭欧阳文忠公文》。

【解析】这是苏轼盛赞欧阳修的话。欧阳修毕生匡扶正义、嫉恶如仇,他使正直之士有所依靠,使小人闻风丧胆。肯定了欧阳修扬善惩恶的高风亮节及其巨大的社会影响力。

非才之难,所以自用者实难。

【注释】宋·苏轼《贾谊论》。

【解析】苏轼认为，拥有才能并不难，最难的是将自身的才能施展出来。这是他自己的切身体会，也是对古往今来无数志士怀才不遇、壮志未酬的社会现实的概括。

君子之所取者远，则必有所待；所就者大，则必有所忍。

【注释】宋·苏轼《贾谊论》。就：完成，达到。

【解析】君子要想达到长远的目标，就必须等待时机，要想成就伟大的功业，就必须有所忍耐。苏轼告诫世人，身处逆境时，不能一蹶不振，应该克制、忍耐，等待时机的来临。

志大而量小，才有余而识不足。

【注释】宋·苏轼《贾谊论》。

【解析】苏轼认为，贾谊在谋略不被君主采纳的情况下，不耐心等待时机，而是郁闷感伤，自我摧残，以至于英年早逝。因此说他志向远大而器量狭小，才干有余而见识不足，流露出深深的惋惜之情。

古之人有高世之才，必有遗俗之累。

【注释】宋·苏轼《贾谊论》。

【解析】大凡天才之人，往往恃才傲物，为世俗所不容。苏轼对此深有感慨，指出古代有出类拔萃才能的人，必定会不合时宜、落落寡合，陷于孤独无助的困境。

流而不返者，水也；不以时迁者，松柏也。

【注释】宋·苏轼《送杭州进士诗叙》。迁：改变。

【解析】水是流动不止的，故人们常将用情不专的轻浮女子比作水性女子。而松柏一年四季，任凭风霜雨雪的侵袭，郁郁苍苍、傲然挺立，其坚定不移的品性与水性的变动形成鲜明对比。

已信之民易治，已练之兵易使。

【注释】宋·苏轼《张世矩再任镇戎军》。

【解析】已经懂得守信的百姓容易治理，已经训练好的士兵容易使用。这里强调了对民众实施教化和对军队加强训练的重要性。

诚国是之先定，虽民散而可收。

【注释】宋·苏轼《谢中书舍人启》。诚：如果。国是：国家大计。

【解析】苏轼认为，对于一国而言，最重要的莫过于制定正确的大政方针。国家大计首先确定，使国家沿着正确的轨道运行，即使民心涣散了，也可以重新收拢。

为国不可以生事，亦不可以畏事。

【注释】宋·苏轼《因擒鬼章论西羌夏人事宜札子》。为：治理。

【解析】苏轼认为，治理一个国家，既不应无端生事，也不应胆小怕事。他指出了北宋王朝在对外关系中的软弱无能、妥协退让，一针见血，切中时弊。

凡为天下国家，当爱惜名器，慎重刑罚。

【注释】宋·苏轼《转对条上三事状》。名器：指封官加爵。名：爵号。器：车服，即车辆和服饰，古代以此标志官阶高低。

【解析】君主治理天下，应该慎重地实施奖赏和刑罚，做到赏罚分明。如若滥施赏罚，就起不到鼓励和惩戒的作用。

天下之患，莫大于不知其然而然。

【注释】宋·苏轼《策略第一》。

【解析】天下的祸患，没有比不知道这种祸患是怎样形成的更严重的了。只要清楚祸患形成的原因，就可以找到消除祸患的办法。

名为治平无事，而其实有不测之忧。

【注释】宋·苏轼《晁错论》。不测：不可预料。

【解析】国家表面上太平无事，而实际上却存在着预料不到的忧患，这是最值得忧虑的事。如果不能及时发现潜藏在平静表象后面的深重社会危机，及早采取防范措施，危机将会逐渐加重，局面将会难以收拾。

天下者非君有也，天下使君主之耳。

【注释】宋·苏轼《御试制科策》。有：私有。主：领导，管理。

【解析】苏轼指出，天下并不是君主的私有财产，只不过是由君主来治理罢了。突破了“普天之下，莫非王土，率土之滨，莫非王臣”的传统观念，对封建社会至高无上的皇权，提出了大胆的挑战。

失民而得财，明者不为。

【注释】宋·苏轼《上文侍中论榷盐书》。明者：明智的人。

【解析】在民心与财富之间，自然是民心更为重要。有道是得民心者得天下。如果因聚敛财富而失去了民众的拥戴，那将是很不明智的。

享天下之利者，任天下之患。

【注释】宋·苏轼《赐新除中大夫守尚书右丞王存辞免恩命不允诏》。任：承担。患：忧患。

【解析】苏轼认为，享受了国家利益的人，就应该承担国家的忧患。有所索取的同时必然有所付出，权利与义务是相等的。

以武功定祸乱，以文德致太平。

【注释】宋·苏轼《书王奥所藏太宗御书后》。定：平定。致：到达。

【解析】苏轼认为，治理天下应文武并用，依靠武力来平定祸乱，依靠文治来造就太平局面。

任贤使能，天下之公义。

【注释】宋·苏轼《赐吕大防上第二表辞免恩命不允断来章批答》。公义：通行的道理。

【解析】任用德才兼备的贤能之士，这是普天下通行的道理。

正则用之，邪则去之，是则行之，非则改之。

【注释】宋·苏轼《论时政状》。

【解析】苏轼认为，正直之士应得以重用，奸邪小人应予以清除，正确的策略就大力推行，错误的做法就坚决改正。这样，国家才能长治久安。

为国不患于无人，有人而不用之为患。

【注释】宋·苏轼《赐新除中大夫守尚书右丞王存辞免恩命不许断来章批答》。

【解析】苏轼认为，治理国家不怕没有贤能之人，怕的是有贤能之人而不加以任用。“千里马常有，而伯乐不常有。”世上并不缺少人才，难的是发现人才，而大胆地信任和重用人才则更是难上加难。

事诚无害，虽无例亦可。若其有害，虽百例不可用也。

【注释】宋·苏轼《论高丽买书利害札子》。诚：果真。

【解析】苏轼认为，假如事情是有益无害的，即使以前没有先例也可以去做。如果事情是有害的，即使以前有过许多个例子，也不可以去办。这一观点，体现了苏轼反对因循守旧、墨守成规，注重实用、勇于创新的进步思想。

情发于中，言无所择。

【注释】宋·苏轼《代滕甫辨谤乞郡书》。中：内心。发：表现、显露。

【解析】当强烈的情感无法抑制地从内心涌出的时候，人是无暇选择语言的，根本顾不上对词句加以修饰。因此，感情愈真挚，语言也往往愈朴素。

临义而思利，则义必不果。

【注释】宋·苏轼《思堂记》。果：实现。

【解析】人在准备做正义之事时，如果考虑个人私利，那么这一义举就无法完成。只有见义忘利，甚至具有舍生取义的牺牲精神，才能成就崇高的事业，实现道德的自我完善。

立大事者，不惟有超世之才，亦必有坚忍不拔之志。

【注释】宋·苏轼《晁错论》。立：建立，成就。

【解析】成大事的人，不仅要有超出世人的才能，还一定要具备坚韧不拔的意志。坚定的意志，是成功的关键要素。

仁者之勇，雷霆不移。

【注释】宋·苏轼《祭堂兄子正文》。

【解析】有德者的勇敢顽强，是坚定不移，雷打不变的。因为品行高尚的人，从不为个人利益打算，反而能为自己的理想、信念献出一切。这样的勇气和意志是任何力量都无法摧折的。

群居不倚，独立不惧。

【注释】宋·苏轼《墨君堂记》。倚：依赖。

【解析】与众人融洽相处但并不有所依赖，独自一人也毫不惧怕，这是一种相当成熟和独立的人格。

乐莫乐于还故乡，难莫难于全大节。

【注释】宋·苏轼《贺赵大资致仕启》。

【解析】苏轼认为，世上最快乐的事莫过于回到故乡，远远超出了富贵之乐。最困难的事莫过于保全大节，远远难于获取功名。这两句话，体现了苏轼不慕虚荣，踏踏实实的人生态度。

虎畏不惧己者。

【注释】宋·苏轼《书孟德传后》。

【解析】如果你不惧怕老虎，老虎就会惧怕你。这个道理告诉我们，软弱就会被欺凌，只有无所畏惧的勇者，才能战胜强大的对手。

处晦而观明，处静而观动。

【注释】宋·苏轼《朝辞赴完州论事状》。

【解析】苏轼以哲学家的睿智，指出了观察事物的方法，即处于暗处观察明处的事物，处于静态来观察动态的事物，这样才能看得清楚、真切。

事当论其是非，不当问其难易。

【注释】宋·苏轼《范景仁墓志铭》。

【解析】我们是否做一件事情，首先应该考虑的是事情是否正确，而不是它的难易程度。如果是正确的事，即使困难重重，也应义无反顾地做好。

人各有才，才各有小大。大者安其大而无忽于小，小者乐其小而无慕于大。

【注释】宋·苏轼《应制举上两制书》。忽：忽视。

【解析】人各自有自己的才能，只不过是才能有大有小。大才之人应心安理得地展示才华，但不可轻视小才之人；小才之人也应满足于自己小的才艺，自得其乐，不必羡慕大才之人。这样，不同才能的人，都能有效地发挥各自的作用。

学书者纸费，学医者人费。

【注释】宋·苏轼《墨宝堂记》。

【解析】学习书法的人耗费纸张，学习医术的人须经过多次误诊，可能甚至致人死地才能学成。苏轼以此为喻，说明急切追求功名的人，内心的想法未经过深思熟虑和实践检验，就匆忙从政，结果政令不当，所牺牲的生命比学医中的误诊要严重得多。

人才之难，古今同病。

【注释】宋·苏轼《乞留刘攽状》。

【解析】刘攽是一位有能力、有才学的贤能之臣，当时准备出守蔡州。苏轼面对朝中旧臣日益衰老，新人还未成长起来的现状，向皇帝请求将刘攽留在朝中，并抒发感慨说，缺少治国的人才，这是古往今来的通病。劝谏皇帝，选贤任能，有效发挥人才的作用。

用人不求其备，嘉善而矜不能。

【注释】宋·苏轼《湖州谢上表》。备：完美。嘉：奖励。矜：同情，体谅。

【解析】苏轼指出，朝廷用人应宽容大度，不能要求人才完美无缺。对于人才好的方面应给予奖励，不好的方面应加以体谅。惟其如此，人才才不会顾虑重重，畏首畏尾，才能大胆地施展出全部本事，为国家效力。

邪正之不同也不啻若黑白。

【注释】宋·苏轼《学士院试春秋定天下之邪正论》。不啻：无异乎。若：像。

【解析】苏轼指出，正义与邪恶具有本质上的不同，二者的区别就像黑与白一样分明。说明正义与邪恶永远是水火不相容的，表现了苏轼坚持真理、嫉恶如仇，绝不向恶势力妥协的坚定意志。

自许太高，而措意太广。太高则无用，太广则无功。

【注释】宋·苏轼《应制举上两制书》。许：期许。措意：留意，注意。用：效用。无功：没有功效。

【解析】苏轼指出，人们往往自我期望太高，打算做的事情太多。自我期许过高就会不切实际，没有效用。留意的事太多，就会精力分散，用心不专，反而一事无成，徒劳无功。

躁则妄，惰则废。

【注释】宋·苏轼《凤鸣驿记》。

【解析】急躁就会任意妄为，不深思熟虑；怠惰就会荒废政事，不勤奋敬业。苏轼深刻地指明，官吏的任意妄为和荒废怠惰，这是天下不能得以大治的基本原因。

修其本而末自应。

【注释】宋·苏轼《上清储祥宫碑》。本：做人的根本。末：细枝末节。

【解析】加强修养的关键是在做人的根本方面。大节修养好了，细节方面自然会与之相适应。如果忽略了做人的原则性问题，只注重一些细枝末节和表面的形式，就会本末倒置，起不到提高修养的作用。

厉精，莫如自上率之。

【注释】宋·苏轼《决壅蔽》。厉：同“励”。厉精：振奋精神。率：表率，带头。

【解析】苏轼在《决壅蔽》一文中指出了北宋社会官吏贪脏枉法、政令不畅、政事积压的严重弊病。造成这些弊病的主要原因，是主管官员往往将事情交给素质不高的小吏来办理。要想改变这种现状，除了减少事务外，必须要激励官员振奋精神办事。而要使官员振作精神，勤于国事，就应该自上而下，由上级带头做起。

博观而约取，厚积而薄发。

【注释】宋·苏轼《杂说·送张琥》。博：广泛。约：简要。

【解析】“博观而约取”说的是如何获取知识。古今书籍浩如烟海，其中难免鱼龙杂陈。因此，我们既要博览群书，又要去粗取精，真正汲取知识的精华。“厚积而薄发”说的是如何运用知识。我们平日所需要使用的知识是有限的，但我们需要积累和储备的知识却是无限的。只有知识积累极其丰厚，在运用时才会得心应手，左右逢源。

束书不观，游谈无根。

【注释】宋·苏轼《李氏山房藏书记》。束：捆，引申为搁置。游谈：交游谈话，这里偏义指谈话。

【解析】苏轼认为，如果不读书，就会知识贫乏，缺少见识，谈话也就自然空洞、乏味，没有根基。他强调了读书学习的重要性，是对孔子“不学诗，无以言”观点的继承和进一步阐明。

人微言轻，理自当尔。

【注释】宋·苏轼《上执政乞度牒赈济及因修廨宇书》。

【解析】苏轼多次向上奏事都没有得到批复，于是自我解嘲说了上面一番话。意谓人的地位低微，其言论主张自然不会受到重视，世间的道理本当如此。正话反说，流露出才干不得施展、不受朝廷器重的怨忿心情。

心欲言而口不逮。

【注释】宋·苏轼《乞校正陆贽奏议进御札子》。逮：及，达到，这里指达意。

【解析】心里要表达某种意思，而语言却往往无法将内心的想法准确、充分地表达出来。苏轼指出了人们在语言表达上所存在的问题，即语言与思维之间存在着距离。考虑清楚的问题未必能表述明白，这就是为什么人们常说美妙的东西只可意会，不可言传的道理。

有意而言，意尽而言止者，天下之至言也。

【注释】宋·苏轼《策略第一》。至：最好的。

【解析】苏轼认为，写文章或发表谈话必须先有想要表达的内容，然后再说。意思表达清楚了就立即停止，不能无病呻吟，喋喋不休。这样说出的话，才是天下最美妙的语言。

至言不繁。

【注释】宋·苏轼《与孙运句书》。

【解析】至理明言,不必言多,寥寥数语就能给人以智慧和启迪。语言的精妙与否不在言词的多少,而在于道理是否警辟、深刻,即所谓的"言简意赅"。

喜为异说而不让,敢为高论而不顾。

【注释】宋·苏轼《荀卿论》。

【解析】苏轼十分推崇荀子的学识和勇气。说他喜欢提出与众不同的见解,从不谦让;敢于发表不平凡的高明的议论而无所顾忌。仰慕、赞美之情,溢于言表。

大勇若怯,大智如愚。

【注释】宋·苏轼《贺欧阳少师致仕启》。

【解析】有大勇的人好像怯懦,有大智的人好像愚笨。这是因为,勇气过人的人,胸襟广博,志向远大,不会意气用事,在小事上颇能忍让,所以会让人觉得有些怯懦。有大智慧的人往往深藏不露,不轻易显露锋芒,所以表面上像是愚笨。

速则济,缓则不及。此圣贤所以贵机会也。

【注释】宋·苏轼《范景仁墓志铭》。济:成功。

【解析】在许多情况下,如果抓紧时间,事情就能够成功;假如拖延下去,就可能来不及办理,这就是圣贤十分看重机会的原因。强调遇到亟待解决的问题,应当机立断,立即着手进行,千万不能坐失良机。

论事易,作事难。作事易,成事难。

【注释】宋·苏轼《荐诚禅院五百罗汉记》。

【解析】苏轼在这篇记中,称颂了一位僧人应言"言必行,行必果"的美好品质。联想到士人求取功名往往没有结果的现状,他深有感触地指出:凡事说起来容易,做起来难。着手做一件事容易,而把这件事做成功却很难。他认为,如果士人都有像应言那样的"论必作,作必成"的决心和意志,就一定会取得功名,实现理想的。

得人之道,在于知人;知人之法,在于责实。

【注释】宋·苏轼《议学校贡举状》。责实:根据事实。

【解析】国家兴废盛衰的关键因素,是能否得到杰出的人才。苏轼认为,得到人才的方法,就在于认识和了解人才,而识别人才的方法,则在于根据人的行为、政绩,实事求是地加以判断。这番话言简意明,表现了苏轼的清醒头脑和高超见解。

交浅言深,君子所戒。

【注释】宋·苏轼《上神宗皇帝书》。戒:戒止。

【解析】交情很浅但谈话过多过深,这是君子所应戒止的。尽管苏轼是以此说明,做臣子的在未得到君主信任的情况下,就犯颜直谏,效果是不会好的。但这句话作为处世之道,也能给人以收获和启发。

水到渠成,不须预虑。

【注释】宋·苏轼《答秦太虚书》。

【解析】苏轼被贬到黄州,生活一度陷入困境,他在给秦观的信中谈到了自己的穷困之状,对未来表示担忧。但马上笔调一转,写道:"水到渠成,不须预虑。"意谓等水流到的时候,渠也自然修成了,不必预先为将来的事忧虑,也就是常言说的"车到山前必有路",最后总能找出摆脱困境的方法。显示出苏轼一向具有的旷达、乐观的性情。

君子可以寓意于物,而不可以留意于物。

【注释】宋·苏轼《宝绘堂记》。

【解析】驸马都尉王晋卿爱好书法和作画,苏轼在肯定他的雅趣的同时,劝其不要沉溺其中。他指出,君子可以将情感寄托于外物,但不可沉溺于物而不能自拔。寓意于物,可从对外物的赏爱中获得乐趣,执着留意于物,外物就可能给人带来烦恼和忧虑。

一炬有燎原之忧,而滥觞有滔天之祸。

【注释】宋·苏轼《论周穜擅议配享自劾札子二首》。滥觞:江河的源头。

【解析】一支火把,可以燃起烧遍整个原野的大火,江河源头的细小水流,可以形成滔天的洪水。苏轼以此为喻,说明坏事在刚刚萌发时就应及时制止,如果任其发展蔓延,就会酿成大祸。以形象生动的语言,揭示了防微杜渐的深刻道理。

慎重者,始若怯,终必勇;轻发者,始若勇,终必怯。

【注释】宋·苏轼《拟进士对御试策》。

【解析】苏轼劝谏皇帝，做事要慎重稳妥，不能浮躁冒进。他认为，谨慎行事的人，迟迟不作决断，看似怯懦，但他经过深思熟虑之后，一旦采取行动，由于有了充分的把握和信心，会表现得非常勇敢。而轻举妄动之人，起初貌似勇敢，但因为考虑不周全，准备不充分，会接连失败，丧失信心，最后变得胆小怯懦。

人不可以苟富贵，亦不可以徒贫贱。

【注释】宋·苏轼《上梅直讲书》。苟：苟且，不正当。徒：空。

【解析】苏轼阐明了自己的荣辱观，人固然不能以不正当的手段来求得富贵，但也不能自甘贫贱，消极颓废，碌碌无为。苏轼此时刚中进士，受到了文坛领袖欧阳修的赏识，对前途充满憧憬。这番话表现了苏轼高中后，急于建功立业的雄心抱负和进取精神。

人之所欲，适与天相值实难。

【注释】宋·苏轼《邵茂诚诗集叙》。适：恰好。天：指客观现实。值：适合。

【解析】苏轼有感于友人邵茂诚才德兼备而穷愁潦倒、多病早夭，指出，人们都希望"贤者必贵，仁者必寿"，可是人的主观意愿往往与客观现实不相符，现实的情况是贤者不必贵，仁者不必寿，作者对邵茂诚的不幸命运愤愤不平，深表同情，抒发了事与愿违的沉痛感慨。

诗非待文而传者也。

【注释】宋·苏轼《钱塘勤上人诗集叙》。待：依靠。

【解析】苏轼认为，诗歌有其自身的价值，众人对其价值自能领会，因此，诗不能也不必依赖评介文章使之流传。好诗不须介绍，自然不胫而走，流传千里，劣诗即使大加吹捧，也不会传诵人口。

目有眯则视白为黑，心有蔽则以薄为厚。

【注释】宋·苏轼《明君可与为忠言赋》。眯：昏暗。蔽：遮蔽。薄：浇薄。厚：仁厚。

【解析】如果目力不明，就会把白的视作黑的，苏轼以此比喻，如果人心被蒙蔽，就会将浇薄奸诈当作仁爱忠厚。苏轼劝谏皇帝，不要为小人的巧言令色所惑，应明辨是非，明察忠奸，近贤良而远奸佞，做一代贤明君主。

以物与人，物尽而止，以法活人，法行无穷。

【注释】宋·苏轼《乞免五谷力胜税钱札子》。与：给与。

【解析】苏轼认为，物质财富是有限的，朝廷若依靠以物赈灾，财物用尽就没有办法了。而如果凭借政令正确、措施得当来救济万民，所取得的效果和好处将是无穷无尽的。

有莠则锄，有疾则医。

【注释】宋·苏轼《祭司马君实文》。莠：泛指恶草。

【解析】司马光不幸逝世，苏轼不胜痛惜，在祭文中给予了他极高的评价。田里长了恶草他去锄掉，百姓有了疾患他去疗治。苏轼以此为喻，称赞他是一位不计私利，一心为百姓兴利除弊、排忧解难的好官。

月白风清，如此良夜何？

【注释】宋·苏轼《后赤壁赋》。

【解析】苏轼是个极其热爱大自然的人，惟恐辜负大自然对人的厚赐。因此面对良辰美景，不禁叹息，月色皎洁，晚风清爽，这样美好的夜晚该怎样度过呢？

君臣遇合，天下事迎刃而解。

【注释】宋·苏辙《姚崇》。遇合：投合，契合。

【解析】苏辙认为，天下之大患，莫过于贤能之臣得不到君主的重用。如果君臣遇合，同心协力，就没有解决不了的问题。

任贤使能，将相莫非其人。

【注释】宋·苏辙《历代论·唐太宗》。

【解析】苏辙盛赞唐太宗善用贤能之臣，他手下的将相，没有一个不称职的。并指出："唐太宗之贤，自西汉以来，一人而已。"对唐太宗给予极高的评价，同时也流露出对当今皇帝不能选贤任能的委婉批评。

知人而善用之，若己有焉。

【注释】宋·苏辙《历代论·汉光武上》。

【解析】苏辙认为，一国之君不必具备特殊的专长和本领，只要知人善用就足够了。善于发现和任用贤才，使其为国效力，那么，别人的才能也就如同归自己所有了。

未有不能正身而能正人者也。

【注释】宋·苏辙《盛南仲知衡州》。正身：端正自身。

【解析】苏辙指出，为官应清正廉洁，刚直不阿，起到表率的作用。如果自身行为不端正，就不可能使他人行为端正。

君子之仕，不以高下易其心。

【注释】宋·苏辙《张士澄通判定州》。易：改变。

【解析】君子做官，为的是经邦济世，辅国安民，不为贪图个人私利，因此不会因为职位的高低变化而改变自己的信念和追求。

覆车相寻，不绝于世。

【注释】宋·苏辙《唐玄宗宪宗》。覆车：倾覆的车子，比喻国家的灭亡。寻：连续。

【解析】苏辙纵观历史，有感于朝代的频繁更迭，深刻指出，统治者不能吸取前车之鉴，荒废朝政、耽于享乐，导致国家灭亡，教训是何等沉痛而又发人深思。

遇繁而若一，履险而若夷。

【注释】宋·苏辙《观会通以行典礼论》。履险而若夷：在危险的地方行走像在平地一样，比喻在危急时刻镇定自若。履：踩。夷：平地。

【解析】苏辙认为，如果能摒除一切杂念和私欲，以澄明之心对待万事万物，就会对事情看得清楚、明白，遇到繁多的事务就像遇到一件事一样，处于危险之中也能沉着冷静。

无以待之，则十百而乱；有以待之，则千万若一。

【注释】宋·苏辙《类篇叙》。待：对待。十百：表示数量少。千万：表示数量多。

【解析】处理事务，关键是方法得当。没有处置事情的正确方法，即使是不多的几件事，也会弄得混乱不清；有了正确方法，处理再多的事情也会像一件事那样轻松。

无事则深忧，有事则不惧。

【注释】宋·苏辙《颍滨遗老传上》。

【解析】太平无事的时候，要能够深忧远虑，居安思危，一旦有事情发生，也不必惧怕。无事则忧是有事不惧的前提条件。只有在事情发生前，提早采取防范措施，待到事情发生时，才能够沉着应付，临危不惧。

法行于贱而屈于贵，天下将不服。

【注释】宋·苏辙《上皇帝书》。贱：贫贱者，指平民百姓。贵：富贵者。

【解析】如果法令只在普通百姓之中施行，而屈服于富贵者的权势，那么天下人就会不服。天下不服，法令就得不到实施。这种法律面前人人平等的思想是极其可贵的。

文者气之所形，然文不可以学而能，气可以养而致。

【注释】宋·苏辙《上枢密韩太尉书》。

【解析】苏辙提出了著名的“养气说”。“气”，指作家的主观气质，表现于文章，就是文章的气势。他指出，文章是作者精神气质的显现。文章不是只靠后天学习就能写好的，而好的气质却可以通过培养而得到。“养气说”始于孟子，后来的刘勰也有所论及，但未把“养气”用于文学。曹丕虽以气论文，但认为“气”是作家与生俱来的东西，不可以养。最早明确提出“养气”以为文的就是苏辙。此外，前人“养气”的方法是多从主观静养上下功夫，而苏辙则比较注重客观阅历的增长，主张通过游历名山大川，结交豪俊之士来培养气质。

其文疏荡，颇有奇气。

【注释】宋·苏辙《上枢密韩太尉书》。疏荡：疏放跌宕。

【解析】这两句是苏辙对司马迁文章的评价。认为他的文章豪放壮阔，起伏跌宕，充溢着奇特不凡之气。而这一特点的形成，正是司马迁善于“养气”的结果。

人之学也，不志其大，虽多而何为？

【注释】宋·苏辙《上枢密韩太尉书》。

【解析】苏辙认为，人们学习了知识，如果不树立远大的志向，即使学到再多的知识又有什么用呢？主张学以致用，利用掌握的知识为国出力。此时，十九岁的苏辙刚中进士，即将走入仕途，这几句话体现了他渴望以所学知识报效国家，一展宏图的雄心壮志。

士生于世，使其中不自得，将何往而非病？使其中坦然，不以物伤性，将何适而非快？

【注释】宋·苏辙《黄州快哉亭记》。得：得意。病：忧愁。适：往。

【解析】苏轼与友人张梦得都谪居在黄州，二人身处逆境却能随缘自适，处之泰然。苏辙指出了他们得以保持快乐心情的原因，他认为，人活在世上，假如内心不舒畅，那么无论身处何地都会抑郁忧愁。假如内心坦然、豁达，不以外物伤害自己的本性，那么无论到了什么地方都会觉得舒适快意。其时苏辙也被贬官，他以这样的话称赞兄长和友人，同时也用以自勉，表现了超然物外、旷达开阔的胸襟。

颜子之所以甘心贫贱，不肯求斗升之禄以自给者，良以其害于学故也。

【注释】宋·苏辙《东轩记》。颜子：即颜回，孔子的弟子。良：的确。

【解析】苏辙被贬到筠州监管盐酒税务，每天忙于繁杂琐碎的事务，无暇读书和思考，于是领悟颜回之所以甘心过贫贱的生活，不肯去谋求一官半职来养活自己，实在是因为那样做有害于治学的缘故。

其乐也，足以易穷饿而不怨，虽南面之王不能加之。

【注释】宋·苏辙《东轩记》。易：改变。南面：帝王之位皆向南，故称居帝位为南面。

【解析】苏辙认为，读书人在没有达到最高境界时，同一般人一样，以世俗的享乐、追求为乐趣，可是一旦他的修养达到一定程度，就会摆脱浮华虚荣，追求真正的有意义的人生，并从中获得无限乐趣。这种乐趣足以使他轻松坦然地面对穷困而毫无怨言，即使以南面称王和他交换，他也不会接受。

其沫乃如散珠喷雾，日光烛之，璀璨夺目，不可正视。

【注释】宋·朱熹《百丈山记》。其：指瀑布。烛：照。璀璨：形容珠玉等光彩鲜明。

【解析】瀑布溅起的泡沫就像散落的珍珠和喷涌的雾气一样，在阳光照射下，晶莹闪烁，光彩夺目，使人无法正视。朱熹以富于诗意的语言，描写了百丈山瀑布的奇丽壮观，展现出令人目眩神迷、撼人心魄的美。

白云满川，如海波起伏。而远近诸山出其中者，皆若飞浮来往，或涌或没，顷刻万变。

【注释】宋·朱熹《百丈山记》。

【解析】白云遍布平野，如同大海的波涛一般汹涌起伏。远远近近的众多山峰露出云层，仿佛都在来来往往，飘飞浮动，有时涌出，有时沉没，瞬息之间，变化万千。这几句描写云和山，真是奇妙无比。写云，着重突出那种云海茫茫、波澜壮阔的气势。写山则用了化静为动的手法，明明是白云飘浮在山间，偏说成是诸山浮动于云中，时涌时没，想象新颖奇特，写出了山峰的飘逸、灵动，姿态万千。另外，山的千变万化，也衬托出云的变幻多姿。山与云相得益彰、相映成趣。

日薄西山，余光横照，紫翠重叠，不可殚数。

【注释】宋·朱熹《百丈山记》。薄：迫近。殚(dān)：尽。

【解析】日薄西山，在夕阳余晖的映照下，山上一片片紫色、翠绿色重重叠叠，不可尽数。这几句写夕阳晚照中的山峰，偏重从色彩上描写，创造了一幅绚丽斑斓的画卷 。

一峰独秀出，而数百里间峰峦高下亦皆历历在眼。

【注释】宋·朱熹《百丈山记》。

【解析】纵目望去，一座秀丽的山峰挺立于群山之上，秀逸挺拔，卓然不群。周围绵延百里、高低起伏的群山，也都历历在目。这两句极富有层次感。近景与远景、高与低、一峰独立秀出与众山逶迤远去相结合，主次分明，错落有致，具有图画般的美感。

觌不复辞，一挥立就。过为贬损，以媚虏人，而词甚精丽，如宿成者。

【注释】宋·朱熹《记孙觌事》。觌（dí）：孙觌，宋钦宗朝官翰林学士，是主张投降的求和派。宿：早先。

【解析】朱熹在《记孙觌事》一文中记述了孙觌写降表一事。宋钦宗被金人所俘，金人索逼降表，钦宗无奈，只好命孙觌来写，暗中却希望孙觌抗拒不写。谁知孙觌并不推辞，欣然接受。写贬低羞辱自己，取悦金人的降表，按常理推测，应是下笔艰难，而孙觌却一挥而就，文思泉涌。而且居然词句精工华丽，就像提前打好了腹稿一样。朱熹以辛辣的讽刺，惟妙惟肖地刻画了孙觌卖国求荣、厚颜无耻的奴才嘴脸。

人有欲，则无刚。刚则不屈于欲。

【注释】宋·朱熹《四书集注·论语·公冶长》注引程子语。欲：欲念。刚：刚强。

【解析】人有私欲，就不会刚强，只有无所求才能无所畏。只有不患得患失，才能勇往直前。而另一方面，真正刚强的人，必然不会屈服于世俗种种欲念的诱惑。简约的语言，道出了深刻的人生哲理。

日省其身，有则改之，无则加勉。

【注释】宋·朱熹《四书集注·论语·学易》注语。省：反省，检查。加：加以。勉：勉励。

【解析】曾子曾说："吾日三省吾身。"朱熹为之作注说，曾子每天反省检查自己的言行有没有错误，有错误就改正，没有错误就作为对自己的勉励。现在，"有则改之，无则加勉"已作为成语使用，指应正确对待别人的批评意见，有错就改，无错则引以为鉴。

人之洗濯其心以去恶，如沐浴其身以去垢。

【注释】宋·朱熹《四书集注·大学》注语。濯（zhúo）：洗涤。

【解析】人应该经常洗涤自己的心灵，除去丑恶不洁的东西，为说得更透彻，朱熹用了一个生动的比喻，就像人要经常洗澡以除掉身上的污垢一样。人不洗澡身子会变脏，同样，人不时常反省自己，改正缺点，加强道德修养，就会使心灵蒙尘，节操受损。

循序而渐进，熟读而精思。

【注释】宋·朱熹《朱子全书·学六》。循序：按照顺序。

【解析】这是朱熹谈论学习方法的两句话，意谓学习知识要按照一定的步骤逐步增进和提高，熟练阅读而又精心思考。寥寥数语，准确阐明了读书的方法问题，至今还能给我们以有益的启示。

大言不惭，则无必为之志。

【注释】宋·朱熹《四书集注·论语·宪问》注语。必为：一定去做。惭：惭愧。大言：与实际能力不符的夸口的话。

【解析】一个人如果口出狂言，说他能做某件不可能做到的事，而脸上毫无羞惭之色，说明他并没有一定去做这件事的想法。因为一开始就不是真心想去做，所以对事情的难度、自己能否胜任、完不成自己将陷入何等境地等问题根本未予考虑，自然也就不会觉得难为情了。

朋友，以义合者。

【注释】宋·朱熹《四书集注·论语·乡党六》注语。义：道义。

【解析】朱熹认为，只有由于道义而走到一起的志同道合的朋友，才称得上是真正的朋友。言外之意，那些以利相合者，视自己的利益高于一切，一旦危及到自身利益，就会出卖和背叛朋友。

即以其人之道，还治其人之身。

【注释】宋·朱熹《四书集注·中庸第十三章》注语。即：就。道：办法。治：惩治。

【解析】君子惩罚人，既不会过重，也不会过轻。过重则不公允，过轻则收不到惩戒的效果。最好的方法是：就以那个人对付别人的办法，反过来对付他。

析理则不使有毫厘之差，处事则不使有过不及之谬。

【注释】宋·朱熹《四书集注·中庸第二十七章》注语。析理：分析事理。

处事：处理事情。过：过分。不及：不够。

【解析】分析事理，应准确精当，不该有丝毫误差，处理事情应把握分寸，恰到好处，既不能不够火候，也不能做过头。朱熹在注语中，将儒家的中庸思想阐述得深入浅出，简明扼要。

人心之灵，莫不有知；而天下之物，莫不有理。唯于理有未穷，故其知有不尽也。

【注释】宋·朱熹《四书集注·大学章句》。理：道理。知：知晓，认识。穷：尽。

【解析】凭借人心的灵慧，没有不能认识的事物，而天下万物都有自己的规律。只是由于事物的规律是无穷的，所以人对事物的认识也是没有穷尽的。这几句话，说出了一条深刻的认识规律，即客观世界是可以被人类认识的，而这种认识又是无止境的。

好作奇语，自是文章病。

【注释】宋·黄庭坚《与王观复书》。

【解析】这句话阐明了黄庭坚的文学主张。他认为，片面追求语言的奇特，是创作的弊病。平易自然，无斧凿痕才是第一等文字。只要思想内容深刻、充实，就一定能写出好文章，反之，语言奇险而内容空洞，是绝对创作不出佳作的。

灵丹一粒，点铁成金。

【注释】宋·黄庭坚《答洪驹父书》。

【解析】黄庭坚文学主张的核心就是“点铁成金”，把它看作是创作的灵丹妙药。意谓诗文创作应活用和点化前人的语言，推陈出新，从古语中翻出新意。为此，他强调读书要广博，知识积累要丰厚。他的这种理论主张成为江西诗派的创作纲领。

嬉笑怒骂，皆成文章。

【注释】宋·黄庭坚《东坡先生真赞》。

【解析】这是黄庭坚赞美苏轼的话。苏轼才气纵横，文思敏捷，因而总是能涉笔成趣，不拘题材形式，任意挥洒，就能写出好文章。

天高露清，山空月明，仰视星斗，皆光大，如适在人上。

【注释】宋·晁补之《新城游北山记》。适：恰好。

【解析】天高气爽，白露晶莹，山野空旷，月光皎洁，仰视星斗，个个明亮灿烂，仿佛就在我们头上。“天高露清”，准确表现出秋天的景物特征。而对星斗的描绘更是意蕴丰富，生动传神。一方面由于北山地势高，星星好像在人头顶上，另一方面由于山间空气洁净，天空清朗，所以星星显得又大又亮。作者以洗炼、优美的语言，描绘出秋山之夜的清幽宁静。

五代干戈，四海瓜分豆剖，斯文道息。

【注释】宋·李清照《词论》。

【解析】李清照指出，五代时期，由于战乱不止，中国就像分瓜剖豆一样四分五裂，因此，文学创作也走向衰微。以形象生动的语言，概括了五代时期的文学现状，指明了社会动乱、国家分裂对文学发展的不利影响。

虽协音律，而词语尘下。

【注释】宋·李清照《词论》。协：合。

【解析】这是李清照对柳永词的评价。肯定了柳词的合于音律，但批评其词庸俗低下。柳永词中虽存在着一些庸俗性描写，但大部分语言真率直露，写得情真意切，清新可喜，将其一概斥之为庸俗，未免失之公允。

词别是一家。

【注释】宋·李清照《词论》。

【解析】“词别是一家”，是李清照词论的核心主张。她认为，词是与诗文不同的有自身独特特色的文学体裁。她所说的词的独特性是指词的合乐可歌的音乐性，强调作词必须协律，反对以诗为词，以文为词。

秦即专主情致，而少故实。譬如贫家美女，虽极妍丽丰逸，而终乏富贵态。

【注释】宋·李清照《词论》。秦，指秦观。

【解析】李清照认为，秦观的词着重表现情韵风致，不足之处是缺少典故和史实，因而虽婉丽俊逸，但缺少丰富的内涵和厚重的底蕴。她用了一个精妙的比喻，说秦词就如同贫家美女，虽极其美丽、飘逸，但始终缺乏一种富贵态。

几案罗列，枕席枕藉，意会心谋，目往神授，乐在声色狗马之上。

【注释】宋·李清照《金石录后序》。枕藉（jiè）：许多人交错躺在一起，这里指书纵横相叠。会：领会。谋：营谋。授：给予。

【解析】李清照与丈夫酷爱读书，家里的几案、枕席上到处堆满了书。两人心中所想，目中所视都是书。李清照不无自豪地说，这种读书的乐趣远远超出世俗所谓歌舞女色、珍宝玩物之乐，展现了李清照夫妇高雅不俗的志趣和丰富的精神世界。

何得之艰而失之易也?

【注释】宋·李清照《金石录后序》。

【解析】李清照和丈夫赵明诚耗费毕生精力和财力,搜集了大量古籍文物,在金兵入侵后的短短几年里损失殆尽,李清照痛惜不已,叹息道,为什么得到它们这么艰难,而失去它们这么容易啊。话语之中,渗透出无尽的辛酸悲凉。

有有必有无,有聚必有散,乃理之常。

【注释】宋·李清照《金石录后序》。

【解析】有得到就一定会有失去,有相聚就一定会有离散,这是人世间普遍的道理。这是李清照经历了国亡夫丧、家产荡尽的沉重打击后,一种无可奈何的自慰之语。

以守则固,以战则胜,然后其和可保。

【注释】宋·李纲《议国是》。以:以之,凭借它们,第一个指高城深池,第二个指坚甲利兵。

【解析】防守坚不可摧,作战则常常取胜,这样以后和平局面才可保住。如果一意求和,不注重加强防守和作战实力,致使国势卑弱,构不成对敌人的威胁,也就失去了讲和的条件和资格,只能受制于敌。李纲一针见血地指出了"不务战、守之计,唯信讲和之说"的弊病,表达了对国是的深切忧念。

为天下者不顾其亲。

【注释】宋·李纲《议国是》。

【解析】靖康之变,微、钦二帝被金人所俘。而南宋朝廷不思进步,一直执行妥协投降的政策。为打消高宗战则危及父兄的顾虑,鼓励其不顾而战,李纲劝谏皇帝说,治理天下的人以天下为重,是不会顾念自己的亲人的,顾念亲人而忘掉国家大事的做法,只不过是普通人的孝敬友爱罢了。

振天声以讨之,以报不共戴天之仇,以雪振古所无之耻。

【注释】宋·李纲《议国是》。振古:自古。

【解析】李纲认为,当今之计,应取消和议,以守为主,利用几年的时间,加强战备,训练军队,待到实力具备,时机成熟的时候,就可以擂响震天的战鼓去讨伐敌 人,以报不共戴天的深仇大恨,洗雪自古所未有的奇耻大辱。

是倒持太阿,以其柄授人,藉寇兵而资盗粮也。

【注释】宋·李纲《议国是》。太阿:宝剑名。藉:借。兵:武器。

【解析】李纲指出，如果朝廷继续奉行主和策略，割让重要的地方、献上大量的金银给金人，这就等于是削弱自己，增强敌人的力量，最后只能将自己的命运交付敌人摆布。他用了形象巧妙的比喻，说这好像是倒持着太阿宝剑，将剑柄交给敌人，又像是借武器给强盗，资助粮食给窃贼。言辞激切犀利，极富于感染力。

法勾践尝胆枕戈之志则可，法勾践卑身厚赂之谋则不可。

【注释】宋·李纲《议国是》。卑身：降低身份。

【解析】针对主和派宣扬的“法勾践”的谬论，李纲予以强烈反驳。他指出，效法勾践，是要学他尝胆枕戈，报仇雪耻的志向，而不是学他降低身份，多送财物给敌人的谋略。历史上的事，本来就有似是而非之处，不能生搬硬套，亦步亦趋地效仿古人。

上有素定之谋，下无趋向之惑，天下之事不难举也。

【注释】宋·李纲《议国是》。素定：已经定好的。趋向：指方向。举：办。

【解析】李纲认为，制定正确的方针策略，是一切事情成功的关键。上面有了定好不变的政策，下面就会方向明确，没有无所适从的迷惑，那么天下的事就不难处理了。

太平日久，人物繁阜，垂髫之童，但习鼓舞，班白之老，不识干戈。

【注释】宋·孟元老《东京梦华录序》。阜(fù)：丰富。髫(tiáo)：古代儿童头上下垂的短发。班白：同“斑白”。

【解析】长久以来，天下太平无事，人口繁盛，货物丰富，垂着头发的儿童只熟悉音乐和舞蹈，须发斑白的老人，竟然也不认识兵器。孟元老以简练、形象的语言，概括了北宋盛期，汴京承平日久、歌舞繁华的景象。

青楼画阁，绣户珠帘，雕车竞驻于天街，宝马争驰于御路，金翠耀目，罗绮飘香。

【注释】宋·孟元老《东京梦华录序》。天街：御街，指京城的街道。金翠：指珠宝首饰。罗绮：指有花纹的丝织衣物。

【解析】孟元老以无限眷恋之情，描绘了往昔汴京的繁华：到处是美丽的亭台楼阁，绣饰华美的门窗，缀着珍珠的帘幕。宝马雕车竞相奔驰于御街，珠光宝气、鲜衣美服、香气袭人的女子随处可见。语言铺张华美、色彩斑斓、意象纷呈，展现出太平盛世的繁荣富丽的景象。

暗想当年，节物风流，人情和美，但成怅恨。

【注释】宋·孟元老《东京梦华录》。节物：各季节之风物景色。

【解析】北宋灭亡，往昔那繁华的盛景，壮丽的风光，和美的人情都烟消云散，只化作眼前无限的怅惘和遗恨。孟元老以哀婉伤感的语调，抒发了今昔盛衰之感。

前日死谏之士，今此去国之臣。

【注释】宋·邓肃《具瞻堂记》。去国：离开国都，指被贬职。

【解析】丞相李纲因力主抗金而被罢免，群臣纷纷请求朝廷留用李纲，不仅未被采纳，反而也遭到贬斥。邓肃气愤他指出，前日犯颜直谏之人，就是今日遭谗被贬之臣。揭露了南宋朝廷投降派当政、排斥异己、残害忠良的黑暗现实。

善将不择兵，善书不择笔，顾所用如何耳。

【注释】宋·刘子翚《试梁道士笔》。

【解析】南渡以后，产于北方的兔毫笔奇缺。刘子翚得到一枝精致的羊毫笔，用起来与兔毫一样得心应手，由此联想到南兵作战不如北兵的谬见，深刻指出，善于带兵的好将领不必选择士兵，善于写字的好书法家不必选择毛笔，就看如何使用他们。这几句话将择兵与择笔对举，小中见大，借题发挥，朴实的语言阐明了发人深省的道理。

竭民膏血而不恤，忘国大仇而不报，含垢忍耻，举天下而臣之甘心焉。

【注释】宋·胡铨《戊午上高宗封事》。恤：体恤、顾惜。垢：指侮辱。

【解析】以宋高宗为首的南宋统治集团，奉行苟安求和的政策，爱国志士对这种局面十分焦虑。胡铨上书指责高宗为了赡金求和，搜尽民脂民膏而不顾惜，忘记了国家的大仇而不报，忍受着侮辱和羞耻，甘心以整个国家来臣事金国。语言犀利激切，锋芒毕露，表现了胡铨非凡的勇气、胆识以及大义凛然的民族气节。

此膝一屈，不可复伸，国势陵夷，不可复振。

【注释】宋·胡铨《戊午上高宗封事》。陵夷：衰微。

【解析】胡铨向统治者发出忠告：一旦屈膝跪下，就可能再也站不起来了，国势就会日益衰微，无法振兴。一针见血地指明了妥协投降给国家带来的巨大危害，作者的忠义之心，忧愤之情荡漾于字里行间。

受大而不苟取，力裕而不求逞，致远之材也。

【注释】宋·岳飞《论马》。苟：随便。裕：充裕。逞：逞能。致：到达。

【解析】岳飞称赞良马的特点是：食量大但从不随便接食物，力气足但从不随意逞强，是真正能行远路的千里马。这里岳飞以马自喻，表达了自己清廉、谦逊的道德理想，并希望成为国家的“致远之材”，完成收复失地，统一国土的大业。

寡取易盈，好逞易穷，驽钝之材也。

【注释】宋·岳飞《论马》。盈：满足。穷：尽，指力竭。驽钝：拙劣，低下。

【解析】岳飞指出了劣马的特征：食量小，容易满足，喜欢逞能，但很快用尽了力气。岳飞以此比喻平庸之人，没有远大志向，容易满足现状，好显示自己，终因才智不足而贻笑于世人。

天作地藏，择然后予。

【注释】宋·洪迈《稼轩记》。

【解析】信州上饶郡城北有一块空旷之地，三面临城，一面傍湖，风光秀丽宜人。这么一块天生的宝地，居然没有被众多的前来勘察宅地的人所发现，最后让辛弃疾得到了。仿佛上天有意保留这块地方，挑选合适的主人赠予他。只有辛弃疾这样的豪杰之士才配拥有它，只有辛弃疾这样见识卓绝的人，才能发现它。含蓄而巧妙地表达了对辛弃疾的仰慕、赞美之情。

青径款竹扉，锦路行海棠。

【注释】宋·洪迈《稼轩记》。款：款步，缓步。扉：门。

【解析】这两句描写辛弃疾所筑园林环境的幽美，绿色的小路通向竹门，锦绣般的道路两旁栽种着海棠。“款”与“行”两个动词极其新颖传神，准确表现了小路与海棠的绵延伸展，使幽静的园林显得生机盎然，充满活力。

集山有楼，婆娑有堂，信步有亭，涤砚有渚。

【注释】宋·洪迈《稼轩记》。婆娑：盘旋，徘徊。渚：小洲，水中的小块陆地。

【解析】洪迈介绍了辛弃疾对自己园林的设计规划：要收览众山景色得有楼台，要盘桓徘徊得有厅堂，要随意漫步得有亭子，要洗涤砚台得有小洲。由这种安排可以看出主人高雅不俗的情趣和闲适、恬淡的情怀。

壮声英概，懦士为之兴起。

【注释】宋·洪迈《稼轩记》。兴起：奋起，振奋。

【解析】辛弃疾在北方时参加了耿京领导的抗金起义，不幸耿京被叛徒张安国杀害。辛弃疾义愤填膺,率五十骑兵冲入有五万守军的金营,活捉了张安国,并将其押回建康斩首,这一英雄壮举震惊了朝野。洪迈称赞说,辛弃疾雄壮的声威和英勇的气概,连懦弱之人也受到鼓舞而振奋起来,可见辛弃疾声名的显赫,影响的巨大。

小人患得患失贻祸之深也。

【注释】宋·容斋逸史《方腊》。患得患失:没得到时害怕得不到,得到了又怕失去。贻:留。

【解析】北宋末年,一群奸邪小人聚在皇帝周围,他们一心谋取私利,蛊惑皇帝奢侈享乐,到处巧取豪夺,鱼肉百姓。人民怨声载道,忍无可忍,终于在江南爆发了方腊起义。起义最后遭到镇压,但经过战乱的消耗,富庶的江南从此经济凋敝。而造成这种局面的根源就在于小人的利欲熏心。因此,容斋逸史感叹说,小人患得患失留下的祸害是多么深远啊。

天生蒸民,树之司牧,本以养民也,乃暴虐如是,天人之心能无愠乎?

【注释】宋·容斋逸史《方腊》。蒸:众。司牧:指官吏。愠:怒。

【解析】容斋逸史指出,官吏的职责本来是养育万民,为他们排忧解难,谋取福利。而现实的情形是,做官的不仅不为百姓着想,反而利用手中的权力,欺压百姓,横行暴虐,怎能不天怒人怨,人人切齿。

目如炬,声如钟,其英伟刚毅之气使人兴起。

【注释】宋·陆游《跋李庄简公家书》。兴起:振奋。

【解析】李光是南宋著名的爱国志士,因斥责秦桧怀奸误国而被罢官。但他不消沉,不沮丧,依然保持着刚正昂扬的气概。陆游是这样描述他的:目光炯炯,如火把一样明亮,声音像洪钟一样浑厚响亮,那种英伟刚毅之气,令人精神振奋,大受鼓舞。以简洁的语言,传神地刻画出一位刚正不屈,精神矍铄的爱国老臣的形象。

天下自有公论 ,非爱憎异同能夺也。

【注释】宋·陆游《跋东坡谏疏草》。异:反对。同:赞同。夺:改变。

【解析】苏轼在新旧党争中屡遭政敌的攻击和诬陷,但这丝毫也改变不了他在人们心目中的崇高形象。陆游深有感慨地指出,天下自有公正客观的评价,不是个人的爱憎喜怒、赞成反对就能改变的。苏轼忠贞的品行、卓绝的见识和雄辩的才能将永远铭刻在世人心中。

吾饮食起居，疾痛呻吟，悲忧愤叹，未尝不与书俱。

【注释】宋·陆游《书巢记》。

【解析】陆游因放赈救灾被罢职还乡，他沉浸在书本中埋头读书，仿佛淡忘了世情，尽情享受闲居生活的乐趣。他说，自己的饮食起居，病痛呻吟，忧愤悲叹，没有不与书在一起的。从这番表白可以看出，陆游没有真的忘怀世事，他只是将忧国忧民的悲愤情怀寄托于书本上，从中寻找感情上的共鸣和精神上的解脱而已。

天下之事，闻者不如见者知之为详，见者不如居者知之为尽。

【注释】宋·陆游《书巢记》。居者：置身其中的人。

【解析】一位客人对陆游将书房命名为"书巢"颇有疑义，待到亲临书房之后，才确信"书巢"之名极为妥当。陆游由此事受到启发，感叹说，天下的事情，听说的人不如看到的人知道得详细，看到的人不如亲身经历的人了解得全面，指出了亲身体验对了解事物真相的重要性。

重山相掩，正如屏风扇。

【注释】宋·陆游《入蜀记》。

【解析】陆游由故乡浙江绍兴前往四川任职，一路上以日记的形式，记载了沿途的风光与见闻。这句描写了扇子峡的奇险壮丽的景色。一道道山峰重叠掩映，就像一扇扇折叠的屏风。这一比喻既表现了山势的曲折逶迤，又关合扇子峡的地名，至为妥帖、精妙。

稍西有一峰，孤起侵云，名天柱峰。

【注释】宋·陆游《入蜀记》。

【解析】西面有一座孤峰，拔地而起，高耸入云，名为天柱峰。作者先是以十分简洁传神的语言，描绘出孤峰高耸入天之状，然后巧妙点出天柱峰的名字，既写出了山峰的名实相符，又进一步强化了孤峰如擎天柱般峭拔高耸的气势。

天宇晴霁，回顾无纤翳，惟神女峰上有白云数片，如鸾鹤翔舞徘徊，久之不散。

【注释】宋·陆游《入蜀记》。霁：天气晴朗。纤翳：细小的尘埃和云丝。

【解析】陆游以清新优美的文笔，描绘了巫山的奇丽风光。天空晴朗、澄明，环顾四周，不见一点尘埃和云丝，只有神女峰上有几片白云盘旋缭绕，这就突出了神女峰与众不同的奇异风采。紧接着作者又用了一个奇妙的比喻，神女峰上的白云如鸾鸟和白鹤在飞舞徘徊，久久不散，这就更增添了神女峰的美丽神奇,引起人们无尽的遐想。

意所诚好而不得焉,粗得其似,则名之矣。

【注释】宋·陆游《烟艇记》。诚:确实。粗:粗略。名:命名。

【解析】陆游在解释给自己的居室取名"烟艇"的缘由时说,自己的确喜爱烟艇可又得不到,现在见小屋与烟艇大略有几分相似处,于是就将小屋命名为"烟艇",这种命名,表现了陆游向往归隐江湖的闲适情趣,同时也流露了他欲建功立业而不得的苦闷。

使吾胸中浩然廓然,纳烟云日月之伟观,揽雷霆风雨之奇变,虽坐容膝之室,而常若顺流放棹。

【注释】宋·陆游《烟艇记》。浩然:广大的样子。廓然:广阔的样子。容膝之室:狭小的房子。棹:浆。

【解析】既不能效力于当世,又不能归隐田园,只能身居陋室,身处闲职,陆游心里充满矛盾和苦恼。最后他终于找出了排解的方法:使自己襟怀开阔,将自然界的烟云日月、雷霆风雨尽收于胸中。这样,即使身处斗室,也能放舟于浩渺烟波之中,让自己的精神自由徜徉于悠闲美好的隐逸世界。

志士仁人抱愤入地者可胜数哉!

【注释】宋·陆游《跋傅给事贴》。

【解析】南宋政权长期以来执行着妥协投降的政策,无数爱国志士为抗金大业披肝沥胆,奋斗一生,最后是"但悲不见九州同",抱愤而死,含恨九泉。陆游以激愤的言词,指责了投降派的罪恶行径。

初日照之,雪色洞明,如烂银晃耀曙光中。

【注释】宋·范成大《峨眉山行纪》。洞明:透亮。烂银:闪亮发光的银子。

【解析】作者以充满诗意的语言,描写了眺望西域雪山所见到的景象,着重突出雪山的洁白耀眼,晶莹闪烁。作者用了一个形象的比喻,初日照耀下的雪山就像闪亮的银子在曙光映照下发出眩目的光芒。

山一重一掩而水一纵一横。

【注释】宋·杨万里《景延楼记》。

【解析】作者以生动、洗练的笔调,描绘出山重水复,如诗如画的秀丽景色,整齐对称的句式,增强了山水相映成趣之美。

下视皆深潭激濑，黝而幽幽，白而溅溅。

【注释】宋·杨万里《景延楼记》。濑(lài)：湍急的水。黝(yǒu)：黑。

【解析】这几句描写了峡江水深流急的奇险景观：向下望去到处是深潭急流，潭水幽暗，深不可测，所能看到的只是白色的浪花喷溅而起。叠音词的运用，整齐对偶的句式，使以上的句子音调和谐，节奏鲜明，富于音乐美。

山水之乐，易得而不易得，不易得而易得者也。乐者不得，得者不乐，贪者不予，廉者不夺也。

【注释】宋·杨万里《景延楼记》。夺：失去。

【解析】世上往往存在这样一种事与愿违的情形：懂得山水之乐的人远离山水名胜，而住在风景胜地的人却又不懂欣赏山水，贪水之乐的人，山水之乐往往不给他，不贪山水之乐的人，山水之乐也不会失去。但从另一个角度讲，一个远离山水的人只要懂得山水之乐，他就会千方百计去寻幽探胜，享受山水之乐，尽管表面上没有得到山水，实际上已经得到了，而一个住在风景胜地的不懂欣赏山水的人，表面上得到了山水，实际上并没有真正得到。因此，杨万里深有感慨地指出，山水之乐容易得到而又不容易得到，不容易得到而又容易得到。

见人之过，得己之过。

【注释】宋·杨万里《庸言》。

【解析】杨万里认为，每个人都具有自知之明，即自我反省的能力，见到别人的过错，自然也就知道了自己的过错，不必等别人专门指出来。

学而不化，非学也。

【注释】宋·杨万里《庸言》。非学：不是卓有成效的学习。

【解析】杨万里主张学习知识要真正做到心领神会，融会贯通，吸收别人的知识为自己所有，反对生搬硬套，食古不化。

【解析】张载认为，学习贵在用自己的心去领悟，去体会，即用自己的头脑进行思考，一味沿袭前人的说法，因循守旧，墨守成规，是不会取得什么效果的。

于不疑处有疑，方是进矣。

【注释】宋·张载《经学理窟·义理篇》。

【解析】张载主张在学习中要敢于大胆怀疑，甚至在大家都没有疑义的地方发现疑义，不迷信权威，不盲目从众。只有这样，学业才会长进。在注重传统，注重因袭、继承的中国古代社会，张载敢于提倡独立思考能力和创新精神，十分难能可贵。

生而有此我也，均也，是不为荣悴有加损焉者也。

【注释】宋·萧德藻《吴五百》。均：平等。荣：荣华富贵。悴：贫贱潦倒。

【解析】世上有一种人，本来十分平易谦和，一旦做了大官，就自以为高贵显要，言行举止与从前判若两人，渐渐迷失了本性，失去了自我。针对这种现象，萧德藻指出，天生下我这样一个人，是和别人平等的，既不会因富贵而增加什么，也不会因为贫穷而减少什么。见解深刻，议论精警。

爵刑舛施，德、业倒植，若此者班班见于书传。

【注释】宋·陆九渊《送宜黄何尉序》。爵：爵位。刑：刑罚。舛(chuǎn)：错乱。班班：清清楚楚。

【解析】江西宜黄的何县尉为维护百姓利益与县令发生争执，上司不分青红皂白，将他和县令一并免职。陆九渊劝慰何县尉说，滥施赏罚，有德之人穷困潦倒、无德之辈身居高位，这样的事书中记载得清清楚楚。那么，将两人全部罢免虽有失公允，但比起赏罚妄加，德业错用这类事，不是好多了吗！这段话虽然是作者对何县尉的慰勉之词，但也揭露了封建社会是非颠倒，善恶不分的黑暗现实。

形可举以示威，不可用以必胜。

【注释】宋·辛弃疾《审势》。

【解析】辛弃疾在谈用兵之道时指出，形与势二者不应等同起来。形是指军事实力，势是指发挥人的主观作用所造成的有利态势。辛弃疾认为，形可用来展示军威，威慑敌军，但不能凭借它取胜。因此，尽管金国拥有强大的军事力量，但只要我们运用正确的战略战术，形成有利于我方的态势，一定可以战胜对方。

有器必可用，有用必可济。

【注释】宋·辛弃疾《审势》。器：物，指土地、财赋、士马等。济：成功。

【解析】辛弃疾认为：要形成有利于己的态势，就必须做到充分运用自己所拥有的人力、物力，而且不用则已，一用必然成功。也就是说，运用人的谋略、智慧，将自己的实力加倍地发挥出来，这才是克敌制胜的法宝。历史上许多以少胜多，以弱胜强的战例，已证明了辛弃疾的观点的正确性。

俊丽雄伟，珠明玉坚，人方窘步，我则沛然。

【注释】宋·辛弃疾《祭陈同甫文》。窘步：步履艰难，此指文思苦涩。沛然：迅疾充盛。

【解析】这是辛弃疾评价亡友陈亮的话。他说陈亮的作品文辞俊美，气势雄伟，如明珠一样耀眼，玉石一般坚贞。别人笔力枯涩时，他却文思泉涌。对陈亮出色的文学才能给予了高度赞美，语言流畅自然，情真意切。

人才之难，自古而然，匪难其人，抑难其天。

【注释】宋·辛弃疾《祭陈同甫文》。匪：非。抑：可是。天：命运。

【解析】陈亮雄才伟略却一生潦倒失意，刚被天子赏识，可未得展才便溘然长逝。辛弃疾感叹说，人才的难得，自古以来就是如此。不是难有其人，而是难在缺少机遇，指责了封建社会长期以来，压抑人才，扼杀人才的不合理性。

穴壁而窥，见不盈尺；我登泰山，洞视八极。

【注释】宋·张孝祥《吴春师高远轩居》。盈：满。洞视：看得清楚。八极：四面八方。

【解析】在墙上打个洞向外窥视，只能看到不到一尺远的地方，登上泰山，就能清楚地看到四面八方的广阔天地。作者以此比喻眼光短浅的人，只局限于眼前利益，只有达到很高境界的人，才能具有远见卓识，表现出深邃远大的目光，开阔博大的胸怀。

赤子嗷嗷无告，不可以不拯；国家凭陵之耻，不可以不雪。

【注释】宋·陈亮《中兴论》。赤子：百姓。嗷嗷：痛呼声。凭陵：遭受凌辱。

【解析】面对南宋王朝苟且偷安的局面，陈亮极其愤慨，他向皇帝慷慨陈词说，处于金人统治下的中原百姓，痛苦呼号，无处求告，我们不能不去拯救，国家的奇耻大辱，不能不去洗雪。提出了北伐中原的必要性，表现出一位爱国志士念念不忘救国的忠义情怀。

中原父老，日以殂谢，生长于戎，岂知有我？

【注释】宋·陈亮《中兴论》。殂(cú)谢：死亡衰老。戎：我国古代对西北少数民族的统称。

【解析】北方沦陷已久，陈亮向皇帝进谏说，北伐大计已刻不容缓。因为再拖延下去，中原父老一天天衰亡，新的一代从小生活于异邦，习惯于异族的习俗和统治，哪里还记得故国呢？到那时再去收复失地，将会十分困难。指出了恢复中原的迫切性，表现了作者深谋远虑的政治、军事才能，说理透辟，语言真切动人。

因城郭之近，必有临望之美。

【注释】宋·叶适《醉乐亭记》。因：依，靠着。

【解析】在靠近城郭的地方，一定有使人登高远望的美景。叶适说出了一个有趣的现象：即在邻近城市的市郊，往往环境幽美，风光秀丽，有着与城里迥然不同的景致，成为城里人消闲聚会、排解忧闷的好去处，仿佛是老天有意安排的一样。这种常见的印象，经叶适以凝炼概括的语言道出，令人倍感亲切。

以窭从奢，求一日之乐而诒终年之忧，不变者何也？

【注释】宋·叶适《醉乐亭记》。窭(jù)：贫穷。诒(yí)：遗留。

【解析】永嘉民众生活贫寒却不惜靠借债、抵押外出游玩，最终受到官吏处罚，许多人倾家荡产。叶适有感于此，指出，以贫穷的财力，去遵从奢侈的风气，为追求一日的快乐而留下终年的忧患，实在是不应该，为什么不改变呢？告诫人们，既要享受生活乐趣，又不能放纵游乐。

彼心不丧，术不谬，阡连陌接，谷量山积，而隐诸方寸之小，无惭焉可也。

【注释】宋·叶适《留耕堂记》。隐：审度。方寸之小：指心。

【解析】叶适认为，只要不违背良心，不采用卑劣手段，问心无愧，那么即使田地连接成片，谷物像山一样堆积，也是无可非议的。对于人们以正当手段追求物质财富给予了理解甚至肯定，这在重义轻利的中国传统社会中，显得十分可贵。

广欲莫如少取，多贪莫如寡愿，有得莫如无争。

【注释】宋·叶适《留耕堂记》。

【解析】叶适向世人提出忠告说，欲望多不如少索取，贪图多不如少追求，有所得不如无争执。提倡一种清心寡欲，与世无争，淡泊宁静的生活方式，那么，这与他肯定人们追求物质利益的观点是否矛盾呢？并不矛盾。前者是对一般大众的要求，而后者则是他对优秀的人的更高要求。

作诗求与古人合，不若求与古人异；求与古人异，不若不求与古人合而不能不合，不求与古人异而不能不异。

【注释】宋·姜夔《白石道人诗集自序》。

【解析】姜夔总结了自己的创作经验指出，作诗追求与古人相同，不如追求与古人相异，表现自己独特的创作个性。但这还不算造诣高深，因为无论是要求与古人同还是与古人异,都是将古诗作为参照标准,实质上都没有摆脱古人的影响。只有做到眼中不见古人的诗,笔力纵横,唯求适意,这才是达到了作诗的最高境界。

其来如风,其止如雨,如印印泥,如水在器。

【注释】宋·姜夔《白石道人诗集自序》。

【解析】姜夔强调,在诗歌创作中,灵感的到来要像风一样强烈迅猛,表现为一种不可遏止的创作冲动。诗思结束时应像雨止住那样自然而然,不能不止。写景状物要像印在印泥上一样逼真,内容和形式就像水盛放在容器中那样密合无间。姜夔的文学主张,既符合诗歌创作的一般规律,又表现出自己的独到见解。

人所易言,我寡言之;人所难言,我易言之。

【注释】宋·姜夔《白石道人诗说》。易:轻易,常常。

【解析】姜夔主张作诗贵在创新。他指出,别人常常说的话,我就要少说,别人很少说的话,我就要常说。意谓诗歌创作要有新鲜的语言,新奇的诗意,避免陈词滥调、老生常谈。

深者守道而难合,浅者谐世而易售。

【注释】宋·刘克庄《味书阁记》。易售:容易卖出去,指易于实现政治抱负。

【解析】刘克庄的挚友徐德夫博览群书,识见卓越,却不为皇帝所知重,刘克庄对此深有感慨,指出:世人对书本旨趣的体味深浅不同。体味深的人,坚守从书中学来的道义,很难与世俗相合;体味浅的人则往往背离书本的教诲,谐俗媚世,迎合君主,反而容易得到恩宠。以激愤的言辞,为坚持操守而不遇于世者鸣不平,指斥了现实社会的贤愚不分,黑白颠倒 。

牟人之利以厌己之欲者,非蝗乎?利口而邦之覆,磨牙而民之毒者,非蝗乎?

【注释】宋·孙因《蝗虫辞》。牟:取。厌:满足。利口:使口吻锋利。邦:国家。

【解析】孙因将残民以逞的封建官吏比喻为蝗虫。他愤切地责问道:侵取别人的利益以满足自己私欲的,难道不是蝗虫吗?用锋利之口侵吞人民的粮食,使国家倾覆;磨牙吮血,毒害人民的,难道不是蝗虫吗?对统治者害民误国的罪行进行了深刻的控诉。排比和反诘句式的运用,使他的言辞感情强烈,气势充沛,咄咄逼人。

外托公计，内为己赢。

【注释】宋·孙因《蝗虫辞》。计：打算。赢：获得。

【解析】孙因尖锐地指出，官吏们外表上假托为公办事，而内心却处处为自己着想，以权谋私，利欲熏心，深刻揭露了封建社会吏治的腐败透顶。

害稼者有时，害民者无期。

【注释】宋·孙因《蝗虫辞》。

【解析】孙因指出，蝗虫损害庄稼有一定的时间性，而官吏残害人民却是无休无止，没有期限的。揭示出贪官污吏的危害远远大于蝗虫的社会现实，话语沉痛、愤慨，发人深省。

下以言语为学，上以言语为治，世道之所以日降也。

【注释】宋·罗大经《能言鹦鹉》。

【解析】罗大经针对当时一般士大夫言行不一、口是心非的虚伪风气，深刻指出，下面的士大夫把说漂亮动听的话作为毕生追求的学问，上面的统治者将说漂亮动听的话作为统治的手段，而从上到下所做的则是另一套。作者把他们比作能言鹦鹉，能说不能做，并明确指出，这是造成世道沦丧的主要原因。可谓一针见血，切中时弊。

必甘清苦如老头陀，乃能摅鲠亮如真御史。

【注释】宋·罗大经《无官御史》。头陀：苦行僧。摅(shū)：抒发。鲠亮：刚直诚实。御史：官名，以弹劾百官为职责。

【解析】有句古语是"有发头陀寺，无官御史台"，比喻太学生的生活清苦，无官无权，却喜欢议论朝政。南宋统治者对太学生实行收买笼络政策，太学生的生活由清贫变为奢华，而他们抨击时政的言辞也愈见减少，歌功颂德之语却日益增多。作者有感于此，指出，必得甘心过苦行僧般的生活，方能像真御史一样大胆发表正直言论。

卧榻之侧，岂容他人鼾睡。

【注释】宋·岳珂《桯史·徐铉入聘》。

【解析】自己的床铺旁边，怎能容许他人在那里鼾睡？比喻自己的势力范围内，不许别人侵入，即自己的权益不得侵犯。语言生动、形象，义正辞严。后世往往以此比喻，自己的国土，不容敌人侵占。

惟知趋炎，而不能安其所，其殒也固宜。

【注释】宋·姚熔《江淮之蜂蟹》。殒：死。宜：应当。

【解析】淮北的马蜂很毒，江南的螃蟹厉害，但只须点亮一支火把、一盏灯，就能将其全部招引来，轻而易举地捕杀掉。作者借这个寓言，讽刺了趋炎附势的权奸小人，对下巧取豪夺，无恶不作；对上奴颜婢膝，阿谀奉承，最终却避免不了身败名裂的可悲下场。

方其远出海门，仅如银线；既而渐近，则玉城雪岭，际天而来，大声如雷霆，震撼激射，吞天沃日，势极雄豪。

【注释】宋·周密《观潮》。海门：指钱塘江与大海交界处。际：连接。沃：浇。

【解析】作者以酣畅的笔触，淋漓尽致地渲染了钱塘潮奇丽壮观的景象。当潮头刚从远方的江海相连处涌出时，就如一条银线。渐渐到了近处，则如同玉城雪岭，波浪滔天，奔涌而来，声如雷霆，震撼天地，激浪喷射，似欲吞没天日，气势极其雄奇豪壮。作者的描写由近及远，有声有色，真实展现了钱塘潮波澜壮阔、排山倒海的气势。大气磅礴，撼人心魄。

西湖天下景，朝昏晴雨，四序总宜。

【注释】宋·周密《西湖游赏》。四序：四季。

【解析】周密在描写西湖时说，西湖是天下公认的胜景，无论是朝暮晴雨，还是春夏秋冬，都是姿态万千，景色宜人。对西湖无时无刻不焕发的不可改变的真正的永恒的美，给予了恰当的赞美，与苏轼的“若把西湖比西子，淡妆浓抹总相宜”的诗句，有异曲同工之妙。

痛定思痛，痛何如哉！

【注释】宋·文天祥《指南录后序》。

【解析】文天祥作为南宋使臣出使元营，被元军扣留。他冒死逃出元营，一路上历经九死一生，千难万险，忍受了常人所无法忍受的痛苦折磨，最后终于逃回宋廷。事后回想起这段经历，他感叹说，在经受了巨大的痛苦之后再去追想当时的遭遇，还有什么比这更沉痛的呢？人在遭受痛苦之事时往往无暇感受痛苦，真正的锥心之痛是在事后追忆时才会产生，即所谓的“痛定思痛”。文天祥的话感情浓郁，真实自然，感人肺腑，表现了一位爱国英雄丰富复杂的内心世界。

生无以救国难，死犹为厉鬼以击贼。

【注释】宋·文天祥《指南录后序》。

【解析】文天祥受命于危难之际，为支撑风雨飘摇中的南宋政权，历尽艰难困苦，不屈不挠，无怨无悔。他立下誓言：活着不能拯救国家危难，死后也要变作厉鬼打击敌人。表现了灼热的爱国情怀、不屈的斗争意志和崇高的民族气节，至今读来，仍令人感动不已。

乘气轻命，壮士其或；久而不易，雪松霜柏。

【注释】宋·王炎午《望祭文丞相文》。

【解析】文天祥起兵抗元，兵败被俘。他坚贞不屈，在被囚禁了三年多后，从容就义。王炎午作祭文，对他壮烈殉国的崇高气节，给予了高度的赞美。他指出，趁着一时的勇气和冲动而不顾惜生命，一般的勇士或许能够做到，但像文天祥这样，经过长久的时间而能不改变节操，从容赴死，这就不是一般人所能做到的了。这样的人，才真正称得上是傲雪凌霜的青松翠柏。从古至今，英烈何止千万。而王炎午却写出了文天祥不同于一般烈士的伟大杰出的品质，引人赞叹，令人无限景仰。

难回者天，不负者心！

【注释】宋·王炎午《望祭文丞相文》。

【解析】即使无力回天，也绝不有负于自己的忠贞之心。王炎午称赞文天祥，明知宋朝的灭亡无可挽回，其抗敌之志、报国之心却坚持不改。何等英勇悲壮、可歌可泣的壮举，多么高尚伟大的人格！

干将莫耶，或寄良冶，出世则神，入土不化。

【注释】宋·王炎午《望祭文丞相文》。干将、莫耶：皆宝剑名，为春秋时吴国铸剑工匠干将、莫耶夫妇所铸。良冶：优秀的冶铸能手。

【解析】文天祥为国壮烈捐躯，引起人们无尽的哀思与怀念。王炎午想象，文天祥或许会寄于铸剑名匠之手，化为干将莫耶那样的宝剑。出世则神奇无比，入土也永远不会朽烂。说明英雄的精神不死，浩气长存。联想奇特，情思深切。

天生民而立之君，非为君也，奈何以四海之广，足一夫之用邪？

【注释】宋·邓牧《君道》。生：养育。

【解析】邓牧指出，上天设立君主是为了养育人民，而不是为了君主的利益。为什么要以天下的财富，去满足帝王一个人的需求呢？认为帝王的责任是养育万民，为民谋利，他没有权力将天下之财据为己有。对封建剥削政策，进行了大胆的指责，锋芒毕露，痛快淋漓。

彼所谓君者，非有四目两喙，鳞头而羽臂也；状貌咸与人同，则夫人固可为也。

【注释】宋·邓牧《君道》。彼：那。咸：全，都。固：本来。

【解析】邓牧认为，做帝王的人，并没有四只眼睛两张嘴，也没有长鳞的头和生羽的臂，其相貌与普通人完全相同。因此，国君本来是人人可以当的。如果君王昏庸无道，则完全可能被他人取而代之。这种强调君与民平等的观点，体现出对封建君权的大胆挑战，显示了民主思想的精华。

取民愈广，害民愈深，才且贤者愈不肯至，天下愈不可为矣。

【注释】宋·邓牧《吏道》。为：治理。

【解析】邓牧以一个政治家的卓越见识，深刻指明了天下大乱，难以治理的根本原因，那就是大小官吏对人民的巧取豪夺。他们攫取的民财愈多，残害人民也就愈深，德才兼备的人就愈不肯出来做官，天下也就愈加难以治理了。作者连用四个“愈”字，一气直下，环环相扣，表现出雄辩的逻辑力量和强烈充沛的气势。

率虎狼牧羊豕，而望其蕃息，岂可得也？

【注释】宋·邓牧《吏道》。豕：猪。蕃息：繁殖。

【解析】邓牧对社会现状作了清醒的分析，指出，由于朝政的腐败，有才有德的人不肯入仕，致使大批游手好闲之徒加入到官吏队伍中来。由这些人管理百姓，就好比让虎狼去放牧猪羊，却希望猪羊多多繁殖，这可能吗？作者将吏与民的关系比作虎狼与猪羊的关系，一针见血地指出了吏民关系的尖锐对立，揭露了官吏欺压人民的凶残本性。以生动形象的比喻，清楚地阐明了深刻的道理。

人之乱也，由夺其食；人之危也，由竭其力。

【注释】宋·邓牧《吏道》。

【解析】邓牧分析了社会发生动乱的原因，指出，人民的反叛，是由于残暴的官吏掠夺了他们的财物，征尽了他们的劳役，逼得他们走投无路的缘故。深入揭示了官逼民反的社会现实，表现出进步的社会历史观。

天之生斯民也，为业不同，皆所以食力也。

【注释】宋·邓牧《吏道》。食力：自食其力。

【解析】邓牧从朴素的民本主义思想出发，指出天下所有的人都是平等的，为官或是为民，只是社会分工的不同，官与民都应该自食其力。指责官吏敲诈勒索，掠夺民财的行径与盗贼无异。

远者晴岚上浮，若处子光艳溢眉宇，未必有意，自然动人。

【注释】宋·邓牧《雪窦游志》。晴岚：晴日山林间的雾气。处子：处女。

【解析】远处山林中浮动的云雾，缥缈轻柔，若隐若现，唤起作者一种感动的情绪。他将之比喻为少女洋溢于眉宇间的光彩，虽未必有什么情意，却自然有种动人的魅力。这个比喻新颖、贴切，而且给人强烈的美感，真不愧为神来之笔。

长林远树，出没烟霏，聚者如悦，散者如别，整者如戟，乱者如发。

【注释】宋·王质《游东林山水记》。

【解析】远方一片广阔的树木，出没于烟霏之中：聚在一起的像是喜悦的样子，分散开的像是离别的样子，整齐的树木宛如竖立的戟，枝叶纷乱的树木像是人的头发。作者运用一连串的博喻，形象地描绘了树木的千姿百态。意象丰赡，生动传神。"悦"和"别"本是表现人的情感和行为的，用以形容树木的聚和散，非常新颖独特，同时又融情于景，使景物描写渗透浓郁的感情。

小舟叶叶，纵横进退：摘翠者菱，挽红者莲，举白者鱼。

【注释】宋·王质《游东林山水记》。

【解析】作者以优美的语言，描绘了一幅充满诗情画意的劳动场景：一叶叶小船在水中摇来荡去，有人摘着翠绿的菱角，有人手挽粉红的莲花，有人高举肥白的大鱼。色彩鲜明绚丽，场面繁忙，渲染出热烈、欢快的劳动气氛。

月一眉挂修岩颠，迟速若与客俱。

【注释】宋·王质《游东林山水记》。

【解析】作者以清墨淡笔，简洁地勾勒出一幅山高月小的幽美图画：一眉弯月，挂在高高的山颠上，人的脚步快，她也跟着快行，人的脚步慢，她就随着慢行，仿佛与人相依相伴。作者笔下的山月，清幽淡雅，极富于人情味。

流萤班班，若骇若惊，奄忽去来。

【注释】宋·王质《游东林山水记》。班班：同"斑斑"。奄忽：急遽的样子。

【解析】作者以生花妙笔，点染出一幕美丽的夜景：斑斑点点的萤火虫，在夜空穿梭飞舞。忽然飞来，又倏地飞去，宛如受了惊吓一般。作者以拟人手法，写出了流萤的往来倏忽，变幻不定。画面鲜明生动，如在目前。

风自两岸来，红披绿偃，摇荡葳蕤，香气勃郁，冲怀罥袖，掩苒不脱。

【注释】宋·王质《游东林山水记》。披：分开。偃：倒下。葳（wēi）蕤（ruí）：草木茂盛枝叶下垂貌。罥（juàn）：挂。掩苒（rǎn）：掩盖倾倒。

【解析】在风的吹拂下，红的荷花、绿的荷叶如波涛般起伏摇荡，浓烈的香气冲入人的怀袖，掩不住，拂不去，久久留香。作者以浓墨重彩，尽情渲染了风中荷花摇荡的姿态，浓郁的香气，展示出一种生机勃勃、撼人心魄的动态的美。

迹圣贤之迹而心其心，必知士之为士，殆不止于研经缀文工诗善书也。

【注释】元·吴澄《送何太虚北游序》。殆：恐怕。

【解析】吴澄指出，在追踪圣贤的业迹，以圣贤的思想为自己的思想之后，才会懂得，读书人之所以为读书人，恐怕不仅仅是研读经书撰写文章，擅长诗歌、书法而已。吴澄提出了一个耐人寻味的问题，即什么是真正的读书人？他认为，作为人类优秀代表的“士”，除了有知识、有文才以外，还必须具备高尚的道德修养，美好健全的人格。

闻见将愈多而愈寡，愈有余而愈不足。

【注释】元·吴澄《送何太虚北游序》。

【解析】吴澄说出了一种人们常有的感受：所见所闻愈多愈觉得孤陋寡闻，知识愈丰富愈感觉贫乏无知。因为一知半解的人，往往狂妄浅薄，自以为渊博得很。而学习了许多知识的人，懂得知识的浩瀚无涯，意识到自己的知识，不过如沧海一粟，因此会更加发愤学习。

君子之得志也，位足以行道，财足以博施，不亦乐乎！

【注释】元·耶律楚材《贫乐庵记》。

【解析】耶律楚材认为，有德的君子能够得志，那么他的地位、权力可以使他推行道义，他的财富可以使他广施恩惠给别人，这不是很快乐的么？一反君子应安贫乐道的传统观念，指出有钱有权的君子，可以做更多的善事，可以令更多的人受惠，见解独特，发人深省。

慕焉而不学，学焉而不似，亦何取乎其人耶？

【注释】金·王若虚《高思诚咏白堂记》。

【解析】针对当时许多人借标榜名人来提高自己身价的现实，王若虚指出，一个人仰慕某个名人而不向他学习，学习他却又不像他，那么这个人到底要从名人那儿得到些什么呢？讽刺了一些有趋名人癖的人的附庸风雅，装腔作势，说明真正仰慕一个人，就要真正去效法他，不断增进学识，提高修养，达到与名人同等的境界。

志苟不立，虽细微之事，犹无可成之理，况为学之大乎！

【注释】元·虞集《尚志斋说》。苟：假如。

【解析】虞集指出，做学问最基本的条件是立下明确的志向。目标一旦明确，就可以专心致志，坚定不移地朝着目标前进。如果不立志，就像射箭而没有靶子一样，茫然不知所措，即使是细微的小事也做不成，何况做学问这样的大事了。强调了做学问立志的重要性，语重心长，言辞恳切。

明代部分

要为人间奇男子，

须历人间万里程。

——明·冯梦龙

为吾党者，当追浴沂之风徽，法舞雩之咏叹，庶几情与境适，乐与道俱，而无愧于孔氏之徒。

【注释】明·宋濂《桃花涧修契诗序》。沂：水名。风徽：风范，美德，精神面貌。舞雩（yú）：古代一种伴有乐舞的求雨之祭。乐与道俱：指谋取快乐要与积极向上的精神追求相一致。

【解析】古人有雅集的风俗，他们趁此游春踏青，濯污去垢，会饮赋诗。但不同时代的文人对此有不同理解。宋濂从桃花涧修禊雅集中领悟到的人生哲学是儒家有所作为的思想，即全身心地投入大自然，以陶冶性情，修养德操，体味自然，无愧于造化，从而达到"情与境适，乐与道俱"的精神境界。它显示了作者一种"胸中有丘壑，物我趋同一"的潇洒风度。

中有足者，不知口体之奉不若人也。

【注释】明·宋濂《送东阳马生序》。

【解析】这是宋濂以现身说法，向晚辈马君则讲述自己刻苦求学、功成名就的经验。他认为求学就应该去追求心灵的充实和精神上的满足，而不去看重吃穿用度等物质上的享受。只有甘于贫苦，自得其乐，才有可能学有所成。从中可见作者身上所体现的古代文人的高贵操守和坚韧不拔的意志。此句与苏东坡"胸中有佳处，海瘴不能痱"有近似之处。

其业有不精、德有不成者，非天质之卑，则心不若余之专耳，岂他人之过哉！

【注释】明·宋濂《送东阳马生序》。

【解析】宋濂通过自己求学时的艰苦经历与太学生的优越条件的强烈对比得出无可置疑的结论：举凡学业有所不精通，品德修养未达到一定境界者，如果不是天赋、资质低下，就肯定是用心不专的缘故。从中可见学业道德上的成长，主要取决于求学者主观上是否努力。

夸谈足以贾祸。

【注释】明·宋濂《尊卢沙》。贾：招致，招惹。

【解析】春秋战国时期，列国争雄，策士纵横，许多人凭三寸之舌游说诸侯，贵为卿相。但同时也有无能之辈，抱着侥幸心理，企图以夸夸其谈、炎炎大言捞取功名利禄，然而终因真相败露而遭灭顶之灾。秦人尊卢沙就是这种人。他大言不惭、虚张声势，骗过了楚王及其下属，被拜为上卿。但好景不长，晋军兵临城下，尊卢沙瞠目结舌，竟挤出一条建议楚王与敌人割地求和的馊主意。所以被囚禁三年并受割鼻之刑。尊卢沙其人足为后世大言欺人、不负责任者戒。

历考往事，矫虚以诳人，未有令后者也。

【注释】明·宋濂《尊卢沙》。令后：美好的结局。

【解析】古往今来，夸夸其谈，大言不惭的人屡见不鲜，他们自高其能，自以为是，出言往往令人感觉莫测高深，常常滔滔汩汩、口若悬河。在一部分不辨贤愚的用人者那里，这些人往往能飞黄腾达，青云直上。但是，纸里包不住火，一旦东窗事发，需要他们露真本事的时候，这些鱼目混珠、滥竽充数之徒也就走到了末日，到头来没有一个能落得好下场。

久卧者思起，久蛰者思启，久懑者思嚏。

【注释】明·刘基《司马季主论卜》。蛰：冬眠的动物。懑(mèn)：郁闷。

【解析】久卧在床的人，就想起来走走；长久与世隔绝的人，就想与人交往；经常闷气在胸的人，就想打个喷嚏。这是人们共有的生活经验和习以为常的自然现象，但它蕴藏着深刻的哲理：事物不可能停留在某一位置不动，一成不变，而是处于不断运动变化之中的。

蓄极则泄，闷极则达，热极则风，壅极则通。一冬一春，靡屈不伸；一起一伏，无往不复。

【注释】明·刘基《司马季主论卜》(引古语)。

【解析】积蓄过多就会宣泄，郁闷过度就要发抒，天气太炎热就会刮风，路阻塞了就要开通，没有委曲的东西长期得不到伸展，没有直立的东西永远不会倒伏。事物是变化不居的，它不可能僵死在某一形态中，也不可能停滞于某一点上；停止和僵死是生命的终止，也是世界的末日。同时，事物也是向其对立面转化的，日中则昃，日盈则缺，盈虚消长，是自然的规律，也是宇宙的逻辑。这些简单现象蕴含着深刻的哲理，也包含了朴素的辩证观点。

天道何亲？惟德之亲；鬼神何灵？因人而灵。

【注释】明·刘基《司马季主论卜》。亲：亲近。

【解析】刘基生活在元朝没落时期，亲眼目睹了元末的暴政和世风，同时也受到农民起义思想的影响，故发而为叹：天道与什么常在呢？它只亲近有德行的人啊！鬼神有什么灵验的呢？它是靠人才显现出灵验来的。这就体现了他的一种人本主义思想，同时也对统治阶级“不问苍生问鬼神”的做法给予深刻批判，暗示了元末反动政权必然覆亡的结局。

一昼一夜，华开者谢；一秋一春，物故者新；激湍之下，必有深潭；高丘之下，必有浚谷。

【注释】明·刘基《司马季主论卜》。

【解析】一切事物都是运动变化的，同时也是向自己对立面转化的，这都是不以人的意志为转移的客观规律。一日一夜之间，花开了又谢；一春一秋之间，万物凋零而又复苏。湍急的水流下必有深潭；嵯峨的山岭下必有深谷。其实这也是生活的辩证法，它反映了世事无常、盛衰相续的进步思想。这与"旧时王榭堂前燕，飞入寻常百姓家"以及"陋室空堂，当年笏满床；衰草枯杨，曾为歌舞场"等可谓异曲同工。

金玉其外，败絮其中。

【注释】明·刘基《诚意伯集·卖柑者言》。

【解析】刘基元末归隐之前已对当时岌岌可危、千疮百孔的现实有着清醒而深刻的认识，因而愤极为文，写下了《卖柑者言》。他以金玉在外，败絮在里的柑子为喻，借题发挥。辛辣地讽刺了那些当官不为人民做主的欺世盗名之徒，揭露了统治者的文恬武嬉、表里不一。

乐与苦，相为倚伏者也。

【注释】明·刘基《苦斋记》。

【解析】快乐与痛苦是人生两大生存的感受。但没有绝对的痛苦也没有绝对的快乐，快乐与痛苦是互为依存，辩证统一的；快乐中隐藏着痛苦，痛苦中也潜伏着快乐，而且二者可以互相转化。刘基发扬了老子朴素的辩证思想，通俗而深刻地阐明了"苦之为乐""苦生于乐"的道理，闪烁着哲理的光辉。

人知乐之为乐，而不知苦之为乐；人知乐其乐，而不知苦生于乐。

【注释】明·刘基《苦斋记》。

【解析】对待痛苦与快乐的态度，也是一个人对待生活的态度。对于同一件事，有人视为苦，有人却视为乐，这就体现了人们不同的苦乐观。而这种不同主要根源于人们精神境界的高下，只有那些能以苦为乐、苦中作乐的人才能真正生活得超然物外、笑对人生，成为生活的强者。

井以甘竭，李以苦存，夫差以酣酒亡，而勾践以尝胆兴。

【注释】明·刘基《苦斋记》。

【解析】水井因其水甘甜而最先枯竭，李子树因其李子苦涩却幸免被攀折；吴王夫差因终日沉迷酒色而灭国，越王勾践却因卧薪尝胆而兴邦。祸福相倚、美恶横生，事物都是可以向其对立面转化的，这便是生活的辩证法。只有懂得了其中的道理，才能化祸为福，反败为胜，把握生活及命运。

视之虽如玄圭，试之则若土炭。

【注释】明·高启《墨翁传》。玄圭：黑色的玉。

【解析】高启以墨为喻，借主人公墨翁沈继孙之口，对生产并抛售那种看似黑玉，实为土炭之墨的人给予了无情的鞭挞，批判了市侩欺世盗名，迎合世俗的变态心理。从反面寄寓了自己的社会理想，表明了自己的人生哲学。

以古墨号于外，而以今墨售于内，所谓衒璞而市腊。

【注释】明·高启《墨翁传》。衒璞而市腊：比喻有名无实。《战国策·秦策三》："郑人谓玉未理者璞，周人谓鼠未腊者朴。周人怀璞过郑贾曰：'欲买朴乎？'郑贾曰：'欲之。'出其璞，视之，乃鼠也，因谢不取。"

【解析】说通俗一点，该句就是挂羊头卖狗肉的同义语。此语出自墨翁之口，其实也是作者的心声，他对这种以假充真，以次充好的行为深表汗颜；对那些弄虚作假、口称圣贤之道，身为狗彘之行的逐利者深恶痛绝。有所憎必有所爱，作者对墨翁那种不与丑恶同流合污，恪守自己人生信条和道德准则的俊洁人格给予了高度赞扬。

覆载之间，二气细缊，赋形受质，人物是分。

【注释】明·方孝儒《蚊对》。覆载：《礼记·中庸》中有"天之所覆，地之所载"。后人用覆载来指代天地。细(yīn)缊(yūn)：《易·系辞下》："天地细缊，万物化醇。"言天地间阴阳二气交互作用，万物感之而变化生长。

【解析】方孝儒借文中童子之口，阐述了自己"民胞物与"的道理，认为天地间万物无论是人还是蚊虫，只有巨细长短之别，绝无尊卑贵贱之分；在天看来，人和物都是阴阳二气交感而成，他们之间互相依存，互为供养。人可以食物，物亦可以食人。他用这种"平等观"和朴素的"齐物论"来反对人类的异类相残甚至同类相残，揭示了人类极端自私的本性，从而寄寓了自己对人生、社会的某些心态和看法。

天下之事，常发于至微，而终于大患，始以为不足治，而终至于不可为。

【注释】明·方孝儒《指喻》。

【解析】伤生之患常常因一钱之疹所致；灭顶之灾往往由贻误时机而起。无论对于一个人还是一个国家，忽视处于萌芽状态中的病患必将造成无法挽回的损失，危及生命和国运。

众人之所可知者，众人之所能治也，其势虽危，而未足深畏。惟萌于不必忧之地，而寓于不可见之初，众人笑而忽之者，此君子之所深畏也。

【注释】明·方孝儒《指喻》。

【解析】“祸常发于所忽之中，而乱常起于不足疑之事。”可怕的并不是人们有目共睹并能共同意识到的病患，而是人们同时忽视了的隐忧。作为智者的君子，如果不能摆脱庸人的干扰，洞悉时局，当机立断，那必将招致伤身亡国的大祸。

虑天下者，常图其所难，而忽其所易；备其所可畏，而疑其所不疑。

【注释】明·方孝儒《深虑记》。

【解析】考虑天下大事的人，常常谋求解决那些难以解决的问题，而忽视了那些容易解决的问题；防备那些可怕的事情，而遗忘了那些没有引起怀疑的事情。然而祸患往往从最不引人注目的地方开始，失败也常常只因一时的疏忽所致。无论是修身还是治国，只有做到既能总揽全局，又能明察秋毫，才能立于不败之地。

智可以谋人，而不可以谋天。

【注释】明·方孝儒《深虑论》。

【解析】智慧的运用只限于人力所及的地方，绝不可能超越客观法则，这就是“谋事在人，成事在天”的道理。客观规律是人力活动的极限，人们只有认识并顺应它，使人的主观能动性与客观规律完美结合，才能从心所欲，有所成就。

良医之子死于病，良巫之子死于鬼。

【注释】明·方孝儒《深虑论》。

【解析】高明医生的子女大多死于疾病，高明巫师的子女常常死于鬼祟。这并不是因为他们善于救活别人的子孙却不善于救活自己的子女，而是因为他们工于谋人而拙于谋天。天意使然，不得不然。方孝儒以小喻大，给统治者敲响了警钟：再聪明的统治者也不可能虑及后世之变，与其聪明算尽，大施淫威，不如积诚积德，荫庇子孙，给后代留一条退路。

士君子立身事主，既名知己，则当竭尽智谋，忠告善道，销患于未形，保治于未然，俾身全而主安。

【注释】明·方孝儒《豫让论》。

【解析】士人和君子修身治国、辅佐君主，就应当鞠躬尽瘁，死而后已，忠告以圣贤之道，防患于未然之时，这样才能全身保主，国泰民安。方孝儒受儒家传统思想的影响，主张君臣之间各尽名分、在其位，谋其政。在今天看来，其敬业精神仍有积极意义。

生为名臣，死为上鬼，垂光百世，照耀简策，斯为美也。

【注释】明·方孝儒《豫让论》。

【解析】此语与李易安诗“生当做人杰，死亦为鬼雄”有异曲同工之妙。生则出将入相、安邦定国，死则留芳百世、彪炳史册。从中可以看出作者作为封建士大夫的人生观和价值观。

好诞者死于诞，好夸者死于夸，终身不知其非者众矣。

【注释】明·方孝孺《吴士》。

【解析】喜欢虚妄的人死于虚妄；爱好吹嘘的人死于吹嘘。越巫诡称善驱鬼怪却被别人装鬼吓死，吴士自比孙武、吴起却因纸上谈兵、夸谈误国而被杀；终生不知道自己缺点的人比比皆是，他们到死都不知道自己因何被杀，其实他们只是欠缺自知之明，所谓“知人易，自知难”即为此理。

上之情达于下，下之情达于上，上下一体，所以为“泰”。下之情壅阏而不得上闻，上下间隔，虽有国而无国矣，所以为“否”也。

【注释】明·王鏊《亲政篇》。泰、否：《周易》中两个卦名，天地交（互相作用）叫作“泰”，“泰”即顺利；不交叫作“否”，“否”即失利。

【解析】王鏊从封建君主的利益出发，向统治者阐述了君王亲政治国的关键之举，即“交则泰，不交则否”。上情下达，下情上举，君臣一体方能国泰民安；而下情壅塞，君臣阻隔只能使国家形同虚设。故知下情方能得民心，得民心方能安天下，自古皆然。

视朝而见群臣，所以正上下之分；听政而适路寝，所以通远近之情。

【注释】明·王鏊《亲政篇》。路寝：天子诸侯的正室。

【解析】君主上朝接见群臣，以此来正上下的名分；到路寝处理政事，以此来通晓远近的情况。这里包含了典型的“君君臣臣”的主张，也表明了作者对于理想君主的定义：亲政爱民，体恤下情，这是儒家传统思想的延续。

人生聚散靡常，异时或相望千里之外。

【注释】明·杨士奇《游东山记》。

【解析】杨士奇在怀念与好友蒋氏父子同游共乐的美好时光时抚今追昔，发而为叹。表达了他对于人生变化不居和世事无常的深沉无奈。此语可与苏东坡诗“人生到处知何似,恰似飞鸿踏雪泥”互为注释,可谓异曲同工。

经,常道也。其在于天谓之“命”,其赋于人谓之“性”,其主于身谓之“心”,心也、性也、命也,一也。

【注释】明·王守仁《尊经阁记》。经:这里指儒家之六经,即《易》《诗》《书》《礼》《乐》《春秋》。

【解析】王守仁作为宋明理学的重要代表人物,对于儒家六经给予了高度评价,认为六经对于人生和社会都是永恒的道理。它存在于天时就叫作“命”,赋于人时就叫作“性”。主宰人身时就叫作“心”。心、性、命三者是同一的。六经可以使人具有同情、羞耻、谦让、是非之心;可以使人懂得爱敬、忠义、次序、区别、信义之理。这样讲虽然有失偏颇,但其中确实蕴含了我国传统文化中值得后人借鉴和学习的东西。

君子之爱若人也,推及于其屋之乌。

【注释】明·王守仁《象祠记》。

【解析】君子喜欢某一个人,就对那个人屋顶上的乌鸦也会产生好感,片言居要,即为爱屋及乌之理。象虽对父母不孝,对兄长傲慢无礼,却因为他是舜的弟弟而受到历代苗民的崇敬。但是,归根到底人们崇敬的仍然是舜,这就愈加反映出舜的高尚道德和德泽流传的广远。

贤者于其所至,不独使其人之不忍忘,而己亦不能自忘于其人也。

【注释】明·归有光《吴山图记》。

【解析】贤明的官吏对于他所治理过的地方,不仅使那里的百姓不会忘记他,自己也是不能忘怀那里的百姓的。归有光的朋友魏用晦曾任吴县知县,为政有惠爱,政绩光耀,县民以《吴山图》赠别,以示爱戴之情,而魏君亦不忘其县民,始终“惓惓于此山”,可见其对县民的殷殷之思。这种官民互爱的理想体现了作者对美政的追求和赞美。

借书满架,偃仰啸歌,冥然兀坐,万籁有声。

【注释】明·归有光《项脊轩志》。

【解析】书籍放满了书架,时而大声吟诵怡然自得;时而默然端坐,听天籁如歌。这是读书人的至乐,也是无与伦比的雅趣。还有文人们那种“丈夫拥书万卷,何假南面百城”的自信。

三五之夜，明月半墙，桂影斑驳，风移影动，珊珊可爱。

【注释】明·归有光《项脊轩志》。

【解析】十五的夜晚，皎洁的月光洒在书房的墙上，桂树的投影错落纷杂，树影在轻风中拂动，舒缓轻盈，风情款款。这是归有光摹写书斋月夜的名句，情景交融，文采斐然，遂为历代传诵。

士当不遇时，得人一言之善，不能忘于心。

【注释】明·归有光《沈贞甫墓志铭》。

【解析】士人不得志的时候，得到人们一句好心话，心中便不能忘怀。人在逆境，最易认识到世态炎凉。因为历来落井下石者多，救人危难者少；锦上添花者多，雪中送炭者少。凡是能深刻认识到这一点的人，但凡受人滴水之恩，必将以涌泉相报，斯为至理也。

古今之变，朝市改易。

【注释】明·归有光《沧浪亭记》。

【解析】世事无常，变化不居，是历代文人反复慨叹的对象。东海扬尘，高岸为谷，这是时间的伟力，也是自然法则的体现。正如杜甫《可叹》诗云："天上浮云如白衣，斯须变幻如苍狗。"

室靡弃物，家无闲人。儿女大者攀衣，小者乳抱，手中纫缀不辍。户内洒然。

【注释】明·归有光《先妣事略》。

【解析】屋内没有扔掉的东西，家里没有一个闲人。儿女们中大的牵衣，小的仍在喂奶。女主人手中缝纫不辍，整个家里秩序井然。可见这是一番温馨实际的小康之家的景象。归有光通过这番景象来衬托其亡母生前的勤劳、俭朴、持家有方的德行，从而寄寓了作者对亡母的深切思念。

圣人之治天下，不过因其下而为之下，因其上而为之上，因其纵、革、曲、直为之纵、革、曲、直，因其稼穑而为之稼穑；是以天不失时，地不失利，物不失性。

【注释】明·归有光《洪范传》。

【解析】纵、革、曲、直、稼穑，是指宇宙中物质的五种特性，与五行对应。宇宙万物各有特性，按一定规律存在并运行；人类社会也遵循着一定自然法则。而较贤明的统治者就在于能够认识到这些自然规律，并在此前提下治理天下，因而他们能够做到不违天时、地利，不失物性、人和，从心所欲而不逾矩。

君子之道，智足以高天下，而不轻用其智；勇足以慑天下，而不轻用其勇；有绝世之姿，而常不敢有先乎庸人之心：故其智勇奋而天下莫能当。

【注释】明·归有光《朱钦甫字说》。

【解析】庸人处世为人，往往夸夸其谈、显才夸能，以一当十。而君子却耻为人师，虽智夺当世、勇慑天下也决不在人前矜夸，而是藏器待用，不鸣则已，一鸣惊人，固君子可以守志有成。

欲文之美，莫若德之实；欲文之华，莫若德之诚：以文为文，莫若以质为文。

【注释】明·归有光《庄氏二子字说》。

【解析】古人历来就有未学做文，先学做人的说法。无论是“言情”还是“言志”，文章从根本上说是作者思想的体现，代表了作者的心声，作者的品性、修养、道德情操都将体现在他的文章里。因而修养自己的德行、品质是提高做文境界的根本。为文造情，不如以质为文。

一日节缩，十日而赢。衣不鲜好，可以常服；食不甘珍，可以常飧。

【注释】明·归有光《庄氏二子字说》。

【解析】勤劳俭朴是中华民族的美德。因而历代奉劝人们节俭的箴言也就屡屡不绝。勤俭可以兴家，挥霍几近亡国，这是妇孺皆知的道理。而更为重要的是，勤俭往往能使人养成奋发向上的志气，而奢侈却可以消磨掉人的意志。

人去乡则益贱，物去乡则益贵。

【注释】明·唐顺之《任光禄竹溪记》。

【解析】此语并非出自唐顺之之口，而是他引用古语来说明世之好丑、贵贱并非在其去乡与否的道理。南方人斩竹而薪，京师人却不惜千金来购竹，至于海外之人更是甚于京师人。这便是世人“物去乡则益贵”的心理状态。而作者笔下的任光禄却不同以上三种人：他身居江南却不于江南人的贱竹；他贵竹也并非像京师人一样因竹难致之故，他贵竹在于知竹，在于其人格与竹有相通之处。作者以此来显示任君偃蹇孤特的品格和高尚的情操。

自世之衰，人皆习于背公死党之行，而忘守节奉公之道，有重相而无威君，有私仇而无义愤。

【注释】明·唐顺之《信陵君救赵论》。

【解析】自从世道衰落以来，人们都习惯于背离公道，为私党卖命而忘掉了守节奉公的准则。有权倾一时的宰相，却没有威风显赫的君王；有狭隘的私仇，却没有正义的愤怒。唐顺之对信陵君窃符救赵、私而忘公的行径，表达了强烈的反对和批判，同时，他对世风日下、王道衰微发出深沉的感叹。

木朽而蛀生之矣。

【注释】明·唐顺之《信陵君救赵论》。

【解析】苍蝇不叮无缝的蛋；木头朽坏了，蛀虫也就随之而生。因而，内因是事物变化的根本。唐顺之以此来说明王道衰落的根本原因不在于臣下或嫔妃不知有王，而在君王自为赘瘤、授人以柄，主动放弃尊严。

履霜之渐，岂一朝一夕也哉。

【注释】明·唐顺之《信陵君救赵论》。

【解析】《周易·坤·文言》曰："履霜坚冰至。"意思是踩到霜，就知道严冬要来了。而本句的意思是冰冻三尺非一日之寒，事物的发展变化并非一朝一夕就可完成，而是一个长期积累的过程。

于义无所关时，则疏纵不为儒缚，一涉义所否，干耻诟，介秽廉，虽断头不可夺。

【注释】明·徐渭《自为墓志铭》。

【解析】这是徐渭对自己做人准则的高度概括：在不涉及道义问题的时候，可以放浪形骸，疏恣佯狂；一旦事关廉耻、节义等大事时，虽断头流血不可夺其志。表明了徐渭无意明哲保身、苟且偷生不是坚守自己生存的价值和尊严的高贵品格。

上下相孚，才德称位。

【注释】明·宗臣《报刘一丈书》。

【解析】这本是刘一丈勉励宗臣之语，意思是上下级之间要互相信任，才能和德行要与职位相称，故此语本身是具有积极意义的。但是宗臣借题发挥，在回复刘一丈的信中一针见血地指出所谓"上下相孚"不过是下级巴结权贵，上级贪赃受贿，从而上下勾结，为非作歹而已。从而抨击了腐朽龌龊的封建官僚政治。

人生有命，吾惟守分尔矣。

【注释】明·宗臣《报刘一丈书》。

【解析】人生在世，有一定的命运，只要安守自己的本分就行了。这是宗臣自勉之语，尽管看似迂腐，但它表明作者那种决不同流合污的决心和坚守道义和良知的可贵操守。

乡园多故，不能不动客子之愁。

【注释】明·宗臣《报刘一丈书》。

【解析】故乡总是有那么多交好的朋友和亲人，每一个漂泊的游子想到他们时都不免有思念之情。宗臣在文尾以客子之心怆然而叹，其中更多地寄寓了他对刘一丈抱才而困的深切同情。

人有学为鸟言者，其音则鸟也，而性则人也；鸟有学为人言者，其音则人也，而性则鸟也。

【注释】明·徐渭《叶子肃诗序》。

【解析】人学鸟的语言，他的声音像鸟而其本性还是人；鸟学人的语言，它的声音虽像人，可本性还是鸟。事物对某一特征的模仿绝不会改变自己的根本属性；模仿来的东西终归还是别人的东西。徐渭以之来说明在文学上刻意模仿古人，即使是做到极工逼肖，也不过是鸟为人言而已。

孰不爱性命，而卒弃置不爱者，所爱只七尺之躯，所知只于百年之内而已，而不知自己性命悠久，实与天地作配于无疆。是以谓之凡民，谓之愚夫焉者也。

【注释】明·李贽《续焚书卷一·答马历山》。

【解析】生命对于每一个人都只有一次，怎样能在这短暂的生涯中充分展示生命的价值，凡夫俗子与圣贤从来就不同。前者目光短浅，只看着自身眼前的利益，故往往身死而名灭；后者却能堪破生死，可以为民族，为人民的利益而奋斗终身，甚至献出生命。因而他们也能够与神明同寿，永垂不朽。

形、神，两物也，生即神寓，死即神离，神有寓有离，形有死有生，则神亦与形等耳。

【注释】明·李贽《续焚书卷一·复马历山》。

【解析】形与神历来都是哲学的根本话题，也是人们争论的焦点。李贽认为形神同在，神寓于形，形有生有灭，神亦有寓有离。形在神存，形死神亡。这表明了李贽的唯物主义思想。

凡人作文皆从外边攻进里去，我为文章只就里面攻打出来，就他城池，食他粮草，统率他兵马，直冲横撞，搅得他粉碎，故不费一毫气力而自然有余地。

【注释】明·李贽《续焚书卷一·与友人论文》。

【解析】李贽在明中后期独树一帜，别开生面，就连做文章也与凡人迥异。别人大都是为文而文，故多不痛不痒的应制之作，李贽为文却如鲠在喉，不吐不快，故能发聋振聩，揭疮破痈，直奔主题，正如轻骑劲旅，攻城略地，一举而下。

等死之人身心俱灭，筋骨已冷，虽未死，即同死人矣。若等祸者，志虑益精，德行益峻，磨之愈加而愈不可磷，涅之愈甚而愈不可淄也，是吾福也。

【注释】明·李贽《续焚书卷一·与周友山》。磷：同凌。涅（niè）：染黑。缁（zī）：黑色。《论语·阳货》中有"涅而不缁"，比喻品格高贵不受外界污染。

【解析】逆境历来是人生崛起的动力。李贽用"等死"和"等祸"的区别来说明这一道理。等死之人，身未死而心已亡，哀莫大于心死，这种人与死人无异；等祸之人，却在艰难困苦中磨炼出坚强的意志、培养出高贵的品格和操守。

人生一日在世未死，便有一日进益，决无有不日进之理；不有日进，便是死人。虽然，若是圣人，虽死去后与活人等，决时时进，唯时时进，故称不死底人。

【注释】明·李贽《续焚书卷一·与方伯雨》。

【解析】这是作者在给方伯雨的信中谈到自己读《易》的深刻感受。人有贤愚之分，圣贤往往能够虽死犹生，这恰恰是因为他们能够终日乾乾、夕惕若厉，活到老学到老，把自己的一生献给人类最壮丽的事业，并给后人留下可贵的精神财富。而作为一个平凡的人，只要他刻苦上进，那么每一天也会有所收获。因为生活是一部大书，它不会亏待每一个勤奋的人。等而下之的是第三种人，他们不求进取，自甘堕落，虽然生活在人世，其实是行尸走肉罢了，这样的人，虽生已死。

此生不向今生度，更来出世为人，殆矣！

【注释】明·李贽《续焚书卷一·与周友山》。

【解析】人的一生，在历史的长河中，弹指一挥间而已，如白驹过隙，忽然而已。如果抓不住这转瞬即逝的时光，干一些有意义的事情，只是一味等待来生，是再愚蠢不过的想法。

世间真友难得，而同志真实友尤其难得。古人得一同志，胜于同胞，良以同胞者形，而同志者可与践其形也。

【注释】明·李贽《续焚书卷一·与吴得常》。

【解析】物以类聚，人以群分。朋友的品格直接影响到每个人自己的为人，与善人居，如入芝兰之室；与恶人居，如入鲍鱼之肆。真正的朋友已很难得，而志同道合的朋友尤为难得。古人得一知己，看得比同胞兄弟还要重要。管宁和华歆从莫逆之交到割席断交，也正是因为志向的始合终离。

名为山人而心同商贾，口谈道德而志在穿窬。

【注释】明·李贽《又与焦弱侯》。山人：隐士。穿窬：穿，穿壁；窬，通

“踰”,踰墙。《论语·阳货》:“其犹穿踰之盗也与!”

【解析】名为隐士而心里却和商人一样惟利是图,口里大谈仁义道德而目的却在逾墙偷盗。李贽对由宋代程朱理学发展而来的明代假道学深恶痛绝,对假道学者的口称圣贤之道,身为狗彘之行的虚伪行径进行了淋漓尽致地批判。由此二句可见一斑。

商贾亦何可鄙之有?挟数万之资,经风涛之险,受辱于关吏,忍诟于市易,辛勤万状,所挟者重,所得者末。

【注释】明·李贽《又与焦弱侯》。

【解析】李贽思想激进,反对以孔子之是非为是非。商人历来为世人所不齿,是被鄙视和唾弃的对象,但李贽在这里公然为商人翻案,指出商人身携数万资财,经历风涛浪险,受尽关卡吏卒的勒索,忍耐着集市交易时人们的诟骂,付出的很多,得到的极少。商人营利是凭自己的智慧来实现的,在这一点上,要比那些口称圣贤之道,身为狗彘之行的假道学者光彩多了。

儒先亿度而言之,父师沿袭而诵之,小子矇聋而听之。

【注释】明·李贽《题孔子像于芝佛院》。亿度(duó):主观猜测。亿,通常写作“臆”。矇聋:目不明曰矇,耳不聪曰聋。这里指道学后辈小子们只知听信儒先父师之言而不会独立思考,如同瞎子、聋子。

【解析】儒家先师所谓的“大圣”和“异端”之论,只不过是他们的主观臆断之言,而后人却谬种流传,人云亦云,以至世代相沿而不知有误。作者一针见血地点出代代相传的“大圣”“异端”之说是无稽之谈,是“儒先”们捕风捉影造出的谣言。从而揭示了历代儒徒盲目尊孔的荒谬无知。

万口一词,不可破也;千年一律,不自知也。

【注释】明·李贽《题孔子像于芝佛院》。

【解析】众人都认为这样,即使是谬论,也是牢不可破的;历来大家就这样认为,即使是无稽之谈也被认为是金科玉律。问题就在于人们不能自知,丧失了独立思考的能力,就像矮子观场,随声附和一般。

不在繁,不在简,状情写物在辞达。辞达则二三言而非不足,辞未达则千百言而非有余。

【注释】明·苏伯衡《空同子瞽说》。

【解析】文章不必为了长而长,也不必为了短而短,只要把意思表达得十分清楚,就是三二字也未为不可,如果表达不清楚,即使是成千上万字也是枉然。

这段话表明苏伯衡主张文无定法,繁简不拘,关键在于要把主题表达清楚的理论。

圣贤道德之光,积于中而发乎外,故其言不文而文。

【注释】明·苏伯衡《空同子瞽说》。

【解析】为文只有真正理解、体会和消化了圣贤之道德,才有可能落笔成文,无意为文而已属上品。文如其人,个人的品性修养、学问道德直接影响到其文章的质量,这也就是未学为文先学为人的道理。

守令之誉,出于私爱狎昵者,固不足信;见于贤士大夫之称许,宜若可信矣,然君子好扬人之善而讳称人之恶,故犹有不足征者。惟闾阎之细民,田野之鄙夫,穷乡蔀屋之妇人小子,心不留毁誉,言不知触讳,感悦而归之,斯可信矣。

【注释】明·金实《送职方郎中王君赴任序》。守令之誉:对太守、县令的称誉。私有狎昵(nì)者:个人所喜爱亲近的人。宜若:应当是。征:证明。闾阎:指民间。蔀(bù)屋:贫家幽暗的房子。心不留毁誉:把评论人的话照直无保留地说出来。

【解析】亲近的人对地方官的评价本不足为信;士大夫对地方官的评价也因他们喜欢扬善隐恶而大打折扣。只有村野匹夫、普通百姓,才会直言不讳,只因某地方官确实政绩显赫而赞誉他,这才是可信的。人民历来都是历史的创造者,真理往往就掌握在最下层的人民手中。百姓心中有杆秤,孰重孰轻自然心中有数。

医生不能识病,而欲拯人之危,难矣哉!

【注释】明·李东阳《医戒》。

【解析】医生不识病理就想救人危急,是何其难也!庸医误人,其貌似医而实非医,人信之,则其病必殆。

酸风射眸,寒日吊影,瘦骨如山,老泪如雨。

【注释】明·马中锡《中山狼传》。

【解析】寒风刺眼,形影相吊,瘦骨嶙峋,挥泪如雨。作者借老牛之口描绘出一幅凄凉无助的晚年之景,揭露了人们贪得无厌、卸磨杀驴的丑恶行径。

从井以救人,解衣以活友,于彼计则得,真如就死地何!

【注释】明·马中锡《中山狼传》。

【解析】跳下井去打捞落在井里的人,脱下自己的衣服去拯救受冻的人,对于被救的人真是再好不过了，怎奈他自己却撞到了死路上。作者借老丈之口批判了东郭先生一类人的迂腐至极和没有自知之明，置自身于死地的愚蠢行为。

仁陷于愚，固君子之所不与也。

【注释】明·马中锡《中山狼传》。

【解析】仁慈到了愚蠢的地步，这本来是君子不赞同的。马中锡通过东郭先生救狼差点被狼果腹的故事，讽刺和批判了盲目同情和妇人之仁。

信以居之，知以行之，义以制之，廉以保之。朴其中，文其外，见则用世，不见则用身。

【注释】明·何景明《说琴》。

【解析】把信用作为居处，用智慧指挥行动，仁义可用来制约，谦虚可用来保身。朴实作为其内含，文采作为其外表。为人所知则出而用世，不为人所知就修养自身。此语虽为说琴，其实是在说人；名为琴之道，实为为人之道。作者借制琴弹琴的道理，来譬喻道德行为的一般准则，即所谓“一物而众理备焉”。其中“见则用世，不见则用身”是和儒家思想的“达则兼济天下，穷则独善其身”可谓如出一辙。

凡世之有好于物者，必有深中其欲，而大惬于心。其求之而得，得之而乐，虽生死不能易。而岂有所记于外。

【注释】明·王慎中《朱碧潭诗序》。

【解析】大凡世人对于某件事特别喜爱，必定是这件事深得其所好，而令其心中大为惬意。他追求并得到这件事物，从中获得的快乐即使生死都不能改变。诗人朱碧潭穷困潦倒却爱诗如命，甚至可以置生死而不顾，这是因为他发现了艺术的魅力，创作可以愉悦心灵，创作可以忘记死亡，创作可以与神明同寿，故虽南面王而不易。王慎中以之来说明朱碧潭对艺术的执着追求。

人世之事，非人世所可尽。

【注释】明·汤显祖《牡丹亭记题词》。

【解析】人世的事情，不是人一生所能透彻理解的。庄子云：“吾生亦有涯，而知也无涯。”它看似消极，包含有不可知论的因素，却不失为一种明智的看法。

情不知所起，一往而深，生者可以死，死者可以生。生而不可与死，死而不可复生者，皆非情之至也。

【注释】明·汤显祖《牡丹亭记题浅》。

【解析】爱情往往在不知不觉中产生，而且一往而情深，生者可以为情而死，死者可以为情而生。如果还做不到这一点，那绝非最深的感情。汤显祖以浪漫但深沉的笔调歌颂了生死不渝、一往情深的爱情，极大地弘扬了人性。从中可以看出作者的爱情观与其思想的哲学根基：主张个性解放，以情格理，反对“存天理，灭人欲”的封建说教。

凡人之大患，生于有所不足。意所不足，生于有所不可；无所不可焉，斯无所不足矣，斯无所不乐也。

【注释】明·高攀龙《可楼记》。

【解析】举凡人之大患，皆因不满足而起。而不满足产生于人的有所不可；假如能做到无所不可，也就无所不满足、无所不快乐了。欲壑难填、贪得无厌是人类的通病，这也是人们痛苦的根源，人如果找不到自己的精神追求和寄托志趣的事业而一味沉湎于物质享受，其结果大多是悲剧的。

口舌代心者也，文章又代口舌者也，展转隔碍，虽写得畅显，已恐不如口舌矣，况能如心之所存乎？故孔子论文曰：“辞达而已。”达不达，文不文之辨也。

【注释】明·袁宗道《论文》。展，同“辗”。

【解析】言为心声而文以代言，这样一层层隔阂着，虽然文章本身畅达而明显，但实际已远远偏离了心之初衷。所以孔子在谈论文章时说：“言辞能够达意就够了。”所以，达与不达，就成了文与非文的区别。作者以之来说明学古人为文着重要学“达”，而不应该刻意去模拟文字。

大都独抒性灵，不拘格套，非从自己胸臆流出，不肯下笔。

【注释】明·袁宏道《叙小修诗》。

【解析】继李贽的“童心说”和徐文长、汤显祖的“任情黜理”之论后，文坛上又有了袁宏道提出的“独抒性灵”一说。这一震撼流俗的文学主张成为公安派的经典之论。他主张作诗为文要表现作者的个性精神，包括性情、见识、趣味、韵致、灵感等；同时决不拘泥于腐气沉沉的理学说教和清规戒律。不是要表达自我真实情感思想的个性精神，决不动笔。

有时情与境会，顷刻千言，如水东注，令人夺魄。

【注释】明·袁宏道《叙小修诗》。

【解析】为文作诗，不仅仅在于多练多写，更需要作者的禀赋和灵感。当创作主体的情感被现实生活中的某一客体触动时，往往会迸发出灵感的火花。于是就会滔滔汩汩，下笔千言，写出惊天地、泣鬼神的绝好文字来。

代有升降，而法不相沿，各极其变，各穷其趣，所以可贵，原不可以优劣论也。

【注释】明·袁宏道《叙小修诗》。

【解析】时代是变迁的，所以文法也不必陈陈相因，文学作为时代的产物，是在不断更新的。各个时代有自己的特点，各个时代的文学也从内容到形式自具面貌，不可能始终如一。文学在不断创新中充分展示时代特征和作者的个性精神，这正是它的可贵之处。

情至之语，自能感人，是谓真诗，可传也。

【注释】明·袁宏道《叙小修诗》。

【解析】只有在作品中倾注了作者的真情实感，才能打动读者的心灵，也只有这样的诗文才是文学的珍品，能够流传千古。袁宏道主张抒写真实自我，反对为文造情，这和他的"独抒性灵"之说是相一致的。

世人所难得者唯趣。趣如山上之色，水中之味，花中之光，女中之态，虽善说者不能下一语，唯会心者知之。

【注释】明·袁宏道《叙陈正甫〈会心集〉》。

【解析】宋明时期，理学盛行，它禁锢了整个社会。于是从李贽的"童心说"开始，反传统思潮异军突起，要求挣脱桎梏，剥去伪饰，呼唤失去的人性，还之以自然与纯真。袁宏道继承了这一思想，将自然而自由的人性归为一"趣"字。同时指出"趣"作为非实体的存在，可望可感而不可即，可意会而不可言传，并非可轻易而得。

趣得之自然者深，得之学问者浅。

【注释】明·袁宏道《叙陈正甫〈会心集〉》。

【解析】"趣"作为人自然本性的一种特质，并非刻意追求所能得到。得"趣"是人生之至乐，但它和学问无关，而关键在于能否以纯真的心灵去感受生活与自然。这便是袁宏道所揭示的得"趣"之道。

入理愈深，然其去趣愈远矣。

【注释】明·袁宏道《叙陈正甫〈会心集〉》。

【解析】越是精通事务的人，距离自然纯真的人性越远。因为这些人随着年龄的增长官越做越大，见识越来越广，逐渐被庞杂的事务所劳顿、束缚，心灵也开始麻木。这也就是老子所说的"为学日进，为道日远"吧！

冰皮始解，波色乍明，鳞浪层层，清澈见底，晶晶然如镜之新开而冷光乍出于匣也。

【注释】明·袁宏道《满井游记》。

【解析】这是袁宏道写春水之美的名句。春光融融，余寒已退，薄冰初消，春水开始呈现出澄明的色泽。微风过处，波光粼粼，好像镜子反射出的清光一样。

山峦为晴雪所洗，娟然如拭，鲜妍明媚，如倩女之靧(huì)面而髻鬟之始掠也。

【注释】明·袁宏道《满井游记》。

【解析】本句是写春山之美。山峦的积雪被晴日所融化，青葱的山色如同洗过一般，格外鲜亮明媚，像刚净过面的美人正在梳掠她的发髻。在这样亮丽的春光中，寄托了作者要求摆脱尘俗，向往大自然的美好情怀。

山色如娥，花光如颊，温风如酒，波纹如绫，才一举头，已不觉目酣神醉。

【注释】明·袁宏道《西湖(一)》。

【解析】这是描写西湖美景的名句。远处孤山葱绿，宛若美人的黛眉；岸上春花嫣红，恰似少女的面颊；湖上和风，如同酒香一样醉人；湖中波纹，似白绫一样起伏。作者选取典型的风物来写出西湖的秀媚风姿，其中寄托了他追求自由的心灵和对造化的钟情。

湖上由断桥至苏堤一带，绿烟红雾，弥漫二十馀里。歌吹为风，粉汗为雨，罗纨之盛，多于堤畔之草，艳冶极矣。

【注释】明·袁宏道《西湖(二)》。

【解析】本句是描写西湖由日堤断桥至苏堤六桥一带春日盛景的名句。春光明媚，日堤、苏堤上，红男绿女，比肩继踵，多似堤边春草；歌乐如春风回旋，香汗如春雨流滴，可谓色彩艳丽之极，风姿放荡之极。

善画者师物不师人，善学者师心不师道，善为诗者师森罗万象，不师先辈。

【注释】明·袁宏道《叙竹林集》。

【解析】善于绘画的人从实际生活中学习，而不跟从老师学习；善于学习的人注重本心而不注重去听别人讲死道理；善于作诗的人到森罗万象的现实生活中去学习，而不学习先辈。袁宏道主张为文抒写真性情，以求“真趣”，反对盲目拟古，上述文字正反映了他的这种文学见解。

取古人一二浮滥之语，句规而字矩之，谬为复古：是迹其法，不迹其胜者也，败之道也。

【注释】明·袁宏道《叙竹林集》。

【解析】搜取古人几句陈词滥调，句规字矩，荒唐地称之为复古：这只是在模仿古人的形式，并非学习古人的超长之处，这是自取其败。这仍是袁宏道反对刻意模仿古人雕琢浮饰之语，指出这样无异于胶柱鼓瑟，自找难堪。

世固有处极冷之时之地，而名实之权焉。巧者乘间赴之，有名实之得，而又无赴热之讥，此趋梅于冬春冰雪者之人也，乃真附热者也。

【注释】明·钟惺《夏梅说》。

【解析】世界上本来就有许多看似冷清平淡的地方，而这些地方正是名利、地位、权势的所在。巧言令色的人善于乘机从中谋利，这样，他们既得到了其中的好处，却又无"趋热"之机。梅花大多冬天开放，于是赏梅者也蜂拥而至，鱼龙混杂、雅俗争赴。其中那些趋炎附势之徒也以风雅自命，实则是在捞取名利。钟惺以夏梅自喻，歌颂在大热天与烈日抗争的夏梅。表现了自己对世俗的冷漠和自己与周围名利场气氛的格格不入。

不观天地之富，岂知人间之贫哉！

【注释】明·王思任《小洋》。

【解析】作者神游小洋，切身感受到天地之大美，并由美妙的景色顿悟玄妙的哲理，遂发而为叹。人间的一切与天地山川相比，是多么微不足道；世俗所夸耀的和自然的光彩相比，又是多么逊色。这一感叹显示了作者苍茫的宇宙意识和人生的超脱感，寄托了作者厌恶世俗的苍白，向往自然无限情怀。

行石罅中，石峰片片夹起，路宛转石间，塞者凿之，陡者级之，断者架木通之，悬者植梯接之。下瞰峭壑阴森，枫松相间，五色纷披，火若图秀。

【注释】明·徐宏祖《游黄山日记(后)》。

【解析】这是徐霞客(宏祖)第二次登黄山时看到的灿烂图景。作者在"凿之""级之""通之""接之"的开山壮举面前感到自己作为一个个体生命的渺小与浅陋。同时，从心底发出了对自然造化的礼赞和对改造自然这一艰辛劳动的折服。从中我们可以读出作者的纯真的童心和对自然的热爱。

左天都，右莲花，背倚玉屏风。两峰秀色，俱可手揽。回顾奇峰错列，众壑纵横，真黄山绝胜处。

【注释】明·徐宏祖《游黄山日记(后)》。风，同峰。

【解析】自古就有“五岳归来不看山,黄山归来不看岳”的说法,而本句正是描写黄山至景的名句。左边是天都峰,右边是莲花峰,背靠的是玉屏峰,而天都、莲花两峰的秀丽景色,简直触手可揽。再环顾四周,奇峰错列,山谷纵横。的确是黄山景色最引人入胜的地方。徐宏祖无视功利,不事科举,而以拥抱自然、寻美探胜为毕生乐事和追求,并且不避风雨,不畏虎狼,不计前程,不求伴侣,以性灵游,以躯命游。这正是一个自然之子,一个杰出旅行家的崇高品格。

山高风巨,雾气去来无定,下盼诸峰,时出为碧桥,时没为银海。再眺山下,则日光晶晶,别一区宇也。

【注释】明·徐宏祖《游黄山日记(后)》。

【解析】此为天都峰奇景。绝壁峭岩,险峻无比;巨风飘忽,如临魔境;雾气山岚,半作半止;下盼诸峰,时隐时现;日光晶晶,云海漫漫。这一切令人目眩神摇,叹为观止。只有热爱山水,钟情自然的人,才能体悟和写出自然的风采和神韵。徐宏祖正是这样一位把探胜寻幽作为崇高信念、神圣使命、人生追求和心灵归宿的大地赤子。

电与雷相后先,电尤奇幻,光煜煜入水中,深入丈尺,而吸其波光以上于雨,作金银珠久影,良久乃已。

【注释】明·谭元春《再游乌龙潭记》。

【解析】故都金陵有许多名胜景观,而谭元春却独爱乌龙潭。这正显现了他一心追求“荒寒独处,稀闻渺见”(《渚宫草序》)的审美趣味。所以他笔下的雷电也与常人所写颇为不同,幻化万千,金光煜煜,奇警动人。其行文风格反映了他看重性灵,不拘俗套的个性。

慧业文人,名心难化,政如邯郸梦断,漏尽钟鸣,卢生遗表,犹思摹拓二王,以留传后世。则其名根一点,坚固如佛家舍利,劫火猛烈,犹烧之不失也。

【注释】明·张岱《〈陶庵梦忆〉序》。慧业文人:能运用智力做文章的人。慧业:佛家名词,指生来赋有智慧的业缘。漏尽钟鸣:年届残年。卢生遗表:典出《枕中记》。卢生将殁时上疏,没有“犹思摹拓二王”之事。汤显祖据此作《邯郸记》,卢生临死时说:“俺的字是钟繇法帖,皇上最所爱重。俺写下一通,也留与大唐家作镇世之宝。”二王:指王羲之、王献之父子,东晋著名书法家。名根:指产生好名这一思想的根性。根,佛家说法,是能生之义。舍利:梵语“身骨”的译音。佛教徒死后火葬,身体内一些烧不化的东西,结成颗粒,称为“舍利子”。劫火:劫,这里指人的一生。劫火指焚化身体、结束一生的火。

【解析】张岱晚年国破家亡,繁华落尽,在时代动荡、世事变迁的凄风苦雨中,痛感人生之困厄与辛酸。同时他看到功名利禄过眼皆空,繁华靡丽转瞬即逝,一种人生如梦的虚无之感笼罩着他的心灵。出于对读书人刻意求名而终为灰土的深刻认识,张岱在深沉的感叹中寄寓了自己沉郁的哀愁。

虚者实之,实者虚之;聚者散之,散者聚之;险者夷之,夷者险之。如良医之治病,攻补互投;如良将之治兵,奇正并用;如名手作画,不使一笔不灵;如名流作文,不使一句不韵。此开园之营构也。

【注释】明·祁彪佳《〈寓山注〉序》。

【解析】这是一段关于园林营造的精辟论述。园林,是人化的自然,是人与自然共同创造的审美家园,是人类诗意的栖居地。在园林创造中,将自然人化、审美化是要按美的规律来塑造的。祁彪佳很懂得艺术辩证法。上述文字正表明了他深厚的艺术修养和非凡的审美创造能力。从而达到"如名手作画,不使一笔不灵;如名流作文,不使一句不韵"的高度成就。

物以万数,而人处其一,则又似乎毫末之在于马脽,彼营营之微声,沾沾之细利,又何殊于曳虫股,嘬蝇脾,入孔穴,实粮斋。第因小而形大,曾一蚁之何加?

【注释】明·徐渭《涉江赋》。脽(shuí):指臀部。

【解析】天地之大,物类繁多,而人类只是其中的一种,九牛一毛,实在是微不足道。在自然及造化面前,人类所孜孜以求的蝇头小利,费心力致的蜗角虚名,又是多么可笑。和一只拖曳虫臂、嘬食蝇脾、挖洞储粮的蚂蚁没有区别。徐渭罕譬而喻,形象地表达了自己超凡脱俗,不为虚名微利所累的放达情怀。

物体纷立,伯仲无怪,目观空华,起灭天外。

【注释】明·徐渭《涉江赋》。

【解析】大千世界,何物不有? 正是这纷繁芜杂,五色缤纷的万物万事组成了现实世界。但是它们之间的关系并非一团乱麻那样不可认知,不可理解,而是有一定自然法则可循的。因而,即使看到它们之间的巨大不同也并不值得大惊小怪,而应以一种哲学家智慧的眼光来看这万事万物的生生灭灭。

不以物惊,不以物喜,挺危朵而愈劲,舒正色而不媚,匪铅华以事人,多君子之枉戾,岂无人而不芳,亦胡庸以采佩。

【注释】明·徐渭《菊赋》。

【解析】这本是徐渭咏菊之名句,但不难看出,他托物言志,寄托了自己人格理想和圣贤情怀。这就是不因外物的改变而动摇自己的节操,冷能傲骨凌霜，热不趋炎附势。宁愿自挟风霜，决不鱼鸟亲人。

翩跹欲举，挺生冰雪之姿；潇洒出尘，不让神仙之列。是以映清流而莫增其澄，处污泥而愈见其洁。

【注释】明·徐渭《荷赋》。

【解析】君子处世，总是能通过外物的特征发现其可贵的品质，而这正是君子自身品德的一种外射。本句是咏荷之作，荷花的不畏风霜、出污泥而不染的谦谦风度与高贵品质，正是作者自身人格的写照。

处寂寞而贞厉，守冷素以自恬，悠扬乎松菊之圃，盘错乎水石之间，风飙撼之而不动，瘴疠攻之而罔颠。

【注释】明·徐渭《梅赋》。

【解析】松竹梅历来被誉为岁寒三友。青松苍翠挺拔，竹以名节垂世，而梅犹以傲骨凌霜为君子所爱。它不择地而生，能固守寂寞，狂飙震撼、瘴疠交攻而不能易其志；风刀霜剑，雪霰相逼而不能改其辙，此其可贵之处，也是历来被赞美的原因。

委身当任，始知时事之难，袖手旁观，何怪人言之易。

【注释】明·徐渭《代贺严公生日又启》。

【解析】人们在袖手旁观时，总认为干什么事都相当容易，而一旦自己身处其中时才切身感受到世事艰难，并非想象的那样容易。故君子其责人也轻、责己也重，这正是因为他们遇事能知人之难，为他人设身处地地着想。

人有疾痛痒痾，必求免于天地父母，然天地能覆载之，而不能起于颠挤，父母欲保全之，而未必如斯委曲。

【注释】明·徐渭《代贺严公生日又启》。

【解析】人每遇疾病或痛楚之事，常常呼天抢地，喊爹叫娘，以求保佑，却不知天地可以为之提供栖居的场所，却不可能改变其命运；父母可以生育他，却未必有回天之力来救他。能救一个人的人，归根到底是其本人。“多行不义必自毙”，可见命运始终在自己的把握之中。

咎虽既往，尚立严墙，事幸可图，勉循末路。

【注释】明·徐渭《代贺严公生日又启》。

【解析】君子举事，决不“二过”。因为他们能从错误中吸取教训。同样，他们也决不凭侥幸心理办事，只凭一线希望便一不做二不休，孤注一掷，不留退路。

贤人隐士之所寓，泽系而风流，能使过者与感，而闻者思齐，载记者抉幽拾落，累册而书之。

【注释】明·徐渭《古陵论》。

【解析】圣人与高士所追求的，往往是使自己泽被后代，恩满天下，超越自我的时空。他们言行往往能使人改邪归正，见贤思齐。他们留给后人的是不朽的精神财富，这正是历代史官连篇累牍地记载他们言行的原因。

凡书之所载，有不可尽知者，不必正为之解，其要在于取吾心之所通，以求适于用而已。

【注释】明·徐渭《诗学序》。

【解析】大将不会行兵，空有甲犀百万；读书不能致用，徒烦两脚书橱。书籍作为人类交流思想、情感，传播经验的媒介，其最终要旨就是要学以致用，能达到指导生活和生产实践、充实人生的目的。故读书有不解处，不必强求，关键在于把能理解的吃透，并为我所用。

五味必淡，食斯真矣，五声心希，听斯真矣，五色不华，视斯真矣，凡人能真此三者，推而至于他，将未有不真者。

【注释】明·徐渭《赠成翁序》。

【解析】真实的东西往往是质朴无华的；只有虚假的东西才喜欢华丽的外表。现实中，人们往往被世俗的声色犬马所羁縻，却看不到生活的本质，从而远离了生命的源头，以致枉过一生。只有真正能勘破尘世浮华，才能返璞归真，进入大境界。

人生孰无死，贵得死所耳。

【注释】明·夏完淳《狱中上母书》。

【解析】夏完淳十四岁参加抗清活动，十七岁被捕，宁死不屈，英勇就义。就义之前在狱中给慈母写信，倾诉诀别之情，这可谓人生之至痛了。但夏完淳以民族大义为重，堪破生死，激昂就义，表现了崇高的民族气节。他之所以能视死如归，根源于他进步的生死观：人生不免一死，可贵的是能死得其所，为民族和国家而死，死而无憾。

大道本无生，视身如敝屣。但为气所激，缘悟天人理。

【注释】明·夏完淳《狱中上母书》。

【解析】夏完淳激昂大义、蹈死不顾，正是因为他能看透生死大关，悟出生存是短暂的，死亡却是永恒的。若有死能使人重于泰山，死不足惧；相反，若一生无所作为，平庸度日，纵活百岁也是枉然。因而他能够冷对屠刀，神游天地，豪气干云，英勇就义。

瘦到梅花应有骨，幽同明月且留痕。

【注释】明·吴从先《小窗自纪·枯寂与骨痕》。

【解析】梅花尽管清瘦，然而骨气奇高；明月本来幽静孤独，却还是要洒下多情的光辉。梅花一贯是名士的象征；明月历来是文人的挚友。他们都不趋炎附势，都崇尚孤独。然而他们却比一般人更注重品格的高贵和人生的充实。即使是清瘦的梅花，也要具有品格；纵然是幽净到了明月的分上，也要留下生存的价值！

雅乐所以禁淫，何如溪响松声，使人清听自远；黼黻所以御暴，何如竹冠兰佩，使人物色自闲。

【注释】明·吴从先《小窗自纪·雅乐与黼黻》。黼(fǔ)：古代礼服上半白半黑的花纹。黻(fú)：古代礼服上绣的半青半黑的花纹。

【解析】在郊庙祭祀用的音乐，目的是禁淫荡与放肆的行为。但真要达到这样的目的，这所谓的高雅音乐又怎能比得上那潺潺的溪水和阵阵松涛呢？人们所穿的各色花纹的礼服本来是防止人们崇尚暴力的，但要达到这种目的，这些布满花纹的衣服又怎能比得上竹子编的花冠和兰花做的佩带呢？只要能离开喧嚣，回归自然，在造化的交响乐中修身养性，陶冶情操，那么自然会忘却私欲，丢掉暴力。

风流无用，榆钱不会买宫腰；笔砚有灵，书带亦能邀翰墨。

【注释】明·吴从先《小窗自纪·风流与笔砚》。宫腰：指女性美丽纤细的腰肢。书带：一种草名，郑玄的门生常用它来捆书。翰：羽毛做的笔，这里指代笔。翰墨：指书籍或文字。

【解析】作为一个文人，光有潇洒倜傥和风流浪漫是不够的，这不只是因为知识分子的清贫难得美人青睐，更因为风流无用，最终必将被雨打风吹去，在时间的剥蚀下烟消云散。但是文人才子们凭自己的绵心绣口与生花妙笔，能够创造出不朽的诗篇与可贵的精神财富，从而和他们的作品流芳万古。

志要豪华，趣要淡泊。

【注释】明·吴从先《小窗自纪·豪化与淡泊》。

【解析】匹夫尚不可夺志，何况心存远大抱负的人。志向是人一生的精神追求和根本目标，所以立志要高迈而豪华，绝不能贪图眼前利益。趣味是对人生志向的一个补充，它可以使人在实现理想的过程中过得潇洒超然，充满情趣，但超过了一定限度，趣味就会使人玩物丧志，无所作为。故趣要淡泊朴素，是为志当存高远，趣向淡泊行。

万事皆易满足，惟读书终身无尽。人何不以“不知足”一念加之书？

【注释】明·吴从先《小窗自纪·读书不知足》。

【解析】“人间万事苦销磨，亭短亭长一曲歌。”人的一生在自然面前短暂而卑微，人类改造社会，征服自然的一切努力在自然面前也算不得什么壮举。只有能堪破这些，人才能不为名利、金钱而贪婪迷惑，这样，自然也就满足了。但是，读书却是永无止境的。他可以使人求得智慧，克服自卑，不沉沦于世俗，使人生充实而有光辉。

赏花须结豪友，观妓须结淡友，登山须结逸友，泛水须结旷友，对月须结冷友，待雪须结艳友，饮酒须结韵友。

【注释】明·吴从先《小窗自纪·生活与交友》。

【解析】赏花结豪友可以使人免于过分缠绵；观妓结淡友可以使人不堕入情欲；登山结逸友可以使人远离恶俗；泛水结旷友可以使人胸无挂碍；对月结冷友可以使人领略幽静，待雪结艳友可以使人倍感温馨；饮酒结韵友可以使人诗情勃郁。不同场合须有不同的朋友，这样才能潇洒自如、情趣盎然地生活。

多方分别，是非之窦易开；一味圆融，人我之见不立。

【注释】明·吴从先《小窗自纪·分别与圆融》。

【解析】此语讲的是为人处事之道：如果什么事情都要去分别讲究、评头论足、求全责备，那么是是非非的乱子就会层出不穷；相反，如果什么事情都能够看得开，想得通，那么生活便会坦然而安详。吴从先通过前后两种生活方式的对比来表明自己超然世外，不与人争的生活态度。

一叶放春流，束缚人亦觉澹宕；孤樽听夜雨，豪华辈尚尔凄其。

【注释】明·吴从先《小窗自纪·束缚与豪华》。

【解析】人的情感是很容易受外物的影响的。刘勰在《文心雕龙》中所讲的“登山则情满于山，观海则意寓于海”就是这种触景生情的情况。当被世俗束缚重重的人，看到在春水中漂流的树叶时，心中顿觉释然、豁然开朗；当高迈豪放的人独自倾听秋夜淅沥的雨声时，往往也倍感凄凉。这就是人主观情感在客观事物上的外射和转移。

佞佛若可忏罪，则刑官无权；寻仙可以延年，则上帝无主。至诚贵于自然。

【注释】明·吴从先《小窗自纪·佞佛与寻仙》。

【解析】如果说吃斋念佛，讨好佛祖就可以消除罪孽的话，那么世间执行法度的官吏就毫无用处了。只有每人都能遵循道德准则，都能顺乎自然规律，才能活得洒脱、超然，无忧无虑。

人如成心畏惧，则触处畏途。如满奋坐琉璃屏内，四布周密，犹有风意。

【注释】明·吴从先《小窗自纪·畏惧与畏途》。满奋：晋朝司隶校尉，以怕风而出名。《世说新语·言语》载：满奋畏风，在晋武帝坐，北窗作琉璃屏，实密似疏。奋有难色，帝笑之。奋答曰："臣犹吴牛，见月而喘。"

【解析】心理上的肯定，往往会导致生理上的认同。人如果心存畏惧，无论走什么样的路，总觉得到处布满陷井和荆棘。满奋畏风，吴牛喘月，完全是心理作用和习惯力量所致；草木皆兵，风声鹤唳也都是自己吓唬自己。因而，人最大的敌人是他自己，战胜了自己的懦弱，也就有了成功的勇气和希望，同时，心地无私胸有浩然正气，也就不会被邪术所蛊惑了。

良心在夜气清明之候，真情在箪食豆羹之间。

【注释】明·吴从先《小窗自纪·良心与真情》。

【解析】人的良心发现，主要在夜气清明之际。东方未明之时，正是人心理平静，无私无虑，无物无我之时，这时的人最易反思自我，回归良知。人的情感有不同表现形式，但真正的感情从来不哗众取宠、浓妆艳抹，而是朴实无华、平凡真实的。它就存在于日常生活中的一箪食，一豆羹之中。

投好太过，丑态毕呈；效颦自怜，真情反掩。

【注释】明·吴从先《小窗自纪·投好与效颦》。

【解析】过分地讨好别人，就会流于阿谀奉承，自然丑态百出，令人作呕；一味地模仿别人，顾影自怜，反倒会将不美以为美，丢失了真实自我，实属荒唐。

数无终穷，运不长厄。士君子能旋乾转坤，则否泰为我转轴。何必青牛道士，延将尽之命；白鹿真人，生已枯之骨也！

【注释】明·吴从先《小窗自纪·数运的否泰》。

【解析】人的气数不会永远不利，命运不会一直困厄。祸福相倚，变化相续，是自然的法则。人们只要能够志存高远，自强不息，自然会扭转乾坤，否极泰来。生命在个人身上，命运在自己手中。认识了自然规律，把握好人生的方向，幸福便可得了，根本不必去求访什么青牛道士、白鹿真人。

英风未畅，转生无聊，幽韵纵扬，终归寥落。是以热血有时成碧，雄心无日可灰。

【注释】明·吴从先《小窗自纪·热血与雄心》。

【解析】英雄的壮志还未来得及实现，转而便生出许多无聊来。只因为满腹经纶、才华横溢却请缨无路、报国无门。幽隐之士的风度纵然名扬天下，但到底因英雄无用武之地而寥落寂寞。然而，英雄到底还是英雄，即使是身处末路，也都慷慨悲歌、雄心不已；即使是沦落不偶，也仍然是热血化碧，壮志齐天。

无欲者其言清，无累者其言达。口耳巽入，灵窍忽启。故曰不为俗情所染，方能说法度人。

【注释】明·吴从先《小窗自纪·无欲与无累》。

【解析】心中没有欲望、私心较少的人其言语也清雅无染。同样，胸无挂碍，开朗达观的人，其言语也通达而洒脱。听这些人说话，如仙风贯耳，使人幡然醒悟、茅塞顿开。他们之所以能受人尊敬，被奉为圣贤，正是因为他们能够不为世俗所染，知行合一，以德服人。

青山在门，白云当户，明月到窗，凉风拂座，胜地皆仙。五城十二楼，转觉拣择。

【注释】明·吴从先《小窗自纪·胜地与神仙》。

【解析】门对苍翠的山峦，户当飘逸的白云，窗前映照着明月，座旁吹拂着凉风。这可谓人间之胜景了，生活在其中的人，纵然不是神仙，也像神仙一样自在、飘逸了。其实所谓仙山佛地，不见得非要那五城十二楼的环境，真正的神仙，也绝不择地而居。因为心中清净则环境皆净，心中污浊，则万境皆浊。健康的心态是弃绝污浊的根本。

生来气无烟火，不必吸露餐霞；运中际少风云，也会补天浴日。

【注释】明·吴从先《小窗自纪·烟火与风云》。

【解析】人的天赋和禀性各不相同，所以生活的方式和结局也就不同。生来就喜欢清雅的人，用不着吸风饮露，自然具有仙风道骨，和清净的心地；然而古语云“国家兴亡，匹夫有责”，尽管大部分命中注定不是叱咤风云的人物，但在国家兴亡，民族盛衰的紧要关头，这些凡夫俗子也会做出惊天动地的伟业的。

何地无尘，但能不染，则小河大地，尽为清净道场。如必离境求清，安能三千外更立法界。

【注释】明·吴从先《小窗自纪·不染即清净》。

【解析】世上没有无尘土的地方,也没有无污染的地方。只要人们能洁身自好,那么任何地方都可以当作清净的修道场所。如果说一定要离开这污浊的土地去追寻一个绝对清净的国度的话,那就得让造物者另辟一个世界了。其实,只要人能够保证自己心灵的清净无染,则无处不是净土。正如那水中的莲花,只因自身不沾泥带水,故能进入一尘不染、清净无比的彼岸世界。

镜花水月,若使慧眼看透;剑光笔彩,肯教壮志消磨。

【注释】明·吴从先《小窗自纪·慧眼与壮志》。

【解析】尘世的功名利禄、爱恨情仇,宛如镜花水月、海市蜃楼,只是一场虚幻的梦而已。慧眼独具的人是不难看透这些的。但是看透并不等于消极,看透意味着觉悟,觉悟才能去更加冷静地思考,热烈地生活,以文韬武略、剑光笔彩实现平生之壮志。

落落者难合,一合便不可分;欣欣者易亲,乍亲忽然成怨。故君子之处世也,宁风霜自挟,无宁鱼鸟亲人。

【注释】明·吴从先《小窗自纪·落落与欣欣》。

【解析】物以类聚,人以群分。不同的生存标准决定着每个人的择友原则。那些离群索居的人,只因知音难遇,故宁愿固守寂寞也不降低自己的择友标准。但是,他们一旦遇到知己,便会相见恨晚,一拍即合,以至难舍难分。相反,那些喋喋不休、左右逢源的人,什么人都可以成为他的朋友。然而一旦有利害冲突时,互相便会反目成仇。所以,君子处世宁愿承受风霜的考验特立独行,也决不如小鸟小鱼一样依人乞怜,自讨没趣。

良缘易合,红叶亦可为媒;知己难投,白璧未能获主。

【注释】明·吴从先《小窗自纪·良缘与知己》。

【解析】所谓有缘千里来相会,即使是一片红叶,也可以成为传情达意的良媒。然而人生得一知己又是何其难也!赤诚之情往往不能得到真心回报,正如和氏冒死向楚王献玉,却被看作是顽石而遭断臂之刑。真可谓造化弄人!

事到全美处,怨我者不能开指摘之端;行到至污处,爱我者不能施爱护之法。

【注释】明·吴从先《小窗自纪·全美与至污》。

【解析】事情做到完美无缺的地步,再怨恨我的人也不能指责我有什么过失;品行达到了极其恶劣的程度,那么再热爱我的人也爱莫能助了。故世上许多事情皆由自己的行为、品德而起,自爱才能被爱,自重才能被重。其身正,不令而行;其身不正,虽令不从。

议论先辈,毕竟没学问之人;奖借后生,定然关世道之寄。

【注释】明·吴从先《小窗自纪·先辈与后生》。

【解析】一味地对前辈之人评头论足、指指点点的人,常常是胸无点墨、没有学问的人,唯其无知,因而胆大。奖掖后进,一定要寄托有关世道人伦的道理。因为后进之士,涉世未深;为人处事,尚无标准,这就需要在前辈的指引下树立正确的人生观、价值观,从而修身治国,成为有用之材。

甑中生尘釜生鱼,千载之下,不悲其穷而扬其清。故知淡泊之乡,芳尘所托;丑穷之士,后之声名可知也。

【注释】明·吴从先《小窗自纪·淡泊与丑穷》。甑(zèng):一种蒸煮用的瓦器,底有小孔。釜:一种蒸煮用的金属器。鱼:这里指一种小虫子。

【解析】甑里落满尘土,说明多时不用;釜中长了虫子,可见无米下锅。这本是《后汉书》所载范冉贫穷生活的写照,可是千年后的今天,人们不把穷困当作无能,却赞美他的清廉美德。由此可见,淡泊无欲的地方,正是高风亮节的所在;丑陋贫穷之士,也因其清廉而美名流传。

子猷之舟,乘兴而来,兴尽而返;吕安之驾,一时相忆,千里相从。

【注释】明·吴从先《小窗自纪·子猷舟与吕安驾》。子猷:即王徽之,潇洒风流、任性倜傥。《世说新语·任诞篇》载:王子猷居山阴,夜大雪。眠觉开室,命酌酒。四望皎然,因起彷徨,咏左思《招隐诗》。忽忆戴安道。时戴在剡,即便夜乘小船就之。经宿方至,造门不前而返。人问其故,王曰:"吾本乘兴而行,兴尽而返。何必见戴!"吕安:三国时魏人,是嵇康的朋友。《晋书·嵇康传》载:东平吕安服康高致,每一相思,辄千里命驾,康友而善之。

【解析】王子猷探友,顺其自然,随机、随心、随缘,率性而动。有了兴趣,就连夜出发,没了兴趣,虽过家门而不入,可谓潇洒。吕安思友,则一有此念,马上出发,虽千里而不嫌其远。可见吕王二人,皆性情中人,他们超凡脱俗,任性而动,全然不顾世俗格套,只凭自己的性情与良知去办事。这种可贵的品格是魏晋人物崇尚性情、热爱自由的集体精神的体现。

凡天下可怜之人,皆不自怜之人,故曰无为人所怜;凡天下可爱之物,皆人所共爱,故曰不夺人所好。

【注释】明·吴从先《小窗自纪·可怜与可爱》。

【解析】凡是天下被人们同情的人,都是不自怜的人,所以人们常说,千万别让别人来同情自己。凡是天下最可爱的事物,也是大家一起爱好的,所以,我们常说,君子不夺人所爱。不被人可怜,就得自珍自重,发奋有为;倘不夺人所爱,天下有望太平。

以货财害子孙,不必操戈入室;以学术杀后世,有如按地伏兵。

【注释】明·吴从先《小窗自纪·货财与学术》。

【解析】财富作为父辈遗产本无可厚非,但只因它的持有者贪婪放纵,挥霍无度而成为大祸之端,因而无须操戈入室,刀兵相见早已迅速败亡。同样,前人学术是后人的精神财富。但如果是异端邪说,那不免要流毒后世误人子弟。这和按地伏兵,借机杀人没有什么两样。

慧心人专用眼语,浅衷者常以耳食。

【注释】明·吴从先《小窗自纪·眼语与耳食》。

【解析】眼睛是心灵的窗户,有慧心的人无须太多的话语,只一个眼神便会明白其中的意思。同样,轻浮肤浅的人,只懂得现听现说,人云亦云,毫无主见。因而人们只有心灵充实、慧眼独具,才能真正认识生活,不为其迷惑,从而把握自己的命运。

必出世者方能入世,不则世缘易堕;必入世者方能出世,不则空趣难持。

【注释】明·吴从先《小窗自纪·出世与入世》。

【解析】出世和入世,是人们面对现实的两种不同的人生态度,但这二者往往是互相联系的。要真正投入生活做一个真正的人,那最好先做到出世。惟有出世才能使人具有淡泊清明的心态,从而在生活中不致堕入世俗的因缘,不为名缰利索所束缚。同样,如果想要真正出世,做一个有智慧的人,一定先得入世作为。惟其如此,才能在喧嚣的生活中看出痛苦与烦恼的根源,看出名利的虚幻,从而真正做到心水无波、冷眼向世,具有澄明的心境与超凡的智慧。

坐沈红烛,即迩室若有远思;看遍青山,虽热肠觉多冷意。

【注释】明·吴从先《小窗自纪·远思与冷意》。

【解析】寂静的夜晚,坐在那里看红烛慢慢燃完,这时,即使是很近的房室,也显得有了远远的情思。炎热的白昼,望着那苍翠的山岭,即使是最热的心肠,也觉得有了冷冷的意绪。客观事物是相对不变的,只因为主观意绪的不同,便会有不同的感受和世界,从而有了不同的生命体验。

王百谷云:“余钱但买书。”若待余钱则天下目枯久矣!予且移待之举火之钱,纳之书肆,尝曰:“移钱且买书。”

【注释】明·吴从先《小窗自纪·移钱且买书》。

【解析】买书自然为了读书,从中获得知识和智慧,读书是为了健全自己的人格、充实自己的心灵,因而买书与读书事关重大。但是一定要等到有了剩余钱才去买书,那饥渴的双眼早已枯干了,况且有多少金钱才能算是富裕呢?只有从别处挤出钱买书,甚至挪用生火做饭的钱来买书的人,才是真正的读书人。架藏奇书多,岂管食无鱼,这大概是读书人的一种普遍心态吧。

琴以不鼓为妙,棋以不着为高。示朴藏拙,古之至人。

【注释】明·吴从先《小窗自纪·示朴与藏拙》。

【解析】老子曰:“大音希声。”琴声是弹出来的,而有声音也就有了限制。但是音乐的极至以无声为妙,因为无声恰恰包含了更为丰富的内容。同理,真正的下棋高手,常常决胜于忽微之间,起心动念之间,早已胜负分明,根本无须着一棋子。故操琴下棋之事,都以道德和精神境界来取胜,并非靠狡猾和机心来角逐。也就是说,心存古拙,无往不胜,这便是至人的境界。

大将不会行兵,空有十万犀甲;饱学不能运笔,徒烦两脚书厨。

【注释】明·吴从先《小窗自纪·犀甲与书厨》。厨:同“橱”。

【解析】大将的职责本是行军打仗,但却不知如何克敌制胜,可惜徒有十万甲兵。同样,文人的本分是学以致用,然而满腹经纶却不会运笔挥毫,真是白白烦忧了那两脚书橱。无论是兵家的纸上谈兵,还是文人的学而不化,毛病皆出在思想的僵化。

世路如此多歧,人情不甚相远。君子贵以同情齐世。

【注释】明·吴从先《小窗自纪·世路与人情》。

【解析】尽管世路多歧,常令人无所适从,难以起步,困于决择。但是,人类的情感其实相隔不远,只要能动之以情、晓之以理,互相勾通是很容易的。而君子正是从这一点着手来教化天下、齐家治国的。

气,无终尽之时。形,无不毁之理。

【注释】明·吕坤《呻吟语·性命篇》。

【解析】古人认为人的生活空间布满大气,大气无所不在,无所不能,它是万物生活的主宰,也是宇宙的构成。因而大气是永恒的,亘古不变的;与之相比,形体却是短暂的,包括人类与万物,在宇宙中昙花一现后,就会消失。吕坤以其看似平淡的话语和从容的叙述方式点出了宇宙的真理。

真机、真味要涵蓄，休点破，其妙无穷，不可言喻，所以圣人无言。一犯口颊，穷年说不尽，又离披浇漓，无一些咀嚼处矣。

【注释】明·吕坤《呻吟语·性命篇》。

【解析】真正的机妙与意味是只可意会神领不可直言道破的，而其中的奥妙也是无穷的。所以圣人不立文字、述而不作。相反，一旦欲道破天机，那经年累月也是说不完的，即便是说出一星半点，也浅薄愚陋，索然寡味。人类语言的表现力在某种意义上是非常有限的，因为它总是以一种静止的、片面的、有形的形式来反映事物，而真理却是无形的、无所不在的，只能去体会、感受。

一则见性，两则生情。人未有偶尔能静者，物未有偶尔无声者。

【注释】明·吕坤《呻吟语·性命篇》。

【解析】独立的事物，往往会见到其真正的本性。一旦有了另一面时，就会相互作用。人类有了配偶或对手时就再也不会有静谧的心灵了；事物有了与其相对的事物也会浮躁不安了。因而事物间相互依赖构成了鲜活的物质世界，而独立却可以使人认识自我，达到至高境界。

防欲如挽逆水之舟，才歇力便下流；力善如缘无枝之树，才住脚便下坠。是以君子之心无时而不敬畏也。

【注释】明·吕坤《呻吟语·存心篇》。

【解析】情欲是人的本能，它往往是人烦恼的根源。而防止过度的欲望并非易事，正如逆水行舟，不进则退。同时，积德行善一样艰难，正如攀缘无枝之树，稍一住手，便往下掉。因而君子应该时刻警惕，不断进取，方能无咎。《易》曰："君子终日乾乾，夕惕若厉，无咎。"即为此理。

一念收敛，万善来同；一念放恣，则百邪乘衅。

【注释】明·吕坤《呻吟语·存心篇》。

【解析】人类的心灵有善良的一面，同时也有丑恶的一面。作恶与为善有时只在一念之差。一个念头收敛约束了，则万种善良的念头都聚集过来；一个念头放纵了，则百种邪魔鬼怪都会乘虚而入、寻衅侵害。其实，我们平时所说的天堂与地狱，正是自己内心善恶的外射和反映。当人有一念善良时，他的心灵就是天堂，这时他是幸福而美妙的；当人有一念丑恶时，他的心灵就是一座地狱，这时他是痛苦而悲哀的。

得罪于法，尚可逃避；得罪于理，更没处存身。只我的心便放不过我，是故君子畏理甚于畏法。

【注释】明·吕坤《呻吟语·存心篇》。

【解析】法律是惩治坏人的，道理是约束好人的。法律是有形的条令，靠强制来执行，道理却是无形的，靠舆论与良心来支持。违犯了法律，有时还可以逍遥法外；若违犯了道德伦理，那就无处容身了，即使是自己的良知也不能原谅自己，更何况众怒难犯。所以君子敬畏道理远远胜过敬畏法律。

目中有花，则视万物皆妄见也；耳中有声，则听万物皆妄闻也；心中有物，则处万物皆忘意也。是故此心贵虚。

【注释】明·吕坤《呻吟语·存心篇》。

【解析】眼中有了花点，再去看万物就是一片虚妄的景象；耳朵因耳鸣而首先充满了声音，再去听世界也都是虚妄的声音。所谓一叶障目，不见泰山；妄闻乱耳，不闻雷霆，就是这个道理。同样，心中若事先藏污纳垢，那么所有判断也都是虚妄的认识了。因而一定要保持心灵的清静与虚空状态，这样才能正确认识世界与人生，从而指导人真正实现自己的生命价值。

大丈夫不怕人，只是怕理；不恃人，只是恃道。

【注释】明·吕坤《呻吟语·存心篇》。

【解析】真正的大丈夫从来不崇拜和畏惧什么人，只敬畏真理；也绝不依仗任何人，而只依仗大道。他们绝不把自己的权势、金钱、功名当作一回事来认真，因为这些外在的东西总有一天会烟消云散，他们只奉行大道与真理，因为它们是永恒的。

心一松散，万事不可收拾；心一疏忽，万事不入耳目；心一执着，万事不得自然。

【注释】明·吕坤《呻吟语·存心篇》。

【解析】心之官则思。心灵是人的指挥中枢和意识的发源地。心灵的状态决定着人的心理与生理健康，也影响着人的事业。心灵一旦懈怠懒散，则万事不可收拾作为；心灵一旦粗疏忽略，什么事情都会视而不见，充耳不闻；心灵一旦顽固不化、执着贪婪，则万事不得自然，它反映出的事物也是歪曲变形的。

久视则熟字不识，注视则静物若动。乃知蓄疑者乱真知，过思者迷正应。

【注释】明·吕坤《呻吟语·存心篇》。

【解析】长时间盯着一个字，即使是非常熟悉的字也都不认识了，因为我们以前是从笼统的角度来认识它的，现在猛然换成从细微的角度来看，总觉得有所破绽。同样，专心注视某一物体，即使是静物也像动起来一样。与此同理，人的心中若有了疑虑，那真知灼见也会像虚妄传闻一样。什么事如果思虑过头，就会迷惑正确的认识。

迷人之迷，其觉也易；明人之迷，其觉也难。

【注释】明·吕坤《呻吟语·存心篇》。

【解析】有许多人，因为他们身居封闭之所，对外界的事物无法认识，故心存疑惑。但是，又因他们心地纯洁，没有受到世俗的污染，所以对真理的认识常常能做到茅塞顿开，反倒后来居上。与之相反，很多人们认为很聪明的人，常常自以为是，恃才傲物，排斥别人的教导，因而对他人的真知灼见不以为然，和真理也常失之交臂。这种人执迷不悟，而且很难教化，很难让他认识到事物真相。

殃咎之来，未有不始于快心者。故君子得意而忧，逢喜而惧。

【注释】明·吕坤《呻吟语·存心篇》。

【解析】福祸相传，乐极生悲。灾难与祸患往往因放纵快乐而起。因而君子在志得意满时仍有忧患意识，在喜不自禁时仍不忘警惕。皆闻夫差以酣酒亡，勾践以尝胆兴，可谓放纵即是死亡，忧劳可以兴国。

小人亦有坦荡荡处，无忌惮是已。君子亦有常戚戚处，终身之忧是已。

【注释】明·吕坤《呻吟语·存心篇》。

【解析】古人云："君子坦荡荡，小人常戚戚。"说的是君子公而忘私，心胸开阔；小人心胸狭窄，损人利己。然而小人也有坦荡荡之时，因为他们常因个人利益不顾廉耻、有恃无恐。同样，君子也有常戚戚之处，因为他们以天下为己任，国家和人民的前途命运常使他们充满忧患意识。

门户可以托父兄，而丧德辱名非父兄所能庇；生育可以由父母，而求疾蹈险非父母所得由。为人子弟者不可不知。

【注释】明·吕坤《呻吟语·伦理篇》。

【解析】人的一生，有许多事是无法选择甚至被别人决定的，也有许多事是由自己造成的。人的出身及门户依托于父母兄弟，然而败坏道德，侮辱名声的行为却是父母兄弟不能给予庇护的；自己的出世与养育可以由父母而定，然而遭遇疾病、身陷危难却再也由不得父母。为人子弟的人，不能不明白这个道理。只有拥有了真正的生活能力，才能把握人生，得到幸福。

安而后能虑,止水能照也。

【注释】明·吕坤《呻吟语·谈道篇》。

【解析】静止的水面可以照出物体的形状;静谧的心灵才能作出正确的判断。人由于情感和欲望的干扰,常常使理智变得模糊、脆弱,于是就会对事理进行歪曲甚至产生错误的判断。因而只有排除杂念,保持心灵的寂静与安详,做到寂然不动,感而遂通,才能进行正确的观察与思考,从而把握事物的真相。

惟得道之深者,然后能浅言。凡深言者,得道之浅者也。

【注释】明·吕坤《呻吟语·谈道篇》。

【解析】道的层次不同,人的领悟能力有高低。因而人们得道之深浅便更是各各不同了。然而真正得大道者往往立言浅显平易,通达易懂;而对道浅尝辄止的人常常出语艰深晦涩,佶屈聱牙。这正是两种不同境界的体现,绚烂之极归于平淡,高下之别,泾渭分明。

人生得有余气,便有受用处。言尽口说,事尽意做,此是薄命之人。

【注释】明·吕坤《呻吟语·修身篇》。

【解析】命运的好坏,往往是由人自己造成的,不同的人有不同的生活态度与方式,因而也就有了不同的结果。会生活的人,懂得蓄势待发,藏器待用,决不放任自己的才华与能力,所以往往在关键时刻能脱颖而出。然而有的人却恰恰相反,他们不加思考,顺口出言,尽性做事,不留余地,以致大话说尽,坏事做绝,最后连容身之地也没有了。这样的人不能不说是薄命子。

少年之情,欲收敛不欲豪畅,可以谨德;老人之情,欲豪畅不欲郁阏,可以养生。

【注释】明·吕坤《呻吟语·修身篇》。

【解析】少年人年轻气盛、血气方刚,但往往做事不顾后果,尽情而为,以致因小失大,铸成大错。因而人在少年时应该收敛情感、言行谨慎,方能成就事业。相反,年老之人心如止水,身若春冰、心境抑郁,落落寡欢。所以老年人的感情要尽量奔放、张扬而不应压抑,这不失为一种颐养天年的妙方。

善者不必福,恶者不必祸。君子稔知之也,宁祸而不肯为恶;忠直者穷,谀佞者通。君子稔知之也,宁穷而不肯为佞。非但知理有当然,亦其心有所不容己耳。

【注释】明·吕坤《呻吟语·修身篇》。

【解析】善良的人不一定会得到幸福,丑恶的人也不一定遭灭顶之灾;忠贞正直的人往往穷病交加，谄媚奸佞之徒却常常能青云直上。君子对于这些并非不懂，甚至十分清楚。然而，他们却宁愿殃及自身也不去做凶顽之徒，宁愿身处困境也决不为非作歹，谄上欺下。所谓舍生取义，君子看重的不是飞黄腾达，而是崇高的信仰与生命的价值。

只一个俗念头，错做了一生人；只一双俗眼目，错认了一生人。

【注释】明·吕坤《呻吟语·修身篇》。

【解析】只因一个庸俗的念头，竟错做了一生人；只因一双庸俗的眼睛，竟错认了一辈子人。人不但要了解别人，更要了解自我；不但要有知人之智，更要有自知之明。这样才能认清时势，分清敌友，超越自我，把握人生。老子曰："知人者智，自知者明；胜人者有力，自胜者强。"诚为至理。

凡智愚无他，在读书与不读书；祸福无他，在为善与不为善；贫富无他，在勤俭与不勤俭；毁誉无他，在仁恕与不仁恕。

【注释】明·吕坤《呻吟语·修身篇》。

【解析】读书可以使人获得智慧、认识、真理，可以完善人格。因而智慧与愚蠢的区别没有别的，只在于读书与否的缘故；善恶有报，多行不义必自毙！因而灾祸与幸福在于是否行善积德；挥霍败家，勤俭致富，故贫富之差距就在于是否勤俭持家；得饶人处且饶人，诋毁与赞誉也只缘于人们不能推己及人，仁厚待人。

贫不足羞，可羞是贫而无志；贱不足恶，可恶是贱而无能；老不足叹，可叹是老而虚生；残不足悲，可悲是死而无闻。

【注释】明·吕坤《呻吟语·修身篇》。

【解析】贫穷并不可羞，或许是由于条件限制，不能致富，可羞的是没有远大志向与抱负；出身卑贱并不可恶，因为人的出身不能选择，可恶的是没有一技之长；衰老也不足为叹，谁将来不会衰老呢？可叹的是枉活一生、没有建树。残疾也并不可悲，可悲的是死了却默默无闻，不被人追怀。

世人皆知笑人。笑人不妨，笑到是处便难，到可以笑人时则更难。

【注释】明·吕坤《呻吟语·修身篇》。

【解析】世间的人都知道嘲笑别人。这也倒无碍大事，只是在恰当之处嘲笑就难了，而要嘲笑得适时则更难。嘲笑别人是人的一种劣根性。人非圣贤，孰能无过？能改过便是智者。而人皆以笑人为乐，却不知自己尚不如被笑之人，可谓五十步笑百步了。因而笑人不如自嘲，更不如自省；道人之短莫如培己之长。

君子有过不辞谤，无过不反谤，共过不推谤。谤无所损于君子也。

【注释】明·吕坤《呻吟语·修身篇》。

【解析】君子为人，有了过错决不推辞别人的诽谤；没有过错也不去反驳别人的诽谤；与别人共同犯下错误，决不推卸责任和责难。诽谤诋毁无损于君子的形象与人格。君子与俗人有别，能否正确认识和对待过错与诽谤，就是其一。君子之可贵处在于能闻过则喜，对于诽谤也能分别对待，有则改之，无则加勉。

君子之出言也，如啬夫之用财；其见义也，如贪夫之趋利。

【注释】明·吕坤《呻吟语·修身篇》。

【解析】君子与小人的立身处世，历来是对立的，他们代表着社会人格的两个极端。表现在说话上，君子深知言多必失、夸谈贾祸之理，因而不轻易出言。但是却能言必行，行必果，言而有信。小人则往往出言如悬河泄水、夸夸其谈，且言而无信。表现在对义与利的处理上，君子见义忘利，当仁不让，甚至可以杀身成仁，舍生取义。小人却见利忘义，视义为祸。

处身不妨于薄，待人不妨于厚；责己不妨于厚，责人不妨于薄。

【注释】明·吕坤《呻吟语·修身篇》。

【解析】处事待人往往因人之不同而有不同原则、标准，它体现着一个人的道德水准和精神境界。而君子就能严以律己，宽以待人；责己甚严而责人甚轻。他们从完善自己的人格开始来完善整个社会。

有过是一过，不肯认过又是一过。一认则两过都无，一不认则两过不免。彼强辨以饰非者，果何为也？

【注释】明·吕坤《呻吟语·修身篇》。

【解析】人非圣贤，孰能无过？关键在于怎样对待过错。而所谓“有则改之，无则加勉”不失为一种明智之举。有过已是一错，不改则错上加错；吃一堑长一智，有过能改者从挫折中得到的是智慧。而文过饰非，有错不改的人却往往因此埋下更大的祸患。

富以能施为德，贫以无求为德，贵以下人为德，贱以忘势为德。

【注释】明·吕坤《呻吟语·修身篇》。

【解析】作为社会的人，有贫富贵贱之分，但贫富贵贱本身与人的德行并无直接关系。为富不仁、贫而志短、贵而骄人、贱而忘耻，都是没有德行的表现。

而可贵的是富能济世扶贫，贫能乐道无求，贵能降尊礼士，贱能保持人格尊严，这才是德行所在。

上吐下泻之疾，虽日进饮食，无补于憔悴；入耳出口之学，虽日事讲究，无益于身心。

【注释】明·吕坤《呻吟语·问学篇》。

【解析】如果一个人得了上吐下泻的疾病，那么尽管每天饮水进食，也无补于憔悴。同样，为学与进食一理。如果做学问耳进口出不作理解消化，那么，即使每天研究讲习，也毫无裨益。

读书能使人寡过，不独明理。此心日与道俱，邪念自不得乘之。

【注释】明·吕坤《呻吟语·修身篇》。

【解析】古人云："未能一日寡过，恨不十年读书。"犯错是每个人都有的，然而何以少错呢？读书是一个少犯错误的良方。书籍是人类文明的载体，是前人的生活感受与处世体验的实录。读书不仅可以使人明理，还可以使人吸取前人教训、借鉴先辈经验，从历史和现实中对照反省，少犯过错，少走弯路。在读书学习的过程中，身心与大道相合，邪念就会日益减少，过错也就越来越少。

撼大摧坚，要徐徐下手，久久见功，默默留意，攘臂极力，一犯手自家先败。

【注释】明·吕坤《呻吟语·应务篇》。

【解析】摇撼参天的大树，摧毁坚固的城池，一定要慢慢下手着力，日久见功并留意在心；倘若扬拳奋臂，急于求成，则往往事倍功半，不尽人意，刚一上手便吃了败仗。故凡大事须缓成，一蹴而就，马到成功者少有。只有慎重考虑，扎实行动，才能盈科而后进，有所成就。

圣人平天下，不是夷山填海。高一寸还他一寸，低一分还他一分。

【注释】明·吕坤《呻吟语·圣贤篇》。

【解析】圣人平定天下，绝不是夷平高山，填平大海，铲平天下；而是高一寸还其一寸，低一分还其一分，具体分析、分别对待。而且从细微处着手，缓见功效，在不知不觉中教化世人，达到整齐人伦、移风易俗的作用。

为小人所荐者，辱也；为君子所弃者，耻也。

【注释】明·吕坤《呻吟语·品藻篇》。

【解析】君子与小人是社会人格的两种代表。他们因各自的处世哲学、价值观不同而往往在立身、处世上大不相同。所谓道不相同不相为谋是也。君子见义勇为、杀身成仁，以天下为己任；小人见利忘义，苟且偷生，以一己为中心。君子是高尚人格的载体，小人是卑鄙无耻的标本。因而，被小人推荐，是耻辱，被君子遗弃，也是耻辱。

三九大老，紫绶貂冠，得意哉，黄粱公案；二八佳人，翠眉蝉鬓，销魂也，白骨生涯。

【注释】明·屠隆《娑罗馆清言》。三九：三九公卿，封建王朝掌握中央政权的高级官职。大老：对年高望重者的敬称。

【解析】有多少高官显宦，服饰华美，整天洋洋自得，可到头来终归是黄粱一梦；有多少妙龄佳人，云鬓蛾眉，令人销魂荡魄，可最后终究是白骨一堆。真可谓功名难永，红颜易逝，读来突兀、警拔，令人幡然醒悟。

口中不设雌黄，眉端不挂烦恼，可称烟火神仙；随宜而栽花竹，适性以养禽鱼，此是山林经济。

【注释】明·屠隆《娑罗馆清言》。

【解析】口中没有流言蜚语，眉头没有烦恼忧郁，这样的人无异于逍遥神仙；随其所宜种花栽竹，任其性情养鱼饲禽，这种人可称得上是自然的主人了。人们如果能远离尘嚣，亲近自然，挣脱利锁名缰，寄情林泉，任天而动，那他一定会领略到天地之大美，造化之神奇，通脱似人世之神仙，超然如山林之宰相。

覆雨翻云何险也，论人情只合杜门；嘲风弄月忽颓然，全天真且须对酒。

【注释】明·屠隆《娑罗馆清言》。

【解析】世道艰难，人心险恶，翻手为云，覆手为雨。因而不如闭门谢世，清静度日。吟哦明月，啸傲山林，颓然而醉，何乐能比？因而本当对酒当歌，保全纯真的本性。所谓“杜门息交游，对酒全天性”是也。

甜苦备尝好丢手，世味浑如嚼蜡；生死事大急回头，年光疾于跳丸。

【注释】明·屠隆《娑罗馆清言》。嚼蜡：喻淡而无味。回头：喻醒悟，悔改。跳丸：喻时光如同抛弄弹丸一样易逝。韩愈之《秋怀》：“忧愁费晷景，日月如跳丸。”

【解析】世味如同嚼蜡，尝尽了人世间的酸甜苦辣，就应毅然抛弃粗鄙的物欲，回归人的本源；时光易逝，恰如下阪走丸，体悟到了生命的终极意义，就应幡然悔悟所贪求的情念。此语语调从容，徐徐道来，如禅师说法，醍醐灌顶。

草色花香，游人赏其有趣；桃开梅谢，达士悟其无常。

【注释】明·屠隆《娑罗馆清言》。

【解析】花香天涯，草绿四野，游春的人从中欣赏到了光与色的妙趣；桃花绽开、梅花纷谢，明达之士从中可体悟到生命的无常。因而，一滴水可以折射出太阳的光辉，一朵花则可以包含生命的意义，而不同的人对之又有不同的体验与感悟。

临池独照，喜看鱼子跳波；绕径闲行，忽见兰芽出土。亦小有致，时复欣然。

【注释】明·屠隆《娑罗馆清言》。

【解析】临池照影，喜欢看鱼儿在水中嬉戏；绕径悠然漫步，忽然看到兰芽破土而出。这是何等的闲情逸致，令人时时欣慰无限。世俗之人，常把生命寄托在尘世里，以名利财色为追求，因而不免忧苦有加而闲逸不足。而通脱、达观之士却能在自然界的山水林泉、花鸟虫鱼面前扬弃物欲、拨落尘劳，回归生命的源头，感悟造化之奇伟，从而诗意地栖居在大地上。

竹风一阵，飘扬茶灶疏烟；梅月半弯，掩映书窗残雪。真使人心骨俱冷，体气欲仙。

【注释】明·屠隆《娑罗馆清言》。

【解析】一阵竹间轻风飘过，茶灶上的烟雾袅袅升空。梅树梢头的月牙儿半弯，映照着书窗前未融的积雪。如此境界，让人从心灵到骨头都感到一股洞穿一切的凉意，在清明、空灵、通脱的意境中飘飘欲仙。

虚空不拒诸相，至人岂畏万缘。是非场里，出入逍遥；逆顺境中，纵横自在。竹密何妨水过，山高不碍云飞。

【注释】明·屠隆《娑罗馆清言》。

【解析】心灵常虚若谷，但不拒绝世事纷纭，至人高风跨俗，却不担心万缘之侵扰。是是非非，不妨碍出入逍遥；逆境顺境、何妨纵横自在？竹子茂密，不能妨碍流水经过；山峰高耸，岂可阻挡白云飞过？只要心地清静澄明，那么任凭外物纷扰，也会活得洒脱、飘逸。

英雄降服劲敌，未必能降一心；大将调御诸军，未必能调六气。故姬亡楚帐，霸主未免情哀；疽发彭城，老翁终以愤死。

【注释】明·屠隆《娑罗馆清言》。六气：古代医学用语，指阴、阳、风、雨、晦、明。疽发彭城：楚汉争霸中，项羽中了刘邦的反间计，削弱了亚父范曾的兵权，范曾大怒，请求回家为民。项王许之。范曾“行未至彭城，疽发背而死。”

【解析】英雄能够降伏劲敌，却未必能够左右自己的情感；大将能够调遣雄师百万，却不一定能调和自己的六气。因而虞姬楚帐饮剑，令楚王悲恸欲绝；范曾因项羽不足为谋而忧郁过度，毒疮发背而亡。是故战胜强大外力尚且容易，而战胜自己的感情感却势比登天。老子曰：“胜人者有力，自胜者强。”不吾欺也。

人有绝技必传，有至性不朽。灵心巧思，鲁班以木匠千秋；报主存孤，李善以佣奴百世。

【注释】明·屠隆《娑罗馆清言》。

【解析】人生短暂，如寄居他乡，雁过尚且留声，因而不同的人以不同的方式度过一生，并留给后人不同的东西。圣人立言，留给人的是精神财富；庸人自扰，至多在世上留下几个不肖子孙。而鲁班能以匠人名垂千秋；李善却能以佣人奴才的身份抚孤报主流芳百世。说明人有绝技必传，人有至性不朽。

青溪白石，倏生潇洒之怀；黑雾黄埃，便起炎嚣之念，此是心依境转，恐与学道无当，必也月随云走，月竟不移；岸逐舟行，岸终自若，则几矣。

【注释】明·屠隆《娑罗馆清言》。

【解析】看到青青溪水、洁净的白石，便倏然生起了出世的潇洒胸怀；对着层层黑雾滚滚黄尘，便会升起烦恼喧嚣的感觉。这就是所谓的心随境转，对学道没有益处。月随云走，月其实没有动；岸随船漂，岸却还在原地。只有达到了这种境界，才算近于得道了。

澹泊之守，须从浓艳场中试来；镇定之操，还向纷纭境上勘过。

【注释】明·陈继儒《小窗幽记·集醒篇》。

【解析】一个人的心境要达到淡泊无为须经过无数次的考验和磨炼；而一个人能有镇定自若的操守也要在变幻的世事中摸爬滚打，千锤百炼。真正的恬淡自守，洒脱无为，绝非不历经风雨沧桑的一片空白，而是能够在所有浮华或艰难的境遇中不为所困，不为所惑。做到“富贵不能淫，贫贱不能移、威武不能屈”。所谓大隐在朝，真正的清净与镇定不在于身，而在于心。

使人有面前之誉，不若使人无背后之毁；使人有乍交之欢，不若使人无久处之厌。

【注释】明·陈继儒《小窗幽记·集醒篇》。

【解析】被赞誉从来就不完全代表成功。相反，人们表面上的赞美和奉承常常带有不可告人的目的，而不是此人确实到达了很高的境界。当面赞美不代表成功，而背后被人诋毁却往往说明自己确实存在重大问题。故君子宁使人背后无毁谤之语，不使人当面有奉迎之词。同样，初次相识时，人们往往隐匿了自己的很多缺点，而过多展示自己美好的一面，因而大有相见恨晚之情。但是时间一长，境遇一换，人心日见，对方根本没有那么多优点，于是厌恶之情日起。故与其使人有乍交之欢，不如使人无久处之厌。

天薄我福，吾厚吾德以迎之；天劳我形，吾逸吾心以补之；天厄我遇，吾亨吾道以通之。

【注释】明·陈继儒《小窗幽记·集醒篇》。

【解析】天即万物之主宰，是自然及宇宙的运行规律，故也是人类生活的一种制约因素。老天让人福分浅薄，限制人的活动时，不同修养与道德的人往往有不同的反映。而真正的君子却会在困厄和逆境中保持超然的心态，开阔自己的心胸，修养自己的道德，以磨难来砥砺自己的人格、学识，提高自己的精神境界，从而最大限度地掌握自己的命运与事业。

澹泊之士，必为浓艳者所疑；检饰之人，必为放肆者所忌。事穷势蹙之人，当原其初心；功成行满之士，要观其末路。

【注释】明·陈继儒《小窗幽记·集醒篇》。

【解析】淡泊名利的人，一定会被豪华奢侈的人怀疑为沽名钓誉；行为检点的人，必然会被恣意妄为的人所忌恨。这就是所谓人各有志，而道不同不相为谋的道理。世路坎坷，谁都有可能走到山穷水尽的地步，但是只要反思自己最初的目的和意图，就可找出原因，从而对症下药，扭转时局。同样，当一个人飞黄腾达，志得意满之时，也一定要看到自己的后路，以防患于未然。

好丑心太明，则物不契；贤愚心太明，则人不亲。须是内精明而外浑厚，使好丑两得其平，贤愚共受其益，才是生成的德量。

【注释】明·陈继儒《小窗幽记·集醒篇》。

【解析】美与丑是生活中的一对矛盾体，是构成世界的双原色，没有丑也就无所谓美。同样人也有贤愚之分，没有愚人也就无所谓有贤者。世人都趋美避丑、尚贤弃愚，但是不能走上极端。好丑之心太明，则流于过分挑剔，徒增烦恼；贤愚之心太盛，就会令人敬而远之，变成孤家寡人。所谓"水至清则无鱼，人至察则无徒"，就是这个道理。所以，要做到内心精明而外表浑厚，使好丑共存，贤愚互补，这样才是君子圣人的无量功德。

情最难久，故多情人必至寡情；性自有常，故任性人终不失性。

【注释】明·陈继儒《小窗幽记·集醒篇》。

【解析】感情是维系人类社会的纽带，是一种对希望的追求，对幸福的思念。但感情又是捉摸不定，多变易逝的。兴趣的丧失往往使人始乱终弃；生离死别的现实又使人变得冷漠无情。因而多情之人终归寡情，这其中除了主观因素外，更多的是不得不然的无奈。相反，与感情相比，人的向善天性却是永驻的，不变的，即使是一时为世俗之务蒙蔽，也终有一天会良心发现。所以，率性而动的人最终也不会泯灭良知。

真廉无廉名，立名者所以为贪；大巧无巧术，用术者所以为拙。

【注释】明·陈继儒《小窗幽记·集醒篇》。

【解析】廉洁本来是为官的本分，故真正廉洁的人决不沽名钓誉，扬名显廉，真是那样了，反倒不是廉洁而是贪图名利了；同样，真正的巧妙不在于殚精竭虑寻求技巧、方法，而在于顺其自然，依圆就方，巧夺天工。正如老子所言"大巧若拙"。

谭山林之乐者，未必真得山林之趣；厌名利之谭者，未必尽忘名利之情。

【注释】明·陈继儒《小窗幽记·集醒篇》。

【解析】人类随着自己文明发展的同时，很大程度上已形为物役，神为欲驱了。在繁华喧嚣之中困斗的人们不免向往起大自然的鸟语花香、山青水秀，并厌恶起世俗生活中的虚名浮利来。但是他们并非真正就要回归自然，以恣情山水？啸傲林泉，也不是真正放弃尔虞我诈的尘世生活。他们只不过想暂时逃避一下紧张、劳累的生活或寻求一个附庸风雅的借口，实际上仍对名利念念不忘、耿耿于怀。此等人皆叶公好龙而已。

伏久者，飞必高；开先者，谢独早。

【注释】明·陈继儒《小窗幽记·集醒篇》。

【解析】一只巨禽潜伏的时间越长，便会飞得越高。因为它在潜伏中能养精蓄锐，故能厚积而薄发，不飞则已，一飞冲天。自然界中，花开花落自有期限，花季总是在一定时间内存在，因而，开花早的也必定谢得早。同理，对于一个人来说，要想成功，必须经过一段默默无闻的积累期，以总结经验、吸取教训、储备实力，以待将来不鸣则已、一鸣惊人、脱颖而出。

轻财足以聚人，律己足以服人，量宽足以得人，身先足以率人。

【注释】明·陈继儒《小窗幽记·集醒篇》。

【解析】金钱是财富的象征，是改善生存条件的手段，但它又是身外之物，不必过分执着于此。倘能仗义疏财，必将得到忠心的爱戴，而能得人心者，便可成就事业。古人曰："其身正，不令而行，其身不正，虽令不从。"作为领袖或圣贤,不能以其昏昏,使人昭昭。必须身先士卒,以身作则,严以律己、宽以待人才能让大家信服、敬仰和认可。

一念之差,吉神随之;一念之恶,厉鬼随之。知此可以役使鬼神。

【注释】明·陈继儒《小窗幽记·集醒篇》。

【解析】对于一般人来说,为善与造恶只是一念之差的事。人心向善,因心怀善念而内心祥和宁静,此时他与神明同在;人心向恶,因满腹恶意而内心痛苦烦恼,如同在地狱一般。因而鬼神只是人们自己内心世界不同追求引起的感受而已,懂得了这个道理后,就可以驱使鬼神了。

以理听言,则中有主;以道窒欲,则心自清。

【注释】明·陈继儒《小窗幽记·集醒篇》。

【解析】不同的人有不同的做人标准和处世准则,因而对同一人或事有不同的评价。君子不以言举人,不以人废言,广泛听取众人评说,理智地加以分析对待,有则改之,无则加勉,从而成为自己命运的主人。不同的人又有同样的七情六欲,爱恨情仇。而君子能以道制欲,拴牢心猿意马、正心诚意,保持心灵的平静淡泊,从而修身养性,升华自己的人格境界,成就自己经天纬地的大业。

先淡后浓,先疏后亲,先远后近,交友道也。

【注释】明·陈继儒《小窗幽记·集醒篇》。

【解析】交友不加选择为滥交。滥交往往造成身陷泥潭,不能自拔,白白浪费时间与情感。天地之大,其人也多矣。然而能当做朋友的却没有几人。故古人叹:"人生得一知己足矣!"可见其难。伯牙摔琴,可见知音稀有;管宁割席,实在是同志难觅。所以君子交友,决不一概而论,而是择而后交,先淡后浓,先疏后亲,先远后近,从而推心置腹,渐入佳境。

多躁者必无沉潜之识,多畏者必无卓越之见,多欲者必无慷慨之节,多言者心无笃实之心,多勇者必无文学之雅。

【注释】明·陈继儒《小窗幽记·集醒篇》。

【解析】物以类聚,人以群分。不同个性的人往往表现出不同的修养。心态浮躁的人不会有深刻切实的见解;胆小怕事的人绝无真知灼见;欲壑难填的人不会有慷慨仗义之节;夸夸其谈者定无笃实可信之举;有勇无谋者绝无文学之雅兴。此五者皆为片面之人,不足之人,可为世人作鉴正身。

佳思忽来，书能下酒；侠情一往，云可赠人。

【注释】明·陈继儒《小窗幽记·集醒篇》。

【解析】儒雅豪侠之士与世俗之人的追求不同，故趣味也各异。后者有恶俗之气，前者有清拨脱俗之气——他们每当灵感突发，才情勃郁时，一卷奇书可以当作佐酒佳肴；每当豪侠之情灌满胸怀时，白云也可以赠人。因而后者往往心地超然，洒脱无拘，而前者却拘泥于格套，面目可憎，言语无味，毫无情趣。

人不通古今，襟裾中马；士不晓廉耻，衣冠狗彘。

【注释】明·陈继儒《小窗幽记·集峭篇》。

【解析】以史为鉴方能通古今，创未来。人类的文明是连续的，运动的，后人往往从历史中汲取营养、吸取教训，发现社会运动之规律，从而以少走弯路，节时省力。如果人不通古今人类之文化也就形同虚设，那人也就无所谓人，与牛马无异了。士是文化的传播者，是人类精神家园的营造者，因而士的言行也是一般平民的表率和楷模。如果连士也寡廉鲜耻了，那也就无异于衣冠禽兽了，同时，整个社会也就没有什么发展的希望了。

苍蝇附骥，捷则捷矣，难辞处后之羞。茑萝依松，高则高矣，未免仰扳之耻。所以君子宁以风霜自挟，毋为鱼鸟亲人。

【注释】明·陈继儒《小窗幽记·集峭篇》。

【解析】苍蝇附在千里马尾部，虽然也能日行千里，但却难以推托附尾这种羞耻的。茑萝攀缘在挺拔的松树上，虽然也高高在上，但毕竟有笑脸迎人，趋炎附势之耻的。物犹如此，人何以堪？君子应当独立不苟，即使身处逆境，也决不做金鱼小鸟，被人豢养，寄人篱下。

平民种德施惠，是无位之公卿；仕夫贪财好货，乃有爵之乞丐。

【注释】明·陈继儒《小窗幽记·集峭篇》。

【解析】人性之高贵并不在于爵位的高低，生命之价值也不在财富之多寡。平民能乐善好施，救人危困，照样高贵可敬；王侯贪财好利，不能解人倒悬，济世扶贫，即使富甲天下，也是一叫花子而已。

一失脚为千古恨，再回头是百年人。

【注释】明·陈继儒《小窗幽记·集峭篇》。

【解析】人处世间，如红炉焰上片雪飞，转瞬即逝。然而即使是在这样短暂的人生中，人们还是不免错误连连，错上加错，甚至铸成千古大错，遗恨终生。因而凡事要做到有备而动，决不能一意孤行，任意而为，否则铸就大错，待到幡然醒悟，也悔之晚矣。

心为形役，尘世牛马；身被名牵，樊笼鸡鹜。

【注释】明·陈继儒《小窗幽记·集峭篇》。

【解析】人与动物最大的区别就在于人有思想、追求，有自己的精神世界。但是，人如果为名缰利锁所缚，只为衣食功名奔波忙碌，放弃自由的心灵，那和尘世牛马、笼中鸡鸭又有什么区别呢？哀莫大于心死，在心灵的枷锁下，名利如镜花水月，人也是空洞而没有内容的一个概念。

宇宙内事要担当，又要善摆脱。不担当，则无经世之事业。不摆脱，则无出世之襟期。

【注释】明·陈继儒《小窗幽记·集峭篇》。

【解析】出世与入世，历来是中国古代士人的两种不同人生态度。人既生在世上，便要有所作为，这样才不枉活一生。然而在积极用世的过程中，人会受到名利的诱惑与纠缠，很容易改变初衷，迷失方向。因而又要善于摆脱外界的诱惑，保持心灵的自由与洒脱，从而超然物外，拥有脱俗的智慧。

执拗者福轻，而圆融之人其禄必厚；操切者寿夭，而宽厚之士其年必长。故君子不言命，养性即所以立命；亦不言天，尽人自可以回天。

【注释】明·陈继儒《小窗幽记·集峭篇》。

【解析】在很大程度上，性格就是人的命运。性格执拗，一意孤行的人动辄大发雷霆自找烦恼，因而其福分必薄；相反，圆通合群的人往往因谦虚而得到大家的首恳，其禄也必厚。一个操守峻切，不能容人的人一定寿短；而一个宽厚仁爱之士却可长命百岁。因而君子不言命运之好坏，因为培养自己的心性，完善自己的人格就可以拥有美好的命运；君子也不信天意，因为只要按照自然、社会规律办事，则自可回天有力。

立功建业，事事要从实地着脚；若少慕声闻，便成伪果。讲道修德，念念要从真处立基；若稍计功效，便落尘情。

【注释】明·陈继儒《小窗幽记·集峭篇》。少：同稍。

【解析】建功立业的人，每一件事都须脚踏实地，从现实着手，只要有丝毫浮夸与务虚，就不会有真实成果。同样讲道修德，也要从实处奠基，若稍有功利之心，便会前功尽弃、与世俗之人没有两样了。

才智英敏者，宜以学问摄其躁；气节激昂者，当以德性融其偏。

【注释】明·陈继儒《小窗幽记·集峭篇》。

【解析】人无完人，只是圣贤之人更懂得克制自身缺点，发展自身优点。才智过人，思维敏捷的人，往往恃才傲物，流于浮躁，因而应以渊博的学问来消除自己的狂躁与妄动，培养虚怀若谷的品质。同样，那些激昂大义，嫉恶如仇的人，常因为自己情感炽烈而导致偏激用事，所以他们应该增进自身的涵养，用宽恕与慈悲的心情对待社会与人生，从而完善自身人格。

吟诗劣于讲学，骂座恶于足恭。两而揆之，宁为薄幸狂夫，不作厚颜君子。

【注释】明·陈继儒《小窗幽记·集峭篇》。

【解析】吟诗是个人情感的流露，是表达生活与社会理想的方式，而讲学却是对所谓圣贤言行的讲解。由于传统思想的影响，吟诗一直被视为是低劣的，而讲学却备受推崇。同样，直言不讳的骂座行为，即使骂得有理，也历来为众人所厌恶，而低声下气、毕恭毕敬却更让人赏识。陈眉公却对此表明不同见解：吟诗与讲学、骂座与足恭，两下比较，宁愿吟诗、骂座，决不做好为人师、厚颜无耻的伪君子。

喜传语者，不可与语；好议事者，不可图事。

【注释】明·陈继儒《小窗幽记·集峭篇》。

【解析】语言本来是人们传播思想、表达情感的工具。但是由于使用它的人的不同往往造成不同的后果。其中有两种人不可与之共事。一种是喜好传播话语的人。他们往往凭捕风捉影、道听途说得来的信息随处传播，而且添油加醋、夸大其辞，以至三人成虎，谬谬相传，这种人是不能与之推心置腹地交谈的。另一种人是好议论世事的人。他们对任何事物都评头论足、指指点点，以其大言来唬人，而实际上只不过是纸上谈兵而已。这种人是不能与之共商大事的。

玄奇之疾，医以平易；英发之疾，医以深沉；阔大之疾，医以充实。

【注释】明·陈继儒《小窗幽记·集峭篇》。

【解析】人有不同的特质与性格。但如果固执一端，流于偏激，就应加以较正。譬如故弄玄虚、神神秘秘的人就应讲究言行的平实浅易，这样才不至于外强中干、哗众取宠。那些才华横溢、锋芒毕露的人最好能学得沉稳、含蓄，这样才不至变得恃才傲物，自高自大。而那些讲究排场阔大的人，则应用学识来充实自己，以免流于肤浅。

人生有书读，有暇得读，有资能读，又涵养之如不识字人，是谓善读书者。享世间清福，未有过于此也。

【注释】明·陈继儒《小窗幽记·集峭篇》。

【解析】书是人类智慧与知识的载体，读书可以明事理、养性情、铸人格、举大事。然而真正能有书可读、有时间读书、有钱来买书的人却不多。即使是有此条件的人也常常在自视为识字之人而不能真正进入书中的境界，领略其真义，而只停留在文字的表面。只有那些能超越文字限制，真正走入书中世界、领略书中意象之深刻内含的人，才能算真正的读书人。到了这种境界，读书才是一大清福，虽南面为王而不易。

贫士肯济人，才是性天中惠泽，闹场中笃学，方为心地上工夫。

【注释】明·陈继儒《小窗幽记·集峭篇》。

【解析】人的品格与禀性只有在一定场合才能得到考验和表现，没有具体环境，也就无法证实。富人的乐善好施当然可贵，但贫士的周济行为尤为高贵，更见其善良与峻洁人格。同样，在宁静场地能埋头书卷的人已属不易，而能在喧嚣的场合中沉心笃学的人更显示了他过人的心性，和不为嘈杂所扰的至高境界。

清代部分

日中有钱人所羡，

日夕饿死人谁怜。

——清·屈复

古者以天下为主，君为客，凡君之所毕世经营者，为天下也。今也以君为主，天下为客，凡天下之无地而得安宁者，为君也。

【注释】清·黄宗羲《原君》。在上古时代，天下的黎民百姓是主，君主是客。君王竭尽毕生精力治理国家都是为百姓尽义务。而在后世，君是主，百姓为客，天下人没有一处得以安享生活都是为了满足君主的贪欲。

【解析】黄宗羲认为古代人君的产生，是为了天下兴利释害，而自己倍受劳苦，后世君主却将天下视为自己的产业，只知享受而残酷地剥削天下的黎民百姓。在这样的君主统治下，人民不再受益反到倍受摧残。这显然已与上古时代的为君之道背道而驰。

为天下之大害者，君而已矣。向使无君，人各得自私也，人各得自利也。

【注释】清·黄宗羲《原君》。向使：假使。

【解析】黄宗羲对后世君主专制荼毒生民进行了最激烈最犀利的鞭挞。他提出：君主是天下的大祸害，人民的公敌，如果没有君主的荼毒，人民就会获取各自应得的利益，安享生活。这一言论在当时的社会背景下是相当激进的，闪耀着民主思想的光辉。

故我之出而仕也，为天下，非为君也；为万民，非为一姓也。盖天下之治乱，不在一姓之兴亡，而在万民之忧乐。

【注释】清·黄宗羲《原臣》。我出仕做官，是为了给天下老百姓做事谋利，而不是为了给帝王做仆从；我所做的事是为亿万民众的公利，并非只为一家一姓的私利。国家的太平与否，不在于皇帝一家一姓的兴亡代替，而在于民众的忧喜哀乐。

【解析】黄宗羲强烈反对“臣为君设”这样的封建君臣关系。他认为为臣之道当以天下万民为事，即应辅佐君王为民办事，做君王的师友而非仆从。这里体现的民主思想是其“天下为主君为客”思想的继续与补充。

每发一声，使人闻之，或如刀剑铁骑，飒然浮空；或如风号雨泣，鸟悲兽骇，亡国之恨顿生，檀板之声无色，有非莫生之言可尽者矣。

【注释】清·黄宗羲《柳敬亭传》。飒然：爽利的样子。飒，风声。檀板之声无色：意思是把伴奏的乐声都压下去了。檀板，檀木制的拍板，古代歌舞时用来打拍子或伴奏。莫生：儒生莫后光，他曾在柳敬亭说书，对他的技艺多有描述褒誉。

【解析】这是关于柳敬亭说书的精湛技艺的一段脍炙人口的精彩描述。柳敬亭生活于明末乱世，一切包括国家兴亡、朝代更替在内的风云际会，都极大地丰富了他的生活阅历。这一切反映在说书上，一方面增强了说书技艺，同时也使其表演具有了鲜明的时代色彩。他说书，每讲一句，发一声，听众听在耳中，有的像刀剑作响、铁骑狂奔，回荡在空中；有的则仿佛是狂风怒号、愁雨痛哭，其声可使鸟闻之伤悲野兽为之震骇，不由使人顿生亡国之恨，而令伴奏的乐声都为之失色。此时，经过多年生活磨炼的柳敬亭，其说书技艺已今非昔比，大胜从前，而非莫生早年的那些话语可以尽述的了。

君子之教人有私淑艾者，虽去之百世而犹若同堂。

【注释】清·顾炎武《与友人论门人书》。私淑：孟子自恨不能与孔子同时而求教，说："予私淑诸人（指孔子门徒）也。"后世遂称仰慕其人而未及门受学为：私淑弟子。艾：美好。艾者，品学并优的贤人。

【解析】君子教诲人要学习私心所仰慕的贤者，哪怕彼此相距已有百世之久也好像是同在一室之内似的。师无定法，师无常人。千古百世以上的贤人君子往往能成为我们最好的学习榜样。当我们领悟他们的思想，品读他们的文章之时，可以与他们做心灵的对话，此时我们与古人的距离就会很近，仿佛在亲耳聆听其教诲。

道之污隆，各以其时，若为己而不求名，则无不可以自勉。

【注释】清·顾炎武《与友人论门人书》。学术的衰败和昌盛，各有其时代的必然性，倘若为了自己的追求而不求虚名，那就没有不可以自我劝勉的。

【解析】事物的兴衰自有时，然而追求是永恒的。少一些功利之心，不要考虑一时的兴衰成败，真理永远是真理，你的追求总有一天会被证明是有价值的。

天下体柔之人，常足以遗民忧而召天祸。

【注释】清·顾炎武《夸毗》。体柔之人：即指夸毗之人。夸毗，语出《诗经·大雅·板》："天之方懠，无为夸毗。"清人郝懿行《尔雅义疏》说："夸，胯也。毗，脐也。体柔之人，其足便辟，其躬卑屈前俯为恭，故曰夸毗。"因此夸毗之人即是指卑躬屈膝向人取媚的人。遗民忧：给人民祸患。召天祸：引起上天降灾。

【解析】顾炎武对夸毗之辈深恶痛绝，认为他们的危害性极大。常足以给人民带来病患并引起上天降灾。

礼义，治人之大法；廉耻，立人之大节；盖不廉则无所不取，不耻则无所不为。

【注释】清·顾炎武《廉耻》。礼义是治理人民的大法；廉耻是为人立身的大节。不廉便什么都可以拿，不耻便什么都可以做。

【解析】礼义廉耻是一个人的基本道德修养。而其中尤以“耻”最为重要。“不耻则无所不为”，一个无所不为的人还讲究什么礼义廉耻呢？

松柏后凋于岁寒，鸡鸣不已于风雨，彼昏之日，固未尝无独醒之人也！

【注释】清·顾炎武《廉耻》。松柏后凋：《论语·子罕》：“岁寒，然后知松柏之后凋也。”比喻君子能接受环境的考验。鸡鸣不已：《诗·郑风·风雨》：“风雨如晦，鸡鸣不已。”

【解析】凛冽的冬寒中有不凋的松柏，风雨如晦中有警世的鸡鸣，那些昏暗的日子中，未尝没有独具卓识的清醒者！举世皆浊未必没有清者，举世皆醉未必没有醒者。那些能出污泥而不染的君子才是最值得赞颂的。

士之求其友也益难。而或一方不可得，则求之数千里之外；今人不可得，则慨想于千载以上之人。

【注释】清·顾炎武《广宋遗民录序》。士：守节有志之士。益：更加。

【解析】明末士大夫多奢谈气节，入清后却纷纷改仕新朝。面对这样一个残酷的现实，作者作为一位有志之士既痛心疾首又感慨万分。在这样一个风雨如晦的昏暗世界里，守节有志之士寻求志同道合之友就更难了，那么在周围找不到，就到千里之外去寻找；当世难求，就将感情寄托在历史人物身上，与古人交朋友。

士当养其器识而不堕于文人。

【注释】清·顾炎武《与人书》。养：涵养。器识：器度见识。这里指一个人的大志和理想，开阔的胸襟和识见。文人：在这里不是平常意义上的文人，而是指那些只知舞文弄墨、做一些无聊文字的墨客文人。

【解析】士人应胸怀大志，必系国家命运前途，做到“声声入耳”“事事关心”。而不应做只知顾念一己之情，舞文弄墨，无病呻吟的文人，在顾炎武看来，那实在是一种堕落。考虑其当时所处的时代特点，这一观点还是具有积极意义的。

求人则丧己，不求则不达。

【注释】清·顾炎武《与李中孚书》。求助他人就必然要以丧失自己的独立性为代价，不求事情又难以成功。

【解析】作者想要回南方老家，然而迁移所需的费用、车马、人力却尚无着落，又不肯牺牲独立性去托求他人。这种两难境地，着实令作者苦恼。其实，一个人在世上生活，很多时候会面临这样的抉择，如何取舍，何去何从，只是每个人有所不同罢了。

至巧出于至平。盖以志凝其气,气动其天,非鲁莽灭裂之所能效此。

【注释】清·彭士望《九牛坝观抵戏记》。至:极,极致。以志凝其气:意志集中刻苦锻炼的精神。气,精气神。气动其天:以精神推动他的天赋。卤莽灭裂:粗鲁莽撞,草率苟且。效:有成效。

【解析】熟能生巧,习惯成自然。出神入化的境界的取得是源于平时艰苦的训练。而这种训练是一个"志凝其气,气动其天"的过程,也就是要排除一切干扰,集中精力,全身心投入这一活动。反之,如果用心不专,心浮气躁是万不能达到"至巧"的水平的。

天地之大,物各遂其生成,稗稻并实,无偏颇也。

【注释】清·彭士望《九牛坝观抵戏论》。遂其生成:适应它的条件而生长成熟。天地广大,万物竞相生长。野草与水稻一样生长,大自然一视同仁,毫无偏颇。

【解析】大自然孕育万物,给予它们生命,它们的作用大小有所不同,但就生存权利而言是平等的。人类社会是同样道理,每个人的能力高低,职业条件优劣可能有所不同,但都同样有其生存的权利。因此在人格上,所有人都是平等的。

茎叶既生,日高日上,日上日妍。有风既作飘摇之态,无风亦呈袅娜之姿。

【注释】清·李渔《芙蕖》。

【解析】这里描写的是荷花初长成时的形态。茎叶生出后,一天一天长高,越高越好看。有风的时候,荷身随风飘摇,姿态美不胜收;没风的时候,荷身耸立,袅袅娜娜,亭亭玉立。

有五谷之实而不有其名,兼百花之长而各去其短,种植之利有大于此者乎?

【注释】清·李渔《芙蕖》。具有同五谷一样的效用却没有五谷之名,兼有百花的各种长处而没有其短处。就种植之利而言,能有什么比这个(荷花)更大的呢?

【解析】荷花所结莲籽与藕都可食用,故曰具"五谷之实";荷花除了具有花类可观赏的长处外,荷叶清香袭人,莲籽与藕可食,败叶可作裹物之用,这是其它花不具备的长处。因此说"兼百花之长而各去其短"。言其"种植之利有大于此者乎",确非夸大或虚美。芙蕖的确当得此誉。

园中梅百余株，一望如雪，芳气在襟袖。临池数株，绿萼玉叠，红白梅相间，古干繁花，交映清波。

【注释】清·归庄《洞庭山看梅花记》。

【解析】那园中的一百多株梅花，望上去，茫茫一片，犹如白雪，芳香四溢，沾满襟袖。尤其是水池边上的几株，绿萼有如玉砌，花色红白相间，古朴的树干，似锦的繁花，倒映在一池碧波之中。梅花以其高洁的品性受到人们的喜爱，写梅名句名篇不胜枚举。然而这些作品多从梅花的品格入手，本篇作者却慧眼独具，将梅花写得清丽、香美，惹人怜爱。可谓别具一番风味，使人有耳目一新之感。且作者十分注意颜色的搭配与构图，一读之后，不觉一幅“山园小梅图”顿生眼前。

白梅素质尚妍，玉叠红梅，朱颜未凋，绿萼光彩方盛，虢国淡扫，飞燕新妆，石家美人，玉声珊珊，未坠楼下，佳丽满前，顾而乐之。

【注释】清·归庄《洞庭山看梅花记》。绿萼：花萼，花瓣下部的一圈绿色的小片。虢国：虢国夫人，杨玉环的同胞姐姐，以美貌著称。飞燕：赵飞燕。中国古代四大美女之一。石家美人：指晋代豪族石崇的爱妾绿珠。石崇败亡后，绿珠坠楼而死。

【解析】作者再访梅园，原以为梅花已谢，然却给了他一个惊喜：白梅雪白的质地依旧新鲜，红梅依旧花朵繁密有如玉砌，绿萼光色鲜亮，鲜艳夺目。这些梅花有如淡妆的虢国夫人，新妆完毕的赵飞燕，未坠楼时的绿珠，美不胜收。众多美人站在面前，不由人不开怀。

天下英雄之相爱而相用也，出于诚，然而英雄之杀英雄，与其见杀于英雄者，则必皆出于万不得已。

【注释】清·侯方域《王猛论》。爱：爱惜。用：合作。见杀于：被……杀。

【解析】英雄与英雄之间互相爱惜、互相仰慕而携手合作，这是出于双方一种真诚的愿望。但往往事与愿违，双方一旦意见相左，处于敌对状态，可怕的杀戮横在眼前，这种残酷的局面是每一个真正的英雄都不愿面对的。诸葛亮吊祭周瑜：“从此天下，更无知音！”道出了英雄相残的痛心与无奈。

临之为郡，越在江曲，阒焉若穷山荒野。

【注释】清·施闰章《就亭记》。越在江曲：远在江边。阒(qù)：寂静。

【解析】身处都市中，心却远在江边，我心自沉寂，繁华热闹的都市对我而言就仿佛是穷山荒野。这是脱俗者的超然心态。外界环境对常人往往会产生极大的影响，然而修为到家、品性高洁的人其心静神定，自可闹中取静，不为外物所役使。陶渊明《饮酒》诗中说:“结庐在人境,而无车马喧。问君何能尔,心远地自偏。”即为此意。

山水之意,未尝不落落焉在胸中也。

【注释】清·施闰章《就亭记》。山水之意:在欣赏山水风景时所具有的悠然自得,超然脱俗的心态。落落焉:明显貌。

【解析】山水之间的真趣并非只是在观赏山水风景时才能领略。愚俗的人即便处在青山绿水间也不会抛掉尘世俗务。而难以领略山水之意。超然脱俗的人即便身处尘世,身历俗务,其心态却不会为尘世中的纷纷扰扰所扰乱。虽未登山临水,然而山水之意已了然在胸中了。

君子居则有宴息之所,游必有高明之具,将以宣气节情,进于广大疏通之域。

【注释】清·施闰章《就亭记》。宴息:安息。高明之具:上好的佐游之物。宣气节情:宣泄内心的积郁之气,调节各种情绪。进于广大疏通之域:指达到一种开阔疏朗的境界。

【解析】生活在尘世中的人如果不想让生命消磨在俗役繁务中,那么就要像那些有道德有修养的君子那样,平日端居时为自己寻求一个可安心养性之处,行动出游时则亦寻求一处情趣高雅之地,远离尘嚣,驱除内心抑郁之气和各种杂念,使精神松弛,进入一种开阔疏朗的境界。

犹是芋也,而向之香而甘者,非调和之有异,时、位之移人也。

【注释】清·周容《芋老人传》。是:此,这。向:从前。调和:此处是烹调的意思。移人:改变人的性情。

【解析】还是同样的芋,从前穷困时吃着又香又甜,富贵后再吃却难以下咽。这并非烹调方法上有了什么差别,而是由于时势、地位的变化,人的性情口味也随之改变了。“时位移人”这是个普遍的真理,任何人都摆脱不掉这条法则,只不过是变化的程度有所不同罢了。

世之以今日而忘其昔日者,岂独一箸间哉!

【注释】清·周容《芋老人传》。岂独:哪里,只。箸(zhù):筷子。

【解析】时势地位不同,口味也随之不同,这只是就一些生活小事而言。那么推而广之,富易其妻,贵绝其交,以及为吏而背其学。社会上广泛存在着这样一些“以今日而忘昔日”的不良现象,其危害之大可并非只是换换口味而已。作者生活于明清易代之际,国变后曾一度为僧,矢志不仕清。易代之际,他目睹许多背亲弃友、丧志失节之事，可知此语实有所指了。

天下有缙绅士大夫所不能言，而野老鄙夫能言之者，往往而然。

【注释】清·周容《芋老人传》。往往而然：事情往往是这样。

【解析】天下有些事是缙绅士大夫所不能言的。有的是因为他们身居高位而忽略了一些平常的道理；有的则是因为他们某些行为本身就违反常理，也就难以明白这些事理；有的则是知而不敢言，不屑言。那么这些真理的主动权反倒往往掌握在下层百姓、乡野村夫的手中。

情、景名为二，而实不可离；神于诗者，妙合无垠，巧者则有情中景，景中情。

【注释】清·王夫之《姜斋诗话》。神于诗：在作诗方面有至高的造诣。无垠：没有痕迹。情中景：写情之中含有景色。

【解析】这里讲的是情景融合的问题。作者认为情与景名义上是两个东西，而实际上不能分开。那些作诗高手能将二者巧妙地结合在一起而毫无痕迹。那些结合得巧妙的就可以做到情中有景，景中有情。

读书将以何为哉？辨其大义，以立修己治人之体也；察其微言，以善精义入神之用也。

【注释】清·王夫之《论梁元帝读书》。善：善于。精义入神：指精通物理的微妙，达到神奇的境界。《易经·系辞下》："精义入神，以致用也；利用安身，以崇德也。"王弼注："精义，物理之微者也；入神，寂然不动，感而遂通。"这里指掌握书的精神，到了神妙的地步。

【解析】读书具体要做到哪些方面呢？要辨明书的"大义"，即书中所反映的精神实质，做为修己治人的行动准则；又要体察"微言"，即书中的微妙之处，使自己对书的整体精神的把握能抬升至一个较高的层次。

无高明之量以持其大体，无斟酌之权以审于独知，则读书万卷，止以导迷，顾如不学无术者之尚全其朴也。

【注释】清·王夫之《论梁元帝读书》。高明之量：高知卓识，高明的见解。持：把持。斟酌之权：反复思考权衡的能力。权：权衡，标准。审于独知：辨别独到的见解。审，辨明是非。独知，独到的见解。导迷：导入迷途。导：引导。全其朴：保全淳朴的状态。

【解析】如果没有"高明之量"来鉴别书中所反映出的精神实质，不能以"斟酌之权"来考察书中的一些见解道理，那么书读得再多，其结果也只是使自己误入歧途。像这样还不如那些从不读书的人，毕竟他们还能保持一些淳朴的本色。作者在此强调读书一定要有所鉴别,有所选择,绝不可滥读,否则将会遗患无穷。

豪俊侠烈魁奇之士,泯泯然不见功名于世者又何多也?岂天之生材不必为人用与?抑用之自有时与?

【注释】清·魏禧《大铁椎传》。泯泯然:泯灭。沉寂的样子。岂:难道。抑:还是。

【解析】魏禧塑造的大铁椎形象武艺超绝,且文才出众,是文武兼备的全才。然而其才不为社会所用,其人也不为世人所识。最终,只有失意地隐去。由此,作者不由感叹:像大铁椎这样本应建功四方,青史留名,然而却终于埋没于山野之间的豪杰异士这世上有多少呢!难道上天生出这些奇材异士不是要为世所用吗?还是人材为世所用自有时日而他们却生不逢时呢?其中寄寓着英雄失路、托足无门的愤慨,同时也流露了作者对当时社会的不满情绪。

虽人有百手,手有百指,不能指其一端;人有百口,口有百舌,不能名其一处也。

【注释】清·林嗣环《口技》。

【解析】即使人有一百只手,每只手有一百个手指,也不能指出一端;人有一百张口,每张口又有一百个舌头,也不能说出它的一点妙处。这是林嗣环对一个口技艺人精彩绝伦的表演所作的描述。

乌知彼羽毛之族,非多求多冀,哓哓焉炫其所有,急其所无,以求济夫旦夕之欲者乎?

【注释】清·沙张白《市声说》。乌:哪,怎么。羽毛之族:泛指鸟兽。哓哓焉:乱嚷乱叫的声音。济:帮助,接济。这里可译为满足。

【解析】人们习惯上将山林野地之间的鸟声兽音看做是鸟兽怡然自得的表现。然而《市声说》的作者沙张白却提出一个很有意思的不同看法:焉知那些鸟兽在那儿吵吵嚷嚷,不是有所企求有所希冀呢?它们或为自己的所有而得意;或为自己的所无而着急,愤愤不平。不过它们也像世人一样为填饱肚子,满足自己的各种欲望而奔波忙碌。现今科学观念渐强,生态平衡之类学说已很普及,但当时的沙张白不一定谙熟此说,他用的是以"人"度"鸟兽"的推证法。

京师者,市之所聚也。揽权者市权,挟势者市势,以至市文章,市技艺,市恩,市谄,市诈,市面首,市颦笑;无非市者。

【注释】清·沙张白《市声说》。市:卖,做交易。面首:男宠,男妾,男妓。

明清二代均有“好男风”的陋习，不只女的蓄面首。市鞶笑：指女性出卖色相。

【解析】京师之地，或者更明了地说就是朝野之中心，就是一个交易中心，一个大市场。在这里，揽权的卖权，掌势的卖势，以至于出卖文章学识，出卖技艺，出卖恩义，出卖谄媚，出卖机诈，出卖色相，无非都是做交易。在这里，作者以辛辣的笔锋淋漓尽致地揭露了官府中权钱交易的罪恶勾当，以及官吏们为达到个人目的不惜出卖人格的种种丑态。国家的权力中心成为一个交易场所，而官员们在这里出卖一切能获取利益的东西，这样一个可怕的社会现实，令人触目惊心。

无声之声，震于钟鼓。

【注释】清·沙张白《市声说》。

【解析】沙张白对当时官府中鬻官卖爵，寡廉鲜耻地出卖人格、灵魂的罪恶行径十分愤慨。他愤怒地指出官僚机构就是一个大市场，在这里，一桩桩交易虽不像小商小贩那样大声高呼，吵得人心烦，可无声胜于有声，这种“无声之声”甚至比钟鼓之音还要响。它震的是人心，扰乱的是世风，败坏的是社会根基。

诸曹失之，一郡得之，此数十州县之庆也。国家得之，交游失之，此又二、三士大夫之憾也。

【注释】清·汪琬《送王进士之任扬州序》。诸曹：朝廷各部司官的通称。交游：结交的朋友。

【解析】王士祯中进士后，没被留任京城衙门中，而是放了外任，做地方官。在他临行时，汪琬写文相赠。他说，你没做京官而做了地方官，这是数十州县老百姓都值得庆贺的事。这是站在地方老百姓的立场，为王进士的外任而庆贺。并从侧面褒扬王士祯为官必定清明廉洁。接下来又说，你为了国家的公义而离开京城去了地方，京城的朋友很难再和你结伴畅游，这又是令人感到遗憾的事了。这是站在京城里朋友的立场来说，表示友情难舍，又借以说明王士祯是一位可交的良友。这样由王士祯的外任而引起的公私得失，从不同侧面说明了这个人对国家和朋友都很忠诚，公私而言，都实属难得。短短两行字，措词得体，且蕴爱才惜别的无限深情于其中，确实堪称赠别佳句。

朔风初劲，雨雪载途，摇策而行，努力自爱。

【注释】清·汪琬《送王进士之任扬州序》。朔风：北风。载途：充满路途。摇策：挥动马鞭。自爱：自珍自重。

【解析】这句话是这篇赠别文章中的最后赠言。寥寥四言，就构成了一幅充满着离情别意的风雪送行图。“朔风初劲,雨雪载途”,这两句写风雪出行,在写景中蕴含着关切行人的深情。作者目送友人在风雪中扬鞭远去,不胜依依惜别之情,千言万语归为一句话:努力自爱。

士不立品者,必无文章。

【注释】清·汪琬《江天一传》。品:品质,道德。文章:艺术性与思想性相统一的好文章。

【解析】真正的好文章是作者心灵的写照。而且真正的好文章,尽管它的内容展示的是美、丑、善、恶,最终给予人的都是真善美的启迪。只有具有高尚道德品质的人才能做到这一点。所以学作文先学作人,这是一个为人们所熟知的道理。

藏之之难不若守之之难,守之之难不若读之之难,尤不若躬体而心得之之难。

【注释】清·汪琬《传是楼记》。之:书籍。若:如。躬体:亲身,身体力行。藏书难却不如守书难;守书难则又不如读书难,读书难又比不上领会书中要义并亲身去实行之难。

【解析】藏书是为了能守书,守书则是为了读书,而读书的目的则是要知书行事。这才是实现书籍真正价值的途径。但世人藏书者本不多,能守书、读书的人就更少了,而真正知书并能付诸行动者更是少而又少、微乎其微了。这不知是书的悲哀,抑或是人的悲哀呢?

古之善读书者,始乎博,终乎约,博之而非夸多斗靡也,约之而非保残安陋也。

【注释】清·汪琬《传是楼记》。约:简单,简略。这里指专攻。斗靡:原指攀比,奢侈,这里是比谁多的意思。

【解析】古代善于读书的人,开始时是博览,到最后就专攻。博览群书并不是为了炫耀自己的广博,专攻一门也不是抱残守缺。又博又专,在博的基础上专攻一门,这样既有广度又有深度,这才是真正的善学习者。

天地人物,皆奇器也。动者如天,静者如地,灵明者如人,赜者如万物,何莫非奇?

【注释】清·戴榕《黄履庄小传》。器:新奇的工具、物品。动者如天,静者如地:天指日月星辰。古人还不明白地球自转的道理。赜(zé):繁多。

【解析】天地间的人类与万物都是“奇器”。运动的像天,静止的像地,聪明灵秀的如人，繁杂的如万物，哪一个不是大自然所创造的奇迹呢？表达了一种珍视万物，万物齐一的观点。

虽其揜抑于一时，然要以俟之百世，虽欲使之终晦焉，不可得也。

【注释】清·姜辰英《〈奇零草〉序》。揜(yǎn)抑：因受压制而埋没。要以俟之百世：意思是，总要表现于多少年之后。终晦：一直埋没。

【解析】是金子总要发光的。真正有价值的东西即使一时被埋没，但在多少年后其价值一定会表现出来，即使故意想使它埋没也不能够。

水岂有意为奇变哉？决之不得不趋，鼓之不得不作，亦随所遇而已。

【注释】清·朱彝尊《秋水集序》。奇变：出人意料的变化。决：排除阻塞物，疏通水道。趋：趋向，奔向。鼓：振动。作：起，兴起。遇：遭遇。

【解析】水由地下涌出后，取道各异，形态万千，这难道是水自身有意进行选择变化的吗？当然不是。有外物为它挖掘疏导水道，它就不得不顺道而行；有外物击打鼓动它，它就不得不兴波作响，也不过是随其遭遇，顺其自然而动罢了。作者借水喻文，主张作文应源于经理，本乎性情，率性而为，而反对牵强附会，刻意雕琢。

君有昏明，世有治乱，学无废兴。

【注释】清·唐甄《鲜君》。君主有昏庸贤明之分，时世有盛世乱世之别，而唯有学问没有废止之日。

【解析】时代、社会环境有好有坏，这是由许多客观因素所决定的，难以预料，也没法选择；然而，学问却是永恒的，无论在什么样的社会环境中，努力学习都是没错的。

蠹多则树槁，痈肥则体敝，此穷富之源，治乱之分也。

【注释】清·唐甄《富民》。蠹(dù)：蛀虫。槁：枯干。痈(yōng)：一种毒疮。

【解析】蛀虫多了树木就要枯槁，毒疮长大了身体就会变坏，这是造成穷与富、治与乱的最根本原因。作者是以蛀虫和毒疮来比喻贪官污吏，他们就像是附著在国家与人民肌体上的“蠹”与“痈”，严重侵害与腐蚀着国家机体，他们是致使国力疲敝，社会不安定的最主要因素。

杀一人而取其匹布斗粟，犹谓之贼；杀天下之人而尽有其布粟之富，而反不谓贼乎？

【注释】清·唐甄《室语》。杀一个人，盗走几匹布、几斗粟，我们还称他是贼,杀死了天下所有的人而将他们的布匹、粟米都夺去了,怎么反而说他不是贼呢?

【解析】《庄子》中曾说:“窃钩者为贼,窃国者为诸侯。”历代帝王无不屠杀广大人民而掠夺其财富,他们就是“贼”,而且是罪大恶极的“贼”。

有罪而杀,尧舜之所不能免也;临战而杀,汤武之所不能免也;非是,奚以杀为?

【注释】清·唐甄《室语》。尧舜、汤武:古代贤君。临战:打起仗来的时候。奚以杀为:杀人干什么?奚,何,表示疑问。为,语末助词,表示疑问。

【解析】因人犯了死罪而杀人,即使是尧舜也无法避免;在双方作战时,杀死对方,像商汤、周武王这样的仁者,也不可避免。如果不是这两种情况,那为什么要杀人呢?这实际是在鞭挞滥杀无辜、荼毒生灵的残暴行为。

杀人者众手,实天子为之大手。

【注释】清·唐甄《室语》。看上去是通过众人的手将人杀了,实际上真正的凶手是天子。

【解析】正如作者所言:“大将杀人,非大将杀之,天子实杀之;偏将杀人,非偏将杀之,天子实杀之;卒伍杀人,非卒伍杀之,天子实杀之;官吏杀人,非官吏杀之,天子实杀之。”这些人不过是充当了帝王的杀人工具罢了,真正操纵杀人权柄的是那些满口仁义道德实际残暴异常的人君,他们才是杀人元凶。

于鱼则不忍,于人则忍之;杀一鱼而甘一鱼之味则不忍,杀天下之人而甘天下之味则忍之,是岂人之本心哉?

【注释】清·唐甄《室语》。对鱼尚且不忍心,对人却那么狠心;杀一条鱼,然后把它吃掉,还有些不忍心,将天下人杀死,而得到他们的好处,就那么忍心,这难道是人的本性吗?

【解析】作者实际是以此来劝诫人君不要滥杀无辜,而应该提倡不忍人之心,施行仁政。《孟子·梁惠王上》:“齐桓晋文之事章”曾以“牛羊之易”来表达这一思想。

足虽弱,不至不能行;力虽弱,不至不能举。人如翔而至,我如刖而至;人先庚而至,我后癸而至。

【注释】清·唐甄《无助》。不至:不至于。如翔:像飞一样快。如刖(yuè):刖,古代的酷刑,砍去脚。这里是说像受了刖刑一样行动艰难。人先庚而至,我后癸而至:天干计时,庚在癸前。这句话的意思是说,别人先到而我后到。

【解析】我走得虽然很慢，但还不至于不能走；我的力量虽然很小，但还不至于不能举东西；别人以飞快的速度到达，我以缓慢的速度到达；人家先到达目的地，我晚到也可到达目的地。在这里，作者所要说明的一个道理是，无论做什么事情，只要依靠自己的力量，持之以恒，即便条件很差，但总可以成功。

天下之物，见形可以测微，智者决之，拙者疑之。

【注释】清·唐甄《五形》。见形可以测微：看见表面现象可以推测其中的微妙。决：决断。

【解析】一切事物，都可以透过它的表面现象或者是一些细微的变化，而推测出其内在的奥妙和一些本质的东西。聪明的人就可以据此而对一些事情做出推断，并决定自己的行动。而拙笨的人则因为不懂见微知著的道理，临事时，就会犹豫不决，难以迅速做出正确反映。智者与拙者的区别大概也就在于此。

彼我同乐，彼我同戚，此天地生人之道，君子尽性之实功也。

【注释】清·唐甄《良功》。

【解析】世人不分彼此，同甘共苦，这是天地造化人类的原则，是君子发扬爱人的本性的实实在在的功业。作者以此来阐述其“民胞物与”，天下一家的思想，并且对当时一些儒者对万民处于水火而不顾，一味明哲保身，却又自谓圣贤的自欺欺人的行为进行了批评。

才非干宝，雅爱搜神；情类黄州，喜人谈鬼：闻则命笔，遂以成编。

【注释】清·蒲松龄《聊斋自志》。才非干宝，雅爱搜神：干宝，东晋文学史家，博览群书，以有才识见称，搜集古今神祇灵异、人物变化之事，作为《搜神记》，是魏晋六朝志怪小说的代表作。情类黄州，喜人谈鬼：黄州，指苏轼。苏轼曾于元丰三年(1079)被谏官李定等弹劾入狱，即有名的“乌台诗案”。他倍经折磨，被贬为黄州团练副使。他常让人讲鬼故事，别人说没有鬼，他让人家“姑妄言之”。惆怅落寞的苦闷心情可以想见。

【解析】这句话是蒲松龄自叙其写作《聊斋》的缘由广为人们所引用。此语表面为平和的叙述，实际字里行间无不透露出一个“愤”字。倾吐怀才不遇的感慨，愤而成书才是这句话真正的含义。

霸业消沉，美人黄土，欲问夫差之遗迹，而山中人无能言之者，不禁三叹。

【注释】清·宋荦《游姑苏台记》。

【解析】姑苏台又称胥台，在姑苏山上。相传为吴王夫差为美女西施所筑。

该台建筑之时耗资无数，台上馆阁林立，富丽无比。然而，随着时事变迁，岁月流转，强大无匹的吴国业已亡灭，艳如桃花的美人也已身陷黄土。即便想寻觅一点昔日的遗迹，也没有人能够指点。人去物非，面对着荒凉冷落的废台，怀想昔日繁华的景象，怎能不心生感慨。正如苏轼《念奴娇》词云："大江东去，浪淘尽千古风流人物""人生如梦，一樽还酹江月。"

于周则顽民，殷则义士。跖犬吠尧，邻女詈人，彼固各为其主。

【注释】清·邵长蘅《阎典史传》。顽民：顽固、不驯服之民。跖犬吠尧：比喻人臣各为其主。跖(zhí)，古代传说中的大盗；尧，古代传说中的贤君。语见《战国策·齐策六》。邻女詈人：《战国策·秦策一》："楚人有两妻者，人誂其长者，长者詈之；誂其少者，少者许之。居无几何，有两妻者死，客谓誂者曰：'汝取长者乎，少者乎？'曰：'取长者。'客曰：'长者詈汝，少者和汝，汝何为取长者？'曰：'居彼人之所，则欲其许我也；今为我妻，则欲其为我詈人也。'"詈(lì)，咒骂。誂(tiǎo)，引诱。在周朝是刁民，对殷朝而言却是忠臣义士。跖犬吠尧，邻女詈人，那本来是各为其主。

【解析】这句话表达了两个重要的观点。即联系的观点与发展的观点。事物是普遍联系着的。任何一个事物都不可能孤立地存在。它总要与周围的事物发生千丝万缕的联系。因此我们在考察一件事物时要力求避免孤立地、片面地看问题，而应学会全面、整体地分析问题。考察一件事物要联系它所处的环境、时代等种种因素。此外，事物又是不断发展变化的。这就要求我们要用发展的眼光看问题。时代在变化，社会在变化，相应地，我们的思想观念也应随之而改变。如果仍用老眼光看问题，必然会产生错误的判断。

世多知山人，然竟无知山人者！

【注释】清·邵长蘅《八大山人传》。山人：即八大山人。八大山人为清初画家朱耷晚年的一个号。朱耷是明宁王朱权的后裔，擅水墨花卉禽鸟，亦能山水，对后来写意画影响很大。他经明而清，深有国亡家变之痛，与清廷的不合作情绪，总每每蕴含于作品中。日常举止怪诞，放任玩世。

【解析】世人知道八大山人的可谓多矣。但仅仅知道他的姓名、身世、书画，或自以为了解他，称其为"狂士""高人"，其实这种认识是何等肤浅。这并非"知山人者"。能真正理解他之所以"狂"、之所以"怪"，能够真正洞悉并理解山人内心深处难以言及的痛苦的人才是"知山人者"。

丝竹陶写，何必中年；山水清音，自成佳话。

【注释】清·王士祯《红桥游记》。丝竹：泛指各种乐器，代指音乐。

【解析】谢安曾对王羲之说道:“中年伤于哀乐,与亲友别辄数日作恶。”王回答说:“年在桑榆,自然至此,正赖丝竹陶写。”意谓人至暮年是自然规律使然,正好用音乐陶冶性情,排除忧闷。在这里,王士祯借用此典来表达一种积极乐观的人生态度,人生忧患何其多,但一个乐观的人往往可以借丝竹之音、山水之意来摆脱忧虑,获得解脱。

巍巍泰岱,碎而为嶙砌沙砾,则瘦漏透皱见矣;滔滔黄河,促而为川渎溪涧,则清潋滟生矣。

【注释】清·廖燕《选古文小品序》。泰山巍巍,自见其雄,但碎石亦别具“瘦漏透皱”之美;黄河滔滔,自见其势,可是川渎溪涧,却也涟漪秀丽。

【解析】大者其势自雄,小者妩媚自生。大者不必因为“大”而盛气凌人,小者亦无需因为“小”而妄自菲薄。因为造物主是十分公平的,使万物各具其美。

照乘粒珠,而烛物更远,予取其远而已;匕首寸铁,而刺人尤透,予取其透而已。

【注释】清·廖燕《选古文小品序》。照乘粒珠:古时一车四马为一乘。照乘珠,光亮能照明车辆的宝珠。

【解析】明珠虽小,照物却远,我就是选取它照得远的长处;匕首不大,刺人却深,我就是看中它刺得深的长处。作者用“烛物更远”的“照乘粒珠”和“刺人尤透”的“匕首寸铁”作喻,来说明小品文所特有的深远度和穿透力。

大狮搏象用全力,搏兔亦用全力,小不可忽也;粤西有修蛇,蜈蚣能制之,短不可轻也。

【注释】清·廖燕《选古文小品序》。狮子与大象相搏时需要尽全力,与兔子相搏时亦得全力以赴;兔子虽小,其力量却不能小视。粤西地方的长蛇很凶猛,蜈蚣却能克制它。蜈蚣虽短,其本领却不容忽视。

【解析】习惯上人们总是将大的东西视为强者,而把小的东西看作是弱者。强者往往能赢得人们更多的重视,而弱者则常常为人们所忽略。但仔细回想一下,历史上以少胜多,以小胜大的例子屡见不鲜。弱者战胜强者并非神话。大者未必强,小者未必弱,皆须予以充分的重视。

言及者无繁词,理至者多短调。

【注释】清·廖燕《选古文小品序》。话说到即可,无须多言;道理能表达透彻的,其表达方式多简单明了。

【解析】崛起于明代嘉靖、隆庆(1522—1572)以后,盛行在明末清初的小品文,实系中国散文史上异彩缤纷的一丛奇葩。不仅对八股“时文”式空洞无物的文章是一剂猛攻的药石,亦是对烦碎冗杂的“古文”弊病的有力针砭。

酣适之方,甘旨之尝,以徜以徉,是为醉乡。

【注释】清·戴名世《醉乡记》。其方畅快舒适,其味甘美醇厚,身心轻松,自由自在,这就是进入了醉乡。

【解析】酒文化是中国传统文化中一个不可或缺的重要组成部分。与酒有着密切关系并擅写酒的名人不胜枚举,且由于各人的感悟不同,其笔下的酒也各有特点,如陶渊明酒的恬淡静穆,李白酒的热烈激荡等等。《醉乡记》的作者戴名世笔下的酒酣畅淋漓,悠然自得,快乐无及,将醉乡的奇妙无比概括无遗。

自刘阮以来,醉乡遍天下;醉乡有人,天下无人矣。

【注释】清·戴名世《醉乡记》。刘阮:刘伶与阮籍。刘伶,字伯伦,西晋沛国(今安徽宿县)人。纵酒放诞,蔑视封建礼法。阮籍:字嗣宗,三国陈留尉氏(今属河南)人,蔑视礼教,在当时复杂的政治斗争中常以醉酒保全自己。

【解析】刘伶、阮籍都是曹魏时代饮酒成癖的人物。他们纵饮或是为避世远祸,或是表示对礼法的蔑视,或是两者兼而有之,无非是借酒一浇心中的块垒。然而后世一些人本无忧愁,胸无大志,却以刘阮自居,借“解忧”之名终日酩酊无所作为。可叹到处是醉生梦死之辈,而天下难得几个清醒之人了。

昏昏然而行,冥冥然而趋,天下其谁非盲也?

【注释】清·戴名世《盲者说》。昏昏然、冥冥然:昏暗不明貌。

【解析】作者借盲童之口,尽情揭露贤愚不辨、邪正不分、是非颠倒的社会现象。那些所谓的明眼人,在社会生活当中就如同盲人一样,从不会使用他们的眼睛去观察分辨事物,只是胡乱地跟着众人走,他们才是真正的盲人,不是眼盲,而是心盲。

官吏非我不乐;商贾非吾不通;交游非吾不厚;文章非吾不贵;亲戚非我不和,有吾则生,无吾则死。

【注释】清·戴名世《钱神问对》。官吏们没有我就不会高兴;做买卖没有我就不会通畅进行;结交朋友没有我就不会交情深厚;写文章没有我就不会有价值;亲戚之间缺少我就会发生不和。甚至可以说,有了我就可以生存,没有我就会因困窘而死亡。

【解析】这句话使用拟人的手法,描绘了金钱的强大力量及其洋洋自得的丑态。用以揭露在当时社会当中人与人之间极其丑恶的金钱关系。

升高而望，平畴苍莽，远山回合，风含松间，响起水上。

【注释】清·戴名世《河墅记》。

【解析】登上山顶放眼眺望，一马平川，了无边际，远处群山环绕，清风吹过，松涛阵阵，水波作响。其描写近似泼墨，气势开阔。可想见作者观赏时开朗愉悦的心情及其拓磊宏博的胸襟。

数折而入，行二三里，水之隈，山之奥，岩石之间，茂树之下，有屋数楹，是为潘氏之墅。

【注释】清·戴名世《河墅记》。隈：山或水弯曲的地方。奥：山水深曲处。潘氏之墅：即河墅。河墅是戴名世的老师潘木崖在桐城外的住宅。潘在科场失意后，便隐居山林弃绝了入仕的念头。

【解析】迤逦而行二三里，在山水转弯处，岩石之间，茂树之下，有几间房屋，这就是河墅。整句话都是由非常直切、浅白的词句组成，毫无出奇之处，然而经作者的妙手组合在一起，显得流畅而自然。弯弯的溪水，曲折的青山、岩石、绿树、茅屋……掩卷而思，宛在眼前，不禁让人有忘俗隐世之意。

以为游，则亦游矣。

【注释】清·郑日奎《游钓台记》。

【解析】钓台位于浙东。是汉代著名隐士严光隐居耕钓之处。作者因公务舟行经过钓台，足未出舟中一步，却自言已游遍钓台之景，且游赏得十分透彻畅快。这是什么原因呢？车尔尼雪夫斯基说："构成自然界的美的是使我们想起人来（或者，预示人格）的东西，自然界的美的事物，只有作为人的一种暗示才有美的意义。"（《生活与美学》）钓台之所以吸引人，其主要原因并非是它的自然环境，而是因为它是"汉严先生隐处也"。是严光辉映千古的风节才赋予了钓台之美。作者正是于舟中一面缅怀隐士情怀，一面调动全身各个器官与周围景物相交流。虽足不及游，然而目游、鼻游、舌游、神游、梦游、耳游遍矣。其游赏的不仅仅是周围的景物，最主要的是领略了此间的真趣。这才是真正的游，而非走马观花似的漫游。故曰："以为游，则亦游矣。"

吾师肺肝，皆铁石所铸造也。

【注释】清·方苞《左忠毅公逸事》。我的老师的肺肝，都是铁石所铸造的啊！

【解析】这篇文章记述了左光斗为国爱惜人才，舍生命，全大义的可贵品质。"肺肝皆铁石所铸造"一句正体现了左光斗大义凛然的气概，由史可法说出，真字字有千钧之力。

每寒夜起立，振衣裳，甲上冰霜迸落，铿然有声。

【注释】清·方苞《左忠毅公逸事》。

【解析】在寒冷的夜里每次站起来，抖动衣裳，战袍铁片上的冰霜迸落下来，声音清脆响亮。寥寥数语，足可以使人想见史可法当时勤于军事，身先士卒的精神风貌。

他自做他家事，我自做我家事，世道盛则一德遵王，风俗偷则不同为恶。

【注释】清·郑燮《范县署中寄舍弟墨第四书》。一德遵王：专一守德行，遵循王道纲纪。王，王道。偷：不厚道。

【解析】郑板桥虽然是"扬州八怪"之一，但他只不过是比常人多了些清高、傲气，少了点随波逐流的习气而已。其情志、节操仍然保持传统儒家风格。此语即可看作是儒家"独善其身"思想的具体体现。守好自己的本分，太平盛世中做守道顺法的良民，在民风败坏的乱世也力求保持本色而绝不同流合污。

江雨初晴，宿烟收尽，林花碧柳，皆洗沐以待暾；娇鸟唤人，微风叠浪，吴楚诸山，青葱明秀，几欲渡江而来。

【注释】清·郑燮《仪真县江村茶社寄舍弟》。朝暾（tūn）：朝日温和而明亮。吴楚诸山：长江下游古吴、楚之地的山峦。

【解析】这里描绘了雨后黎明时的清新景象。夜雨初霁，宿烟散尽，林花碧柳洗濯一新，更觉青翠欲滴；早起的鸟儿娇鸣婉啭，似在唤人，微风吹拂江水，泛起层层微浪，吴楚诸山经夜雨洗浴更觉青葱明秀，其碧色几欲漫江直逼过来。其色仿佛触目可及，其声仿佛倾耳可听，其景仿佛伸手可触。

以人为可爱，而我亦可爱矣；以人为可恶，而我亦可恶矣。

【注释】清·郑燮《淮安舟中寄舍弟墨》。认为别人可爱，那么自己也就显得可爱了；认为别人可恶，那么自己也显得可恶。

【解析】"人非圣贤，孰能无过。"凡人总难免有一些小毛病，犯一些小错误。只要不损害大原则大方向，又何必去斤斤计较呢？所谓"严于律己，宽以待人"，多注意一些别人的长处，这样不仅对别人而言是公平相待，对自己而言，也有助于提高个人的修养水平。一举两得，何乐而不为呢？

十笏茅斋，一方天井，修竹数竿，石笋数尺，其地无多，其费亦无多也。而风中雨中有声，日中月中有影，诗中酒中有情，闲中闷中有伴，非唯我爱竹石，即竹石亦爱我也。

【注释】清·郑燮《题画·竹石》。十笏：比喻窄小。笏，这里指长度。天井:俗谓庭院,指四围或三面房屋和围墙中间的空地,其形如井而露天。石笥:天然生成的笋形石。可装饰庭院。

【解析】一间小茅屋,一个小庭院,种几竿修竹,移数方怪石,占地极少,费用无多。但是它的好处却极多。有风有雨的日子里可以静听其声,晴天朗月之时又可玩赏其影,作诗饮酒时则可感受其情其韵,以助文兴酒兴,心情烦闷时则更可为朋做伴,为我排忧解闷。所以说,不只是我喜爱这竹这石,这竹石也自有情关爱着我。竹与石在寻常人眼中不过是些没有生命的寻常物罢了,但在作者眼中却有形、有情、有性、有灵 。其实美随处可见,只是看你能不能品味,会不会欣赏。

胸中之竹,并不是眼中之竹也……手中之竹又不是胸中之竹也。

【注释】清·郑燮《题画·竹》。

【解析】寥寥数语,道出了画竹的秘诀,形象地说明艺术与生活的关系:所谓"眼中之竹",即实际生活的感受,这是作画的基础;"胸中之竹",乃生活的概括与提炼,这是艺术典型的孕育与生成;"手中之竹",体现了作者的艺术功力和表现技巧,同时凝具了他个人的风格和独创性。艺术创作源于生活又高于生活,并不是生活的直接描摩。

意在笔先者,定则也;趣在法外者,化机也。

【注释】清·郑燮《题画·竹》。作品的立意是在落笔之前想好的。这是确定的法则;而艺术的趣味却在规定的方法之外,这是自然精妙的灵感所生。

【解析】苏轼在《书吴道子画后》中曾提到作文应"出新意于法度之中,寄妙理与豪放之外",也同样认为作文既要有定则,也要有所超越。

文与可画竹,胸有成竹;郑板桥画竹,胸无成竹。

【注释】清·郑燮《题画·竹》。文与可:名同,宋梓潼人,历官司封员外郎、湖州太守,善画竹及山水。苏轼曾道:"故画竹,必先得成竹于胸中,执笔熟视,乃见其所欲画者,急起从之,振笔直遂,以追其所见,如兔起鹘落,少纵即逝矣。"

【解析】有成竹,谓创作预先构思成熟;无成竹,谓创作时临时构想,即所说即兴而作。两者都需要平日有深厚的积累。

楚之南,天地之气,不钟于人而钟于石;流沙之西,天地之气,不钟于人而钟于鸿雁;近世以来,天地之气,不钟于士大夫而钟于穷饿行乞之人。

【注释】清·刘大櫆《乞人张氏传》。

【解析】楚之南句典出唐代柳宗元《小石城山记》："或曰，其气之灵，不为伟人而独为是物，故楚之南少人而多石。"意思是说在楚南，由于大自然更钟爱石头而不是人，所以该地人少石多，石头多具灵秀之气。流沙之西句典出《尚书·尧典》"西至于流沙"和《梁州记》"梁州界有雁塞山。传云'此山有大池水，雁栖集之'，故名雁塞"。在流沙之西，大自然将灵秀之气都赋予了鸿雁，所以此地鸿雁云集，且秉性聪慧。这两个"天地之气"都是创作所使用的比兴手法，关键是在于引出第三个"天地之气"。如果说前两个"天地之气"是指自然界的灵秀之气的话，那么，对于人而言，"天地之气"指的应该是一种浩然正气。作者认为，在近世，这天地之气并未赋予士大夫而聚于穷饿行乞之人。很显然，这是作者借乞人以讽世的，作者表面是在歌颂乞人身上所具有的浩然正气，暗地里则是讽刺士大夫阶层的寡廉少耻。

彼身在富贵之中者，方殷忧之不暇，又何必朘民之膏以为苑囿也哉。

【注释】清·刘大櫆《游万柳堂记》。殷忧：深忧。朘(juān)：剥削。你们那些身居显位，有财有势的达官显贵，有那么多为国为民分忧的政事尚且处理不完，又何必去把心思花费在吸取民脂民膏经营自己的安乐窝上呢！

【解析】作者以万柳堂这座名园的兴衰来说明，富贵荣华不过是过眼云烟，转瞬即逝。正所谓"粪土当年万户侯"。奉劝那些身处富贵之中的人与其为贪一时之乐而鱼肉乡民，不做正经事，最终落得个灰飞烟灭，遭人唾骂的下场，莫不如做点为国为民分忧的正经事，还能够流芳百世，为后人所赞颂。

山川之胜，使其生于通都大邑，则好游者踵相接也；顾乃置之于荒遐僻陋之区，美好不外见，而人亦无以亲炙其光。

【注释】清·刘大櫆《游三游洞记》。胜：胜景。通都大邑：交通发达的大城市。踵相接：比喻来往人极多，络绎不绝。顾：副词，表示轻微转折，相当于"而"、"不过"。亲炙其光：亲身接近。炙，烤。

【解析】山川胜景如果处于交通便利，人多能至的有利位置，则易于为人所识，游者必络绎不绝；反之，处于远僻荒凉之地，其美好难以为人所知，人们也就无缘领略这胜景了。联系作者写作该文时正处于"试辄不遇"的失意时期，可推知作者所叹惜的不仅仅是"美好不外现"的山川，而是包含着作者对自己和一切怀才不遇者的深深叹惋。其言意味深长，耐人含咀。

天下事有难易乎？为之，则难者亦易矣；不为则易者亦难矣。人之为学有难易乎？学之，则难者亦易矣；不学，则易者亦难矣。

【注释】清·彭端淑《为学一首示子侄》。天下的事情有难易之分吗？去做则难做的事也变成容易做的了,不去做则容易的也变成困难的了。人们学习有难易之分吗?去学,则难学的也变成易学的了;不学,则易学的也成为难学的了。

【解析】天下事情的难易都是相对的,是会互相转化的,“为之,则难者亦易矣;不为,则易者亦难矣”。学习也是如此,只要脚踏实地地去学,没有掌握不了的学问;反之,不通过学习,就是极容易的事也会被视作十分困难。

吾资之昏,不逮人也;吾材之庸,不逮人也;旦旦而学之,久而不怠焉,迄乎成,而亦不知其昏与庸也。吾资之聪,倍人也;吾材之敏,倍人也;屏弃而不用,其昏与庸无以异也。

【注释】清·彭端淑《为学一首示子侄》。昏:愚钝。逮:及,达到。旦旦:诚恳的样子。怠:松懈。迄:至,到。

【解析】天资不高,才能平庸的人,只要勤于学习,久而久之,也能有所成就,摆脱昏与庸的境地;而天资聪敏,才能出众的人,如果自暴自弃,不学无术,也将与庸者为伍。此句说明了智愚的辩证关系。昏庸与聪敏是相对的,关键是取决于个人的努力。

人之立志,顾不如蜀鄙之僧哉!

【注释】清·彭端淑《为学一首示子侄》。顾:难道。

【解析】四川的贫僧和富僧都想去几千里之外的南海(普陀山)朝圣,贫者凭着一瓶一钵和坚定的意志,实现了心愿;富者虽有足够的钱可雇船前往,但由于惧怕艰险而犹豫畏缩,终未能达到目的。这是一则寓言故事。它说明了难易成败并无必然的联系。有志者事竟成,只要能坚定地朝既定目标走去,终可到达目的。外因即外部条件虽然在一时可能促进或阻碍目标的实现,但最终起决定作用还是内因,即个人的意志。

聪与敏,可恃而不可恃也;自恃其聪与敏而不学者,自败者也。昏与庸,可限而不可限也;不自限其昏与庸而力学不倦者,自力者也。

【注释】清·彭端淑《为学一首示子侄》。可恃而不可恃:表面上可依赖而实际上不能依赖。自败:自己败坏自己。可限而不可限:表面上有限制而实无所限制。自力:自己成就自己,自求上进。

【解析】聪敏不可恃,昏庸也不可限,关键在于能否力学不倦。这里强调了学习中的主观能动作用,摆脱了天赋决定论的成见。劝人以学,对于不同天资的人都有勉励作用。

忠义者圣贤家法，其气浩然，常留天地间，何必出世入世之面目。

【注释】清·全祖望《梅花岭记》。圣贤家法：圣贤的道德准则。浩然：正大光明的样子。《孟子·公孙丑上》："'敢问何谓浩然之气？'曰：'难言也，其为气也，至大至刚，以直养而无害，则塞于天地间……'"出世、入世：都是佛家用语。出世是脱离俗世，入世是生于世上。

【解析】忠义是圣贤立身的根本准则，那种刚正之气浩然充沛，长久留存于天地之间，这种精神长存不朽，何必问他形骸是否存在，何必说他成仙成佛呢！

天下之境，涉而即得，得而辄尽者，始焉欣欣，继焉索索，欲求余味，而不可得。而得之甚艰，且得半而止者，转使人有无穷之思也。

【注释】清·沈德潜《游虞山记》。

【解析】有些景致，人很容易到达，而又一览无余。这样的景致没有余味可求。而有些景致本身不易看到，即使看到也不能全部看尽。这样的景致倒给人留下了想象的余地。在这里，作者实际上是在谈一个很重要的美学问题：距离产生美。适当地保持距离，给人以回味的余地，联想的空间，才能有真正的美，并使这美长久地保留在人的记忆当中。

龈腭摩天，斩绝中断，两崖相嵌，如关斯劈，如刃斯立，是为剑门。

【注释】清·沈德潜《游虞山记》。龈腭摩天：山与天的关系就像龈与腭的关系，极言山高近天。龈，齿根肉。腭，口腔的上膛。如关斯劈，如刃斯立：比喻剑门像关口劈开一样，像刀口竖立一样。

【解析】其山高耸入云，中间一分为二，如刀劈斧砍，崖顶相嵌而交错。山势陡直有如竖立的刀口。这就是虞山剑门。

书非借不能读也。

【注释】清·袁枚《黄生借书说》。

【解析】物非已有往往格外珍惜，这是个一般道理。"书非借不能读"，道出了人人心中所有而笔下所无的借书与读书的密切关系。书为自己所借，必挑选的是自己喜欢的，或能为自己所用的，且又有归还日期所限，因此必然会挤出时间抓紧看完，这是一般人常有的心态。

七略、四库，天子之书，然天子读书者有几？汗牛塞屋，富贵家之书，然富贵人读书者有几？

【注释】清·袁枚《黄生借书说》。七略：书目名。汉成帝命刘向、刘歆父子先后校录群书，编辑宫廷藏书，分为辑略、六艺略、诸子略、兵书略、术数略、方技略七部，总称“七略”，现已佚亡。四库：指经史子集四部内府藏书。唐玄宗开元年间收集图籍，“以甲、乙、丙、丁为次，列经、史、子、集四库”。见《新唐书·艺文志》。汗牛塞屋：即汗牛充栋，极言书籍之多。语出柳宗元《陆文通先生墓志》：“其为书，处则栋宇，出则汗牛马。”意谓书籍塞满屋子，牛马运载时累得出汗。

【解析】拥有七略、四库之书的天子，与藏有汗牛塞屋之书的富贵人，其读书客观条件之优越可谓无以复加，但真正读书的能有几个呢？这说明能否读书并非取决于客观条件的优劣。最终起决定作用的还是人的主观能动性。爱好读书者，无书可借书读；不爱好读书者，有书也不去读。

而今已矣！除吾死外，当无见期。吾又不知何日死，可以见汝；而死后之有知无知，与得见不得见，又卒难明也。然则抱此无涯之憾，天乎人乎！而竟已乎！

【注释】清·袁枚《祭妹文》。无涯之憾：意谓其悔恨、遗憾无及。

【解析】死者已逝，再难相见。只有寄希望于来世，却又未卜自己死期何时。况且阴阳殊途，魂灵有无，实难验证。则相见之约又加渺茫。只有抱憾终生了。袁枚此篇《祭妹文》纯用真情写就，一字一血，此处更为高潮之处，痛号哭诉，发自肺腑，感人至深。

身前既不可想，身后又不可知；哭汝既不闻汝言，奠汝又不见汝食。纸灰飞扬，朔风野大，阿兄归矣，犹屡屡回头望汝也。

【注释】清·袁枚《祭妹文》。生前的事情已难以追忆，死后的事情更是不得而知。哭祭你又不听你回应，奠祭你又不见你来食。纸灰飞扬，朔风野大，我走了，还不时回头想再看看你。

【解析】袁枚生性多情善感，极重亲情，且与三妹素文感情尤为深厚。在三妹逝世八年后再作此祭文，其悲痛之情仍未有丝毫消减。文章一字一泪，泪尽泣之以血，恨不能让三妹起死复生，然终已生死相隔。尽扬的纸灰，怒号的朔风，更添悲凉。“阿兄归矣，犹屡屡回头望汝。”不舍之情，留恋之意跃然纸上。

使吾官于此，则月一至焉；使吾居于此，则日日至焉。二者不可得兼，舍官而取园者也。

【注释】清·袁枚《随园记》。

【解析】袁枚在江宁做官时，购得随园，在园子落成时，他感叹道：如果在这儿做官，官身不由己，只能每个月来这园中一次；如果是自由身住在这儿，那么我天天都可光顾此园。做官与游园两者不可兼得，那么我宁愿舍官而取园。淡泊名利,喜山林野趣,是袁枚一生的志趣所在。

物虽佳,不手致者不爱也;味虽美,不亲尝者不甘也。

【注释】清·袁枚《随园后记》。东西虽好,不是自己亲自动手得来的不可爱;味道虽美,不是亲口尝过的不香甜。

【解析】只有付出了辛苦,才会懂得物力惟艰,才会对劳动所得倍加珍惜。

子之病,病乎其己尊而物贱,性果而识暗,自恃而不谋诸人。

【注释】清·袁枚《牡丹说》。你的错误,就错在看重自己而轻视万物,性格专断而见识糊涂,自以为是而不屑于跟人商量。

【解析】把自己看得很高而把别人看得很低,明明见识浅薄却又自以为是,独断专行。

人之无所弃,业之无所成。

【注释】清·袁枚《随园三记》。没有所舍弃,就不会有所成就。

【解析】自古成大事者,必有所舍弃。因为人的精力毕竟有限,绝不可能面面俱到,无所不为。孟子就曾说:"人有不为也,而后可以有为。"有所为,有所不为。做事情必须有所侧重,如果不分主次,眉毛胡子一把抓,注定将一事无成。

先有寸心,后有千古。

【注释】清·袁枚《答程蕺园论诗书》。

【解析】此句借用杜甫诗"文章千古事,得失寸心知"句意。首先要有一颗诚实的心,然后文章才能流传不朽。作者在这里强调创作文章一定要本着负责认真的态度,对读者负责即是对自己负责。

蚕食桑而所吐者丝,非桑也;蜂采花而所酿者蜜,非花也。

【注释】清·袁枚《随园诗话》。

【解析】蚕吃的是桑叶可吐的是丝,不再是桑叶;蜜蜂采的是花粉可酿的是蜜,不再是花粉。作者以此来说明创作与生活的关系,创作来源于生活,但并不是生活的直接描摹,而是经过了主观再创造,是艺术化了的生活。

色宜少年,食宜饥,友宜同志,游宜清明,宫室花石古玩宜初购;过是欲少味矣。

【注释】清·袁枚《所好轩记》。

【解析】美色宜于少年，饮食宜于饥渴，交友宜于志同道合，游览宜于风和日丽，宫室、花石、古玩宜于初买到之时，不是这样趣味就很少了。物用其当方为妙。

人能改过自佳，然必深知其非，有所不安于心，而后从谏如流，非可随声附和。

【注释】清·袁枚《答程蕺园论诗书》。

【解析】人能改正过错自然好，然而必须深刻认识自己的错误，内心深处感到不安，然后才能听从别人的劝告，不再随声附和。

一夜魂营营然犹与烟云往来。

【注释】清·袁枚《游武夷山记》。

【解析】袁枚畅游“武夷九曲”，险山可登攀，清溪而舟行，一路上奇景尽获。晚宿武夷宫，又有道士可以谈诗。可谓世间乐事尽集于此了。难怪在睡去后，也会通宵梦魂缭绕，飘飘然往来于烟云之中。

以文论山，武夷无直笔，故曲；无平笔，故峭；无复笔，故新；无散笔，故遒紧。

【注释】清·袁枚《游武夷山记》。

【解析】如果用文章笔法来评论山，武夷山没有直笔，所以曲折；没有平笔，所以险峭；没有复笔，所以新奇；没有散笔，所以遒劲紧密。这真正是以文人之眼来观山了，以文章笔法之妙来喻山形布列之妙，新奇而形象。

以人之逸，待水之劳，取九天银河置几席间作玩。

【注释】清·袁枚《峡江寺飞泉亭记》。用人的闲适去静候流水的辛劳，摘取九天之上的银河放置在席案上把玩欣赏。

【解析】观看别的瀑布由于地势险要，往往难以从容欣赏。然观飞泉亭瀑布则可全身心地松弛，在恬淡之中尽情地观赏领略造物的美妙。

积云成露，积霜成雪，积溪涧之水成江河，何者？有所因也。

【注释】清·吴定《答鲍觉生书》。因：承袭。

【解析】露是由云凝聚而成，雪则由霜汇积所致，长江大河更是由无数条小溪汇集而成。有所承袭才能有所成就，没有无源之水。积学以致道，为学之道亦是如此。

骐骥一跃，可方驽马十驾；然使东而西，欲南而北，则虽骐骥输驽马矣。

【注释】清·吴定《答鲍觉生书》。骐骥：良马，千里马。方：比拟，相比。驽马：劣马。驾：量词，马一日所行的路程为驾。

【解析】良马奋力一跃，够劣马走十天的；但想去东却朝西走了，想去南却向北走了，这样走法即使是良马也要输给劣马了。这说明做事选择正确的方法，做人选择正确的人生道路是十分必要的。

吾能知人之失而不能见吾之失，吾能指人之小失而不能见吾之大失。吾求吾失且不暇，何暇论人哉！

【注释】清·钱大昕《弈喻》。

【解析】“当局者迷，旁观者清。”别人的过失缺点，哪怕只是一点点，也会看得很清楚，记得很牢靠；自己的缺点过失，即便很大，也视而不见。这是人的通病。然而这又是一种十危险的现象。缺乏对自己才智、行为的准确估价和认识，每每潜伏着失败的因素。由此作者归结为一句：“吾求吾失且不暇，何暇论人哉！”寻找发现自身缺点尚且忙不过来，还有什么闲工夫去议论别人的过失呢！“吾求吾失”是不断提高、完善自己的过程，从这个角度讲，自己的“失”一旦自觉发现则成为一大“得”。

弈之优劣有定也，一著之失，人皆见之，虽护前者不能讳也。理之所在，各是其所是，各非其所非，世无孔子，谁能定是非之真？

【注释】清·钱大昕《弈喻》。护前：袒护所为，绝不认错。

【解析】下棋的胜败，棋艺的高下是“有定”的，即有标准可衡量。棋错一着，人人可觉察到，要想袒护自己的错误也无法讳饰。可是“理”却不容易一下子分辨清，“各是其所是，各非其所非”，都顽固地肯定自己认为对的而否定自己认为错的，孰是孰非难以马上判断。其实也许各人看问题角度不同，或许所见各有一定道理。这时又没有像孔子这样的权威，谁能下定论呢？作者由下棋时结果的“有定”而联想到道理的“无定”，可谓以小见大。

人之失者未必非得也，吾之无失者未必非大失也。

【注释】清·钱大昕《奕喻》。

【解析】这句话说明的是得与失的辩证关系。有过失但能够自觉发现，并予以纠正，难道不正是“得”吗？退一步讲，就算自己没有过失，如果以之傲人，只看到别人的过失，结果却“未必非大失”！这是很深刻的见解，是善于学习者的思想方法，人到此境界，几乎无时无地不有所“得”了。

文臣不爱钱，武臣不惜死，天下太平矣。

【注释】清·毕沅《岳飞》。文官处理政事时不贪赃枉法，武将作战时不惜命怕死，那时天下就会太平无事了。

【解析】宋王朝后期统治阶级的黑暗统治，激起民众的强烈不满与奋起反抗，形成内忧局面；由于内忧宋朝国力大为削弱，少数民族政权趁机入侵，造成外患。社会动荡局面的形成，究其根本原因正是统治阶层的腐朽与昏庸。要改变这种局面，根本措施只能是统治阶级内部自身的调整。倘使官吏都能廉洁自律、秉公执法，将勇兵强，百姓安居乐业，天下自然太平无事。

天下山水，其形势皆以发天地之秘，其情性阖辟，常隐然与人心相通，必有放志形骸之外，冥合于万物者，乃能得其意焉。

【注释】清·姚鼐《左仲郛浮渡诗序》。发天地之秘：表现大自然的奥妙。阖辟：开合变化。

【解析】姚鼐认为，天下山水的形貌都表现着大自然的奥妙，山水的情性变化都与人的心情相沟通，只有那些放任心志于形体之外而与万物相通的人，即那些寄情物外，超尘脱俗的人，才能领略大自然的奥妙。这里展现的是“天人合一”的思想，即人与自然的和谐。

及既上，苍山负雪，明烛天南；望晚日照城郭，汶水、徂徕如画，而半山居雾若带然。

【注释】清·姚鼐《登泰山记》。明烛天南：承上句而言，意谓高山上的雪光映照着南面的天空。烛，此处作动词解，照。汶水：即大汶河。发源于山东省莱芜县东北的原山，向西南流经泰安县。徂徕：山名，在泰安县东南四十里。半山居雾若带然：半山腰上停留着云雾像一条带子似的。

【解析】作者一登上山巅，望座座青峰披着皑皑白雪，照亮南天。俯瞰泰安城，汶水和徂徕山，沐浴在夕照中，宛如图画；环绕山间的云雾，仿佛轻柔的腰带。欣赏着这令人心旷神怡的美景，作者的兴奋和喜悦之情溢于言表。这里不仅仅是对美景的赞叹，同时也包含在历尽艰险、饱尝攀登之苦后成功的喜悦。

问与学，相辅而行者也，非学无以致疑，非问无以广识。

【注释】清·刘开《问说》。致疑：发现问题。广识：增长知识。

【解析】问与学之间是相辅相成的关系；不深入地学习就不会发现问题，而不通过请教别人也就不能解决疑问，扩大知识。问的基础在于学，问的目的在于获得知识，所以问就是由学到知的桥梁，学与问也就密不可分。

理明，而或不达事；识其大，而或不知其细。舍问，其奚决焉？

【注释】清·刘开《问说》。达：通达。舍：除去。奚：怎么。

【解析】有的人认为，读书明理，可以由书中求知，不一定要请教别人。但要知道有时理论上已头头是道，但一付诸实事，却常常格格不入，而且书本上的知识往往是抽象的，笼统的，不能弄清具体的细枝末节，要求得解决，作者以为除了请教人外，无其他途径。

贤于己者，问焉以破其疑，所谓"就有道而正"也。不如己者，问焉以求一得，所谓"以能问于不能，以多问于寡"也。等于己，问焉以资切磋，所谓交相问难，审问而明辨之也。

【注释】清·刘开《问说》。破：解除。就有道而正：语出《论语·学而》。就：到，接近。正：决定是非。一得：指偶然正确的意见。语出《史记·淮阴侯列传》："智者千虑，必有一失；愚者千虑，必有一得。"以能问于不能，以多问于寡：语出《论语·泰伯》。切磋：本谓古代加工玉器的两种方法，后喻朋友间交流学问。难：提出责难或不同意见。审问：仔细地询问。

【解析】胜过自己的人，向他们询问以便破除自己的疑问，这就是所说的向有道的人请教以正是非。不如自己的人，向他们询问以求获取一得之见，这就是说的有才能的人向无才能的人询问，才学多的人向才学少的人询问。向与自己才学相等的人询问以便商量研讨，这就是所说的互相问难，详细研究并明白分辨疑难问题。

不择事而问，不择人而问，取其有益于身而已。

【注释】清·刘开《问说》。

【解析】不管什么事都询问，不分什么人都询问，不过是因为这样做有益于自己而已。

学有未达，强以为知，理有未安，妄以臆度，则终身几无可问之事。

【注释】清·刘开《问说》。达：通达，达到一定程度。臆度（duó）：猜测。几：几乎。

【解析】即使学识很浅陋，却也故意装出饱学的样子；讨论问题论据未足，却妄加猜测，这样自然就永远没有"事"可问了。

贤于己者，忌之而不愿问；不如己者，轻之而不屑问；等于己者，狎之而不甘问，如是，则天下几无可问之人。

【注释】清·刘开《问说》。狎（xiá）：亲近而不尊重。

【解析】古人“不择人而问”，但世人却无人可问。为什么会造成这种现象呢？作者分析了三种情况。世人对比自己强的人心中怀着妒忌；对不如自己的人则加以轻视；对和自己差不多的人则虽来往亲近而不甘求教，这样天下就没有“人”可问了。

贵可以问贱，贤可以问不肖，而老可以问幼，唯道之所成而已矣。

【注释】清·刘开《问说》。不肖：不贤。

【解析】高贵的人可以询问平贱的人，有才德的人可以向没有才德的人请教，而上了年纪的人可以问询年少的人，只要对道德学问有所帮助也就够了。如果本着这样的态度问人，那么天下几乎没有不可问之人了。

天下之勇于搏人而怯于见贼者，岂独此狗也哉！

【注释】清·崔述《冉氏烹狗记》。

【解析】冉氏养一猛狗，遇行人则狂咬不叠，多次伤人。然而一旦遇贼，则蜷屈床下，露出了怯的本质。作者感叹道：天底下像这样欺软怕硬的，哪里只是冉氏狗呢！社会上那些市井无赖之徒平时张狂跋扈，欺压弱小，行呼市上，俨然壮士，而一旦上阵杀敌，则魂飞魄散，威风全无，冉氏狗正是这类人活生生的写照。

畜猫者欲其捕鼠也，畜狗者欲其防盗也，苟其职之不举，斯固无用矣；况益之以噬人，庸可留乎！

【注释】清·崔述《冉氏烹狗记》。苟：假如。举：履行。益：更。庸：怎么。

【解析】养猫是为了让它捉老鼠，养狗是为了防贼，如果它们不司其责，就是毫无用处；更何况还伤人，那就断不可留了。对于无用且有害之物必当除之而后快，冉氏狗有冉氏坚决除杀烹煮，那么对于世上那些有害无用之人有没有人来加以惩处呢？此句话的深意就在此了。

人逢其凶也邪？天降其酷也邪？夫何为而至于此极哉！

【注释】清·汪中《哀盐船文》。是世人正逢厄运吗？还是上天要降祸于人呢？怎么会惨烈到这样呢！

【解析】乾隆三十五年（1770 年）十二月十九日夜。江苏仪征沙漫洲港口停泊的盐船突然发生火灾，烟焰张天，嘶号动地，一夜之间烧毁盐船 130 只，烧死和淹死船民 1400 人。面对这一人间惨祸，二十七岁的汪中悲愤难已，不由喊出：“人逢其凶也邪？天降其酷也邪？夫何为而至于此极哉！”表达了对生命的强烈关怀与同情，真是字字凝血，句句含泪，使读者的心灵不能不感受到强烈的震动。

惟得之艰，致忘其身。

【注释】清·汪中《狐父之盗颂》。因为自己得来不易，惟其如此，所以能体会到别人的急需，忘记了自己而去帮助别人。

【解析】处于同一种境遇的人往往更容易互相理解，处于困境中的人尤其如此。然而，能够因为同情别人的处境，而不顾自己的苦楚去帮助别人，这就是一种非常美好的品质了。狐父之盗因为知道食物的得来不易，所以能体会到爰旌目的急需，不顾自己的饥饿将所盗之食转送于他。汪中有感于狐父之盗的这种忘我助人的精神，而作《狐父之盗颂》。

吁嗟子盗，孰如其仁？用子之道，薄夫可敦。

【注释】清·汪中《狐父之盗颂》。薄夫可敦：《孟子·万章》："故闻柳下惠风者，鄙夫宽，薄夫敦。"可赞美啊，狐父之盗，谁能比得上你的仁义呢？发扬推广你这种精神品质，刻薄的人也可以变得敦厚。

【解析】狐父之盗虽为盗贼，然而他天性纯良，颇具同情心，忘记自身而周济别人。如果世人都能同狐父之盗一样少替自己打算一点，多为别人着想一点，那么社会风气可望为之一变。汪中作此文名为歌颂狐父之盗，实际上是借题发挥，对社会上一些损人利己的假道学行为进行批评。

九渊之下，尚有天衢；秋荼之甘，或云如荠。我辰安在，实命不同。

【注释】清·汪中《自序》。九渊：极言其深。渊，深水，深潭。天衢：天街，极言其宽。衢，大路。秋荼之甘，或云如荠：语出《诗经·邶北·谷风》："谁谓荼苦？其甘如荠。"谁说荼是苦的？我觉得它跟荠一样甜。言外之意，说自己的遭遇远比荼苦。荼：苦菜。荠：甜味的菜。辰：星。

【解析】谁说九渊很深，在我看来九渊之下还有像天街一样宽的地方。谁说荼很苦，我觉得它跟荠一样甜。我的愁实在比九渊还深，我的苦实在远胜于秋荼。我的命运之星在哪里呢？人的命运好坏实在太不相同了。汪中一生命运多蹇，经历坎坷。因此在自序中不由一洒辛酸。

寒流清泚，秋菘满田。室庐皆尽，惟古柏生，风烟掩抑；怪石数峰，支离草迹，明南苑妓马守真故居也。

【注释】清·汪中《经旧苑吊马守真文序》。马守真：字湘兰，明末名妓，能诗且善画兰。与当时官僚文士相与往还，名声颇显。

【解析】寒冷的水流清浅见底，秋菜长满园中。早先的屋室业已颓圮，所见者仅有几株古老的柏树，它们一半枯萎了，一半存活着，被习习风烟掩翳着。数峰怪石横躺竖立，左近野草形状残缺枯槁。这满目凄凉之景正是马守真的故居。作者客居江宁，访吊马守真故居，见到昔日的名宅，现已荒废为菜园，不禁睹物思人，感怀伤世。这段景物描写中蕴藏着作者很深的情感，字字皆是情语。

江上之歌，怜以同病，秋风鸣鸟，闻者生哀。

【注释】清·汪中《经旧苑吊马守真文序》。

【解析】伤心的人眼中的一切景物都著伤悲之色。听见江上歌声，便赋之以悲音，把歌者引为同病相怜之人；在秋风袭袭的季节里，听见鸟鸣，满怀忧伤的人不觉悲从中来。怀有激烈情感（如悲伤、喜悦等情感）的人处于高度敏感状态，都极易与外物相沟通。一方面将自己的情感赋予外物，另一方面，外物反过来又加深这一情感。

鸡胶胶则随暗影以披衣；烛就跋则携素册以到枕。

【注释】清·洪亮吉《与孙季逑书》。胶胶：鸡叫声。语出《诗经·郑风·风雨》："风雨潇潇，鸡鸣胶胶。"烛就跋：蜡烛将尽。跋，火炬或蜡烛将尽残余的部分。

【解析】作者主张及时力学而不应荒废时光，因此在与友人的书信中提及自己苦读的情景：鸡鸣即随晨熹披衣而起，开始读书；晚上当蜡烛将燃尽时，带书上床，继续披阅，直至烛尽才就寝。

上亦冀展尺寸之效，竭志力以报先人，下庶几垂竹帛之声，传姓名以无惭生我。

【注释】清·洪亮吉《与孙季逑书》。尺寸之效：指自己效力于国家，尺寸形容微小，一种谦虚说法。庶几：希望。垂竹帛之声：青史留名。竹帛，指史书，因古人以竹简绢帛记事，故称。

【解析】洪亮吉作为封建正统文人，深受儒家"兼济天下"思想的熏陶。因此，虽勤于学问，然用世之心未尝熄灭。他说自己勤勉于学的原因就在于：上以求一展抱负，建功立业，干一番轰轰烈烈的事业，对得起祖先；下希望青史留名，以垂永久，避免默默无闻，虚度一生。

使杨子云移研经之术以媚世，未必胜汉廷诸人，而坐废深沉之思；韦宏嗣舍著史之才以事棋，未必充吴国上选，而并亡渐渍之效。

【注释】清·洪亮吉《与孙季逑书》。杨子云：杨雄（前53—公元18年），字子云，西汉文学家，经学家。仿《易经》《论语》作《太玄》《法言》。媚世：取媚苟合于当世。汉廷诸人：指当时汉代朝廷官吏。坐：遂，将。韦宏嗣：韦昭（204—273），字宏嗣，三国吴云阳人。孙皓时为侍中，领修国史，直言敢谏。为皓所杀。著有《吴书》《洞记》《国语注》等。曾作《博弈论》，论博弈之害。上选：第一流，此指下棋高手。渐渍：浸润，渐渐熏陶感化。

【解析】假使杨子云把从事著述、经研学问的精力心思用以取媚当世，那他未必能超得过那些朝廷官吏，反而白白地荒废了自己的学业；倘若韦宏嗣放弃自己著史的长处而从事博弈，那他的棋艺也未必能成为吴国的一流棋手，反而连自己学问的积累也会失掉。在这里，作者引征两个历史人物杨雄和韦昭，以期证明学问之事可以不朽，远胜于媚世取荣和徒损精力的游戏，并以为人应尽自己之所长而不必勉强去做自己办不到的事。

原林黯惨，疑披谷口之雾；衢歌哀怨，恍聆山阳之笛。

【注释】清·洪亮吉《出关与毕侍郎笺》。原林：原野森林。黯惨：暗淡。披：遮被。谷口：相传黄帝升仙处，在今陕西省礼泉县东北。衢歌：里巷间的歌谣。《说文》："四达谓之衢。"山阳之笛：向秀与嵇康同为竹林七贤，康被杀后，向秀曾过山阳，"经其旧庐，于时日薄虞渊，寒冰凄然，邻人有吹笛者，发声寥亮，追思曩昔游宴之好，感音而叹"，遂作《思旧赋》。后因用为怀念旧友的典故。

【解析】作者的好友黄景仁死于运城（今山西省运城县），他从西安赶往运城料理丧事，并将棺柩送回常州安葬。本文就是作者向当时陕西巡抚毕沅报告经过的一封信。至友亡故，心情悲痛可想而知。因此其笔下的一切景物也都被赋予了一种伤感气息。原野森林暗淡凄惨，仿佛笼罩着谷口的悲凉之雾；里巷歌谣也充满着哀音怨语，其悲凉仿佛山阳之笛音。感伤、思念之情隐隐可见。

相如病肺，经月难痊；昌谷呕心，临终而始悔。

【注释】清·洪亮吉《出关与毕侍郎笺》。相如病肺《使记·司马相如列传》："常有消渴疾。"消渴疾，即糖尿病，患者身体羸弱，又多口渴，故旧时误以为肺病。用于由于过分刻苦而损害健康之典。昌谷呕心：李贺家在福昌县之昌谷，因亦称昌谷。《新唐书·李贺传》："每旦日出，骑弱马，从小奚奴，背古锦囊，遇所得，书投囊中，……及暮归，足成之。……母使婢探囊中，见得书多，即怒曰：'是儿要呕出心乃已耳。'"其典意与上同。

【解析】司马相如潜心创作，以致将身体累跨，数月难以痊愈；李贺为作诗呕心沥血，以致累死，临终才心生悔意。搞创作是一件十分艰辛的工作，一个成功的作家总是要比常人多付出千百倍的努力。成功中只有百分之一的天才，百分之九十九都是汗水。

杜鹃欲化，犹振哀音，鸷鸟将亡，冀留劲羽；遗弃一世之务，留连身后之名。

【注释】清·洪亮吉《出关与毕侍郎笺》。杜鹃欲化：蜀王杜宇，号望帝，死化为鸟，名曰杜鹃，亦曰子规，见《寰宇记》。鸷鸟：猛禽，鹰鹞之类。留连：此处犹留恋。

【解析】杜鹃临死前，还要发出几声哀鸣，鸷鸟将亡时，仍希望留下几片羽毛。不过是想在抛离这个世界前，留下一点痕迹。“人过留名，雁过留声”，鸟类尚且有此心，何况人呢？人活着总要做一些有意义的事情，证明你曾经在这个世界上生活过。

文章之事，如山出云，江河之下水，非凿石而引之，决版而导之者也。故善为文者有所待。

【注释】清·梅曾亮《钵山馀霞阁记》。写文章这种事情，有如山峰钻出云雾，江河水泻，都是自然之力，并非通过凿穿石头，打开筑板等人工之力而为。所以善于写文章的人要待于自然的“神来”，即创作灵感的突现。

【解析】这句话强调的是创作过程中的兴会与自然。认为创作是一个自然写意的过程。创作时要等待文思的自然涌出，而绝不能穿凿附会，生编硬造。陆游《文章》诗中说：“文章本天成，妙手偶得之。”大概与此意相同。

文在天地，如云物烟景焉；一俯仰之间而遁乎万里之外。故善为文者，无失其机。

【注释】清·梅曾亮《钵山馀霞阁记》。文章创作的灵感在天地间如同云烟，俄顷之间，已经消失在万里之外。所以善于作文者，一定要抓住创作灵机，不要让它跑掉。

【解析】这是在另一个角度强调创作过程中兴会与灵感的重要性。兴会与灵感是人的心灵与外界事物相契合而产生的一种难以言说的特殊感觉或神思妙想，它具有突发性与不定性的特点，突然而来又突然而去，难以捉摸，不可控制。因此，善于为文者，一定要及时捕捉灵感，灵感一至，便神思泉涌，下笔千言。

暝色下积，月光布其上。俯视万影摩荡，若鱼龙起伏波浪中。此万竹蔽天处也。

【注释】清·梅曾亮《游小盘谷记》。暝色下积：指夜幕降临。暝色，夜色。摩荡：动荡。

【解析】苍茫的夜色笼罩着大地，银白的月光铺洒在地面上，俯视地面，万影摇荡，有如千万条鱼龙在波涛中起起伏伏。原来是到了万竹蔽天的地方了。

这应该算是写竹的典范之作。作者构思十分巧妙，他没有正面去写，而是侧面烘托，不着一“竹”字，却写尽竹影婆娑的美态。

其东南万屋沉沉，炊烟如人立，各有所企，微风绕之，左引右挹，绵绵缗缗，上浮市声，近寂而远闻。

【注释】清·梅曾亮《钵山余霞阁记》。沉沉：众多密集貌。企：企盼。引、挹(yì)：牵，拉。绵绵缗缗(mín)：连绵不断。

【解析】日暮时分，身处钵山余霞阁中向东望去，只见远处房屋摩肩接踵，鳞次栉比，半空中袅袅炊烟冉冉而起，由于风很小，炊烟都如人般直立着，各向一方，仿佛在期盼着什么似的。一阵微风吹过，在风儿的牵绕下，炊烟左右飘浮，游移不定，绵绵不绝，喧闹的市声传向半空，远远可闻，身处其中的人反倒不觉。这段文字不仅写出了日暮时村市的闲适、热闹的景象，同时也表露出作者本人怡然自得，悠闲自在的心迹。描写炊烟一段文字若有灵性，尤为人称道。

山风西来，落木齐下，堆黄叠青，艳若绮绣。

【注释】清·管同《登扫叶楼记》。

【解析】在深秋的季节里，山风阵阵，由西而至。在秋风的吹拂下，落叶纷纷而下，堆积在地上，有黄有绿，鲜艳夺目，犹如锦绣般绚丽，煞是好看。扫叶楼也正是据此而得名。

凡人之情，骛远而遗近。远则其至必难，视之先重，虽无得而不暇知矣；近则其至必易，视之先轻，虽有得而亦不暇知矣。

【注释】清·管同《登扫叶楼记》。就一般人的心理而言，总是喜欢追求距离自己较远的东西而往往对自己身旁的东西不加以注意。离自己远到达也一定困难，在心理上就先重视起来，即使去了没有什么收获也无暇顾及了。反之，在身旁左近到达也一定很容易，在心里先就有所轻视，有了这样的印象，即使有很大收获也不以为意了。

【解析】北宋王安石《游褒禅山记》一文从游华山洞引出“世之奇伟、瑰怪、非常之观常在于险远”之叹。但本文作者之见与王安石不同。王安石主张的是“贵远”，鼓励人们勇于前往艰险远僻之处寻求奇异风光；而管同则重在“贵近”。他针对人们轻“易”而重“难”的心理，指出许多时候奇境就在身旁左近。王安石是从人们对于客观真理的追求的角度来发出慨叹，而管同则是从人们对于现实生活的认识角度来抒发胸怀，二者目的不同，角度不同，因而得出的结论也不同。值得提出的是，自古贵致远者有之，责骛远者有之，而非难遗近者却鲜见。“贵近”的确是现实生活中一个值得深思的哲理。

恃一己之强，而不知援其侪类；侪类亡而己亦随之，可慨也夫！

【注释】清·管同《记鸽》。侪(chái)类：同类。夫：语气词，这里同“哉”。

【解析】这篇文章记述了一只雄鸽仗着自己身强体壮，以为可以靠一己之强来抵抗狸的进攻，因而不援助同伴，结果被狸各个击破，同伴丧命后，自己也身陷狸口。作者通过这样一个故事来批判个人英雄主义。再强大的个人脱离了集体，其力量也会变得十分渺小。

湖光湛湛然，顷之，地如卷席，渐隐；复顷之，至湖之中；复顷之，至湖壖，而山足皆隐矣；始知云之障自远至也。

【注释】清·恽敬《游庐山记》。湛湛然：澄清的样子。壖(ruán)：河边地。

【解析】这里描绘的是庐山云海由彭蠡泽初起时的壮美神奇的景观。本来还是波光潋滟、湖水澄清的彭蠡泽，不一会儿，就腾升起变幻莫测的云气，一会笼罩了大地，一会儿似薄纱般披于水面，一会儿又飘浮游移到湖边，飘舞缭绕在山底；水幻化成云，云托浮着山，山的下半截都消失在云雾中。由此方知，云障的产生是一个由远及近、渐渐而至的过程。

四山皆蓬蓬然，而大云千万成阵，起山后，相驰逐，布空中，势且雨。

【注释】清·恽敬《游庐山记》。蓬蓬然：蓬松的样子。

【解析】四座山峰在云雾的掩映下显得蓬松、隐约。而大片大片的云雾仿佛军阵般由山峰的背面层层漫起，前涌后继，绵绵不断，仿佛在互相追逐。腾升起的云雾布满天空，雾气蒸腾，那情势好像就要化为雨水落下来。这就是庐山云海。

顷之，香炉峰下白云一缕起，遂团团相衔出；复顷之，遍山皆团团然；复顷之，则相与为一。山之腰皆弇之，其上仍苍酽一色：生平所未睹也。

【注释】清·恽敬《游庐山记》。不一会儿，香炉峰下有一缕白云袅袅上升，于是成团的白云互相衔接着涌出来；又一会儿，满山都是团团云朵；再过一会儿，云团互相汇合成为一体。山的半腰都被云团封住了，而山腰以上和山下仍然是一色浓重的深青色，这是我生平所从未见到过的。

【解析】姚鼐在《登泰山记》中有“半山居雾若带然”(半山腰里停留着的云雾像一条带子似的)之句，恐怕与作者所写的庐山香炉峰之云有相似之处。

居下则自修而不求有闻，居上则切切然恐士之失所。

【注释】清·恽敬《谢南冈小传》。处于下层时，就自我修养，不求被人所知；处于上层地位时，就忧心不已，唯恐有才华的人不得其所。切切然：小心奕奕的样子。

【解析】居于下位的读书人可以安心做学问而不必为才华不能用于世而发愁，因为居上位者求贤若渴，决不会漏过一个良才。这实际是作者所设想的一个理想的社会，以此委婉地表达了自己怀才不遇的感慨。

邓尉之松放，翠微之松肃；邓尉之松古之逸，翠微之松古之直，邓尉之松，殆不知天地为何物，翠微之松，天地间不可无是松者也。

【注释】清·龚自珍《说京师翠微山》。邓尉：邓尉山。在今苏州市西南吴县光福，相传因纪念东汉太尉邓禹而得名。翠微：翠微山。逸：傲世隐逸之人。直：耿直之人。

【解析】邓尉山的松树疏放，翠峰山的松树整肃；邓尉山仿佛是古代的隐士，翠微山则像是古代的耿介之士；邓尉山的松树大概不知道天地为何物，翠微山的松树则是天地间不可少之物。作者以松喻人，呼唤人间正气。读罢翠微之松，仿佛看到一个不卑不亢的耿介之士站立面前。

天地有四时，莫病于酷暑，而莫善于初秋；澄汰其繁缛淫蒸，而与之为萧疏澹荡，泠然瑟然，而不遽使人有苍莽寥泬之悲者，初秋也。

【注释】清·龚自珍《已亥六月重过扬州记》。病：以之为病。澄汰：澄清，去除。繁缛：指景象繁杂。淫蒸：过分闷热的蒸腾之气。泠然瑟然：形容清凉。寥泬(jué)：旷荡而虚静。

【解析】作者认为一年四季当中，最让人难捱的是酷暑，而最让人愉快的是初秋；在初秋季节里，一扫夏季的繁杂景象与闷热潮湿的空气，而代之以疏旷清澹的景象与清新的空气，清清凉凉却又不会让人立刻感受到深秋那种萧索空寂的悲凉之感。

梅以曲为美，直则无姿；以欹为美，正则无景；以疏为美，密则无态。

【注释】清·龚自珍《病梅馆记》。欹(qī)：倾斜不正。

【解析】一些在封建高压下心灵被扭曲的人标榜一种病态的审美观。就梅而言，他们认为梅的枝干以弯曲为美，直了就没有姿态；以横斜为美，正了就没有景观；以稀疏为美，密了就没有韵味。他们视呈现病态的梅为美，而充满活力生机勃勃的梅在其眼中反为不美。

斫其正，养其旁条；删其密，夭其稚枝；锄其直，遏其生气。

【注释】清·龚自珍《病梅馆记》。斫(zhuó)：砍。锄：铲除。

【解析】这里描写的是文人画士为满足他们的病态心理的需要而对梅花进

行残害的不正常行径：砍掉正枝，培植旁枝；剪除繁密部分，折断幼枝，铲除笔直的枝条，以遏制梅花的朝气。作者明写的是文人画士对梅花的摧残，而实际上是在揭露封建统治阶级迫害人才的卑劣行径：摧残刚正廉洁之士，扶植奸佞邪恶小人；打击正直忠良，遏制蓬勃朝气。

呜呼！安得使予多暇日，又多闲田，以广贮江宁、杭州、苏州之病梅，穷予生之光阴以疗梅也哉。

【注释】清·龚自珍《病梅馆记》。

【解析】作者对江浙一带被扼杀生机的梅花感到十分痛惜，愿穷尽一生光阴来疗梅，使其恢复生气。然而一个“呜呼”，一个“安得”，透露出了这一想法实际上难以实现的无奈。同样这句话也具有更深层含义，它表达了作者对人才与人性解放的渴望。虽然这一愿望在当时难以实现，但作者的思想仍具有强烈的战斗性。

日胎于溟涬，浴于东海，徘徊于华林，轩辕于高闳，照耀人之新沐濯，沧沧凉凉，不炎其光，吸引清气，宜君宜王。

【注释】清·龚自珍《尊隐》。胎：脱胎，孕育，产生。溟涬：天体未形成之前苍茫混沌的大气。华林：茂林。轩辕：即车辕。也泛指车，这里被用作动词，意为运行。高闳：泛指高空。沐濯：淋浴。炎：灼热。吸引：呼吸。宜君宜王：宜于为君为王。

【解析】太阳孕育于远古天体未形成前苍茫混沌的大气之中，它从东海喷薄而出，渐渐升腾于茂林之上，然后在太空中翱翔，早晨的光照耀在人们身上，使人如刚出浴一般，清凉爽快，和熙宜人，呼吸一下新鲜的空气，正是作君作王的好时节。清晨朝阳冲破混沌之气喷薄而出，冉冉而起。此时沐浴在朝阳之下的人在人生的征途上也正欲腾飞。

春鸟秋虫，感时流响，率尔操觚，藏诸笥箧。

【注释】清·顾若璞《与弟》。率尔：轻率的样子。操觚（gū）：执笔写作。觚，古代写字用的木板。笥箧：书箱。春鸟啼枝，秋虫振翅，时光流逝引发文兴和感慨，便随手为文，收藏在书箱里。

【解析】作家的心灵都是极其敏感的，而顾若璞作为一个思想缜密的女性作家则更是容易感时抒怀。她以极其敏感的心灵去感受外界的每时每刻的些微变化，去捕捉那些触动自己心事的信息，两相融会，贯注笔端，即而成文。

生当扬威,死当血食。

【注释】清·鲁一同《关忠节公家传》。血食:受祭祀。活着应当活得昂扬威壮,死应死得壮烈,能为后人所祭祀敬仰。

【解析】这是作者追述民族英雄关天培的豪言。将士以战死沙场为荣是关天培的平生志向,也是他以身殉国的生动写照。这句话也让我们想起了宋代女词人李清照的壮语:"生当做人杰,死亦为鬼雄!"

唯鱼之求,而无他钓。

【注释】清·吴敏树《说钓》。只是钓鱼,不计大小,只求其趣。

【解析】钓鱼本身是一种怡情适性的消遣活动。如果在这项活动中增加了利益心理,总是计较鱼的大小,数量的多少,患得患失,那么也就失去了它原有的意义,绝难领略垂钓的真趣。其实,不仅钓鱼是这样,做人又何尝不是如此呢?钻营一生,何尝享受过一刻轻松。因此作者警策世人:惟求其趣,不钓大小。

习之中人甚矣哉!足之履平地,而不与洼适也;及其久,则洼者若平;至使久而即乎其故,则反窒焉而不宁。

【注释】清·刘蓉《习惯说》。中(zhòng)人:击中,深入于人心。适:适合,适宜。即乎其故:恢复原状。窒:阻塞,不通。

【解析】人通常都是习惯走平地,在洼地走当然会很不舒服,然而走惯了,走洼地就如同走平地,没有丝毫不适;如果再恢复原状,将洼地填平,反倒觉着难走,不适应了。对此作者深有感触地说:习惯对人的影响真是太大了。因此,培养良好的习惯,对于一个人是非常重要的。

夜来月下,山水寂然,湘灵洞庭君恍惚如可问者。

【注释】清·吴敏树《君山月夜泛舟记》。湘灵、洞庭君:泛指水神。湘灵,湘水女神。传说舜的妃子溺死于湘水,成了女神。洞庭君,洞庭湖龙王。

【解析】作者月夜泛舟于君山附近的湖中,这句话就是描写当时的情状。夜色渐渐降临,月亮升起来了,倒映在水中,银色的月光洒满湖面。山野静悄悄,水面一片寂然,在这样安闲静谧的气氛中,不禁使人有走进仙境之感。湘水女神与洞庭君这些传说隐约地还可以听到一些。画面绝静、绝美,让人浮想联翩。

不妄加毁誉于人,非特好直也。内之无以立诚,外之不足以信后世,君子耻焉。

【注释】清·曾国藩《书归震川文集后》。毁誉:诋毁与赞誉。特:只,仅。

直:行为正直。立诚:树立诚实的信念。信:取得信任。

【解析】不胡乱地、毫无根据地去诋毁或赞誉一个人,这并不仅仅是为保持品行正直,还因为如果这样做的话,内无法为自己树立诚信的观念,外难以取信于后世之人,君子把这作为极大的耻辱。由此语我们可以看出曾国藩为人为文的审慎严谨态度,值得我们借鉴。

读书要目到、口到、心到。

【注释】清·左宗棠《致孝威、孝宽》。

【解析】左宗棠在写给儿子的书信中提到:"读书要目到、口到、心到。"这六字要诀是作者多年学习经验的总结,也是其对儿子的谆谆教诲,并为后代学子所奉仰。所谓目到就是要求阅读时看清字句;所谓口到就是朗读时要口齿伶俐清晰,一字一句读得明白;心到则是要求学习时应用心体会,"一字求一字下落,一句求一句道理,一事求一事原委"。反复推导,最终对文意了然于心。

天地万物莫非己任,宇宙古今事理均须融澈于心。

【注释】清·左宗棠《致孝威、孝宽》。莫非己任:没有什么不是自己的职责。意谓将一切都视为自己的职责。融澈于心:融会贯通,完全理解。

【解析】这句话充分体现了儒家"兼济天下",包容一切的思想。"天下兴亡,匹夫有责",以天下事为己任,是儒家的一种积极的入仕观。天地间的、古往今来的事物原理都要细细体味揣摩,以做到兼收并蓄,体现了一种宽容的治学态度。

天下总一家,凡间皆兄弟。

【注释】清·洪秀全《原道觉世训》。

【解析】天下可归为一个大家庭,生活在凡世间的人都是兄弟。这是洪秀全所提出的农民的平等观。这与孔子所提出的"大同世界"十分相似。它代表了一种美好的理想。

天地之中人为贵,万物之中人为灵。

【注释】清·洪秀全《原道觉世训》。在天地之间,人是最尊贵的生灵;于万物之中,人是灵长。

【解析】洪秀全显然受到了西方人本主义的影响。这样赞颂人类,充满作为"人"的快乐与自豪,在当时中国的社会中,还是不多见的。但洪秀全并非西方文艺复兴以来所谓的人本主义资产阶级思想家。他只不过是借此来论证"天下一家,凡间皆兄弟"的农民平等观念而已。

人世是非理乱，天地四时变移，眇若坠叶飘风。

【注释】清·张裕钊《游狼山记》。是非理乱：指各种各样复杂的事物。是：对。非：错。理：有序的，规律的。乱：无序的，无规律的。眇：眯着眼看。

【解析】人世间的是是非非、纷纷扰扰，天地间季节变换、时光转移，都如同飘坠的树叶，轻拂的微风一般，过眼即逝，儒家讲“达则兼济天下，穷则独善其身”，面对满目疮痍的世事，既然不能“兼济天下”，就转求“独善其身”。作者正是以此来表达“独善”之意的。

至则空旷寥廓，目穷无际，自近及远，洼者隆者，布者抟者，迤者峙者，环者倚者，怪者妍者，去相背者，来相御者，吾身之所未历，一左右望而万有皆贡其状，毕效于吾前。

【注释】清·张士钊《北山独游记》。目穷无际：形容地势开阔，一望无际。万有：各种各样的情状。贡：贡献。效：送，献出。

【解析】作者独游北山，空山无人且又高险难攀，心惧力乏，几次想放弃，然而，最终还是余奋战胜了畏葸，“鼓勇益前，遂陟其巅”。当作者立于峰顶，俯瞰四际，豁然开朗，万千景象纷呈目前：峰嶂迭起，谷壑错列；有散落的丘峦，有簇集的陵岗；或峭岩斜出，或孤山笔立；山势环倚相济，岩崖怪妍相间；远处的山似缓缓离去，近处的山峰犹迎面扑来……读到这里，对杜甫“会当凌绝顶，一览众山小”的诗句似乎才真正悟觉。作者行文到此，一股豪情不觉涌上心头：“一左右望而万有皆贡其状，毕效于吾前。”众山臣服在我的面前，万物将它们最美好的形状姿态都贡献于我。成功的喜悦与自豪溢于言表。

天下有才之士不犹吴妇之绮其衣乎？托非其人，则与盗邻。

【注释】清·林纾《书杜袭喻繁钦语后》。吴妇之绮其衣：这是作者在文中所写的一个寓言故事。有吴妇喜欢绣制与穿着丽衣，居于盗乡却每日炫耀不已，终引盗贼垂涎，杀之而取其衣。作者意在说明有才之士要施展其才华应选择好的时机与地点，否则不但其才不得用，反而遭致杀身之祸。

【解析】天下那些有才之士就如同那个既善于绣制丽衣又喜欢炫耀的吴妇一样，一旦选错了施展才华的时机与地点，就会落得很悲惨的下场。

名利之薮，独无钩乎。

【注释】清·林纾《湖之鱼》。薮：长满草的湖泽。在名利的深渊里，难道没有别一种“钓钩”么？

【解析】这是作者在观鱼时所发出的慨叹。由钓鱼之钩想到名利之钩，名利之钩更甚于钓鱼之钩。钓鱼之钩有形，如果稍加注意、小心，还可以避免；名利之钩无形,一旦被钩住就会越陷越深,难以挣扎得脱。

洞箫于中流发声,声微细,受风若咽,而悽悄哀怨,湖山触之,仿佛若中秋。

【注释】清·林纾《湖心泛月记》。

【解析】在宽阔的湖面上吹箫,声音本来显得微细,再加上风的影响,更是断断续续,不能畅通,就使人感到凄凉冷清,哀愁怨恨。作者这几句描写正是与苏轼《前赤壁赋》描写箫声"如怨如慕,如泣如诉;余音袅袅,不绝如缕"的意境相类。下面"湖山触之,仿佛若中秋"一句立意新颖。不说人的感受而说湖山的感受。不说感情上的悱恻而说季节上的寒凉。荡开一笔,既营造了孤凄的气氛,又使人含咀不尽,回味无穷。

俄北瞰,英西睒,法南瞵,日东眈,处四强邻之中而为中国,岌岌哉!

【注释】清·康有为《强学会序》。瞰:俯视。当时沙俄已侵占我黑龙江以北大片领土,并蓄意南进,故说"俄北瞰"。睒(shǎn):窥探也。英国当时在西藏大搞肢解我国的罪恶。瞵:注视。意指法国时时骚扰中国南疆的滇黔等地。眈:注视。点穿日本政府亡我中华的虎狼之心。

【解析】沙俄在北面贪婪地俯视着华夏大地,英国在西面亦不时窥探中国领土,法国垂涎于中国的南疆,日本则在东虎视眈眈。形象地描绘了列强觊觎华夏的情势和中国不日即为列强瓜分蚕食的危急局面。"处四强邻之中而为中国",此句尤其耐人寻味。现在,中国被四强环峙,蒙上了一层屈辱的色彩。"岌岌哉",中国岌岌可危了!既是作者沉痛的叹惜,又是一声洪亮的警钟,回震于国人耳际。

我中国孱卧于群雄之间,鼾寝于火薪之上,政务防弊而不务兴利,吏知奉法而不知审时,士主考古而不主通今,民能守近而不能行远。

【注释】清·康有为《强学会序》。孱(chán):懦弱,弱小。鼾寝于火薪之上:化用《汉书·贾谊传》"夫抱火厝之积薪之下而寝其上"之句。意思是说清政府已近阽危毁国的危险境地却毫不自知。列强环峙下的中国显得那么虚弱,身处危险之境却又毫不自知,国家政务只知察缺补漏却不懂得改革创新,官吏但求循旧法而行却不知随时而变。学者士人只精通古理却不明时事,民众只顾眼前却不知为将来打算。

【解析】从上到下,从内到外的保守是造成近代中国落伍于世界的主要原因之一。中国人长期以来形成的但求稳妥,不思进取的思维模式实在是遗患无穷。

若我不早图，倏忽分裂，则桀黠之辈，王谢沦为左衽；忠愤之徒，原郤夷为皂隶。伊川之发，骈阗于万方；钟仪之冠，萧条于千里。三州父子，分为异域之奴；杜陵弟妹，各衔乡关之感。哭秦庭而无路，餐周粟而匪甘。

【注释】清·康有为《强学会序》。

【解析】康有为怀有一颗强烈的爱国心，他对政府民众面对帝国主义的侵略昏愦麻木的状况感到十分痛心，在这里，他以连续用典的方法为人们描绘了亡国灭种后的惨痛情状。“桀黠之辈，王谢沦为左衽”，左衽，左边开衣襟是少数民族的服装特点，此处代指外夷的习俗；王、谢是东晋时两个望门贵族的姓；这句是说上流社会中的狡猾分子会当洋奴的。“忠愤之徒，原郤夷为皂隶”，此句与上句意思相反，意思是那些不肯降敌的达官贵人将沦落为奴隶；原、郤是春秋晋国两大奴隶主的姓氏。“伊川之发，骈阗于万方”，暗指清将灭亡，到处可见人们散辫披发废掉了清朝人人蓄发留辫的国俗；这个典故见《左传》，据说，周大夫辛有在过伊川（今河南洛阳附近）时，看到人们披头散发在郊野祭天，便预感这一带将被羌戎（少数民族）所占领。“钟仪之冠，萧条于千里”，钟仪身为楚国乐官，虽被郑人俘获，仍不卸南冠（楚人的帽子）。这里用其反意，是说一旦亡国，便无人敢“顶戴花翎”了。这几句全是四六骈文，发语铿然有力，确实振聋发聩，促人猛醒。“三州父子”、“杜陵弟妹”二典则凄婉低回，使人忆起梁元帝作了亡国之君时荆州、江州、郑州的父老无家可归的惨状，而杜甫在《自京赴奉先咏怀》诗中描绘的乱世家人离散的情景更让人涕泣不已。写申包胥“哭秦庭”是在警示有志之士：待到国灭之时，恸哭求救已无济于事。“餐周粟而匪甘”，姑且不论伯夷、叔齐愚忠的作法是否可取，一旦当了亡国奴，稍有良心的人又怎能咽下一口顺心饭？作者用典借古喻今，矢矢中的，很有警示作用。

学业以讲求而成，人才以摩厉而出，合众人之才力，则图书易庀，合众人之心思，则闻见易通。

【注释】清·康有为《强学会序》。摩厉：观摩砥砺。庀（pǐ）：具备，治理。

【解析】学业凭讲求才能有所成，人才因磨炼才能脱颖而出，集中许多人的才能力量，地图典籍才能够开工刻印。集中许多人的心得体会，见识才容易深广。团结就是力量，个人的能力毕竟有限，众人拾柴火焰才能更高。

海水沸腾，耳中梦中，炮声隆隆，凡百君子，岂能无沦胥非类之悲乎！

【注释】清·康有为《强学会序》。海水句：指的是中日甲午战争中的黄海血战。在这场海战中，由于清政府的软弱退避，指挥无能，中国将士虽英勇抵抗，终遭失败。致使海军舰队全军覆灭。沦胥非类：被异族统治。胥，相。意思是相偕沦亡。非类，指异族，即外国侵略者。

【解析】那曾被鲜血染红的黄海犹在沸腾，那隆隆作响的炮声，犹震于耳际，扰于梦畔。它使人们永志国耻，清醒地认识到亡国灭种的危险。真正的仁人志士面对祖国即将为异族所灭的危险情势，怎能无悲呢？在这里，作者是在警醒民众，不要再昏睡，不要再麻木，迅速行动起来为保卫祖国而献智献力。

忧伤之中人，有飘忽冲荡，缠沈盘蛰，挟山岳之势，挈烈风雷雨之暴，举血气心知所能胜以干事者，猝不能当其一击。气息茀然，若存若亡，抗之则无上，按之则无下。其来也不得其绪，而引之则不可究极，合而为苍然之感。

【注释】清·谭嗣同《远遗堂集外文初编自叙》。缠沈盘蛰：缠绕沉郁，盘据蛰伏。挈：挟带，提，领。举：全。茀然：郁结不通畅的样子。茀：道路上草太多，通行不便。引：拉，牵。

【解析】作者用充满浪漫想象的笔调，渲泻在忧伤中度日的人所遭受的精神折磨。人一旦陷入这样的痛苦中，那种恍忽迷离，无法抑制的悲伤，会忽而神飞天外，哀思在寰宇中飘摇游荡，忽而又缠绕在心，盘据蛰伏在胸。这种哀伤，有时又漫漫而浸及高山，那痛苦的哀号，呼天抢地，又会像狂风暴雨，“挟山川之势，挈烈风雷雨之暴”。平常所具有的能力和智慧，也会由哀伤的冲击而消减，不能胜任本来可以胜任的事情。以上总写精神折磨，哀在上则游魂在天，哀在下则愁浸山野，这是多么大的一种悲痛啊！然而，这种悲痛又究竟是什么样的呢？“气息茀然”，只觉胸中郁结着一种东西，塞得满满的，不能呼吸。自己似乎活着，一息尚存，但又似乎死了，不知所存；你想把胸中的这种东西向上天高呼吧，“抗之则无上”，呼不出去；自己抑制下去吧，“按之则无下”，又似乎什么也没有。这种没头没尾的愁苦，不知从哪里升起，又从哪儿去理出个头绪，心乱如麻。若使这种痛苦抒发出来呢，却又担心永远抒发不完。它在天上，看不见，在地上，摸不到。居则忽忽不能自安，行则茫茫不知所往。推之不去，抚之不在，怅然茫然。

道逢林叟耕夫，辄欲流涕，引与话旧；睹禾黍布陇，废冢断碑，坏牖蛛丝，皆若与我有一日之好。

【注释】清·谭嗣同《远遗堂集外文初编自叙》。林叟耕夫：指乡间的樵夫与农人。

【解析】见到似曾相识的“林叟耕夫”，也想对其倾述自己的痛苦，却“无语泪先流”；没有性灵的冥冥之物，也都似有了生命，看见田塍里的庄稼，乱坟中的断碑，破窗残坦，似乎也都与我有过“一日之好”、短暂的相处。死者长已矣，而生者的怀念之情却永远抹不去，并且无时不在，无处不在。

一艺之成，彼皆有以自得，不能执市人而共喻之，传不传岂足道哉！

【注释】清·吴汝纶《跋〈蒋湘帆尺牍〉》。执：拿着。市：卖。喻：理解，明白。一种技艺或学业有所成就，对于个人而言，都会有所收获，不能使它公诸于世而让世人都知道它也没什么关系。

【解析】对于个人来说，一艺之成，最重要的是在于“自得”，而不在于“传名”。一味追求美名传世，以功利之心而欲求成的人，必不能经受磨砺，有始有终，达到“有成”的目的。所以为传名而学艺者，不啻缘木求鱼。如果淡薄功名，不因不传而“自止”，学有所求，艺有所得，则又何愁没有传世之日呢？

诗之外有事，诗之中有人，今之世异于古，今之人亦何必与古人同？

【注释】清·黄遵宪《〈人境庐诗草〉自序》。诗之外有事：时代变化了，诗歌所反映的内容也应变化，应超出古人诗歌内容的藩篱而反映新鲜事物。诗之中有人：在诗歌中新注入时代的人的新鲜见解与感受。

【解析】黄遵宪力倡“诗界革命”。他认为诗歌创作应随着时代的变化而有所变革，而一改其陈腐的面目，反映新鲜的社会事物，具有新鲜的思想感情，体现出时代风采。正如他所说的，现在的时代已不同于古代，今人又何必强求与古人保持一致呢！

今日之责任，不在他人，而全在我少年。少年智则国智，少年富则国富，少年强则国强，少年独立则国独立，少年自由则国自由，少年进步则国进步，少年胜于欧洲，则国胜于欧洲，少年雄于地球，则国雄于地球。

【注释】清·梁启超《少年中国说》。

【解析】少年，是蓬勃的朝阳，是新鲜的血液，代表着生机、活力、改革、创造，孕育着强大的生命力。一个国家如果永远保持少年人的朝气，像少年人一样积极进取，一往无前，则必将会国运昌盛，生机无限。

红日初升，其道大光；河出伏流，一泻汪洋；潜龙腾渊，鳞爪飞扬；乳虎啸谷，百兽震惶；鹰隼试翼，风尘吸张；奇花初胎，矞矞皇皇；干将发硎，有作其芒；天戴其苍，地履其黄；纵有千古，横有八荒；前途似海，来日方长。美哉我少年中国，与天不老！壮哉我少年中国，与国无疆！

【注释】清·梁启超《少年中国说》。伏流：潜伏地中看不见的水流。乳虎：幼虎。风尘吸张：尘土飞扬。吸张，收缩张开。矞矞(yù)皇皇：旺盛、生机盎然的样子。这里形容万物逢春生气勃勃。“干将发硎”二句：干将，古代宝剑名；发硎：谓刀刃新磨。《庄子·养生主》：“而刀刃若新发于硎。”硎：磨刀石。这两句意谓，新磨过的宝剑，光芒四射。“纵有千古”二句：谓中国历史悠久，疆域广阔。

【解析】作者以饱蘸热情的笔墨尽情地歌颂赞美新生力量。新生事物充满着生机与活力，一往无前，义无反顾。这就是作者所描绘的少年中国。

世间有最悽惨，最危险二字曰：黑暗。

【注释】清·秋瑾《〈中国女报〉发刊词》。

【解析】秋瑾生活在清朝末年，那是一个异常衰败、异常腐朽的时代。在那样的时代气氛中，秋瑾以一个先知先觉者所特有的灵敏的头脑，感受、分析时代的病症。在她看来，人世间最凄惨、最危险的事莫过于黑暗，黑暗阻塞人的视听，愚昧人的心智，扼杀人的思考能力，黑暗是社会前进、人类发展的最大敌人。因此，她一生都以驱除黑暗，争取光明，追求正义为己任，勇于斗争，奋斗不止。

危险而不知其危险，是乃真危险；危险而不知其危险，是乃大黑暗。

【注释】清·秋瑾《〈中国女报〉发刊词》。

【解析】当一个人对自己所面临的危险有明确了解时，这危险其实并不可怕，因为他对此有了心理准备，可以想出许多解决办法。而当一个人身处危险之中却不自知，仍然肆意享乐、毫无准备，这才是"真危险""大黑暗"。秋瑾此语是有所指的，而且可以说是切中时弊。当时中华民族处于国家存亡的危急之秋，然而许多民众却对此麻木不仁，对亡国灭种的危险视若无睹，令秋瑾这样的革命先驱者感到痛心疾首。在她看来在中国最危险、最黑暗的事莫过于此了。

垂柳蘸波，云景半翳，窗纳远岫，风吹虚襟。已而月上半规，渐映四际。林鸟振毳，游鱼跃空。置身虚明，皭然不滓。

【注释】清·李祥《题吴温叟〈清溪泛月图〉》。蘸（zhàn）：以物投水。景：同"影"。翳（yì）：遮盖。纳：含。虚襟：敞开的衣襟。半规：半圆形。毳（cuì）：鸟兽的细毛。皭（jiào）然：洁净的样子。滓（zǐ）：沉淀。

【解析】垂柳轻拂水面，天空中几片云彩半遮半掩，由船上的篷窗望去，远山隐隐可见，衣襟半掩，随风鼓动。不久，半月初升，照映四野。在这银色的月光底下，树林中的鸟儿抖动着羽毛，水中的鱼儿不时跃出水面，腾空而起。置身于这样清虚澄明的世界中，身心俱净，荡除了一切私心杂念。在这里，作者描写的是月夜泛舟于清溪之上的情景。悠闲安宁的溪上晚景，清幽明净的月下世界，使人读后顿生忘忧之心。

顺必有序。顺于学之序则学进，顺于事之序则事治，顺于人之序则人洽，顺于礼之序则身安，顺之效也。

【注释】清·张謇《儿子怡祖字说》。顺：遵循事物的发展规律办事。治：指事情办理得好，与“乱”相对。效：功效。

【解析】做到按照事物的发展规律办事必须遵循一定的程序。按照学习先易后难，由浅入深的发展顺序，循序渐进，则学业一定有所进步；按照事物自身发展的顺序或规律办事，则一定能把事办好；遵循人的年龄长少、职务高低、身份贵贱等伦理处理人际关系则一定能获得一个融洽的人际关系；遵循礼节所要求的各种程序行动，那么一定会太太平平，不出差错。这些都是“顺”所取得的效果。

条目拼音索引

A

ai

an

ao

B

ba

bai

bang

bao

bei

ben

bi

bie

bing

bo

bu

C

cai

can

cang

cao

ce

chan

chang

chen

cheng

chi

chong

chou

chu

chuan

chuang

chui

chun

ci

cong

cun

D

da

dai

dan

dang

dao

de

deng

du

duo

E

e

er

F

fa

fan

fang

fei

fen

feng

fo

fu

G

gai

gan

gao

ge

gen

gong

gou

gu

gua

guan

guang

gui

guo

H

hai

han

hao

he

heng

hong

hou

hu

hua

huai

huan

huang

hui

hun

huo

J

ji

jia

jian

jiang

jiao

jie

jin

jing

jiu

ju

jue

jun

K

ke

kong

kou

kua

kuan

kuang

kun

L

lai

lan

lang

lao

le

li

liang

liao

lin

luan

lun

luo

M

ma

man

mao

mei

men

meng

mi

mian

min

ming

mo

mou

mu

N

na

nan

nei

neng

niao

ning

niu

nong

nu

nü

P

pai

pei

peng

pi

pian

pin

ping

Q

qi

qian

qiang

qiao

qie

qin

qing

qiong

qiu

qu

quan

qun

R

ran

rang

ren

ri

rou

ru

rui

run

ruo

S

san

se

sha

shan

shang

shao

she

shen

sheng

shi

shou

shu

shuai

shui

shun

shuo

si

song

su

suan

sui

suo

T

ta

tai

ting

tong

tou

tu

tui

tuo

W

wai

wan

wang

wei

wen

WO

WU

X

xi

xia

xian

xiang

xiao

xie

xin

xing

xiong

xiu

xu

xuan

xue

xun

Y

ya

yan

yang

yao

ye

yi

yin

ying

yong

you

yu

yuan

yue

yun

Z

zai

zao

ze

zeng

zhan

zhang

zhao

zhen

zheng

zhi

zhong

zhou

zhu

zhuan

zhuang

zhui

zhuo

zi

zong

zou

zu

zui

zun

zuo